U0585251

镜内镜外

唐晓渡 著

作家出版社

■ 1954年1月生。1982年1月毕业于南京大学中文系。现为作家出版社编审、《当代国际诗坛》主编。中国作家协会会员，北京大学新诗研究所研究员。多年来主要致力于中国当代诗歌，尤其是先锋诗歌的研究、评论和编纂工作，兼及诗歌创作和翻译。著有诗论、诗歌随笔集《唐晓渡诗学论集》、《今天是每一天》等七种；译有捷克作家米兰·昆德拉的文论集《小说的艺术》，以及S.普拉斯、V.哈维尔、C.米沃什、Z.赫伯特、M.赫鲁伯等诗人、作家的部分作品；主编"二十世纪外国大诗人丛书"多卷本、"当代诗歌潮流回顾丛书"多卷本、"帕米尔当代诗歌典藏"多卷本等；另编选有《中国当代实验诗选》《当代先锋诗三十年——谱系和典藏》等十数种诗选。参与创办民间诗刊《幸存者》《现代汉诗》。评论和诗歌作品被收入国内外多种选（译）本。2012年获首届"教育部名栏·现当代诗学研究奖"。2013年获第二届"当代中国文学批评家奖"。

唐晓渡

目 录

最后的绝望和最后的救赎

——重读邵燕祥长诗《最后的独白》

一、悖谬

1988年在《中国诗人》创刊号上读到《最后的独白》，当即珍藏。1993年与谢冕先生联合主编"当代诗歌潮流回顾"丛书（六卷本，北京师范大学出版社），在由我编选的"长诗·组诗卷"《与死亡对称》中收入了此诗，并于序言中有所论及：

> 郑敏对死亡的把握在生死之间进行，邵燕祥的《最后的独白》则在死亡和拯救之间进行。诗中的主人公、斯大林的妻子阿利卢耶娃的命运整个儿是一个巨大的悖谬和嘲讽：那最初拯救她的人，就是最后促成她走向死亡的人。这是怎么回事？其间发生了什么？又意味着什么？所谓"最后的独白"是否包含了一个无可避免的结局？如果不是，主人公为什么会毅然选择死亡？如果是，那么使之变得无可避免的界限又在哪里？是什么力量使主人公产生了不可遏止的自我毁灭冲动？那迫使她产生这种冲动的毁灭性力量又是什么？……尽管诗人对主人公的内心世界进行了细致而周密的探索，但这首诗还是留下了足够多的谜团和纠结。它们显然不仅仅关

系到一个人的生命和情感，还关系到她（他）的信念。由于造成了主人公命运悖谬的不是一个普通人，而是一个"睿智的"革命者和历史性的"大人物"，所以她的死亡远远超出了个人悲剧的范畴，而那把他们联系在一起的婚姻之索也因此成为权力的象征或隐喻。当然，这里说的是一个异邦故事，但它真是一个异邦故事吗？把这首长诗称为"剧诗片断"在我看来同样是意味深长的：既是"片断"，就另有上下文，包括本文中的断裂和空白。就这样，一个人行将赴死，却在身后留下了巨大的联想和思索空间。

二十余年后再读这首长诗，我发现首先抓住我的仍然是主人公命运的悖谬：**那最初拯救她的人，就是最后促成她走向死亡的人。**这固然表明多年来我的少有长进，却也表明了悖谬本身的持恒引力。

悖谬即心结，既无从摆脱又必须摆脱的心结；而这样的心结，往往正是诗意的渊薮。这里的诗意当然涵括了戏剧性，并且是最残酷、最深刻的戏剧性。

就本诗而言，主人公命运的悖谬不仅在语义层面上象征性地指向了历史的悖谬，而且作为全诗的结构枢机和张力所在，凸显着文本自身所体现的诗和历史的悖谬。

三重悖谬三重渊薮——只有那些心怀如此渊薮的人，才能真正听懂主人公"最后的独白"，才能深切感受那既来自"一个不期望历史理解的／三十一岁的俄罗斯女人的魂灵"，又来自一双寻找她的中国诗人的眼睛，二者混而不分，或彼此共鸣的空谷足音，其沉痛郁结一如其锐利淋漓，都直击人心，而又因人心的空旷格外回旋不已。相对于凝神倾听这样一支心曲，诸如这部当代诗歌付出惨重代价才收获的杰作在其谱系中的地位如何，为什么长期以来它没有得到应有的重视之类的问题，尽管并非无足轻重，但终于只是些第二义的问题。

二、从"本事"到情境

娜捷日达·阿利卢耶娃死于1932年苏联十月革命节之夜。她的死从一开始就是一个谜，至今仍然是谜，并将继续如此。换句话说，无论人们怎样探究，都不会有所谓"真相大白"的一天。

从真实发生过的"本事"到追述的"谜团"之间，有时只隔着一张纸或一根舌头的距离。一桩荒野中的普通血案，在当事人和目击者都未缺席的情况下，尚会导致"罗生门"式的叙述歧异，指望那在戒备重重的"第一家庭"私邸里发生，并立刻令所有闻知者讳莫如深的"最高机密"，居然会有什么真相大白的一刻，难道不更是一种虚妄吗？

除了枪声，只有"急性阑尾炎手术失败"的谎言是确凿的，其余的说法都带有明显的失语征候，更像是从强迫性沉默中生出的种种想象、蠡测和巧舌。"最高领袖"作古，独裁者的禁忌消弭，有关的陈说却变得愈加云山雾罩。历史叙述的脆弱性在这里可以被概括为德谟克利特的一个著名悖论，在他看来，所谓真相（本事），就是"那个无底洞的底"。

然而无底洞又如何？正是在脆弱的历史叙述陷入混乱之际，诗人挺身而出。诗在历史却步的地方起步。

这当然不是说诗人更有能耐，可以侦破、还原那不可企及的真相——不，此一意义上的"真相"从来就不是诗的属意所在。诗人不侦破，只勘探；不还原，只揭示。如果你愿意，也可以说他所致力勘探和揭示的，是**另一种真相**：心灵和情感的真相。

正是立足这一角度，诗人在题记中认可阿利卢耶娃死于自杀的说法，进而抓住相关本事留下的一条最重要的**"踪迹"**（或悬念——据称死者当晚曾有遗书，但被斯大林看后即刻毁掉），不仅从中生发出本诗的特定文体（剧诗片断），而且据此规约了本诗的特定**情境**（临终书信）。在这样的情境中，对逝者自杀动机的探询追索被转化成主人公的自我探询追索，作为缘起的本事踪迹循着回溯的因果链，激荡并集合起更多的本事踪迹。它们既是材质又是元素，既彼此构造又彼此照亮，在互为前景和背景中结成一张巨大的心理冲突之网。在这样的情境中，本事层面上墓木已拱的主人公重新复活并开口说话，而她自我揭示的心路历程表明：是谁的手指最终扣动了那把枪的扳机，其实并不重要，因为她的死首先是一个精神事件，其必然性超越了任何刑侦学的分类。相对于肉身的即将殒灭，其精神的死亡早已先行发生；它并非一个砰然的瞬间，而是一个隐秘的过程：

> 她还没有死，但是一脚跨进坟墓的门槛。
> 她已经死了，
> 死于最后的绝望。

　　然而，无论是精神还是肉身的死，都没有理由成为无声无息的死，一种白白的死。这里，与**"最后的绝望"**对称的，恰恰是**"最后的独白"**。独白即心声；最后的独白：彻底敞开的心声。就其彻底性而言，它不仅直接通向诗，而且可以被视为一份超级证词：正像它并没有指证任何凶手，却把施害者永远钉在了耻辱柱上一样，它在诉说主人公为什么会选择死的同时，也证明了她的精神不死以至不会死！
　　尘封的历史大幕倏然开启，哀伤而激愤的主人公独坐聚光灯下。这到底是谁的身影？是曾真实存在于某一时空的阿利卢耶娃，还是化身为阿利卢耶娃的诗人？没有人会强作区分，因为这情境，这"最后的独白"，本来就是两颗心灵、更多心灵的彼此映证。时空和身份的分隔于此毫无意义，在诗中复活的阿利卢耶娃已属于我们——让我们还是叫她的爱称"娜佳"吧。

三、拒绝虚无：我是谁

"只要人们没有发现生命的游戏是愚蠢的，他就会期待它；人们一旦能够认识它的愚蠢，就会自杀，这是我将要做的。"老托尔斯泰笔下的安德烈（《战争与和平》中的主人公之一）如是说。

然而这桩被事先张扬的自杀案却始终没有发生。这当然不是因为安德烈介身其间的生命游戏不够愚蠢，或他面对这样的愚蠢不够聪明，或他本来就是个轻佻无信之人，而是因为生命主体本能地倾向于使自身成为优先的考虑；是因为这种优先考虑的首要意义是有所期待而不是游戏，故它总能超出一切游戏，包括对它的认知；是因为他所谓的游戏无论多么愚蠢，都没有完全封闭来自他生命自身的期待，令他退无可退，陷入"最后的绝望"，换句话说，安德烈绝望得还远远不够，充其量只是抵达了通常所谓的**"虚无"**。他决定终老领地尽管表明了内心虚无感的深化，却也表明，他和他对生命意义的认知之间尚大有妥协的余地；而从虚无的方向看，他最终的死于卫国战火，简直可以称得上是理想的归宿了。

从安德烈到娜佳的距离，就是从"虚无"到"最后的绝望"的距离。最后的绝望：生命的黑洞。它是对生命主体，对其存在的全部价值和意义，包括人格尊严，甚至也包括虚无的绝对否定。

据此可以引申出"最后的独白"的对称定义，即**最后的救赎**。所有被"最后的绝望"吞噬的，在这里都将重见天日，成为生命能量守恒的一个极端例证。

毫不奇怪，对娜佳来说，"最后的救赎"是从质询"我是谁"开始的。这一质询两度出现在第一章有特定所指，且混合了幽怨、抗辩、讥刺以至申斥的上下文中表明，她对**自我身份**的辨认更多地不是基于危机突降时举目惘然的**迷失**，而是基于长期煎熬后有所定见的**持**

守，不是一个**起点**而是一个**结点**。身为妻子却被丈夫"面对面"地忘怀，身为丈夫却早已听不见妻子"近在身边"的心跳，身为父亲却不吝对儿子滥施残酷到足以致命的羞辱，如此反伦常的情感冲突可以并不因为发生在"第一家庭"而显得特别不可思议，却无疑因此具有了格外的严重性：

> 然而，你总在燃烧的胸中
> 一颗心为什么骤然冰冷？

　　更可怕的问题在于：这颗心的"骤然冰冷"意味着什么？这一在追忆中被尖锐指陈的**突变**，在可以预见的未来又将导致什么？如果说这种突变早已令所有和初衷有关的记忆，包括"你"曾经的大地情怀、拯救行为和精细入微的睿智变质，以致走向反面，成为不为人知的**悍然背叛或自我背叛**的话，那么，这种变质，这种背叛或自我背叛所牵动的，会仅仅是个人恩怨的情感层面，仅仅事关"第一家庭"的崩盘与否吗？

　　由此主人公的命运悖谬同时指向历史的悖谬，对"你"的质询同时成为对变幻的时代风云的质询，而主人公的自我身份辨认也跳出了"你"的巨大阴影的笼罩，成为死志已决的娜佳对**真正的娜佳**的辨认。当否定的手指掠过"那个溺水的女孩"，掠过"那个可笑的穿制服的女学生"，逐一叩响"妻子？主妇？朋友？伴侣？抑或只是你麾下的千百万士兵和听众里的一个"时，我们和娜佳一样知道，所有这些曾经是，或可以是她身份标志的，尽管都对应着她某一层面、某一局部的生活经验，却从来不是真正的娜佳，即便加起来也不是——非但不是，还构成了对后者的幽禁和遮蔽。真正的娜佳活在所有华丽的表象之下，活在她一天天被命运的悖谬撕裂，被"最后的绝望"吞噬的心里，更准确地说，活在她当下即刻"最后的独白"之中。在这样一个方死方生的救赎区间，两个娜佳将合而为一，枪声中将升起她饱受摧残而又不屈不挠的灵魂——真正的娜佳，就是她那虽然在痛苦、孤独、幻灭中业已破碎不堪，但仍不失高傲，仍有足够的勇气和力量做出最后抉择的**自由的灵魂**。

是的，自由的灵魂——这是娜佳**最初的**，**也是最后的身份**。正是这一身份使"我是谁"的质询同时也是回答，使"最后的救赎"同时也是，并且只能是**自我救赎**。据此娜佳通过选择死亡而拒绝了死亡，与此同时也拒绝了虚无。

四、命运·反刺

在娜佳最初和最后的身份之间并没有横着一道万里长城，只隔着斯大林，隔着她与斯大林的婚姻。在某种意义上，斯大林就是她的长城，就是她的命运。

是斯大林，在她三岁不慎溺水时出手相救；是斯大林，让她在十七岁那年成了一个革命者的妻子；仍然是斯大林，使她年不及二十五，就成了"奥林匹斯山上的第一夫人"。

令多少人眼热和膜拜的"第一夫人"！有谁会将其与"土耳其后宫的女奴"，与"挂在别人的脖子上的女人"联系在一起？

确实，二者之间并不存在必然的因果关系，就像这场婚姻并非从一开始就是一种错位一样。是斯大林，仍然是斯大林，使之变成了比必然的逻辑更坚硬的现实——使长城变成了囚牢的院墙（这正是我们在第二章中看到的情景），使曾经的倾心相爱者变成了"孤独的一对陌生人"，使婚姻本身成为娜佳不得不忍受的持续羞辱。

为什么会是这样？婚姻本该是一条维系共同命运的纽带，为什么它所实际维系的，却是一条**命运的绝对的不等式**？这是强权无限大的特权吗？

娜佳对此是否也负有责任？当然。因为作为这一不等式趋于无限小的一方，她居然对自己的处境心怀不满甚至心有不甘，换句话说，既不以"第一夫人"的神圣和荣耀为意，也不懂得恪守"第一夫人"的本分；因为她居然不知道"揣摩上意"，始终和最高领袖保持一致，更有甚者，居然认为自己比那些"聪明人"还聪明，祈求领袖正视人民深陷贫困、乌克兰正经历大饥荒的现实；因为她居然没有想到，在既"不容虚伪，但也不容真实"的领袖看来，诸如此类的直言不讳，无异是在代行只有苏维埃的敌人才会进行的攻讦和污蔑。

娜佳的最终责任：她居然不能因应命运的变化，居然不能容忍业已发生深刻变化的命运篡改自己**作为一个人的本色**。为此她必须付出代价——既然"性格就是命运"，那她就只能经受**不容命运篡改本色的性格**所必然经受的命运。

娜佳怎样看待自己的命运？

诗中有四处直接写到了娜佳对命运的意识，分别出现在第二、第三、第四和第十章。尽管作为"最后的独白"，它们理应被视为不同的心理层面做**共时**的解读，但也不妨从**发生学**的角度，将其读作一个**历时**的过程。其中转折点出现在第四章：如果说"命运在敲我的门／还是我在敲命运的门"（第二章）还只是在忧伤中隐隐透出了不祥，而"丑小鸭本来会有别的命运／为什么一定要变成孤独的天鹅"（第三章）已经蓄积了足够多的幽怨和追悔，那么，从本章**"最后的祈求"**中排闼而出的激愤和无告就表明，她对命运的承受早就达到了心理的极限：

> 命运！
>
> 不是命运！
>
> 我不祈求命运！
>
> 茨冈女人还会怎么说？
>
> 我掌心里有长长的爱情线

和长长的事业线，
已经证明是命运的欺骗；
还有一条长长的生命线，
残存的痛苦的财富，
但我，为什么不能对命运
最后来一次无力的反叛？

与"最后的祈求"相对应的，是多年前曾经的祈求，二者之间隐藏着一个只能是魔鬼制造的秘密，由此娜佳和她的同学、朋友在同样无辜的情况下以不同方式跌入了各自的深渊；而娜佳经历的甚至更加残忍：相对于那些莫明消失在"沉默的烟圈后面"的同学和朋友，她的特殊角度足令她能很快察知这一秘密，却又无从公开，于是不得不让莫须有的"告密者"在心中发酵成一种真正的罪责，并不得不独自承担这一罪责。不难想象，如此卑鄙、龌龊和险恶的把戏出于那个睿智的大脑会给娜佳造成怎样的羞辱和毁损，因为这次受到羞辱和毁损的，已远不止是曾把他们结合在一起的爱情或早已病入膏肓的婚姻，而更多是**人类起码的良知**，是她从少女时代即已投身其中，且与他的名字密不可分的**理想和事业**，是她对他残留的**最后一点信任**。巨大的受骗感不仅导致了同样巨大的幻灭，也使她的命运突然变得透明：

生活在秘密太多的国度，
命运对我却不再是秘密。

换句话说，她已反身洞察了命运的秘密：这样的命运已不只是要篡改她本色的性格，而是要完全剥夺和埋葬她的一切。有充分的理由相信，正是从那一刻起，偶像彻底坍塌（尽管它早已开始坍塌），"最后的绝望"开始无可救药地深入她的骨髓；正是由此带来的彻骨寒意，使她此后的内心生活越来越像第五章那亦真亦幻的梦境所揭示的冰雪世界；也正是从这铺天盖地的冰雪世界深处，最终升起第十章中她那坚定、冷峻、决绝的宣示：

> 如果是上帝决定我的命运，你就是上帝。
> 如果是魔鬼决定我的命运，你就是魔鬼。
> 无论你是上帝还是魔鬼，
> 我第一次不再听命运的决定。
>
> 随你怎么说——
> 家中的反对派。
> 第一个抗议者。
>
> 我走了。
> 我走我自己的路。
> 但是不，我就留在这儿了，
> 我不去高加索！

与之对称的是娜佳形象的变迁。这一形象在第二章中意味深长地与石油贵族祖巴洛夫的家属们的形象叠映在一起，在第三章中于反差巨大的种种追忆、虚拟和现实的角色（工学院的学生、涅瓦河畔的少女、伏拉季米尔大道上的革命者、灰堆旁的普通农妇、挂在别人脖子上的女人）之间流转不定，而到了第四章，却几乎已经变得和陀斯妥耶夫斯基笔下所有被侮辱和被损害的俄罗斯人毫无二致。陷身"已不再是秘密"的命运，她和他们一样孤苦无助，唯一的区别只在于他们面对的是一直如此的生活，而她面对的是被打碎后"难于重建的生活"；只在于她不准备继续忍受这暴虐的命运：她将通过一次反叛——即便是无力的——表达她对这种命运的**蔑视**。为此她将动用她同样是唯一的手段：**她将掷出自己的生命。**

那曾经抓住过安德烈的巨大虚无感此时也抓住了娜佳，就像曾经抓住过类似境遇中的布洛克、叶赛宁、马雅可夫斯基一样；然而，由于这最后的一搏，她的名字将不会出现在前者，而是后者的行列。由此将铸定她**最后的形象**。这一形象将超度她前此所有的形象，包括第五章中被冰雪的大氅紧紧包裹的形象，第七章中"一条小木船拖在一艘巨轮后漂荡／一头小牝鹿拖在高驾的马车后狂奔"的形象，而与第九章中那只二十年代撞死在空旷后宅里的白羽鸟的形象融焊在一起，从而不仅成为她本质清纯的表征，更成为她捍卫生命尊严终极自主的表征。这一形象不是、也不可能是对"难于重建的生活"的任何意义上的代偿，恰恰相反，是对那迫使生活变得不可重建的命运禁锢的悲壮反刺，是表明被强权掌控的生活不值一活的惨烈指证。

五、忏悔和祈祷：复合的声音

在开头提到的那篇序文中我曾写道："长诗是诗人不会轻易动用的体式。就通常的表现需要而言，短诗所具有的弹性已经足够了。换句话说，一旦诗人决定诉诸长诗，就立即表明了某种严重性。"

那么，邵燕祥创作这首近500行的长诗表明了什么样的严重性？

《最后的独白》发表于1988年，写作时间当更早。其时苏维埃帝国尚未来得及在全世界的注视下訇然解体，福山（F.Fudnyaman）还要等到更晚，才能宣布他所谓的"历史的终结"；然而，对完整地亲历了从"反右"到"文革"的灾难岁月，只是由于侥幸才得以存活下来的邵燕祥来说，那个以庞大的乌托邦为始基和表象的时代早就崩溃了——无待任何外在的标志性事件，**他首先在自己的命运中，在自己被一再摧残和扭曲的内心深处看到了这种崩溃。**

1981年他把曾在文革中被抄没的部分书信、检讨和文章编成一书，取名《沉船》。尽管用他自己的说法，"当时，我还没能站历史的高度来反思自己"，但仅仅是这种同代人中绝无仅有的做法，就体现了其绝无仅有的思致：正像他不喜欢展示伤疤一样，他也不惮于自揭疮疤。从这揭开的疮疤感同身受地往里看，就会发现那被他轻描淡写谓之"档案"的，其实正是昔日灵魂血肉横飞的战场、法场以至奴隶斗技场；而无论从哪方面说，他都是一个悲惨的失败者。他的内心和戕害他的时代一样狼藉和肃杀。

　　然而，也正是从这样的一片狼藉和肃杀中，邵燕祥开始了其**"找灵魂"**的独特心路历程。所谓"痛定思痛"，对他来说尽管同样指向历史，但首先指向灵魂的自我反省、自我清理和自我重建。这里的"找"不是简单的"觉今是而昨非"，或大而化之的"否定之否定"，而是一个在隐秘的炼狱之火中反复审视、质问（有时甚至是拷问）、辨析、甄别、剥离、汰洗和聚合的精微而复杂的过程。从《沉船》到《人生败笔——一个灭顶者的挣扎实录》（1997），再到《找灵魂——邵燕祥私人卷宗：1945—1976》（2004），在前后二十余年的时间内，他之所以一而再、再而三地"自揭疮疤"，且范围逐次扩大，力度逐次增强，恰恰与此因应：艰难的自新同时意味着漫长的告别和深沉的忏悔。

　　而《最后的独白》就深植并生成于这一"找灵魂"的过程之中。它不是基于一个异邦故事而是基于灵魂间的彼此叩问。不要以为这里揭开的仅仅是历史的疮疤，它同时也是诗人自己的疮疤，是几代人共同的疮疤。"奥斯维辛之后写诗是野蛮的"（阿多诺语），然而，奥斯维辛之后的遗忘或故意遗忘才真正野蛮。

　　但为什么是娜佳？

　　因为她是那个以庞大的乌托邦为始基和表象的时代最早的牺牲；因为她在如此靠近权力核心的地方，以如此尖锐的方式，于如此短的时间内，经历了千百万俄罗斯人和更多的非俄罗斯人（包括诗人自己）其后注定要经历的命运；因为支配她的命运逻辑就是支配所有后来者的命运逻辑，尽管其时它还来不及充分展开，还是某种神秘；因为她虽然拥有"第一夫人"的名义，本质上却属于沉默的大多数，正如诗中所说的那样，是"巨大的椴树干上的一只蚂蚁"，是"涅瓦河的一圈水纹"，她的死因此也成了"像星星一样沉入海水深底的姓名"，成了"远海漂来的密封的信瓶"。

共通的历史记忆和历史迷雾……娜佳基于比生命和爱情更高的理想与斯大林走到了一起，却以意识到对方不齿于人类文明的底线为契机与之决裂。她被生命中不可承受之重和不可承受之轻合谋击倒。她的死或非通常所谓的先知或烈士之死，也不足以照亮她身前身后所有的罪恶和黑暗，但已足够照亮她自身的灵魂，足够成为自我救赎者的一个巨大启示。

对邵燕祥来说，这样的启示不可能不牵动他太多的隐痛，甚至本身就是一种隐痛。在《找灵魂》一书的跋诗中他写道：

> 一个早慧的诗人，不结果的谎花
> 谁能告诉我，**是自杀还是他杀**
> 做破了的梦，再不能忍受强奸
> 未来：能不能把梦做得好一点

缘此，探询娜佳心灵的真相很大程度上也是在探询他自身心灵的真相，以第一人称道出的"最后的独白"，许多情况下也渗透着他的自白。这就是为什么尽管娜佳在史载"本事"层面上留下的"踪迹"极为有限，她的遗言（据说只是一张纸条）更是除了斯大林没有人见过，但长诗本身却沉郁顿挫，跌宕起伏，饱满丰实，一气呵成，既涵括了巨大的历史和人文深广度，又极具情感的说服力和感染力的原因；也是为什么尽管诗人采用了"剧诗片断"的体式以造成必要的间离效果，但我们总能透过主人公随着具体场景的变化而不断变化的语姿和声音，辨析出诗人自己的语姿和声音的原因。如果说戏剧性的"独白"和日常性的"自白"可以互通，而日常性的"自白"又和宗教性的"忏悔"可以互通（在英语中它们本来就是同一个词），那么，能把三者融溶为一的，就只能是灵魂寻求自我救赎的息息相通。据此即便是第四章中狭义的忏悔也大大溢出了高度个人化的语境——在我看来，这正是全诗感人至深而又最具震撼力的部分：

> 我无权祈求你们的饶恕，
> 来日的墓志铭不可能再说：
> 我虽然没有建立过功勋，
> 但没有给任何生灵带来灾祸；
> 我的手上和良心上
> 不曾沾着同伴的鲜血。
> ······
>
> 我无权像那小小的蓝色花
> 祈求：勿忘我！
> 但我也无权祈求遗忘，
> 因为我是有罪的。

而读着以下的诗句，你又怎么能分得清，这到底是主人公还是诗人在说话，那揽镜自问的，所问者到底是主人公还是诗人自己：

> 你曾经梦想过怎样的人生，
> 人生如梦，你将梦见什么？

你自己不能决定。

无可挽回的梦。
无可救药的寻梦者。

（第六章）

或者：

你可曾发现揉皱了的理想
像年轻时揉皱了珍贵的花头巾。

我可怜她不该受这样的惩罚，她这样年轻，又这样纯真。

（第七章）

按照富恩斯特的观点，造就一个人需要好几次生命，换句话说，同一个灵魂很可能有不止一次的人生经历。《最后的独白》中诗人对主人公的精神世界表现出如此深刻的理解和同情（本义的同情），以至我有一个强烈的感觉：就灵魂而言，或许娜佳正是诗人的前世，而诗人正是娜佳的今生。

不管怎么说，九泉之下的娜佳可以安息了：由于一个中国诗人，她自由的灵魂终得获救并不朽——对于死于"最后的绝望"的她，还有什么比这更大的告慰呢？尽管当年她已预感到自己的丈夫将无可挽回地成为又一个"恐怖的伊凡雷帝"，但她暴烈的死成了对暴君的终生诅咒却只能是后者咎由自取；而作为一个母亲，她撒手人寰时最放不下，或唯一放不下的应该就是她的两个孩子，感谢诗人，让她心中**最后的祈祷**成了她最后的形象的一部分：

愿你们比我有更好的命运，
愿厄运来不及追上你们。

　　然而那巨大的厄运还是追上了他们，追上了更多的孩子。她最后的祈祷和她最后的反叛一样无力。那么，当巨大的厄运似乎已经远去，越来越成为历史的背影时，面对生活在或自以为生活在新时代的人们，在诗中复活的她又会说什么呢？说"希望"无论有多么柔弱，但终究会战胜"钢铁"①，因为时间从来就站在希望一边吗？也许吧；不过照我的揣度，她更想说的或许还是前引诗人在《找灵魂》一书的序诗中所说的：

　　未来：能不能把梦做得好一点

　　这同样是一句祈祷，但首先是对所有"无可救药的寻梦者"的祈祷。而她之所以要和诗人一起发出这样的祈祷，是因为历经沧桑和涅槃后他们比后来者更清楚：人类不可能没有梦，不可能缺席寻梦者以至"无可救药的寻梦者"，而无论这些人所寻的是什么样的梦，他们对人类似乎天生自由，却无往而不自由的灵魂，对其在种种灵魂的冲突和搏击中展开的命运，从而对其未来都负有更大的责任；是因为他们都深深地知道，未来的孩子们是多么希望不再听到任何"最后的祈祷"，就像他们是多么希望，《最后的独白》中所有"最后的"，都确实是**最后的**一样。

2011年，秋意渐深

---

① 在俄语中"娜杰日达"意谓"希望"，而"斯大林"意谓"钢铁"。

另一个世界的秘密飞行

—— 牛汉和他的《梦游》

　　恰好是半个世纪以前，当时正在甘肃天水求学的青年牛汉写了《山城和鹰》一诗。在那首诗中，"鹰旋飞着，歌唱着"。它唱道：

　　　　自由飞翔才是生活呵……

　　这歌声仿佛一个"蓝色的梦"，哺育着"在浑浊的雾中匍匐着的"远古的山城，使之复活并把鹰认作它的前哨。自此以后，鹰一直是牛汉诗中最高贵、最珍爱、最有表现力的意象——尽管出现得很有节制，但贯穿着他创作的每一时期。它显示着牛汉在诗中与命运搏击的精神高度，即便面临风暴，不得不平伏在地时也是如此。它从这样的高度播下自由的元素，哪怕是一声啸叫、一根羽毛，甚至一点被烧焦的辛辣气息。它可以沉默，但从不屈服；可以死亡，但必定再生。

　　鹰是牛汉诗中的大英雄。"在风云变幻的天空／画下鹰的壮丽的一生"（《鹰的归宿》）或许是诗人最崇高的夙愿之一。这一夙愿并非仅仅寄寓着他像鹰那样自由翱翔的向往，其背后也隐藏着难以企及的悲哀。这种悲哀，亦是在与《山城和鹰》差不多写于同时的《谁不想飞》一诗中，即获得了对称性的表达：

谁不想飞

而谁又能从这

苦难的大地上飞起来呀!

就这样,天空与大地,或者说飞行与困厄,彼岸与此岸的对立、矛盾和纠结,从一开始就牢牢抓住了牛汉和他的诗,并成为他一生注定要反复经历的劫数。这不是什么人为的"逻各斯"设置的结果,而是可以证之以血、以汗、以火的人类精神/命运的结构和渊薮。真正的诗人,就是在最终意义上被这一结构攫获、自甘在这样的渊薮里沉浮的人,是宿命般地辗转往还于天空与大地之间的人。这里"宿命"的意思是:在现实中没有归宿的命。对于牛汉的梦游症和《梦游》诗来说,这一点或许是比国民党兵的枪托在他的脑袋里留下的那块淤血更深刻的肇因。我说不好,假如没有那块淤血,他会不会梦游,会不会同样写下《梦游》一诗,除非我谈论的不是诗人牛汉;而诗人牛汉已经说了,梦游或写诗,对他来说差不多是一回事。

当年牛汉曾在墙报上以刊头画表现艾青《吹号者》的诗意。他以单线构图,画了一个吹号的兵。他在兵的身躯里画了一道道鲜红的血脉,"从手臂、腿脚、腹腔、肺叶、头颅……汇聚到了心脏,再由心脏流经喉管,注入弯曲的铜号,最后从号口喷出血红的星光线状的声音"。他让这些血脉的源头探入深深的地层。他相信号声是祖国的心声。他这是在画他自己。他也是号兵。

牛汉没有画的另一幅画:一只看不见的手把那些布散到天空中的血的声音或声音的血复又聚拢起来。用强力把它们重新泵入那弯曲的铜号,经由号兵的喉管到心脏,再到手臂、腿脚、腹腔、肺叶、头颅……与此同时,来自大地的血脉仍然源源不断。两股血在他的身体里汇聚、激荡,因找不到出口而只能循环不已,终于层层淤积。淤积的血也仍然是血，甚至更是血！他的身体在淤积中渐渐发红，成了一座行走的血库——不，火药库！双重的压力使这些血随时可能燃烧、爆炸，而它们也确实渴望燃烧、爆炸——在不为人知的时刻，在内部祖国的天空。

——这幅画画的也是牛汉。梦游因而不可避免。我们会问：国民党兵的枪托在牛汉的脑子里留下了一块淤血，谁又使牛汉成为留在历史脑子里的一块淤血？

太多的淤积，血就变成了石头！

在《梦游》第三稿中，牛汉写到了"那块压在胸口的庞大而狰狞"的"镇心石"：

> 几十年来
> 它把我的肺叶
> 压成了血红的片页岩
> 把呐喊把歌把叹息把哭诉
> 从胸膛里
> 一滴不留地统统挤压净光

这块"镇心石"既是牛汉的命运象征，又是他反抗命运的契机。

格利高尔一觉醒来，发现自己变成了一只甲虫。卡夫卡没有写他为什么和怎么变成了甲虫。一句西谚说，你希望成为什么，你就会成为什么；由此反推，格利高尔之所以会变成甲虫，是因为他希望变成甲虫。

这样推论不无道理，但过于残酷。我宁可认为，在变成甲虫之前，格利高尔的心头也有太多的淤血，也横着一块"镇心石"。他无力反抗这块镇心石，暗地里决定屈服，于是变成了甲虫。我宁可认为，变成甲虫不是格利高尔的希望，而是镇心石的希望。镇心石依其重量所具有的天然维度向我们暗示变形的秘诀。它说："向下，向下，再下些；从人到甲虫之间只有一步之遥。"

确实只有一步之遥。格利高尔迈出了这一步。他中了"镇心石"的咒语。

而牛汉却使这咒语落了空。因为他的灵魂不答应。因为在他的灵魂内部有一只鹰。而鹰有鹰的维度：

> 不是向下坠落
> 而是幸福地飞升
> 在霹雳中焚化
> 化作一朵火云
>
> 　　　　　　　　　　（《鹰的归宿》）

当然牛汉毕竟不是鹰。他不可能，也不允许自己"幸福地飞升"，除非连带着和他血脉相通的大地。于是他梦游。梦游：经过了变形的飞翔欲望在大地上的曲折实现；巨石重压下变成甲虫之外的另一种人类可能性。通过一种古老的、反常规的、无法控制的精神方式，牛汉成功地挣脱了那块镇心石，开始了他灵魂的秘密飞行。

> 我像一个机敏而有经验的越狱者
> ……
> 飞步
> 真正的一跨三尺的飞步

不是"像"，而就"是"。因为镇心石不仅意味着压迫，也意味着禁锢或幽闭。由此产生出"梦游"的第三重定义：象征性的越狱行为。

纯粹从诗的角度看，梦游（包括"梦"和"游"）所具有的结构功能几乎是无限的。如果愿意，牛汉完全可以尝试假此写一部《神曲》式的精神史诗，至少写一部像特瓦尔多夫斯基的《焦尔金游地府》那样的叙事长诗。但是他没有。考虑到这首长诗从构思到初稿历时六载，到定稿长达十载，我们似乎有理由对此表示遗憾。如果他没有动这方面的念头，显然既不是因为缺少阅历，也不是因为胆怯；那么因为什么呢？

原因可能是多方面的。但在我看来，最简单、最直接的只有一条，就是他完全被梦游本身的体验及其意味迷住了。

M.C.埃舍尔有一幅题为《蜥蜴》的画。他画了两种蜥蜴。一种是二维平面的图案，另一种是三维世界的动物。两种蜥蜴首尾相连，以递归的方式奇妙地结为一体。同是蜥蜴，却可以出入于两个不同的世界，那么人呢？

在另一幅画中，当三维的犯人越过二维的监狱围墙出逃时，二维的狱卒却只能眼睁睁地看着。他不理解，也不可能理解眼前究竟发生了什么。

镇心石的全部努力在于使我们成为徒具三维外表的二维人；如果有可能，就成为自己的狱卒。同时，它也决不会因为谁已经屈服就轻轻放过他。它坚持在变形后的格利高尔身上保留继续禁锢的权利：一层硬壳。

梦游则一方面行使我们在三维世界中的基本权利，一方面又把我们从这一习见的世界中解放出来（或使我们得以从中潜逃），正如把梦游者的灵魂从躯壳中解放出来一样。更重要的是，此时它本身就成了一个新的维度，打开了一个新的世界。而从一个世界进入另一个世界，就是从一个层次进入另一个层次。

"梦游"的最后定义：以非常方式抵达的另一个世界。

《梦游》的世界对绝大多数人来说，是一个陌生、新颖、独特的世界。我们可能有过这种或那种的局部经验，但总体上却感到难以把握，像一个巨大的隐喻。这是一个浑浊的、失重的世界，一个"漆黑的"、"无声无息的"、"听不到呼吸和心跳的"、"没有灯光"、"没有月亮没有星星"，同样没有人的世界。浑浊，一派浑浊；黑，无边的黑。只有梦游者独自飘然"向上"、"向前"：

> 不是从恶梦中惊醒
> 我没有做梦
> 我走入梦中
> 躯体失重
> 变成一个内囊空洞的人形
> 被感觉不到的风　轻轻地吹动

很有点庄子所谓"吾丧我"的味道：但不是作为一种智慧的修炼境界，而是作为一种生命的还原状态。"我"在挣脱了那块镇心石的同时，也挣脱了原先被镇的"内囊"，变成了另一个"我"，一个无定质、无定性的"我"。梦游不是夜行，它总是开始于现实终结的地方。它不仅意味着从镇心石的囚笼中出逃，也意味着从自我的囚笼中出逃。现在它们只能像那个二维的狱卒一样，眼巴巴地看着，束手无策。

混沌，一派混沌；黑，无边的黑；只有梦游者独自飘然向上、向前。这情景令人震怖，又令人亲切；令人寒冷，又令人温暖。一种甜蜜和恐惧相交织的孤独。有什么被唤醒：是残留的母腹中的记忆

（"我仿佛潜入浑浊的河流"）？是先祖开天辟地前置身鸿蒙的集体遗传（"仿佛秋天月亮地那样朦胧"）？是冥冥的下界还是对末日审判的预感？说不清楚。诗人也同样说不清楚。他只是犹疑地问道：

> 也许这就是鬼魂生活的
> 那个我没有到达的世界

"没有到达"（肉身）是因为曾经先期到达（精神）。至于是否是鬼魂生活的世界，那并不重要，因为这里新生和死亡、冥界和人间、前世和末世、天空和大地，统统都消失了界限。它是一个可能的和充满可能的世界。

但是，

> 眼前闪现出一束雪白的光
> ……
> 哪来的这光

这束光在《梦游》中出现得确实十分突兀，无端而无理。"上帝说要有光，就有了光"的光？圣灵显现的光？盘古开天辟地时斧子一闪的光？趋光生物所无意识扑向的光？都可能是，又可能都不是。只有一条可以肯定：它并不孤立存在，而与孤独的梦游者致命地关联在一起。在《我的梦游和梦游诗》一文中牛汉写道：

> 我的梦游诗，与一百多年前惨死在阴沟里的美国诗人爱伦·坡的诗有点相似，诗的情境全沉在黑夜之中，没有黎明、阳光和人。爱伦·坡的诗里还有月光，我的梦游诗里连月光

都没有，是纯黑。但我比爱伦·坡似乎活得顽强些，我不靠什么光，因为我自己的生命能发生荧光，一点点光，是从血液和骨头里升起的。

然而我们在诗中所看见的却分明是"一束雪白的光"。它一经出现，就再没有消失（直到梦游者醒后以至永远）。事实上，全诗近一半的篇幅都和对"这光"的体验有关（从而与"纯黑"的另一半构成对称）。诗中的我问道：

（这光）是不是我心灵的触角

回答是"不明白"。对比上面的引文，我更倾向于诗。这不是因为诗人在诗中表现得更谦逊（乍读之下，引文更谦逊），也不是因为我不同意人靠"从血液和骨头里升起的""一点点荧光"就能写诗或前行的说法，而仅仅因为诗中的光更强烈也更惨淡，更决绝也更含混；仅仅因为它引发了这样刻骨铭心的诗句：

如果人间
没有这束亮光
决不会有梦游的人

如此，"这一束亮光"就不只是被放大了的一己生命之光，而同时汇聚了其他梦游者的光（尽管他们同样彼此看不见），汇聚了更多可能的光，并且呼应着那我们永远也无法抵达的天边和梦边的光，那或许并不存在的终结之光！因为它，我们才把生命之光称为"光"。

光使梦游者不再孤独，同时也更加孤独。

光 "洞穿了比岩石还坚实的黑暗"。它开启了一个瞬时的（就梦游相对于现实和历史而言）、危险的（"像走在长长的独木桥上"）自由空间。同样穿透了黑暗的"我"觉得自己成了"冥冥黑海中一尾鳞光灿烂的鱼"，开头提到的那只鹰的身影此刻也隐隐闪现：

> 柔软的手
> 茸茸的翅羽
> 把我托扶起
> 向上向前
> 轻轻地飞行
> 我想唱歌
> 想飞翔着唱歌

他想唱什么呢？还是唱"自由飞翔才是生活"吗？此刻他确实是自由的，确实是在"自由飞翔"，在光、我和自由空间合一的自由本身中飞翔。他应该唱，应该让冲腔而出的歌声打破那"无声无息"、"听不到呼吸和心跳"的混沌世界。然而他唱了没有呢？

> 我变成一个哑默的游动的音符

似乎没有唱。不但没有唱，还变了卦，变成了不出声的、有待组合的，并且只供别人演唱或演奏的"音符"。但又似乎唱了：

> 哦，谁听过
> 我这时奏出的歌

一个不需要回答的询问。其弦外之音是：听者自听。在一种既寂然无声又激越跃动的内心演奏（前语言？超语言？）中，"自由"成了一种隐秘的疼痛享受，一种不能轻易吐露，出口便俗的稀世精神珍品。

正如我们辨不清这里的复杂滋味一样，我们也计算不出诗人为此付出的惨重代价。这，只要想想诗中每次梦游前都会爆发的那一阵"凄厉的狂吼"就够了。而诗人已经梦游了几百次！

动员诗人删去梦醒后的几十行肯定不是一个高明的主意。同时我也不认为二、三稿比第一稿更好。确实，后者相比之下更原始、更粗糙、更少结构方面的考虑，但蕴涵在这些当中的那种本真的韵味和魅力，却又为显得用力太过的前者所不及。在这一点上，我很高兴与蓝棣之先生的看法相似。

删去梦醒后的几十行是另一个问题。所谓"人不要醒过来。应当始终在梦中"固然更有诗意，但未必"更真实、更有魅力"；它显然也不更符合牛汉本人的"生命体验"（也许在对这个词的理解上我们有微妙的差异），而只更符合他生命愿望的体验。梦游意味着自我的分裂，生命的还原。梦游前、梦游中、梦醒后的"我"体现着不同的生命状态，它们互相渗透，互为参照，结成一个有机的整体；而梦游世界的独特性，则是由梦游前，梦醒后的世界（同为现实世界，但如同诗中的表现，有很大不同）所共同凸现出来的。删去梦醒后的部分，就等于删去了一重自我，一重世界。诸如下面的这些诗句，一旦删去，必然削弱可能的意蕴，使诗的整体性受到极大损害（在二、三稿中，它们确实被删去了）：

我从那一束雪白的亮光

铺成的桥上

坠落下来

浑身疼痛

我不停地呻吟

或者：

> 每次醒来
> 留不下任何记忆
> 仿佛生命刚刚诞生

或者：

> 二三十年来
> 我顽强的身上
> 留下一块块乌黑的伤疤
> 它们都是阳光之下
> 受到的重创
> 而在漆黑的夜间梦游
> 没有摔伤过一回
> 即使摔倒在地
> 也不感到一点疼痛

感谢诗人一次"马马虎虎"的过失，使第一稿不致因他的严谨而过久地延误面世——尽管二、三稿已足以保存这笔精神财富。

《梦游》即便在牛汉的作品中也是独树一帜的。它以罕见的真诚和勇气揭示了诗人精神生活中鲜为人知的一面，并据此把此前他更多拘执的汗血人格表现提升为完整的人生境界。它所呈现的梦游世界确实是一个巨大而复杂的隐喻：是他充满苦难和坎坷的人生及其奋力追求的精神目标的隐喻；是生命对抗和拒绝死亡，不断重返源头以孕育新生的隐喻；是自由的隐喻；最后，是诗和诗人本身的隐喻。晚年的牛汉"期望能在空旷中不停地行走"以"到达那片吸引生命的迷茫的远方"（《牛汉抒情诗选·后记》），《梦游》早已透露出个中消息。事实上，他也一直"在空旷中不停地行走"：在梦游中，在诗中。

新诗史上很少像《梦游》这样本真而有力度的诗。今后将更少。这不是因为现在或今后的诗人不再梦游或做梦，而是因为——怎么说呢？这么说吧：

——因为鹰正越来越远离我们。他带走了只有它才会做、才能做、才配做的"高梦"（艾略特语）！

1992年11月20日，北京

"终于被大海摸到了内部"

——从大海意象看杨炼漂泊中的写作

一

　　说"漂泊中的写作"而不说"流亡写作"是不是过于中性了？然而，一个更为中性的概念或许更能触及问题的根本。至少，避开后者在特定历史语境中容易导致、人们也乐于滥用的道德优势并不多余。另一方面，同样是在特定的历史语境中，"漂泊"也可以说不那么中性，而和杨炼所设想的某种诗歌地理学，即"揭示着我的不在的地理学"（《眺望》）有关。它既涵括了作为一种处境的"流亡"及其政治伦理内蕴，又考虑了更为复杂的因素，并敦促我们将其转化为无可回避的个体诗学命题。"哪个触及了诗歌本性的真正的诗人，不是精神上的流亡者？"杨炼在《追寻作为流亡原型的诗》一文中问道。在这一追问中，"流亡"甚至已与是否置身海外没有太大的关系。其他一些诗人，包括漂泊海外的诗人也持类似的看法。当北岛将身体和精神的流亡归结为"词的流亡"时，他显然更多指陈的是诗的命运；而张枣说得更干脆："诗的母语既在国内又在国外；先锋，就是流亡。"①

　　纯粹从写作的立场出发，以上的辨析甚至显得毫无必要。因为无

---

① 张枣：《朝向语言风景的危险旅行——当代中国诗歌的元诗结构和写者姿态》，见《今天》1995年第4期，P242。

论叫什么——"漂泊"也好，"流亡"也好——被尖锐突出的都是写作者和母语的关系。正是基于这一立场，布罗斯基对"流亡"这一称呼是否合适表示怀疑。在他看来，这一称呼"至多只能反映离异、放逐的那一时刻"，而真正重要的是它给写作带来的变化，其中最显豁的是"为我们原本属于专业性的飞行——或者说漂流——提供了极大的加速度，将我们推入孤独，推进一个绝对的视角：在这个状态下只有我们自身和我们的语言，而没有任何人或物隔在两者之间。"①

　　布罗斯基所谓"绝对的视角"仍然是写作者的视角；那么，我们是否可以把它同时也理解为其母语的视角，一种双向的视角呢？换句话说，这里漂泊，或者流亡的主体是双重的，而布氏所描述的作为"语言经历"的流亡或漂泊状态，在这种状态下写作者和其母语结成的私人的、亲密的关系，也是一种互动的状态和关系②。双方彼此选择，同呼吸，共命运。对我来说，这样一种理解不但是可能的，而且是必须的，其根据来自阅读经验，即作为一个汉语诗歌（当然不仅仅是诗歌）读者，长期以来一直强烈意识到的现、当代作品相对于古典作品，尤其是翻译作品的差距。这里且不谈古典；自20世纪80年代起，为了给贫弱的当代文学辩护，不断有论者指责现代汉语不是一种适合文学，特别是诗歌写作的语言。这些人似乎不但没有读过鲁迅，也没有读过那些优秀的译作。稍有头脑的人都会追问：一种足以接纳其他语种的文学作品、基本胜任转译需要的语言，难道会在以它为母语的作者面前感到力不从心，因而需要满怀歉意吗？仅此一点就

---

① 布罗斯基：《我们称之为"流亡"的状态》，见《从彼得堡到斯德哥尔摩》，漓江出版社，1990，P538。

② 就杨炼而言，这种"私人的、亲密的"、"互动的状态和关系"，理所当然地也包括了母语的压抑。"我不知道，我是不是'热爱'中文——这被称为'母语'的？还是写诗本身，即对'母语'压抑的一种抗拒？"（《在死亡里没有归宿——答问》，见《杨炼作品1982—1997散文·文论卷》P210，上海文艺出版社，1998。）

让我有理由相信，作为一种文学语言的现代汉语，相对它所属意的作者，甚至更早、更深地处于一种漂泊，或流亡的状态；而造成它和作品间紧张关系的原因尽管非常复杂，但最致命的一点，很可能恰恰是缺少上述的"绝对的视角"。

在某一语境中顺理成章的事，换一个语境就可能成为无休止的纠缠；而要摆脱这种纠缠，或许"要花费毕生的时间"。就此而言，获得"绝对的视角"之于漂泊或流亡中的写作更像是一种反宿命的宿命：在一个始料未及的时刻，挟着无所置措的失重感，写作者被猝不及防地发射到一个他或许一直心向往之，却身不能至的陌生心理空间，在那里他和他的母语面面相觑，互为表里。另一方面，说谁"一昼夜便完成了"这一令人悲欣交集的内在转换是太戏剧化了。假如没有前此的透彻觉悟和在这种觉悟引导下坚持不懈的趋近努力，假如没有在此过程中培养起来的足够坚韧的神经和强硬的消化能力，因为失重而变得轻如羽毛的生存，就可能在瞬间压垮那突然变得悬浮不定的写作前景。在这个意义上，所谓"漂泊中的写作"又只是一种日常写作的非常表述而已。只有病态的意识形态凝视才会使它变得僵硬，成为舞台上某个角色在聚光灯下的夸张造型。

具体到杨炼的个案，我们会发现一种堪称有趣的现象：似乎他早就意识到未来漂泊的不可避免，并一直为此进行着精心准备。从80年代初到他去国前的几年中我是他寓所的常客，那时但觉他将其命名为"鬼府"，正如其中到处悬挂的各式面具一样，更多的是他疏离现实的自诫和自嘲，却没有深思与他个体诗学的致命关联，更没有想到，"鬼府"主人在与那些出入如风的鬼魂作隐秘沟通的同时，也正致力将自己修炼成这样的鬼魂，而这种修炼恰与日后不期降临的命运相匹配，因为鬼魂总是最轻的。他写于1985年的《重合的孤独》与其说是写给西方读者的，不如说是写给母语／自己的；而他去国前写下的诗句"所有无人回不去时回到故乡"（《还乡》），"每一只鸟逃到哪

儿　死亡的峡谷／就延伸到哪儿　此时此地／无所不在"(《远游》)，既可以说是一语成谶，又可以视为他漂泊中写作的宣言——所谓"故乡"，所谓"此时此地／无所不在"，除了是从绝对视角看过去的与母语面面相觑，互为表里，还能是什么呢？我不认为这是一种事后的神秘，毋宁说是一种冥冥中的契合，同时也是杨炼漂泊中的写作既充分显示了可能的变化，又有效地保持了连续性的原因。

选择大海意象以切入杨炼漂泊中的写作不是必然的。我同样可以选择其他意象，诸如"天空"、"大地"、"石头"、"火焰"、"黑暗"、"墓碑"、"鸟"、"孩子们"等，进入同一座精神迷宫——它们在杨炼同期作品中出现的频率同样很高（有的甚至更高），并且发挥着同样重要的结构／表现功能。不过既然没有区别，其本身就成了理由。一个或许更有说服力的理由是：这是一个在他去国后的写作中才开始被大量和集中使用的元意象，而这一意象和他漂泊的感受，和他因此而予以特别关注的主题，即"尽头"的主题，关系更为密切。"尽头"主题尽管只是他从一开始就致力处理的"时间／反时间"母题的一个变格，却使他反复论及的"中文性"这一现代诗学问题变得更加尖锐触目。当然，无论选择什么意象我都会考虑到，杨炼是当代不多的形成了自己独特的个体诗学和意象系统的诗人之一；对这样的诗人来说，关注其在具体／总体上下文中对某一意象的特殊用法、此一意象和其他意象间既彼此生发又彼此限制的关系，以及它被打下的风格化戳记，比关注这一意象本身更为重要。在以下的分析和阐释中，我将对此予以尽可能充分的注意。

二

相对于漂泊中的写作，大海的意象在杨炼前此的作品中出现得并不多，且初时大多未予变形，其作为客观对应物的语义关联阈不离公共期待，近于透明：

> 一片黄昏是一片海，万物沉睡
>
> 《《祭祀》》

> 海高高拱起一个欲望　光结晶　晒成盐
>
> 《《石斧》》

即便是在较为复杂的语境中象征性地使用这一意象也很少造成歧义。它们毫不怪诞，令人放心：

> 我在万年青一样层层叠叠的岁月中期待着
> 眼睛从未离开沉入波涛的祖先的夕阳
> 还有一片蔚蓝从我手上徐徐升起吗
>
> 《《神话》》

值得注意的是，在写于1985—1988年间的大型组诗《♀》中，海的意象由于受到大量死亡意象的挤压而开始被内在化，并变得晦涩：

> 海向一个肉体内降下去
> 盐碱的舌头　舔食一空
>
> 《《水·第五》》

> 直到　我身体的弦
> 被血里迢迢的另一个声音拨动
> 它说　它将成为海
>
> 《《雷·第七》》

相应地，在《天·第五》中，仿佛电光石火一闪，但决非偶然地，"摸"这个对理解杨炼的作品来说至关重要的动词，第一次和大海的意象联系在了一起。被内化了大海当然看不到，只能摸：

> 我触摸　永远有一个大海

这种变化显然和精神上的幽居状态有关。这片在诗或诗人内部隐秘闪烁的海介于无知和未知之间，既呼应着《朝圣》中那片"流浪的土地"，又与作为死亡的能指、且"早已死过多次"的天空对举[1]，隐喻着某种黑暗中的生机。在写于1987年前后的《房间里的风景·天葬》中，这种关系被揭示得非常清楚：

> 天空是花岗岩的
> 祖先走不出这小小洞穴
> 熄灭的炉火　只留下一把锤子
> 为了从黑暗中雕出海洋

作为参证，另一首《镜》末尾处的一组漂流意象似乎影射了向海的旅程，其结局正是"诞生"，尽管是"悲惨的诞生"。

奇怪的是，《房间里的风景》在收入《杨炼作品1982—1997·诗歌卷》时并没有按写作时序排在《面具与鳄鱼》（1989）之前，而是和写于更早的《易经、你及其他》一起，被归辑到此后的《无人称》（1991）之中。我们会想到：这是仅仅缘于技术性的考虑呢，还是出于一种刻意的安排？但不管怎么说，在我们讨论的范围内都会把我们的目光引向《水之居》。编排的错位，使得这首诗既像是杨炼漂泊前后写作的一种链接，又像是对二者界线的擦抹。在这首诗中，一

---

[1] 把天空作为死亡的象征在所谓"朦胧诗"中是一个普遍的现象。最卓著的如芒克的"太阳升起来，/天空血淋淋的/犹如一块盾牌"。

张沉沦于黑暗的床先是被黎明的天空抬到炽热的高度，接着又随一声鸟叫陷入"深深的沉默"，而就在这迅若交睫的一瞬间：

> 如唇的海浪淋漓直下
> 暴露出隐匿的牙齿
> 咬疼沙滩　你的岛屿残缺不全
> 在风中漂流
> 让庞大的水族阵阵瘙痒游动
> 被逼近时猝然亮起　光或者盐

　　如此穷凶极恶的大海，这在杨炼此前的诗中还没有出现过。那么，它只是狂暴的自然强力——包括心灵和想象的强力——的一个引喻吗？当"如唇的海浪"在诗中"暴露出隐匿的牙齿"时，它是否还暴露出了点别的什么？"你的岛屿"中的"你"究竟是谁？它所指代的仅仅是那个躺在床上的"你"吗？让我们且等一等，因为这场达利式的梦魇还没有完：

> 终于一个黎明迫在眉睫
> 海水散开　深入你的是树
> 宛如喷泉的树
> 头晕目眩的白色波浪　横冲直撞
> 在你空荡荡的海底　溺死你

　　我们或许还能辨认得出，那棵"深入你"的树，"宛如喷泉的树"，不过是散而复聚的、变了形的、直立起来的海水而已；问题是，被深入的"你"怎么又成了"空荡荡的海底"，并面临被头晕目眩、横冲直撞的白色波浪溺死的危险呢？这个"你"和上一节中的"你"

又是什么关系？很显然，除非这个"你"之外和之内还是"你"——既是另一个又是同一个"你"；除非"你"在被深入的同时也敞开了深度，既成为反向涌流的另一个大海（"深入"和"喷泉"的力学向度正相反对），又成为周而复始的同一个大海，否则这首诗就会变得不可解读。考虑到这首诗恰恰写于杨炼去国前夕，又是他此前唯一一首正面表现大海（尽管只是幽闭在梦中或被幽闭本身催生的海）的诗，其中的暴力场面似乎预示了他和大海之间，更准确地说，他的自我内部、他其实早已开始了的漂泊中写作的内部即将出现的、更深层面的对抗关系，或者说，他已经潜意识地感知到了这种对抗；而对解读这首诗来说，必不可少的某种悖论式的自我相关且反身包容的辩证视点，对理解他将如何应对和处置这种对抗同样是必不可少的。仿佛是为了平衡、以至掩盖受到震撼后的紧张和不安，这首诗的末节显得出奇的宁静，如同重归母腹般的宁静。事实上诗中的"你"自己也觉得像是回到了母亲的子宫，那分不清是谁的呢喃声充满了暧昧的催眠意味：

> 黑暗把你带走　你听不见
>
> 鸟儿做梦似的又开始叫了
>
> 枝头很远
>
> 而你还在这床上　孤零零地起伏
>
> 去世多年的母亲依然阵痛抽搐
>
> 没有什么　甚至没有你
>
> 一枝水仙持续的睡眠
>
> 阳光很远　那世界更远　更远

然而，那"更远"的世界又是，又会是，又能是一个什么样的世界呢？

三

另一个世界还是这个世界。

与天堂相反的方向，却不配称为地狱。

（《地下室与河》）

——在杨炼看来，这本来只是一个老而又老的"每个人的故事"，却需要"预先埋葬了自己，用你的无人，重讲一遍"；而这样一来，这个故事就成了一个有关诗和诗人的，至少是有关他和他的诗的故事。

Chapter1："两只野兽以走投无路的血相识"（《·山·第一》）。如果说杨炼是当代中国最早达成了诗的自觉、尝试建立自洽的个体诗学，并用以指导自身写作的诗人之一的话，那首先是因为他最早深切体验并透彻反思了这种走投无路感，由此拓开一条决绝的向诗之路。在杨炼不多的具有自传色彩的早期诗学文章《重合的孤独》中，他所置身其间的历史和现实被描述成"一所使所有人迷失在其深处的一动不动的大房子，一座迷宫"，其中"每个路口都写着'禁止通行'，但你却不得不走下去，转弯，碰壁，再转弯，再碰壁……直到所有感觉、经验、思想、语言以至年龄被挤压成一团黑糊糊的东西。诞生和死亡、青春和衰老、呼喊和沉默，没有区别地融为一体。你将不再有必要记住自己的姓名和面孔。"在这里，历史、个人和诗面临着孤独无告的同一绝境，而这种独特的东方境遇同时也辩证地成为东方思维的惟一现实根据："人在行为上毫无选择时，精神上却可能获得最彻底的自由。人充分地表达自身必须以无所期待为前提。"那么，如此的感悟同样适用于漂泊中写作的西方语境吗？回答是肯定的。在杨炼看来，变化了的语境甚至加深了上述"重合的孤独"，或者说，成了他运用"最彻底的自由"主动创造出来的更深的困境，在这种困境中"一个辞足以令你走投无路"(《鳄鱼·十一》),"我的文字,使我在众目睽睽的人群中成为一个秘密"(《沉默之门》)。当"背对窗口 一个人制作他自己的恶梦/用黑暗的字喂饱关在身体里的野兽"(《黎明之前》)成为最触目的前景时,它也同时拥有了一个更广阔的纵深:

> 战争不得不轮回于一个人之内
> 哑巴比辞更混乱 更疯狂
>
> (《同心圆·Copplla塔》)

Chapter2:个体诗歌谱系。个体诗学的重要组成部分[①]。和所有雄心勃勃的诗人一样,杨炼的个体诗歌谱系极为驳杂,其中充满了由个人趣味和阶段性注意所导致的变数;然而,有三个人和一个"无人"的影响或许至关重要,并且一以贯之。三个人:圣·方济、T.S.艾略特和屈原。圣·方济:一个必须公开执行的秘密遗嘱("人,是在被世界抛弃的刹那间得救的");T.S.艾略特:个人和传统的创造性互动关系;屈原:无穷的怀疑和追问精神,以问题"回答"问题,并在此过程中包罗万象的诗歌方式。我们不但可以在构成杨炼个体诗学基石的几篇早期文章(《传统和我们》、《智力的空间》、《诗的自觉》、《重合的孤独》)中清楚地看到,而且可以在他此后陆陆续续的诗学阐释中,当然更主要的是在他的作品文本中,不断发现有关的"踪迹"和对这种"踪迹"的呼应。一个"无人":伟大祖先的创造,无与伦比的《易经》。对杨炼来说,《易》所建构的自然象征体系横越时空,不但是活力和智慧的无穷源头,而且是诗之大道的永恒启示。诗如《易》:一双俯瞰相对世界的绝对的眼睛要求一种绝对的诗歌本

---

① 关于"个人诗歌谱系"和个体诗学的关系,请参见拙作《九十年代先锋诗的若干问题》中的有关章节。

体 / 主体观。这种本体 / 主体观把诗理解成生生不息或生死无定的世间万象最后的安身立命之所，一个不断生成、同时自足的语言实体；其构成方式是多层次、多侧面、不同因素依靠内部的动态平衡相维系的智力空间，不是"让局部说话"（布罗斯基语），而是用整体（包括不同作品之间、同一作品内部的互文性）说话。一个自身生长着的整体使得具体作品不再是个体经验的投射，相反是对后者的持续汲纳和吸收。在此过程中写作本质上成为一场漫长的语言献祭，让所有的瞬间汇入同一个瞬间；而有悟于此的写作者必须"以一生的时间学会对自己无情"。因为诗道无情。"没有不残酷的诗 / 能够完成一次对诗人的采访"（《大海停止之处》）。

Chapter3：元写作立场。对杨炼来说，这是不言而喻的：既然诗即存在，语言 / 写作当然也就是命运。"呼吸，也是写。你不呼吸，也在写……记忆，不停地写……""你在不停的走动中，体会着命运的一动不动"（《祭品》）。元写作：一种先于写作者的下临无地；诗的绝对律令：第一次，永远是第一次！从这样的立场看过去，不存在编年意义上的诗歌史，只存在一种因新的加入而不停变动着的诗歌秩序，因此无论是广义还是狭义的、已在的和将成的诗，都无所谓"中心"或"边缘"。"它是它自己的中心，只能更深地坠入自己深处，在那儿反向包容世界——以独特的语言构成，以植根于传统的思维方式，以不可替代的经验和一代代经历者。"在杨炼看来，这种对诗歌秩序的同心圆式的理解同时也提供了诗的写作 / 阅读的内在方法（当然首先适用于他自己）：

　　因为一个诗人，现实、历史、语言、文化、大自然、迥异的国度、变幻的时代……
　　一切，都构成一个"自我"的内在层次；和一首诗的内在深度。

谁创作，世界就环绕谁构成一个同心圆。朝向，他自己
内部更黑暗的唯一方向——
  "来到末日中心的人
  书写神那么稚嫩的音乐。"

（《同心圆》）

Chapter4：死亡诗学或向死而生。杨炼个体诗学的核心或纠结。死亡经验和死亡形而上学的奇特混合和结晶。和他的诗学阐释中有时雄辩得近于堂皇的说辞相反，杨炼的作品中充满了死亡的阴影乃至腐臭（与此相伴随的是血腥和暴力）。二者的关系近于保罗·德曼所谓语法和修辞在同一文本内的相互交涉，但就阅读经验而言，后者显然一直占据着绝对上风。这是否表明杨炼在更大程度上是一个修辞化的诗人？不能说这样的怀疑没有道理，然而即便如此，也非但没有颠覆，某种程度上反而强化了他个体诗学的自洽性：既然"另一个世界还是这个世界"，那么，诗学意义上的生就必以死（现实的死、梦的死、诗人自身不断的死、作品可能的死）为前提，正如生存意义上的生是死的同义语（"所谓活着，就是不断死去"）；既然"在一种以麻痹的形式加强的疼痛中，肉体的毁灭，甚至还不配被称作死亡"，那么，所谓"智力的空间"，如果不是先行到死亡中去，成为来自其深处的反观和想象的话，就什么都不是（"对我来说，每首诗，都是一篇遗作。""被漆黑空洞的中心一直诱惑着，你，就一再是末日最新的版本"）。在这样一种生存和诗意、经验和玄思混而不分，并且被日常化了的双重指定中，死亡的宿命也被日常化了。它不但成了杨炼写作的临界点和灵感的源头，而且决定了他的身份（"一个活着的鬼魂"）[1]、他写作的维度（"我信任'深'，因为它必然'新'"）、

---

[1] 试比较福柯所谓作者"必须在书写的游戏中扮演一个死者的角色"。

他独特的运思／结构策略（所谓"形而下下——形而上"），并在很大程度上决定了他作品的主题和材料、基调和色彩（黑。正如凡他参与意见的作品封面设计皆取黑），决定了他擅长并热衷的那种无分内外、出生入死的无过渡辨证句式（典型的如："躺在阳光下，也像躺在坟墓的黑暗里，被黑暗晒白"，或："是你的躯体渐渐隐入墓地，还是墓地日复一日地在你身上醒来？"），甚至决定了他那孤悬的、沧桑的、宣谕或布道式的语气（"那就不奇怪了，为什么鬼魂都用永恒的口吻说话"［《十意象·两个春天》］）——非如此就不足以与作为死亡象征的那所"使所有人迷失在其深处的一动不动的大房子"，那座囚禁着无数鬼魂、而自身也无比孤独的迷宫对称；就对不起那"空洞的辞，用慢动作枪毙你。慢吞吞地死，几乎连死亡都不是"的漂泊中的写作。

　　我不希望以上的简单勾勒，特别是一连串的"决定了"会造成这样一种错觉，似乎杨炼的个体诗学是一个完整的、严密的、决定论的、如同极权主义制度那样具有垂直支配功能的系统。不，一种个体诗学再完整、再严密，也只是一个故事，换言之，一种个人的虚构和幻象；并且像所有的故事一样，充满着种种内部矛盾、冲突、裂隙，一句话，自我解构的可能。与此同时，如果说在杨炼的个体诗学和他由之所出的极权主义制度之间，确实存在着某种隐秘而又有迹可寻的内在联系的话，那也丝毫不值得奇怪。这种联系类似童年经验或弗洛伊德所谓"创伤记忆"对一个人的成长和当下状态所造成的影响，既有作为后果不得不承受的，或受其暗中操纵不由自主的一面，又有从本能到自觉，在对抗、疏离、反刺中寻求主动的、深思熟虑的超越的一面；而二者的存在和作用方式同样不是那种判然的泾渭分明，而是交互的、彼此渗透的，但也不排除在极端情况下呈现出精神分裂的征候。这样一种多重的眼光或许有助于我们理解，例如，为什么对生死的彻悟在杨炼那里同时又导致了他对死亡的迷恋以至偏执？为什么在他的死亡诗学中，诗犹如柏拉图的"理念"，把通常所谓的"现实"贬低为"影子"，以至"影子的影子"（"河是幻影。看河的你，你们，我们，是河的幻影"）？为什么一直孜孜于"创造一个与现实世界既呼应、又抗拒的'诗的世界'"的他，也会以全称判断句式，说出"世界仅仅是出于一个疯子的狂想"这样的话？确实，理性不但与疯狂相距只有一步之遥，而且有时就是一种疯狂。反过来也一样。

然而，无论是理性还是疯狂，都必须落实到写作上；就讨论杨炼在漂泊中的写作而言，落实到他所谓"以对形式的焦虑和兴趣，刺激探索'黑暗极限'的欲望"（《在死亡里没有归宿——答问》），以及二者构成的张力上。我不知道对其个体诗学所做的这一番匆匆梳理于此是否能够带来某种阐释上的便利？如果有读者碰巧从中体会到了哲学意义上的虚无，并因此变得稚嫩，那也符合诗学意义上的死亡，或诗作为一种"毁灭的知识"的本义：

死亡是一句反话　邮寄
婴儿耳朵的鲜红邮票

（《同心圆·活，这个字》）

让我们借助这婴儿的耳朵，继续听一听大海意象在杨炼诗中的动静。

四

大海的意象在杨炼去国后的作品中明显增多是很自然的。如果说此前大海之于他更多地是出于想象的话，那么此后则成了最常见的景观——在他先后居留的奥克兰、悉尼、纽约、洛杉矶和伦敦，在他从这一国到那一国，这一洲到那一洲，辗转漂泊的途中。然而，仅仅将其理解成一种不断强化的视觉刺激，或一个"他者"作为诗歌材料的持续自我强调，那是远远不够的；对杨炼来说，一个仿佛到处悬挂着的大海首先意味着一种现实，而所谓"现实"，正如"历史"、"文化"、"自我"一样，在他那里从来不是外在而是内在的，不是既定的而是有待发明的，不是相关细节的累积而是经过了抽象的处境，并因此差不多是一回事："对我而言，历史、文化，从来不是别的——只能是自我本身：'历史'的含意是'现在'——包括了全部昨天的今天；'文化'的含意是'自我'——呈现出所有'文化裂变'的个人"（《建立诗意的空间，以敞开生之可能》）。他已经依据这一原则创作了大型组诗《♀》，从而发明了一部"个人的历史"和一个"全新的自我"，那么，当大海变幻不定的身影如同一道符咒不离左右，对他又意味着什么呢？在《向海复仇》一文中杨炼写道：

> 我们没有一座小房子，坐落在被风暴追捕的悬崖上。没有那些年，把一个人变老。大海，晃动着阴影，悬挂在任何可以是窗口的地方。没有墙壁，因此没有镜子。脸，像一只停了摆的表。我们没有的街道上整天弥漫着蓝色。装饰一个生活的小东西，帽子、眼镜、钥匙、酒杯、旧报纸、咳嗽药、蟑螂，都是蓝色。四季梦见自己的蓝皮肤，做着梦被运走了，像被吃掉一样不留痕迹。

这里，大海无所不在的阴影具有形而上死亡的全部征象：它删除地点，取消时间，抹去记忆，迫使"我们"暴露出一无所有的本质，并且就暴露在一无所有之中。它不仅覆盖了日常生活的点点滴滴，而且一直渗透到梦境里。这种专横的暴力或暴力的专横，尤其是末句"做着梦被运走了，像被吃掉一样不留痕迹"，使我们很容易联想到《水之居》中那个"横冲直撞"的大海，联想到那座"使所有的人迷失在其深处的一动不动的大房子"，并因此而呈现出某种先在的、非人的诗意。它似乎一直等在那里，只有待于与杨炼，或他的死亡诗学相互发现。事实上杨炼也是这样感受的：

> 一切，发生于一种高度：海面，微微隆起，越蓝，越陡峭。最后成了垂直的。一堵墙，一座迫使你看它的山。距离，也仅仅是向上的。你被楔形海岸间那只浑圆的眼球，一眨不眨地盯着。你不得不看，像不得不服一种酷刑——感到，刺瞎双目的光，不是别的，正是自己撞上了海、又反射回来的目光。海，把它变成了非人的。不是想象，是现实。一种轻蔑，如此酷热如此明亮。有，你宁愿从未见过的兽性的美。

就这样，作为一种现实，或一种处境的大海，经由"一种轻蔑"，被转化成了一种无可回避的挑战：既是诗的，也是自我的挑战。"宁愿从未见过"凸出了这"兽性的美"的咄咄逼人。它扔出的白手套与其说迫使，不如说激励着杨炼向它的深处挖掘，在此过程中屈原式的追问往往情不自禁地变成陀斯妥耶夫斯基式的拷问。拷问："一把刑讯室的电椅"（《同心圆·对位与回旋》）；与非人的诗意对称、确保现实／自我通过持续分裂敞开自身的写作方式。"你不知道，一个不能分裂的现实有什么价值？就写，每分钟被活活撕开的疼痛，自己肢解自己，用一面镜子献祭"（《祭品》）。

因此，正像杨炼漂泊中的写作是他此前写作的继续一样，一个分裂的大海是此前业已被充分内化了的大海的必然结果。我们不太清楚这个隐秘的分裂过程，而只能见到像破碎的玻璃一样迸溅的大海片断，其中每一片都折射着杨炼漂泊中的内心现实：

海萎缩成木纹

海鸥点点灰白的指甲
掐进岁月
掐算着别人的笑声

(《老人》)

死者的海面　铁块般散发腥味

(《格拉夫顿桥》)

住在鲨鱼寂静心中的人只能干裂
看着大海把自己烧完

(《恨的履历》)

时差　随着一具躯体而腐烂
金色大海随着星光才暴露食肉的过程

(《与星同游》)

从未记住死鱼们的大海
像春天　把一口浓痰吐进你的眼里

(《怕冷的肖像》)

整个大海向起点倾斜
你被监视着爬进一条软体动物

(《窗台上的石头》)

一片海的宽大叶子顶在酒杯头上
一个日子把你关进一粒活水晶

......

喝干你时让你涨潮

一生看守着你的大海精疲力竭

狠狠打入你体内

......

光　在海底折磨一条隧道

小小的空心的岛　在体内胀着你

疼　就是一盏不灭的灯

再疼　海从早晨背后射出来

又一个白昼深深射入令你致命的方向

（《监狱岛》）

　　这些在不同语境中闪现的大海意象意蕴和功能各各不同，但都充满着上面说到的那种无情的死亡气息，并且都怀有显而易见的恶意；而诸如"萎缩成木纹"、"铁块般散发腥味""看着大海把自己烧完"、"一片海的宽大叶子顶在酒杯的头上"等变异想象，似乎也可以理解成：由于难以忍受大海巨大的压迫，杨炼下意识地采取了心理学称之为自我减压的手法，或缩小其体积，或改变其性质，以舒缓紧张的对抗，并保持住内在的张力。在写作组诗《大海停止之处》（1994）之前，大海意象的分裂和变异在杨炼的作品中呈现出某种加速度的趋势，恰与他此一时期对"孤独"和"遗忘"主题——它们都是死亡主题的变格——的集中探索同步。一个加速度分裂的大海既显示了其造成伤害的锋利程度，又表明这种伤害并非是单方面的，而是一种相互深入，一种抵死的纠缠。不是"道高一尺，魔高一丈"，而是魔道互长，彼此走投无路。每一片分裂的大海都指向一双"凝视着'彻底'的眼睛：更黑暗些，黑暗到令死亡和遗忘一目了然的程度"（《因为奥德修斯，海才开始漂流》）。这样的相互深入至为凶险，它必然包含了隔膜和拒绝，因此决非偶然地被一再赋予玻璃和金属的质地：

是否每堵墙继续长高都能俯视海面
趾甲一片惨白　才能插进这片海的玻璃

（《走在墙上的断脚》）

海洋嗅出了最乏味的瞎子
光有受伤的脚趾时　蓝必然不是一滴水
两面相对流走的镜子间没有出路

（《鬼魂的形式·一、二》）

海缩小　银白刺眼的瓦

（《收割》）

给这窗口一大把肉色花朵
给眺望的中午一片不停坠落的海
金属的风暴　把疼痛铸造在听觉里

（《歌剧》）

吱吱响的海面　透明弯曲的玻璃

（《空间》）

语言　死在陈述里
紫色结晶的大海死在一个别处的湖里
……
大海　每天重返一根怀里的白骨

你每天疯狂回忆一个现实

……

海不可触及　覆盖别处的雪

突然覆盖到处

（《其他没有的》）

你一生等待　玻璃指甲慢慢长出

　玻璃的根扎进一个大海

……玻璃的爱情　使大海无力翻动

（《玻璃艺人》）

　　需要调动视觉、听觉和嗅觉，从不同的角度感受这些意象，但触觉或许更加重要。这样才能更真切地体验到它们的灼热和冰凉，疼痛和麻木；也才能理解，为什么杨炼会在《大海停止之处》中，一方面惊呼"大海　锋利得把你毁灭成现在的你"，一方面又如释重负地慨叹："这忘记如何去疼痛的肉体敞开皮肤／终于被大海摸到了内部"。"摸"或许是杨炼作品中唯一与大地、天空、大海等元意象相匹配，并贯穿始终的关键性动词，是他基于"现在是最遥远的"这一根本感悟，领受、挖掘、收集死亡诗意的最重要的契机和途径。大地："把手伸进这土里　摸鼻孔　嘴　生殖器／折断的脖子　浮肿的脚／　把手伸进土摸死亡"（《￼·地·第三》）；天空："你的名字每天死后／袒露一具没人能抚摸的肉体／让天空摸／从雪到血　摸遍火焰／直至黑暗　偿还不知是谁的时间"（《无人称的雪·之三》）；大海："被彻底剥夺时　一架空想的钢琴被砸碎／一种看见透明得以眼睛为结束／玻璃的说谎声　仅仅使耳朵更刺耳／你只摸到自己指纹间的波浪／被相同的疯狂扼死在窗户的另一侧"（《刻有不同海洋名称的博物馆窗户》）。摸：元写作的色情表达。想象之手照亮黑暗的磷光。"点燃灯火、写,都是一种触摸。黑暗的极限,是看见——每一双眼睛本身的黑暗"(《十意象·这里》);然而,未经触摸,也就无从真正看见。如果说"摸"之于杨炼最终意味着"我在我身上摸到了陷阱"(《ᚼ·水·第六》)的话,那么,其中的自虐意味还可以因另一组看上去更令人绝望的意象得到平衡。这就是他反复使用过的蜘蛛和蛛网的意象。或许在杨炼看来,没有什么比这更能恰切地概括诗和诗人、诗人和自我的关系了:

> 你咬　体内一张血红的蜘蛛网
> 你比蜘蛛更仔细
> 咬着黑暗中看不见的细节
>
> ……
>
> 你咬　一只蜘蛛被血红的网网住
> 生活在死者间多么温暖
> 旧日子的针缝合着母亲们的黄白色骨灰
>
> 　　　　　　　(《同心圆·重复的地点》)

　　这里的"咬"也是一种"摸",暗喻着持续的分裂和缀合;两次"咬"之间,包含着一种致命的自我相关。比较《夏季的唯一港口》中的一行诗:

> 在水上写字的人只能化身为水
> 把港口　化为伤口

可以对此有更精微的感受。"生活在死者间多么温暖"本是一句反讽,当然也不缺少反讽往往会带来的某种轻盈。在诸如"海尘土飞扬／站在蜘蛛的腿上"(《史前》)、"鲨鱼怀着险恶的念头从背后爬树／爬上一张海洋的凳子"(《世界的躯体》)这样的意象中，我们同样可以感受到这种喜剧性的轻盈。

我不知道当代诗人中还有谁像杨炼这样，以如此深邃的心力，如此自由的笔触，如此奇特的方式书写过大海？一个不断分裂和变异的大海使之充分能指化了，其丰富的程度甚至令人怀疑，杨炼在试图消解或汲纳（消解就是一种汲纳）大海浓重的阴影时是否也采取了某种消费主义的策略？他的想象力是否挥霍得有些过分？另一方面，无论他笔下的大海怎样变幻多端，都不但没有影响，反而强化了其可能的元意象功用。重重叠叠的大海片断如同堆积在地平线上的重重叠叠的尸体，如同遍布在时间深处不肯结痂且不时抽搐的伤口，坚持指明着某种总体的生存／语言处境。当他将大海与"一连串空白"和"谎言"并置时（《传记·空白和插曲》）；当他发现"大海用子宫中每一块肌肉收缩的力量／否认着大海"和"活鱼被油煎的刺痛／否认死亡仅仅是空虚的"之间，存在着一种奇妙的对称时（《南方》）；当他无动于衷地"听见自己在海上被摔碎"，并意识到"大海储存了所有花瓣被埋葬的颜色"时（《紫色》）；当他不无倨傲地宣称"行走如绝缘的天空／跃入大海的躯体　使大海变成伤口"，"有的是时间住进／淘汰大海的光芒　被过去时终于被指出"时（《缺席》、《所有不在的房子》），我们触摸到的，其实是同一个像死亡或道德律令一样决绝，同时又不乏智慧弹性的意念：

所有海洋的沉重树冠
用你扎根　让春天涌入就是涌出
　　　　　（《刻有不同海洋名称的博物馆窗户》）

五

欧阳江河在《另一种阅读》①一文中比较北岛和杨炼的"激情"时曾有过一个言犹未尽的观点。在他看来,"北岛的诗作有着显而易见的结晶的性质",而杨炼的写作"与一个不指向未来的非时间化过程有关",其特征是"结构性力量在作品内部起主要作用"。接下来他征引了瑞士哲学家简·玛利科(Jan Marejko)的一段话:"一个非时间化的过程必然地伴随着自然界和政治界的功能一体化",而"在功能一体化中,社会准则、符号、激情、规范和魅力都不再起作用";然后他意味深长地提示说:"注意到杨炼诗中的'激情'是'不再起作用'的激情,这肯定对我们阅读杨炼有所帮助,如果我们确认阅读是'有自己历史的一种复杂可变行为'的话。"但他的提示也就到此为止,结果使之变得更像是一个被悬置的问题,其关键倒不在于能否从玛利科的有关论述中直接导出"杨炼诗中的'激情'是'不再起作用'的激情"这一结论②,而在于就诗歌写作而言,所谓"不再起作用"的激情是一种什么样的激情?或者换一种问法:什么样的激情在诗歌写作中是起作用的、有效的激情?由于不能确定欧阳江河的提示是仅仅针对杨炼的写作和母语语境(包括阅读语境)的关系呢,还是同时也针对杨炼的写作本身,所以问题还可以被进一步转化为:杨炼的激情究竟是一种什么样的激情?他在写作中怎样使用他的激情?

---

① 欧阳江河:《站在虚构一边》,三联书店,2001,P101—102。

② 在我看来,这样做是过于轻率、至少过于简单化了。因为哲学/社会学意义上的"非时间化过程"和诗学,尤其是个体诗学意义上的"非时间化过程"尽管不能说毫无关系,但永远不是一回事。前者指向一个超稳定的社会/心理结构,与"自然界和政治界的功能一体化"互为因果;后者则主要关涉对所谓"诗意"和诗歌存在方式的理解,且不但不存在任何"功能一体化"的问题,恰恰相反,是在生存/语言的临界点上对所有"一体化"或类似企图的持续颠覆。

以及，他的激情可能以什么样的方式作用于阅读？在这方面，完成于
1994年的大型组诗《大海停止之处》或许提供了一个极好的案例。

杨炼本人显然十分看重这部作品，以致在可以被视为创作自传的
《建构诗意的空间，以敞开生之可能》一文中将其列为一个独立的单
元。在追溯其写作动机时杨炼写道：

> ……我一直想写一首海的诗，像抓住土那样抓住海的灵
> 魂。但不行，海与我之间，始终隔开一个距离。即使我把手
> 伸进水里，那蓝色的皮肤下仍是一片黑暗，一种无知。我环
> 绕着各个大海，从一洲漂泊到另一洲，一年漂泊到另一年。
> 大海，也环绕着我，在动荡中保持着它神秘的静止。它的沉
> 寂，一直继续到九三年我回到澳大利亚。在悉尼海岸那一道
> 峭壁上。我坐着，大海在面前，湛蓝无际地伸展，几乎在远
> 处高起来，像一道陡坡，连接天空。脚下是波涛的巨响。悬
> 崖，像一个船头逆流行驶。多少年，就这样过去。突然，一
> 个辞，如光亮起："尽头"。此处是尽头，此刻是尽头；"一
> 个独处悬崖的人比悬崖更像尽头"——而尽头本身又是无尽
> 的！这个人，活着，就是生活与命运的界限；说话者，是语
> 言的界限。唯一可说的，却又是永远说不出的；"经历"自
> 己的尽头，经历它，直到在每天的现实中看到海，看到自己
> 在"出海"——由于这首诗，"尽头"逾越了它本身，成为
> 到处的，每天的。

这一追溯在某种意义上也可以被读作他所追求的、诗学意义上的
"非时间化过程"的一个经验性注释。他有关其结构的"夫子自道"
或许更能说明问题：

……它由四章、十二节诗组成。作为单独的作品，每节诗可以被视为一首短诗，其写作集中体现了我的短诗之特色。但这十二节诗，又由一个完整构思的、统一的结构联结成一体。作为一个整体，再次"再现"了我近十年前提出的"智力的空间"之命题。它是自《☿》之后，我在漂泊中首次重新使用"空间"的概念，创作出的大结构的组诗……四章如四首独立的奏鸣曲（Sonatas），每章由一、二、三节组成。其中，第一提出命题（如第一章中之"尽头"的主题），第三呼应、伸展，并完成此一主题，而第二，是与主题表面无关、独立成章的一首诗（离题诗）。如把四章放在一起看，则整首《大海停止之处》是一部交响乐，四个乐章层层深入又被形式上有意地"重叠"在一起：每章前独立的"大海停止之处"标题；每节第三句中的"……的与被……的"句式；每章最后一辞的"之处"；等等。使全诗互相呼应，层层深入，直到四个"大海停止之处"，停止于一处：现在。而"现在"的幻象中，层层包括时间、生命、语言、历史……直到这个地址上这个人。没有哪一个地点不是抽象的，也没有一个幻象不显现于此刻的生存之内——"现在是最遥远的"，同时"现在"又是唯一的。

最后他自我总结说：

　　我用这首长诗向海"复了仇"：突破了它的拒绝，在我里面，我的人生里摸到了它，创造了它。四个没有标出号码的标题，其实是同一个标题的轮回，这轮回不是从一个到另一个顺序进行，而是从一个到所有其他"同时"进行。一种"非时间的轮回——轮回于"不变"！

"大海停止之处"，永远不可能停止。因为没有一处是停止的，所以，"停止"，在看不见的深处，是一个形而上学。正如每个人中蕴涵的"无人"，或"所有人"。大海，到处停止，才目睹世界不停流去。

一个即便是没有读过这部作品的普通读者也能从以上引文中感觉到强大的、同时关注内涵和形式的激情力量，并领会通过结构来凝聚这样的激情是最正当不过的①。问题是，假如不借助于诗人的自我阐释，一个即便是福柯所谓的"标准读者"能够独立地读出这首诗的主题和形式意蕴，破解其被如此精心经营的结构吗？落实到文本的肌质，即逐行逐句逐意象及其彼此关联的解读上，问题恐怕会变得更加尖锐。据我所知，差不多自《␂》之后，杨炼的诗之于大多数读者的感召力就越来越有赖其远播的声名，因为——就我的经验而言——阅读他的作品、尤其是他的大组诗是不自由的，需要有极大的耐心才能克服初时强烈的不适感。这种不适感往往首先来自形式：庞大而谨严的结构会形成某种强制性；过于密集、有时又过于个人化的超现实意象会形成某种我称之为"意象栅栏"的效应，其话语姿态不是邀请或自便，而是"非请莫入"。其次来自内涵：你会觉得他的诗有过于浓重的末世意味，"彻底"得近乎野蛮，是对"人"的一种持续的揭露、轻蔑乃至羞辱，因此阅读时必须怀着某种受虐的心理，被指出、被刑讯的心理；而最令人难以接受的是其间没有为救赎、或可能的救赎留下任何余地，从而在迫使你始终直面死亡深渊时形成另一种强制性。

---

① "好像有一个神秘的诱惑，很久以来，我总是被组诗的形式所吸引……其实，真正令我激动的是'结构'——不停地赋予变幻的生存感受一个框架，使之显形。同时，通过组诗中互相对比、冲突、呼应的诗体，刺激语言充分敞开。这可以简略地认为是一种诗歌意识：建立诗的空间。源自一个中文字之内的"空间感"，经意象、句子、一首诗、各首诗的关联，组成作品最根本的隐喻。"

在这种双重的强制性面前你很容易铩羽而归——倒不是因为过于尊崇所谓"作者意图",而是因为无论是必要的还是充分的误读,似乎都没有太多的用武之地。只有在反复阅读,并且是阅读他尽可能多的作品的基础上,在不但对其文脉,其个体诗学特征和美学程式,而且对其内部的互文性有相当把握的基础上,你才能找到出入这座精神迷宫的秘密交叉的路径,它才会对你敞开。以《大海停止之处(一)》起手的一节为例:

> 蓝总是更高的　当你的厌倦选中了
> 海　当一个人以眺望迫使海
> 倍加荒凉

假如你不熟悉"蓝"在杨炼此前作品中的变迁,不熟悉"厌倦"之于他的独特的形而上意指①,你就很难充分感受这三行诗给出的"尽头"处境。同样,假如你不了解"倒影"一词之于杨炼的本体/方法论意味②,你就会对"一个早晨墙壁上大海的反光/让辞与辞把一个人醒目地埋在地下"这样的诗句茫然失措;假如你没有读过《否定的石榴》,你就会觉得"被看到否定的/被毁灭鼓舞的/石榴裹紧蓝色钙化的颗粒"像是兀然闯入的UFO;假如你没有注意到音乐结构在《无人称的雪》和《黑暗们》中的一再预演和锻炼,你就会和同样的考虑在《大海停止之处》中的匠心独运失之交臂……最后,

---

① 《其实往往是一个题目的联想》:"是这样的眼神,神说过:厌倦世界和幻象的眼睛……厌倦,使你获得一个间隙。"

② 《鬼话》:"现在,你知道自己被埋在黄土下,透过黄土看,一切都折射成倒影。回哪儿去?黄土下无所谓异乡,也不是故乡。你就坐在这个从来没有你的地方。你哪儿都不在";《一个人的城市》:"你里面,是另一座城。像倒影,却同样与你无关";《十意象·两个春天》:"你寻找,一个生命的结构。在天空,倒映成死亡的结构"。

假如你对杨炼"形而下下——形而上"的为诗之道一无所知,假如你没有悉心体察过那些业已一再分裂、变异的语言的大海,包括在《刻有不同海洋名称的博物馆窗户》中"被盛在瓶子外面"、等待命名的大海,在《死羊羔的海》中"翻开一册膻腥的书/让裹着皮革睡在火旁的赤裸女人读"的大海,在《时间海岸》中早已"变老"、"在死亡中无限逼近时更像一个界限"的"尽头"的大海,你就不可能真正知会,《大海停止之处》的所指其实远非是大海:与四个"大海"的重叠或轮回对应、被分别处理而又彼此呼应的四个主题,即一、尽头/返回;二、时间(世纪);三、现在/缺席;四、地点(在和不在),不仅综合了他和他的写作在漂泊中的命运与处境,如果你愿意,也可以说影射着母语诗歌的命运和处境。套用前引他的一句话,这里大海"逾越了它本身,成为到处的,每天的"。

这似乎又是一重强制!然而说是一种挑战或许更加合适。确实,在一个远未摆脱"时间神话"的惯性制导[1]、更多地受风尚左右的阅读语境中,杨炼追求"非时间化过程"的写作始终像是一个顽强的挑战。欧阳江河的提示于此又一次显得意味深长,只不过需要稍加改动,变成:"注意到杨炼诗中的'激情'是一种'被一再悬置的'激情,这肯定对我们阅读杨炼有所帮助。如果我们确认阅读是'有自己历史的一种复杂多变行为'的话。"

杨炼的诗和阅读之间的龃龉不是一个孤立的个案,倒不如说是当代中国先锋诗普遍处境的极端体现,而类似的龃龉未必不存在于先锋诗内部。考虑到杨炼是当代最早对"传统"和"现代"的关系进行认真思考,并孜孜于令传统"重新敞开"或向"现代"转型的诗人之一(他在这方面的努力甚至为他赢得了"寻根派代表诗人"这一令其哭笑不得的"美誉"),这种龃龉就尤其具有讽刺意义。陈超对此曾经

---

[1] 参见拙作《时间神话的终结》,《唐晓渡诗学论集》,中国社会科学出版社,2001。

有过一个俏皮而尖刻的悖谬式表达，他说，"杨炼具有东方感的诗，在自己的国土上成了异乡人"①。在我看来，这种悖谬同样不只是属于杨炼个人的。它不仅深刻关联着汉语"新诗"在追求"现代性"过程中的内在矛盾和冲突，而且深刻关联着近年来被众多海内外诗人、评论家和国外汉学家反复涉及，而杨炼本人也一直至为关注的所谓"中文性"问题②。

六

有关"中文性"的讨论本质上是后殖民语境下的一场跨文化对话，其焦点是当代汉语诗歌的处境和身份认同（Identity）。指望这场对话能达成什么"一致共识"是不明智的，事实上也不可能，因为参与各方在基本感受和关注向度上都存在着重大的、几乎是难以逾越的差异。另一方面，正是这些差异构成了问题本身的张力，并突出了通过持续对话使之始终保持敞开状态的必要性。

同样的看法是否也适用于杨炼的诗和阅读之间的龃龉——我的意思是，是否可以把这种龃龉视为"中文性"内部的一种特殊方式的对话，或来自"中文性"内部的对话要求？有一点可以肯定：对杨炼来说，这样的对话不但早已开始，而且一直在不间断地进行；只不过更多是以鬼魂对鬼魂的方式，很少得到现实的呼应而已。他曾一再从个人写作的角度，把"中文性"概括为"主动创造困境"，其中是否也

① 陈超：《印象或潜对话》，《生命诗学论稿》P254，河北教育出版社，1994。
② 杨炼有关"中文性"的观点集中体现于他写于九十年代中期的《同心圆》、《中文之内》、《幻象空间写作》、《磨镜——中文当代诗的三重对称》、《建构诗意空间，以敞开生之可能》等一系列文章中。这些观点既与他八十年代在《传统和我们》（1982）、《诗的自觉》（1986），以及稍后写成而迄未发表的《人的自觉》（1987）一书中对"传统内在因素"的思考一脉相承，又显示了在与个人语境及写作自身的变化互动中而达至的新的深度。

不言而喻地包括他的诗和阅读之间的龃龉？

就当代汉语诗歌而言，对所谓"中文性"的探讨无疑应该首先着眼于它"在何种程度上是一个经验的、内省的、个人写作和个人精神自传的问题"[①]，但也完全可以扩展到更为广阔的层面，包括写作和阅读关系的层面。不管怎么说，这是本文的初衷之一。为此我想打破常规，采取一种貌似取巧，实则冒险的行文方式：不是正面表述我的相关看法，而是提请读者和我一起读、或重读一篇杨炼的短文——不是把它当成一篇现成的文章，而是当成一系列有待讨论的问题；不仅读黑字，而且读它的背后，读白纸。这篇写于1997年的短文集中反映了杨炼于漂泊中对"中文性"的思考和辨析，其特异之处在于它是写给作者自己的——然而，它仅仅是写给作者自己的吗？

作为必要的参照，我先摘录一段斯蒂芬·欧文的话，语出《何谓世界诗歌——对具有全球影响的诗歌之期望》一文[②]。据我所知，正是这篇文章，引发了从"中国性"到"中文性"的讨论：

> 美国的诗人得天独厚，他们由于使用当代主导语言——英语写作，他们所拥有的庞大读者群使之在相当长的时期里把握着文化领导权，他们轻松、享受着写作的无上乐趣。而处在其他国家和语言环境中的人们，由于希望读者数量的扩展以使自己的作品得到传译，就不得不为那些想象中将要领略他们作品的读者写作了……无法想象一个诗人超出语言学边界被赏识，相反，必须接受十分痛苦的束缚，一种区域界限性。

---

① 欧阳江河：《站在虚构一边》，P209，三联出版社，2001。

② 原载《倾向》1994年第1期，P149。

杨炼的短文如下：

因为奥德修斯，海才开始漂流
—— 致《重合的孤独》的作者

有一只眼睛，在注视大海。

有一只眼睛，在中国，北京，西郊离圆明园废墟不远的一间小屋里。一张用半块玻璃黑板搭成的书桌，被窗外高大的梧桐树遮得终日幽暗。墙上，挂满从中国各地旅行带回来的面具，五颜六色，狰狞可怖，使小屋终获"鬼府"之称。也许，十年前你写下《重合的孤独》，已在冥冥中构思"我"，构思今天的谈话。也许，"今天之我"，只是那篇文章选中、或孕育出的一个对话者？同一只眼睛，又是不同的：在这里，德国，斯图加特的"幽居堡"，当森林的海，再次被秋天染红。我写下《因为奥德修斯，海才开始漂流》——十年前，被写进"现在"之内；另一个"我"，被写进"我"之内；一篇文章被写进另一篇文章之内；思想，被再次思想，重申一片空白——注视中，我的奥德修斯漂流之诗还远未结束。

是谁的眼睛？

是谁使"漂流"有了意义——海，还是奥德修斯？在我看来，是后者揭示了前者的距离。因为漂泊者，海的波动加入了历史。因为被写下，诗，有了源头。如此，诗人命中注定，不肯也不能停止：以对距离的自觉创造着距离。在中国，你写"把手伸进土摸死亡"（《与死亡对称》），黄土，带着它的全部死者，延伸进一个人的肉体；在国外，我写"大海，锋利得把你毁灭成现在的你"（《大海停止之处》），每天就是一个尽头，而尽头本身却是无尽的。从国内到国外，正如卡缪之形容"旅行，仿佛一种更伟大、更深沉的学问，领我们返回自我"。内与外，不是地点的变化，仅仅是一个思想的深化：把国度、历史、传统、生存之不同都通过我和我的写作，变成了"个人的和语言的"。通过一只始终睁大的眼睛，发生在你之外的死亡，就像无一不发生于你之内，一行诗之内："用眼睛幻想 死亡就无需速度……草地上的死者俯瞰你是相同的距离"（《格拉夫顿桥》）。那么，"自觉"的定义正是："主动创造你的困境"。你不可能取消距离，你应当扩大它，把它扩大到与一个人的自我同样广阔的程度，孤独，被扩大到重合的程度：一个人的，许多人的；中国的，外国的；这里的，别处的；此刻的，永远的一个人的处境。

你说："东方"。而我说：活着的深度——"毫无选择"而继续选择，并在选择中体验选择的界限，这是人的力量，也是人的无力。

我说：一首自"不可能"中诞生的诗，没有"进化"，也不会"过去"。它永远是"当下"的。借助它的思考和表达方式，仍在提供一个人类思维中独特的层次。我是说：非时间的层次。中文里最可怕的一个词："知道"。知——道，连时间之墙背后未知的可能性都没有，你已洞悉了人类不变的处境与命运。我说"永远"，你知道那涵义，其实是"永不"："海底有钟表 却没有时间／有你 却没有人"（《老房子》）。那个坐在"幽居堡"苦思的，仍是中国北方一盏小油灯下向白纸倾泻着愤怒的，你、我——被一首诗撕去了"时间幻象"的：为走投无路的人发现的走投无路的形式。

我不信任"新"，我信任"深"——在中文里，它们读音相近。"新"，就是"占有自己的时间"，在文学或艺术史上，追求属于自己的阶段，甚至代表未来的方向。这是艺术中的"历史主义"。但，当形式与内涵失去了平衡，语言与意义完全脱节，我们只看到：五光十色的似曾相识，喧哗骚动得无话可说。什么都是"艺术"，艺术就被取消了。"形式创新"成为宗旨，精神的能量正显现其匮乏。"空"，正是这个世纪末艺术的苦恼。作为一个诗人，是我的语言——中文，教会我：本质地拒绝时间——一首诗建立自己的形式，不是为了"争夺时间"，恰恰是为了"取消时间"。中国古典传统中，一种诗体可以延用千年。因为"千年"在一首诗中没有意义，有意义的是生存、诗人以及这首诗的语言之间的关系：外在于千变万化之内一个不变的"三角形"。是的，不变。于是所有的诗，都在挖掘"当下"现实与人性的深度。你是否能挖掘到前所未有的深度？就像中国错综的现实启示我们的那样：它的深刻与矛盾迫使你发明全新的形式去表达，而不能复制中国古代或西方现代中的任何一种。谁找到了，就不会是"过时"的。正如但丁、莎士比亚、陀斯托耶夫斯基、卡夫卡……没有奥德修斯，海也无所谓漂流。

这双眼睛是凝神"彻底"的眼睛：更黑暗些，黑暗到令死亡和遗忘一目了然的程度；

这双眼睛的能力，是通过逼近灾难，把看到的一切，直接呈现为内在的。让我们的一生，成为这样一篇不断扩张的可怕的作品；

而诅咒也就在这里了：面对大海，却一无所见。在中国，一个深邃、复杂、残酷而富有激发力的现实，一个固执、封闭、危机与能量同样积聚的文化，一种令诗人着迷而让翻译家发疯的语言……整个20世纪，几代人的痛苦：什么是传统？什么是现代？"传统的"怎样转化为"现代的"？

也许一个提问方式的改变，将使整个答案不同："现代"并不意味着"现在"，正像"传统"并不仅仅是过去一样。它们不是时间概念。它们标志着思考的层次——所以，它们并不对立，而是互相包容。任何一个活的、开放的"传统"，先天地建立在"自我"的地基上，即"现代"上（甚至孔子，也无人能否认他的学说正是他个人的产物，而在他之后两千年对儒家传统的"固守"中，最大的损失正是他当初质疑与思考的精神）；而任何一个人的"现代性"，必然包括他自己对传统的"再发现"——或正或反，传统被纳入你，并经由你再次敞开；无彼则此不存。因此，"盲目"的不是别人，只是我自己。借鉴别人之"新"，如果不是因为挖掘自己之"深"，不仅会由于那是"别人的传统之内的现代"而于己无益，更恐怖的是：我的传统——在"固守"中僵硬的——并不因我不理睬它而失效，它将在我的盲目中限定和选择我：我接受的只是我能接受的——所谓"怪圈"，这就是原因。因此，追问，不该向别人，只该向我自己——一种令任何答案都显得浅薄的不停追问，用问题"回答"问题：记住，在黑暗与罪恶中，没有一个人可能是清白和无辜的。"转型"，就已经在你之内进行了。我是说，有奥德修斯，就一定能发现大海。即使没有，我也将创造它。因为，"漂流"正是人的精神本质。

那么，谁是"中国的诗人"呢？既然所有的诗人只面对了同一个现实：作为词，同时作为词的反叛。生命，必须以一首首诗的形式来完成；

那么，谁是"中文的诗人"呢？既然这些方块字，命中注定接纳我，同时接纳我对它的苛求：赤裸裸地，否认写下的是"语言"，而以逾越语言的边界为唯一目的；

那么，唯有"杨语的诗人"吗？既然这些诗，连别的中文也译不成，就把一切人译成／还原成"人的处境"；时间，还原成"时间的幻象"；内与外，还原成没有区别的同一处：我，此刻，这里。同时无所不在。奥德修斯的眼睛就是大海。而注视，就是暴风雨——"停止在一切暴风雨中不可能停止之处"。

　　"现在里没有时间　没人慢慢醒来

　　说　除了幻象没有海能活着"

　　还记得在澳大利亚，悉尼海岸上那座耸入蓝色的峭壁吗？海鸥在下面，一群雪白的幽灵无声滑行。我坐在岩石上，看海。而大海、涛声、和漂泊者的命运，都在一刹那突入一首诗。

　　还记得怎样写下《大海停止之处》吗？把一只写下《重合的孤独》的手，写进重合、又不同的另一只。我，和一个个我，在一具肉体中轮回，构成一首诗充沛的血缘。是这些字，把我变成无尽末日的隐喻。是诗，在注视着虚幻而暗淡的现实，"建构诗意的空间，去敞开生之可能"。一首诗是一个同心圆，而一个同心圆就是一切：没有你，"你"只是某个"内在之我"：甚至没有我，"我"只是我之内无边的黑暗。一场朝向"现在"的永恒流浪。诡谲的逻辑是这样的：诗诞生于诗人之内；而诗人，又以被剥夺的方式，被囊括于诗之内——整整一生，成为一个注释、一则札记。黄土高原，北京的小屋，海，幽居堡；一块面具是无数张脸，一个词代替所有的名字；地址越抽象，毁灭越不容回避……再深一点儿，死于幻象的人，也只有在幻象中才活着。形而下下，抵达形而上。

　　仅仅是同心圆：没有一代人没有自己的奥德修斯，如果大海依然在人类思想中漂流。

　　我说："现在是最遥远的。"

　　"这是从岸边眺望自己出海之处。"

　　决非偶然地，这篇短文的基本意象，包括奥德修斯的形象，恰与本文的意旨符契；那么，本文的结束之处，是否也同样是"从岸边眺望自己出海之处"？

2002年11月6日，初稿于英伦

2005年8月14日，改定于天通西苑

芒克：一个人和他的诗

> 1971年夏季的某一天对我来说可能是个重要的日子。芒克拿来一首诗，岳重的反应让我大吃一惊："那暴风雪蓝色的火焰"……他复诵着芒克的诗句，像吃了什么甜东西。

以上文字摘自多多1988年写的一篇文章，题为《被埋葬的中国诗人》。提请读者注意一下它所指明的时间或许并不多余。1971年是"文革"的第五个年头。在经历了一系列剧烈的混乱和动荡之后，形势不但没有如发动者所预期的那样，"一派大好，越来越好"，反而进一步失去了控制，变得更为严峻。就在岳重读到芒克诗的同时，一场新的政治风暴正在紧张的孕育之中：广播报刊上正在如火如荼地"批陈整风"；毛泽东正在准备进行他神秘的南巡；而林彪精心策划的"571工程"也即将进入关键的实施阶段……当然，无论政治斗争如何风云变幻，都不会影响"无产阶级在上层建筑，包括思想文化各个领域内"的"全面专政"。

所有这些尽管表面上和芒克没有任何直接关系，暗中却构成了他命运的一部分，更重要的是构成了他起步写作的历史语境；同样，芒克的诗尽管从一开始就具有浓重的个人化色彩，但仍然可以看作他对此作出的应答。我无意给他的诗强加上一层额外的意识形态色彩；我的意思仅仅是说，在一个没有诗，似乎也不可能有诗的年代，一个此前并没有"妄动过诗的念头"（多多语）的人却选择了诗，这本身就足以说明问题。

按照艾兹拉·庞德的说法，一个人如果要成为诗人，他首先应该做的事就是：在十六岁以前把所有可能读到的好诗读完，以培养开阔的视野、良好的趣味和正确的判断力。这在庞德很大程度上是经验之谈，可是对绝大多数中国诗人，尤其是1949年前后出生的一代诗人来说，却不啻是一种讽刺。确实，当芒克开始写诗时，他的头脑中甚至说不上有什么完整的"好诗"概念。此前他的全部文学阅历加起来不超过一打人的有限作品，其中值得一提的，除了同学们私下所谓的三本"必读书"——《欧根·奥涅金》、《当代英雄》、《红楼梦》——以及其他一些普希金、莱蒙托夫的诗歌译作外，就是戴望舒译的《洛尔迦诗抄》和不多的几本泰戈尔的小诗集了。当然，这份短短的书目后面还应该再加上几本"供内部批判用"的"黄皮书"，如《麦田守望者》、《娘子谷及其它》等，那是70年代初他作为"高知"子弟在一个小圈子里所能享受到的唯一特权。但即使如此，情况也好不了多少。用今天的眼光看，这点阅历充其量刚够为满足一个文学青年的虚荣心提供助兴的谈资而已；然而在当时，却成了一个诗人赖以成长的主要"营养基"。

庞德所言不仅关涉到通常所谓的文学准备。比知识积累更重要的是创造潜能的激发和催化。自我训练在这里按其本义应理解为原创性自我的转换训练。这种训练使诗人依据创造性的原则在语言和现实／文化之间建立起一种互动的、彼此刺激和生发的关系。奇怪的是，芒克在这方面虽然乏善可陈，却也不为所妨；他似乎直接从本能中获取了这种能力。那首曾经使岳重品味不已的诗今已不存，我们无从得知其全貌；或许它并不高明，会使斯蒂芬·欧文先生又一次"退避三舍"①，但无疑具备另一种（在特定历史语境中的）"得天独厚"的优势。岳重的文学阅历之丰非芒克可比，他的诗才也决不在芒克之下，然而在芒克的诗面前却像着了魔。显然，他从中看到了某种他一时不能接受，却又不由自主地为其魅力所吸引的独特品质，而这种品质对他此前的诗歌成见构成了挑战。几个月后岳重写出了《三月与末日》。这首诗至今看来都称得上是一首杰作，多多对它的反应同样能说明问题：

> 我记得我是坐在马桶上反反复复看了好几遍，不但不解其义，反而感到这首诗深深伤害了我——我对它有气！我想我说我不知诗为何物恰恰是我对自己的诗品观念的一种隐瞒：这首诗与我从前读过的所有的诗都不一样（我已读过艾青，并认为他是中国白话文以来的第一诗人），因此，我判岳重的诗为：这不是诗。②

但私下里，多多却把他感到的伤害和气恼转化成了创作的动力，用他的话说："如果没有岳重的诗（或者说没有我对他诗的恨），我是不会去写诗的。"

芒克、岳重和多多是北京三中的同班同学，1969年一起插队到白洋淀淀头村。如今人们出于对诗歌秩序的热爱，把他们称为大可质疑的所谓"白洋淀诗派"的"三剑客"；但本文更感兴趣的却是当初他们在诗歌态度上的微妙差异，包括与此有关的小小个人恩怨。从中或许可以发现某种"始基"因素，进而部分地、然而有效地理解，岳重为什么会过早地、令人痛惜地中止了他天才的诗歌生涯；多多的诗为什

---

① 斯蒂芬·欧文先生此语原针对北岛的一首诗而言。见《何谓世界诗歌》。原载《异乡人》1992年春季号。

② 多多：《被埋葬的中国诗人》。《开拓》1988年第4期。

么一直保持着某种强烈的竞技色彩；而芒克为什么无论从诗歌行为还是语言文本上，都始终体现了一种可以恰当地称之为"自然"的风格。

我是1978年年底第一次读到芒克的诗的。其时恰值著名的思想解放运动潮头初平我在大学正准备升二年级，由于"陪读"的方便（所"陪"对象为外国留学生），可以及时地读到各种"地下"刊物，包括《今天》。《今天》创刊号上的诗对我，以及我们以"二三子"自谓的诗歌小圈子所造成的冲击，犹如一次心理上的地震；而芒克的《天空》和北岛的《回答》是最主要的"震源"。如果说，读《回答》更多地像是经历了一场理性的"定向爆破"的话，那么，读《天空》就更多地像是经历了一场感性的"饱和轰炸"：

> 太阳升起来，
> 天空血淋淋的
> 犹如一块盾牌。

时至今日，我仍然认为这是新诗有史以来最摄人魂魄、最具打击力的意象之一。由于它，我们在语及"白云"和"飞鸟"时必须斟酌再三，并且不轻言"高飞的鸟／减轻了我们灵魂的重量"。

说来可笑，当时北岛和芒克的诗之所以令我感到震撼，除了文本自身的力量外，还包括诗末签署的日期。读完《天空》后，我的目光久久地停留在"1973年"这几个字上，心中不住地反问自己：那时你在干什么，想些什么？如此自问的结果不仅令我刚刚写完的一首"反思诗"（郭小川式的四行一节的长句子，有百十行，自以为够深刻）顿时失色，至多像是在耍事后聪明，而且诱发了一种十分有害的神秘感。我觉得1973年就写出《天空》那种诗的人真是不可思议：它的冷峻，它的激愤，它深沉的慨叹和成熟的忧思，尤其是它空谷足音般的独白语气。我诧异于多年的"正统"教育和集体的主流话语在其中居然没有留下多少可供辨认的痕迹（哪怕是从反面），这在当时怎么可能？莫非这个人真是先知先觉不成？

神秘感会导致两种心情，即敬畏和好奇。前者表明了某种可望不可即的距离，后者则试图消除这种距离。这以后我陆续读到了《十月的献诗》、《太阳落了》、《秋天》等，每一次我的心情都在这二者之间转换不已；直到读了《路上的月亮》（《今天》第6期），才似乎有所协调。我记得那晚和班上一位被戏称为"诗痴"的同学在寝室里为这首诗争论了很久。他反复指出其中显然与酒精有关的色情意味，并认为要不得；我承认他说的有道理，但又竭力强调其中的讽刺和自嘲具有复杂的时代内涵，无可厚非。这场争论最后以我怪腔怪调地引用第5节"生活真是这样美好／睡觉"结束，而就在他大笑出门之际，我忽然隐有所悟。我意识到这个人之所以在当时就能写出那样的诗其实并不足怪，因为他在任何情况下都本能地忠实于自己的直觉、情感和想象。真正可怪的是，在那样一个近乎疯狂的年代里，他竟然如此完整地保存着这种本能，仿佛他天生就是，并且始终不能不是这样的人！

凡被完整地加以保存的，必是至为珍爱的；凡珍爱值得珍爱的，必领受一份属于他的快乐和孤独。

大约三年前，有一次谢冕先生曾征求过我对这样一个问题的看法：为什么芒克和多多那么早就开始写诗，又都写得挺好，多年来在国内却未能像其他"朦胧诗人"那样形成广泛的影响，甚至没有引起必要的关注？

我想了想，说："大概是因为他们更个人化的缘故吧。"

这是一个相当笼统、含混，以至过于简单化的回答。但我实在想不出有更好的说法了。谢冕先生所提的问题既不涉及什么"社会正义"，也无法被归咎于某几个人的偏见；而如果按照中国人习惯的做法，把它说成是某种命运的话，那么这种命运显然还需要进一步加以诠注。可供选择的有：性格即命运（一句古老的希腊箴言）；或改写一下：风格即命运；或：诗有诗的命运（它是一句法国谚语"书有书的命运"的变体）——不管怎么说吧，总而言之，在一个从阅读到评论，到制度化的出版，每一个环节上都充斥着意识形态期待的历史语境中，除了"更加个人化"，我还能找到什么更有力的理由来回答谢冕先生的问题呢？

然而，谢冕先生所提的问题对芒克本人却似乎从未成为过问题。这样说并无道德化的意味：无论在哪种意义上，芒克都和那种超绝人间烟火的"圣贤"无关；同样，他也不是什么"象牙塔"中的遗世独立者，他的诗一直致力于对与他密切相关的现实作出反应。我所谓"从未成为过问题"，一方面是指他心高气傲，从不把在报刊上发表作品，形成或扩大自己的"影响"当回事儿，另一方面是指写诗对他来说只不过是一件喜欢干的工作，和他生活中的其他爱好——譬如说，女人和酒——没什么两样。他从未主动向有关报刊投过稿，也没有向任何出版社提出过出版申请（至于别人越俎代庖，"我管不着"，他说），更没有干过请别人写评论之类的事。他甚至拒绝承认"朦胧诗"这个概念，正如他拒绝承认自己是"朦胧诗人"一样："什么'朦胧诗'、'朦胧诗人'，都是一帮评论家吃饱了撑的，无非是想自己捞好处。有人顺着杆子往上爬，也是想捞好处。诗人就是诗人，没听说过还要分什么'朦胧'不'朦胧'的！"

对他在这类问题上激烈的、毫不妥协的态度，我最初多少有点奇怪，甚至颇不以为然。向公开报刊投稿，或向出版社提出出版申请当然算不上什么美德，但也肯定不是什么缺陷；一个诗人渴望赢得更多的读者有什么不对呢？同样，诗坛的污浊是一回事，"世人皆浊我独清"是另一回事，我不赞成把前者当作后者的口实。我想老芒克是不是把自己看得太重了？

直到听说了他的一段轶闻后我才抛弃了这一想法，并暗叫"惭愧"。那是1979年夏天办《今天》时，有一晚他喝酒喝至夜深，大醉之余独自一人晃到东四十字路口，一面当街撒了一泡尿，一面对着空荡荡的街道和不存在的听众发表演讲。他的演讲词至为简单，翻来覆去只有两句话："诗人？中国哪有什么诗人？喂，你们说，中国有诗人吗？"他着了魔似的反复只说这两句话。朋友们闻声赶到，竟无法劝止，只好把他绑在一辆平板车上拉回去完事。

这段轶闻听起来颇具喜剧色彩，但骨子里却充满悲剧意味。我没有追问它的上下文，因为它本身已足够完整。此后接连好几天，我的脑子里总会在不意间浮现出当时的情景：幽暗的夜色。空荡荡的街道。昏黄的路灯。芒克孤零零地站在十字路口，迷离混浊的醉眼如坠虚无。他一边撒尿一边在不倦地问："中国有诗人吗？"——这已经不是一段轶闻，而成为一种象征了。那么它象征着什么呢？诗人的境遇吗？诗的末路吗？我不能肯定；但我至少能肯定一点，就是发问者并没有，也不可能自外于他的发问。换句话说，芒克所真正看重的并不是他自己，而是"诗人"。在最好的情况下，他希望自己能配得上这一称号，而不是相反，僭用这一称号作为安身立命之所，或沽名钓誉之途。

不过，谁要是因此就认为芒克对诗抱有某种宗教情怀，那就错了。同样，我也不想用"信念"什么的来描述他和诗之间的维系。"宗教情怀"、"信念"一类用语把诗视为高于个体生命的存在；后者只有在朝向前者的升华中，或对其孜孜的汲取中，才被赋予生命价值。但芒克的情况显然不是这样。对他来说，诗从来就是个体生命的一部分——最好的、最可珍惜的、像自由一样需要捍卫或本身即意味着自由的、同时又在无情消逝的一部分，是这一部分在语言中的驻足和延伸。此外没有更多、更高的涵义。关于这一点，甚至只需看一看他按编年方式辑录的几部作品的命名，就能得出直观的结论：从《心事》（1971—1978）到《旧梦》（1981）到《昨天与今天》（1983），再到《群猿》（1986）、《没有时间的时间》（1987），恰好呈现了一个个体生命的发散过程。这一过程不是沿着事物显示的方向，而是沿着其消失的方向展开。在这一过程中时间坍塌，而诗人距离通常所谓的"自我"越来越远。

在我所交往的诗人中，芒克属于为数不多的一类：他们很少谈论诗，尤其是自己的诗，仿佛那是一种禁忌。他也从未写过哪怕是只言片语的"诗论"。这对有心研究他作品的人来说不免是个小小的缺憾。我心有不甘，决定单刀直入，正面强攻。当然方式必须是漫不经意的，否则太生硬了，大家都会尴尬。我瞅准了一次喝酒的机会——酒是好东西，它能使上下文变得模糊，再突兀的话题也不失自然——三杯下肚我问芒克："假如让你用一句话概括你对诗的看法，你怎么说？"

他愣了愣，接着不出声地笑了，同时身体往后面斜过去，似乎要拉开一段距离。他说瞧你说的，诗嘛，把句子写漂亮就得了。

此后又曾出现过类似的场景。那是前年夏天，一次他陪食指、黄翔来访，乱谈中食指突然说起芒克刚刚写完的长篇小说《野事》。显然食指觉得他写长篇小说多少有点不可思议，他问芒克："那么长的东西，你是怎么写的？"

芒克哈哈大笑："怎么写？一通写呗。"

没有人会对这样的回答感到满意，因为它等于什么都没说。但仔细想想，你又不得不承认他回答得其实相当巧妙而地道。当他似乎避开了提问的锋芒时，却又反过来示以另一种锋芒。所谓"把句子写漂亮就得了"或"一通写"的潜台词是："别问我，去问我的作品吧"。我不得不"发明"一个术语来为这样的写作态度命名。我称之为"客观行为主义"，其特有的智慧在于：把一切都交给作品。

用"客观行为主义"来指陈芒克的写作还有一层含义，即他对所有具有思辨色彩的抽象的、形而上学的问题统统不感兴趣。如果不幸碰上有这方面爱好的朋友们在一起"过瘾"的场合，芒克通常有两种表现：或者神情沮丧，一副昏昏欲睡的样子；或者面带讥讽顾左右而言他，使事情变得滑稽可笑。倘若他什么时候突然兴高采烈地大叫"精彩"、"挺棒"（这是他表示欣赏或赞同的最高、大概也是唯一的修辞方式），那一定是争论到了白热化阶段，在这个阶段命题本身不再重要，重要的是语言的机锋和细节。同样，倘若什么时候他突然拍着你的肩膀称你为"智者"，那你可千万别暗自得意，因为这种表面的恭维骨子里是一种恶毒的挖苦——在芒克的词典里，"智者"的意思大略近于"书呆子"，至多是聪明的书呆子，他们喜欢为那些无法证实的问题徒费脑筋，大冒傻气。

所谓"客观行为主义"不可当真，说到底只是试图理解芒克的某种角度罢了。"把一切交给作品"在这里也没有丝毫"语言图腾"的意味，不如说芒克始终关注的是如何使个体生命和语言彼此保持着某种秘密的，然而又是最直捷的开放状态，其中蕴藏着诗的"原创性"的魅力渊薮。芒克显然不是一个有着足够广阔的思想背景和文化视野的诗人。朋友圈中流传的一个笑话说他很少读书，却每日必读《北京日报》。这个笑话搁在谁的头上都是一种贬损，唯独对芒克更像一种赞美：它仿佛认可芒克有不读书的特权。当然这句话本身也是一个笑话；但芒克的诗确实具有某种无可替代，亦无法效仿的自足性。这种自足性来自生命体验、个人才能和语言之间罕见的协调一致，它使芒克几乎是毫不费力地在诗中把天空和大地、灵魂和肉身、现实和梦幻融为一体，并且使"如见其人"这一似乎早已过时了的评论尺度焕发出了新意。因为这些诗有自己的呼吸、体温和表情，即便在堕入虚无时也体现着生命的自由意志。大概很少有人会对芒克的诗使用"深刻"一词，但我要说芒克的诗是深刻的，深刻得足以令人触摸到诗的"根"。这种深刻需要惠特曼的一行诗作为必要的脚注："我发现依附在我骨骼上的脂肪最甘美"。这同样是我所谓"更个人化"的一个必要的脚注。

1973年初某日，在大吃了一通冻柿子之后，芒克和号称"艺术疯子"的画家彭刚决定结成一个二人艺术同盟，自称"先锋派"。这大概是"先锋"一词在当代首次被用于艺术命名，但也仅此而已。如今"先锋"往往被当作一块标榜自由的金字招牌；然而在当时，却充其量是地下沙龙中私下进行的某种违禁游戏。说来已近于笑话，岳重和多多只因偷偷听过《天鹅湖》的唱片即遭人举报被拘审，芒克亦受牵连蹲了三天"学习班"。在这种情况下，能指望"先锋派"有什么实质意义呢？

尽管如此，芒克和彭刚的同盟还是采取了一次联合行动，那就是扒火车去外地流浪。稍稍牵强一点，可以将其称为一次"行为艺术"吧。行为艺术的特点之一是随机性，因此两个人谁也没有和家里打招呼，任凭灵机一动，转身翻进北京站的院墙，随便找了趟待发的列车，便上了路。

上了路是因为《在路上》。他们都刚刚读过美国作家凯鲁亚克写的这部名著（也是"黄皮书"之一种），心中不乏"潇洒走一回"的幻觉。彭刚沿途一直在据此设计种种可能的奇遇；芒克也不无期待：1970年他曾独自去山西、内蒙古流浪了好几个月，其结果是使他成了一个诗人；那么，这次又会发生什么奇迹呢？

什么奇迹也没有发生。在武昌和信阳他们两度被轰下车。臆想中的艺术同道一个没见着，倒是随身揣着的两元钱很快就花完了。他们不得不变卖了棉袄罩衣；不得不用最后五分钱洗出一张干净脸，以便徒劳地找当地的北京下放干部举债；不得不勒紧裤带在车站过夜；甚至不得不诉诸欧·亨利式的奇想，主动找警察"自首"，要求对他们这两个"盲流"实行临时拘留，条件是让吃顿饱饭……要不是最终碰上一个好心的民政局女干部，他们吃错的这剂药还真不知怎么收汤。

　　十三年后芒克对我说起这段往事时嘴角挂着自嘲的微笑，一副"过来人"的样子。然而不难想象，当时他心里有多沮丧。对生性酷爱冒险的芒克来说，这次夭折的流浪经验倒不致构成什么打击，但它还是造成了某种程度的心理伤害，因为它令人乏味地从另一侧面再次向他提示了生存和艺术的边界，就像那三天"学习班"一样。无论流浪的念头本身是怎样出于一时心血来潮，甚至有点荒唐，但这毕竟是在生命极度匮乏背景下的一次主动选择，是对必然宿命的一次小小的象征性反抗。以这样的结局收场，未免太过分了。狄恩（《在路上》中的主人公）及其伙伴们的旅程与其说是一次精神历险，不如说是一场生命狂欢；可是芒克却不得不回到出发的地方，写下这样悲哀的诗句，以为他（不仅是他）虚掷在路上（不止是某一次旅程）的青春岁月做证：

　　　　日子像囚徒一样被放逐，
　　　　没有人来问我，
　　　　没有人宽恕我。

　　　　　　　　　　　　　　　（《天空》）

或者：

　　　　我始终暴露着，
　　　　只是把耻辱用唾沫盖住。

　　　　　　　　　　　　　　　（同上）

或者：

希望，请你不要去得太远，

就足以把我欺骗。

（同上）

1973年是芒克创作的第一个高峰期，也是他的诗艺开始步向成熟的年头。但其间写下的大部分作品都笼罩着这种挥之不去的生命失败意绪。《秋天》一诗表达得更为集中和充分。秋天是"充满情欲的日子"，是收获的季节，可是它给"我"带来了什么呢？

秋天，我的生日过去了。

你没有留下别的，

也没有留下我。

……

秋天来了，

秋天什么也没有告诉我。

除了空虚和寂寞。问题在于，那促使果子成熟的太阳为什么会"把你弄得那样瘦小"呢？类似的迷惘在今天似乎早已有了明确的答案，但其中的沉痛和忧伤意味却并未因之稍减。事实上它一直是芒克诗中最令人怦然心动的因素之一，而芒克本人也从未从中解脱：它由最初的"青春情结"逐步演变成一种基本的生存经验，最终芒克不得不写下长诗《没有时间的时间》，以求作个暂时了断。

当芒克说"我始终暴露着，／只是把耻辱用唾沫盖住"时，他同时也说出了他写作（或为什么写作）的一半秘密。另一半则存在于其反面。生命在这里显示的逻辑是：哪里有耻辱，有失败，哪里就有反抗！芒克式的反抗首先不应从意识形态的角度，而应从生命和美学的角度来理解。在特定的历史语境中，它赋予了"自然"或"任性率真"这类古老的伦理／美学追求以独特的"反阉割"内涵。和既往社会动乱、暴力肆行时期例如魏晋"竹林七贤"那种表面放浪形骸，实则避祸自保的佯狂假醉，或M.考利在《流放者的归来》中对美国教育制度的"除根"实质所做的那种理性反思不同，芒克式的反抗是当下、本真、直指要害的。它在极权政治—文化最为恐惧而又力所不及的个人情感和欲望的领域内绽开诗的花朵。多多说芒克诗中的"我"是"从不穿衣服的，肉感的，野性的"，这或许有点夸张；但至少可以说芒克诗中的"我"从不戴面具；他也从不使用任何意义上的"假嗓子"，尤其是那种被驯化了的，或经过了变性处理的假嗓子。假如我想不避流俗地把芒克的诗，特别是像《心事》、《旧梦》那样（无论是作为广义或狭义）的爱情诗比作"生命的歌唱"的话，那么我要补充说，这是一个生命对另一个生命的歌唱，有时干脆就是生命自身的歌唱——它坦诚得无所禁忌，纯粹得不在乎任何"剧场效果"；那令政客们坐立不安，或假道学先生们耳热心跳的"出格"之处，往往正是其华彩部分：

> 即使你穿上天的衣裳，
> 我也要解开那些星星的纽扣。

> （《心事》）

重要的是，正如对哲学家来说"我思故我在"一样，对诗人来说，我歌唱，故我在。一个人在激情和想象的临界点上发出的声音，就这样成了"生命在此"的证明。

但是我并不认为所谓"芒克式的反抗"仅仅涉及某一个别诗人在某一特定历史时期的写作态度。在我看来，完全有理由将其进一步引申为更广阔的现代诗本体依据问题。这个问题可以一般地表述为：在一个总的说来与诗越来越格格不入的环境中，一个诗人将如何把握写作的可能性？为了使问题保持住必要的张力，而不致在泛泛而论中被稀释掉，我想着重提及芒克两首正面表现反抗主题的诗。第一首是《太阳落了》，同样写于1973年。在这首诗中，主人公被暴力劫持而沉入黑暗。面对这无耻的袭击，他怒不可遏：

> 你的眼睛被遮住了，
> 你低沉、愤怒的声音
> 在阴森森的黑暗中冲撞：
> 放开我！

这是当代诗歌中最早出现的反抗者形象之一。此前涉及这一题旨并可资比较的有黄翔的《野兽》和食指的《鱼儿三部曲》。值得注意的是它们之间的微妙差异。黄翔和食指的诗都以"猎手"和"猎物"构成基本比喻关系不是偶然的，其中隐藏着历来反抗者的某种共同宿命。北岛后来曾以一句顿悟式的诗句指明了这一点。反抗体现着主体对自由的渴望，而

> 自由不过是
> 猎人和猎物之间的距离
>
> （《同谋》）

《野兽》的反抗原型是"以恶抗恶"。在这一过程中，"我"和"我的年代"一样，成了一只不惮于撕咬、践踏的野兽。"我"失败的必然性只能通过决绝的复仇意志得到平衡和补偿：

> 即使我仅仅剩下一根骨头

我也要哽住我的可憎年代的咽喉

在《鱼儿三部曲》中，鱼儿的反抗更具有古典意义上的悲剧美：

> 虽然每次反扑总是失败，
> 虽然每次弹跃总是碰壁，
> 然而勇敢的鱼儿并不死心，
> 还是积蓄力量作最后的努力。

它终于寻找到了"薄弱环节"，并"弓起腰身弹上去"，从而获得了一个"低垂的首尾凌空跃展"的自由瞬间；然而，它作为一个精心策划的阴谋的牺牲品的命运却早已注定。它的反抗不仅未能丝毫改变这种命运，反而成了某种反证，成了阴谋实现的必要环节和组成部分。

　　或许芒克并没有对这种反抗的宿命作过认真的理性思考，但这并不妨碍我谈论他于此达到的理性高度。所谓"理性"在这里与谋求胜券无关，它仅仅指涉反抗的本义。芒克似乎直觉地意识到反抗的宿命内部存在着某种结构／同构关系。如果说其彼此对峙的一面使主体的自由意志得以体现的话，其互相依存的一面就隐含着使之成为另一种形式的受役的危险。打一个未必恰当的比方：这种结构／同构关系决定了反抗既是一条自由的通道，又是一个自由的陷阱。很显然，要避免落入这样的陷阱，反抗者就必须同时反抗他的宿命。

　　问题在于反抗者怎样和据何"同时反抗他的宿命"？换句话说，他怎样更正当和更正确地使用他的自由意志？一句世俗的智慧格言说"退一步海阔天空"，那么，它也同样适用于诗吗？诗当然需要更高的智慧，可是，什么是诗的"退一步"的智慧呢？

　　对芒克来说，"以恶抗恶"的代价是太大了；同样，他也不想成为任何"渔父"的牺牲品。倘若有必要，他不会回避面对面的战斗；

然而他无意在诗中进行这样的战斗，而宁愿"退一步"。《太阳落了》一诗中首尾呼应的"放开我"尽管义正词严，尽管"冲撞"一词使之辐射着肉搏的蛮野热力，但它显然既不是一个斗士的声音，也没有构成全诗基调。这首诗的基调更大程度上取决于第二节呈现的一个全景式末世心象——充满爆炸性的"铁屋中的呐喊"，缘此出人意表地一变而为深挚的挽歌：

> 太阳落了，
> 黑夜爬了上来，
> 放肆地掠夺。
> 这田野将要毁灭，
> 人
> 将不知道往哪儿去了。

十年后芒克在某种意义上重写了这首诗，这就是著名的《阳光中的向日葵》。在这首诗中，芒克借助"太阳"和"向日葵"这两个"文革"中被运用得最广泛的隐喻，再次塑造了他心目中的反抗者形象。那棵向日葵在阳光中"没有低下头"，"而是把头转向身后"，

> 它把头转了过去
> 就好像是为一口咬断
> 那套在它脖子上的
> 那牵在太阳手中的绳索

以这样的方式，芒克让他笔下已经陨落过的太阳又陨落了一次。如果说，在《太阳落了》一诗中，"太阳"是光明的象征，它的陨落更多引发的是对黑暗的愤怒和恐惧，是自罹大难不知所去的至深忧伤的

话，那么，在这首诗中，"太阳"却成了奴役的象征。它的陨落表明一个时代已经结束。这并不矛盾，因为哲人早已说过，纯粹的光明和纯粹的黑暗是一回事。"绳索"在这首诗中是一个双重的隐喻：既隐喻着太阳的奴役，又隐喻着反抗的宿命。"咬断"这根绳索较之"放开我"更为犀利决绝，它意味着反抗者把自由意志彻底收归自身。这样的向日葵形象在诗歌史上肯定是独一无二的，足可与鲁迅先生《野草》中的枣树媲美。它"怒视着太阳"：

　　　　它的头几乎已经把太阳遮住
　　　　它的头即便是在没有太阳的时候
　　　　也依然闪耀着光芒

这是来自它自身的光芒，生命内部的光芒，是反抗者既据以与命运抗衡，又据以反刺其宿命的光芒。它自有其血脉所系。在《太阳落了》中诗人曾为之哀挽的"田野"，在这首诗中以另一种形态再次出现：

　　　　你走近它便会发现
　　　　它脚下的那片泥土
　　　　每抓起一把
　　　　都一定会攥出血来

"血"暗喻着苦难和不幸，也暗喻着秘密的燃烧；它和泥土的混合不分则进一步暗喻着生命本原的力量，即大地的力量。不唯是这两首诗，事实上与大地的致命关联是芒克全部创作的主要枢机（尽管他也常常"遥望着天空"，并宣称自己"属于天空"）。许多当代诗人讴歌大地是把它当成了意识形态的能指；但芒克对这种意义上的大地从来不感兴趣，就像他对使"反抗"意识形态化，以致沦为一种空洞的艺术名分或姿态从来不感兴趣一样。芒克的大地是本初的大地，原始的大地，具有生命的一切特征，包括死亡（参看《冻土地》、《心事》、《荒野》、《旧梦》、《春天》、《爱人》、《群猿》等诗）。当他着重指出其中的血质时，他实际上把大地液体化、流动化了。因为他在自己内部发现了同一片大地。大地就这样被还原成一种暗中汹涌的生命潮汐，而他的诗不过是这潮汐的呼吸；其每一次涨落，每一个旋涡，每一朵浪花，都是它曾经存在并将继续存在，同时渴望不朽的见证。

　　这样的大地不仅构成了芒克笔下反抗者的看不见的纵深，也是他"退一步"的所在。这里"退一步"的意思是：回到反抗和活力的双重源头。要做到这一点其实并不需要什么特别的智慧，忠实于诗的良知和本能就已足够。在芒克看来，为反抗而反抗（这是使"反抗"意识形态化的主要征候）是不道德的；他更不能容忍的是强迫诗为此付出代价。作为一个诗人，他宁可相信反抗是人类天性的一部分，是无常的生命之流在寻求实现过程中受阻而做出的自然反应；而诗意的反抗者除了是大地站立起来的形象之外什么都不是。他也必将一再重返他所来自的大地内部。这与其说是他自己的愿望，不如说是大地本身的愿望，正如里尔克在《杜伊诺哀歌》中所吟诵的：

　　　　大地啊，这不是你所愿望的吗？隐形地

　　　　在我们的内心复苏？——大地啊！隐形啊！

　　　　倘若不变形，什么是你迫切的委托？

　　　　　　　　　　　　　　（第九哀歌，李魁贤译）

　　已故海子痛感"大地本身恢宏的生命力"的丧失（他将其视为现代诗的根本危机）而写下长诗《土地》。他希望在这首诗中呈现的，正是里尔克所谓"隐形的大地"：那些"原始粗糙的感性生命和表情"。芒克多年来其实一直在做同样的事——尽管是以更为直接、朴素和日常的方式，并且有时是在不尽相同的向度上。

我把本文最后的篇幅留给长诗《没有时间的时间》（以下简称《时间》）。我之所以要单独谈论这首诗，除了因为它具有总结意味，是芒克迄今全部诗歌中的扛鼎之作外，还因为它显而易见是一次生命危机的产物。这样的作品一无例外地总是有着特殊的魅力。

生命危机在芒克既往的作品中也留下了持续不断的痕迹，但这一次却来得非同寻常。其区别可如雪上加霜和釜底抽薪。序诗劈头写道：

> 这里已不再有感情生长
> 这里是一片光秃秃的时间

这两个全称判断句并不像看上去那样是平行的，它们骨子里以因果关系维系。意识到的"已不再有感情生长"是全诗把时间和死亡主题作同一处理的基本依据，而这正是问题的严重性所在。因为芒克据以对抗、化解既往种种危机的，恰恰就是感情。正如在天国中一个神的死亡意味着所有神的死亡一样，生命中感情的死亡意味着与此有关的一切的死亡。死亡在这里不必是可计量时间的终止或物质肉身的消失；它通过抽空具体生存（时间中的空间形式）的意义和价值内涵得以呈现。

这种死亡当然不是突然发生的，事实上芒克多年来一直为其暗中胁迫并进行着顽强的抗争。从早期作品（最早可追溯到《天空》）起在他诗中一再出现的衰老感肯定与此有关。这种与他的实际年龄极不相称的时间感受只能来自死亡的暗示。同样，这种死亡也不可能是孤立地发生在个别人身上的偶然事件：格外清晰地感受到它的沉重压力以至难以承担源于变化了的语境，而个人内心所发生的同步变化则构成了这语境的一部分。

《时间》写于1987年。其时中国从"文革"式的极权政治—文化的禁锢中逐步摆脱出来已历十年，而向现代商品社会转型的热潮正方兴未艾。从意识形态和社会发展的角度看，这确实体现着伟大的历史进步；但如果换成日常生命状态的角度，情况就远非那么美妙。在前一年写成的另一首长诗《群猿》中，芒克花了整整一章的篇幅，以讽刺性的"这是一个好年头"反复引领，淋漓尽致地揭示了此一视野中精神委顿、道德沦丧、是非颠倒、弱肉强食的混乱景象。它既是一场灾难的结果，其本身也足以构成一场灾难。这一章以一个艾略特式的空虚意象作结：

> 这人间已落叶纷纷
> 多么可怜的一个季节啊
> 它就像一个龙钟的卖艺老人
> 在伸手捡着地上的钱

《群猿》很大程度上可以视为《时间》的姊妹篇。它同样处理的是时间和死亡主题。时间的空洞化及其死亡意味在这首诗中表现为对人类自身进化的怀疑和否定。全诗以讲述一个经过个人想象改造过了的人类起源故事开始（在这种讲述中作者漫不经心地对从猿到人的进化表示了首肯），中经对充满了诚实的劳动和创造、真正的爱情和冒险的"黄金时代"（它被片断地保存在第二篇一再化用的古代神话中）的集体记忆钩沉而进入对当下颓势的描述，其结构本身就是反进化的。诗的末尾是一个由死亡逸出的灵魂"在高空俯视"的幻象。可是它看到了什么呢？

> 我们的胸膛
> 已踏上一只巨兽的爪子

我们的脑袋

　　渐渐地龟缩大地

　　而我们的叫声还在四野回荡

　　那声音是多么凄厉呵

　　仿佛是从那久远年代传过来的

　　群猿的哀号

仿佛真应了俗话所说的"从哪里来，还回到哪里去"，"原本是什么就是什么"！

　　不能据此就认为芒克是一个悲观的历史循环论者。倒不如说这首诗放大了一个一直令他着迷的人类学意义上的本体追问，即人究竟是什么？芒克曾因种种彼此冲突乃至悖谬的观察和体验，首先是对通常所谓"自我"的观察和体验，而对这个问题大惑不解，以致不得不借助浪漫主义的二元对立互补人性模式求得必要的平衡（典型的如《自画像》），并借助时间的意义向度（希望）使"人"趋于分裂的形象保持完整。然而现在天平显然已严重倾斜，"人"的形象亦已破碎不堪；而当"人们都在疯狂地扑向日子／好像这里只剩下最后一天"（《时间》，第三篇）时，甚至连"人究竟是什么"的追问都失去了意义。

　　但这一追问还是构成了《时间》的主要思想背景。所不同的是，它更多地不是在"我们"，而是在"我"的层面上发生作用。芒克从来没有像在这首诗中那样，既执迷于"我"又不断放弃"我"，既峻切地审视"我"又不把"我"当回事儿。这里"我"的绝对性和"我"的丧失是一起到来的，正如"我"的混浊和"我"的纯洁是一起到来的一样。因为

　　在这里，生和死已不存在界线

　　　　　　　　　　　　　　　　　　　　（序）

体现到诗的结构上，就是一个昏睡的白天和一个不眠的夜晚（白天、黑夜分别对应着生、死）的叙事框架；就是模模糊糊、不辨日月的时间感受（"你们睁开眼睛是白天／你们闭上眼睛是黑夜"）；就是透彻的冥思、胡搅蛮缠的饶舌、片断的记忆和超现实的梦境交替出现的话语方式。生死界线的消失使一切都平面化了。

"我"在很大程度上也被平面化了。所谓"不再有记忆、也不再有思想／不再期待，也不再希望"；所谓既"没有必要去证明我们活着"，也"没有必要去惧怕死亡"（序），换一种说法就是浑浑噩噩，不死不活。这在第二篇中经由嗜睡（一种无意识的趋死）、对异性无端的惧怕（不安全感和性无能的暧昧表达）、意识偏执、记忆混乱等，最终被归结为"什么也不想"的"零"状态；在第三篇中被表现为粗暴的性欲满足以及为之辩护的强词夺理；而在第五篇中，则干脆表现为虚脱式的无法支配自己。连续出现的性爱场面在这里是意味深长的。除了第四篇外，它们都丝毫见不出"爱"的流露，唯余"性"而已；而第四篇又显然以第三篇的不忠和强横为背景。于是"我"仅仅成了某种本能欲望的能指。芒克先前最珍惜、最宝贵的爱情王国就这样被从内部摧毁，成了寂静外表下的一堆废墟：

> 这是我衰败的季节
> 我的感情已经枯萎

平面化的"我"乃是时间死亡的活标本。和芒克既往的作品，尤其是另一首具有阶段总结性的长诗《旧梦》（1981）相比，它提供了一个综合性的对照。在《旧梦》中，无论"我"的心情怎样在怀想与梦境、温馨和悲伤之间摇摆不定（犹如其抒情角度在第一人称和第二人称之间转换不已），但终未失去意向的深度。这种深度在空

间上来自由爱所维系的生命的整体性，在时间上则来自某种自我允诺
式的期待：

> 你的心一直是火热的
> 一直在等着爱人的归来

不仅是"爱人"，诸如"天空"、"花朵"、"果园"、"土地"等意象也
一样。"深度"在这里的首要涵义是：生命仅存的净土和灵魂最后的
栖息地。但是在《时间》中，这一切都荡然无存。"我"无望地面
对着它们的消失，就像一个疲惫的旅人自身也成了业已消失的蜃景的
一部分。第三、四、五、六诸篇一再把"我"处理成一个"他者"；
在场的"我"和不在场的"我"之间既互想窥伺和蠡测，又彼此发难
和质疑：

> 我不知它是否看见了我
> 我不知那是不是我
> 在看着自己
> 我骂我
> 我反过来骂我
> 我嘲笑我
> 我反唇相讥
> 我不搭理我
> 我只得不搭理我

(第五篇)

这种分裂的双重乃至多重的自我意识暴露了"平面化"的真相。平面
化：个体内部趋于无穷分裂时最后的生命幻象。可怕的还不是分裂本

身，而是从根本上丧失了重新整合的可能：

> 我抛弃我
> 我被我抛弃
> 我现在自己已不再属于自己
> 我无法控制我
> ……
> 因为我对我已没有权力
>
> （同上）

《时间》对"我"当下存在的描述、审视和探究基于这样一种常识经验，即置身时间之流中，个体生命其实无法据有真正的主体性，它迟早将随同死亡归入虚无。然而作品所提出的问题却远远超出了上述经验的范畴，因为这里死亡远远走在了生命自然进程的前头。诗中反复写到的对衰老的恐惧非但不能解释"我"的内部解体，恰恰相反，正是因为陷入了内部解体的无政府状态，"我"才如此强烈而集中地感到对衰老的恐惧（芒克始终未能像叶芝那样，独立地发展出他所同样迷恋的"老年主题"，而只能把它处理成死亡主题的一个副产品。除了《时间》，有这方面兴趣的读者不妨再注意一下例如《死后也还会衰老》、《晚年》等）。在另一篇文章中（参看拙作《从死亡的方向看》），我曾把《时间》所表现的那种苍白、空洞、委顿、暧昧、无精打采、模棱两可的独特死亡体验，比喻成"一个需要被焚毁的森林从灰烬中站起来才能回答的问题"，循此可以发现其丰富的社会历史内涵；但本文所想强调的却是问题的另一面，即"我"在这里并不是无辜的。对这一点的意识使"我"的"他者化"过程同时蕴涵着一个自我辨认的过程。第六篇一再指明你—我在彼此眼睛中的相对性，从而要求某种复合的"看"：

我现在真想用她的眼睛看看我

而第十篇中突然升腾而起的"大火"无论是否"在梦中"，都只能来
自同一种渴望。它在全诗中的结构功能很容易令人想起艾略特《荒
原》中的"火诫"，可意旨却毋宁是卢梭《忏悔录》式的。很难说这
源于自身而又燃烧自身的火是涤罪之火（至少从表面上看它既非着意
惩戒也非着意净化），它当然也不是任何意义上的再生之火（既然
"我什么也不想留下"），但同样不是，或者不仅仅如诗中所写的，是
焚毁一切的虚无之火。假如这团"火"更像是在暗示一场彻悟生死的
内心仪式的话，那么，所谓"我终于消失"就正好意味着另一个
"我"的现身；而这个"我"早已在序诗的纷纷大雪中出现过了：

　　　我感觉我在这里
　　　全身渐渐变得洁白
　　　我发现我已不再是我
　　　我一点儿都不肮脏

　　　这是一个更本真的"我"吗？抑或只是为了平衡"我"巨大的生
命失败感所必需的某种幻觉？我说不清楚。我想包括芒克本人在内，
谁都说不清楚。因为正是在这里，隐藏着生命失败既渺小、又伟大的
微妙之处。危机仍将继续下去，但衡量存在（生死）与否的尺度已
被暗中改变。在第一篇中"我"悲叹"我所有的是无有／我没有的却
是所有"；然而当全诗收束，"我"平静地与自己告别（试比较《旧
梦》中同样写到的场景）时，他却高傲地宣布：

　　　我活着的时候充实而富有

我死去的时候两手空空

个体的自由意志最终和死亡打了个平手。

在结束本文前我想再单独提及芒克的一首诗。至少是在同代人的作品中，我很少读到像这样出自深挚、广博的爱，言说得如此诚恳痛切，因而感人至深的诗。我指的是《给孩子们》。

遗憾的是孩子们终究要长大，成为《时间》第十五篇写到的"人群"的一部分。芒克笔下的"人群"是一条滚滚奔流、永不冻结的河，而每个人脸上的表情又组成了一幅内容丰富的画。但这幅画却没有色彩，它"灰蒙蒙的"。奇怪的是，正是这种放眼看去的无差异性使混杂其中的"我"感到孤独，因为他"不知道人人都在想什么"，甚至不知道刚刚同床共枕过的"你"在想什么。致命的隔膜在这里似乎成了"我"的独一无二性的保证。

那么，它也会是一个诗人的独一无二性的保证吗？我不知道。我只知道本文试图谈论的决不仅仅事关某一特定的个人和他的作品，不如说更大程度上是正在生成的当代诗歌传统的一个重要环节和组成部分。1987年迄今芒克没有再写过诗，对此有的朋友感到惋惜，更多的则为之困惑。说实话，有时我也会禁不住怀疑：芒克是否真的如他在《时间》中所言，已把自己"挥霍干净"，以致在告别自己的同时也告别了诗？我当然不希望是这样；但即便如此，我以为也不值得大惊小怪。芒克在写作上从不勉强自己。在该开始时开始，在该结束时结束，恰与他一以贯之的自然之道符契。兰波19岁即已封笔，因为在他看来，他已写完了"属于自己的诗"。我愿意把兰波的自我评价移作对芒克的评价，而只作一点读法上的提示：在任何情况下，这句话该重读的都不是"自己"，而是"诗"。

1995年6月，劲松

谁是翟永明？

这当然不是在明知故问。我质疑的并非是现实中的某位女性，而是某位诗人；尽管二者使用了同样的符号，却不应被混为一谈。可是，作为诗人的翟永明难道不是和现实的翟永明一样确凿吗？由于与之对应的是一系列作品，她难道不是更不容置疑，更具有独一无二性吗？未必。在涉及对具体诗人的评价时，往往会发生某种类似诗歌修辞中的"借喻"或"转喻"现象；换句话说，喻体成了主角，而喻本却退隐其后。事实上，1983年最早介绍我和翟永明认识的朋友就是这样说的："这是我们四川的小舒婷。"他热情地向我推荐当年《星星》诗刊隆重推出的翟永明的一个大组诗："你好好读一读，就会知道此言不虚。"

没有人会怀疑这位朋友的善意。然而，正是这样的善意使一个诗人成了另一个的"副本"，而这个"副本"的最大价值就是为强化或放大其"正本"聊尽义务。自然，那时翟永明还没有写出《女人》和《黑夜的意识》，还没有成为"女性诗歌"的"头羊"和"重镇"，因此尽一尽义务也无妨。但此后的情况又如何呢？

1986年我写了《女性诗歌：从黑夜到白昼》一文。据我所知，这篇首先评论《女人》的文章也最早涉及了"女性诗歌"的话题。这么说倒不是要标榜自己有"为风气先"之功，而是意在将它当作一个案例，以揭示有关"女性诗歌"的讨论从一开始就存在的问题。这篇文章有一个黑格尔逻辑学式的开头："当我想就这部长达二十首的组诗说些什么的时候，我意识到我正在试图谈论所谓'女性诗歌'"；接下来我描述了"在一个远非公正而又更多地由男性主宰的世界上，女性诗人似乎更不容易找到自我，或者说，更容易丧失自我"的种种现象，然后试图给"女性诗歌"下一个可能的定义："追求个性解放以打破传统的女性道德规范，摈弃社会所长期分派的某种既定角色，只是其初步的意识形态；回到和深入女性自身，基于独特的生命体验所获具的人性深度而建立起全面的自主自立意识，才是其充分实现。真正的'女性诗歌'不仅意味着对被男性成见所长期遮蔽的别一世界的揭示，而且意味着已成的世界秩序被重新阐释和重新创造的可能"；在文章的结束，我如此概括《女人》的意义："如果说翟永明是通过'创造黑夜'而参与了'女性诗歌'的话，那么可以期待，'女性诗歌'将通过她而进一步从黑夜走向白昼"。

整整十年后，在"女性诗歌"似乎早已成为一个不争的事实，而"女性诗歌"的队伍也早已蔚为大观的背景下重读这篇文章，我发现我犯了和那位朋友相似的错误：无论当时是否意识到，也无论可以指望在具体论述中得到什么样的补偿，当我试图把所谓"女性诗歌"表述成一个孤立存在的、高高在上的运动主体时，我实际上也使它变成了一个新的"喻体"；在这个新的"喻体"面前，不仅翟永明，几乎所有适合讨论的对象都有可能成为另一意义上的"副本"或"注脚"。这个错误由于在试图给出关于"女性诗歌"的定义时缺少更有效、更充分的诗学考虑，并且仅仅以"男性成见"为唯一参照而显得格外不可原谅。现在问题已变得足够清楚：正如在反观并重构任何思想、文学流派或哲学思潮的发展历史时会发现的，当我们反观并重构"女性诗歌"迄今的历程时也会发现，"与作者和作品那种坚实而根本的单位相比，这些思想、流派、潮流反而变得相对脆弱、次要并成为附属的了"①。在读到翟永明以下的一段话时，我庆幸我后来没有再就"女性诗歌"发表更多的看法，因而不致在错误的道路上走得太远：

> 我不是女权主义者，因此才谈到一种可能的"女性"的文学。然而女性文学的尴尬地位在于事实上存在着性别区分的等级观点。"女性诗歌"的批评仍然难逃政治意义上的同一指认。就我本人的经验而言，与美国女作家欧茨所感到的一样："唯一受到分析的只是那些明确讨论女性问题的作品。"尽管在组诗《女人》和《黑夜的意识》中全面地关注女性自身的命运，但我却已倦于被批评家塑造成反抗男权统治争取女性解放的斗争形象，仿佛除《女人》之外我的其余大部分作品都失去了意义。事实上"过于关注内心"的女性文学一直被限定在文学的边缘地带，这也是"女性诗歌"冲破自身束缚而陷入的新的束缚。什么时候我们才能摆脱"女性诗歌"即"女权宣言"的简单粗暴的和带政治含义的批评模式，而真正进入一种严肃公正的文本含义上的批评呢？事实上，这亦是女诗人再度面临的"自己的深渊"②。

在某种程度上翟永明恐怕言重了。就我视野所及，似乎并没有哪篇文章"简单粗暴"到把"女性诗歌"直接等同于"女权宣言"的地步，更谈不上这样的"批评模式"了。事实上，正如引进女权主义理论并没有导致一场女权主义运动，而几乎所有的女诗人都否认（或不承认）自己是女权主义者一样，当代中国也不存在什么像模像样的

---

① 米歇尔·福柯：《什么是作者》，见《后现代主义文化和美学》，北京大学出版社1992年版，P287。

② 翟永明：《再谈"黑夜意识"和"女性诗歌"》，载《诗探索》1995年第1辑，P129。

当代女权主义诗歌批评。或许是不得已，或许是缺乏相应的兴趣，或许是出于更复杂的历史原因，诗人和批评家们几乎是合谋式地悬置了，至多是曲折表达了"女性诗歌"作为一个批评概念本身具有的女权内涵。这是一个有趣的、尚待研究的现象。当代对"女性诗歌"的批评大多还停留在玛格丽特·阿特伍德所指出的"奎勒—库奇症状"阶段①，充其量可以看到一些西方女性主义文学的片断主张，或女性社会学、人类学、文化人类学、神话学研究片断成果的临床应用。这种批评的软弱涣散对"女性诗歌"的发展未必不是一件好事。

但是翟永明仍然有充分的理由表示她的不满和焦虑。因为无论有关"女性诗歌"的批评有多么软弱涣散，在"唯一受到分析的只是那些明确讨论女性问题的作品"这一点上，却表现出了惊人的一致（女权主义者们立刻就能从中发现即便是变形和升华了的"窥视癖"）；而只要"女性诗歌"一天不能进入"一种严肃公正的文本含义上的批评"，女诗人们就一天不能摆脱被形式式的"喻体"所遮蔽，成为其不同程度上的"副本"或"注脚"的命运。显然，隐藏在这种命运中的、"事实上存在"的"性别区分的等级观念"，本质上并不比那种赤裸裸的性别歧视（比如我们一再看到的、指认某些女诗人由于使用了"身体语言"而"有伤风化"的道德批判）来得更公正，它所造成的伤害较之后者也毫不逊色。具有讽刺意义的是，这种伤害往往采取对"女性诗歌"不分青红皂白一律肯定，并通过一套几乎对所有的女诗人都统统适用的赞词而恭维不暇的方式，以致相比之下，倒是女诗人们自己，尤其是翟永明，显得更加冷静②。然而这并不能保证她免受伤害。说"仿佛除《女人》之外我的其余大部分作品都失去

---

① 参见玛格丽特·阿特伍德：《自相矛盾和进退两难：妇女作为作家》，载《女权主义文学理论》，湖南文艺出版社1989年版，P133。

② 参见翟永明《'女性诗歌'和诗歌中的'女性意识'》，载《诗刊》1989年第6期。

了意义"也许有点"牢骚太盛";但若把《女人》改为"女人",把"其余大部分作品"改为"作品中的大部分意义",则所去不远。在这种情况下,"谁是翟永明"难道还不足以成为一个问题吗?

可是,当我把"女性诗歌"推为背景,重新阅读翟永明迄今的作品,认真追问"谁是翟永明"时,却发现这实际上是个无法回答的问题。我不仅不可能复原一个本真的、完整的、金瓯无缺的翟永明,相反,随着阅读的深入,那最初看来极为鲜明的翟永明的形象(无论她自我分裂到什么程度)也慢慢变得模糊,难以分辨,以至不时从作品中消失。这似乎证实了米歇尔·福柯关于作者和写作关系的一个观点:"写作就像一场游戏一样,不断超越自己的规则又违反它的界限并展示自身。在书写中,关键不是表现和抬高书写的行为,也不是使一个主体固定在语言之中,而是创造一个可供书写主体永远消失的空间"[1]。
福柯所言的"写作"是"只指涉自身"的写作;即"符号的相互作用与其说是按其所指的旨意还不如说是按其能指的特质建构而成"的写作[2]。如果这确实可以成为解读翟永明迄今作品的某一角度,以回答"谁是翟永明"这一无法回答而又必须回答的问题的话,那么,它显然还需要叶芝的一个著名观点来予以平衡。在《在学童们中间》一诗中叶芝写道:"栗树啊,根子粗壮的花朵开放者,/你就是叶子,花朵,或树身?/随乐曲晃动的躯体,明亮的眼神,/怎叫人把舞者和舞蹈分清"。
这一平衡对像《女人》这样的作品来说尤其必要。它使得这部作品即便是在不考虑其摆脱权力美学控制的阴影,于主题和题材方面有所重大突破的瞩目优势时,也仍然保持着在诗歌史上无可动摇、无可替代的地位。尽管有时在表达上过于夸张、粗放和咄咄逼人,并且有明显的借鉴痕迹(不仅仅来自美国"自白派"女诗人普拉斯,也

---

[1][2]　米歇尔·福柯:《什么是作者》,见《后现代主义文化和美学》,北京大学出版社1992年版,P288。

不仅仅是像她那样，从灵魂／肉体的双重施虐—受虐体验，或生／死的边缘和裂隙中提炼尖新奇诡的意象，尤其是那些无所不在的黑色象喻），但作品本身呈现的天、地、人、神错综交织的内在结构；体现着这一内在结构、在不同的层面和向度上充分展开、彼此冲突而又彼此容涵的复杂生命／审美经验；不可遏止地从这种经验的深处源源涌出，又反过来贯通、滋养着种种经验的巨大激情；以及节制这种具有不择而流倾向的巨大激情，把作品综合、凝聚成一个有机整体的结构能力，所有这一切都表明，《女人》的轰动一时并成为人们长久关注的语言事件，自有其超越历史语境的原因。多年后重读这部作品，我依然震惊于它变化无端的活力、难以言说的神秘和浑然自在的实体性。作为一种基于生命个体和大化宇宙内在同构的意识，即所谓"黑夜意识"的产物，它就像那些由宇宙所孕生的恒星一样，什么时候你把目光朝向它，什么时候你就会感到在它虚无的内部那受控聚变式的猛烈燃烧，感到那在抛射和收缩、转折和回旋之间奇幻莫测的光和影的运动。这种运动犹如印度教中的湿婆之舞，不仅"周身体现出整个世界的女性美"①，而且在生命—语言的临界点上，使我们同时看到了诗歌之树的叶子、花朵、树身和它粗壮的根。

把这样一种形象归之为翟永明本人的形象，正如把舞蹈归之于舞者一样，是一种常见的视觉思维"短路"。我相信没有人在读到这样的诗句时不会产生类似的"短路"：

> 我来了　我靠近　我侵入
> 怀着从不开敞的脾气
> 活得像一个灰瓮
>
> 　　　　　　　　（《荒屋》）

---

① 翟永明：《黑夜的意识》，载《磁场与魔方》，北京师范大学出版社1993年版，P141.

我，一个狂想，充满深渊的魅力
偶然被你诞生……

我是软得像水的白色羽毛体
你把我捧在手上，我就容纳这个世界……

以最仇恨的柔情蜜意贯注你全身
从脚至顶，我有我的方式

（《独白》）

我微笑像一座废墟，被光穿透

（《秋天》）

我是诱惑者。显示虚构的光
与尘土这般完美地结合

（《人生》）

就作品本身而言，由于通篇使用第一人称和穿透打击力极为直接而强烈的自白语气，很容易使"我"如同磁铁般把周围的形象吸向自己，构成其丰满性的一部分。除此之外，出现频率甚高的疑问和反诘句也有助于在看似间离主体与话语关系的同时强化主体自身的形象。这当然是一个诗歌史上前所未有的超级女性—女诗人的形象。

《女人》中这一形象的塑造是如此成功，以致诗还没写完，诗人就已经意识到，这一形象将和这首诗一起，成为她继续写作所亟待逾越的障碍和新的焦虑根源。在组诗的末篇《结束》中，"我"如同完成了创世行为的上帝（自己的上帝！），"又回到 / 最初的中心点"，在那里她"睁开崭新的眼睛""并莫测地微笑"；她一遍又一遍小声而固执地问:"完成之后又怎样?"

以此作为"我"形象塑造的最后一笔是意味深长的。其结果是在这个创世神话将圆(从《预感》到《结束》,确实像是在呈现一个圆)未圆之时留下了一个可供诗人"倾心注视黑夜的方向"的缺口;而这首采用一咏三叹、复沓回环方式写成的诗,也就成了嵌在这个缺口中的一个小小的、关于写作自身的寓言——正如T.S.艾略特在《四个四重奏》所说,这里"我们称为开始的经常是结束,/作一次结束就是作一次开始。/结束是我们的出发之处"。

有一点翟永明当时或许没有意识到,或许比谁都清楚,那就是:尽管她可以写出更成熟、更优秀的作品,但像《女人》这样充满神性的诗将难以复得。《女人》产生于这样一个特定的时刻:这里被偶然的创作契机所触发的,是一种同样受到致命压抑、并具有典型的女性(不限于性别意义上的女性)受虐性质的个体经验和人类经验、个体幻觉和集体幻觉、个体激情和历史激情的奇妙混合。犹如在地底奔突的岩浆,它巨大的能量积蓄已久;犹如宿命,它早晚会由于"既对抗自身命运的暴戾,又服从内心召唤的真实"①的矛盾冲突而被写上天空,成为黑暗和苦难的想象奇观。在这一过程中命名者不仅"注定成为女性思想、信念和情感的承担者"②,而且被允许扮演先知和造物的角色。扮演这样的角色当然有赖于卓越的个人诗歌才能,却又为即便拥有最卓越诗歌才能的个人所不可及。在这个意义上,命名者又只不过是一个签名者而已。

"被允许扮演"和"乐于扮演"在任何时候都不是一回事。这不是说存在着一个更高的仲裁者,而是说存在着某种写作过程中主体置换的现象。很可能,正是这一点区分开了"只指涉自身"的写作和把

---

① ② 翟永明:《黑夜的意识》,载《磁场与魔方》,北京师范大学出版社1993年版,P141。

诗视为"成功之道"或"反抗之道"的写作——尽管渴望成功和立意反抗是两种无可厚非的写作原始驱动力。"媚俗"和"愤世嫉俗"是当代写作中最常见的模式；奇怪的是，并非仅仅由于语境的变化，二者之间的界限有时显得非常模糊，甚至可以互相转化。对于那些不惜被形形色色的思潮、流派和理论搞昏了头的写作者来说，就更是这样。当热衷此道的人们"在应当沉默的地方坚持一片喧嚣"（这句话本身在特定的上下文中无疑是一个应予高度评价的局部真理）时，诗的真实领域实际上遭到了忽视，而写作的本义也因此被弃置一旁。写作在或许有违写作者初衷的情况下重新落入了意识形态化的窠臼。

与此相反，"只指涉自身"的写作始终是打探、叩问沉默，并向沉默敞开的写作。它唯一能保持长久兴趣的，是使那些隐身于沉默中的——那些尚未被人们觉察和认识，或被人们忽略和遗忘（包括故意遗忘和被迫遗忘）的——东西显形，发出自己的声音。它对所有"来自时代的指令"一无例外地保持着距离，而宁愿倾心于更古老、更原始、更朴素的艺术态度，即静观和倾听。不难想象，长诗《静安庄》出现在诗坛鼎沸的1985年需要怎样的定力。在某种意义上，这首先是一部"倾听"的诗。起手《第一月》中有关"听"的意象比比皆是：

我来到这里，听见双鱼星的嗥叫
又听见敏感的夜抖动不已

昨夜巨大的风声似乎了解一切

已婚夫妇梦中听见卯时雨水的声音
黑驴们靠着石磨商量明天

我听见公鸡打鸣

又听见辘轳打水的声音

在《第二月》中，我们看到了一个更大的、被动式的主题性听觉意象：

我从早到午，走遍整个村庄
我的脚听从地下的声音
让我到达沉默的深度

《第四月》以强调语气再次重复了这一意象：

我的脚只能听从地下的声音。
以一向不抵抗的方式迟迟到达沉默的深度

"静安庄"本是诗人多年前插队劳动的所在；但这肯定不是它来到诗人笔下的主要动机。从诗歌写作的角度看，不如说它在更大程度上是翟永明所谓"黑夜本体"的一部分。很显然，诗人着意的并非是那个她曾于彼度过一段青春岁月的、在成都市郊确切存在着的静安庄，而是一个介乎确切存在和子虚乌有之间、只可能在诗歌地图上找到其坐标的"静安庄"；她所要做的也不是通过追忆将那些曾经经历过的再经历一遍，而是为记忆中那些令人不安而又喑哑失语的声音找到一个象征性的结构，通过重新命名"静安庄"显示她所抵达的"沉默的深度"，亦即命运的深度。由此，"怎样才能进入／这时鸦雀无声的村庄"被同时赋予了过去和当下、经验和文本的双重意味：

仿佛早已存在，仿佛已经就序
我走来，声音概不由己

对结构的重视是翟永明诗歌创作的一大特色。当代诗人，尤其是女诗人中能像她那样强有力地处理作品结构，特别是长诗结构的，确也为数不多。这不仅是指根据表现需要而灵活把握诸如虚实、疏密、浓淡、徐疾、冷热、轻重，以及主题与变奏、骨干与肌质、语势和笔触、发展与照应等整体和局部的关系，也包括一些突兀的、反常规的、"别出心裁"的手法。在《从死亡的方向看》一文中我曾说到，《静安庄》的"结构的考虑主要是通过使诗人内心的节奏和律动、诗的节奏和律动与自然的节奏和律动彼此呼应来实现的"，"十二个月份的设置既不是物理学意义上的时序划分，也不是一个供诗句凭附的外在框架，而是意味着一个心理上完整的来去入出过程"，最终使"一个莫须有的、'鸦雀无声'的村庄变成了一个巨大的空间隐喻"；但重读此诗时我发现，《第九月》的开头四句实际上是一个插入部分：

> 去年我在大沙头，梦想这个村落
> 满脸雀斑焕发九月的强度
> 现在我用足够的挥霍破坏
> 把居心巨测的回忆戴在脸颊上

这里角色出人意料的转换很像小说中"叙事主体突然现身"的策略。类似的转换同样发生在全诗的结尾，虽然第一人称变作了第三人称：

> 最先看见魔术的孩子站在树下
> 他仍在思索：所有这一切是怎样变出来的，
> 在看不见的时刻

《第九月》的插入导致了回忆幻觉的中断；末尾这个从天而降的"孩

子"则具有某种本文"自我解魅"的效果。这种效果是由双关性的"魔术"一词来体现的。它既可以指那种"使我强有力的脸上出现裂痕"的不可知的力量，但也可以指作品本身。因为诗在某种意义上正是一种"在看不见的时刻"使不可见成为可见的"魔术"。一般说来，诗人们不愿意看到自己的作品中出现"自我解魅"的现象而倾向于幻觉的完整性，这似乎也是诗这种主观性很强的文体自身的要求；考虑到《静安庄》事实上具有自传片断的性质，就更是如此。那么，翟永明干吗要拆自己的台呢？

在我看来，这恰好是翟永明的不同寻常之处。正如《第九月》的插入引出了一个主题变奏，即"是我把有毒的声音送入这个地带吗"的追问，从而凸出了在"发育成一种疾病"的"我"和"此疫终年如一"的静安庄之间，"保持无边的缄默"的"我"和"鸦雀无声"的静安庄之间，既奇怪默契，又紧张对峙的复杂关联一样，全诗结尾处的"自我解魅"也有效地破除了（对那些足够细心的读者而言）把一首用第一人称写成的诗认作作者自传的"意图谬误"，从而使阅读的注意力回到（或在重读时集中到）诗本身的陈述方式，以及由这种陈述方式所构成的"巨大的空间隐喻"上来。

相对于《女人》那种激烈的、充满颠覆性和伸张欲望的自白方式，《静安庄》显然致力于另一种诗歌话语的可能性。"我"在诗中并不像前者那样，处于发话者的绝对中心位置，而更像一个集受话、对话（包括潜对话）和陈述者于一身的复合体；其语境也不像前者那样尖锐、白热、炫目，而是更为从容、隐曲、暧昧，并且由于更多叙事的成分（它们主要被用来营造某种神秘的、不可理喻的氛围）而大大扩展了客观的广延性。这两种话语方式对翟永明来说都是必须的；因为

　　她的目光无法同时贡献
　　个人和历史的幻想

　　　　　　　　　　　　　　　（《人生在世》）

换句话说，她需要这两种话语方式同时满足她对个人和历史的幻想。前者在经过削缩后主要被运用于组诗《人生在世》，长诗《死亡的图案》、《在一切玫瑰之上》等，后者则在另一首自传性的、令人惊讶地混合着成人和婴孩双重目光的长诗《称之为一切》中得到了更充分的发展，并预示了她90年代的风格变化。当然二者的分别并不严格，在许多情况下不如说它们是互相渗透的；使二者更紧密地联系在一起的则是压抑和受伤害的经验，以及试图通过想象来疗治、矫正被扭曲的内心世界而发展出来的一种多变的、以极端求平衡的、常常充满自嘲和反讽的修辞风格：

> 漂亮、苗壮，一个女人的病例
> 内部不断蛀空，但又装满世界的秘密
>
> 　　　　　　　　　　（《人生在世·研究死亡》）

> 当我们亲尝死亡
> 发现这可怕的知识：
> 诞生只是它恶意的摹仿
>
> 　　　　　　　　　　（《死亡的图案·第六夜》）

> 现在当然有老年的风景
> 确保我们死去的感情
>
> 　　　　　　　　（《称之为一切·当年是历史名城》）

这种修辞风格的一个副产品是可以在作品中"犯忌"，大量使用成语和习语而非但不令人生厌，反倒有一种意外的新鲜感，以至横生出种种妙趣：

没有靠山，不会哭哭啼啼

天幸也还强壮，不会早夭

那么，把自己变得有条有理，竖起旌旗

然后日月飞渡，大显身手。

但是——

无法达到公众的愿望

不能使家人称心如意

因而被一些眼光镇压

无法自得其乐，只好将计就计

（《人生在世·夏天的阴谋》）

这或许算得上是翟永明的一项小小"专利"。仅仅将其视为某种诗歌才华是不够的；它还是诗的智慧晶体的一个剖面。尽管从一开始就被归入"先锋诗歌"的行列，但翟永明从来不追求表面的"先锋"效果，更不会将其视为某种特权而滥加使用。正像她总是凝神于静观和倾听一样，她也总是专注于语言本身：不仅从其固定陈规的鞭短莫及之处，而且从往往为那些一味"创新"的人们所忽视的、陈规自身的罅隙中发现新的可能性——对"只指涉自身"的写作来说，这几乎是一回事。

我不知道"只指涉自身"的写作是不是很容易被理解成"象牙塔"中的写作？如果有人这样责难，那是他自己的事。话说回来，"象牙塔"这一譬喻早就因其过于奢侈而失去意义了。在当代写作中我没有看到过"象牙塔"，充其量只见过一些"单身牢房"——除非我们把"象牙塔"同时认作心灵和语言的炼狱，或史蒂文斯所谓"俯瞰公共垃圾堆和广告牌"的地方[①]。但即便如此，把"只指涉自身"

[①]　参见《史蒂文斯诗集·后记》，国际文化出版公司，1989年版P189。

的写作与"象牙塔"中的写作混为一谈也仍然有点不伦不类，至少前者没有后者那种道德/美学洁癖的意味。"只指涉自身"的写作首先关注的当然是作品的内在性，却无意据此画地为牢。这种内在性与其自身无限敞开的外在性是一致的。在二者的互动过程中把握变化的活力甚至比关注某种风格的成熟更为重要。

同样，"只指涉自身"的写作"按其能指的特质建构而成"也不必然导致削弱作品指涉现实的力量，相反有助于强化这种力量。能指和所指总是同时出场的。突出"能指的特质"并没有改变这种关系，而只是取消了所指作为一种先入为主的"旨意"的特权（由于这种特权，所指不但规定了作品现实的内涵，而且成为意义阐释的边界和最终归宿），使能指—所指的关系始终处于不确定状态，从而为作品本文构建更丰富、更饱满，具有更多可能的感悟维度和更大阐释空间的语言—现实的"结蒂组织"（梅洛-庞蒂语）开辟了道路。就翟永明而言，即便是在她那些最具有"纯诗"意味的作品中，例如在长诗《颜色中的颜色》中，也不难看出她对人们普遍的生存境遇，对这个充斥着"有劲的大厦"、"忧郁的白痴"和"公开的暴行"的时代的关顾和推拒、汲纳和反刺。我们甚至可以说诗中"白色"这个主题性的语词本身就是一颗从命运之火和骨血的余烬中提取出来的"舍利子"；它随着主题的展开和变奏缓缓转动，呈现内在的复杂光谱，其中凝聚着生命、艺术、时间和死亡的秘密。自然，只有具备"分裂的眼光才能看清/那些抽象的白色"；但是，只有既具备这种"分裂的眼光"，又懂得"虚弱的事物在等待"，懂得创造的"更为纯洁的要求"的"冬天的否定者"，才能体会"在白色中建造白色之塔"这"极端的风景"究竟意味着什么。

翟永明从不根据市场的"行情"，尤其是报刊的眼色制定写作日程。这种绝对自主的意志保证了她作品的内在连续性。她对长诗和组诗的特殊兴趣与其说表明了她写作的勃勃雄心，不如说体现了罗兰·

巴尔特所说的"欲望的真理"。总是这样:"有多少欲望,就有多少语言①";有什么样的欲望,就有什么样的语言。因此,无论翟永明阶段性探索的主题是什么,也无论她探索的方式发生了什么样的变化,都不会妨碍我们辨认其作品整体上的"史诗性",不会妨碍它们从内部透露出巴尔特式的"文本的欢欣"。因为所谓"史诗性",在当代无非是指个人对其精神和语言历险的叙述;而"文本的欢欣……产生于不仅仅是心灵的,而且是身体的节律"②。如果说"错位同裂断、撕裂、裂变"对二者同属题中应有之义的话,那么,把所有这一切不断转化成写作的新的可能性,就恰好是"欲望的真理"本身。

这一点在90年代诗歌所面临的、某种程度上始料未及的新情境中甚至看得更加清楚。无论这种新情境是否如欧阳江河所说,具有"把我们的写作划分成以往的和以后的"③的严重性,它都构成了对诗人们的有力挑战。翟永明对此做出的最初应对看上去几乎是本能的刺激—反射式的。在《我策马扬鞭》一诗中,"来自遗忘之川"而又因绝望的驱策获得加速度的"内心的马"疾驰过令人沮丧的诗歌低谷和恐惧的深渊:

　　我策马扬鞭　　在有劲的黑夜里

　　雕花马鞍　　在我坐骑下

　　四只滚滚而来的白蹄

　　踏上羊肠小道　　落英缤纷

　　我是走在哪一个世纪? 哪一种生命在斗争?

---

① ②　转引自伊哈布·哈桑:《后现代景观中的多元论》,见《后现代主义文化和美学》,P142、143。

③　欧阳江河:《1989年后国内诗歌写作:本土气质、中年特征与知识分子身份》,见1993年第3期《今天》。

......

　我策马扬鞭　在揪心的月光里

　形销骨锁　我的凛凛坐骑

　不改谵狂的禀性

然而"我"并不是一个斗士，连堂·吉诃德式的斗士都不是；倒不如说他是一个真正的梦幻骑士。他"在痉挛的冻原上""纵横驰骋"，不是要寻找寇仇交锋，而只是在踏勘他梦境的疆域。正因为如此，那些无一不与战争、血腥和暴力有关的场景才显得格外触目惊心。它们在诗中如一连串电影镜头剪辑般次第掠过，直到最后隐入"一本过去时代的书"；而这本书上"记载着这样的诗句"：

　在静静的河面上

　看呵　来了他们的长腿蚊

"长腿蚊"的意象借自叶芝的名作《长腿蚊》。它一方面在上下文中构成了对"我策马扬鞭"的反讽，从而有效地节制了诗中的浪漫激情；另一方面又保留了叶芝诗中关系创造心态的"踪迹"，从而显示了成熟的写作在任何时候都不会丧失的透彻眼光。在这种眼光的凝视下，正如伟大的歌德所言，一切都将归于"寂静"和"安息"，包括风波险恶的历史。

　　这首充满戏剧性的诗并没有结束或开始一个时代的写作；它只是预示了某种既与我们正在经历的时代相对称，又与个体经验（包括写作经验）和诗的想象类型相适应的方法转换。如果可以勉强称之为"戏剧化"的话，那么很显然，这种"戏剧化"和我们熟悉的例如英美"新批评"所推崇的"戏剧化"并不是一回事。在某种意义上毋宁说，这是一种"反戏剧化的戏剧化"：它敏锐地捕捉并呈现矛盾和冲突，但既不展开，也不探究，同样不寻求"象征性的解决"（勃克语）；它的内在张力不是来自"各种成分在冲突之中发展，最后达到一个'戏剧性整体'"（布鲁克斯语）的"一致性"，而是来自不但无法构成，相反不断消解其整体性的、各种成分彼此之间的漠不相干和连续错位。在最为显著地运用了这一方法的《咖啡馆之歌》中，作品的"一致性"仅仅维系于抽象的地点（域外某一咖啡馆）、时间（从下午到凌晨）和事件（阔别多年的朋友聚会）；而本应为此提供主要保证、从一开始就由一支歌曲暗示出来的怀旧主题，却因聚会者始终找不到相关的新鲜话题和恰当的交流方式，以及由此产生的、横亘在"我"和交谈者之间无可逾越的心理距离而变得支离破碎、软弱无质。正如"我"在诗中更像是一个心不在焉的旁观者和旁听者一样，这场聚会也更像是一幕角色的面目模糊不清，并因缺少导演和必要的情节而各行其是的皮影表演；结果令人印象深刻的反而是叙述者（一个不在场的"我"）冷静、克制而又细致入微的叙述，包括那些在旁白和独白、铭文和对话之间摇摆不定，像不明飞行物般孤立、突兀、来去无踪的引语。换句话说，叙述本身吸收了作品可能具有的戏剧性，它在把一次不成功的怀旧聚会成功地转述为一首诗的过程中扮演了唯一的主角。

翟永明自认"通过写作《咖啡馆之歌》，我完成了久已期待的语言的转换，它带走了我过去写作中受普拉斯影响而强调的自白语调，而带来一种新的细微而平淡的叙说风格"[①]，可见她对这一转换是相当自觉的。进一步说，这一转换所带来的并不仅仅是某种新的风格，它还标志着翟永明真正形成了她的"个体诗学"。由于篇幅关系，这里不拟过多涉及；我只想指出一点，即尽管《重逢》、《莉莉和琼》、

---

① 翟永明：《〈咖啡馆之歌〉以及以后》，未见刊。

《祖母的时光》以及《乡村茶馆》、《小酒馆的现场主题》等作品不同程度上都运用了上述"戏剧化"的方法，但对这一方法的理解却不应只停留于现象的层面。在某种意义上，它不过是翟永明基于她始终深切关注、并事实上构成了其个体诗学核心的一个更为根本的问题，即本真的写作在当下语境中是否可能，以及怎样成为可能的问题所做的某一方面的尝试而已。显然，对翟永明来说，所谓"本真"既不是无条件的但又不带有任何附加条件。她以此区别于那些简单的虔信者，就像以此区别于那些独断的虚妄之徒一样。前者往往把海德格尔或荷尔德林当作一个跳板，指望借此一跃就可以飞越生存—语言的险境，迳直切入一种被事先允诺的"本真状态"；后者则往往在适当地向拉康或德里达脱帽致敬后，转身就把问题一笔勾销。翟永明的态度更像是"试错"式的，介于狂放和谨慎、笃诚和怀疑、前瞻和后顾之间；并且她总是着眼于由写作行为所牵动的经验主体和语言现实之间既相互敞开又彼此隐匿、既相互澄清又彼此遮蔽、既相互诱导又彼此遏制、既相互同化又彼此异化的复杂关联展开其探索意向，以始终保持住问题及其难度。从这一角度去解读《道具和场景的述说》和《脸谱生涯》会是饶有兴味的。这两首诗直接涉及了不同的"戏剧化"因素，表面看来与当下语境毫无干系，并且在旨趣和语言上有一种奇怪的"退步"色彩，但依我看来其中恰好渗透着翟永明对上述问题的深切感悟。在某种意义上不妨将它们看作是对此借题发挥式的讨论，尽管它们并不提供任何有关的结论：

> 戏中距离不是真实的距离
> 体内的灵魂是否是唯一的灵魂
>
> （《脸谱生涯》）

> 万物与万物之间有一个名字

> 一卷书 把这一切推向将来
>
> （《道具和场景的述说》）

为了不致使这篇业已过分冗长的文章更加冗长，我不得不放弃对翟永明新近写的《一首歌的三段咏唱》、《编织的三种行为》、《三首更轻的歌谣》和《十四首素歌——致母亲》作单独分析的最初计划。这几首集中处理女性主题的诗无疑体现了翟永明写作的另一重要策略。它们与《女人》（不止是《女人》）的遥相呼应和对照不仅极大地加强了其作品整体上的互文性，而且表明，通过这种互文性，"个人和历史的幻象"可以怎样从一种"不变的变化"中，由于"缓慢地靠近时间的本质"被有力地创造或重新创造出来。说"策略"也许是不贴切的，因为"大脑中反复重叠的事物／比看得见的一切更长久"（《盲人按摩师的几种方式》）。这同时也修正了本文第二节开头说到的福柯的观点：正如这几首诗的标题中反复出现的"三"这个数字在中国文化传统中代表着万物无穷变化和再生的神秘力量一样，主体并没有、也不会"永远消失"在写作所创造的空间里。他（她）注定要以不断变化的面貌和其作品一起重新出现。在这个意义上，真正能回答"谁是翟永明"这一问题的，最终还是她的作品：

> 我所做的一切被称为谎言
> 与生命一道活下去
>
> （《称之为一切》）

1996岁末—1997新年

顾城之死

这些年我已经目睹了太多的死亡，但顾城、谢烨的死仍足以令我震惊。对这一悲惨结局的本身我没有更多的话可说：当一个诗人握笔的手最终操起一柄斧头时，一切语言都立刻变得软弱无力，包括事后对他的谴责。

我只是忍不住去想、想、想——最初是自发地、颤栗地，继而是强迫性地、尽可能冷静地——想究竟是什么力量驱使着顾城，在冰冷的一闪中制造了那个邪恶的瞬间？

这不可能是顾城！这不应该是顾城！然而，各种来源的消息都在无情地提示我，确实是顾城，是那个曾经写下"黑夜给了我一双黑色的眼睛／我却用它寻找光明"的名句、为一代人立言的顾城，那个纤弱、单薄、忧郁得仿佛一片落叶，总是躲在一身风纪扣扣得实严的灰色中山装背后，表情严肃而荒诞，目光诚恳而无望，在恍恍惚惚中企图既永葆童贞的神性，又拥有老人的智慧的顾城！

为什么偏偏是顾城？顾城可以是一切或什么都不是；他可以为诗活着或仅仅为活着活着；如果他想死，尽可以选择一种他愿意的方式去死，就是不能去操那柄斧头。究竟是什么力量？

疯狂！只能疯狂！彻底绝望深处变态的疯狂！他的朋友曾经在为他做过心理测试后警告他：要小心发疯。居然被不幸言中！他毫不避讳地公开了朋友的警告又意味什么？是不以为然还是心中惕然？不管怎么说，他终于没有能够避免这宿命般的结局。只是，无论是那位朋友还是他自己，当时恐怕都没有料到，他竟会以这样的方式"发疯"！

所有的疯狂都导源于偏执和追求绝对，这正是顾城自我提示过的两个主要性格特征。在他旅居国外之前的几年中，我曾多次听过他的朗诵和发言。从第一次起，我就注意到了他独特的姿态和语言方式：在整个过程中一直两眼向上看着天花板，双手规规矩矩地垂在两侧或交叉置于胸腹之间，不动声色，语气平直，几无抑扬顿挫，一任那优美而神秘的语流从口中汩汩而出。在我的印象中，这种姿态和语言方式在类似的场合下从来就没有改变过。他的发言无需改动便是一篇漂亮的散文。和他的诗一样，明亮的星空、挂着晶亮雨滴的塔松和精灵般的小动物构成了其中最主要的支撑点，即便他没有直接言说它们也罢。

这种两眼向上、旁若无人、规规矩矩、一成不变的姿态和语言方式，在我看来正是他内心偏执和喜欢绝对的写照。我很清楚他一直盯着天花板的目光其实并没有在那里驻留。它迳直穿透过去，聚焦于天空深处以至背后的某一点，那里有他无限渴慕和神往的"纯美"的天国。他平直的语气表明他其实无意与任何人交流。他只对着那冥冥中的天国喃喃自语。而他的双手无论是下垂还是交叉，都不自觉地流露出了他此刻内心的敬畏，如同一个谦卑的学生站在严厉的老师面前。

这种独特的姿态和语言方式使顾城在初识者的眼中充满魅力。但见多了，就不免显得僵硬、乏味，甚至看上去有明显的表演色彩。有朋友据此便认为他是在"作假"，并把同样的结论引申到他的诗中去。我理解他们的意思，但我并不这样看，或者不想这样看。因为我认为这里除了顾城的内心之外，并不存在什么客观的真假尺度。退一步说，即便他是在"作假"，前提也是"真"。我宁愿认为他是在自觉不自觉地履行某种个人仪式，而随意改动仪式的规范是不道德的。如果说某种表演性确实是存在的话，那只是因为他弄错了场合。所有公开进行的个人仪式都难免有表演之嫌。

那几年顾城的每次朗诵或发言都令我感动，并且无法不被感动。但这并不表明我认同顾城；恰恰相反，越是到后来，我就越是感到某种由衷的恐惧，甚至厌恶——不仅是对顾城，对其他类似的诗人也一样。我的恐惧和厌恶完全是出自自我保护的本能，因为我在他对"纯美"虔敬而绝望的追求中直觉到某种巨大的、难以克服的结构性生命缺陷。

这种缺陷甚至在他对诗最初的领悟中即已现出了端倪。当他把那株塔松上挂满的晶亮雨滴中游动的无数彩虹和精美的蓝天视为他的天国启示时，他显然对眼前景象的有机性严重估计不足；尤其没有想到，如果没有塔松那在地下痛苦地盘曲、伸展着的根，所有这一切都将无所凭附。他只凭善良的愿望或天性中某一部分的冲动就齐腰截断了这株塔松。结果他充其量只是带回了一件圣诞礼物，而没有真正收获诗的种子。

这听起来有点像事后的苛责。当然，要求一个八岁的孩子想那么多是太过分了。问题是顾城追述这纯美诗意的最初一闪时早已不是孩子；而在他的追述中我没有看到丝毫反省，有的只是深深的自我感动。显然，塔松没有凋敝，它一直奇迹般地经由主人的血泪供养活在他心灵的暗室里，只不过现在这位主人拆除了将其与纷乱的尘世相隔绝的厚厚墙壁，或者把它移到了布勒东所说的"玻璃房子"中而已。至于这样一来，暗室就成了客厅或展室，塔松连同那些多年前的水滴，将在短暂的大放异彩和众口赞叹之后变得黯淡，失去光泽，直至枯萎，成为业已逝去的那个时代的珍奇标本，他或许一时来不及想到，即便想到了也于事无补。因为接踵而来的新时代——一个混合着旧时代的遗迹，同时又以欣快症的方式像吐纳物质一样吐纳精神文化的大众消费时代——会一步步把这些变成现实。

他将为新时代付出新代价。但更沉重的代价甚至在这之前就已经付出了。躲在暗室里长久地凝视幻想的天国已经成了他全部生活的核心部分，而那株塔松则成了他生命结构的象征，只不过是以倒置的方式——不，随着年岁的增长和生活中的一再受挫，倒置的塔松已经变成了倒置的金字塔，其中"有锋利的长剑，有变幻的长披风，有黑鸽子和贞女崇拜"，可就是没有大地，充其量只有被幻化了的大地。换句话说，他以一种趋于无穷小的方式与真实的大地（包括他身体内部的大地）相维系。

这样的生命结构是危险的。站在一座倒置的金字塔近旁是危险的。

顾城对天国的需要远远超出了天国对他的需要。我相信这一深刻矛盾是导致他最终疯狂的重要原因。另一个并非是不重要的原因存在于天国的反面。当他似乎置大地于不顾时，大地（同样包括他身体内部的大地）却仍然牢牢地把他攥在手里。新时代毫不吝啬地以各种方式赋予了他以内涵复杂的声誉，但从一开始就没有打算接受他的天国理想。大多数人们一瞥之下，便分配他到一幕叫"朦胧诗"的戏剧中扮演"童话诗人"的角色，意即他虽然才华出众，但终于是个还没有长大，也许永远长不大的、喜欢做梦的孩子。用少时苦难酿成的纯美之酒就这样被可笑地泼进一只诗的万花筒中。与此同时，另一些人则只凭训练有素的鼻子就透过"朦胧"，从这醇美之酒中嗅出了异己的味道。这使他们有充分的理由相信顾城其实不是个孩子，或者说是个心怀叵测的孩子，暗中被赋予了杜勒斯预言的使命。总之，仅就对他的梦幻施行不间断的打击而言，新时代较之旧时代并不逊色多少。

所有这些本来是他把暗室变成展厅后所必须付出的代价，然而还是造成了新的受挫感。他所获得的声誉在这方面帮不了他多少忙，某种程度上甚至帮了倒忙。1980年他所在的单位因为种种原因解散后，他觉得自己已不再适合出去工作。他执拗地相信，他能够靠卖诗卖文养活自己和他的爱情，结果在大多数情况下事与愿违。尽管他以"饱和轰炸"的方式飞快地向各级编辑部投寄稿件，但仍然不得不一再从梦幻的天国跌回琐屑的尘世，为生计操心，忍受令人难堪的清贫。这种日常生活的窘困同样构成了他理想受挫经验的一部分，并且由于意识形态的介入而多出了一重阴沉的威胁意味。

无论从哪个方面看，顾城都是一个极其主观的人。在他的头脑中，确如他自己所承认的，"有种堂·吉诃德式的意念，老向一个莫明其妙的地方高喊前进"。如果说在孤独的天路旅程中，这位堂·吉诃德宁愿把如入无物之阵的悲哀看成某种快乐的话，那么，在现实中他却永远做不到这一点。因为他挺出去的长矛往往不是戳在臆想的魔鬼身上，而是反过来直接命中他自己。风车仍然以他"莫明其妙"的方式旋转不停，注定当不成骑士的堂·吉诃德却遍体鳞伤，筋疲力尽。

假如顾城真是个堂·吉诃德也好，可惜他不是，也不可能是。他自己也竭力指明彼此的分野。这时他使用的是看上去非常理性的语言。他说："我……一直在裁判自己"，"生怕学会宽恕自己"。

然而，这种小心翼翼的自我甄别，其涵义却远远超出了理性。我们从中更多看到的是存在于他与现实之间，以及他自我内部的双重紧张关系。正是这种双重的紧张关系，而不是有无理性，从根本上区别开了顾城和堂·吉诃德。对堂·吉诃德来说，这种紧张关系是不存在的，他生活在里里外外、彻头彻尾的虚幻中。里里外外、彻头彻尾的虚幻总带有喜剧色彩，而紧张关系却意味着痛苦的撕扯。当然，较之对纯美天国的迷恋，它更真实地显示了顾城的"在世之在"（海德格尔语）。真正残酷而荒唐的是他试图在这种关系中居中裁判。抛开他的主观性和当事人的自我相关性不论，那"裁判"赖以进行的公正尺度又在哪里？不难想象，每逢这样的时刻，便是他最混乱、最无辜、最屈辱也最无助的时刻。那几年经常听到他"莫名其妙"发作的传闻；我相信在每一次传闻的背后，都隐藏着一个这样的时刻。

这是顾城看不到对手，却再次受伤的时刻。在这样的时刻他更不可能是堂·吉诃德。那么，在这样的时刻他会听到他生命中那"锋利长剑"在"黑披风"下面铮铮作响的声音吗？毕竟，创痛总是比天国更加具体，而从伤口中生长出仇恨总比生长出宽恕更加容易。尽管那"长剑"，那"黑披风"同样是出于臆想，尽管现实中的顾城优雅、文静，对暴力抱有某种神经质的反感，但我还是倾向于认为，正是经由无数这样的时刻，狂暴的力量像溶洞里的石笋一样，点点滴滴地在他心中积累起来。这是一种他既很陌生，又极熟悉，既竭力压抑回避，又克制不住地暗中受其诱惑的力量。每一个经历过类似"文化大革命"那种情境的人，即使再善良，也不难理解我这样说是什么意思。他之所以经常"莫明其妙"地发作，或许更大程度上是因为反复意识到这种力量并为之惊惧，而不止是任性宣泄以求暂时的心理平衡。

多年来顾城其实一直行走在疯狂的边缘。说到底，在中心解体、信仰破碎、价值悬浮、道德失范、经验世界和文化世界同样混乱不堪的时代背景下，对"纯美天国"的迷恋本身就迹近疯狂，并且可能是所有的疯狂中最疯狂的一种——尽管看上去既圣洁又温柔。说疯狂并非是说不可能，而是说，除非坚持创造奇迹，否则这种追求注定要在经历一系列无可摆脱的恶性循环之后崩毁。

顾城无疑是一个相信奇迹、一直试图以自己的方式创造奇迹、并且不断创造出奇迹的人。但他终于难以为继。

顾城的"天国"梦实际上早在1984年前后就已经破灭了。在这方面，他的诗似乎比他更加诚实。在那一时期的集辑《颂歌世界》中，自《生命幻想曲》以来总体上的清纯幻想风格仿佛突然经历了一场地震，变得支离破碎。《叙事》、《群狼》、《丧歌》中充满了不祥的意象；《内画》表达了在世根本上的受困图景；《方舟》甚至对世界使用了恶毒的咒语。所有这些都构成了对总标题的强烈反讽效果，使之变得荒诞不经。被用作总标题的《颂歌世界》一诗干脆就让这个世界"在地上拖着"一条阳光的"明亮的大舌头"。它舔舐着"早晨的死亡"。

但是，并不能据此就认为顾城同时也放弃了对纯美天国的迷恋。事实上，迟至1984年底，他还在一次私下接受的访谈中重申了这种迷恋——虽然换了一种说法。在访谈结束前他表示，在他的诗中"城市将消失，最后出现的是一片牧场"。

"城市"和"牧场"在顾城的用语里是两个有着特写所指的隐喻。"城市"意味着促狭的空间、规定好了的道路、恶浊的空气和时装包裹的灵魂；不仅如此，更重要的是它象征着现实中那种似乎无所不在、无所不能的机械统治力量。这种力量把人变成了"齿轮和螺丝钉"，符号和代码，无论在生存还是文化的层次上都是如此。对顾城来说，"城市"似乎集中体现了工业文明一切愚蠢和邪恶的方面。他极尽讥诮地将其比喻成一些"含光的小盒子"和"溶化古老人类的坩埚"。

"牧场"则相反。它象征着可以放纵灵魂和梦幻之马的自由而广阔的空间。奇怪的是，在顾城那里，它与其说被期许给了未来，不如说早就存在于过去，存在于他少时农村生活的记忆中。他记忆中的农村具备"牧场"的全部特征：在那里"大地像磨盘一样转动"；在那里他可以"一个人随意走向任何地方"；在那里，他"可以想象道路"，"可以直接面对太阳、风，面对着海湾一样干净的颜色"。

顾城曾多次试图谈论自己和他的诗；但在我看来1984年底的那次是最本质的一次。因为在那次访谈中，他不仅清晰地勾勒出了一幅他的现实／精神矛盾冲突的基本图像，而且无意识地点明了他的"纯美天国"的"阿喀琉斯脚踵"。

当顾城说"我不习惯城市"，"我习惯了农村……我是在那里塑造成型的"时，他实际上是在说"我的根在农村"，就像当他说"在我的诗中，城市将消失，最后出现的是一片牧场"时，他实际上是在说"我曾经拥有过这样一片牧场，现在丧失了，但我最终将再次获取"

一样。

顾城没有撒谎，但他在自欺欺人。他的"根"真的在农村吗？或者换一种问法：他的"根"在真正的农村吗？谁都能看得清楚，他所言说的"农村"只不过是被诗意地幻化和抽象化了的农村、被无意识精心选择过的农村，或者说乌托邦的农村。

如果说这样的"农村"看上去很像是自然的延伸的话，那也毫不足怪；因为我们同样可以在顾城一再以感恩的心情谈到的"自然"中发现农村。他曾经意味深长地——现在读来就更加意味深长——引用过科普作家法布尔的《昆虫记》中的一段话（着重点系笔者所加）：

> 我有个最大的梦想，想在野外有个实验室—— 一块小小的土地，四面围起，冷僻而荒芜。最后我得到了这个乐园。在一个小村的幽静之处杂草多极了；偃卧草、刺桐花、婆罗门参……沙土堆里，隐藏着掘地蜂和猎蜂的群落……树林中，聚集着唱歌鸟、绿莺……小池边住满了青蛙，在五月，它们组成了震耳欲聋的乐军……

证之以他的诗，我毫不怀疑这就是始终活跃在顾城心目中的"自然"。换句话说，他骨子里尊崇的不是滋养、繁衍万物的自然母体本身，不是它生生不息的全部生命活力，而只是它的一部分，并且同样是经过无意识精心选择过的、不可能对他构成伤害的那一部分。

自然化了的"农村"或农村化了的"自然"，这对顾城来说都是一回事，都是他扎根其中的"乌托邦"。这个染有浓重的农业文明或自然经济社会色彩的乌托邦从一开始就是他感悟"纯美天国"的最重要的契机和最丰沛的灵感源头。反过来，在天国圣光的辉耀下，它们也和天国本身一样，封闭、孤悬、与社会不搭界，并且暗中蓄满事先准备好的宁静和温馨。

在这样的乌托邦中被"塑造成型"的顾城与"城市"格格不入是必然的;他怀揣的"纯美天国",在"城市"的重压下扭曲、变形乃至破碎也是必然的;在这两点上顾城都没有错（如果说有什么错,那也首先是时代的错——正如他对"纯美天国"的迷恋很大程度上是出于对时代苦难的逃避一样,这种迷恋也是他从那个苦难的时代所能获取的最好馈赠）。他仅仅错在一点,就是对他的乌托邦始终坚信不疑,并且仅仅从某种唯美主义的立场出发,直接诉诸浪漫冲动就把它强加给了未来（换一个角度,这种唯美主义和浪漫冲动就成了毫无理性的独断论）。除此之外,他没有、也无法向我们提供任何他将重获他所预期的那片"牧场"的内心根据。这恐怕也是他的偏执和喜欢绝对在诗面前所能犯下的最大的错。

但这却不只是顾城个人的错。因为我们立刻就能从中辨认出一种混合了"桃花源"和"重返伊甸园"两种古老原型的现代乌托邦原型。

在某种程度上甚至不能简单地称之为"错"。因为无论时代怎样变化,"乌托邦"（包括反"乌托邦"的"乌托邦"）恐怕都是,或是说不能不是人类精神活动的一个重要维度,不能不是诗和诗人存在的依据之一。

顾城正是从这一原始的角度,以其独特的方式——即便是"错"的方式——深刻触及了时代和诗的复杂母题。城市／牧场的对抗之于他决不只是阶段性的"习惯"、"不习惯"的情感纠结,而是从一开始就具有时代和诗学意义上本体对抗的严重意味。我不能说这种对抗必然导致他的疯狂和毁灭;如果他能表现出更强大的存在的勇气,如果他能及时地将最初曾经帮助他创造了诗的奇迹的童贞的神性转化为存在的智慧,他或许会不断找到精神上新的、尽管同时也可能是更危险的平衡支点。

遗憾的是顾城却无法做到这些。对纯美天国的迷恋似乎已经耗尽了他生命中最好的那一部分的能量。在这一过程中他的灵魂染上了洁癖，从而使得他本来就发育不良的人格愈趋薄脆；而他的心灵在不知不觉中已成为一座封闭的哥特式教堂，他至多可以在尖锐的穹顶下隔着窗扇的彩色玻璃打量外面的世界，却无意也无力将它们一一开启。"城市"之进入他的诗在他看来完全是一种蓄意的冒犯和入侵，他不得不起身应战，并急于将其驱逐出境。不难想象，在这种情况下，他既得不到存在的勇气所必需的人格后援，又缺少获取存在的智慧所必需的向存在敞开的前提。

随着岁月流逝，他那童贞的神性也像季节河一样无情消失。现在它成了一种最靠不住的东西。他曾经以极大的热情投入意识形态的抗争，以开辟新的力量源头；在那场抗争中他骄傲地向世人宣称，他在"旧我"的瓦砾上发现了新的"现代自我"。但未等尘埃落定，他已感到他在这方面其实并没有多大的兴趣。于是"现代自我"又变成了"古老的人类"。

总而言之，在城市／牧场的对抗中，顾城从根本说无可足恃。然而"城市"并没有因此而心慈手软。无论顾城睁着眼还是闭着眼，这个怪物都是每天必须面对的直接现实。确实，在顾城的心目中，"城市"一直都是一个发出巨大机械轰鸣的怪物，并且越来越像一个这样的怪物。当然"城市"也给了他好处——不止是他所说的"食物、博物馆、书"和"信息"，也包括他同样不打算拒绝的巨大名声。但是，所有这些加在一起，都无从激发他的丝毫感念，无从平衡他对"城市"发自内心的恐惧。尽管他也意识到他"无法回避"，他"只有负载着"它"前进"，但谁都不难听出在这半是无奈，半是故作大度的语气里所隐涵的诅咒。

事实上他脆弱的灵魂和肩膀也"负载"不了"城市"。于是只剩下一条路，那就是从与"城市"的对抗中撤退。这使得他给自己下达的"前进"命令成为一句只有他才听得懂的暗语。

同时这种撤退既不是，也不可能是任何意义上的"光荣撤退"。

因为它实际上表明了某种失败，而他又不可能心平气和地承认和看待这种失败。不要忘记他是一个偏执和喜欢绝对的人。

但真正可怕的问题是撤向哪里？俗话说"从哪里来，还回到哪里去"；可是，他所来之处又是"哪里"呢？

或许顾城当时已经隐隐约约地意识到多年来他其实一直在大地上作无根的灵魂漂泊。但无论如何，他只能向着所来之处撤退。"乌托邦"尽管是"乌何有之乡"，却是他唯一能够据持也唯一能够亲切感受的所在。从那里他曾经苦心孤诣地提炼出纯美的天国佳酿；他明明看到，一些人们曾心怀感激地接受了这份他所能馈赠的最厚重的礼品；然而……"城市"……他不得不与之互相抛弃，永远抛弃。

"城市"仍然不放过他。现在它甚至可以更加肆无忌惮地在身后追逐他。这提供了一种加速度。撤退很快变成了绝尘的逃跑。

一方面，他更深地逃往内心。那里曾经充满天国的梦幻，眼下则更多充满了"城市"的梦魇。他试图用，或者说重新发明了一种李贺的"锦囊"方式把它们转化为诗。但那些断断续续的、高度私人化的意象和诗句显然不再能够提供灵魂的慰藉。他无法为之心安。他在诗中回不去。

另一方面，既然诗已沦落至此，现实的行为就开始显得越来越重要。不能说过去的顾城是一个完全不懂行为意义的人，但哪一次也不会有这次重大而决断。他1988的去新西兰尽管最初不可能是出于一己的选择，但回头看去，在那里居留却更像是一个事先经过深思熟虑的决定。和大陆比起来，海岛显然更接近某种"乌托邦"，或更具有乌托邦色彩。

更有力的证明是在新西兰他继续逃跑。在奥克兰大学亚语系研究员的职务聘期期满之后，他和谢烨一起搬到一个叫做激流岛——一个岛中之岛——的地方，买下幢破屋，过起了半隐居的生活。虽说激流岛同时也是一处旅游胜地，但他们主要生活在一个荒僻的山村里，生活在一群当地土著人中间。

在激流岛顾城那一直在逃跑的身心似乎真的找到了归宿。他似乎真的得到了法布尔早就向他允诺过的小小"乐园"，或陶渊明即便在古代也只是可思而不可即的"桃花源"——一个现实的"乌托邦"。这个乌托邦现在更清楚地显出了它的性质：在那里他和谢烨一起搬石筑地、采贝养鸡、喝雨水烧木柴，有时还烧制一些陶器，确实有点"日出而作，日落而息，帝力于我何有哉"的味道。在那里他们的儿子木耳也一天天长大。"木耳"是一个兼有自然和梦幻双重象征意味的名字。在激流岛的生活是顾城留给这个世界的最后一个奇迹。在那里他似乎真的摆脱了现实多年的追迫，卸下了"城市"（尘世）的重负，成了一个"化外"之人。尽管他的身影不时出现在欧美的某一座会议大厅，或某一所大学里，可对他来说这并不矛盾。因为不论在哪里，他都同样过一种孤岛式的生活。他仿佛随身携带着激流岛并且慢慢使自己就成为一座这样的孤岛。

如果顾城就这么坚持下去，那么不管世人如何评价，在他都可以说是求仁得仁，道成肉身。激流岛将成为又一个塔西堤，而他将成为又一个高更——即便是一个冒牌的高更也罢。

今年四五月间顾城确实趁便朝觐过塔西堤。然而，这次朝觐却因为死亡阴影的笼罩而失去了本义。从此后他在给友人的信中开始更频繁、更决绝地谈及准备自裁这一点来看，他的塔西堤之行与其说是去凭吊高更，不如说是去事先凭吊自己。他仅仅从这一角度向一个伟大的亡灵表示了他的敬意。

问题不在他早在那时——或许更早——就已坚定了死志，而在于他为什么会萌生出死志？尤其在于他为什么会最终选择了那么残酷的死亡方式？

当然，对情爱的绝望看上去提供了最直接的解释。可是，只有当情爱意味着一个人的全部生活时，对情爱的绝望才会转化为死亡的冲动；只有在情爱的毁灭不仅意味着自我的毁灭，同时也意味着某种更高的东西的毁灭时，一个人才会不在乎毁灭的方式。那么，类似的结论对顾城又意味着什么？

米兰·昆德拉在他的小说中曾多次谈到并致力于探讨所谓"存在的不能承受之轻"。他笔下主人公的死亡大多与此有关。在我看来，这种"轻"也是驱使顾城最终走向毁灭的主要压力。从他逃上激流岛隐身于大海和丛林的屏障背后那一刻起，他过去的全部生活，包括他对天国的迷恋、他的乌托邦、他与"城市"的抗争，以及他的逃跑本身，就马上变成了这种"轻"。无论是整日地搬运石头，还是劳作之后"睡得像石头"，都不但不能改变，反而只能强化这一境遇。他苦心经营的小小家园或可使他获得一时的心理满足，却无法长久地成为他生命天平上对称于"轻"的砝码。而当他决心令其成为他的"天国花园"时，甚至这小小家园也成了一种"轻"。

他不得不一一承受起所有这些"不能承受之轻"，并设法与之抗衡。这表面的宁静平和掩盖下的新的抗衡比以往任何时候都更是一种自我抗衡。在这种抗衡中他比以往任何时候都无可足恃。"轻"一旦成为一种负担，沉沦的恐惧也就随之而至。"化外"的顾城因此愈加虚弱。

假如顾城不是出自在"轻"下沉沦的深切恐惧，假如他不是愈加虚弱，那场扑朔迷离的情爱之于他就决不会具有分断生死的严重意味。顾城毕竟不是少年维特，也不是贾宝玉；他的痴迷从一开始就不是，至少不仅仅是对情爱本身的痴迷，毋宁说更像投入一场他私下设置的命运赌博，并且是暗中以生命为注的最后一搏。尽管他由于"轻"的重负而绷得太紧的心弦已经不起任何失败的打击，但他还是对自己掷出了骰子。我不认为顾城曾经真的指望能够取胜；更吸引他的或许是骰子一掷间所可能产生的幻觉，在这种幻觉中他将一劳永逸地证明他是"天国"的忠实子民。

在顾城不久前写成的他的第一部，也是最后一部长篇小说《英儿》中，他详尽描写了主人公顾城（恰与现实中的他同名）和他的两个妻子在太平洋一个小岛上的生活、情爱、冲突和阴差阳错。这位顾城"不仅不想建功立业，做一个桃花源中人，甚至不想为夫为父，疏离子裔，以实现他意念中的净土——女儿国的幻想"。顾城把这部小说称为他的"情爱忏悔录"，其实，称为"天国忏悔灵"或许更加恰当。因为我们马上就能辨认出，所谓"意念中的净土"，所谓"女儿国的幻想"，只不过是"天国"的一个别称，一个蜕化了的新代码而已。

这部小说确实也以昔日回声的方式重现了他最初作品中的天国梦幻色调。然而，正如后来在现实中被印证的那样，它也注定有一个阴郁的结局。"异样的幻想终于驱使主人公走向毁灭"。他留下的遗嘱以这样两句绝望得美轮美奂的诗句开头：

你们真好，像夜深深的花束
一点也看不见后边的树枝

这是小说中的顾城献给"女儿国"的最后礼赞，也是现实中的顾城献给"天国"的挽歌终曲。

如果现实中的顾城也像小说中的顾城那样走向毁灭，我仍然会写这篇文章，但会是另一种心情。小说中的顾城让妻子雷（与谢烨的笔名"雷米"只差一字）活了下来，她将成为他如梦一生的最有力的见证；然而现实中的顾城却在履行他在《英儿》中早就作出的死亡承诺的同时，又把死亡强加给了曾经是他最亲爱的人。这种强烈的对比和他不可理喻的行为本身一样令人骇异。

顾城迷恋"纯美"天国的人类学（或神学）原理是：他心中有一个可能的天国；人人心中都有一个可能的天国；因而他"要用心中

的纯银，铸一把钥匙，去开启那天国的门，向着人类"。

他没有说出的另一条互补的原理是：人人心中都有一个可能的地狱；他心中也有一个可能的地狱；地狱之门无需任何钥匙便可能在不意中开启，从里面会钻出既吞噬他人，也吞噬自己的恶魔。

他或许一直在小心翼翼地看守着那个恶魔；但那一直在暗中积累的狂暴的力量最终还是在一瞬间占有了他。那一瞬是顾城精神彻底崩溃的一瞬；然而任何崩溃都有一个极限内的、漫长的内部坍塌过程。

假如没有谢烨，顾城的精神可能早就崩溃了（虽然可能以另一种方式）。尽管他们的婚姻最后出现了裂痕，但多年来她一直以深挚的爱心和无边的宽容，悉心关切和照料顾城。她不断根据顾城的需要变换和调整着自己的角色：一会儿是圣母玛丽亚，一会儿是贝亚特丽齐，一会儿是杜茜尼娅，一会儿是潘·桑丘。她既是一根顾城不可须臾离开的拐杖，又是一座随时准备向他提供庇护的活动屋宇；而不论她是什么，她都给了顾城一个妻子、一个朋友、一个人所能给予的一切。她的旷达、乐观，她旺盛的生命力都决定了，她不会接受任何强加给她的死亡，就像她不会料到，死亡真的会——并且是经由一只最不应该的手——被强加给她一样。她的死因而成为她和顾城共同的悲剧中最悲惨的一幕。

二十四年前顾城在诗中写道：

> 我在幻想着，
> 幻想在破灭着，
> 幻想总把破灭宽恕，
> 破灭却从不把幻想放过。

那时他还是个十三岁的少年，却似乎已经对他作为诗人（更准确地说，是一种类型的诗人）的一生所难以违逆的命运逻辑有了足够的领悟。这种逻辑的残酷性在于：它时刻以一种催眠的方式呼唤着死亡。因为只有死亡才能在某一环节上中止——而不是偿清——这笔仿佛既继承自前世，又从来世透支的夙债。

最后我想说的是：今天的诗人不需要死亡！我谨以一位并非以诗人名世，却有着一颗伟大诗心的哲人所写的如下诗句，作为祈愿顾城和谢烨安息的祷词：

> 对众神我们太迟
> 对**存在**我们又太早。**存在**之诗
> 刚刚开篇，它是人。
>
> （海德格尔：《诗人思者》）

1993年10月13—18日，初稿
10月29日，改定

跨越精神死亡的峡谷

——读食指近作

更年轻的一代诗人已经很少有人知道食指；就是知道了也很难说还能在多大程度上激发起他们的热情和兴趣。在这样一个以广告的速度追求效率和市场，崇尚快餐、时装、买椟还珠或买空卖空的时代，诗歌与现实，从而精神与物质之间的分野正在可悲地趋于消失。食指被多多归入"被埋葬的中国诗人"；面临同一命运的，或许将是诗歌本身。

把食指和诗歌本身联系在一起是很自然的事：他在一个似乎不可能有诗的年代开始写诗；他运用严谨的传统形式写具有现代灵魂的诗；他以精神崩溃的方式猛烈扩展了他诗歌创作的内涵与外延，从而宣告了一个诗歌时代的结束，同时昭示了另一个时代的开启；最后，他在一种常人看来已不可能写作的状态下依然倾心于诗，他1983年以来断断续续写下的那些诗像凌空勒出的一道虚线，显示了生命和诗不可泯灭的踪迹。

当然，对熟悉食指早期作品而又了解这十多年来新诗进程的读者来说，这些诗或许很难满足其审美期待。它们仍然沿用着诗人早年惯用的四行一节，间行押韵（甚至更密），一韵到底，音顿大致整齐的半格律体（尽管诸如《小帆船》、《归宿》等在节间的排列上有所变化）；仅此一点，就足以令人觉得过于陈旧，甚至陈腐了。至于抒情方式的过于直切，尤其是情感本身包含的浪漫或感伤因素，更是与当今人们普遍认可的诗风相违。食指曾经是当之无愧的诗歌英雄；但读了这些诗，你会忍不住生出英雄迟暮之感。

就一方面而言，这些都是实情。疾病对一个诗人的创造性所造成的损害是无法估量的；同时我们还必须充分估计到这些年诗人很大程度上是生活在一个与世隔绝的环境中。这两重因素，使得某种晚年费尔巴哈式的悲哀势所难免，更不用说诗人的实际境遇较之费氏的蛰居乡村更为可叹了。然而另一方面，我们却并不能因此就认为这些诗不过是诗人昔日的影子或回声。因为无论存在多少文本上可供辨识的相似性，都有理由认为，我们所面对的已经是另一个食指。作为一个特例，他的近期创作也需要一种独特的评价尺度。

这并不意味着我在给美学上的降格以求暗开方便之门；恰恰相反，由于食指做到了我们做不到的事（至少我自忖如此），这一尺度可能是更高的尺度。

一个无可争议的基点是诗人所曾经历的精神崩溃。这种崩溃缘于什么样的现实契机并不重要；凡是读过《愤怒》（1968）和《疯狗》（1974）的人都会明白，它迟早总会发生。《愤怒》所提示的危机感已经具有一触即发的性质：

> 虽然我的脸上还带着孩子气，
> 尽管我还说不上是一个强者，
> 但在我未完全成熟的心中，
> 愤怒已化为一片可怕的沉默。

这种沉默的愤怒还有另一个可能的向度，那就是死亡——精神的死亡。完全可以想象死亡的阴影当时是怎样与诗人纠缠不休，否则他不会大声疾呼：

朋友，坚定地相信未来吧，

相信不屈不挠的努力，

相信战胜死亡的年轻，

相信未来，相信生命。

（《相信未来》，1968）

其作为信念的真诚性不容置疑，却暗中与对死亡的焦虑相通。这种由崇高的理想教育和现实中无休无止的欺骗所共同培育出来的奇特心态正是食指及其同代诗人最一般的文化—心理特征。它同时赋予他们以巨大的激情和恶性循环的精神压抑：激情来自生命反抗死亡的本能，循环压抑则源于理想和现实冲突的无可调和———当现实沦陷为一派泥沼时，求助理想就无异于饮鸩止渴。在这种情况下，越是真诚、执着的人，就越惨。食指的悲剧因而不可避免：他可以使《相信未来》在北京的地下沙龙中流传一时，却无法驱除心头日积日深的死亡焦虑。《疯狗》所呈现的内心图像是如此狞厉，以致稍稍具备精神病理学知识的人都不难判断出，诗人非但已经意识到自己行将崩溃，而且无意识地渴望着崩溃：

假如我真的成条疯狗

就能挣脱这无形的锁链，

那么我将毫不迟疑地

放弃所谓神圣的人权。

这种被多多骇异地称为"非人的"声音既越出了一个人承受精神苦难的极限，也越出了理性或意志反抗的极限。生命拒绝死亡的本能因而被逼向了一处毫无回旋余地的促狭隘口：除了崩溃，它别无选择！

在常人那里，崩溃可以被视为一种与死亡暂时妥协的生命策略；然而对诗人来说，其意味却有着本质的区别，至少要丰富得多。因为他的生命非属一己之物；它注定要服务于更广博的精神，参与更深远的历史进程。他求生的欲望不在于苟活，而在于能继续这种服务和参与。精神的消亡较之肉体消亡对于他更可怕，更不能接受。只是在这一意义上，帕斯捷尔纳克才说"只是要活，活下去，活到底"；而崩溃，在某种程度上正是这样一种"活下去，活到底"的方式，一种缓解死亡焦虑，实行自我拯救，以保留、坚持和伸张精神追求的不得已的方式。如果说其中同样含有妥协成分的话，那么，这种不得已的妥协正是为了根本上的不妥协！

所有类似的分析都完全适用于食指。因而，他近期创作的那些诗即便算不上什么奇迹，也足以构成一种启示。

这当然不是说食指之所以经历了那么惨痛的精神危机乃至崩溃仅仅是为了诗；更不是说这些诗能够对曾经的苦难进行某种补偿——不！业已逝去的永远逝去了，它们只是在灵魂再次曝光时才作为背景显示出来。我所谓"启示"的涵义仅仅集中于一点，即一个真正的诗人，只要他还意识到自己是一个诗人，那么在任何情况下，都不会停止履行他的天职：跨越精神死亡的峡谷。他为此而迈出的每一步，无论是向前、向后、向左还是向右，都是这种持续努力的一个组成部分，正如他与此有关的一切，无论是受难抑或得救、痛苦抑或欢乐、崩溃抑或新生，都沐浴着同一辉光一样。

在这个意义上，我宁愿把早年作为诗歌英雄的食指和眼下显得多少有些不合时宜的食指看作同一个食指，把他的精神崩溃看作一首诗，把他二十五年来的创作看作一个不间断的过程。

确实存在着内在的延续性：现在所能见到的食指最早的一首诗题为《命运》（1967）。这同时确立了他创作的母题。如果说长诗《鱼群三部曲》（1973）是基于特定的历史时刻对这一母题的集中处理的话，那么他的近期作品就是其进一步的深入和展开。只要看看这些诗的标题就会对此留下深刻的印象：《落叶》（1985）、《小帆船》（1986）、《归宿》（1991），等等。在这些诗中，昔日那种悲昂踔厉的挑战和反抗激情尽管已很少以宣谕的方式出现，却显然没有归于消失。它们为更为深挚、细腻的体验和沉思所取代。自况意味颇浓的《小帆船》在绘出了一幅小帆船紧紧依偎着大海的画面之后，跟着来了一番自问自答：

> 难道真是金色海滩上的平静
> 竟使它如此地沉醉迷恋
> 不，是身边的微风细浪
> 卷不走它，它无法归还

它那不起眼的、搁了浅的小小身躯里真正涌动着的，是对风暴以及在风暴中搏击的向往，为此它随时准备"粉身碎骨"：

> 只要是葬身海底，它毫无怨言
> 终归算是了却了平生的宿愿

不是对某一结局满不在乎，也无意享受过程的旖旎变幻，而就是认定一种结局，将其视为劫数。这种本能的死亡冲动和崇高的生命信念的奇特混合看上去缺少诗性智慧的色彩，却是一切诗性智慧的坚硬内核。在经历了精神崩溃之后仍然保有这一凝聚生命和创造活力的内核，使食指的近期创作又一次成为当代诗坛的独特现象，并使之具有另一种撼动人心的力量。这方面更有说服力的例子当数写于1983年的《热爱生命》。在诗的结尾诗人富于总结性地写道：

我能顽强地活着，活到现在

　　就在于相信未来，热爱生命

　　末句几乎是十五年前《相信未来》一诗末句的重复，只增改了几个字。这种本当竭力避免的重复于此却正好成为他的创作具有内在延续性的明证。当然，我并不认为这同时也证明了这两首诗是彼此平行的姊妹篇，正如后者的语气中明显多出一层"过来人"的沧桑感一样，在表面的重复中也凝聚着时间的结晶。它令人不易觉察地澄清了诗人早期作品中反复出现的死亡焦虑，青春的血性依此相承的文脉被提升为成熟的诗歌精神。

　　这些诗在外部形式上的无多变化或许也并不如人们所认为的那么重要，至少不那么可悲。叶芝或弗罗斯特也主要诉诸传统诗体写作，可这并没有影响他们成为现代大师。一个诗人选择什么样的诗体自有其冷暖自知的理由。食指的早期作品采用闻一多式的半格律体肯定有其师承上的渊源关系，但在我看来并非一种既定的，或惯性使然的选择，尽管也并非唯一的选择。如果说这种诗体太多束缚和限制，甚至有点刻板，正像闻一多当年所说，是在"戴着镣铐跳舞"的话，那么我想食指确实需要戴上这副镣铐，否则不足以范围、约束和平衡他那被死亡的焦虑炙烤着的、过于强烈的内心激情；而只要内心的激情没有消失，他就有正当的理由继续采用这种诗体。

　　我知道我的辩护多少有点软弱和牵强。我不否认这些诗未能表现出更多的形式上的敏感和变化与诗人所遭受的精神伤创及其造成的封闭性有关。我的意思仅仅是说，对此大可不必强求。对像他这样至诚至笃、注重根本的诗人来说，过分拘执形式可能会导致对其真正价值的轻忽或不必要的伤害。多多在谈及食指早期抒情诗时认为，就其"纯净程度上来看，至今尚无他人能与之相比"。我相信，这种"纯净"的品质首先意味着一种精神质量，其次来自激情与形式的平衡

（前者属于诗歌神学，后者属于诗歌美学）；而在食指的近期创作中，这两种至关重要的因素都不缺少。

同时必须看到，诗人毕竟在形式的变化上进行了某种探索。这种探索和他的表达一样质朴无华；它追求的不是花样翻新的表面效果，而是与内心变化相称的自身意味。《小帆船》中向左分列的两节不只是提供了两个叙述性的场景，它们还从视觉和听觉两个方面与正文的抒情形成了主观和客观、现实和可能之间的对照，这种对照兼有既造势、又蓄势的功能，从而大大增强了本文的内在张力和超出本文的韵致。将两部分隔开的纵向空白甚至具有更重要的形式意味：除了可以部分消解这种诗体建节规则的强制性及其节奏的机械性以外，其本身就暗示着一段距离，一段或许永远不能缩短，更无从弥合的距离。类似的排列在《归宿》中则调节着情感的强弱和远近变化，使当下和以往两种时间，平凡和非凡两种情怀在诗中既形成差异，又融溶为一。我不想说这种形式变化具有多少革命性——形式的"命"这些年来已经被"革"得够多的了，但我们因此而推卸的东西或许也同样多。因此，食指的这种哪怕是极为谨慎和保守的尝试（即使不尝试也一样），在早已"多元化"了的当今诗坛理应得到尊重和评价；而如果还有人能觉出新鲜感的话，那么也不应被视为意外的收获。

从诗歌史的角度说，即便1974年以后食指不再创作，他的地位亦已无可动摇无可替代。但这并没有成为他止步不前的理由。他近期作品的艺术成就肯定不如他早期的那么高，然而作为馈赠给我们的精神财富的一部分，却较之前者毫不逊色。时代的变化并没有为食指带来福音：他可以在诗中自豪地宣称："但终于我诗行方阵的大军／跨越了精神死亡的峡谷"，然而在现实中，却不得不回到他已经习惯了的福利医院。这不是因为他的神经太脆弱，而是因为这个时代的精神和情感越来越萎缩、坍塌、沙化，越来越和诗格格不入。真的，现在还有多少人会拾起"一片无人理睬的落叶"、"仔细端详"，并为此而

"心中一片迷茫"呢？意识形态强控制和商品化大潮的双重暴力，以及世纪末的恐慌终于使诗成为一种迹近多余的东西。它会像曾经经历过的横死那样，再经历一次无声无息的死亡吗？我们能否最终跨越这看起来不可避免要陷入的死亡峡谷？精神崩溃以后十五年，食指在《归宿》中写道：

> 埋葬弱者灵魂的坟墓
> 决不是我的归宿

再过十五年，谁将有力量写下同样充实的诗句？

1993年元月8日，北京劲松

风暴蝴蝶或月光下的孤村 *

"十四岁发表诗，十六岁投身革命，当过游击队的女政委，57年被打成右派，还有和丈夫陈善壎的惊世爱情故事……哎呀，绝对是一个传奇人物！"1984年春天，湖南株洲某宾馆的阳台上，"年轻的布尔什维克"刘波向我如此介绍郑玲。我注意到，尽管同处一地且过从甚密，他的眼神和声调里仍然充满了不胜钦慕神往之情。好奇心瞬时冒出了小火苗，视野内灰突突乏善可陈的工业小城，忽然间也仿佛变得鲜亮灵动。

这就是语词和图像的魔力——"游击队女政委"一旦叠加于"'归来'诗人"，早已列入公干日程的造访就成了某种令人激动不安的期待，其中既跳跃着新诗史上前所未闻的诗人身世，又闪烁着此前不久刚看过的苏联影片《女政委》的遗痕。在门铃被摁响的刹那，我的脑海中最后一次掠过该片主人公瓦维洛娃那张在现实和回忆、革命和母性、刚毅和柔情的蒙太奇中变幻不定，而又发散着沧桑和疲惫的瘦削面孔。那是可供女政委们分享的同一张面孔吗？这样一副面孔和诗人的面孔彼此融入又会是什么样子？

必须承认，当晚我自始至终都有点恍惚，因为我有关女政委的所

有想象都落了空。即便在郑玲摄于同期的老照片中我也没有发现任何"政委"的影子，甚至"游击队"的影子（由此她是否真当过什么政委，对我来说成了一个不必澄清的悬疑），耳目中满满的，只是横绝时空，令当年的革命者和眼前的诗人不容间隔的致命纯真，以及充分容涵了人生内蕴的美轮美奂。这种致命纯真被一些朋友称为不变的"少女情怀"，但我更愿意将其概括为"赤子情怀"；而这种美轮美奂，与其说是不为岁月所掩的姣好容颜，不如说是凌驾于所有姣好容颜之上的高雅气度：一种雍容、睿智、镇定和祥和的绝妙混合。当代"归来"诗人中，我曾在陈敬容先生那里领略过前者，在唐祈先生那里感受过后者，而郑玲却将这两种罕见的品质集于一身。刘波所谓的"传奇"很快就向我呈现了其真正的含义：这里堪称"传奇"的，不是片面的外部经历或内在精神，而是"道成肉身"意义上诗、人之间的相拥相济。

90年代中期曾再次造访郑玲先生，彼时她已迁居广州。如果说第一次造访让我慨叹"老去的是时间"（陈敬容诗句），那么这次，在芳园小区她那洒满阳光的客厅里，我心中反复盘旋的，就是《小人鱼的歌》（1979）中的两行诗：

啊，那给我红颜的青春的血液
早已化作了扇上的桃花

也正是在那次造访中，一直卓然无类的郑玲形象在我脑海里倏然与杰出的苏俄女诗人阿赫玛托娃的形象重合在一起，更准确地说，形成了某种相互召唤的关系。语词和图像的魔力于此再次得到了印证——布罗斯基在《哀泣的缪斯》一文中评述的阿赫玛托娃很大程度上也适用于郑玲：不只是"惊人的美貌"和"完全可以与之媲美"的"内在的气质和才具"，更重要的，是她们同属"那一类既无家传又无可见的'发展过程'的诗人。这种诗人纯粹是'发生'出来的；他们来到这世上时已有了成定规的词汇和独特的敏感。"如果说郑玲相较之下显得更加浪漫，那是因为她对浪漫自有一种别样的体验和持守，正如她在《死亡与浪漫》一诗中所写到的：

卓越的浪漫
是那饱经沧桑的志士
在自己的废墟上营造领土
而且高度自治

这里的"志士"犹如一朵高载荷下不停绽放的电火花。它不仅立即接通了中国诗歌自古而今一脉传承的"言志"传统，也反身照亮了经由诗人所体现的那种曾经炫目，却又被太多的血泪逼入历史黑暗的革命与诗歌之间的奇特因缘，并在"饱经沧桑"、"废墟"、"高度自治"等上下文的托举中，同时呈现了复杂的历史记忆、惨痛的历史教训，以及从中生发出的新的精神维度。正是基于如此"卓越的浪漫"，诗人才会宣称，"我的神灵不是从天上飞来的／他不想长眠便从坟墓中醒来了／仍然着戎装佩军刀／在残月下绕城巡视"（《病中随想》）；才会发现"我的另一个我／在应该结束的时候／突然准备出发／并且想把道路卷起来／随身带走"（《相遇尼采》）；才会体验到"沉舟梦样地开始动荡／以龙的姿势／冲出水面／舟中没有人／只有双桨在奋力地划"，并面对"挡着路狞笑"的礁石沉声应答："我已经沉没过了／早已猜透你的谜"（《沉舟再起》）。在这被刷新了的神灵—自我—命运的三位一体中，当年女游击队员的飒爽英姿、其后俄狄浦斯式的苦难历练、如今伏枥老骥的勃勃雄心混而不分，语言之诗与生命之诗互为本体，而恒居其间一以贯之的，则是我前面说到的"赤子情怀"。赤子情怀：诗的人类学依据，由此决定了诗和某一生命个体之间无可分割、无可阻遏，以至无可救药的相互选择关系。始终怀有这种情怀的人可谓之"诗歌选民"。感谢善壎先生，他作为知音伴侣写下的《你这人兽神杂处的地方》一文，不仅为我们留下了郑玲即便在最艰难的境遇中也不改其赤子情怀的令人心碎的记忆，而且揭示了这种情怀更辽远、更深厚的生命根基和源头：

> 这里有千百只鸟，都有华丽羽毛。由鸟唱出主题的，由风、由叶、由小草还有虫和兽展开的大协奏正在云上演出。丰富得不可揣测的音与色的缠绕，把美解释得通天彻地。她坐在树蒐上，很安静。她是一位很有修养的听众了。她找不出来哪一场音乐会比这更好。这不可能是现代派，太优美；不允许人哪怕一眨眼地想到挑剔。这是自然本身的，这本身就是自然的，并非反映自然描述自然的作品出其不意的令人愉悦的惊诧，再憔悴的心灵也不得不苏生。这必定是山的灵感了，她知道山的灵感和人的神来之笔一样不可再现。于是抓紧沉醉。她把什么都抛弃了，直到忽然看到一行行诗句才站起来。

没有比此情此景更能表明自然本身和诗人心心相通、两不相负的了。就此而言，都庞岭就是辋川，就是"湖畔"，就是无所不在的"南山"。然而，郑玲的沉醉和王维、华兹华斯或陶渊明的沉醉却远非一回事，后者未必解得其间"不得不苏生"的滋味；行吟泽畔的屈原或伫立沃涅罗什郊原的阿赫玛托娃当能解得，但设若读到如下另一种"不得不"的记述，恐怕也只能摇头太息了：

> 郑玲是被诗统治的也被诗虐待。只要拿起笔，饥饿都销声匿迹。喝一口凉水完成一个篇章，她觉得又优越又高贵。

那时她写了多少诗就烧了多少诗；朗诵过后便无可奈何地把
诗稿送到煤油灯的火焰处。

　　这曾在荒山野岭深处秘密燃烧的蚀骨火焰！这永远消逝而又永不
磨灭的赤子"罪证"！据我所知，同一时期的诗人中还有几个相类的案
例，它们共同见证了中国诗歌史上最黑暗也最灿烂的一页，这一页记录
了这个以诗名世的民族难以名状的耻辱，也铭刻了其千秋永驻的光荣。
　　在某种意义上，《你这人兽神杂居的地方》是可以当作一篇祭文
来读的。所祭者既是那段不能忘怀的岁月，更是那首当时不忍烧，过
后却终于亡佚的同题长诗。据善壎，那首诗表达了郑玲"对生命不可
毁灭的坚定信心"，而这一信心来自"山中遇到的友情的启发"，据此
她"构筑了一个至少当时并不存在的社会情感乌托邦"。从修辞学的
角度，后一句话多少有点令人费解；照我的体会，所谓"至少当时并
不存在"，应该暗通其时比说出的更加险恶的境遇吧？由此"社会情
感乌托邦"也溢出了通常的意指，让我于"乌何有"的慰藉之乡内
部，品出了一层现实到超现实、浪漫到反浪漫的滋味。如果此解大致
靠谱，也可以认为那首长诗其实并没有亡佚，其精魄不仅留存在诸如
《流放的乐园》、《神石》等充分象征化了的相关追忆中，也矍铄于
诸如《正在读你》、《幸存者》、《当命运决定你沉默》等直击当下
的篇什中。我甚至愿意将郑玲"归来"后的全部作品冠以"你这人兽
神杂居的地方"之名，而视为同一首长诗，一首开放的"元诗"——换
句话说，在她的"社会情感乌托邦"和"卓越的浪漫"之间并没有横
着一道楚河汉界，只不过其一脉相承必须基于她所谓的"精神自治"
和"有能力的爱心"，基于生存的全部丰富性及其内在张力，才能得
到根本认知。那曾经在命运的逆折中与郑玲相濡以沫，佑护她首先
"在生理学意义上得以幸存"（波兰诗人赫伯特语）的力量，随着历
史场景转换，个体生命向晚，则越来越成为她赤子情怀不泯，进而成

为其自身存在的见证。试读《当命运决定你沉默》：

剧烈的疼痛
攻破了
我最后坚守的阵地
绝望于一片精神瓦砾
哑然失语

偶尔入梦
却听见自己在呼喊
恍若隔世的声音
在湖面上回荡
冲散云层
给我一轮月亮

月光亲与病室
抚慰着一种孤村情结
从死谷归来的灵魂
必须独自
面对自己的上帝

当命运决定你沉默
人们说你不能开口
但是　我已经呼喊过了
怎能依旧
逆来顺受

一种典型的老病交加、身心两困的情境。"哑然失语"的阒静，令梦中"恍若隔世"的呼喊更加震撼人心；"月光亲与"之"亲"中透露出的真切暖意，又使"孤村情结"更显其"孤"，使一颗"从死谷归来的灵魂"把自己看得格外分明。结句在某种程度上概括了诗人的一生，所谓"卒显其志"；其中激荡的那股无可遏制的抗争欲望表明，老病交加并不能妨碍一位命运斗士的斗志，而这位斗士存在的唯一目标，就是服膺于让沉默发声这一诗的正义。

　　细心的读者或会注意到此诗中的"孤村情结"一语并叩问，为什么是"孤村"而不是"孤独"或"孤单"？在我看来，二者的区别恰恰是"卓越的浪漫"之所以卓越的标志之一。"村"者，聚居之地也；"孤村"者，灵魂往还之所也。孤村不是象牙塔，其隔绝意味是被动的；它也不倾向于高耸出世，相反倾向于达成与绵延之间的平衡。它强调了"独自面对自己的上帝"的内心律令，同时又喻指着一个相应的精神社区，据此灵魂的呼喊可以在虚无中期以着落和回应。显然，对郑玲来说，诗和诗人从来就不是某种身份或职业的证明，而是一种既独特，又普遍的生命状态，一种既需要持守，又值得弘扬的生存／语言立场：

> 我早就不相信我的诗
> 能够催生更美好的生活
> 只想在我尚能说话的时候
> 作一个简单的见证：
> 在今天　到处都有
> 适合做主人的人
> 到处都有
> 代表我们去和命运谈判的人

（《病中随想》）

超然于通常所谓的悲观／乐观，也无法简单地被归之为冷峻／热情。这里的"主人"再次凸显了"高度自治"的诗学意蕴（可参读《回答——给SN》："我只不过做了自己的痛苦的主人"），并启示着精神大美的"无用之用"。或许这尚不足以构成世事流转、万象沉浮，真正的诗和诗人却总能屹立不倒的充分理由，但至少是郑玲于重病初愈的朦朦胧胧中"总听见一群人唱歌"的内在原因：

> 不知他们是谁
> 他们好像是所有人
> 他们的声音不可描叙
> 声音的姿势不可描叙
> 声音的色彩不可描述
>
> ……歌声使我想起
> 那微笑托起的月轮
> 宁静的深处
> 永恒的东西就在那里
> 给你迷醉心怀的智慧
> ——人与万物的默契
> 我与神的默契！
> 我与人的默契！

（《总听见一群人唱歌》）

其肃穆的氛围和浓重的仪式意味令人不禁想到"贝九"第四乐章《欢乐颂》。这在内心演奏的欢乐颂无待于阵势是否宏大，场面是否辉煌，因为它乃是源自与天地人神的默契；置身于这样的默契、这样的无声合唱中郑玲不会感到孤单，因为即便是"孤零零的一个"，她也可以"自己做自己的兄弟姊妹"(《洪水中的一叶扁舟》)。只有那些悟及诗之真谛的人才能、才配享受如此深静的欢乐。"存在的意义是为了相互存在"——郑玲曾以这样一行朴素之极而又直切根本的诗句表达她的悟及；而对我来说，这行诗不仅是希门内斯所谓"少就是多"的别一种表达，还是前文所谓"诗歌选民"的最好注释。

当代那些自诩独得诗之"真秘"，以至假托天命，仿冒盘古的"诗人"们自然不必为此感到羞愧。事实上他们对成为那样的"老式选民"也从未感过兴趣，世俗的眼球才是他们的得票依据。郑玲当然也有她在意的眼球，诗本身的眼球；在互为镜像的意义上，不妨说那几乎是某种类宗教的彼此凝视。这种不是恋情，胜似恋情的凝视在《小人鱼的歌》中体现为"我的至高无上的爱人啊，/我甘愿为你死一千次"的忠贞诉告；在《楼兰对水说》中体现为"这渴望是我的大漠孤烟/升起它只为让我的长河看见"的知音遣怀；而在《千年遗梦》中，这凝视甚至穿透了具体的生命时空，将彼此的因缘演化成了一个绚烂的神话/寓言故事，其中交织着天命和亲情，前生和今世——被诗之如流星、似闪电的光芒击中，交感而受孕，以如此方式与诗结为"骨肉相连的母与子"，其间的关切岂是"骨肉相连"四字所能言尽？以成为如此奇特的母亲喻指自己的诗歌生涯，被其照亮的，又岂止是一己的光荣与梦想！更令我心动的是诗的末节：眼见孩子在神人立约的佑护下成长为"能在任何混乱中/开辟道路的男子"，母亲却陷入了深深的焦虑和隐忧：

> ……在茫茫的水域中
> 你是我唯一的陆地
> 但我不敢把你的身世说与你
> 我担心一代新人

絶不肯与旧梦相认
我害怕你厌恶自囚在梦幻里的
一个疯子的呓语
……
我害怕爱一个人就会失去那个人
我将永远听不到你的声音
我胸前将会戴上暗藏的秘密
烫出来的十字架
走向一条消失在雪中的路……

急转直下的意绪由于过于直切而破坏了全诗的基调，从美学角度可以
说是某种失败。这是软弱的人性的失败，然而也是意味深长的失败。
正是由于这样的失败，日益强壮的孩子显示为一个真正的"他者"，
而母亲的"千年遗梦"将再一次敞开。必须与大气磅礴的《记忆》
一诗互为前景和背景，其中暗含的"薪火相传"的吁请才会向所有的
母亲和孩子们呈现：

时光隧道越是黑暗
历史的灯火越是明亮
我的诗
你是否认得
那是一个民族的记忆
记忆是不朽的底座
艺术的顶峰由此而起
我的诗你应该据为江山
永不背离

不需要特别的敏感也能看出，郑玲尽管内心解得万种风情，但很大程度上又是一个有"美学洁癖"的诗人。这里再次出现了她和阿赫玛托娃的相似性。"洁癖"于此主要是一个风格用语，并不涉及道德或素材的禁忌，意指郑玲不但和阿赫玛托娃一样注重尊严和节制，任何情况下都不会在诗中"哀号"或"往脑袋上泼洒尘土"（布罗斯基语），而且和后者一样精通提炼的技艺并善于把握微妙的分寸。当郑玲说"清洁最珍贵／清洁使人面对困顿而自我感奋"（《被梦找到》）时，她肯定不是在夸耀良好的个人卫生习惯；而作为个体的诗学尺度，她对"清洁"的特别珍视，这种珍视对诗意的暗中要求，恰好可以弥补她有时由于偏重放达性情而导致的对形式的某种轻慢。

　　从性别的角度来解读郑玲的"美学洁癖"是必要的，尤其是在面对诸如"香气是茉莉的梦幻／她看人的时候不用眼睛"（《茉莉是月亮的泪》）这样的诗句时；但未必总是有效，因为越来越多的智慧沉积在使郑玲诗的境界更趋澄澈阔大的同时，也使包括性别在内的诸元素之间的关系变得越来越圆融，以至不可单独辨认。不变的则是在其深处跃动的赤子情怀，据此郑玲的"美学洁癖"得以不断吸收、转化各种时间的知识而始终保持着自身的活力。那些曾经被她的《红舞鞋》、《小人鱼的歌》感动得一塌糊涂的读者，在读这本诗选时会有更多的机会被她诗中的闪电击中。比如"赤足，就有了立锥之地"（《过自己的独木桥》）；比如"在你深爱着的这个世界／你曾经输得铁骨铮铮"（《诗人之爱》）；比如"心中的要塞／沉默如雷／生活永远始于今天／在应该结束的时候／重新开始"（《幸存者》）；比如"想挽你的手臂／又怕缩短距离／共同的困苦已使我们很近／必须留一个断处／才能听见流水的声音"（《能有多少如此的晴日》）……就我个人而言，《正在读你》一诗的结尾堪称其"美学洁癖"的极致：

　　胜利不属于个人

胜利属于时间
夕阳的流苏何其绚丽
谁能抓住她飞逝的披肩
低下头来　长跪在无限面前

　　相对于把普希金称为"俄罗斯诗歌的太阳"的传统说法，曾有论者把阿赫玛托娃比作"俄罗斯诗歌的月亮"。类似的赞誉是否同样适用于郑玲？想着月光那无远弗届的清辉，想着"月亮"在其意象谱系中的核心地位，尤其是想着她近三十年来的创作如同一场全方位的对话，其微火激情，其温煦的调性，正如同白银的月色，我没有觉得有什么不合适。但我终于还是说服自己放弃。这倒不是因为郑玲当不起这样的赞誉，也不是因为现代汉语诗歌中公认的"太阳"还暂时缺位，而是因为突然意识到这赞誉本身可能隐含着某种无意识的性别歧视。为郑玲寻找一个总体象喻的意念仍然牢牢地抓住我；善壎笔下那千百只有着美丽羽毛的鸟儿重新在我眼前上下翻飞；然而最终被我选中的，却是一只蝴蝶，一只总是"在路上"的《风暴蝴蝶》：

　　……以一种醉心蚀骨的热情不断地寻找秘密的花序
　　拿自己的翅膀折成信封
　　向四处投递阳光的消息
　　悄悄地催促着树：
　　再开一次，再开一次吧
　　最后一次
　　远比第一次更加美丽

是的，所有的风暴都会平息，而蝴蝶却永远美丽。是为序。

2011年，深冬

146

孔孚山水诗中的旨趣悖谬

    孔孚先生十余年来孜孜于新山水诗的创作，其旨可谓大矣！在时间上，是要为五四新文学运动后几乎中断了的中国山水诗传统"接线"[1]；在空间上，是要借此发扬光大"东方艺术精神"，显示"神秘主义"的永恒魅力[2]。他心雄万夫，充满挑战—应战的勇气和渴望，既不肯稍让于前贤，又不甘落后于"西席"[3]。在这场横绝时空的汗血竞赛中，他赋予了"隐"这一美学范畴或艺术方法以特殊的地位和意义。在他看来，"隐"既是必须续承的"中国古典诗歌美学的精魂"所在[4]，又体现着当代中国新诗"向'虚'处去"的必然走向[5]。他甚至不忌极端地把诗定义为"隐藏的艺术"[6]。就其创作实践而言，"求隐"相对于他艺术追求的其他方面显然也居于统领和核心的地位：隐则纯；隐则简；隐则空；隐则灵；隐则必有余味；隐则自现神韵，如此等等，都是题中应有之义。概而言之，"求隐"在他既是手段又是目的，既是所往也是所成。手段、所往者，"从有到无"也；目的、

---

① 孔孚：《我与山水诗》。见《山水清音·代序》。

② 孔孚：《中国新诗之走向》。载《诗刊》1988年10月号。

③ 孔孚：《谈山水诗——兼寄海外同胞》。见《山水灵音·附录》。

④ 同上。

⑤ 同②。

⑥ 同①。

所成者，"神龙"、"远龙"也。① 落实到具体操作中，则是"不仅情隐、理隐，连那个'象'，也应该是有些隐的"②。

收集在《山水清音》和《山水灵音》中的作品不同程度地体现了诗人上述追求的心迹和实绩。这两部诗集不仅是新山水诗作一种独立的艺术门类从可能变为现实的里程碑式的标记，同时也显示了，一个有着强烈使命感的诗人，可以怎样经由坚韧不拔的艺术劳动，在一个由自发而不断趋于自觉的过程中，把鲜明的个人风格连同它所致命关联着的"传统"和"现代"一起生产出来。许多论者于此已进行了多方面的阐释，本文就不多说了；笔者想谈谈它的另一方面，即我所谓的"旨趣悖谬"。尽管涉及这一方面的作品并不太多，但问题本身却并不因此而失去意义。在某种程度上甚至恰恰相反：正是这一类作品，而不是那些无多可挑剔的成功之作，更能促使我们反思新山水诗的自我本性。

美籍华裔学者叶维廉在比较分析中西山水诗在文类概念以及中西诗人在自然面前观物应物与表现程序上的重要歧异和根本区别时，曾以禅宗《传灯录》中的一则著名公案为例③，指出存在着人类意识感应或感悟外物的三个阶段，认为严格意义上的山水诗应是第三阶段感应方式影响下运思和表现的结果。他说：

> 我们称某一首诗为山水诗，是因为山水解脱其衬托的次
> 要作用而成为诗中美学主位对象，本样自存。是因为我们接

---

① 孔孚：《中国新诗之走向》。载《诗刊》1988年10月号。

② 孔孚：《我与山水诗》。见《山水清音·代序》。

③ 这则著名公案如下：

老僧三十年前参禅时，见山是山，见水是水；

乃至后来亲见知识，有个入处，见山不是山，见水不是水；

而今得个休歇处，依然见山只是山，见水只是水。

受其作为物象之自然已然及自身俱足。①

　　这里给出的山水诗定义是有缺陷的。它把中国古代后期山水诗中那种王维式的"无我之境"当作了山水诗的唯一范式，而忽略了诸如杨万里式的"有我之境"的价值——前者尽管在中国传统山水诗中占主导地位，但并不能因此就排除诗人的主观意兴在山水诗中拥有或可能拥有的地位，取消自然物和诗人旨趣之间存在或可能存在的弹性系数和变通途径。如果考虑到明清浪漫主义思潮以来主体意识的历史性变化，就更是如此。不过，就其强调"山水本位"这一点而言，却是切中肯綮的，且不会因历史形态的变化——无论是相对于传统山水诗还是新山水诗——而招致歧议。它直接涉及山水诗的两个决定要素：一是自然物象的性质，二是诗人主观因素的极限。把陈述句换成疑问句，会使问题显得更加尖锐凸出：

　　　　山水景物的物理存在，无需诗人注入诗感和意义，便可以表达它们自己吗？山水景物能否以其原始的本样，不涉及概念世界而直接占有我们？②

　　叶氏认为这是"研究山水诗最中心的课题"③，而在我看来，这也是创作山水诗最中心的课题；叶氏对此的回答倾向于全盘肯定，而在我看来，关键并不在于作出非此即彼的回答，而在于始终将其作为一个课题，作为传统山水诗和新山水诗所共同面临的美学上的临界点来把握。
　　我所说的孔孚山水诗的"旨趣悖谬"，就产生于这个临界点上。

---

① 　叶维廉：《道家美学·山水诗·海德格尔》。见《中西比较诗学论文选》P146、150。
②③ 　叶维廉：《道家美学·山水诗·海德格尔》。见《中西比较诗学论文选》P146、150。

孔孚先生本人曾以《莲花峰》一诗为例，来阐明他追求情隐、理隐、象隐的旨趣。全诗如下：

开了个七八分，
向着蓝天。

我想它应该是红色的，
一大早就登上山巅。

等着太阳着色，
云却拉上了帷幔。

我是执拗的，
决心等到傍晚。

诗人不厌其详地叙述了这首诗的主观美感过程和苦心孤旨：第一节"开了七八分"怎样"样子现出，而色彩藏着"；第二节时间发生了怎样的变化以及"莲花"在客观的眼睛和想象中的眼睛中的区别；第三节天不作美是怎样使"我"的心情和脸色"忧郁"，而"太阳"亦想必如是；最后，末节怎样是全诗的指归所在：它突出了"我"等待的信心而语不涉太阳是否给莲花着上了红色，从而给作者留下了广阔的想象空间；在这一想象空间中除了可能有艳丽的"红莲"隐象外，还可能有"我为那朵红莲映得脸通红，泪流满面"的隐象，以"见我顽强追求期待之情"，而"这追求期待可能是多义的"。①

诗人的自我解说无疑相当完整感人；但诉诸这种方式毕竟是不得已的，且不能在阅读经验上越俎代庖。撇开这"夫子自道"，根据直接阅读经验进而分析作品本文意义上的美感结构，可能会得出另一结果。这里作为"主位对象"的"莲花峰"着墨多少不是问题所在——既然诗人立旨要"隐",他当然有这方面的自由——中间两节在语气上过多交代和叙说的痕迹,因而影响了作品肌质的弹性也无关宏旨;我想特别指出的仅仅在于一点,就是恰恰是诗人视为指归的末节,由于过份突出了"我"的形象而破坏了全诗的隐旨,进而导致作为一首山水诗所必需的特殊语境的解体。容分论之。

诗人本人(或另一个虚拟的主人公)直接进入一首山水诗的语境当然是允许的。在传统山水诗中,这样的例子并不少见。[①]王夫之称之为"人中景"。它是中国传统山水诗人观察和表现自然的特殊角度或曰宾主关系的处理方法之一[②]。另一方面,主人公的这种直接进入绝不是无条件的。这里,山水本位作为一种特殊的语境规定从一开始就制约着他,使之不是凝为独立的表象喧宾夺主,而是始终与景物彼此进入,融溶一体,密不可分。唯其如此,他才能在诗中"任意转动眼睛观察自己","是主体也是客体,是演员也是观者"[③]。

然而,《莲花峰》中的"我"却不是这样。由于使用了"执拗的"、"决心"这两个份量很重,又靠得很紧的情态词,"我"客观上已构成一个独立的表象,并可任意植入其他类似的等待语境。换句话说,"我"与这首诗中的主位对象"莲花峰"处于某种游离的关系之中。

毫不奇怪,由于诗中的"我"已构成一个独立的表象,它就必然更多地把读者的注意吸引向自身,而不是那在暗中期待的"红莲"隐象,(这种可能并非不复存在,但至少已经打了相当折扣)这一效果

---

① 如韦应物的《游溪》:
　　玩舟清景晚,垂钓绿浦东。
　　落花飘旅衣,归流淡轻风。
　　传统山水诗多省略主语。这里是就宾主关系而言。

② 肖驰:《中国诗歌美学》,P218。

③ 同上,P219,关于这一特征,李白的《独坐敬亭山》可视为一个典型范例。有兴趣的读者不妨将其与《莲花峰》进行比较。

④ 参见《黄河诗报》1988年第二期孔孚《谈提炼·炼象》"从有到无"一节。

由于其所处的收束位置而变得格外强烈刺目——以隐象始，却以显"我"终，这种"旨趣悖谬"对于一首山水诗来说不能不具有讽刺意味。

在孔孚先生颇为看重的另一首"隐象诗"《峨嵋山月》中，同样存在这种悖谬现象。诗人自言此诗经历了一个"百炼千锤"的修改过程[①]。其修改前后的文本分别如下：

蘸着冷雾，
为大峨写生。
斜一飞檐，于空蒙中。
一老猿看画，
不知毛入……

（修改前）

蘸着冷雾，
为大峨写生。
从有到无……

（修改后）

二者孰优孰劣于此并不重要，重要的是"具象尽扫"后敲定的"从有到无"一句诉诸阅读经验的效果。这里，诗人本人从这一"从有到无"的过程中"若得天机"，"看到那万有之'无'"是一回事，它是否在文本意义上提供了相应的语境保证，从而能激发起读者类似的感受和体味是另一回事。或者换一种说法：解悟哲学境界的"从有到无"是一回事，把这种解悟还原（或转换）为诗的经验是另一回事。为了使上述区别更加彰明，我们不妨想一想王维的《山中》。

---

① 参见《黄河诗报》1988年第二期孔孚《谈提炼·炼象》"从有到无"一节。

这首诗的意旨和《峨嵋山月》所关涉的约略相似：

> 荆溪白石出，天寒红叶稀。
> 山路元无雨，空翠湿人衣。

"有无之辩"是传统道家思想，也是禅宗的核心命题之一。王维晚年宗禅，运思及此是很自然的。但落实为诗，却表现得不露痕迹。就语境言，四个场景的转换既宛然有致，又浑然不分；既从整体上勾勒、点染出山中萧瑟空灵的秋景，又暗含冷暖、干湿的色调变化和对比。就内蕴言，前两句实中含虚，有中含无；后两句虚中含实，无中含有。虚实有无彼此呼应，互相生发。结句"空翠湿人衣"尤妙。"空"以"翠"而显色，"翠"以"空"而透明，其飘渺虚玄，不可捉摸又通过"湿"这一极亲切自然的日常经验而凝附于"人衣"，变得具体质实，可感可触。哲学家们或可指出其中暗含了"色即是空，空即是色"的禅理（它乃是"有无之辨"的另一命题方式），却无法以此限制它秘通旁响，以臻无限的审美效应。

再来看修改后的《峨嵋山月》。全诗仅三句。前两句运用了拟人的手法，反宾为主，将"山月"幻化为一个正在写生的画师，原很平常；唯蘸冷雾"出语奇特"，是其超迈之处。但本文意义上的审美分析恐怕也只能到此为止。接下来的一句"从有到无"作为哲理分量很重，然作为诗却无多足道。因为一则它是被赤裸裸说出的，二则它是一个使用频率不算低的固定词组，其语感的锋芒或光晕早已钝化，几乎很难激起通常意义上的审美反应。我无意将这一句与前两句的语境割裂开来，也不想忽视诗人着意在二者之间留下大片类似"飞白"那样的接受空间的苦心，关键在于，不是别的，恰恰是这种未经诗化的、有理无趣的言说方式本身，造成了它与该诗潜在语境（说"潜在"，是因为前两句在结构功能上仅仅给出了一个人格化的物象，未及进一步拓展）

的分离与脱落，并使我们在试图谈论其"接受空间"时缺少必要的本文凭据。①同时，正如《莲花峰》中"我"的表象由于处于收束位置而显得分外强烈刺目，从而造成了该诗语境的解体一样，这句"理"也因其在诗中占有的突出结构比重（不止是篇幅上的三分之一，它的意指功能较前两句显然远为重要）而显得格外孤立秃兀，从而造成了该诗语境的阻隔和幽闭。它不是像王维的诗那样，在心、物的水乳交融中自然催发语境的生长，而是像一块干燥的砂石，粗暴地汲没了周遭的"冷雾"，使潜在的语境胎死腹中。

---

① 这里涉及两个相互关联的理论问题。

一是诗画的异同问题。孔孚先生在解说这首诗时征引了莱辛《拉奥孔》中的一个著名观点，即诗画应是"各有各的面貌衣饰"，是"绝不会争风吃醋的姊妹"。他说他修改此诗的立旨之一就是有悟于"诗画有异"，要"纯洁诗的净域，要你画家画不出"。相对于中西艺术史上都曾有过的"诗画一律"的片面主张，这当然是对的；然而，把这种差异夸大到极端，则不免又走向另一种片面。事实上，中国古代诗人艺术家在强调"诗中有画"的同时，并未、至少没有完全忽视二者之间的差异，有的甚至强调得非常突出。例如，苏东坡就曾指出闪烁流动的日光水色画家画不出，诗人才能写出。李贽在《焚书·诗画》中更指出："诗不在画外，正写画中态"（着重号系我所加——笔者）。就本文引用的王维《山中》一诗而言"空翠湿人衣"的视境，试问有哪一个画家能画出？莱辛指明诗画的差异是一个历史性的理论贡献，但这并不标明视觉意象在诗中的贬值。里尔克说他从罗丹那里学到的最重要的东西就是"观察"；艾略特认为"对一个名副其实的诗人来说，寓象意味着清晰的视觉意象"（《但丁》，着重号系原文所有），这些都是很著名的例子。关键在于，诗的视觉意象与画的视觉意象并不等值。

二是所谓"大境界"问题。很显然，孔孚先生"隐象"或"具象尽扫"的尝试与这一内在追求有关，其本体依据在于老子的"大象无形"。这个问题本身就很"大"，非三言两语所能廓清；但无论如何，我们不能脱离文本空对空地讨论。诗的最高境界是无言；但既要落实到文本，就又注定要受语言的纠缠与制约。所谓"艺术"，在这里就如钱钟书先生所说的，要通过"不说出"，抵达"说不出"。其途径无非有二：或立象，或暗示。这是诗歌表达中语言的特殊性所在。境界再大，亦难相违。故传统山水诗特别强调"以小景传大景之神"的美学立场。王夫之《夕堂永日绪论·内编》中云："张皇使大，反令落拓不亲"，是很有道理的。

《莲花峰》和《峨嵋山月》是两个比较极端，但并不孤立的例子。通读《山水清音》和《山水灵音》，我们会发现相当一部分作品——我没有进行统计，也许是大多数——是运用或拟人，或移情，或投射的手法写成的。尽管诗人进行了布虚或简化的处理，但依然带着浓重的主观色彩。在这些作品中大量使用较为直露的情态词是一个标志。例如（着重号为笔者所加，下同）：

　　　　我怎能把心分成两瓣？
　　　　又忍不得使哪个伤心。
　　　　唉！你们本来就应该是一个，
　　　　山的脊梁，海的灵魂！

　　　　　　　　　　　（《山水清音·东海路上》）

　　　　我是在天上了，
　　　　只有我和太阳。

　　　　看得清清楚楚，
　　　　他有些忧伤。

　　　　怎么安慰他呢？
　　　　我的心也很荒凉。

　　　　　　　　　　　（《山水清音·在云彩上》）

　　　　可恨乱石弄鬼，
　　　　怪不得山洪暴怒。

　　　　　　　　　　（《山水灵音·雨中过白龙溪》）

这在其他诗人或许很正常，然而对"求隐"旨趣如此深厚的孔孚来说，就似乎有点奇怪了。更能说明问题的是在他很大一部分作品中，尤其是1982至1984年间的作品中几乎俯拾皆是的第三人称指陈。以著名的《飞雪中远眺华不注》为例：

> 它是孤独的，
> 在铅色的穹庐之下。

> 几十亿年，
> 仍是一个骨朵。

> 雪落着……
> 看它！使劲儿开！

短短六行诗，两次使用了第三人称指陈句式（后一句尽管用了惊叹语气，但强化的仍是指陈效果）。再如《过五大夫松》：

> 看着那块木牌，
> 它头发都竖起来！

> 谁能了解它呢？
> 两千一百年到今?!

第三人称指陈作为一种表达角度和方式本身无可厚非。值得注意的是它通常的阅读效果及其所反映的作者与语境的关系。在前者，它往往令读者明显感到在他和作品之间横亘着一个指陈者（作者）；在后者，则指示着作者外在于语境的位置。综合这两方面，可以明显见出它具有某种离间效果，或者说，它倾向于突出诗人的主观形象。它相对于某一首作品可能是必需的，然而如果被大量、重复地使用，就不能不说与诗人自身的某种固定心态有关。

回头再看前已分析过的《莲花峰》和《峨嵋山月》中的"旨趣悖谬"，就不会觉得偶然了。这使我想到，在孔孚先生"求隐"的自觉追求之下，潜在着一种无意识的，然而却是强烈的"显"的心理因素，它通过某一类语词和某一种表达方式的习惯性作用而顽强地"显"现自己。分析后者的性质及其成因不是本文的任务①，下面我想立足隐—显的关系谈些进一层的看法。

作为美学范畴，"隐"本来就相对于"显"；在作品本文中，则是两个互为表里，互相转化的动态结构因素。孤立的"隐"是不存在的。有所"隐"必有所"显"。反之亦然。这种辩证关系同样适用于它们作为不同艺术技巧或手法的运用。

当然这只是就一般艺术规律而言；落实到山水诗上，主要就是对我在前面提到的两个决定性要素的把握。

在以道家思想为本位的传统山水诗——我这里主要是指以王维、韦应物为代表的后期古典山水诗——中，自然物象被直接赋予了"道身"（或"法身"）的性质（"山水是道"、"目击道存"）。既然如此，诗人主观因素的极限就被标定在观察、表现的角度即宾主关系的确立上。这种对"显"、"隐"结构的处理带有鲜明的"非个人化"色彩，其最高境界就是经由"以物观物"（而不是通常所谓的"拟物"——拟物仍然是以人本为潜在前提的）而"物我两忘"，而臻于

---

① 关于这一点，不妨作两点间接的提示。一是诗人刘祖慈对孔孚"外道内儒"的评价，二是孔孚自己的一段话："如果我不能高于第一上帝，只限于重复他老人家，我就不写诗了。"均引自耿建华《孔孚其人其诗》，见1989年1月14日《大众日报》第四版。着重号系笔者所加。

宇宙大化。在这种情况下，甚至连表现角度、宾主关系都失去了意义（王夫之："两镜互参，不分宾主"）；诗人的观察、表现亦不复是个人的感官印象，而是"天眼"的宇宙透视，"前后内外，昼夜上下，悉皆无碍"①：

> 太乙近天都，连山到海隅。
>
> 白云回望合，青霭入看无。
>
> 分野中峰变，阴晴众壑殊。
>
> 欲枡人外宿，隔水问樵夫。
>
> （王维《终南山》）

道家思想又被称为"玄学"，其审美理想是庄子凌波踏虚式的"逍遥游"。然而，恰恰又正是道家美学最强调"即物即真"，"语语如在目前"，以至形成"即目吟诗"（尤其是山水诗）的传统，这不能不是意味深长的。②孔孚先生一方面表示"在山水诗一道，我力追王维"，另一方面又认为"王维也有他的不足之处，那就是'象现'（与李杜一样——笔者）也多实出，不太出味儿"，相形之下就较少意味了③。其实王维式的"实出"，正是其高明之处，其背后实有大虚、大隐——试想，对古代诗人来说，所谓"状难写之景如在目前，含不尽之情见于言外"，在终极指向上，不就是要去"状"那至高的、无

---

① 王夫之：《法苑珠林》。

② 道家当然不是影响传统山水诗的唯一思想渊源。说"以道家思想为本位"并不排除其与释、儒的彼此渗透和补充。这种情形具体到个别诗人还要更复杂一些。但无论如何，传统山水诗在隐—显关系的处理上却一脉相承，并不受其妨碍。例如，标谤"神韵"的王夫之就偏偏最强调"现量分明"。

③ 关键在于，"隐"在山水诗中第一义究竟是指一种即物应物的态度、境界，还是在"象现"（语象）上的刻意为之？即物即真之"即"是否就是通常所说的"实"？它与艺术想象（"灵视"、"灵听"等）的关系如何？

从描绘的"天道"之景，去"含"那对至高的，不可企及的"天道"本身的无限追慕之情吗？于此而能"使远者近，抟虚成实"（王船山评王维诗语），不正是令无数诗人、艺术家神往不已的"大隐若显"、"大巧若拙"的艺术"呈现"境界吗？这自然也不是什么"只盯着第一自然"。孔孚先生似乎忽视了，所谓"第二自然"不仅仅是指人类改造"第一自然"的物化形态（古代的"庙宇"或现代的"水库"），而且也指，并且对艺术来说，首先是指其精神—意识形态。

当然，作为一种特定的艺术样式，传统山水诗已和传统文化一起归于历史。它可以像马克思笔下的古希腊艺术和史诗一样，在某一方面成为"一种规范和高不可及的范本"[①]，却不可能从整体上被摹仿和重现，更不能成为新山水诗的美学桎梏。我前面说叶维廉氏的山水诗定义是"有缺陷的"，很大程度上就是基于山水诗新的可能性——其中当然也包括对隐一显结构关系处理上的新的可能性——的考虑。现代人在精神文化上所面临的种种复杂矛盾，尤其是近代以来东西方文明在彼此冲突和融汇中所激发的剧烈震荡和裂变，已经提供了这方面足够的心理依据，它必然同时导致新的自然山水景观的呈现。困难的只是怎样去呈现它们。[②]

另一方面，现代人在文化—心理上的复杂矛盾和不平衡性给山水诗带来的不仅仅是新的契机，它同时也带来了解体的危险。"天道"早已被视为陈腐观念弃如敝屣，而主体意识的高扬正方兴未艾。这就同时从两个方面对新山水诗提出了问题：自然物象在失去了"道身"的神圣性以后，其本身独立的审美价值究竟是应该更加突出，还是应该有所削弱？诗人的主观因素在获得了更大的灵活性以后，究竟是应

---

① 《马克思恩格斯选集》第2卷，P112–114。

② 这方面并不缺少成功的范例。孔孚的诸如《无字碑前小立》、《过锦阳川》、《登天都，值大雷雨》自不必说，在其他一些并非专攻山水诗的诗人那里亦能见着。随手可举的例子可如曾卓的《悬崖边的树》和忆明珠的《峨嵋山泉歌》等。

该更加放纵，还是应该更加节制？其新的极限又在哪里？新山水诗的实践和理论必须对这两方面的问题作出应答，否则它就将失去存在的意义。

孔孚先生并未就此表达过明确的认识，但他确实一直在试图作出他独特的应答；而在他的部分作品中存在的"旨趣悖谬"现象，正是上述山水诗在特定历史条件下复兴所面临的、新的可能与解体的危险并存的最一般矛盾境况在个别心灵上的集中折射。也正因为如此，指明这一现象的意义就远远超出了某个人或某一类作品。我不想只是简单地诟病这一类作品。我历来的看法是，一首作品，无论是成功还是失败，其启示作用——假如它能起到这种作用的话——都要远远超出成功或失败本身。孔孚先生执意"求隐"并不错（事实上也无对错可言），他的偏失在于未能充分自觉地把握隐—显在文本结构上的辩证关系；而要达成这一点的真正自觉，仅仅诉诸意识层面的努力显然是远远不够的。它必然是一个从语言出发，经由意识—无意识两个层次的反复不断地深入，再返回的过程。[①]孔孚先生在语言的意识层面上可谓惨淡经营，而对其无意识层面，则毋宁说相当程度上还处于自发状态。于是我们看到，他越是在意识的层面上"隐"，其无意识的层面就越是"显"；他越是想通过"隐"而获致更纯粹的诗，就越是"显"出对这种纯粹性的损害。二者悖谬的程度与他刻意的程度正成比。

孔孚山水诗中的"旨趣悖谬"现象还提出了另外一些带根本性的

---

① 由于篇幅关系，这问题无法再作展开。我只想提示两点。第一，诗人的语言系统不是巴甫洛夫式的刺激—反应屏幕。他的言说和言说方式中必然包含着大量历史、时代和个人的意识—无意识积淀，并有其独特的构成。第二，这种意识—无意识积淀对诗歌的作用除了有积极的一面外，亦有消极的一面，甚至有非诗、反诗的成分。检讨一下五四以来汉语言诗歌在运思和表达方式上的变化及其发展命运，可以深刻地体会到这一点。

问题。例如，山水诗既然在美学上以山水即自然物象为"主位对象"，那么应该怎样得到语境上的保证？进一步说，"隐象"（作动宾词组读）是否必要？有无可能？[①]在理论上，司空图所谓"不着一字，尽得风流"已经道尽了隐趣的妙处，但这在很大程度上恰好是由"象"来提供保证的。把这"象"也隐去，哪怕是部分地隐去，是否就能得到更多的"风流"？孔孚先生本人于此提出了"路标"一说，这在接受美学意义上固然体现了他对读者的充分信任，然而对于诗本身，即本文意义上的诗将会产生怎样的影响？对诸如此类的问题我尚未作深思熟虑，希望能与方家一起进行深入探讨。

尽管如此，在结束本文的时候，我仍要再一次表达我对孔孚先生由衷的敬意。能在艺术史上打下深刻印记的无非有两种人，即敢于冒险冲击极限的人和集大成的人。孔孚先生当属于前者。收在《山水清音》中的《摸钱涧》算不上一首真正的山水诗，然而我极喜欢。如下：

石头，石头，石头，
他摸。

蹲着，跪着，爬着，
他摸。

风，雨，雪，
他摸。

---

① "隐象"和"炼象"并不是一回事。"炼象"是在不同语象间进行选择、洗汰或综合，使语境更加澄澈透明，其指归仍落实于"象"，但孔孚先生有时似乎将二者混为一谈了。参看《黄河诗报》1988年第二期孔孚文《谈提炼·炼象》。

希望老了，意志生出了胡须，
他摸……

圆圆的：
一个？

一个铜钱！
天呀！

他的泪流出来了，
那两扇门关不住了！

呵！呵！
光！！

　　孔孚先生已年逾花甲，但他仍在执着地探索，他的希望和意志没
有老。他的光不会老。

1990年4月1—3日初稿
5月10日改定

寻找一个失踪的诗人

1993年冬，广西大学生诗人甘谷列在余秋雨先生的散文《道士塔》中读到了所引一首诗的片断并为之震撼。然而，由于引者没有提供相关的信息，他既不知原诗的标题，也不知它出于何人之手，自然也就无从得观这首诗的全貌了。挥之不去的感动和没头没脑的纳闷相互交织，甘谷列不得不怀揣这纠结的谜团留心寻找，找这首诗，也找这个诗人。整整九年过去了，直到2002年秋，其时已在一所山区中学任教的他才经由一次无意的发现勘破谜底，得偿心愿。

这个在网文《一个青年诗人的一首诗》中由亲历者自己讲述的寻找故事质朴无华，虽然关涉到公众人物余秋雨，却没有什么传奇或刺激性，在以娱乐和信息覆盖为能事的当前语境中遭到轻慢忽视乃是题中应有之义。不能被轻慢忽视的，则是使故事得以发生的那个同样质朴无华的心愿，即"一个贡献了一首好诗给中国的诗人是值得尊敬的"。我不知道现在还有多少人怀有同样的心愿，但我知道，葆有如此心愿者必离健全人性不远，而在某种意义上，正是因为不断呼应着这样的心愿，当代诗歌才能在一片式微的声浪中历经颠踬，却始终没有失去重心。

读到《我希望你以军人的身份再生——致额尔金勋爵》全诗并确认其作者并没有终止甘谷列的寻找故事。一方面，他进一步确认了这首诗的价值:"两个不同的时代交融其中","既形象生动,又元气充沛","既是宏大叙事,又是个人化书写","既气势如虹,又不单调空洞","尤其是结尾的那三句,几乎可以等同于一个国家军队的宣言",总而言之,"这是一首好诗、大诗,甚至可称为传世佳作!"另一方面,越是首肯这首诗的价值,他就越有理由感到不安,因为他遗憾地发现,"现在诗界中很多人不知道晓桦这个诗人是谁。不仅70年代出生的诗人不知道,甚至60年代出生的一些诗人也不知道"——尽管文章中没有明言,但无需太高的智力就可以推测出,即使是在谜底向他呈现的那一刻,甘谷列本人也属于这"很多人"中的一个。对此他的看法是:这跟作者过早退出诗界有关。

多么浅表的解释!然而却是实情。不错,晓桦从诗界"失踪"已经超过二十年了。

可以为一个诗人于锋头(风头)正健时突然驻笔隐退列出的理由不多,而晓桦所经历的,或许是其中最惨痛的一种:在猝然一击下的某个瞬间,世界无声坍塌或尖叫着迸散,而语言变得不可信任。我与晓桦从未就此交流过哪怕只鳞片爪,似乎彼此早有默契,就像时过境迁,我们在谈到历史这个庞然大物和命运的迷宫性质时,每每会以淡淡一笑收束一样。这当然不是因为我们在试图回避什么,更不是因为曾经的创伤记忆已经被岁月抚平,而是因为,那被一笑置之的,恰恰是语言无从抵达之处。

不过,假如把晓桦的驻笔仅仅归结为外部强力所致,那就把问题过于简单化了。所谓"峣峣者易折"并不适用于晓桦,即便他有脆弱的一面,也不会采取这样的表现方式。1988年他正健的"锋头"跃上了一个令人眼热的世俗新高度,两个标志性的事件分别是:诗集《白鸽子·蓝星星》获中国作家协会第三届全国优秀新诗(诗集)奖;前一年发表于《收获》的实验文体《蓝色高地》由上海文艺出版社列入"探索书系"出版。然而，也正是在这一年，他的写作陷入了某种不为人知的低迷状态。细心的读者会从本书所附的"创作年表"中发现，除了《黑色的七月》和《创世纪》，这一年他几乎就没有再写下过什么；更值得注意的是，相对于他那些广受赞誉的作品，这两首诗前所未有地激愤、粗粝、绝望、颓丧，仿佛暗中经历过一场风格的自我颠覆，充塞其中的不祥气息很可能是它们一直没有发表的原因：

天空被不知所云的黑色鹰翅
间或遮盖或展露
失去天空和大地的羊
从此忘了迷途是怎么回事
或不再想有关路的事

——《黑色的七月》

兀立荒原最后一棵老树
枯萎于无思的精灵
同类纷纷战死
残余的生命遗下
活着
大荣誉与大耻辱本是一回事

……

我们是这样一族
我们杀死了上帝
我们注定了背负着永恒的惩罚
我们是犹大的后代

......

上帝与我们

同时

丢掉了图纸

————《创世纪》

　　二十二年后读到这两首诗难免有隔世之感，仿佛被吸入时空隧道又被吐了出来。两个不同的身影随之从记忆深处慢慢浮现：一个军容整肃，俊逸清朗，意气风发而又谦逊低调；另一个则裹着大红登山服，虬须覆面，心不在焉而又目含讥刺。当然，他们都是李晓桦，不同时期、不同状态下的李晓桦，或同一个李晓桦的不同侧面；但似乎只是在这一刻，我才真正看清楚后者，才意识到二者的反差究竟意味着什么。我的目光再次落向那两首诗，如同一个侦探俯向他尚未来得及仔细探究的秘密……而最终抓牢我的，还是《创世纪》中以中英文反复强调并加以引申的那句哈姆莱特王子的著名台词："To be / or / Not to be // 活着 / 还是 / 死去 // 存在 / 还是 / 消失 // 留下 / 还是 / 离去。"二十二年了，这些被刻意分断排列的诗行仍如短促的鼓点向我辐射着尖锐的生命能量，似乎一直憋着要穿透岁月的尘封，以揭示当初那场曾隐秘地魇锁住晓桦的内心危机。在我看来，这场危机和他的驻笔有更重大，更深刻，也更内在的关联；相较之下，后来的外部强力及其所导致的命运逆折只是起到了催化作用，并实现了它所孕育的诸多可能性中的一个而已。这完全符合逻辑：当属于一个人的整个"在世之在"都深陷某种续绝存毁的紧要关头或临界状态时，他的写作也变得危若累卵，又有什么可奇怪的呢？
　　这两首诗被收入本书时单独成辑，并被命名为"预言"是意味深长的。回首看去，这"预言"既指向即将被历史坐实的大难临头的恐惧（由于意识到灾变缘于"注定"，这种恐惧在期待中甚至被转化成了"快些发生"的吁请），也指向即将被作者自己坐实的从写作现场的退隐（既然"创世纪饮了忘川之水／只留下遗忘给世界末日"）。然而，仅仅如此吗？

设想"如若当初如何，其后将会如何"并不能改变业已发生的一切，但未必不能修正我们的一孔之见。这样说当然不是意在究诘甘谷列的寻找故事到后来是否有点误入歧途——基于其自身视角和讲述需要，他完全有权发展其自洽的观点，包括对余秋雨先生的温和责难，也包括遗憾之余对晓桦自身原因的猜测——而只是为了进一步展开我自己的寻找故事。我的故事同样没有什么刺激和传奇性可言，如果说把它同时读作预言有点冒险，那是因为其背后的心愿也更加陡峭：除非写作之于晓桦从一开始就是件可有可无之事，否则或早或晚，那场被延宕和忽视的危机都要贡献出它所孕育的果实。"预言"于此指向的，是犹如黑洞般的写作本身：正像过去、现在、未来会在其中被抹去界限，变得无所区别一样，寻找和期待在这里也几乎是一回事。

我无意把我的心愿和某种但属于晓桦的宿命混为一谈，但我确实从未把他的驻笔当真；我不会援引诗歌史上诸如瓦雷里或里尔克这样的陈例来支持我对晓桦的期待，但我对他确实一直持有着类似的期待。当然也有恍惚的时刻，但奇怪的是，所有这样的时刻都非但没有削弱，反而强化了我的固执。说来真是有点不讲理：无论晓桦这些年的身份经历了怎样的变化，无论他做过什么或正在做什么，在我心目中他都始终是，并且似乎也只能是一位诗人。这位诗人正被夹在曾经辉煌的过去和可能湮灭无闻的未来之间，迟到的赞美和过早的惋惜之间，有点尴尬，有点犹豫，但所有这些最终都将被付之一笑，因为：

时间并不重要

重要的是寻找

　　这两句诗出自晓桦写于1983—1985年间的长篇叙事诗《金石》，其本身平淡无奇，却是理解他的宿命、我的固执的枢机。与之对称的，是他迄今最重要的作品《蓝色高地》中的一个有关迷失的梦境——如果你愿意，也可以说那并非梦境，而是一个心怀大梦者必定反复面临的现实处境：

　　现在你不知身在何处，你站得高高的，向着你来的路望过去，你很惊奇地发现，来路已不见了，甚至在你刚刚走过的地方。

　　相对于《蓝色高地》，《金石》更像是一首习作，笔法结构则近乎前者的雏形（另一首差不多同期完稿的叙事长诗《哑巴司机以及他的奇遇》亦可作如是观）。或许正是因为过于质朴平实，这首诗写成后才同样享受了遭幽闭的待遇；但或许也正是出于同一缘由，四分之一世纪后它重见天光，被收入本书并用以命名，又显得是那么恰得其所：一个声、像质地如此响亮坚实的语词，既隐喻又突显了我们对诗的不变期许，这是何等的奢华和正确！我甚至觉得，缺少了《金石》，晓桦当年的作品就不足以呈现为一个相拥相济的整体，而读者就不足以看清，作者是怎样一再深入和发展在其"军旅诗"中受到极大限制的"寻找／迷失"母题，或者说，怎样一再书写自己不得不敞向未知的寻找故事。

　　读到《金石》之前我曾听晓桦谈到过他的主人公。事迹足够抓人，但终归是一个"他者"的故事。读作品时的感觉则完全不同：那个被一场不期的暴风雪彻底改变了命运的老兵在上部收束时还能勉强对我保持一个完整的"他者"角色，然而从中部起，随着他"一根筋"的性格越来越鲜明地凸现，随着他用那柄地质队留下的小锤与那座据说藏有金石的"神山"日夜对话，越来越彼此不分，他也越来越出离"他者"，越来越让我感到灵魂意义上的亲近。他驮着历经千辛万苦得来的金石下山入市，却无人相识的遭际堪称卞和献璞的现代民间版，但同样满心委屈的他并没有像当年的卞和那样箕踞大哭，而是怀璧归去，反求诸己：

> 没有知音没有一个人
> 懂得他的山
> ……
> 但这是我的金石记住
> 我的金石他狠狠地想

> 不该下山来的他对自己说管他们呢为什么非要让别人认识你的山呢你的山不会因为别人不认识就消失你的山是永远存在的

如果说"老兵"在诗中可以表征他的身份，那么显然，至此他的内心世界已经胀破了他的身份。现在他更像某位脾气古怪、自珍自尊、信守沉默是金的诗人艺术家。凝视着"知音"一词我不禁莞尔，因为我忽然从这位面目模糊的诗人艺术家身上辨出了晓桦的影子，并且是当年心高气盛的晓桦和如今饱经风霜的晓桦相互叠映的影子。越往后读这个影子就越是浓重，三遍之后我不得不认为，这首以偶然和宿命的辩证为转变契机，以寻找和守护、得获和舍失为主题（诸如还家和浪迹、选择和随缘等不过是它的变奏）的长诗所叙述的，与其说是那位老兵的故事，不如说是晓桦自己的故事。它在来不及献给读者的情况下首先献给了他本人。

　　这当然不是说可以把这首诗读成一个庞大的谶语——不，在任何情况下，这种牺牲作品丰富性的读法都迹近某种暴行——所谓"自己的故事"，所谓"献给了他本人"，无非是为了强调这首诗之于作者具有突出的自我相关性质，而意识到这一点并没有证明任何事后的聪明，它仅仅证明了诗的魔力。正是这种魔力使得诗中老兵既日常平凡又不可思议。它不仅暗中支配着他种种现实的特立独行，同样渗透到他的梦境中：

　　　　他把自己扑醒了
　　　　似一根木头深入水中又浮了上来

甚至体现在他悲剧性的结局里。他的乡亲们曾经在想当然的情况下为他垒起过一座假坟，而当命运之轮终于将他所不敢祈望的爱人和知音送到他面前时，他却要亲手为她垒一座真坟：

　　　　向阳坡上堆起一座坟
　　　　他觉得他埋的是自己

我想象晓桦当年写下这凄凉的诗句时也沉浸于别一种埋葬自己的感觉，其中新生的快意远远压倒了同情的自伤：正像他笔下老兵的内心世界胀破了其身份一样，这首诗也胀破了舆论为他定做的"军旅诗人"制服，从而标示了一个新的开端。那么，这个以"金石"为总体象喻（爱人和知音不过是又一种"金石"）的寻找故事是否也从那一刻起便成了他的命运之星，并开始于冥冥中布下其启示之光呢？诗的魔力有时表现为对诗人命运的引力，在极端的情况下甚至令后者成为某种献祭，这早已不是什么秘密；困难在于能否及时参透和如何参透这一秘密。《金石》收束于正在进行且"无边无际无始无终无尽无休"的"荒山之夜"，于此可以视为一种解悟，而中篇小说《三色积木》中主人公的自我分析则与之互为表里：

> 你的悲剧在于你身上交叉着人性当中最不可能交叉的两极，所以，你注定只能迷失在自己身上。

这是我所知道的最纠结、最不可解脱的自我相关，由此可以探知晓桦当年危机的渊薮。

　　我已经说过晓桦是一个心怀大梦的人。他的诗，尤其是他叙事作品中的人物，都因此不可避免地染上了梦的特质。《金石》中老兵的第二个女人指斥他"你拣一屋子破石头干什么也不能烧火也不能挡风你干嘛还没完没了地拣？"显然，老兵的作为在她眼中更像是一个梦游者的作为。《三色积木》中当下和追忆场景的循环转换本身就如同梦境。《蓝色高地》更不必说了：无论这部由九篇散文、九首抒情诗、九个诗体故事，外加三个小引，计三十个"筑件"构成的作品在形式上有多么竭尽匠心，也无论其材质和他当年三度入藏踏勘有着怎样的现实关联，都不会影响读者辨认其总体上的梦幻性质。在某种意义上，我们甚至可以说这是一部集梦之作：那些来自不同国度、不同民族、不同阶层、不同文化背景的寻梦者，那些和他们无分内外、彼此出入、千姿百态而又本质同一的梦。为了更有力地容纳或呈现他们，他们的身影和踪迹，他们的呼吸和体温，他们虔敬与狂野混而不分的表情和内心，晓桦不得不发明一种他其实已在暗中锻炼很久的"实验文体"。

　　从《白鸽子·蓝星星》、《三个伤兵和一个姑娘》开始，晓桦对叙事诗，或诗的叙事性一直保持着罕见的热情和兴趣。最初这或许更多地是在响应素材的要求，并以此节制抒情的浪漫倾向；然而，在《哑巴司机以及他的奇遇》中初步尝试，而在《金石》中充分展开的对散文元素独立而有机的运用表明，这一兴趣正结合他对寻找／迷失母题的探索而被导向一场小小的形式革命。这与其说是受了诸如埃利蒂斯的《理所当然》等翻译诗歌的启发，不如说是遵循了综合表现的需要；与其说是外部的引入，不如说是内部的裂变。我注意到这两首诗中的散文部分在读法上有自己的特别要求：无论是否出声，它都更像是某种融合了民间传统和当今潮流的现代说唱（RAP），而非通常的散文。回头看去，没有比这种可以立即辨识的形式变化更能折射出晓桦其时"在路上"的境遇和心态的了：它介于忧伤和饶舌之间的述说，它超越语义层面的强烈节奏及其与缠绕的声音之间构成的张力，它对文本中"正常"发挥语言功效的其他部分的强力渗透和彼此照应，所有这些都适应并凸显着晓桦在持续的寻找／迷失中不断获得加速度并趋向高海拔的生命和诗的旅程。

这一旅程在《蓝色高地》中修得其阶段性的"正果"乃水到渠成之事。正像其不同意旨、不同文体相互楔入的拼嵌结构呼应着寻找／迷失母题，并吁请"朝圣"主题的聚合和统领一样，其革命性的形式变化也赋予了这一庞大的集梦行为以文本的现实性，使之结结实实地成为T.S.艾略特所谓的"高梦"。

现在我们已经很少，甚至羞于公开谈论"朝圣"和"高梦"了；即便偶尔说起，也宁可将其归于"青春期写作"的旧梦。但其实我们心里都明白，那样的梦如同晓桦笔下蓝天映衬的雪峰和纳木错一样，是无所谓新旧的。它就在那里，问题只在于我们是否还有福分亲近它？是否还有底气谈论它？是否还配得上将其称为自己的梦？从这一角度再读张承志先生当年为《蓝色高地》作序时预言般的设问，真令人心中百感杂陈：

我在想：当那美丽的蓝色高地沉没时，当它像黑烧烬一样淹入沉重的黑暗时，年轻的憧憬者会变得怎样呢？

特别是：当眼睛中再也分辨不出蔚蓝，人在一派坚定的宁静心绪中迎视着那片黑暗；当他不再怨天尤人，当他咀嚼般体味着那黑色的美，当他如天命一般只求默默地又匆匆地去做完自己该做的事情时——人是否还会回忆那片激动过他青春年华的蓝色高地呢？

其"过来人"、"知天命者"的身份和口吻本身就迹近某种"黑色的美"，其中饱含着由说不出的痛苦所酿就的坚韧、沉毅和悲悯。它似乎以疑虑的方式要求着某种承诺，尽管它对作品意义的阐释本身就包含了足够多的肯定和期许。

我不能谬托知己，代晓桦立言说他是否一直对此心存允诺；但我相信，那片"蓝色高地"之于他从来就没有，也不会仅仅成为青春的回忆。这一信心并非出于任何意义上的主观冒险，恰恰相反，它的依据客观得不能再客观，以致看上去如同一个遗世的梦幻：

一座雪白的金字塔，在你刚刚经过的山路尽头不露声色地矗立着，十分稳健。两道雪坡的斜线，从那座金字塔的左右两侧有力地伸向天空。下午的阳光在雪山上磨成尖细的金针，使你每眨一下眼睛，都觉得有眩目的光直刺过来，然后就是一片难耐的黑暗。

从没想到世界竟会以如此明快的斜线所构成，而色彩也竟然如此简单。天空蓝得发黑，雪山白得发青。透过那块玉石般透明的雪山金字塔，你看到一块奇妙的无法用任何色彩、线条和语言表现的三角形的天空。

面对这样一座惊魂慑魄的金字塔，这样一片摧肝裂胆的天空，一个人除了惊呼"太可怕了"之外，除了发誓"忘掉它。必须忘掉它"之外，还能做什么呢？我就不再费神引用《三色积木》中那段关于纳木错的描写了——事实上，即便是晓桦本人，当初在动念试图用笔记录下他追忆中的那些瞬间时，就已经逾越了语言或沉默的边界。他的徒劳只有在考虑到那一刻他从生命根基上被那过于巨大的美所震撼、所伤害的程度才变得可以理解。他的誓词只有反过来读才能成立：由于那猝不及防、不可思议的炫目一击，他的灵魂将永远不得安宁。

　　如果那座雪白的金字塔此刻化作了布罗斯基笔下的黑马，我希望这不是一种牵强附会的想象游戏。我的意思是：所有足以震撼和伤害我们的美都不仅仅是一种美，它还是一种嘱托；不仅仅是一种嘱托，还是一种寻找。从来就没有什么原地静止的美。它越是巨大，越是"无法与黑暗融为一体"，越是"纹丝不动地伫立"，就越是有所期待，越是在蓄势发动：

> 它为何在我们中间停留？
> 为何不从篝火旁边走开，
> 驻足到黎明降临的时候？为何呼吸着黑色的空气，
> 把压坏的树枝弄得瑟瑟发响？
> 为何从眼中射出黑色的光芒？
> 它在我们中间寻找骑手。
>
> ——布罗斯基：《黑马》

　　那个被寻找的骑手有福了。我不知道类似的福分是否能够横越二十余年的时空，将甘谷列的寻找，我的寻找，包括晓桦自己的寻找结合成一个整体，但我知道晓桦正在写作他的长篇小说《独语者》；同样，我不知道这篇有关寻找的文字是否会被认为是在为晓桦的复出造势，但我知道，无论他的小说什么时候、以什么方式面世，我都不会称他为"归来者"。置身这样的知道和不知道之间，我很想请读者和我一起想象，想象《独语者》和晓桦前此的写作是一种什么样的关系；而我的想象是一根纽带悬浮在历史天空中的想象，你可以随意称之为"孤独的丰富性"或"自由意志的困境"。《蓝色高地》以后，文体对晓桦本已不是问题。从逻辑上说，那场适时而来的危机正是他走向福柯所向往的"大心灵写作"的契机：在那样的写作状态中他将不再像他笔下的朝圣者尼玛那样，惦记着"在最大的玛尼堆上放下他挑选的石头"，或寻思什么时候能摆脱"被俯视的命运"；在那样的写作状态中他将不再被"不管向哪个方向游，都是顺着水流"的噩梦所困扰，而真正享受"弄不清是在上升还是在下降"的欢欣。念及于此心中不免一阵痛惜，但我真的在痛惜，非痛惜不可吗？几行随手摘下的《蓝色高地》中的诗句突然从纸上跳起来，抽打着我的目光和脑筋：

因为遗弃
也因为崛起
即便找到了
海也不再回来。

2011年暮春，天通西苑

当海洋打开了所有的道路*

　　人生在世总会有一些重大的时刻，这些时刻往往构成了一个人命运的节点。所谓"重大"并不排除隐秘，但如果和心血来潮联系在一起，就会被认为不可思议。那么，是否就不存在心血来潮的重大时刻呢？未必。米兰·昆德拉就曾在《安娜·卡列尼娜》中发现这样的时刻，在这样的时刻，此前并未下定必死决心的安娜突然"被决心抓住"，迎着正在进站的列车纵身跳下月台，彻底抛弃了自己。"这并不意味着她的行为毫无意义"，昆德拉写道，"但它的意义超出了理性可以理解的因果关系之外。"

　　尽管情境和意味完全不同，性质却极为相似——现在我说的是，一个玩兴正浓的人突然将手中的骰子掷向了大海：

　　　　傍晚。我们在海边酒馆玩着
　　　　突然间我将手中的骰子掷向大海
　　　　一口气取消了偶然和绝对
　　　　取消了峭岩、鸥鸟和海平线

---

*　此文系为王自亮诗集《将骰子掷向大海》所写的序言。

《将骰子掷向大海》一诗或许算不上自亮最出色的作品，但即便不考虑"大海"在他生活和创作经验中的特殊重要性（对此他曾一再言及），仅仅因为这心血来潮的一掷，它也有资格被用来为这本诗集命名。毫不奇怪，上引诗句会令我们立即想到马拉美那首著名的《骰子一掷永远取消不了偶然》；如果由此又不免勾起爱因斯坦的一句名言，即"上帝永远不会掷骰子"，我们就有理由追问，诗中所谓"一口气取消了偶然和绝对"究竟何谓？在马拉美和爱因斯坦那里，作为能指的"骰子"不过是一个意义的道具，前者指向对或然的期待而后者指向对必然的强调；但在自亮这里显然不是这样，他更多关注的是骰子自身，是其在特定语境中更多的意指可能。它们先是被拟人化（"六粒骰子被海浪吞噬""就像六个黑衣谋士被诛杀抛尸"），然后又被想象成黑色的鸟在天空"变幻出各种隐秘的图案"，并因"无法拯救"而遭到惩戒（"必须将他们降为难民，凫水时 / 下沉"），而真正令人吃惊的，是接下来的一句混合着讶异、忍心，甚至有点幸灾乐祸的感叹：

> 哦，命运主宰者下沉。消失——

切断骰子和掷出它们的那只手、那个人的联系，赋予其以独立的"命运主宰者"的位格，或许是自亮"超出了理性所能理解的因果关系之外"的一个小小发明。问题是：这种联系割得断吗？如果不能，那么这里"下沉"、"消失"的，仅仅是那些骰子吗？再进一步：它们真的下沉、消失了吗？以下给出的一组急速转换的意象于此显得格外意味深长：

> 浪沫舔着礁石。红色瓦房。上帝屏息
> 星星是更远的骰子，而罗盘不动声色

这组意象呈现的是一个对位性场景。值得注意的是，这里上帝的短促现身并没有像在例如博尔赫斯的《棋》中那样，同时意味着终结的"命运主宰者"或终结之手的在场；它"屏息"的关切因此也如同它的身份，成了某种被悬置的存在。无论这种存在能否作为"有人绝望投注，有人静观默察"，而诗人再次首肯"我不假思索地将骰子掷向大海"的理由，二者之间都构成了隐隐的紧张关系。据此我们不得不一再辨识以下诗句的复杂滋味：

> 放逐了渴望、快活和眉梢的乌云
> 告别了神性、困惑和无名的紧张——
> 将这些恐吓我们的玩意儿掷进大海
> 世界不见得更坏

表面看来是以卸载式的轻松延展了开头所谓"一口气取消了偶然和绝对"的内涵，但质之于上下文，其中难道没有混合着戏拟的欣快症式的逃避诉求，没有包裹着失根或失重的悬浮感及其不可承受的轻，没有掩藏着不堪长久的内心撕裂、情智游离，却又无从整合的沉痛无奈吗？以如此佯谬的轻快将这些蕴含严重冲突的意绪交集在一起所构成的反讽，难道不是恰好对称于这个消费主义越来越甚嚣尘上的时代，对称于我们沉浮其间，必须予以持续应对的生存和精神的困境吗？不错，"将这些恐吓我们的玩意儿掷进大海／世界不见得更坏"；但它们真的能被掷进大海，而不会"才下眉头，却上心头"吗？这一同样心血来潮的念头所能带来的安慰，会不会比它在虚无中划出一道抛物线需要花费的时间更短？

> 相拥而泣吧

当骰子于永恒之轮盘突然逃走时

　　绝妙的悲—喜剧！没有谁能说得清这里的"相拥而泣"到底是出于解脱的欣悦还是更深的绝望，能够肯定的只有一点，就是随着"永恒之轮盘"的兀然闯入，问题也又一次"超出了理性所能理解的因果关系之外"。它既揭示了那自以为是的一掷纯属虚妄，又揭示了这虚妄的一掷所带来的变化：既然骰子已经"逃走"，这轮盘也就和诗中的上帝一样，成了某种被悬置的存在。双重的悬置？不，是全面悬置——已被宣称"一口气取消了"的"偶然和绝对"，就这样经由被刷新过的存在关系而各各自我刷新，而重新结为一个充满可能的整体。前面说到的对位性场景因此变得更加触目，只不过此刻它尖锐突显的不再是屏息的上帝，而是与"轮盘"对应的"罗盘"，是它以"星星是更远的骰子"为前景的"不动声色"。在我看来，只有牢牢抓住这一在诗中稍纵即逝的喻象，才能真正洞察骰子一掷背后那个反复抓住自亮的重大时刻。这样的时刻令一场豪赌和一次远航混而不分；这样的时刻宽许，甚至召唤着心血来潮，但同样需要，甚至更需要沉着和镇定。

　　海水汹涌，巨轮踞空，骰子翻滚，而罗盘不动声色——现在我言说的已不再是自亮的某一首诗，而是他迄今的全部创作，或他精神世界的内景（如果必要，也不妨推广到他的命运）。试图依据全息论的观点，从《将骰子掷向大海》中抽象出某种原型图式似乎同属心血来潮，但必须承认，正是这样的念头支持我大违常规，在一篇本应着眼宏观，且不可能写得太长的序文中几乎是逐行解析了这首作品。当然，自亮创作一直致力的寻求自发和自觉之间的平衡，并综合二者之力以为驱动的特质，其迹近潮汐或间歇泉的阶段节奏和风格变化，其渐趋阔大从容的整体气象，也不断刺激和怂恿我"知其不可为而为之"，强行这一或许注定要失败的实验。自亮本人在一次答问中曾试图借用哈耶克的"自生自发秩序"来阐释自己的创作历程，他以一株植物为譬，其实也是给出了某种原型图式。不管怎么样，我希望我所给出的能与之互为补充，相映成趣。

自亮邮箱的注册名"航海者"是另一个刺激的源头。对一个在海边度过了童年和大部分青春岁月、经验和想象中留下了太多大海烙印的诗人来说，还有什么比这一命名更能表达他的自我身份认同，更能表明他的抱负和雄心，同时也更能暗示其间的艰难曲折和风波险恶呢？由此自亮的诗歌生涯有充分的理由被想象为一次次解缆出海（由自然之海而生活之海而存在之海），并与之相互搏击、解悟，彼此打开、深入的航程。自亮本人对此亦相当自觉，以致出道不久，对大海的异常执着就为他赢得了"大海诗人"的赞誉；更有说服力的，则是他把真正属于自己的第一本诗集命名为《独翔之船》。"独翔之船"："航海者"的别称，二者共享同一颗探险的灵魂。在某种意义上，可以将其视为自亮创作的原点，而把他迄今的全部创作，理解成"航海者—独翔之船"沿着断续的时间之轴与大海（外部和内部的、有形的和无形的、形而下和形而上的大海）之间的持续辩证。在这种辩证中前者渐臻深邃，不但愈来愈坚持其自由的向度，而且愈来愈成为内在的标尺；而后者日显壮阔，不但愈来愈敞现其丰盈的内涵，而且愈来愈成为活力的渊薮。

当然少不了罗盘。否则这"航海者—独翔之船"就会与一个匹夫骑着一段木头相当，就会以最快的速度沦为一堆破烂，从而辜负那不期的长风、雷暴、虹霓、涡旋、暗涌，辜负那银亮的月色、浩荡的洋流、无比壮丽的日出日落，尤其辜负夜空中那永不爽约的北斗。与此同时，正像这里的"独翔之船"从来就不会被混同于走私的快艇一样，这里的"罗盘"之于"航海者"，也永远不会意味着固定的方向和笃定的感觉，自然也无需伺候与目标之间那条虚拟的、乏味的直线。它唯一需要忠于的职守是保持住自身的灵敏，不断确认主体的经纬位置，以为必要的校正或新航线的选择提供参照。这种校正或选择无关对错，它服务于，也仅仅服务于航海者探险的需要，服务于他必须响应的未知的召唤——哪怕这召唤最终被证明不过是塞壬的歌声。

尽管"罗盘"的意象在《将骰子掷向大海》中稍纵即逝，尽管这还是它第一次现身自亮的作品，其"不动声色"却足以表明，它在诗人心中深藏既久，早已历经沧桑。越是意识到"海洋打开了所有的道路"（《海上生明月》）的人，就越是懂得罗盘的心事。不妨将《海，再次驰骋而至》中的几行诗句读作它的腹语：

> 记忆即现实，无涯的现实，灰蒙蒙
> 而海从来是不完整的，船就是
> 象征性秩序，幻觉，唯一之眷顾
> 海悄然无声，形体庞大，无视他者
> 爱与恨合葬之墓穴：海洋即虚无
> ······
> 海，大地的腹肌，天空的池塘
> 谁也无法叙述海的故事

以下警语则可读作它的忠告：

> 对于海，不可攀附，不得膜拜

如此深得航海三昧的罗盘面对被掷向大海的骰子必定不动声色。因为它比谁都清楚，大海从不在乎哪怕是最疯狂的赌徒；而按照古老《易》辞所揭示的"无往不复"的原理，所有被掷出去的都会回来。在它和大海充满魔力的注视下，翻滚着的骰子会在不知不觉中变成一只飞去来器。

2004年，在自己的第三本诗集即将付梓之时，自亮动手为之写了一篇长长的序文。这篇自序视界阔大，情思激越，不仅是一次透彻的自我清理，而且是一次与当代诗歌的深度对话，具有反思、检视和展望的多重意味。我想象当自亮开宗明义，直探"重写的可能"时，笔下正萦绕着一只飞去来器的意象；与此同时，他心中的罗盘也又一次剧烈晃动。

严格地说，把"重写的可能"当作一个诗学命题多少有点似是而非，正如有论者将此和"不写什么，不这么写"对举多少有点不伦不类。除非让"重写"滑入题材或主题的第二义，否则它就只能从创造的有效性中获取定义。重写即擦亮，即敞开，即新的可能。就此而言，不存在"能不能重写"的问题，只存在什么意义上重写、如何重写、写得怎样的问题；不存在将能否重写作为衡量某些事物能否获得永恒诗意的标尺问题，只存在那些被不断重写的事物（包括已有的文本）能否聚合、融汇新的诗意，成为新的活力源泉的问题。尽管在特定情况下"重写"可以被表述为某种写作策略，其真义却只能植根于诗歌本体的生生不息。

但过分拘泥于诗学定义对自亮是不公正的。事实上，他所着意的"重写"从一开始就与诗歌史上例如黄庭坚所谓的"点铁成金"，或上世纪90年代初部分先锋诗人标举的"从一个文本中生成另一个文本"大相径庭。如果说他所激赏的德里克·沃尔科特（我们当然还会想到乔伊斯）对荷马史诗的成功"重写"于此树立了一个典范的话，那么，他对沃氏作为"现代荷马"之一的推崇或许更值得在意。其最质朴也最精到的表达是：

读了沃尔科特的诗歌，我们才知道，世界上还有那么多的事物尚待命名。

换句话说，沃尔科特让我们听到了未名事物的召唤。我相信，正是同一种召唤催发了自亮对"重写"的兴趣，并敦促他以越来越远离（题材意义上的）大海的方式，不断接近和深入（作为母题和风格的）大海。

将大海引申、延展到"更加汹涌的日常生活"并非自亮的发明，但若说到把握住二者共通的那种"盲目而激昂的力量"，在反复书写中澄澈其名并揭示其复杂内蕴，则当代中国诗人中恐怕很少有谁比他走得更远。没有证据表明，从1994到2003，差不多十年间自亮从诗界匿迹销声是为了潜心修炼，但将他第三本诗集所收，集中写于2003—2004两年间的《黄金分割》、《狂暴的边界》、《地铁》、《变化之快》、《广场》、《经济学家》等一批作品，与他主要写于1994年的一批作品相较，前者确实表现出了某种身心历练后豁然贯通的品质；其风格的变化则犹如平缓的海流陡然跌下海沟，显示出更大的压强、更多的暗漩、更锐利的加速度和更危险的不可测度。尽管这批作品迄未得到应有的评价，但我毫不怀疑它们，包括诗集的自序，可以列入这一时期诗歌（学）最重要的收获而无愧。显然，当自亮说"重写，对我来说无异于一次新的发现"时，他已经把大海母题内化了；由此，当他说"应该赋予生活以海的形式与力度"时，他其实也在说"应该赋予诗以海的质地和气象"。这种试图使自己的写作与大海／生活同构、对称的诉求，在被用来为诗集命名的《狂暴的边界》一诗中表现得尤为突出。在这首以探讨灾变及其临界点为主题的诗中，海底地质巨大得不可思议的体量和质量，其在旷世的、无可察觉的缓慢变化中暗中积聚，而又在猝不及防的瞬间爆发的同样不可思议的破坏性能量，与由其承载的陆地上人类生活的渺小、盲目和混乱，既形成了空间和时间上戏剧性的、不成比例的对比，又在灾变的累积、发生及令人震怖的后果诸方面呈现出某种奇妙的、若合符契的对应。在结构方式上，这种对比和对应既体现为二者在上下两节的各有侧重，更体现为在每一节中灵活自如的彼此穿插、交织和互为转喻：

谁能站在船头设想，水下的熔岩

会戏剧性喷发，化为冰凉的玄武岩，

像一个黑色的枕头，斜靠着暴君？

又有谁知道，我们海底的岩石，会像

脆皮雪糕一样慢慢变形，而外面

包裹着孩子们喜爱的一层巧克力薄层，

而且它足以承载一个大陆，足以

上演一部帝国兴盛与危亡的戏剧？

即使有足够的时间，谁见证了

圣安得烈斯，加利福尼亚附近

一个臭名昭著的断层，以不易察觉的

移动，使旧金山和洛杉矶各自偏转？

谁在记录，这些碰撞与挤压，就像

一个失业的男子，抄起铁棍砸坏四壁，

就连他哭泣的妻子也会手脚冰凉？

谁会口述所有的变故：海水温柔地

上升为骇人听闻的海啸，地震不过是

一场边缘的游戏，在闹得过火的愚人节？

　　诗中那个超然的发话者以连续追问的语势形成、保持以至不断强化着语境内部的巨大压力，在这种压力的挤迫下，诗句的展开和转换犹如洪波大涌强劲起伏，而那些来自不同领域、性质迥异的语象则被从内部化解整合，如层层叠叠的浪花，在高高跃起的同时彼此碰撞、绽开，落下并重新融入语境震荡的水面：熔岩和暴君，岩石和脆皮雪糕，断层和铁棍，海啸和愚人节，深海沟槽和肠胃，宗教冲突和板块碰撞，小麦行情和海沟事件；地质学的，地理学的，社会学的、解剖学的，人类学的；疾病，市场，时事，战争，政治，家庭暴力，恐怖袭击……全诗戛然收束于耶路撒冷一家餐厅的欢声笑语中那枚"正在嘀答作响的炸弹"不会令熔岩警醒而只会令人类社会颤栗。我不得不惊叹于四十来行的篇幅，却容涵了如此丰富的内容，涉及了如此众多的领域，牵动了如此驳杂的知识，而整体上仍能一气呵成，神完气足！可以赞佩诗人的才思敏捷、博学多识，可以认为这是他为了增强诗的"物质性"（"重写"的目标之一）所诉诸的语言方略，但仅仅指出这些还不够，还应该想到大海教导他的吸纳百川、吞吐云霓的胸怀和足以消化一切的好胃口。

如果可以用"咫尺间的汪洋恣肆"来概括《狂暴的边界》的风格特征的话，那么，这一概括显然也程度不同地适用于自亮此一期间及此后的众多作品。这当然不是说我为他找到了一件风格制服，而是意在提示，一个被内化了的大海必定会更彻底地行使自己的自由意志，更彻底地敞向那些"尚待命名的事物"，并在"无往不复"的运动中收获更多语言的奇观。用自亮冷暖自知的话说就是：

> 海洋回复到了它的自治状态，但不只是浑浑噩噩的野性之海，也不只是生活的一个隐喻。地铁、雨水、梦、广场上的政治与爱情，以及对角线、钟表馆与飞禽，所有这些意象与言词，降落到起伏的洋面上，引发了多次意想不到的蒸腾。由于句子的变形和感受的挤压，形成一种放大的奇观："仿佛词语飞舞"（阿特伍德）。

"变化"（包括灾变）的主题在自亮这一时期的诗中被反复涉及

是理所当然之事。变化带来了混乱和失序，也带来了更多的未明和未名。就此也可以说，正是一个加速度变化的世界激发了自亮重写大海的欲望。中国近三十年来的变化之快是当今世界最触目惊心的现实之一，自亮一首诗的标题就叫《变化之快》，其中当代生活获得了一个最极端的明喻：一部快速倒放的影片，同时这首诗也集中显示出，他从变化中汲取诗意的尺度远远大于"中国"。

　　变化人人经历，态度各各不同；而在我看来，自亮的态度更是一个诗人的态度。他当然不缺少自己的政治、道德或社会正义的立场，但第一原则始终是生命和语言的存在价值。这样的标尺使他有理由俯视这个正经历全球化之劫的星球，并将身边琐事和万里见闻，包括内心隐秘的折磨和狂喜，统统体验为同一的世界／灵魂图像。他在诗中呈现并凝视这些倏忽变换的图像，其热情、沉迷的程度和基于其复杂性而深察精审的程度相互较量，酒神精神和日神精神扭成一团。必须首先着眼他摄取历史全景的广角，才能穿透他作品中似乎触目皆是的反讽和忽冷忽热的幽默，品味出其更深处的精神分裂、搏击，以及与此伴随的痛楚和悲悯。

　　他有关当代史诗的思考与他的诗相互拥济。当在其自序中读到"我时常为一些海洋般神秘起伏、在喧嚣中席卷一切的事物和场景所折服、所感化，并彻底为之身心瓦解，似乎在这一消解的过程中我找到了一种令人销魂的陶醉和归属之感"时我会心微笑；而当读到"我们正在目睹一场深刻的变化，一次社会和文明的变迁"，以及"假如莎士比亚再世，我想他也会被强大的经济力量之间的那种悲剧性的交互作用所震慑"（法国女作家维维亚·福雷斯特语）时，我在镜子里看到了自己凝重的神情。我必须想着篇幅才能克制住大段征引的欲望，但仍要指出，他对以摇滚乐和足球为代表的文化消费及其所传达的现代"宗教"情绪的描述和分析，与他对当代文明冲突，尤其是血腥的"断层线战争"和恐怖活动作为悲剧的史诗式背景的描述与分析一样精彩，是我读到的最简洁、最传神，因而也最令人心旌摇荡的相关文字。在自亮看来，所有这些都"构成了当代史诗的基础"，据此他首肯存在另一种史诗，即他所谓"非英雄史诗"的可能性。尽管已有包括沃尔科特在内的一批"现代荷马"着鞭在先，但很显然，这种可能性的活力远未穷尽，理应拥有更广阔的前景——尤其是在当代汉语诗歌的语境之中。

或许正是因为考虑到这一语境内可能与现实（阅读与写作）之间存在一段人人心照不宣的距离，自亮在把自己重写大海的尝试和当代史诗的可能性联系在一起时才显得格外低调平和。然而，这并不妨碍我们从中辨认出他的担当和雄心：

> 为此我做了一些力所能及的工作……所有这些，都是为了重写，为了把握日常生活的物质感和史诗性质。

在近期的一次答问中他再次重申了他对当代史诗的属意。语气依然低调，依然平和，但也更开阔，更自信：

> 我似乎对题材、地域和风格，已经全然不感兴趣，也不分什么抒情和叙事，具象和抽象，前卫和传统。我希望我的诗歌刚柔相济，长短齐举，抽象和具象并置。我希望拥有十八般武艺，我想写出生活史诗和存在之歌，讴歌万物并揭示人性，袒露胸襟并含蓄如歌。

必须向他心怀的那只罗盘致敬：就大海母题的意蕴及其"重写的可能性"而言，很难设想有比这更理想的向度了。

据我所知，自亮有关当代史诗的观点发布后直如泥牛入海，即便在他最亲密的朋友那里也没有得到认真的对待和响应。这和80年代初基于"寻根"的所谓"现代史诗"概念一经提出，就引发大批年轻诗人趋之若鹜形成了鲜明的反差，以至相形之下，自亮的想法竟更像是一时心血来潮。指出这一反差当然不是在替自亮抱屈，而只是为了再次凸显出那但属于他的"重大时刻"。当代中国诗歌早已涉入深水区，只有美学上的无能者才对那种登高一呼，应者云集，更多以旗帜和宣言取胜的局面念念不忘；而对一艘真正的"独翔之船"来说，写作从来就不意味着奔赴一场集体的诗歌盛宴，他必须遵从的自由律令始终是并且只能是：继续孤身深入。

我不知道当自亮借用哈耶克的"自生自发秩序"阐释自己的创作历程时，这秩序是否也内含了"无往不复"？而如果他对当代史诗的热情和80年代的"史诗热"之间确实存在某种非个人意义上的无往不复的话，那么，我所谓的"孤身深入"同样关联着另一个原理，即"大道不孤"。海子以后已经罕有诗人以追求史诗自许；然而，只要不拘守"史诗"的固有定义，也可以说多年来当代汉语诗歌在这方面的努力从未消停且卓有实绩，比如杨炼始于《⚮》的一系列长诗，尤其是新近出版的《叙事诗》；比如西川90年代以来以《鹰的话语》为代表的一批致力于通过"异质互破"达成"在质地上得以与生活相对称、相较量"的作品，欧阳江河强调"异质混成"，而在近期的《凤凰》中达到巅峰状态的一批作品……北岛刚刚贡献其头角，尚有待完成的长诗《歧路行》亦可作如是观。

当然，正像自亮所属意的"当代史诗"无论在内涵还是旨趣上都迥异于80年代的"现代史诗"一样，这些作品无论在语言形态还是方式上，都迥异于哪怕是得到了最宽泛解释的"史诗"。对此我的看法是：既不必急急忙忙地去寻求扩大或重新界定"史诗"的边界，也无需让诸如"史诗性"、"史诗般"等次生的、替代性的形容成为对其自身的另一种限制；倒不如认为它们实践地颠覆并重构了"史诗"概念，其关键在于有待勘探的"此在"，而不是被用来借喻的"既在"成了诗人关注的核心——或许正是缘于这一"史"的意识的转变，诗重新成了早已被类型化了的"史诗"的灵魂，"当代史诗"才再生为一片充分开放，具备种种可能性的原野。如果此说大致可以成立，那么还可以指出，在"当代史诗"的名下，传统史诗那些最醒目的标识都被内化了：恢宏的场景被内化为广袤的视野；众多的人物被内化为复杂的动机；性格／事件的重大冲突被内化为不同意识／语言层面以至碎片的纠缠和博弈；延展性的单一结构被内化为交叉回旋的语言织体；对英雄业迹的宏大叙述被内化为对语言强度的要求；由于语境压（张）力呈几何等级的增加，体量的大小也不再是一个值得较劲的问题，等等。

然而，为什么要孜孜矻矻于一个后设的诗学概念？为什么要那么在乎它的成立与否？没有一个诗人是为了成全一个概念而写作；反过来，一个概念再完美，也不能为一首杰作提供担保。念及于此，我对是否需要在"当代史诗"的框架内讨论自亮的新近作品突然失去了兴趣，而宁可像他悬置上帝和轮盘一样悬置我的有关判断，以让二者之间保持某种不确定的关系。自亮本人想必也会同意，所谓"当代史诗"之于他更像是某种远方的召唤，而他所真正呼应的，却始终是"当下生活的性质"，是与此相匹配的"诗歌的悲喜剧色彩和效果"，是那种在内视中"将梦幻、死亡和爱，以及表象世界搅拌在一起，最后凝结为诗歌混凝土的力量"。在这种呼应中可以首先期待的肯定不是一部类似《奥梅罗斯》那样的巨作，而是怎样像沃尔科特那样，在诗中"把日常生活拓展得像史诗一样开阔"。

诗集《将骰子掷向大海》对我造成的第一冲击正是"开阔"。在札记中我曾写道："读自亮08年来作品结集，心中不时泛起'气象'一词。远非是所有的诗人都当得起这个词。气象气象，气盈而象布，唯胸襟阔大善吞吐者得之。"写下这段话时我刚浏览一过，开始定神细读；而促使我情不自禁写下这段话的，是《青藏高原》起手的两行：

> 群峰闪耀着启示，而苍穹从远处抵达
> 卷刃的狂风在大地战栗前弃甲而去

当代写青藏高原的诗夥矣，但于三言两语之间，便使一个大气磅礴、充满动感和质感的高原巍然岿然地矗立纸面，则甚为罕见，非心藏万壑而又翔乎其上者不能。诗中洋溢着的某种狂喜令人印象深刻。这种狂喜固然和"久在樊笼里，忽得返自然"有关，但更主要的因由还是目睹"事物的源头奔涌而至"，深感"时间未凿"而激发起的命名冲动：

> 一朵花在视线之内
> 向语言开放，朝着歌声般的明净天空
> 提起金色的裙边，女祭司般奔去
> 直到眼睛变瞎：塔尔寺菩提树香气飘散
> 如花少女香气飘散，直达星空
> 那不是阿拉伯智者的，也不是佛陀的
> 更不是霍金的天空，是女人的天空

如此馥郁如歌，而又暗喻着原始生殖力的天空是否会让我们想到大海？决非偶然地，《于是，我来到海的深处……》（定稿时未收入诗集）中的几行诗显示了至高和至深之间的互通款曲：

> 一切貌似无情，因为海的底部不需要浪花
> 不需要声音刺激，爱的策源地不证自明
> 万物之源总给人以空白的感觉，在海底

我看到了虚无的形相，看到了声色的归属

正像"高原并不意味着高不可及，而是抬升的大地"一样，天空在某种意义上无非就是翻转过来的大海；而所谓"开阔"，恰恰来自更自由地穿越二者之间，以及爱情和无情、虚无和声色、命名和空白之间的边界。这需要良好的素养、精湛的技艺，但或许更需要《大河赋》中言及的那种"放射状"的野蛮力量和"平缓的自信"：

> 我站在黄河入海口，
> 于新土中寻找古意，野蛮的
> 生长的力量……
> 一种放射状的力，是三角洲所需要的：平缓的自信
> 贯穿了一切……

事实上自亮一直在汲取、积蓄这样的力量和自信。多年前它们曾推动他探究"重写的可能性"，并在松开大海的同时更牢地抓住了它；而现在，在经历了又一次长达四年的沉默之后，这样的力量和自信似乎也再次从内部将他注满，足以让他不无骄傲地宣称"黄河已经松手：归海的局势不可逆转"。乘着这内心的大势，这位孤独的航海者、儒雅的书生甚至写了一首《猛虎颂》，以寄托其胸臆间盘旋已久的狂飙和随时一跃而出的气概。有意思的是，这只配享礼赞的猛虎在诗中既没有像在威廉·布莱克的《老虎》或牛汉的《华南虎》中那样，留下"火一样的辉煌，燃烧在那深夜的丛莽"的显赫肖像，也没有像在博尔赫斯的《另一只老虎》或《虎的金》中那样，更多成为"一个老虎的鬼魂"、"一个象征"；倒不如说它一直彳亍于二者之间寻找自己，以致第一节以一连五个"要是"引领的条件句所形成的漫长延宕，第二节被"陡然收紧"的、由一连十二个"那"、"那些"所层层

渲染的片断指陈，统统都可以理解成是在造势和蓄势。直到第四节，这只斑斓的猛虎才应召倏然现出真容：

> 一只奇异的虎，一只华丽的虎
> 一只为爱情诞生的虎，细嗅蔷薇
> 一只为活着而快乐的虎，追捕影子
> 一只符号的虎，在思的迷宫徘徊
> 一只盲目的虎，在死的道路上狂奔
> 一只玩着扑食游戏的虎，嗜血的本质从未改变，却在一
> 次世纪的曙光中
> 思索起使上帝惊异的令人愉悦的规则

但真正感到惊异的恐怕还是我们。因为这超现实的"虎中之虎"更像一只美学之虎，其显而易见的喜剧性更像是来自动画而不是荒野；我们分不清它究竟是被规驯还是自我规驯的产物，就像分不清在它身上纠结成一团的赞美和嘲讽（自嘲）的界限一样。只有能破解如下同样纠结的诗句的人才会明白，一首虎的颂歌为什么会被写成了一首心中之虎的"变形记"：

> 一只虎，只是虎，因为来自一颗心
> 来自我的心，在变成真实之虎的途中
> 如此形单影只，如此夜色昏沉，如此迷惘
> 只是虎，但它是亚洲虎，深沉而勇猛

从中我们是否同样能感受到某种"野蛮的生长的力量"？由此而反观第二节中的十二个片断指陈，就会品出另一种意味。如果说那些被"陡然收紧"勒碎的片断指陈同时寓意着布莱克式"猛虎"概念的解

体，而这种解体又隐喻了现实（首先是诗人的内心现实）的分裂的话，那么，所谓"野蛮的生长的力量"就一方面揭示了"此在"的非现实性（第一节中那漫长的延宕正与之相关），一方面以此为契机，致力于将四下迸散的现实碎片重新结为一个整体，以不枉"存在"之名。不必说，这种力量同时融入了鬼魂和梦境的力量；而将其与"野蛮"联系在一起并非是矛盾修辞而恰恰是得其所哉——它不能不是野蛮的，否则就既不足以与不断摧毁现实的真正的野蛮对称，也不足以言"生长"。

远不是某一首或某几首诗，事实上在这本诗集中到处都能体会到这种与"平缓的自信"互为表里，共同致力于在碎片化的现实之上重建存在整体的"野蛮的生长的力量"；而正是在由此激发起的命名或重新命名的巨大热情中，蕴藏着"开阔"的真正秘密——"大地破裂乃命名之始"；能破裂到什么程度，就能开阔到什么程度。毫不奇怪，这里可以发现更多的"无往而不复"，关于这一点，甚至只需注意一下诗集的编排，就会留下足够深刻的印象。当然，更值得关注的还是其全面重建的意欲在其题旨、技法和风格上造成的影响。我不知道被收入第一辑的十九首（含一个组诗）对自然主题的集中处理是否像勒内·夏尔一样，也是基于"自然"正在从现代诗中消失的危机意识？然而，如果认为这样处理只是为了弥补某种诗意阙失，或满足我们在这一层面上的心灵饥渴，那就不免只见树木，不见森林了。显然，对自亮来说，回到自然并非意味着获得一个足以逃避种种焦虑的情感子宫，而是意味着再次勘探事物和诗意的源头；他更看重的，是正在被消失、被遗忘，或同样被碎片化的"自然"为其重建存在整体所提供的可能性，即便是间或闪现的浪漫主义余绪，也应被纳入这一语境加以读解。在这些诗中，诸如太阳、天空、大地、月色等早已因过度使用而充分茧化的元意象或通过追问而被还原为问题，或经由去蔽而被重新擦亮，呈现出与我们的存在不以时空变化为转移的致命关联。《暴雨是什么》令我们想到《狂暴的边界》，它再次表达了诗人对自然界和人类共有的那种盲目的、无意识的、暗中积蓄的狂暴力量的敏感、痴迷和警惕；而前节曾分析过的那种夺目的"咫尺间的汪洋恣肆"，在《太阳，事物的要素》一诗中甚至表现得更加淋漓尽致，并因以极速自由穿行于兴盛与危机、历史与神话、帝王和群氓、当下和未来之间而大大超出了风格的阈限：当诗人以其可怕的想象力让"一个钟摆／锤打着时间的南极和北极"，并将"阿伽农神殿，广岛上空的蘑菇云，埃菲尔铁塔，夸父的太阳"悬空焊接在一起时，所有这些"磅礴而出"的"心事"无疑也具有了某种世界观的性质：

> 东方的虚无倾斜了
> 而西方，这孤独而垂危的孤儿
> 对着绝望的母亲微笑

　　可以不与这样的世界观较真，却不可不向那颗被通体刷新过的太阳致敬，就像不可不向诗人笔下那座亦真亦幻的雪山布礼一样：

> 积雪或词语侵入骨髓——
> 九场大雪，九个天空，九个句子
> 飞鸟的途径，光芒的斜坡，石头的梦境
> 哦，雪山刺穿最后的黑
> ……
> 没有雪。只有一座绝对的雪山
> 在历史的曙色中抛弃所有盔甲
> 做着黑色的梦，梦见词语的雪
> 从南到北，从早到晚，下个没完

作为一首自我指涉写作行为的"元诗",《雪山》在诗集中即便不是唯一的,也是最无可替代的。那座"没有雪"的"绝对的雪山"不止是一个奇喻,更称得上是一个独立的"奇境"。它以"绝对幻美,绝对热情,绝对孤独"超然于一切"人的暧昧面孔"之上,然而又绝对朴素,只专注于自己"黑色的梦",沉浸于梦中"下个没完"的那些"词语的雪"。这样的雪山可以被视为理想的诗人主体象征吗?当然。但更有理由被视为诗歌主体的象征:

> 一道强光,一次远征,一个转身
> 点燃藏红花的呼喊,和雪莲的沉默

这正是存在自我显现,或诗抓住我们的瞬间;而诗人的全部工作,他在语言技艺上精益求精的要义,正是为了刻划、挖掘、拓展、拥济这些瞬间,以配得上这人间的至福。由是观之,则自亮通常偏于繁弦急管、华丽致密的语言风格在本诗集中明显趋于宽松多元,正与其追求整体重建的意旨相应,其简化语法,更多诉诸句群"集火"威力的倾向尤其不可轻忽。像《猛虎颂》或《另一些声音》那样,仅靠二三句式的引领排比即构成全诗主体的做法,在他前此的写作中是难以想象的;同样,在那些作品中也罕闻《青藏高原》中如此放达不羁、直抒胸臆的声音:

> 而人在高原,撕心裂肺有什么用
> 抨击有什么用?天空在笑声中黯淡了
> 那些指点江山的人到哪里去了呢

简化语法使文本的表情更加开朗,且大大增加了其流动感和歌唱性；但由于加强了句群的势能，肌质的弹性和强度并没有因之削弱。现在自亮甚至有更大的内部空间致力其穿行于语言和沉默之间、自发和自觉之间所必须的综合平衡，施展其将具象和抽象、偏移和错位、变形和幻化、大块和碎片、狂野悖谬的想象和博雅精准的修辞融于一炉，并使悲喜剧混而不分的超现实主义长技。试读《飞机与贝多芬激战》：

> 飞机在天空穿越夜色时发出的轰鸣，绝对压倒了布什四重奏团演奏的贝多芬《第14号升C小调弦乐四重奏》。就在多少带些哀愁的第一主题出现时，这个飞行器的发动机发出最强大的钢铁般闪亮而划一的声音，我的眼前竟然有一朵玫瑰静静地开放，于仍然冒着热气的废墟中，于盘旋而上的黑暗阶梯，于沉默已久的星星的浅金色虹膜。飞机踩蹦音乐，其快感就是被第二主题极为柔美的和声托起，然后是精液般的城市灯火随处滑移，嬉戏着消失在周围的黑暗中，不，隐身于令人窒息的黑色裤管。音乐啃食飞机，桑叶啃食蚕。贝多芬弦乐四重奏显然不是纤弱的残响，他不露声色地，继续着温和的宣叙，以及夜空的迷惘。上帝坐在贝多芬的膝盖，难得的放松。一种开放于时间之外的无名之花，就像耀眼的钻戒套进了无名指，兀自低语，一如星光。贝多芬在继续，而飞机无影无踪。那个日夜在海湾不得安宁的美国总统，在寻找同名的弦乐四重奏团的影子，祖先的姓氏或血缘中仅存的热情，使得他们在拥抱中愀然动容。记住此刻，1935年的贝多芬录音在2010年的夜空与波音747激战。

匪夷所思的运思。精妙奇巧的勾联。分不清战火和霓虹的声色光影。有谁会想到万米高空这场发生在一个人耳朵里的隐秘搏击？又有谁在体验了这场不成比例，却完全对称的荒诞搏击后会无动于衷？在同样以不分行体式写成的"诗文"（借用西川的说法）《生死速递》中也能发现一场类似的搏击。三种来自"河对岸的声音"，三个不同的心理时空；三种情境，三块收摄灵魂图像的荧屏：尖锐而幼稚的儿童嗓音"敲打这个世界的'间隙'之门"；老人"不免回头"的闪烁其词竭尽反讽地把人生和戏剧混为一谈；而大樟树、星空和草地掩映下远方"雉鸠的拍击"，则启示着爱情无视时空的"古老的黑魔法"。三者的区隔犹如各自的展开，更多遵从的是蒙太奇推拉跳接的原理而非意义和语法的逻辑；唯有透过转切时那"瞬间的黑"，我们才能辨析出同一动机的持续裂变，并意识到这场搏击既发生于明明灭灭、方生方死的记忆深处，也发生在生命能量和言辞的交换之间。由此末节一对恋人于分合之际如火如荼的絮语被导入一个全景式的炽热、酷烈的当下即刻：

> ……能量与言辞在交换，心在交换。眼睛半闭或眼神迷离，一场唇齿相依的搏斗。完整的破碎，湿润的干旱。雨水是阔叶树和光斑的混成旅。言辞就是能量。对话奏鸣曲，渐入佳境。看窗外景致就能知晓灵魂图像，可是没有彩绘屏风。悸动，挺立，接纳，战果。大地蒸腾，星空旋转，身处宇宙中心，自由落体之美。我们是跌落泥潭的千军万马，对视与嘶鸣；我们进入石头的音乐大厅，张望并倾听……河对岸的声音！一只青铜之鹰，落在描述狩猎的石鼓文上，借着献祭的火光，不停地啄食爱之心脏。

结句中那颗被不停啄食的"爱的心脏"最终确立了全诗的重心。我们都知道那是因盗火给人类而受难的普罗米修斯的心脏；然而，隐去其英雄人格，赋予鹰以"青铜"的质地，征用"描述狩猎的石鼓文"，并重新设置一个充满仪式感的场景——在经过了一系列如此精细的改写之后，这颗心，这颗赤裸裸暴露在"献祭的火光"中、因格外古老而格外鲜活的爱之心，不也同时可以被视为诗之心、诗人之心吗？我说不好将这样一颗饱经毁损而又生生不息的心付以"生死速递"是否暗喻了某种薪火相传的方式，仅仅是这一行为本身所发散着的虚无和真切相混合的气息就足以令我迷醉。在不可自拔的迷醉中，这颗心和那朵在"仍冒着热气的废墟中"静静开放的玫瑰、那座没有雪的"绝对的雪山"慢慢叠映在了一起，继而幻化成一只罗盘的影像。这罗盘上隐隐约约镏着一行字，我急忙戴上老花镜凑近前去，终于看得分明，是自亮在《我是记忆》中作为题记引用过的荷尔德林的诗句：

　　　哪里有危险，哪里就有拯救。

　　耳畔忽然传来大海的轰鸣；同时传来的，还有"永恒之轮盘"临空的隆隆响声。一阵颤抖，我被一个奇怪的念头紧紧攫住，以致来不及想，那位曾坐在贝多芬膝盖上享受"难得的放松"的上帝此刻在干什么。我相信这念头绝非是一时心血来潮，它在问：那颗心在付以"生死速递"时并无收件人的地址，那么它会成为另一颗被掷向大海的骰子吗？

2012年岁末草成，2013年元月22日改定

身份认知和吉狄马加的诗

一

在当代中国诗歌史上,吉狄马加的独一无二和他的得天独厚犹如一枚硬币的两面。这里的"得天独厚",是指个人才华、文化资源、接受境遇以身份认知为枢机,恰好在他身上相拥相济,综合为一,势如天意所嘱,而为同时代的其他诗人难以比拟。他的写作之所以起步于更加边缘,却以更快的速度脱颖而出,得到更普遍的认可;在此过程中他之所以更少受到基于不可避免的意识形态冲突造成的种种风潮、成见的干扰以至劫持,更能专心致志地开掘、发展非他莫属的可能性,并长期保持风格的连续和稳定,应该说莫不与此相关。另一方面,在急速变化的当代历史、文化和心灵语境中,他的写作越是深入,这种得天独厚就越显示为他自我冲突的渊薮,就越构成他独特的自我挑战;一旦应对不力,优势就会因惯性而落空,在极端意义上甚至会带来失去活力的危险。不言而喻,能否保持住二者之间的平衡和张力,尽管取决于多种因素,但身份认知的枢机作用始终不容忽视。

吉狄马加的身份认知从一开始就极为自觉。在这方面,他发表于上世纪80年代中期的成名作《自画像》永远是其首要的代表作。不必说,仅仅将"我——是——彝——人"理解为宣示是远远不够的,它还是一种承诺，一种担当，因为诗人开宗明义，劈头就说"我是这片土地上用彝文写下的历史／是一个剪不断脐带的女人的婴儿"①，从而把"自画像"这一高度个人化的行为转换成了主人公与他所属族群的全部历史和现实的致命关联，并毫不含糊地表明了自己的代言抱负。这一抱负得到了他同一时期诸如《彝人谈火》、《古老的土地》、《部落的节奏》、《母亲们的手》、《黑色狂想曲》、《被埋葬的词》等大批作品的拥戴和支持，事实上也成了他其后写作的支点。

作为"用现代意识观照彝族传统历史文化的第一位彝族现代诗人"②，吉狄马加的这种身份认知可谓当代诗歌重建个体—主体性的一个独特案例，其独特性需要在特定的诗歌史上下文和更广阔的发展前景两个向度上加以辨析。就前者言，它迥然有别于那种令自身无条件融入某一貌似庞大，实则空洞的整体（人民、时代、革命、阶级，诸如此类），并以喉舌自居的有关诗人身份的意识形态奇观，而与早期"朦胧诗"压抑下的自我启蒙，及其后转向历史、文化"寻根"的思潮有更多的关联；就后者言，对特定社会和文化共同体的认同既不是基于，也没有导致偏狭、封闭的民族主义立场，恰恰相反，它从一开始就和诗所倡导的平等、友爱、敞向世界的开放精神互为表里并一直浸润其中。它所指明的差异同时吁请着对话。它所守护的独特价值很可能正参与着多元共生的未来文明的构建。当然，所有这些都必须落实到写作的有效性层面上。这里，认同其少数族裔的身份并非意味着某种额外的附加值，而是意味着和长期被遮蔽、被沉默的声音在一起，意味着边缘和中心的互动，意味着去蔽、揭示和澄明。就此而言，吉狄马加的代言抱负与其说是他个人的意愿，不如说是他所属族群的全部历史和现实的意愿，是那片古老的大地和群山、世世代代的支呷阿鲁（父亲）和呷玛阿妞（母亲）、无数喑哑于地下的"永远

---

① 吉狄马加：《鹰翅与太阳》，作家出版社，2009，P5。

② 俫伍拉且：《大凉山新诗潮的缘起与意义》，载《凉山文学》2008年第4期。

朝着左睡的男人"和"永远朝着右睡的女人",以及冥冥中佑护着所有这一切的神灵的暗中嘱托。

　　似乎也只有从这样的角度,才能理解吉狄马加的写作何以始终葆有某种"元风格"的特征。他几乎总是直接指陈诸如天空、大地、群山、太阳、黑夜、河流、森林、四季这些元素性的事物,充其量在族群文化的语境中进行符号的替代转换,极少隐喻和变形;其间洋溢的那种天、地、人、神未经充分分化(更遑论分裂)的古老亲和力,折射着初民般的质朴和天真(试比较海子)。同样的质朴和天真也体现于《回答》、《头巾》、《我愿》等一系列类民歌或仿童谣中,其不惮轻浅的程度和妙藏机锋的匠心相得益彰,由此可知民歌、民谣不唯是诗人提炼形式感尤其是音乐性的依据之一,亦是其汲取诗意的重要母本(试比较顾城)。更有说服力的则是如《黑色狂想曲》那样全景式的抒情之作。在这首于"死亡和生命相连的梦想之间"、"河流和土地的幽会之处"展开的诗中,诗人忧郁的意绪先是直达静默的星空,复以催眠曲的调性折返人间,再在一派梦游的氛围中跃动拉开,令"远方"在液态的流转中显影,并凝为一个仿佛着了魔的"寂静的时刻"。于此"黑色的梦想"如族群的披风冉冉升起,而诗人渴望回到被赋予了性别的群山之腹,重历从胚胎开始的发育过程。为了"让那已经消失的记忆重新膨胀",他吁请首先让自己消失,物化为空气、阳光、岩石、水银、女贞子、铁、铜、云母、磷火、草原、牛羊、獐子、云雀、细鳞鱼、火镰、马鞍、口弦、马布、卡谢着尔,总而言之,和故土有关的一切。这样的狂想,这种独特的涅槃冲动,在末节如其所是地被集束为诗人的自我祈祝,并在一幅仪式意味浓重的画面中达到高潮:

　　　　让我的每一句话,每一支歌
　　　　都是这土地灵魂里最真实的回音

让我的每一句诗，每一个标点

都是从这土地蓝色的血管里流出

啊，黑色的梦想，就在我消失的时候

请让我对着一块巨大的岩石说话

背后是我苦难而又崇高的人民①

我不知道继艾青和"朦胧诗"时期的江河、杨炼之后，还有哪一位当代诗人曾经写下过如此雄伟而又气势磅礴的诗句？这样设问无关褒贬，与才华和胆识，或是否运用了神话思维之类也关系不大；无论就体量还是质量来说，所谓"雄伟而又气势磅礴"都更多地不是来自这些，而是来自诗人体认与族群在历史和文化命运上血肉相关、休戚与共的彻底程度，来自由此鼓荡起的深挚关爱和内在激情，来自渴望表达的"英雄和自由"的族群精神瞬间爆燃，令代言者与之融溶为一，并投射为整体幻象的巨大热力。在较为晚近的《或许我从未忘记过——写给我的出生地和童年》一诗中，吉狄马加以更为委婉，但也更为坚决的语态重温了他一以贯之的创作初衷：

或许我从未忘记过

一个人在星空下的承诺

作为一个民族的诗人或良心

我敢说：一切都从这里拉开了序幕！②

然而，只有同时注意到吉狄马加在身份认知问题上异乎寻常的开放维度，包括相应的语言策略，才能更充分地领会我所谓"元风格"特征的所指。在《古老的土地》一诗中，诗人立足脚下群山护卫的

---

① 吉狄马加：《鹰翅与太阳》，作家出版社，2009，P65。

② 同上，P335。

祖先的土地而环顾八方，其灵视依次掠过印第安人的土地、黑非洲的土地、埃塞俄比亚人的土地和哥萨克的土地。这些在世界范围内被特意标举出来的地域就现代历史文化坐标而言，都和诗人所属的族群一样处于边缘的位置，由此一方面体现了诗人全球化的眼光，一方面又大大扩展了他身份认知的外延；至于其内涵将因此被稀释的风险，则由感叹"古老的土地，／比历史更悠久的土地，／世上不知有多少这样古老的土地"[①] 所提供的情感能量予以平衡和补偿，正如其隐含的与不在场的主流历史文化的冲突，被末节人类友爱的主题呈现所消解，甚至获得升华一样。显然，对吉狄马加来说，发散的扩张与向心的深入具有同等的意义，二者构成了其身份认知的两翼并互为辩证，在这种辩证中身份认知所要求的自我定义和自我叙述成为既返身寻根，又蓬勃生长的双向行为。

吉狄马加在这方面的高度自觉无疑得益于他广阔的世界文学视野，而受强烈的身份认知需求所支配的特别指向，又使他的注意力超越了一般的借鉴参照，比同代人更集中于能量的汲取和转换。在《寻找另一种声音》一文中吉狄马加自陈其创作历程发蒙自普希金，但真正促使他开始思考民族性和文学本身关系的，却是黑人文学。"是黑人文学给了我自信，同样也是黑人文学，让我一次又一次走进了黑人的精神世界。"[②] 确实，《古老的土地》在意旨乃至起承转合上就颇相类于黑人文学的精神领袖之一、"哈莱姆文艺复兴"的倡导者兰斯顿·休斯的代表作《黑人谈河流》，仿佛是某种平行的呼应；而不乏戏剧性的是，与后者标题完全对称，更令人容易产生相关期待的《彝人谈火》，却几乎完整地挪用了多多早期作品《致太阳》的句法结构，尽管二者的旨趣迥然相异。这种只能是故意的错位及其造成的奇特的互文效应，或许正可以作为其"元风格"特征的一个极端例证。

① 吉狄马加：《鹰翅与太阳》，作家出版社，2009，P33。

② 同上，P369。

二

对绝大多数自上世纪80年代中期以还，先后经历过实验风潮和"个人写作"洗礼的当代诗人来说，像吉狄马加这样长期持守"元风格"的写作多少有点不可思议；而在那些沉浮于碎片化、原子化、平面化的旋涡，无力挣脱以至甘之如饴的诗人眼里，则很可能还要格外多出一重特权的神秘色彩。对这些吉狄马加未必无所知闻，却也不为所动，也许更准确地说是无暇顾及——当一个农人和他脚下有待垦殖的处女地在一起时，他除了埋头躬耕，还应当，还能够顾及其他什么呢？他意识到他的使命，而他将无负于他的使命，其间自有一股元气弥漫。回头看去，赋予吉狄马加的诗以独特魅力，或使之当得起相应赞誉的，或许正是那股在种种个体和族群记忆混而不分的场景间流转，并将其融合为一个有机整体的元气；或许正是这样一股元气，令人们会情不自禁地将吉狄马加相较于诸如惠特曼、聂鲁达或桑戈尔这样的"代言者诗人"——未必要比较他们的诗歌成就，但必定会比较他们与各自母体的彼此孕育、相互生成和共同赠与。如果在这种比较中发现吉狄马加的元气隐隐然有所亏缺那也毫不奇怪，因为在他的写作中始终藏有一个罅隙，其最初的踪迹可以一直追溯到他以方向和身份认知的觉悟为主题，并象征性地关涉他写作的前史、当下和未来的早期作品《反差》：

我没有目的

突然太阳在我的背后
预示着某种危险

我看见另一个我

穿过夜色和时间的头顶

吮吸荞麦的阴凉

我看见我的手不在这里

它在大地黑色的深处

高举着骨质的花朵

让仪式中的部族

召唤先祖们的灵魂

我看见一堵墙在阳光下古老

所有的谚语被埋进了酒中

我看见当音乐的节奏爬满羊皮

一个歌手用他飘忽着火焰的舌头

寻找超现实的土壤

我不在这里，因为还有另一个我

在朝着相反的方向走去①

　　第一行自成一节，"我"在其中以一个混沌的漫游者的身份说话。在增加一行构成的第二节中，"太阳"的意象被绝无仅有地与"某种危险"联系在一起。由于它的位置在"背后"，可以想见这"危险"其实是来自身影的警示，且与前方有关；不提身影，是为了使危险显得更为明亮和突兀，并结合迫促的节奏，突出蓦然惊觉的效果。以此为契机，在前两节中貌似单一的"我"，从第三节起分裂成了两个"我"，二者的关系经由一系列"我看见"的引领而呈现为观者和所观

---

① 吉狄马加：《鹰翅与太阳》，作家出版社，2009，P18—19。

的关系。然而这并非一次通常的灵魂出窍或"吾观我"经验的记录，事实上，那个反向"穿过夜色和时间的头顶"的"另一个我"一经出现，就在时／空、虚／实关系两个层面上构成了对"我"的双重否定；两个"我"的分裂由此不但意味着灵魂和肉身的分裂，而且被引申为家园和异乡、本真和虚幻的分裂；而所有的分裂显然都是本质论，而非现象学意义上的分裂，否则就很难理解，为什么"另一个我"（连同他的去向）最终会成为"我"把自己连根拔起，归入虚无的理由。即便二者的关系不是分裂而是相遇（这可能更符合标题《反差》的原意），也不会改变问题的性质。

然而，当诗人在末节中决绝地宣示"我不在这里"时，细心的读者不免会问：他这是在哪里进行宣示？那个作出宣示的"我"又是谁？如果这个"我"并没有随着诗人的宣示而被同样归于虚无的话，他连同他的立身所在和诗人的写作又将是什么关系？这当然不是在玩什么玄学游戏，而恰恰是在指陈我所谓的"罅隙"所在：它就隐身于那决绝的宣示背后，更准确地说，隐身于这一宣示所依据的意识到的自我分裂和悖谬之中。

《反差》并非是孤立的案例。细品写于稍晚的《无题》一诗，同样会发现类似的分裂和悖谬。在这首既意识到命运循环、生死同体，又意识到"一种神秘的诱惑"难以抗拒，以致形如宿命的诗中，沉默的倒逼力量和自我激励的需要互相纠结，其结果是，似乎了然的憬悟不但未能缓解，反而强化了诗人内心的焦虑：

> 哦，消失的已经早已消失
> 剩下的只有瞬间的自己
> 然而谁又能告诉我
> 在生命和时间之外

那个让我不安的人究竟是谁?！ ①

一种有关"我是谁"的变格追问。问题不在于以吉狄马加其时的创作为上下文，这是否属于某种明知故问，而在于诗中那个慨叹"剩下的只有瞬间的自己"的"我"，和"那个让我不安的人"——且让我再重复追问一次——在诗学上究竟是什么关系？出于必要的谨慎，我们可以不把"那个让我不安的人"直接等同于《反差》中那个"反向穿过夜色和时间"的"另一个我"，而理解为某种集体人格；但"在生命和时间之外"的限定及其所造成的区隔，却明白无误地呼应了后者中"我不在这里"的宣示，由此导致那个本来就只剩下"瞬间的自己"的"我"更趋渺小，以至可以如后者中的"我"一样，在其灭点上被连根拔起，归于虚无。

我在分析《反差》时曾经指出，"那个反向'穿过夜色和时间的头顶'的'另一个我'一经出现，就在时／空、虚／实关系两个层面构成了对'我'的双重否定；两个'我'的分裂由此不但意味着灵魂和肉身的分裂，而且被引申为家园和异乡、本真和虚幻的分裂；而所有的分裂显然都是本质论，而非现象学意义上的分裂……"这一分析似乎很大程度上也可以延用于《无题》。不必说，越是突显这样的分裂，就越能对称地突显诗人在身份认知问题上的族群认同、诗歌抱负和使命感；然而，以极端的扬彼抑此方式处置其间的悖谬，即便在充分考虑到修辞需要的情况下，也不能不说同时暴露了作者意识结构上的某种缺陷：其隐含的逻辑前提是非此即彼的二元对立；其可能的后果是，诗人作为个体生命当下即刻的存在（海德格尔所谓的"亲在"、"在世之在"）及其意义，在创作中被一个价值判断上似乎远为宏大和崇高的现实目标所压倒，所轻忽，所贬抑，由此限制了更多层面的

---

① 吉狄马加：《鹰翅与太阳》，作家出版社，2009，P146。

经验交融所可能带来的内部活力，并损害可能经由作品揭示的存在的丰瞻性和复杂性。

如此追溯是否在耍毫无意义的事后聪明？所谓"可能的后果"是否属于错了位的隔日雷鸣？我当然愿意首先将上述缺陷理解为一代人诗学上的先天不足（这并不奇怪，毕竟当代诗歌告别类似诗究竟是应该表现"大我"还是"小我"这样乏味的争论并不遥远，而包括吉狄马加在内的一代人正是在如此的诗学语境中起步），然而，这就是问题的全部吗？仅就本文所着重讨论的身份认知问题而言，几乎所有的人都对吉狄马加作为"代言者诗人"的自觉担当（无论是其巨大的勇气还是杰出的能力）大加赞美，却极少有谁注意到他在履行这种担当时所面临的困境。在这方面，他的诗比绝大多数赞美者，甚至比他本人（至少是他的相关言论）都来得更加真诚。在与其说是写给族人，不如说是写给自己的《彝人》一诗中吉狄马加写道：

有人想从你的身后

去寻找那熟悉的背景

褐色的山，崎岖的路

有人想从你的身后

去寻找那种沉重的和谐

远处的羊群，低矮的云朵

然而我知道

在滚动的车轮声中

当你吮吸贫血的阳光

却陷入了

从未有过的迷惘[1]

---

[1] 吉狄马加：《鹰翅与太阳》，作家出版社，2009，P147。

即便是再不敏感的读者也会感受到其中"滚动的车轮声"、"贫血的阳光"这两个意象的打击力，并探究其内涵的冲腾。前者在隐喻着急速发展的历史的同时，是否也隐喻着个人命运和诗歌道途可能的变迁？后者在呼应同样渗透着对族群反思的"熟悉的背景"、"沉重的和谐"的同时，是否也呼应着"在一个贫乏的时代，诗人何为"这样更为广阔的历史质询？据此而体会诗末那"从未有过的迷惘"（"迷惘"本是一再飘荡在吉狄马加早期作品中的意绪），是否可以品出更为复杂的滋味？

三

越是深致体验过迷惘的人往往就越是清醒，而吉狄马加确实足够清醒，包括在身份认知问题上的清醒。没有任何证据表明他曾把这方面的高度自觉降格为某种写作策略（尽管可以作为策略）；恰恰相反，他于此一直持有的异乎寻常的开放维度却表明，他对"代言"的使命有可能异化为创造的桎梏始终保有必要的警惕。他不可能不明白，对一个诗人来说，从来就没有一劳永逸的身份认知；即便他一时还来不及读到巴勒斯坦诗人达尔维什的相关作品，也不会对经由达氏所揭示的有关身份认知的诗学原理感到陌生。在《从现在起，你不再是你》一诗中达尔维什写道：

> 身份，不是我们继承了什么，而是我们留下了什么；
> 不是我们记住了什么，而是我们创造了什么。
> 身份就是镜子的悖谬：一旦镜像合我们心意，

就必须砸碎它！①

作为一位同样高度自觉于自己的"代言"使命，并以"代言者诗人"著称于世的诗人，达尔维什的上述诗句虽未必格外多出一重说服力，却蕴涵着一种他人难以替代的甘苦。将这首诗与他的成名作《身份证》（记下来！我是阿拉伯人／我的身份证号是第五万／我有八个孩子／第九个……将在夏末出生／你愤怒吗）②相互参读，则可以更深切地领会"代言者"和"诗人"之间的身份辩证。这里并不存在二元对立意义上的自我分裂，但确实存在两重自我的彼此盘诘和对质；不存在二者间难以调和的龃龉，但确实存在诗人达尔维什于反思中对代言者达尔维什语重心长的忠告和警示。

我相信吉狄马加必也常常在心中进行类似的盘诘和对质，他必也常常听到诗人马加于反思中对代言者马加发出类似的忠告和警示，但征之以他的作品，尤其是上世纪90年代后的作品，却不免每每暗自遗憾，轻轻叹息——不是为了他在同一身份下能否取得堪与达什维尔并论的诗歌成就，而是为了他在类似的问题情境中未能充分实现属于自己的诗歌可能。这里，所谓"其元气隐隐然存在某种亏缺"，很大程度上正标示了他对"代言者"身份的过于执着。如果说这种亏缺在他那些着力表现族群生活场景，发掘其独特的诗意存在及其普世价值，以雕塑其整体形象的作品中尚比较隐蔽，并往往被那些辐射着巨大热力的幻象所掩盖的话，那么，随着时间的推移，随着其创作在展开过程中必然发生的前景和背景的转换，当然也随着他声名的日益远播，它就变得越来越明显；其征候无关题材的变化（至少关系不大），

---

① 见《达尔维什诗选》，唐珺译，载《当代国际诗坛》第7期，作家出版社，2014。

② 见《达尔维什诗选》，唐珺译，载《当代国际诗坛》第7期，作家出版社，2014。

而更多关涉作品的视角、结构、张力、肌质和风格，总之生长机制和内在活力的变化。由此不难察知，在吉狄马加那里，身份的问题情境从一开始就孕育着某种创作的困境。

梅丹里（DenisMair）在《吉狄马加的诗》双语本的译者序言中曾将吉狄马加的意义与19世纪末20世纪初，包括叶芝、萧伯纳、王尔德、乔伊斯、贝克特等在内的爱尔兰作家群进行过类比，[①] 这里不妨借来反向勾勒他所置身的创作困境。一方面，正如这批作家以其"胡侃天赋"为英格兰文学带来了"新鲜感"那样，吉狄马加用"标准汉语"写成的作品，也以其不可替代的新经验甚至新的世界观（元素），源源不断地汇入因活力四射而急剧变化的当代汉语诗歌潮流，并成为这种变化的有机组成部分；另一方面，或许是由于过份执着"代言者"的身份而延误了将"从未有过的迷惘"及时转化成新的可能，或许是由于没有及时将"从未有过的迷惘"转化成新的可能而导致了对"代言者"身份的愈趋执着，他自身却未能从当代汉语诗歌的加速度发展及其特定的历史语境中汲取更多的活力，以至诗艺在一条"追求不朽和神奇"（《相信青春》）的道路上长期巡逡不前。不错，他90年代以后的诗（包括大量的"出访诗"和"致敬诗"）仍然写得足够大气、诚挚、灵动，充满抒情的汁液，但在那些更能标示当代诗歌等高线的文本面前，却多少显得有点乏善可陈：它们的建构越来越随意，语言的强度却往往跟不上；语气越来越确定，调性却透露出某种无意识的感伤；表面看来，它们"代言"的疆域越来越广大，语言姿态越来越多样，价值取向也越来越多元，但其内涵却未能因此变得更加丰厚；而当祖先的馈赠于此不仅作为灵感的终极源头，同时也作为某种抽象的普世尺度而越来越成为其价值的倚恃时，"代言者"就变成了"布道者"，从而使原本以朴素、天真、亲和力取胜的"元风

---

① 《吉狄马加的诗》，四川文艺出版社，2010，P14。

格"表现出空疏化、面具化的倾向。典型的如《水和生命的发现》。在这首诗中，诗人先是代表我们向"大自然的水"、"生命之中的水"递上了请求原谅的忏悔书，然后是一往情深的礼赞和规劝：

是因为水，人类才抒写出了

那超越时空的历史和文明

同样也是因为水，我们这个蓝色的星球

才能把生命和水的礼赞

谦恭地奉献给了千千万万个生命

让我们就像敬畏生命一样敬畏一滴水吧

因为对人类而言，或者对所有的生命而言

一滴水的命运或许就预言了这个世界的未来！[①]

吉狄马加此一时期多的是这类面对自然忏悔、礼赞、吁请敬畏，或基于广博之爱反对暴力，呼吁和平、自由和公正的作品。所有这些（包括其间蕴含的自我反省和社会批判）都很好，以致太好。这里"太好"的意思是太正确——占据着文明、道德、伦理的制高点，具有"正价值"、"正能量"的广义的政治正确。当然，没有一个诗人会排斥、反对这样的政治正确，前提是它们必须体现于更为广阔深邃的"诗歌本身的正确"（我不得不临时发明这个其本身就不正确的短语），否则他宁可缄默回避。这不是因为他被赋予了傲慢的特权，而是因为他只能听从诗的律令。按照这一律令，诗人的工作领域永远是存在和语言的未知、未明，他工作的性质永远是探索、发现、赋形；由此所有既在、自明、可以预设的都值得警惕，所有太容易获得的都不可倚恃，而无论它们有多么"正确"。当一个诗人太多耽溺于充当

---

① 吉狄马加：《鹰翅与太阳》，作家出版社，2009，P340。

"正确"的亲善大使时，首先受到损害的必是他的诗歌；而当他忍心地看着这种伤害时，"困境"已不足以概括他的创作，恐怕只能升级为"危机"了。吉狄马加的情况或许远没有那么严重，但在我看来，诸如《意大利》这样的诗已透露出足够多的危机消息；其单薄苍白的程度，对我前节所谓他"比同代人更集中于能量的汲取和转换"甚至构成了某种讽刺：

> 当我踏上
> 我们的国土
> 我便明白了
> 在这个世界上
> 追求幸福和美好
> 是每个民族的愿望①

我并不认为这是在苛求吉狄马加。退一步说，对这样一位出道伊始就显示出深厚创作潜力的诗人来说，就是苛求一点，又有什么不好呢？如果由此不得不涉及他的官员身份这一隐形在场的话题，那么我也不得不说，仕途和诗歌，或官员和诗人之间，从来就不是，更不必然是某种消极的"零和游戏"。中国古代诗歌史上，像王维、苏东坡那样既出仕当官，又载誉诗坛的诗人在在多是，这甚至成了古代诗歌传统的一大特色；而在吉狄马加心仪的外国现代诗人，包括"代言者诗人"中，曾经出仕为官，甚至身居高位者也并不罕见：圣—琼·佩斯、聂鲁达、奥克塔维奥·帕斯，等等。尽管在当代中国语境中，兼具如此双重身份而又能居中调理，以在二者间建立起某种良性的互动关系要困难得多，但这种关系既不神秘，弹性也足够大；就创作状态

---

① ① 吉狄马加：《鹰翅与太阳》，作家出版社，2009，P325。

及作品可能的当量而言，仍取决于主体的意向、追求的质地和汲取诗意的方式。我们可以不奢求吉狄马加一定写出类似"世界的趋向就是这样，而赞美它我只有这句美言——兴建中的都城。石料和青铜构筑。几处荆棘野火，于黎明时分"①（佩斯：《阿纳巴斯》）这样既大气磅礴，又充满讽喻的诗句，但指望他从诸如"于来去的国度，万籁俱寂，于这等国度来去的，唯有正午的蝗虫"，或"我的脚步绊上女后那袭镶花边，结上两条褐色缎带的袍子（啊！妇人发酸的肉体竟污染了袖管胳肢窝！）// 我的脚步绊上公主那袭镶花边，结上两条鲜艳缎带的袍子（啊！蜥蜴的长舌竟在袖管胳肢窝里收拾蚂蚁！）"②这样既综合了多层次的冲突，又以结构上的反向均衡生成内部张力的诗句中获得启示，从而可以更强有力地处理当下经验及其与历史想象之间的关系，应该不算特别过分的期待。顺便说一句，《阿纳巴斯》又译《远征》，其写作的地点正是北京。

四

现在我们对吉狄马加创作的短板及其成因是否可以看得更加清楚？循此再次叩问他对"代言者"身份的过于执着，是否可以发现较之意识结构的缺陷更根本的动因，比如某种（深植于无意识的）心理创伤？在这方面，从未被论者关注的《隐没的头》一诗似值得特别注意。这首诗与《反差》在情境上的相类在我看来决非偶然：那个把头"伏在牛皮的下面"，希望"四周最好是一片黑暗"的"我"，和《反差》中那个反向"穿过夜色和时间"的"另一个我"，其实是同一个"我"，并且同样发出了"我不在这里"的宣示。如果说前者

①　《圣–琼·佩斯诗选》，叶汝琏译，吉林出版集团有限责任公司，2008，P54。
②　同上，P51。

的姿态和语气远为消极、软弱，那是因为他对"白昼的变异"怀有更大、更深的恐惧和痛：

> 把我的头伏在牛皮的下面
> 遗忘白昼的变异
> 在土墙的背后，蒙着头
> 远处的喧嚣渐渐弱下去
> 拉紧祭师的手，泪水涔涔
> 温柔的呢喃，绵延不绝
> 好像仁慈怜悯的电流
> 一次次抚摸我疲惫不堪的全身
>
> 把我的头伏在牛皮的下面
> 四周最好是一片黑暗
> 这是多么美妙的选择
> 为了躲避人类施加的伤害①

这是感伤的时刻，也是疗伤的时刻；那么，它同样是像安泰之于大地母亲那样重新汲取力量的时刻吗？当然。夜晚或黑暗从一开始就属于吉狄马加：正是夜晚或黑暗让他回到族群记忆的母腹；正是夜晚和黑暗孕育并展开了他"黑色的梦想"；也正是夜晚和黑暗点燃了他舌尖上的火焰，由此他不仅与那些在时间的魔镜中业已或正在消失的事物，与"死去的亲人"和"活着的族人"宿命般地合而为一，更重要的是可以辨认出自己：

---

① 吉狄马加：《鹰翅与太阳》，作家出版社，2009，P240。

没有选择，只有在这样的夜晚

我才是我自己

我才是诗人吉狄马加

我才是那个不为人所知的通灵者

因为只有在这个时刻

我舌尖上的词语与火焰

才能最终抵达我们伟大种族母语的根部！[①]

    显然，对"通灵者"吉狄马加来说，词语与火焰、写诗和履行"祖先的仪式"，都是一回事，其终极目标是要"抵达我们伟大种族母语的根部"。问题在于，对一个生来就用，并将继续用现代汉语写作，而又始终置身于（以全球化为背景的）加速度现代化的当代潮流以至其漩涡中心的诗人来说，这样的目标是否过于遥不可及或语焉不详？如果不是，又该怎样达成？或许正是由于意识到其间巨大的困难，吉狄马加才在《火塘闪着微暗的火》中感叹"我的怀念，是光明和黑暗的隐喻。／在河流消失的地方，时间的光芒始终照耀过去"[②]，才在最切近地表达其身份认知意念的《身份——致穆罕默德·达尔维什》（二人于此在本文中再次相遇，显得格外意味深长）一诗中，一边庆幸"在这个有人失落身份的世界上／我是幸运的，因为／我仍然知道／我的民族那来自血液的历史／我仍然会唱／我的祖先传唱至今的歌谣"，一边又难抑某种"从未有过的悲伤"：

当然，有时我也充满惊恐

那是因为我的母语

正背离我的嘴唇

---

① 《吉狄马加的诗》，四川文艺出版社，2010，P14。

② 同上，P388。

词根的葬礼如同一道火焰

是的，每当这样的时候

达尔维什，我亲爱的兄弟

我就会陷入一种从未有过的悲伤……①

这惊恐、这"从未有过的悲伤"之下，是否正隐藏着一种难以言喻的痛，一道无法触及的暗伤？否则就很难体会那冥冥中"词根的葬礼"。这"葬礼"与其说事关偶然在世的个人，不如说事关泽被万代的母语；由此引申出的诗学悬疑犹如那把著名的达摩克利斯之剑，其令人戒惕的锋芒所指既不是过去，也不是未来，而是每一个当下即刻。它迫使我们重新思考诗人"身份"的内涵，并反复掂量一位智者的告诫，他说：诗歌是人类共同的母语。

五

感谢长诗《我，雪豹……》②，是它的横空出世给了我意外的动力，使我终得完成这篇三年前被耽搁下来了的文章。反过来，我也很高兴上述管见能成为评价吉狄马加这首最新力作的背景和参照，并和以下粗陋的简评一起，成为逾出所评对象的、更为广泛的当代诗歌对话的一部分。

说这首长诗"横空出世"可能有点夸张，但非如此似不足以表达我目睹一位诗人在自己的问题情境中受困既久，而终于取得决定性突破时所感到的由衷惊喜。在无法更多展开的情况下，我的惊喜仅仅集中于一点：如果说此前相当长一段时间内吉狄马加的诗歌写作多少有点"散神"的话，那么是否可以说，在这首长诗中他又重新找回

① 《吉狄马加的诗》，四川文艺出版社，2010，P394—395。

② 载《人民文学》2014年第5期。本节引诗不再另外标注。

了——或者不如说，重新发明了——自己的"元神"？在我看来，诗人开宗明义，在第一节中借助流星一闪的光焰向我们呈现的，正是这位"元神"的形象：

> 我是雪山真正的儿子
> 守望孤独，穿越了所有的时空
> 潜伏在岩石坚硬的波浪之间
> 我守卫在这里——
> 在这个至高无上的疆域
> 毫无疑问，高贵的血统
> 已经被祖先的谱系证明
> 我的诞生——
> 是白雪千年孕育的奇迹
> 我的死亡——
> 是白雪轮回永恒的寂静
> 因为我的名字的含义：
> 我隐藏在雾和霭的最深处
> 我穿行于生命意识中的
> 另一个边缘

这里以第一人称说话的表面上是雪豹，但谁都看得出其中融入了诗人的"自我"，包括其自我身世、自我想象和自我期许。然而，仅仅如此吗？可以认为二者的合而为一是不期中彼此选择的结果，但他们据何融合，所合成的"一"又是什么，是否更值得关注？就大规模塑造"我"的整体形象而言，即便是上引诗句也令我们不能不想到那首最早表现诗人身份认同的《自画像》，那么，比较这两首诗，诗中的两个"我"，其身份意识是否有所变化？如果有，是什么意义上的变化？《自画像》不是孤立的存在，它还牵动着其后一系列如《黑色狂想曲》那样的作品；我们固然很容易就能以"'英雄和自由'的族群精神"为纽带，发现《我，雪豹……》和它们的一脉相承，但那些在前者中从未出现过的意象及其内蕴，诸如"守望孤独，穿越了所有的时空"、"潜伏在岩石坚硬的波浪之间"、"我守卫在这里——／在这个至高无上的疆域"、"我隐藏在雾和霭的最深处／我穿行于生命意识中的另一个边缘"又意味着什么？凡此种种都如一束束追光集中于某一点，而吉狄马加的"元神"，就披着涅槃重生后的清新立于所有追光的中央。

可以从不同的角度（包括动物或生态保护的角度）解读《我，雪豹……》，而对我来说，它首先是一首"立元神"之作。"元神"之"元"释义甚多，这里只取首要、始基的本义及其周而复始的引申义（通"圆"）；而"立"，在这里不是对象式的"把××树立起来"，而是呈现式的"使自身成为××"。这同时也就提供了把这首长诗读成一首"元诗"，即一首有关诗和诗歌写作自身的诗的可能。太多的诗句支持着这样的读法：

　　　　我不是一段经文

　　　　刚开始的那个部分

　　　　我的声音是群山

　　　　战胜时间的沉默

　　　　我不属于语言在天空

　　　　悬垂着的文字

　　　　我仅仅是一道光

　　　　留下闪闪发亮的纹路

　　　　　　　　　　　　（第1节）

自由地巡视，祖先的
领地，用一种方式
那是骨血遗传的密码

（第2节）

闪电般的纵身一跃
充满强度的脚趾
已敲击着金属的空气
谁也看不见，这样一个过程
我的呼吸、回忆、秘密的气息
已经全部覆盖了这片荒野

（第3节）

我说不出所有
动物和植物的名字
但这却是一个圆形的世界
我不知道关于生命的天平
应该是，更靠左边一点
还是更靠右边一点
……
我们不是命运——
在拐弯处的某一个岔路
而更像一个捉摸不透的谜语

（第5节）

当我出现的刹那
你会在死去的记忆中

也许还会在——

刚要苏醒的梦境里

真切而恍惚地看见我……

（第7节）

我的血迹不会留在巨石上，因为它

没有颜色，但那样仍然是罪证

我销声匿迹，扯碎夜的帷幕

一双熄灭的眼，如同石头的内心一样隐秘

一个灵魂独处，或许能听见大地的心跳？

（第12节）

不是因为我的欲望所获

而是伟大的造物主对我的厚爱

在这雪山的最高处，我看见过

液态的时间，在蓝雪的光辉里消失

灿烂的星群，倾泻出芬芳的甘露

有一束光，那来自宇宙的纤维

是如何渐渐地落入了永恒的黑暗

（第16节）

　　这里以"我"的名义说出的一切都充满了不确定性：我们分不清诗中那俯仰环侧、流转不定的眼光到底是出于雪豹的视角，还是诗人的视角，抑或诗本身的视角；分不清那些如花怒放，层层叠叠且摇曳生姿的声音和图像到底是雪豹—诗人的意识投射，还是语言本身的魔力，抑或是写作过程中三者的互相激发。似乎都是，又不仅仅是，所谓"超以象外，得其圜中"。这种在吉狄马加诗中前所未有的不确定性非关技巧，我们从中体认出的，首先是在他业已久违了的、浑厚的内在活力，其华彩乐章分别出现在第7节和第8节。如果说正是巨大的活力使第7节中一连十二个排比句如长涌映日，既以声势夺人，又以变幻魅人的话，那么，在第8节中它就干脆让自己如节日的焰火在半空绽放，在抛射出无数来自临界快感、令人头晕目眩的绚烂碎片的同时，又以欲望的搏击为中心，将这些碎片聚合成一个充满原始野性的热情和蛮力、速度和变化的涡旋。它火光四溅而又阴影重重：

  追逐 离心力 失重 闪电 弧线

  欲望的弓 切割的宝石 分裂的空气

  重复的跳跃 气味的舌尖 接纳的坚硬

  奔跑的目标 颌骨的坡度 不相等的飞行

  迟缓的光速 分解的摇曳 缺席的负重

  撕咬 撕咬 血管的磷 齿唇的馈赠

  呼吸的波浪 急遽的升起 强烈如初

  捶打的舞蹈 临界死亡的牵引 抽空 抽空

  想象 地震的战栗 奉献 大地的凹陷

  向外渗漏 分崩离析 喷泉 喷泉 喷泉

  生命中坠落的倦意 边缘的颤抖 回忆

  雷鸣后的寂静 等待 群山的回声……

  我们同样分不清，这里刻画的到底是雪豹交配的过程，还是诗人写作的过程，抑或是诗人的"元神"倏忽临幸的过程。似乎都是，又不仅仅是；但不管怎么说，没有比这一节更能凸显其"元诗"特质，或更能满足作此解读的条件的了。我完全能够想象吉狄马加在写作这一节时被不择地而出，激越喷涌的语流冲撞、裹胁，激动得浑身颤抖的暗室场景，而他本人对此显然也颇为自得，在原文中特以黑体加粗

222

标出。

然而我更为注重的，还是以上引诗在文本中独特的形式意味。在我看来，用黑体加粗标出这些诗句具有两重功效。一是造成了突兀的嵌入效果，由此凸显其碎片化的特征，从而打破了此前马加诗以"元风格"为基调的一统天下，并强调了长诗本身的风格变化；另一重更为重要，就是用类似加着重号的方式特别指陈、放大一个象征性的情境，进而突出长诗文本与诗人生存状态的相互指涉——事实上，无需任何提示，我们也能读出这节诗所诉诸的场景、其每一场景间急速跳跃的切换、其断续抛射的呈现方式、那些被尖锐突出的细节，总而言之，由所有这些构成的包括欲望本身、欲望的追逐和满足，以及从中坠落后的空虚在内的全部过程，在整体上与吉狄马加的生存状态，以至他置身其间的历史语境的息息相通。这里的"相通"同时包含了对应、对称和对抗；正是这种综合的紧张关系启示着使这首长诗成为可能的新的活力源头，并使之同时兼有生命的赞歌、哀歌和挽歌性质。

以上分析的两重功效在吉狄马加此前的诗中虽不致说踪迹全无，但确实极为罕见。仅仅因为这一条，就有充分的理由认为《我，雪豹……》标志着诗人吉狄马加业已站在了一个新的起点上，而这也是我为什么会说它首先是一首"立元神"之作的主要根据。我已经说过"元神"之"元"释义甚多，这里只取首要、始基的本义及其周而复始的引申义（通"圆"）；而"立"，在这里不是对象式的"把××树立起来"，而是呈现式的"使自身成为××"；行文至此，谨不吝其烦，再重申一遍。对一个诗人来说，"立元神"意味着不断扫灭种种"工具论"的暗中胁迫，不断从根本上回归诗歌自身（一个早已被重复得熟滥的说法，但真要做到谈何容易）。这当然不是要鼓吹诗人们退守什么"纯诗"的象牙之塔，恰恰相反，是希望他们能在作品中不断将自己敞向涌动着种种可能性的未知世界，并为实现新的可能开辟更为广阔的道路。就吉狄马加，同时也就本文一直讨论的他的身份认知问题而言，我不愿，也无从蠡测他在创作这首长诗之前，或在创作过程中是否经历了达尔维什所谓打碎"镜像悖谬"的内心变化，但作品本身却足以表明：曾经长期困扰他的身份偏执，现在已被他和他的"元神"远远留在了身后。这当然没有，也不会构成任何意义上对他一直想努力成为的"代言者诗人"的否定，而仅仅意味着他将更自觉地担当起这一意识到的使命。这里，"立元神"意指：任何时候，任何情况下，真正的"代言者诗人"都首先是，并且始终只能是诗的"代言者"。

2011年5月—2014年5月

把风暴引进更高的城邦 *

　　短短十个月的时间内，沙光一气完成了五卷近百万字的新作，对此我只能微笑赞叹。这赞叹非关本时代人人眼热的速度和效率，它仅仅指向一种状态，一种福分，以及来自我心底的大欢喜。沙光自谓此一期间她"完全投入到了一种唯主无我的写作境界之中"，而这是她以前连"做梦都不敢想的事"；不必说，当她将之归功于"上帝超自然力所成就的神圣事迹"、"上帝奇妙作为的彰显"时，这一上帝慈爱的实证又立刻被转化成了与之相应的感恩和赞美。对此我同样只能微笑赞叹——立足其所持的神本主义写作立场，这实在是一件最自然、最正当不过的事。

　　据我所知，当代诗人作家中自称皈依基督教的并不罕见，但直言持以神本主义写作立场的，沙光即便不是唯一者，也是第一人。必须承认，初闻她这样说时我曾立感不适，而如此迹近本能的反应又让我在事后的反省中暗暗心惊，自问是否仍未摆脱某种曾经非常普遍的偏见的余绪。我们的偏见大多来自那句著名的论断，即宗教是毒害人民的鸦片，据此我们面对一个信教者会情不自禁地将其置换为吸毒者，油然生出实以歧视为底蕴的陌生、优越、怜悯混而不分的感觉以致拯

---

* 　此文系为五卷本《沙光诗文集》所写的序言。

救的冲动。进一步的探究则指向某种更深、更具敌意因而也更为强横的（集体）意识／无意识，它颟顸地认为"非我族类，其心必异"，并顽固地将排斥异己同时认作自己得天独厚的权力和必须坚守的义务。就此而言，存有上述偏见本身就是中毒甚深的表现，就需要拯救；而如果说所有的拯救都是自我拯救的话，那么，无论多年来已经付出了什么样的努力，至少我个人在这方面的修为看来还大大不够——也许就没有够的时候。

当然情况要复杂得多。我是说，被我的不适感触动的远不止是昔日的偏见，也包括一系列重要的诗学问题。毋庸讳言，所谓"不适"在这里必意味着分歧，而所有的分歧归根结底都是所"本"的分歧。说白了，就是我基于自己的立场对沙光的"神本主义"立场心存疑虑。我的立场其实不是"自己"的立场而就是诗的立场，简言之就是诗之所以作为诗独立且自足存在的立场，是在天、地、人、神及其有机关联的诸多可能的维度和界面上，在言说和沉默、澄明和遮蔽的持续博弈中，探讨并揭示当下生存整体的立场。由此决定了我的疑虑是对所有可能把诗导向抽象化、工具化、自我封闭化——总而言之，意识形态化道途的疑虑，是对所有从现成、自明的知识系统中获取依据，进而使诗的生成及其意蕴变得不言而喻的理论的疑虑。这样的立场，这样的疑虑，所相对的并非仅仅是"神本主义"，它同样相对于那种狭隘的"人本主义"、"语（言）本（位）主义"，乃至一切"主义"。如果其本身也可以被概括为某种"主义"的话，那么不妨称之为"诗本主义"或"决不'主义'的主义"。

一场争辩似乎已不可避免。我甚至听到了内部程序被启动的嘀答声。然而，最终我还是选择了撤火。不仅如此，自那一刻至今，五年多过去了，在我和沙光之间从未就此有过哪怕是非正式的交流。我甚至没有问过，她之所本的"神"究竟是一神还是多神？其立场究竟是基于《旧约》还是《新约》？这当然不是说我一直在自我训练隐忍功夫；同样不是说，我因自知神学从来是自己的知识短板，每每未及开口便已心虚气怯（作为反证，早在二十余年之前，并且是在神学之板更短的情况下，我便曾在一篇文章中大言不惭地提出过建立"诗歌神学"的可能性——尽管旨趣迥然相异）；更不是说，随着岁月的流逝或对友情的更为看重，我当初的疑虑已经自动归于消失——不，它仍然时明时暗地横亘在那里——而是说，从决定撤火的那一刻起，我就悬置了并一直悬置着那被猝然激发的疑虑。我不能肯定这样的做法是否明智，是否够朋友，但我可以肯定，我之所以突然撤火，是因为有一个声音抢在了前面。和我刚刚说过的一模一样，它说：情况要复杂得多。

最早读到沙光的诗应该是在1994年。按照沙光自己的说法，早一年她即已开始其初期神本主义诗歌写作和诗学研究，并试图建立个人诗歌理论体系。然而，除了隐约耳闻她已受洗入会外，当时我对这些几乎一无所知，即使知道了恐怕也不会太在意（自80年代中期跳出黑格尔以后，我便不甚重视一切公认的或自称的"理论体系"）。那些诗之所以打动我，不在于我从中辨认出了怎样的诗学渊源或构架，而在于其自身的语言和情感强度。这种强度既来自语境内部倾向于撕裂的极端经验之间的紧张对峙，又来自往往趋于白热化的意绪与极其整饬的形式（除了个别的例外，统统为三节九行）之间构成的巨大张力。同样抓住我的还有与强度相互拥济的歌唱性，其非同凡响之处在于，无论是否借助诵读，也无论怎样诵读，似乎都不会影响其如空谷足音或白云出岫般的自在品质。它不是天籁却胜似天籁，明明是静夜独抒，但又暗含了万物的回声。在我看来，这种振幅宽广，且可令读者于载沉载浮中不自觉遭其裹胁的歌唱性甚至更值得探究，其清澈、激越必须结合其反面，结合其内部满布的伤痛、焦虑，或转折、空白处的涡旋和暗哑，才能被真正领受：

万暗的根底，我看到了大光隐秘的运行
一只鸦，一只白鸦啄伤我仰望之目
把心，挂在远不可及的风中

在死荫之地，一声纯净的呼召惊醒万物
穿透所有的玫瑰，它到达我即无力返回
那时候，丰美的旷野已是深秋

我怀着撕裂的歌远游于世，一只鸦
一只白鸦的翅膀教我永生沉浮
如银子在泥炉里炼过七次，我是谁

　　　　　　　　　　　　　　——《大光》

没有什么将我彻底惊起，飞翔的宝座
六翼的雪在泥泽里绝吟，滋养和沦陷
我水晶的尸骨滚下蓝色的深渊

黑夜之深，水从地浪里升起，教我消失
教我在劳动中举起苍白的玫瑰
更黑的王冠上坠满了谎言

一条长长的木杖击散的道路
我未及抵达。如飞行的鸟在塔尖静止
家呵，我把风暴引进更高的城邦

　　　　　　　　　　　　　　——《教堂》

这些诗结集出版时统统被归于"抵毁"的名下——确实，没有比这一命名更能概括彼时沙光复杂的内心境遇，更能揭示其沉陷的某种临界状态的了。最初看到同题作品时我曾以为"抵毁"是"诋毁"的笔误，并立即捉笔改过，但很快就意识到此乃作者刻意的自撰发明，真正有误的是某位自以为"资深"的读者和编辑。尽管如此，"诋毁"还是因谐音而成了旁通的秘响，进而融入以至深化了"抵毁"本身即已具有的歧义。作为一个动宾词组，"抵毁"既可以解作抵抗、抵阻、抵制毁灭，亦可解作抵达、抵换、抵还毁灭；两组解不仅力量向度截然相反，即便其各自内部，在程度和意味上也存在着微妙的差异。然而，凡此种种并不需要读者做出非此即彼的选择：对诗来说，歧义丛生之处，往往也正是诗意纷呈之时。立足这一立场，"抵毁"就不再是一个词，一个标题，而是一系列错综意蕴或语言姿态的结晶。而此时我突然发现，那始终如幽灵般徘徊在侧的"诋毁"，其实一直作为必要的误读参与着我对"抵毁"的辨析，并因此使自身和这本诗集的关联具有了自我缠绕的性质：它似乎既可以作为这本诗集的自我能指，又可以作为其自我所指。接下来它开始以其原本无"歧"可言的语义为轴心，奇怪地在二者之间摇摆不定：当摆向前者时，它毕现其批判且决不妥协的锋芒，其背后闪耀着更大的荣光；而摆向后者时则近于一句反语，于无畏的接纳中暗含某种反刺。如此误读或许有点牵强却并不出意外，毋宁说，"抵毁"作为"一系列错综意蕴或语言姿态的结晶"因而变得更加夺目，更加丰富，也更加严重了。如果它现在更像一个裂变的象喻，那也同样不出意外：在某种程度上，所谓"结晶"，就是裂变。

为一个词花费如此笔墨，以至不惜冒首先把自己绕晕的风险，是否表明我对沙光那一时期的诗有所偏爱？对此我自己也不甚清楚；但若说我更看重那些诗所具有的不确定性，则我愿意立马承认。这种承认既包含着某种评价，又包含着进一步的探询。无需特别的分析，只要稍稍关注一下其意象系统的特质，只要对诸如"万暗的根底"、"大光"、"死荫之地"、"纯净的呼召"、"丰美的旷野"、"飞翔的宝座"、"水晶的尸骨"、"蓝色的深渊"、"塔尖"等用语所发散的气息及其整体气象葆有起码的敏感，就能轻易辨认出沙光皈依基督对她此一时期创作的影响，甚至可以说，这种影响正是从内部照亮其语境的光源。然而，影响是一回事，可能的发展变化是另一回事。沙光之皈依基督自有其内在动因（即将出版的类自传《镜像》留下了这方面足够多的踪迹），由此确立了她在尘世的信仰；而由于她更早就选择了诗，这似乎又表明诗尚不足以成为她的信仰，至少不足以成为她完全的信仰。如此推论或许有点不伦不类，但并不妨碍它所提出的问题：对皈依后的沙光来说，其信仰和诗之间是一种什么样的关系？她将以怎样的方式处理这种关系？如果说《抵毁》已经对此做出了初步应答，那么，它所包含的不确定性（与此同时我要再次强调其严重性）又将给她的写作带来什么？

沙光本人似乎也充分意识到了这新的挑战。多年后我注意到，在前引《教堂》一诗中，她决非偶然地使用了"家"这一信仰和诗共通的隐喻，其结句听起来更像是一个同时为自己和读者准备的允诺：

家呵，我把风暴引进更高的城邦

然而，期待中的"风暴"并没有降临——在稍后出版的《六十首短诗，一个长诗和一部诗剧》中没有；时隔又八年我读到了《泉旁的玫瑰》，更没有；前年的《香祭》则干脆让我绝了有关的念想。当然，这是就"风暴"一词的本义和可能激起的想象而言——尽管我深知纸上的风暴必经过身心的酝酿，却很少想到，它完全可能被转化成我们所不认识的形式。

没错，"不认识"正是我乍读《泉旁的玫瑰》的第一感受。时至今日，我对当时心中充塞的那种混合着失落和尴尬的奇特陌生感仍然记忆犹新。这种陌生感和诗本身写得好不好无关——事实上，面对这些诗我已无法使用通常的诗歌尺度——而只对应于期待的突然踏空或错位，其情形相当于兴冲冲地去见一位老友，进门却发现当堂站着另一个人。我想我大致翻完后很是沉默了几秒钟，像是在斟词酌句，其实脑子里一片雪花，如同搜不到频道的电视屏幕。最终我只能挣扎着说了句："噢，赞美诗……写了这么多……"抬头看向一旁的沙光，那目光必是困惑和询问的；沙光接着了，却是满满的坦荡，没有要解释什么的意思。她笑吟吟的，浑身上下流动、发散着某种我此前很少感受到的意绪。一个刚刚在诗集中反复出现的词蹦出来：喜乐。

　　沙光当然有理由喜乐：她刚刚完成了"中国历史上、中国文学史上、中国基督教史上第一本本土诗人创作的赞美诗专著"。但真正的理由更深，那是一个只存在于她和她的上帝之间的秘密，也只能由她自己说出。至于我，无论是作为朋友还是本书的责任编辑，都没有理由不为沙光的喜乐而喜乐。接下来的合作足够愉快：我们一起商定出版细节，一起处理杂务，一起吃饭聊天。有感于她的盛情邀约，同时也为了获得某种体验，我甚至不止一次地在饭前和她一起双手合十，听她轻声祈祷，然后共呼"阿门"。

　　间或也谈到诗（应该就是在这"间或"中的某次，她说到了她的神本主义立场）。但我一直小心翼翼地避免直接评价她的那些赞美诗。就像照相总是调不好焦距一样，我也总找不到我们之间可以通约的尺度。唯一可以通约的是真诚虔敬，但既然沙光在这方面无可置疑，而我又以为"真诚"不过是诗的出发之地（"虔敬"则要复杂一些），除非见出作伪和矫情，否则无需深究，我们之间自也不必为此费什么口舌。奇怪而又不足怪的是，沙光也从未主动征求过我对她那些赞美诗的看法——或许是因为无论我怎么看对她都不重要，或许是因为她自认我们之间已就此达成了某种默契。

　　某种默契自然是有的，但比之更确凿的却是尚未说出的疑虑。这疑虑并不自我耳闻"神本主义"始，事实上，从粗粗读完《泉旁的玫瑰》那一刻起它就一直存在，"神本主义"的宣示无非是令其更明晰、更刺激而已。有疑虑就有争辩，尽管那暗中进行的，始终是内心的自我争辩。我的自我争辩肯定不会围绕赞美诗本身（我敬重一切赞美诗如同敬畏上帝），更不会牵动其背后庞大的本体论、世界观和语言体系（我已经说过，神学从来是我的知识短板）；在某种程度上，它只不过承续了当初《抵毁》提出的问题，即诗与信仰的关系：以两本诗礼赞上帝固然彰显了沙光作为一个信徒的至敬至忱，并使她的写作具有了前所未有的明确方向感，但即便充分考虑了赞美诗在体式上的特定要求，这些诗的肌质和滋味也显得过于单薄，缺少张力，语言的不确定性及其含混的魅力更是消弭于无形，其语境是如此澄澈透明，以致其歌唱性也变得空洞。难道信仰力量的增强和诗的力量的增强必互为消长，或前者必以牺牲后者为代价吗？

　　我不得不发明"基督徒／诗人"这一复合词，以相对并区别于沙光屡屡自称的"基督徒诗人"。在我看来，"基督徒／诗人"突出的是一种并重的连理关系，不仅强调"既是基督徒，又是诗人"，更强调二者无论怎样本以同一渊薮（个体生命对虚无和苦难的双重体验），无论在精神指向上怎样相类（超越内心的虚无和苦难），却各各有据（前者基于向神的冲动而后者基于审美的冲动），不可彼此替代；而"基督徒诗人"突出的是一种从属的等级关系，不仅强调"首先是一个基督徒，然后才是一个诗人"，更强调无论在什么情况下，前者之于后者都享有优先以至支配的地位。那么，沙光究竟是一个基督徒／诗人，还是一个基督徒诗人呢？

　　我无意制造"基督徒"和"诗人"之间的对立；同时还必须警

惕，不要使我的辨析成为某种身份之争或概念游戏，这类无聊的语言杂耍人们已经玩得够多了。一个最简明而又最无可辩驳的事实是，对沙光来说，无论皈依还是写作都首先出于其安顿身心的需要，因而如何处理信仰和诗的关系在任何情况下也首先是她自己的事。这是个体生命的直接现实，也是无声的道德律令。就此而言，我的疑虑从一开始就是，也只能是自我疑虑，它所质询的与其说是沙光的神本主义立场，不如说是我自己的信仰处境（由于无从落实托尔斯泰所谓"不要求我直接否定理性"的宗教，我宁可让我的宗教感居留于能同时容存"信"和"疑"的"诗本主义"）；而我的自我争辩从一开始就是，也只能是某种祈祷，在这种祈祷中受到祝福的不仅是沙光和她的写作，不仅是诗和信仰所共同据持的人爱和正义，也包括那仿佛受了诅咒似的世俗大地。作为一个卑微的诗本主义者，我深知诗人也好，信徒也好，其真正的使命（假如确实存在某种"使命"的话）并不是要当一个精神工兵，致力于在尘世的窒碍中开挖一条可供自己遁往天堂的神秘通道，而是要认命如宿，携带其全部的内心苦难，无往而不复地展开所有人都向往的白日梦式的飞翔。此胆识所在，勇气所在，活力所在，也是所谓"超越"的难度之所在。至于这种飞翔是据以上帝的名义还是诗神的名义，在我看来反而是第二义的问题。如果一定要在二者之间做出选择的话，我更愿意征引一位了不起的苏俄钢琴家的话以为回答，她说："我知道只有一种方式接近上帝，那就是艺术。"

　　非常抱歉啰嗦至此还没有涉及沙光的五卷新作，而我将很快结束这篇业已太长的序文。这种做法有违常理，却未必有违我的初衷。说实话，最初答应为沙光作序完全是出于友情，但尚未等到断断续续地读完这五卷新作，我就意识到这项工作对我将是多么的力所不逮，而我的允诺又是多么的轻率。作为一次以神本主义为背景的大规模文学—神学写作实践，这五卷新作尽管各各有所侧重，但又依其内在的互文性而结为一个整体，兼有反观、探研、抚恤、启示、垂范诸多维度。要对这样一个整体做出中肯的学术评价本已大大超出了我的能力；而更困难的在于，它们不只是呈现了通常意义上的精神成果，还隐含着一条向圣长修的心路。面对后者，再中肯的说辞也都形同废话。

五卷中令我对此感受尤深的是《信心的操练》。必须承认，初读之下我曾大感不快和困惑，因为其以日课方式读参经文并自我激励的做法，奇怪地唤起了那恍若隔世的"天天读"、"活学活用"以至"斗私批修"的荒谬记忆；同样，"后记"中如下的一段话只要置换一系列关键词，就能与岁月博物馆中的某种意识形态藏品叠合，其同一的逻辑曾引导过众多的集体愚行以至暴行：

> 操练信心的益处即奔向生命成圣，将我们在地上作客旅的短小的日子经由爱上帝的生命实质作成荣神益人的活祭敬献基督。这是一个美不胜美的事实，更是极其内敛的争战：用我们的得胜彰显那招我们出黑暗入奇妙光明之上帝在我们生命中的旨意，见证祂十字架救恩真理的美德。

当然这都是些一时联想，它有待探究，却拒绝一切简单轻率的结论。清明的理性于此既不能无视历史前景和背景的变化，又不能将教义宣讲和现身说法混为一谈，尤其不能忽略处于绝对弱势的个体修为和以绝对强势的权力为后援的集体推广之间的区别。进一步说，只要不是纠缠于这些话语本身，而是着眼并叩问它们与言说者的关系，就不难体察到问题的另一面：在一个人文信仰持续坍塌，拜金和消费主义越来越甚嚣尘上，而精神／人格乃至精神自身的分裂正越来越成为一种致人麻木的沉疴的历史语境中，一个人要有怎样的心性，怎样的定力，付出怎样坚韧不拔的日常努力，才有底气说出这样的话！

也正因为如此，所谓"奔向生命成圣"对我反倒构成了某种倾向沉默的压力。这和"成圣"之念是否虚妄，或在今天是否格外虚妄无关（作为个人励志，这在任何时代均无可厚非——且不说"人皆可为尧舜"的古训，当代亦可举出南丁格尔的成例），与"召唤—奔赴"的（神学）心理结构也关系不大；那一再训诫我缄口的力量不是来自任何修行的意愿及其可操作性，而是来自对一个人修行的过程，对这一过程中必然遭遇，并必须克服、消化的种种磨难，尤其是点点滴滴的日常磨难的同情（本义的同情）。由于分裂以至撕裂的力量前所未有地无所不在，这一过程本身甚至超越了其宣称的目标，向我呈现了某种内在的、隐秘的神圣性。立足这样一种可以被信仰和诗共享的神圣性的立场，就能看到《信心的操练》中那些未被说出以至说不出的部分（以日课形式说出的不过是其日常的象征），就不难体会到我所谓"倾向沉默的压力"。事实上，所有配得上神圣性的事物都具有这种倾向于沉默并唤起沉默的力量，它们当然也有权要求相应的领受和表达方式；对我来说，坦率地说出曾经的疑虑和内心争辩以为引子，继而闭嘴以为读者留下更大的阅读和感悟空间，大概是我能想到的最好方式了。

遗憾自然是免不了的，其中最大的就是来不及与沙光就《大地上的异乡人》展开进一步的对话。沙光自认其诗歌卷是"以神本主义诗学为背景的抒写上帝之爱对现实的抚恤的圣诗"，我则更愿意称其为一个向圣修行者阶段性的"喜乐颂"。我不会从诗艺的角度把沙光描述成一个"归来者"，然而，这些诗确实在更为成熟的意义上再现了曾在《抵毁》中大放异彩的魅力：变化多端的语言姿态和彼特拉克十四行的整饬形式之间构成的张力、闪烁游移于多重复合声调之间的不确定感，尤其是那种曾经让我着迷的音乐性。显然，正如皈依并没有自动终止沙光在尘世的苦难一样，转向神本主义也不能一劳永逸地解决她所面临，或可能面临的诗学问题。多年前她曾经允诺要"把风暴引进更高的城邦"，那么，她正在探索的，会是一条经由诗和信仰的相拥相济和互勘互破，不断在二者之间达成某种危险的动态平衡的新道途吗？《火焰在深情地歌唱》一诗似乎同时包含了我的期待和沙光的应答：

> 内在的精神不再噼啪作响，但不意味着我停止了歌唱
> 不再像年轻时那么热切倾诉，语词不再纠结争斗
> 在宁静中关怀世界，与人和睦，但决不与罪恶同谋
> 我在歌唱中提炼黑夜光辉，在照亮别人的同时使自身温暖

2011年1月23日，天通西苑

静水深流或隐逸的诗学

——读子川诗集《虚拟的往事》

　　五味杂陈的中年倏忽将过。黄土汹涌，眼睁睁已漫至胸际。随着两鬓飞霜，前额日显空旷，脑袋和目光也越来越多地被扭向身后。这里的"被扭向身后"，意指受控于某种无意识的力量；这种力量通常被称为"回忆"，但也可以更积极、主动一些，谓之"生命的反向追寻"。诗人们肯定更倾向于后一种说法。对他们来说，一边任凭"鸟飞反故乡兮，狐死必首丘"的悲风在心中盘旋，一边想象史蒂文斯的钻石在不远处烨烨闪光，未尝不是另一种偶傥风流或危险的平衡。当然也不能一概而论。子川诗集《虚拟的往事》让我更多感受到的，就是混合着些微苦涩的清明与冲淡平和。试读《故里》：

> 生命枝头，一个青果终于成熟，
> 不知该向何处坠落？
> 身后是古运河，
> 千百年来，毫无倦意地流，
> 似乎也没有变宽。
> ……
>
> 乡音是另一种河流。我是一条干涸多年的鱼，

绕过许多险滩，经过许多风浪，
终于找到渴望中的水。这让我想起，
少年的梦就枕在一条河流上。

　　一枚成熟的果实于枝头下临两条河流，其语态之从容，真有点
"子在川上曰，逝者如斯夫"的意思。两条河流分别关涉着诗人的身
世和灵魂，二者共同揭示着他的"故里"，并在"少年的梦"中合而
为一。这"少年的梦"未必只限于"找到渴望中的水"，这"渴望中
的水"也未必只隐喻着诗和诗人，但后者无疑是其核心的部分，并构
成了全诗自我相关的维度。另一首《影子》似乎恰好放大了这一部
分，其情境可以视为它的成熟样态或原型：

守住一口井　结果会怎样
许多事情说不好

种一棵树让后人乘凉
这道理大家都明白

时间是一千年　那挖井人和植树人
离我们实在太久远

可井水　还是那么充盈
那树繁茂如初

当我把一口井　一棵树
与一座寺院联系起来

来来去去不仅是那些僧侣
还有琉璃瓦　印度香　木雕泥塑的菩萨

新砌的庙宇
根基在一口井里　在一棵树下

我在那里缓缓走动
替一个个逝者　留下影子

　　和《故里》的俯临不同，《影子》的视角是散衍的：一口井。一棵树。一千年。所有这些被统摄为一座寺院构成了另一种自我相关（"寺"通"诗"）。当诗人于此把自己的角色界定为一个造影人时，他不但使这一身份和诗中的"挖井人"、"植树人"叠映在了一起，而且也把自己影子化了：他像一个影子那样在"新砌的庙宇"中"缓缓走动"，在"替一个个逝者留下影子"的同时，吸附并融入了众多的影子。"一个个逝者"令我们再次想到"逝者如斯夫"；井中之水随之涌出，和《故里》中的两条河流汇合在一起。事实上，无需特别的提示，读者也会注意到"水"构成了这两首诗的主体意象（成熟的果实、繁茂如初的树等则可视为其变体），其主体性在于它无论作为历史、存在，还是诗意的隐喻，都首先意味着定在和先在，"我"只是作为一个偶然的后来者，通过寻求、守护、汇入而界说自己。所谓"自我相关"在这里不仅指涉着当下的写作行为，更指涉着诗与灵魂之间的致命关联——没有比水更能体现这种关联的了：养育、滋润、涵泳、变化、渴意和渴意的解除，如此等等。同样，水的主体意象也反指着诗歌自身的性质：一个语言的影像世界。严沧浪曾以"空中之音""相中之色""水中之影""镜中之象"来妙喻这一世界，而在我看来，这也正是《虚拟的往事》之"虚拟"的本义。

五十而知天命。五十往后的子川似乎更服膺于水并试图化身为水：他的水，印上了他独特指纹的水。这里的"指纹"具有基因的性质，其踪迹可以一直追溯到子川的早期作品《总也走不出的凹地》。在那首以其桑梓之地的锅状地貌为材质的诗中，凹地里如月色一样泛滥成灾，"淹没了多少惊心动魄的情怀"的水，与"几千年大体不变"，总能适时粉碎杨花和柳絮叛逃图谋的惯性统治彼此拥济，共同揭示着某种单调乏味到令人窒息的生存和精神困境，在这样的困境中，"人往高处走"的天性甚至"找不到一条可以走出去的斜坡"。不能说正是这样的困境孕育、锻造了诗中的那枚子弹，但它所凝聚的某种混合着无奈和悲怆的、认命如宿式的决绝，确实和那片"总也走不出的凹地"构成了某种对称：

　　　　生命是一发尚未失效的子弹
　　　　从母亲的枪膛击发
　　　　灼热地锥过一截空气
　　　　然后钉死在靶子上
　　　　在那里冷却成一块锈铁
　　　　人生的责任就这些了

　　　　就这些了。弹头就这样
　　　　在凹地的某一点
　　　　开一朵小花，而且
　　　　永远找不回来

　　把那片锅状凹地的弧度再向上弯曲一些，或将那枚子弹开出的"小花"向深处放大，就能显示出它们和"井"的渊源关系。对子川来说，井的意象如同乡音，具有无可替代的唯一性（试将前引"乡音

是另一种河流"句中的"乡音"置换为"母语",则能量立见消减),
但更能延展为其风格特征。我已经指出过它在《影子》一诗中的原
型意味,而在《再一年》中,井的意象与"地下水"并列,被用来喻
示内心的蓄积,以抗衡越来越短,"越来越稀薄"的"未来的日子":

> 一年再一年
> 未来的日子像高原上的氧气
> 越来越稀薄
> 心中却有很多的东西
> 像井,像地下水
> 越来越充盈

　　更有说服力的是《又掉下去了》一诗。在这首说不好是举重若
轻还是举轻若重的诗中,"井"被想象为诗人象征性的终结之所,一
个接纳、容涵了他一生"遗物"的情感渊薮。"起先是一支粗笔杆的
黑钢笔/后来是一个女人/再后来是一堆词汇",分别对应着"他的
少年、青年、中年",表征着他不同人生阶段的梦想和现实、幸福和
苦痛。正如诗的情境一直被悬置在"掉下去"和"捞起来"之间一
样,这些遗物也始终介于"遗失"和"遗存"之间。然而,它们真的
只是些遗物吗?我们当然会想到,掉——捞在诗中是一个持恒循环的
模拟动作,而"有人"正是被间离了的诗人自己:

> 岁月的井绳
> 在井圈上勒出深深的印痕

需要怎样的念想和意志,才能和看不见的时间之手一起,共同完成这
触目惊心的杰作!据此,即便是从"清算"的方向看,我们也有充分

的理由将那些遗物同时称为信物。"捞上来与掉下去，没有什么不同"的彻悟并不能改变这一性质，因为再伟大的智慧，也无从取消、抹杀此一过程凝聚的体温和心血、泪水和汗水。

一个人和一口井。掉下去和捞上来——我不知道以此为《虚拟的往事》造像是否成立？是否足以揭示子川和水之间互为指纹、彼此取信的秘密？由井想到T.N.休姆对"浪漫派"和"古典派"所做的有趣区分。在休姆看来，把人看作一口井，一个充满可能性的贮藏所的，可称之为浪漫派；而把人视为一个桶，一个非常有限的固定的生物的，可称之为古典派。在不涉及派别区分的前提下，不妨综合这两个譬喻以进一步描述子川诗的风格：决不恣肆汪洋，决不跃入高音区；简洁、低调、温润、机警、含蓄；以生命的觉悟取胜，点滴入心而又充满不确定性，并由此显示出别一种虔敬和坚韧。那些只是作为前一文明的残迹，并正在相关的历史记忆中迅速褪色的井们有福了——由于子川，它们绝处逢生，不但重新恢复了与人类日常生活的密切联系，而且为我们理解和阐释所谓"仁山智水"提供了新的可能。在某种意义上，这种可能堪与加缪笔下的西绪弗斯神话媲美。

毫不奇怪，子川对水的领悟总是牵动着对时间的领悟。这不是说他对流年似水有更多的叹喟或更钟情于追忆似水年华，而是说他更善于据此为生命的境遇塑形，更善于将其转化为对诗和诗的价值的探寻。时间的度量以死亡为绝对标尺，因此对时间的领悟很大程度上就是对死亡的领悟。正是这样的领悟使子川倍感生命卑微、岁月无情，"逝者如斯，不舍昼夜"所喻指的滔滔流水，缘此一变而为满目纷纷扬扬的灰尘：

　　时间从不睡觉
　　却不记得人的情感

（《往事如烟》）

这些年，身上落满了灰尘

也可以这样表述

灰尘是些堆积起来的生命

（《重新开始》）

尘埃的演变显示了我们在宇宙中的踪迹

我是尘埃之王

（《轰天浩劫》）

我最后看见，风把尘埃吹下山涧

那些时间里的生命

渐渐尘埃落定

（《看见》）

　　子川诗中不乏有关时间和人关系的妙喻，例如"人是时间缝中的一堆虱子"（《时间的虱子》），例如"时间之上，我是上帝／投放的一粒鱼饵"（《鱼饵》），例如"一个人久久地守在窗前／像一个不动的烟圈"（《窗前》），等等；喻到"灰尘"、"尘埃"算是兜了底，而触底反弹，可谓"据死向生"。这里，流水和灰尘之间的辩证恰好体现着生死之间的辩证。这种辩证一方面大大拓展了诗意表现的内部空间，一方面尖锐突显了诗意瞬间的自在性及其不可泯灭、无法遏止的自身活力，其情形正如《再一年》中所述：

一年再一年……

我使劲想着不多的岁月

它们依旧在手下面乱跑，乱窜

前些日去长生庵上香
前些日子和长生，像是一组悖论

在应该写于同期的《大悲咒》中，流水和灰尘的意象被并置于同
一个情境；所不同的是，前者被转换成了印度香的气息和梵音，而后
者和经书一起构成了对"我"的封藏，进而揭示了某种"不在之在"：

印度香气息中
梵音在长生庵的庭院，绕来绕去
经过一个小圆门
流向槛外

不时有人来进香
我都不在
我把自己夹进一本经书
外面落满了灰尘

仅仅将之归结为想象的幻化是远远不够的，还必须注意到"长生
庵的庭院"（一如《影子》中的寺院那样）相对于日常的场景变化。
所谓"不在之在"于此也"像是一组悖论"，它与其说表明了"我"的
立场，不如说表明了诗的立场。《最后一班船》与《大悲咒》尽管
情境迥异，旨趣却极为相近。这首诗的末节事实上重申了同一的"不
在之在"的立场：

守望中，另一些人在另一个地方说话
汽笛没有响

我不在船上，也不在岸上

立足这一立场，《大悲咒》以"时间的背影／从那里越走越远"结尾，《最后一班船》以"没有人知道／最后一班船到达的时间"开头，一去一来其实并无分别，就像前者所言及的路（"从经堂到斋堂／是小青砖砌成的路径"），和后者所言及的路（"用时钟的指针／走一条永远走不完的路"），虽一具体一抽象，但其实是同一条路一样。更值得关注的或许还是两首诗都写到的花——无论它们是被特意指明还是被集体匿名，是引人入胜还是令人出神，是相谐于情境还是与之构成冲突，有一点可以肯定，就是它们都既盛开于时间之内，又超然于时间之外（或之上），且在上下文中具有孤悬陡突、不可思议的梦幻和烛照性质。这是否恰好隐喻了诗对应其"不在之在"立场的存在形态和显现方式？循此是否可以认为，《大悲咒》中的那株百年牡丹，《最后一班船》中的那些未名杂花，同样化作遍野的油菜花开进了《背对时间》？

> 油菜开花，铺了一地寂寞。
> 这故园的梦。
> 梦中有诗,从诗里伸出手,
> 彼此牵着,
> 到永远，永不生厌。

这里的"故园"同时指向无可更易的生身之邦和当下即刻的精神家园——由于梦，由于梦中之诗和诗里伸出的手，现在它们有更充分的理由被混为一谈。正如故园之"故"在诗中不应被视为过去时态用语，"背对时间"在诗中也并非痴迷过去，或刻意反抗、对抗的造型；作为某种意愿的表达，倒不如说它更多响应了诗"不在之在"的要求：那棵河边老柳"静听身后流水"之际，恰是其纷披的枝条或虬结的根系在空明中与诗牵手之时。

我无意为子川诗贴上"隐逸派"的标签，但假如必须用一个词概括其诗学路径，我将毫不犹豫地选择"隐逸"。子川的隐逸非关山林，非关闹市，他就隐逸于诗的"不在之在"，隐逸于由此获得的瞬息虚静之中。这虚静半是来自个人的修为，半是来自诗神的眷顾；它当然不能截断时间之流，却足以造就一块时间的飞地。虚静意指同时腾空世界和自己；而隐逸，意指自在于岁月幽闭的诗意，经由语言而自我揭示和自我澄明。隐逸不是逃避，而是生命／语言在时间内部的重启。正是这重启之力使诗如同花朵开放那样打开自己，使倏忽来去的涓滴灵思，汇成生生不息的静水深流。缘此就不难理解，为什么意欲"背对时间"的子川，却又在诗中保持着对时间的某种特殊敏感。关于这一点，只要注意一下诗集中居然会有那么多以时间为标记的诗题，就会留下足够深刻的印象：《从二月到三月》、《八月，我赢下这场球》、《从九月到十月》、《花了太多时间》、《十年代》、《晚点的列车》、《立春》、《五月》、《月令小调》、《五年祭》、《五年》、《十九点五十四分》、《这一天》、《六月最后的日子》、《一个日期巧遇某些词汇》、《一个夜晚》……不言而喻，这里时间不再是某种物理刻度，而是生命和语言价值的刻度，是诗和诗人彼此发现的区间。

所有痛感时间压力的人都会产生背对时间的冲动，唯有深谙隐逸之道者能够捕捉并把握住其中的诗意。这不是因为他更能干，而是因为他更敏锐，更智慧，更善于发现并试图勘破时间的秘密，进而不仅化压力为动力，且汲取其间的活力。《这一天》所呈现的场景于此显得格外意味深长（以《火车穿过雨区》中"所有火车在提速"的汽笛声为背景反复品读则效果更佳）。"重读了你的全部来信"既暗示了一个临时的终结之所，又暗示了一个精神情感上的反顾重勘过程；"坐在矮凳子上／发愣，身子很低，头很沉"让我们感到了二者的重量。这重量不仅来自岁月的累积，也来自被意识到的时间的悖谬。水在这里又一次责无旁贷地成为其隐喻：

> 把时间的碎片粘起来
> 就不再是时间
> 我瞥了一眼杯中水
> 不再流动的水，水面平静

然而，表面的平静之下自有暗流汹涌。时间的悖谬据此演化出记忆的悖谬、人生的悖谬：

> 其实我读到的何止是时间
> 你的身影慢慢走过
> 从陌生到熟悉
> 再从熟悉到陌生……

合格的读者不会把"我读到"仅仅认作是对"你"的单向行为。事实上，它从一开始就发生于，并一直往还于你我之间。读"你"很大程度上就是读自己。这种互为镜像、彼此深入的"读"犹如一场隐秘的内心对话，其本质则如德里达所说，是一种真实的自我揭示。它无视随伺在旁的种种有关情谊的俗套，直至真相从自我盘诘的旋涡中慢慢浮出——当然不只是你我关系的真相，也包括生命本身的真相：

> 一篇烂尾文章
> 开头部分有激情，有许多神来之笔
> 然后铺陈
> 再后来，停在转折之处

我们无由抱怨诗人没有提供任何细节：以"一篇烂尾文章"作喻，已足以激活我们全部的想象力，使一行省略号带来的大片空白变得比所有可能的细节更加生动。是否可以将其间隐含的戏剧性称为"内在的戏剧性"？这样的戏剧性是否恰好与诗中被置于前景的"我"的哑剧式动作效果相拥相济？不管怎么说，本诗的末节读起来都更像是一幕独角戏的演出本片断，而"隐逸"的真义自在其中（注意人称变化所导致的间离效果）：

> 在低矮的地方
> 一个人单独坐着
> 这一天，天蓝得有点寂然
> 一个人揉揉有点涩糊的眼睛
> 他想再看到好风景
> 他还想知道更多的秘密
> 从一张矮凳子上
> 我慢慢站起

就其本性而言，子川或属于那种耽于内心，一味妙悟的诗人；然而，《虚拟的往事》中最打人而又最令人回味的，却多是类似《这一天》那样充满内在戏剧性的作品。可以认为这些作品集中体现了子川竭力抓住并勤加修炼的某种修辞策略，但更深入一步，就可以从中发现他基于一系列难以消解的内外冲突所达成的诗学自觉。在这些冲突中，诗与时代的龃龉即便不是最根本的，也是最无可回避的。对子川来说，置身这个不断加速度物化的时代犹如置身一场不知起于何时的战争。由于既无人宣战，又不知道交战的规则，甚至看不清敌人在哪里，他在《我活在今天》一诗中留下的身影比难民更像难民：

仿佛是一夜醒来，

物欲便占领整个世界！

我挟着我的诗稿，

慌不择路，穿过欲望的快车道，

像一只被叫花子追赶的狗。

　　妙哉"像一只被叫花子追赶的狗"！既是辛辣的自嘲，又是尖锐的反刺。双重的机智突出了双重的错位；而更大的错位来自他身后那条铺满落叶的"长长甬道"与"欲望的快车道"从原点到指归的永不交集。要应对如此的错位，机智显然大大不够用了。在《寻找》一诗中，同样的错位被置换为主体的视角，其后果则被隐进"满地找牙"的暗喻。怀着如此难以启齿的伤痛，诗人厕身被自己的颠来倒去弄得乱七八糟的生活，以半是自傲，半是自抚的口吻宣布：

我热衷于寻找

这个时代不需要的东西

从一堆平庸的汉语中

满地找牙一样

找出它们的棱角，拼成新的图案

　　所有这些都具有不折不扣的悲—喜剧色彩。类似的悲—喜剧当然不为这个时代或这个时代的诗人所独遇，但也可以这样表述：正因为它在这个时代表现得尤其刻薄，它对一个谨慎地历经了人世沧桑而又始终不改初衷的诗人所造成的伤害才尤其深重，这种伤害才会在他心中加速度地沉积发酵，进而不仅内化为某种与之对称的感知眼光，而且被锻造成某种与之匹配的诗艺尺度和形式要求。这样的眼光、尺度和要求与前述"不在之在"的立场互为表里，彼此渗透，虽无从构成子川隐逸诗学的核心（除了虚无和定力，它不存在也不需要什么核心），却足以凝聚其写作过程中经验／梦想、良知／困顿、信念／怀疑、飞翔／边界，诸如此类的多方博弈，穿透岁月的迷障并体认诗歌的正义。它同时为我们带来作品的强度和人生的复杂况味：

　　龙是鱼的想象
　　多少赴死的理想，在龙门一跃
　　又变成水花——退回

　　　　　　　　　　　　　　　（《回望》）

　　种子依旧发芽，
　　依旧有梦抵达酣睡，
　　情节不同，角色不同，
　　上演的剧目没有什么不同。
　　"知了"终于还是没能爬上树干。

　　　　　　　　　　　　（《一切终成过去》）

　　花已谢了，花枝上只剩下叶子
　　对花的怀想
　　纠缠了叶子的一生

　　我们的生活因此而改变
　　一条不够长的被子
　　扯了这头就够不到那头

　　　　　　　　　　　　　　　（《降临》）

　　揿一下恢复键
　　初始化已经黄旧的时间

你可以重新开始

（《重新开始》）

既然对子川来说，"落叶是收获之一"，"与开花结果同等重要"，胜利或失败也就不妨相齐。我想象诗人写下这些诗句时嘴角总挂着一丝略含讥讽的笑意。如果说写作行为本身于此是不妥协的象征，这略含讥讽的笑意则表明，在"虚拟的往事"中与这个令人悲欣交集的世界达成某种和解是多么必要，又是多么困难。必要出于对生命的悲悯，困难来自人类和语言的限制。唯因如此，子川那西绪弗斯式的劳作将注定继续下去，而无论他已怎样心平气顺，技艺精纯。是的，一个人和一口井，掉下去和捞上来——但也不排除出现如《接下来》一诗中写到的事故及其解决之道：

没有阳光的日子
并不意味着太阳不存在。
完美止于行动。
"如果电梯不能关闭，
请同时摁开、关两键，谢谢合作！"

这里上下文关系的错位达到了荒谬的程度。然而稍稍延伸一下思绪，却又可以发现"请同时摁开、关两键"与"掉下去—捞上来"之间的对位，尽管同样是以荒谬的方式。这双重的荒谬中自有大尴尬以至大悲苦，却又借一句俏皮的耳食之语表现得如此轻灵跳脱，不着痕迹。面对如此"内在的戏剧性"，我们除了嘿然一乐，似乎只能沉默。问题在于，这就是诗人所指望并已事先称谢的合作方式吗？

2013年5月23日，初稿
7月12日，增删改定

激情的渊薮及其解剖学 *

    1998年我第一次读到了周瓒的诗，同时结识了她主持创办的同仁民刊《翼》。这不是在陈述一个简单的事实，而是试图指明二者之间的某种内在联系。当然，没有《翼》，周瓒也仍然会致力于诗，但那是另一个问题。在当代林林总总的民间诗刊中，《翼》属于最不起眼，却也最无可替代的那种，其意义不仅在于从性别的角度为一批志趣相投的诗人提供了一个集中呈现其活力和可能性的平台，还在于它多年来通过作品、翻译、对话和批评理论互为文本的综合方式，不断擦亮、延展、清理并深化着对"女性诗歌"的关注和探究，从而使这一肇始于上世纪八十年代的当代诗歌现象更趋鲜明，并从内部持续发出更自信，也更自觉的立体的声音。所有这些都和周瓒的努力密切联系在一起，而她集作者、读者、译者、研究者和编辑者于一身的"多重身份"，于此正好成为一种对称或象征——在经由《翼》所集合起来的作者群中，并非只有周瓒才持有这种多重身份，但她无疑是其中最专注、最勤勉，实绩也最突出的一位。我素无断"代"的癖好，不会据此就推拥周瓒为"新一代女性诗歌"的标识性人物；然而，如果有人这样认为，我不会感到诧异，只会建议他（她）再仔细读一

---

*   此文系为周瓒诗集《影片精读》所撰的序言。

读《翼》：

> 有着旗帜的形状，但她们
>
> 从不沉迷于随风飘舞
>
> 她们的节拍器（谁的发明？）
>
> 似乎专门用来抗拒风的方向
>
> 显然，她们有自己隐秘的目标。
>
> 当她们长在我们身体的暗处
>
> （哦，去他的风车的张扬癖！）
>
> 她们要用有形的弧度，对称出
>
> 飞禽和走兽的差别（天使和蝙蝠不包括于其中）
>
> 假如她们的意志发展成一项
>
> 事业，好像飞行也是
>
> 一种生活或维持生活的手段
>
> 她们会意识到平衡的必要
>
> 但所有的旗帜都不在乎
>
> 这一点；而风筝
>
> 安享于摇头摆尾的快乐。
>
> 当羽翼丰满，躯体就会感到
>
> 一种轻盈，如同正从内部
>
> 鼓起了一个球形的浮漂
>
> 因而，一条游鱼的羽翅
>
> 决非退化的小摆设，它仅意味着
>
> 心的自由必须对称于水的流动

由于和《翼》诗刊同名，所以这首诗很容易被认为是创刊之初所作，带有宣言性质。然而非也。它写于2000年6月，换句话说，是在《翼》创刊差不多两年之后。我不知道这是出于某种刻意的谨慎还是偶然的巧合，但无论如何都透露出，周瓒实在无意充当任何意义上的"女性诗歌"代言人。自然，这不是一首寻常的咏物诗，即便和《翼》诗刊没有任何关系，也可以同时被看作一首献诗：既献给她的同侪，也献给她自己，但更重要的是献给诗本身。如果说它确实界定了什么，那就是在一个物欲横流、"怎么都行"的时代语境中，在天使和蝙蝠之间，在旗帜和风筝之上，重申了诗乃是一项有关飞行的事业，且自有其"隐秘的目标"。它把我们的自由意志导向生命和语言的内部，导向遗忘的深处，在那里我们会发现或重新生出一双古老的、现象学意义上的翅膀。

作为诗人的周瓒或许不如她身边的某些比肩者——例如穆青——那样才华横溢，但似乎更善于控制诗的激情。我相信每一个读过十四行组诗《影片精读》的人都会留下这方面极为深刻的印象，哪怕他（她）并不熟悉那些被指涉的影片。选择个人化了的彼特拉克十四行显然经过了精心的考虑：用经典体式呼应大师作品以表达敬意只是其副产品，更主要的，是在篇幅受到严格限制的情况下接受难度的挑战。我们会注意到这组诗在外部形式的整饬程度上较之原型更甚，以至个别地方陷入了无理和僵硬（或许是过分追求在视觉上达成与银幕对称的效果使然）；但由于采用了更为灵活的断句（跨行以至跨节）建制，其肌质和内部空间不但没有受到影响，反而更有弹性，正如放弃了原型规定的脚韵而更多诉诸节奏的变化不但没有影响其音乐性，反而多出了一重自律感一样。这组诗涉及人类生活的方方面面：自由和死亡、记忆和时间、真相和镜像、成长和命运、青春、爱情、暴力、诫律、怀旧、同性恋，如此等等，但真正被探讨的是"看"和"看法"的主题，包括"观看"和"被看"，其中交织着导演、观众、影片主人公、演员的多重目光，而所有的目光一无例外地都折射着本诗作者的目光，反之亦然。这样一场在银屏和心屏之间无声进行的交锋或纠缠，其强度和复杂性可想而知；设若没有一个更超然的视点，则混乱将无可避免。在我看来，第六首《阿尔莫多瓦：〈高跟鞋〉》中的几行诗句在组诗中起到了枢机的作用：

> 母爱，成长中必然的谎言，似乎在警告
> 看客们：关于来自古老寓言的洞穴神话
> 光从何处来？眼睛被怎样的黑暗所左右

柏拉图曾征引过那个"来自古老寓言的洞穴神话"，以警示思想者们以人类本身的囚徒困境；它当然也适用于银屏内外所有的"看客"，更准确地说，所有的"看法"。组诗中随处可见的追问揭露了激情的渊薮，然而，和诸如"谁能给音乐自由，给背叛的爱情以遗嘱／谁又能给死亡以真相大白的陈述权力？"（《基耶斯洛夫斯基：〈蓝色〉》），或者"黛尔／现在我忍受你，将来我接受你。不过谁／／在塑造你？谁在吧台前替你转述同性爱／谁在你楼下看清了窗帘上映出的真相"（《尼尔·乔丹：〈哭泣游戏〉》），或者"关于一只猫的一生我们又能知道些什么"（《斯克特希克斯〈钢琴师〉》）等比起来，"光从何处来？眼睛被怎样的黑暗左右"似乎更具有终结追问的性质。它要求一种有关"看"的看，"看法"的看法。由此不但赋予了组诗的散点透视以内在的秩序，而且使第二首《基耶斯洛夫斯基：〈情诫〉》中的一行诗回头读来显得格外意味深长：

> 最后，我看清一双眼蝉蜕般从屏幕淡出

如果说在阅读这组诗的大部分时间里，我们都可以，或者说不可能不感受到某种炽热的性别立场的话，那么，这行诗却启示，至少是暗示了一个相反的向度，消解或超越的向度。它似乎既在提醒，又在擦抹镜像或语言的边界；然而我更想说的是，它所透露出的那种精致的寂灭／新生感，似乎恰与上述尖锐的终结追问对称，据此我们可以大致勾勒出其中每一首诗以至整组诗飞行的轨迹——当然不止是前引《翼》诗中说到的"有形的弧线"，也包括突然的跃升、俯冲、转折、偏离和螺旋。

　　一篇不可能写得很长的序文，却花费如许多的笔墨谈论一组诗显然不合比例，但未必不值得。在我看来，《影片精读》不但是周瓒迄今最有力、最结实的作品之一，也是解读90年代以来女性诗歌发展最典型的案例之一。决非偶然地，这组诗所涉及的影片，除《钢琴课》外，其导演一无例外都是男性，因此它事实上体现了一场三重的对话：既是性别之间的对话，也是作品之间的对话，而所有的对话同时也是作者本人的自我对话。从这样的角度，比较一下这组诗与她写于其后不到两年的另一组赠诗（所赠对象均为同时代的知识女性），包括《庭院的哲学》、《大天使》、《童话植物》、《轻逸者》、《微火》、《形式》、《相信》和《仪表，兼作本体论沉思》（其中第二、三、四、五首写于同一天）在语气和调性上的差异，是一件非常有意思的事；而把这两组诗放在一起，我们将看到一场互补的女性诗歌内部的对话，正是在这样的对话中，周瓒发展出其卓尔不群的风格：一种倾心以向而又预留了回旋空间的诚恳，一种由于内敛而显得格外机警的敏感，一种在复杂的游移中一击而中的精确，一种以反讽或视角转换平衡怀疑和天真的客观性。

　　然而，没有写过《长椅上的俩女生》的周瓒，没有写过《爱猫祭典，或我们的一年》的周瓒，没有写过《松开》或《黑暗中的舞者》的周瓒，没有写过《坍塌》、《中关村》，尤其是没有写过《张三先生乘坐中巴穿过本城》的周瓒，将是一个失之扁平的周瓒。这当然不是在说她创作的题材领域有多么广阔，也不只是在说，她平静而时不时透出稚气的外表下，跃动着怎样一颗渴望探险的灵魂，而是意在提请有心者更多地关注周瓒的个体诗学——如果你愿意，也可以借用她自己的诗句，称之为"激情的解剖学"。就此进行深入讨论是另一篇文章的事，这里只想撮其概要，即：无论听起来有多么残酷，"激情的解剖学"所意味的，都是，也只能是某种"活体解剖"。它与其说引导，不如说迫使我们进入诗歌文本内部；它吁请我们在血液的涌动和壅塞之间，气脉的通行和阻隔之间，幽昧不明的缺席和稍纵即逝的到场之间，细察、倾听、辨析这生命／语言机体的点点滴滴，并把由此获得的全部知识（一种有关我们自身的特殊知识）视为一个来自沉默而又归于沉默的故事，其中隐藏着一首诗，或一个诗人真正的身世：

> 激情的解剖学，无需流血
> 却也懂得付出代价，沉默的代价
> 在时间上，它如同彗星的崩溃
> 开花的宁静：而我们会像款待亲人一样
> 接纳陨石和花朵的气息，它们的身世
> 最终会被我们用自己的故事解说。
>
> （《相信》）

周瓒原名周亚琴。最初我曾感到奇怪，不明白她为什么会选用"瓒"这么一个冷僻的字做自己的笔名（"亚琴，多好的名字，可惜了。"她的一位朋友叹息道）。由于小时第一次读《水浒》就因其繁复的笔划记住了那个双鞭呼延瓒，我甚至认为"瓒"有点太男性化了。自然，这不过是缺乏知识所导致的一个小小偏见。据《现代汉语词典》，"瓒"，是指古代祭祀用的玉勺子。这一解释已足以阻止我向她进一步动问的念头。

2007年4月10日，天通西苑

北岛：看大地多么辽阔

应该是1984年春天的一个下午，我领大学期间的好友刘东去见北岛。那时我住前门东大街8号楼的作协集体宿舍，北岛的居所则地处如今已不知什么模样的西打磨厂胡同，两下相距不过十来分钟路程而已。是不是有过传呼电话预约记不得了，只记得他的住处在一个大杂院的尽头，走到必须穿过一个被防震棚之类的临时建筑紧夹着的长长甬道。印象中房门是带玻璃格子的那种，旧底，但不久前新刷过蓝色的油漆，里面糊着白报纸；客厅的墙壁也够白，或许同样粉刷过，或许只是因光照不足而反衬出来的效果。这样的记忆底版有助于突出开门一瞬所遭逢的北岛的目光——尽管这并非是我初识北岛，尽管他戴着不算太薄的近视眼镜，但必须承认，此前我还从未如此近距离地感受过这样的目光：矜持、冷淡、忧郁，而又保持着高度的警觉，可以说是一种漠然的锐利。

刘东如今早已大名鼎鼎，但当时还不行，当时他还只是浙江大学的一名青年美学教师。和那个时代所有热爱诗歌的年轻人一样，他对北岛也是心仪已久，这次见面就是出于他的一再提议。眼见梦想成真，他那份心潮澎湃，至今想起还令我又感动又好笑。为了不辜负他的心思，我决意让他唱主角；遗憾的是，他巨大的热情始终未能得到相应的回报。老北岛那叫惜言如金，几乎是问一句才答一句，而且力求简短，让我不断想到他那著名的"一字诗"（标题：生活；正文：网）。整个谈话过程犹如在拉一张过钝的大锯，虽说看上去你来我住，却无法深入，而且不断"卡壳"，让双方陷入断、续不得的尴尬境地。刘东体能再好，也扛不住太多沉默的压迫，恰好此时我也看完了刚在香港出版不久的中英文对照本《太阳城札记》（其中文部分完全用手书，这一形式令我着迷），于是刘东建议，是否找个地方，一起看看他当天刚刚购得的西方经典油画幻灯片？北岛似乎叹了口气，起身把我们让进里屋。

幻灯片有五十张之多，投影仪也是新买的，随身带着。刘东显然想找回他固有的热情，边架机器边叨叨说，替学校买这些劳什子是他此番来京的主要任务，不料倒让我们先一饱眼福了。然而放映的过程并没有带来他预期的幸福，因为大家都有点心不在焉。有一搭没一搭的对话短促而突兀，像在头顶上一掠而过的不明飞行物。其中最荒诞、最让人哭笑不得的几句发生在他们两人之间，而且还真说到了不明飞行物。

问：最近在写什么呢？

答：没写什么，瞎想些事情。

问：那想些什么呢？

答：……比如说，UFO。

话说到这个份儿上，接着该做的就只能是告辞了。北岛此刻却突然放松下来，说如果不着急的话，可以等他妻子回来一起包饺子。我不认为他是在说客气话，问题是心情不合适。两人都有点郁闷，相随着一声不吭出了大杂院，刘东突然回头爆笑道："北岛这家伙……啊！"我当然知道他这声"啊"的复杂内涵，于是也哈哈一乐："知道他的绰号是什么吗？老木头！"

"当时能谈些什么？烦心的事太多了，再说也还来不及成为朋友。"近二十年后与北岛说起这段往事，他的目光已经变得至为平静柔和——当然，是那种历经沧桑后的平静柔和，从中你可以读出，"老木头"仍然是"老木头"。

在被归入"朦胧诗"的一代诗人中，北岛从一开始就是最为耀眼的一个，但或许也因此注定成为受成见侵害最深的一个。以他的早期作品为例：正如小说界迄今绝少有人提到他初稿于1974年、发表于1978年的中篇小说《波动》——在我看来，无论在方法上带有多少模仿的痕迹，这部小说在当代小说史上都应占有不可或缺的一席——一样，诗歌界在大多情况下也只牢牢盯住他的《回答》、《宣告》或《迷途》等符合"朦胧诗"定义的作品不放，充其量将视野扩展到《红帆船》、《习惯》等为数不多的爱情诗，而对诸如《日子》、《一个青年诗人的肖像》等显示了别一种风格、别一种可能性的作品，却基本上视若不见，就更不必说稍后像《触电》、《空间》那样既更深地触及生存的困境，方法和风格上也更为精细，更具个人色彩的超现实主义作品了。毫无疑问，这种象征化、符号化，最终意识形态化的成见为某些一心要"打倒北岛"、"pass北岛"的后起诗人提供了方便，其结果是使"北岛"这个名字在被加速度地经典化的同时，也被焊死在人为设计的当代诗歌发展框架的某一点上，成了诗歌不断超越自身的一个证明，更准确地说，一件祭品。或许在这些诗歌同志看来，二者本来就是一回事。

当然，这里说的只是一种成见，并且相比之下是较小、较为无害的一种。来自另一向度（国外汉学界的向度）而又与此对称的，可参见哈佛大学教授斯蒂芬·欧文（Stephen Owen）先生的《何谓世界诗歌》（中文译文最早见载于上海民刊《异乡人》1992年春季号，已收入同一作者最近由三联书店出版的《迷楼》一书）和诗人欧阳江河为北岛诗集《零度以上的风景》所写的序文《初醒时的孤独》（收入其评论集《站在虚构这边》时更名为《北岛诗的三种读法》，三联书店，2001）等文章。至于更大、为害也更烈的成见，这里不说也罢。需要指出的是，种种成见尽管各有所据，不可一概而论，但作为诗歌态度却又表现出惊人的一致，即都把诗看成了一种权力；这也就决定了成见持有者的共同身份，即都是些"战争的客人们"。这一富于讽刺性的称谓出自北岛的《完整》一诗，与此相关的是一个至为荒谬的场景：

> 琥珀里完整的火焰
> 战争的客人们
> 围着它取暖

　　是否也叫以将其视为"全球化"背景下多方合谋的一种诗歌"奇境"，或充满"后现代"、"后殖民"意味的诗歌"奇观"？或者更彻底些：一道风景线？这道荒谬的风景线肯定不为北岛所专属，却通过他显示得更加触目。自上世纪80年代末以来，由于无从读到他更新的作品，作为诗人的北岛对国内绝大多数读者来说越来越近于一个寓言，一个因主人长期外出而赋闲的地址；取而代之的是作为公众人物的北岛：人们越来越习惯像谈论一个明星那样谈论他的国际声名，谈论此起彼伏的他将要摘取诺奖桂冠或与之擦肩而过的消息，以及种种与他有关的传闻、舆论、臆测、花絮，而不是他的诗。"北岛的名字"，一位论者不无忧虑地写道，"在成为一个象征的同时也正在变成一个空洞的能指。"他所忧虑的与其说是北岛的名字，不如说是那些播弄着这个名字的嘴巴，是在播来弄去中被搅得乱七八糟、恶俗不堪的诗歌趣味和诗歌记忆——许多张大嘴巴，共用一颗失忆的脑袋，还有什么比这更适合作为所谓"空洞的能指"的能指呢？就此而言，曾经发生过的一件趣事不应仅仅被看作是一个无伤大雅的笑话，也可以被视为某种小小的症候：2003年春节期间，回国省亲的北岛应友人之邀去某地。当地一位据称"80年代也写过诗"的"诗爱者"听说后很兴奋:"北岛?我知道!"接着他开始热情洋溢地背诵他所认为的北岛代表作:"中国,我的钥匙丢了……"

在这样的背景下,汇聚了北岛迄今主要作品的《北岛诗歌集》前几年由南海出版公司出版,真是一件值得庆贺的事。诗集一印再印,总发行数突破了三万,就更值得庆贺。据我所知,一部诗集而拥有如此高的印行数,十多年来不说是绝无仅有,也是极为罕见的。这是否表明北岛的诗又一次征服了读者?对此我宁可持更谨慎的看法;但不管怎么说,这都是一次胜利:既是一个人和他的诗的胜利,也是有心向诗的读者们的胜利;既是"缺席的权利"的胜利,也是"在场的权利"的胜利;既是时间的胜利;也是对时间的胜利;最后,是把所有这些凝聚在一起,永远会逸出历史或人造的"琥珀",而反复将自己显示为生命/语言之"活火"的人性/诗歌本身的胜利!

北岛本人怎样看待自己作品的"还乡"是另一个问题。显然,这里需要的不是热情,而是透彻的洞察力。他写于90年代中期的《背景》一诗于此更像是某种预应式的,即充分考虑了各种压力的表达。诗的基调是自我交谈性的,但起手一节却使用了斩钉截铁的条件—论断句式:

> 必须修改背景
> 你才能够重返故乡

孤立地看会觉得激愤、孤傲而突兀,只有领略了第二节交织着嘲谑和反讽、苍凉和豁达混而不分的身世感,以及随后有关一个家庭宴会的半似调侃半似叹息的概括描述,才能品出其中的复杂滋味。2003年下半年我受《诗探索》的委托,通过E-mail对北岛进行访谈时曾议及这首诗。在肯定"背景"、"重返"和"故乡"都具有多重涵义的前提下，我的问题是：假如"重返"成了错位，你会失望吗？他的回答令我感到，他和他的诗其实从未脱离过母语语境：

> ……这是个悖论。所谓"修改背景"，指的是对已改变的背景的复原，这是不可能的，因而重返故乡也是不可能的。这首诗正是基于这种悖论，即你想回家，但回家之路是没有的。这甚至说不上是失望，而是在人生荒谬前的困惑与迷失。

我不知道对应地去读他写于稍晚的《远景》一诗是否合适？在这首诗中，乡愁和风、言说和道路互为隐喻，而威胁来自道路尽头那只"扮装成夜"的"历史的走狗"。诗的结尾饱含忧郁，它让我们看到了另一个北岛，一个有点"老派"，但很可能也更加本真的北岛：

> 夜的背后
> 有无边的粮食
> 伤心的爱人

"无边的粮食"、"伤心的爱人"在这里都具有终极事物的性质。认为它们的被遮蔽构成了北岛写作或继续写作的理由是过于简单化了；然而，这并不妨碍我们从中发现令他忧郁的理由，令他对历史和人生的荒谬一直保有极度敏感的理由，令他认同"诗是忧郁的载体"（西班牙诗人马查多语），并致力于使写作成为对荒谬的持续揭示的理由。而同样的理由或许也正是他的诗吸引我们一读再读的理由。

和"荒谬"一样，"忧郁"肯定也是北岛写作最重要的根词之一。在前面提到的访谈中，"忧郁的载体"不仅被北岛标举为他一直在寻找的诗学方向，而且被用来表述他在长期漂泊中对母语的感受（在布罗斯基所比喻的"剑、盾和宇宙舱"外，他又加上了"伤口"），甚至被用作他反思新诗传统的"动力和缺憾"的内在尺度（见2003年第4期《诗探索》）。这是否意味着他同时也提供了一把钥匙，据此可以更方便地打开他的诗歌之门呢？我不知道；但我知道总也有人站在他诗的门前抱怨"不好懂"。那就让我们一起来试试如何？不过要小心，警惕由此又形成一种新的成见。多年前北岛曾把诗自我定义为"危险的平衡"，对他的新老读者来说，这或许是一个应该始终记取的提示。

不妨把北岛的散文也视为一个平衡的因素。北岛开始写散文是90年代中后期的事，"还乡"却早于他的诗；最初见于《天涯》，稍后则在《读书》、《书城》、《收获》等杂志开辟了专栏，并辑集成《失败之书》（汕头大学出版社，2004）、《时间的玫瑰》（中国文史出版社，2005）和《青灯》（凤凰出版传媒集团／江苏文艺出版社，2008）先后出版。散文中的北岛当然还是诗人北岛，却更为从容洒脱，富有情趣，其风格上的明显标志是突出和放大了在他的诗中往往隐藏得过深的幽默（一个幽默的北岛是必要的，他在令人感到亲切的同时也令人安心）。从专业的角度我更看重《时间的玫瑰》，其中收入的文字在《收获》杂志以专栏形式连载时曾冠名为"世纪金链"，而"金链"在这里意味着：一个人的诗歌史、他的精神谱系和他"不断调音和定音的过程"。由于北岛很少直接谈论自己的诗歌创作和相关理念，这本书注定会成为他的研究者，包括诗歌史研究者不可或缺的案头读物。

现实的北岛、诗人的北岛和散文中的北岛既不是一回事，又是一个不可分割的有机整体，用一句批评的行话说，三者之间存在某种需要不断发现和发掘的互文关系。这种关系的错综复杂肯定不能被简单地归结为几个"关键词"，但类似的努力仍不失为一种有益的尝试。如果说"荒谬"和"忧郁"确实可以视为北岛迄今诗歌写作中两个最重要的根词的话，那么，他的散文就不妨被认为是在不断揭示并增强

"行走"一词的丰富内涵。以下这段文字引自新近出版的《青灯》一书中的《旅行记》一文，其中有"象"有"征"，不但以"行走"为纽结，呈现了一个人可能的现代处境及其意义关联阈，而且据此引申出了一代人独特的生命／生活哲学：

> 航空港成了我生活的某种象征，在出发和抵达之间，告别和重逢之间；在虚与实之间，生与死之间。航空港宽敞明亮，四季如春，有如未来世界。我在其中闲逛、读书、写作、瞌睡，用手机打电话，毫无顾忌地打量行人。而我，跟所有乘客一样，未曾相识也不会再相见。我们被虹吸进巨大的金属容器，射向空中，体验超重或失重的瞬间。
>
> 从长安街那边出发的男孩到此刻的我之间，到底有多远？子曰：父母在，不远游。我们这代人违背了古训，云游四方，成为时代的孤儿。有时深夜难眠，兀自茫然：父母风烛残年，儿女随我漂泊，社稷变迁，美人色衰，而我却一意孤行。这不仅仅是地理上，而是历史与意志、文化与反叛意义上的出走。这或许是命中注定的。在行走中我们失去了很多，失去的往往又成了财富。

按照世俗的标准，北岛够得上一个超级的"成功人士"。他在世界范围内被公认为中国当代诗歌最重要的代表人物，曾先后获瑞典笔会文学奖、美国西部笔会中心自由写作奖、阿格那国际诗歌奖；曾获著名的古根海姆奖学金并被选为美国艺术文学院终身荣誉院士。然而，在"行走"这一被意识到的宿命面前，所有这些又算得了什么呢？平衡吗？对称吗？互为代价吗？也许都有点儿，但从根本上说都够不上，因为，正如他所认可的，母语才是他"唯一的现实"——唯有这一现实及其内在的召唤才能使北岛有力量一直走到今天，使"老

木头"仍然是"老木头",顺便,也使我从记忆中的西打磨厂胡同一直走到这篇文章的末尾,并愿意和着北岛轻声喊出:

看大地多么辽阔,上路吧。

2008年4月

芒克：今天是每一天

几乎所有听说芒克要办画展的朋友都不相信自己的耳朵："什么？芒克？画展？有没有搞错啊？"

但是没错。芒克。画展。"芒克油画展"。时间是2004年3月12日下午6时，地点是北京朝阳区八里庄西里100号驻邦2000／A1501，尚艺术中心&YAH BAR。

很遗憾，3月12日那天我恰巧不在北京，未能亲往现场致贺（好在此前我已有缘参观过他的"秘制"现场，得睹那些已完成和尚在进行中的作品"真容"）。据说当天前来"捧场"的各界各路新老朋友多达近200人，展厅里人头攒动，拥挤不堪。有诗人，有画家（"好多都挺牛B的"，包括素有先锋美术界"教父"之称的老栗栗宪庭），有外国人，有未请自到的包括中央电视台、北京电视台在内的首都各媒体记者，当然还有画商（有的甚至是专程从外地飞来的）和老板，他们受到的关注可能最少，却是所有客人中最重要的客人。

"哎哟，那叫好评如潮啊！"芒克在电话中兴奋地对我嚷道："一片赞美声，我很快就乐晕了。"我知道"乐晕了"和"喝晕了"在他的词典里差不多是一回事；但是且慢，晕得太快并不好，还是得保持必要的清醒。"那最终卖出了几幅呢？""五幅。更重要的是还有好几幅预订的。他们嫌我现在的规格不够大。一老板，原先也不认识，说年轻时读过我的诗，让我多画，画大的，他都收藏，没问题……"

十二幅卖出了五幅，应该够得上"成果大大的"了吧？五幅，加上先前已经订出的三幅，这就落实八幅了。我不禁为芒克长长地松了一口气——当然也为他年轻的太太，为他们那一个多月后就要问世的孩子。

诸位看官，读到这里，你们大概已经能够明了，芒克之所以突然开始画画，之所以会举办这次画展，并非是他当诗人当得不耐烦或者不过瘾，还要再赚个"画家"的名头；更不是自小有个什么"画家梦"冤魂似的盘在他脑子里，直到盘得满头飞雪了才决定来一番"老而变法"，伸冤圆梦一勺烩（此前他别说没画过画，甚至没动过这方面的念头），而是为生活所迫，更具体地说，为能拥有一个属于自己的住处所迫。试想，五十老几的人了，太太又身怀六甲很快就要进入临产倒计时，却仍然居无定所，隔不了多久，就要在房东的催逼声中，像难民似的携着简单的衣物用具搬迁一次，那日子过得有多么糟心！"我都快急疯了！"说这话时芒克愁眉紧蹙，焦虑、沮丧、无奈，全都写在了脸上。他又怎能不愁眉紧蹙？对这一双没有分文固定收入的老夫少妻来说，立马买一个住处的想法，甚至显得比因没有住处而急得要发疯还要疯狂——除非能画一座房子住进去！

然而，对，画一座房子！或许，正是这一听起来比"画饼充饥"更荒诞不经的念头触动了他。这里的"他"不是指芒克，而是指诗人艾青的小公子艾丹，他的豪气和任侠仗义在朋友间是有名的。我不知道他凭什么认定芒克有画画的天赋；更有可能不是认定，而是撞大运；总之是他说动了芒克"生产自救"，又为他买来颜料、刮刀、画框、画布，接着是落实展场、印制请柬……就这样，前后两个多月的时间，一个先前从没有握过画笔（就是现在也仍然没有握过——芒克作画的所有工具就是一把刮刀）的画家诞生了！据我所知，像这样"速成"的画家历史上还从来没有有过，完全可以载入"吉尼斯世界纪录"。

这算不算得上一个奇迹，一个本雅明所谓"机器和复制时代"的小小奇迹？当然，其底本是一个老而又老的有关艺术家受穷的故事。说实话，写下"受穷"这个字眼我心里很有点不好受。这种不好受和"穷"本身不能说没有关系，但更多是由于体验到它所造成的心理压迫，一种比穷更穷的"穷"。在不到一年前的《开心老芒克》一文中我曾一再征引芒克对我说过的一句话，他说："你看我，穷光蛋一个；可你放心，什么时候咱都活得像个贵族"；而在文章的结束，我又借用他对我的祝语为他祝福，我说："老芒克你记住，作为朋友没有别的，就是希望你能开心！"可是……然而……咳，谁又没有过被生活截击的时候？根据我的个人训诂学，"截"通"劫"，"击"通"迹"；就是说，那些绕不过去的事，终将成为被逾越之事。这不是要给"受穷"一个说法，而是要给"小小奇迹"一个说法。没有一架天平能够衡定二者之间的不对称关系，但芒克被解放的才华，加上艾丹的创意，仍足以让我们在经过经济核算之后，保持住想象力对金钱和效益的最后一点心理优势。

和他的诗一样，芒克的画也有一种穿透成见直击根本的力量。我很高兴从一开始就对他未经训练的造型能力满怀疑虑，否则他的画在色彩上给我造成的冲击和感动就要大打折扣。"嗬，野兽派嘛！"我听到好几位画家朋友在见到他请柬上那些光鲜夺目的作品图片后如此评价，尽管语气不一，但决无敷衍的成分。我于美术是门外汉，不敢随意置评；不过听到行家们这样说，竟也有一点沾沾自喜。因为我一见之下（这里指原作），油然想到的也是马蒂斯、鲁奥一路。对此芒克肯定不会反对（谁都知道，仅仅是这样想就已包含了极大的褒奖在内），他甚至还可以以此为平台玩一玩个性，寻求一个对他，同时也对那些他未必深究过的大师们更为公允的说法。当一位朋友谨慎地问他，如此单纯明亮的色彩是否是因为更多使用了原色时，他嗤之以鼻："原色？哪种颜色不是人调出来的？又有谁规定了应该怎样着色？关键是让自己满意……你看凡高，那才叫牛B……哎，咱哪，玩的是凡高！"嗤之以鼻变成了逗闷子式的一乐，而所有在场的人也都相视而笑。

笑，是因为没真当回事，然而这并不妨碍芒克道出某种普遍的艺术真理。所谓"关键是让自己满意"，说得更漂亮一点，更形而上一点，就是"师无定法"，"以心法为法"。但还是让我们朴素一点吧，让我们一直朴素到"白日梦／代偿说"的层面上去吧——让我们把注意力集中于芒克的一幅画：在他这次展出的所有十二幅画中，这是调子最安静、手法最稚拙的一幅，简直就是一幅儿童画。这里没有狂野夸张的形体，没有强烈得欲燃欲爆的色块，也没有层层叠叠、金钩铁划式的笔触；画面的近景是一排显然被修剪过的树，远景是一幢白墙红瓦的小房子，正中的门也用红色点出；作为背景的天空是大片深浅错综的蓝（蓝是芒克画的基调，这暴露了他的浪漫天性），由左往右趋于明亮，而与那一排延向灭点的绿树呼应；饶有兴味的是，这片蓝透过远景的房子一直漫下来占据了画面的左下角，以致造成了一种天地不分的效果，整个画面也因此更像一个梦境。在这个梦境中那大片变化闪烁的蓝既可解读成天空对大地的投射，也可解读成波涛汹涌的大海；而那幢偏居一隅、平涂上去的小屋就像是悬浮在天地之间的梦中家园，或正努力驶向岸边的小小方舟。它脆弱而又坚定，近在咫尺而又遥不可及，既是一个回答，又是一种吁请。

当然，芒克所有的画都具有梦境的性质，但我仍有足够的理由强调这一幅的独特性。假如梦境也可以类分为过去、现在、未来的话，那么我想说，唯有这幅画的梦境和他的未来有关。这里的"未来"并非是指诸如一幢房子之类，而是指某种生活方式和状态。对芒克来说，这或许具有决定性的意义。因为他之所以一直被视为所谓"朦胧诗"一代中的"异数"，很大程度上恰恰是因为他在这方面的特立独行。我已经说过我对他的记忆大多带有浓烈的、太浓烈的酒气；而我隐而未道的，他自己在《今天是哪一天》一诗中甚至说得更加清楚：

> ……
> 再来一杯！别去管它
> 什么时间不时间的
> 你知道时间有多少岁
> 无人在意
> 我们没有喝醉
> （胡言乱语的只是酒杯）
> 无人离去
> （今天是哪一天）
> 想了又想
> 你知道吗
> 今天一定离我们非常遥远

真有太白遗风，可谓潇洒之极。这首诗的诗题后来被用作同名诗集（2001，作家出版社）的书题不是偶然的；它与芒克1987年写成，至少已有两个外文译本，但直到此次结集才作为附录得以在国内正式出版的长诗《没有时间的时间》前后呼应，表达了他对时间一以贯之的看法（写完这首长诗后，差不多整整十三年间，芒克没有写一行诗），而在这种根植于虚无的时间观中是无所谓未来的。关于这一点，愿意深究的读者还可以证之以芒克1990年出版的长篇小说《野事》和时代文艺社推出不久的他的散文集《瞧！这些人》。更极端的表达则可见于《死的活人》一诗。这首诗肯定与他1997年充当过一次电影演员的经验有关。诗中的"我"饰演的是一个"鬼"的角色，而导演的训词是："你们全都是死的活人！"最绝妙是诗的结尾：

我突然听到台下空无一人的座席上
竟响起一片掌声和喝彩

　　纯粹从诗学的角度，这种时间观无论在什么情况下都值得激赏；
然而，如果它直接成为一种日常生活方式，特别是，如果它被长期浸
泡在酒精中，就颇令人担忧了。一贯信奉天才并听命于性情的芒克对
谈论这些大概不会有兴趣，所幸的是，他的某一幅画已经率先意识到
了什么。我不认为从中发出的是反对的声音，倒不如说它同样既是一
个回答，又是一种吁请。它的语调至为平和，甚至有点平庸，但未必
不切中肯启；它说——

　　今天？今天并不遥远，它就是每一天。

2004年4月7日，病中急就于天通西苑

多多：是诗行，就得再次炸开水坝

1992年秋的某一天，忽然接到谢冕先生的电话，说是一个叫白壁德的美国汉学家来访，要求讨论多多的诗；他已将其作为新诗研究中心近期"周末圆桌对话会"的内容，"可这里的人大都不熟悉多多，你就来救个急吧。"那时我住劲松，距北大有三十余公里之遥，再说也不敢说自己就懂多多，不免有些犹豫；但架不住谢先生的诚恳，终于还是去了。

那天对话会的主题是"多多的诗和现代性"，具体谈了些什么已记不太清，但有一个插曲大约终我一生也不会忘却。中途休息时我听到身后一个细细的女声在问："他们老是说'今天'、'今天'的，这'今天'到底是怎么回事啊？"扭头一看，不用说是棵"嫩秧子"；再一问，果然是当年刚入学的研究生。尽管如此，我还是禁不住有一种哭笑不得的感觉——如火如荼的80年代所去不远，一个堂堂北大的研究生，又是专攻当代文学的，居然会不知道《今天》！现代诗在中国的根柢，真的就那么浅吗？当然她可能是从外地考入北大的，也可能是考研时才转的专业，然而这并不能减轻问题的严重性，因为问题所涉肯定不止于某个个人，而是某种机制，某种训练有素的集体遗忘或——说得更狠一点——埋葬机制。多多去国前写的一篇文章就叫《被埋葬的中国诗人》。在那篇短文中他粗粗勾勒了70年代"地下诗歌"的一些片断，其重要性回头看来固然首先在于作为一个亲历者提供了"被埋葬"的见证，但更在于其中包含的问题：怎么被埋葬？为什么会被埋葬？被谁埋葬？如此等等。

我没有问那棵"嫩秧子"事先知不知道多多，因为无需问；反过来，假如她告诉我她知道汪国真，我也不会感到奇怪。多多"气大"（芒克语），读他那篇短文时可以明显感到其中有一股"不服"的冲动；但另一方面，他从一开始就把劲儿都较在了作品上，至于它们会受到什么样的"社会待遇"，他倒是真不在乎的。我最早读到多多的诗是在1983年，是老江河寄来的，还附了一封信，大意说一个老朋友写诗多年，作品很棒却少为人知，看能不能在《诗刊》试试。一读之下，确实很棒（那时我从《致太阳》中更多看到的还是亵渎的胆量而不是反讽的智慧，但仅仅是《吃肉》的那种锋利和怪异，已足够让我倾倒；至于《教诲——颓废的纪念》和《鳄鱼市场》，在我看来绝对是当代罕见的、较严格意义上的"自白诗"的先声）；也试了，却不成。大约一个多月后我随老江河去多多西单附近的家，趁便带去了那堆退稿，他连看都没看一眼便扔到了一边，一副意料之中、安之若素的样子。他的平静，以及平静中透出的那种孤傲，刹那间便赢得了我的尊敬。

诗在任何时候都有两个可能的维度，或倾向于敞开或倾向于隐匿，也可以说边倾向于敞开边倾向于隐匿，其情形犹如在想象的目光注视下旋转的天体。这个比喻既适用于个别诗人的创作，也适用于被成见约定的某一诗歌现象。就所谓"朦胧诗"而言，或许可以说北岛和多多分别象征了这两个不同的维度。这和他们个人的主观愿望无关，和他们各自风格的关系也不像通常认为的那么大，倒不如说更多地取决于语境的需要和批评的水准，取决于经此建立起来的作品和阅读的互动。未来的人们或许会讶异于多多的诗何以在整个80年代都未能引起起码的重视，但今天的诗坛——假如说真有什么"诗坛"的话——甚至还来不及为此感到惭愧。就像不能说这是多多的不幸一样，我也不能说这是一个时代的错误，而只能腾出更多的理由对他的自知之明表示钦佩。他写于1973年（他开始写作的第二年）的《手艺——和玛琳娜·茨维塔耶娃》一诗，三十年后似乎成了自己作品命运的预言：

> 我写青春沦落的诗
> （写不贞的诗）
> 写在窄长的房间中
> 被诗人奸污
> 被咖啡馆辞退的诗
> 我那冷漠的
> 再无怨恨的诗
> （本身就是一个故事）
> 我那没有人读的诗
> 正如一个故事的历史
> 我那失去骄傲
> 失去爱情的
> （我那贵族的诗）
> 她，终会被农民娶走
> 她，就是我荒废的时日……

当然情况还是要稍稍乐观一些。事实上他的诗一直在以某种神秘的（公众视野之外的）方式，在一个足够大的（希门内斯所谓"无限的少数人"的）范围内发挥着自己的影响。1989年初，首届（也是迄今唯一的一届）"今天诗歌奖"决非偶然地选择了多多。授奖词认为："自70年代至今，多多在诗艺上孤独而不倦的探索，一直激励着和影响着许多同时代的诗人。他通过对于痛苦的认知，对于个体生命的内省，展示了人类生存的困境；他以近乎疯狂的对文化和语言的挑战，丰富了中国当代诗歌的内涵和表现力"——这来自同道的声音可以说既呼应又回报了他诗中的那种"旷野的呼告"。对乐于更深入地探究中国当代诗歌的国外汉学家们来说，多多的复杂性显然也是个极具诱惑力，尽管同时也非常棘手的案例。我不知道前面说到的白璧德先生最终是否厘清了多多和现代性的关系，但我知道荷兰莱顿汉学院的柯雷（Maghiel van Crevel）教授在所谓"中国性"问题上的驳难，所依据的正是对多多的诗的"穷尽式"研究。

这些未经主流媒体报道过的信息或许离普通读者太远；真有兴趣的朋友最好还是去读北岳文艺出版社2000年出版的《阿姆斯特丹的河流》。除了1988年那本薄薄的小册子《行礼：诗38首》外，这是多多目前在国内出版的唯一诗歌选本，所收多为他去国后所写的作品，有足够的代表性。

十四年来多多先是辗转漂泊于荷兰、英国、加拿大，后定居荷兰。这样的历练之于他固然重要，但对于一个"气力绝大"的诗人来说，似乎也不值得特别强调。"气力绝大"源自钱澄之（饮光）评杜诗用语，原话是："其奇在气力绝大，而不在乎区区词义间也"，我以为用在多多身上也完全合适。这同时也是一把打开多多诗的钥匙，非如此不足以把握其异质混成的奇幻风格和尖新、精警、"语不惊人死不休"的修辞策略，包括其经常令人头晕目眩的语速。所有这些都和他从一开始就持有的极端个人话语立场有关，和他在生活中竭力掩藏，却汹涌以至崩溃于命定时刻的内在生命激情有关，并因此而不断提升着他写作的难度。我注意到多多出国后的作品中，运用复沓手法的频率和密度大大增加了；我还注意到，自然的元素、农业文明的元素，在其作品构成中的地位也获得了强化，从而在很大程度上改变了其总体的调性（在国内时多多的诗大概属于写得最"洋气"的之列）。

在这篇短文中我无法清理这种调整或变化对一直被创新所胁持的多多意味着什么，但有一点可以肯定：他从未向这种胁持低头，就像决不会与自己妥协一样。一句豪情万丈的诗足以慰藉我们的期待，他写道："是诗行，就得再次炸开水坝！"（《小麦的光芒》）

诗歌似乎尚不足以容纳多多的激情，因此"侃山"就成了他的又一件大事。1997年春天吧，因为父亲病危，多多曾归国一次。那些天因为每次都是朋友一大帮，未能有福听他高谈阔论；前年底我和小说家张炜同赴法国里尔参加完首届世界公民大会，又应邀去里昂第三大学参加另一个会，正好多多也在，于是连本带息获得了补偿。抵达当天从约九点吃完晚饭开"侃"，差不多六个小时的时间内一直由他唱主角，而主题只有一个，即人类世界"死亡线"（Dead Line）的划定及其理由。那叫有根有据，头头是道，直侃得张炜及同行的金丝燕目瞪口呆。次日凌晨近三点，张、金终于坚持不住各自回房，我则留下聊至六点，要不是九点就要开会，肯定还不会善罢甘休。事后张炜在表示"服"（"诗人中居然还有这样的'博士'！我知道得已经够多了，可他更多，简直连嘴都插不上！"）的同时大呼受了"虐待"，又问我怎么会有那么好的耐心，就这么坐着听他侃？我笑了笑，给他讲了一个故事：1989年大年初二，一帮朋友聚会。人全来齐了，只缺多多一个。等啊等，直过了近一个小时他才拎着一瓶二锅头出现在门口，且既不道歉，也不理会大伙儿的抱怨，坐下就道："诸位，你们对目前世界的形势有什么看法？"……

我告诉张炜，那天我们不仅大大争辩了一通，还打了赌；结果我输了两瓶洋河，到现在还欠着。"也是服啊。有了这样的经历，不服行吗？"

2003年12月8日，天通西苑

杨炼：在水面上写字的人只能化身为水

　　有一只眼睛，在注视大海。

　　有一只眼睛，在中国，北京，西郊离圆明园废墟不远的一间小屋里。一张用半块玻璃黑板搭成的书桌，被窗外高大的梧桐树遮得终日幽暗。墙上，挂满从中国各地旅行带回来的面具，五颜六色，狰狞可怖，使小屋终获"鬼府"之称。也许，十年前你写下《重合的孤独》，已在冥冥中构思我，构思今天的谈话。也许，"今天之我"，只是那篇文章选中、或孕育出的一个对话者？同一只眼睛，又是不同的：在这里，德国，斯图加特的"幽居堡"，当森林的海，再次被秋天染红。我写下《因为奥德修斯，海才开始漂流》——十年前，被写进"现在"之内；另一个"我"，被写进"我"之内；一篇文章被写进另一篇文章之内；思想，被再次思想，重申一片空白——注视中，我的奥德修斯漂流之诗还远未结束。

　　是谁的眼睛？

　　是谁使"漂流"有了意义——海，还是奥德修斯？在我看来，是后者揭示了前者的距离。因为漂泊者，海的波动加入了历史。因为被写下，诗，有了源头。如此，诗人命中注定，不肯也不能停止：以对距离的自觉创造着距离。在中国，你写"把手伸进土摸死亡"（《与死亡对称》），黄土，带着它的全部死者，延伸进一个人的肉体；在国外，我写"大海，锋利得把你毁灭成现在的你"（《大海停止之处》），每天就是一个尽头，而尽头本身却是无尽的。从国内到国外，正如卡缪之形容"旅行，仿佛一种更伟大、更深沉的学问，领我们返回自我"。内与外，不是地点的变化，仅仅是一个思想的深化：把国度、历史、传统、生存之不同都通过我和我的写作，变成了"个人的和语言的"。通过一只始终睁大的眼睛，发生在你之外的死亡，就像无一不发生于你之内，一行诗之内："用眼睛幻想　死亡就无需速度……草地上的死者俯瞰你是相同的距离"（《格拉夫顿桥》）。那么，"自觉"的定义正是："主动创造你的困境"。你不可能取消距离，你应当扩大它，把它扩大到与一个人的自我同样广阔的程度，孤独，被扩大到重合的程度：一个人的，许多人的：中国的，外国的；这里的，别处的；此刻的，永远的一个人的处境。

以上文字引自杨炼的一篇随笔，题目已在其中。用杨炼的文字开始一篇有关杨炼的文字是一件有趣的事，因为这样一来，我们就可以获得一个有关"一篇文章被写进另一篇文章"的三重影像；我也不在乎是否引得太长，因为前者注定是后者的一部分。引文中说到的《重合的孤独》我也读过——在它墨迹未干的时候；但当时我还不知道它和墨西哥当代诗人、伟大的奥克塔维奥·帕斯的一本著作同名，而据我所知，90年代初杨炼在澳大利亚时，曾试图和汉学家Mabel Lee合作翻译过这部著作。我没有问过杨炼，当他把"致《重合的孤独》的作者"作为那篇随笔的副题时，心中是否同时想到了帕斯；但对我来说，这位没有出场的诗人从一开始就是一个隐身的在场者。如此一来，杨炼的文字就不再仅仅是一场自我内部的对话，其中还隐约闪烁着另一个人，或一群幽灵的声音。无论杨炼的声音有多么雄辩，都不但不能压倒，反而只能更加突出这些声音，所谓"如影随形"；而当这些声音被引入本文时，我们所获得的甚至远不止是一个有关声音的三重影像，而是多重影像——对此不必感到奇怪，因为诗人的孤独从来就是"重合的孤独"，而影像就是幽灵。

当然这没有、也不会影响我们倾听杨炼声音的独特性。就此而言，被用作标题的"因为奥德修斯，海才开始漂流"一句值得反复品味。它与其说是一个有关写作及其动力源头的感悟式的结论，不如说是一个不断从感悟出发的追问；与此同时，它也提示了杨炼运思，或捕捉诗意的反常规向度和方式，它迫使你不断自问："是谁的眼睛？"我征引杨炼的以上文字还有一重时间的考虑：分别以《重合的孤独》和《因为奥德修斯，海才开始漂流》为认知标志，他把自己的写作分为了前后两个十年；而从他写作此文至今，又是一个十年过去了。在某种程度上这不过是一个偶然的巧合，但落实到本文，也不妨说是一种对称：既与三十年中国的历史进程对称，也与他三十年来的命运和心路历程对称。

1998年上海文艺出版社推出了《杨炼作品1982—1997》两卷本（诗歌卷《大海停止之处》、散文、文论卷《鬼话·智力的空间》），2004年年初出版了杨炼新作（1998-2002，含诗歌、散文、文论）合卷《幸福鬼魂手记》；未及年底，又决定重印98年版的修订本。这样的"待遇"，或者说这样的好运，在享受着"朦胧诗"的共名，而又多年漂泊在外的诗人中大概是绝无仅有的。然而，我们却无法说这是对他的一种慰勉，正如不能说是对他的回报一样——说慰勉太轻巧；而若要说回报，或许只有他的作品本身才当得起"回报"之名。

诗人们似乎有太多的事暗合命数。杨炼去国那天是1988年8月8日，真是个出发的好日子。那天我正好也动身去拉萨参加"太阳城诗会"。我们在劲松4区414楼下挥手告别，互道一路平安，谁都没有想到直到六年后我们才能再次见面，而所谓"平安"，竟意味着他就此踏上风雨飘摇的漂泊路。说"风雨飘摇"或许言重了，但至少相对于他最初的那些年是合适的。很难想象这位心高气傲、长发飘飘的家伙在车场洗车是什么样子，在与朋友合开的小菜场当柜卖菜是什么样子，在吱嘎作响的小木楼里端着锅碗瓢盆四处乱窜，以侍候那些从屋顶和板壁中从容渗漏进来的雨水时是什么样子。然而这正是杨炼当时的样子。类似的经历，其妻友友在散文集《人景》中曾多有摄入，却没有在他本人同一时期或之后的作品中留下任何直接的痕迹。好奇心重的读者对此不免有些失望以至纳闷，只有那些熟悉杨炼一以贯之的思致并关注其个体诗学核心的人才深明其理：既然早已认定身心的漂泊是一种宿命，是诗意的渊薮，遭遇些现实的困窘，又有什么值得大惊小怪呢？

　　这当然不是事后卖乖的便宜话。如果说，杨炼属于当代中国最早达成了诗的自觉、尝试建立自洽的个体诗学，并用以指导自身写作的诗人之一，那首先是因为他最早深切体验并透彻反思了母语现实和文化的双重困境，由此拓开一条决绝的向诗之路。"一颗无法孵化的心独自醒来"（《半坡·石斧》），那一刻也就是孤独的漂泊之旅启程的时刻。从1982年相识到他去国前的几年中我是他寓所的常客，那时但觉他将其命名为"鬼府"，正如其中到处悬挂的各式面具一样，更多的是他疏离现实的自诫和自嘲，却没有深思与他个体诗学的致命关联；更没有想到，"鬼府"主人在与那些出入如风的鬼魂作隐秘沟通的同时，也正致力将自己修炼成这样的鬼魂，而这种修炼恰与日后不期降临的命运相匹配。因为鬼魂总是最轻的。他为第一本英译诗集所撰的序言《重合的孤独》（1985）与其说是写给西方读者的，不如说是写给母语／自己的；而他去国前写下的诗句"所有无人回不去时回到故乡"（《还乡》），"每一只鸟逃到哪儿　死亡的峡谷／就延伸到哪儿　此时此地／无所不在"（《远游》），既可以说是一语成谶，又可以视为他漂泊中写作的宣言。

从澳大利亚到新西兰，到美国到德国再到英国，二十年来杨炼漂泊的足迹印遍了大半个世界，其要旨或许可以概括为一句话，即以生存方式的简约，换取精神宇宙的丰富。在他的身后，不断矗立起以他所钟爱的组诗形式构成的纸上建筑群。那是他的世界，一个足以与他走过的世界相对称的同样浩瀚，同样深邃，同样生生不息的汉语诗歌世界：《面具与鳄鱼》（1989）、《无人称》（1991）、《大海停止之处》（1992—1993）、《同心圆》（1994—1997）、《十六行诗》（1998—1999）、《幸福鬼魂手记》（2000）、《李河谷的诗》（2001—2002）等。此外，他还以类组诗的结构创作了长篇散文《鬼话》（1990—1992，由十六篇构成）、《十意象》（1994）、《那些一》（1999，由五篇构成）、《骨灰瓮》（2000）、《月蚀的七个半夜》（2001，由七篇构成）等。这些作品，再加上他此一时期的二十余篇理论、批评文章，如同由一个看不见的中心（虚无的中心）兴发，而又波向四面八方的道道涟漪，构成了他创作自身的"同心圆"。"同心圆"既是他个体诗学的核心概念，是他心目中的诗歌秩序图像，也是他把握生存／语言临界点的方式。

在同属"朦胧诗"的一代诗人中，杨炼大概是最雄心勃勃的。尽管从不言及使命甚至斥之"扯淡"，但他显然是那种天生具有使命感的人。在他的笔下，能同时感受到祭司的神秘、拓荒者的狂野、钻探工的坚执、建筑师的严整和微雕艺人的精细，而将如此多的品性融溶为一的，则是鼓涌于血脉之中而又被提升到准宗教高度、如恋人般炽烈而又如修士般虔敬的创造热情。说到杨炼的热情，当年老江河的一段回忆让我印象深刻。他说的是70年代末80年代初。从国际关系学院到宫门口横胡同，两地相距二十多华里，"可挡不住这家伙。想到一个好句子坐不住，说来就来了。半夜没了公交车也挡不住，骑车，有时干脆就走着来。"他提醒我注意杨炼那两条长腿，注意他甩开长腿追赶公交车的样子，"那叫精力弥漫！"现在这两条长腿已在外跋涉多年，似乎仍当得起老江河当年的赞词；但更重要的是赢得了另一些人的赞词，而且不管他本人是否愿意，这都是对一个当代汉语诗歌使者的赞词：

在当代中国诗人之中，杨炼以表现"中央帝国"众多历史时期间生存的痛苦著称……一个世界文学的老问题，由中国当代文学提供了最新版本：怎样靠独立的而非群体的灵感，继续把新异的经验带入自己的创作？……我推荐杨炼的诗请你们关注。

——［美国］艾伦·金斯堡

（杨炼）继续以他的作品建造着中国传统与西方现代主义之间的桥梁。他令人震惊的想象力，结合以简捷文字捕获意象和情绪的才华，显示出杨炼是我们时代最伟大的诗人之一。每首诗迸射出的急迫的能量，触目地超出了阴郁压抑的题材，辉煌展示于译文中……这不是一部仅仅应被推荐的作品。它是必读的。

——［英国］《爱丁堡书评》

杨炼的主题是当代的，但他的作品展示了一种对过去的伟大自觉，以及对怎样与之关联的心领神会。将此呈现出来的是阅读他的诗行时感到的丰富音质，他使用深奥典故的爱好，和他极力张扬的精神上的自由。

——[英国]《当代作家词典》

这样的赞词还有一大堆，但我征引它们更多地却是为了凸出某种强烈的反差或悖谬：当杨炼在国外频频获奖，不停地参加各种学术和节庆活动，被誉为当代中国最有代表性的声音之一时，他的作品在母语语境中则仍然延续着多年来难觅知音的命运。几年前在北京曾召开过一个小型的杨炼作品研讨会，一位我素所尊敬的学者会后应对索稿时诚恳地对我说："不是我不想写，实在是因为他的诗太难读了，根本进不去。"我相信，他的想法也是绝大多数读者的想法。考虑到杨炼是当代最早对"传统"和"现代"的关系进行认真思考，并孜孜于令传统"重新敞开"或向"现代"转型的诗人之一（他在这方面的努力甚至为他赢得了"寻根派代表诗人"这一令其哭笑不得的"美誉"），这种悖谬就尤其具有讽刺意义。陈超对此曾有过一个俏皮而尖刻的悖谬式表达，他说："杨炼具有东方感的诗，在自己的国土上成了异乡人。"

杨炼的诗和阅读之间的龃龉决非孤立的个案，倒不如说是当代中国先锋诗普遍处境的极端体现。类似的龃龉同样存在于先锋诗内部。在我看来，这种龃龉不仅深刻关联着汉语"新诗"在追求"现代性"过程中的内在矛盾和冲突，而且深刻关联着近年来被众多海内外诗人、评论家、汉学家反复涉及，而杨炼本人也一直至为关注的所谓"中文性"问题。然而深入讨论是另一篇长文的事，这里无从再作展开。对有兴趣，也有能力攻读杨炼诗歌的读者来说，如下的画面或许是一个极佳的参照。我说的是德国当代艺术家Rebecca Hom的一座题为《夜之镜》（Mirror of the Night）的雕塑作品（1999年杨炼获意大利最重要的FLAIANO国际诗歌奖后，该作品被用作其获奖诗集的封面；它同时也是上海文艺版《杨炼作品（1982—1997）》的封面，不难找到）。这一作品坐落在一所二战期间因与相邻的屋子共一堵墙壁而得以幸存下来的犹太小庙中：一根金属杆悬于下置水盆的水面，水盆曾装过在大屠杀中罹难的犹太人的骨灰；金属杆系机械装置，定时划过水面，荡起一阵涟漪，复又归于平静；四面堆放着树叶，每个展季变换一种颜色。按作者的说法，这座动态的雕塑是一个象征作品，它象征着历史、记忆和书写的关系。然而，仅仅如此吗？我想到了杨炼的两行诗句：

在水面上写字的人只能化身为水
把港口　化为伤口
《夏季的唯一港口》

所有无人　回不去时回到故乡
《还乡》

2008年4月

江河、顾城：花朵和野兽都已沉睡

把这两位诗人归于一篇，仅仅是担心单个不够篇幅，这一点首先要说清楚。也曾考虑过不将二位列入专栏计划：顾城辞世已十年有余，谈不上"今何在"的问题；而江河归隐异国，成为话语影像更早，已足足十五年，要说"今何在"，亦殊为不便。但两位当年都是"朦胧诗"的大将，如今说起，"遍插茱萸少二人"，又似有所不妥，同时也会辜负不少读者朋友。所以最终我还是说服自己写，有点勉强，那就勉强着写吧。

大概没有谁能说得清江河归隐异国的真实原因，然但凡说起，都觉得有点遗憾——不是因为归隐本身，而是因为从此再也见不到他的任何作品。1985年《黄河》第1期刊发了他的大型组诗《太阳和他的反光》，使其时端倪初开的"寻根"、"史诗"热一下子达到了一个高潮。那时的江河是何等的雄心勃勃！我还记得其后不久他带着一篇肖驰的评论来我家中作彻夜谈的情景，记得他重复"生机静静萌动"这句话时眼中放射出的细细光芒。"多好！晓渡，多好！"他向前探着身子，似乎要一把抓住我放在桌面上的手。"生机静静萌动"这句话出自他为该组诗写的"小序"。二十年后重读这篇短文，其透彻的解悟、节制的激情和阔大的胸襟感人一如当初：

把我的诗撒进黄河，令我安慰。黄河孕育过中国的文化。

任何民族都有自己的神话，自己心理建构的原型。作为生命隐秘的启示，以点石生辉。神话并不提供蓝图。他把精灵传递到一代又一代人的手指上，实现远古的梦想。

诗为国魂。早有夙愿，将中国神话蕴含之气贯通古今，使青铜的威武静慑、砖瓦的古朴、墓雕的浑重、瓷的清雅等等荡穿其中，催动诗歌开放。

面对艺术，我总有敬畏之感。诗的最高境界是和谐。生机静静萌动。我若能在这样的心境里站上一会儿，该有多好。

这以后他又陆续写了些小诗。所谓"小"是指规模篇制，风格上倒仍是透出"生机静静萌动"的。不能说这些诗本身隐含着写作的颓势，但其质地的过于精致还是令我在当时就产生了太"瓷"的担心——我的意思是，"清雅"往往同时也意味着脆弱，还有"趣味化"的危险。在表达这一担心时我引用了我所欣赏的一位美国当代诗人的观点，大意是说诗人的后花园中不仅应该有玫瑰花，也应该有癞蛤蟆。"诗人一生的写作更像是经营一个建筑群。"他巧妙地避开了正面回答："得有纪念碑，有殿堂，那是主体；但也要有配房，有回廊，还要有花坛什么的，那样才成格局。我的那些小诗就好比是花坛，你总得让我种点花花草草吧。"他说得那么有理有利有节，我除了疑疑惑惑地表示认同，还能怎样？

但一段时间后，在一次谈及写作是否应奉行完美主义态度时，他却主动透露了与我的上述担心不无关系的内心苦恼："总是难以成篇。不是没的写，写不了——我可以随意在纸上写下一行，然后就那么一行一行地写下去；但是不行，看着别扭，自己首先就通不过。你说，这是不是一种洁癖？"我同意他"洁癖"的说法，但又以为这只是某种终端显示，其背后隐藏着更深刻的创作／文化心理问题；所谓"完美主义"，在这里需要由另一种更本质的态度来界定，那就是对语言，包括文字的不信任。从根本上说，诗歌作为语言行为是以不信任语言为前提，并与之相辅相成的。这是一种悖谬，却也是诗之所以为诗的独特存在理由。记忆中他对我的这些说辞反应相当热烈，但只有我自己才知道，这么说时我吞下了多少自以为不便说，也不必说的东西。或许我更应该分析一下比如他上着锁、明言"概不外借"、置放得无比规整的玻璃书橱，他娟秀而清润的字迹，甚至他留便条的风格。这些个人性格和生活层面上的东西孤立地看会显得琐碎，没有多少理论意义，却比任何大言炎炎的理论更能构成和具体写作的相互阐释。在这方面，前年作家出版社出版的长篇小说《抒情年华》（作者潘婧）多有启示，或可参看；而此刻顽强地盘旋在我脑海中的却是已故作家、曾是江河妻子的蝌蚪在闲聊时以半是欣赏半是嗔怪的口吻描述过的情景，在这个情景中江河以书房为家，以沙发作床，以烟、书和音乐充饭食。"他差不多每天都要在书房里憋到半夜，甚至通宵达旦。"

但我并不因此就赞成说江河是一个"最终被文化废掉的诗人"（某朋友语）。确实，文化和诗一样可能毁人，然真能被毁掉的只会是精神羸弱的"读书人"或小诗人，而这两者都不适用于江河。他的创造力够用；他的感受和辨析能力至少在我接触过的诗人中罕有其匹。在我看来，导致他归隐并中止写作的原因相当复杂，文化态度只是其中的纠结之一；真要分析，蝌蚪的自杀可能是更重要的因素。我不知道，假如没有这一重大变故，作为诗人的江河今天会是什么样子；但有一点大概可以肯定：我们在这里谈论的将不会是作为话语影像的江河。

在某种程度上江河尚在国内时就开始练习隐居了，那时他经常把自己"埋"在廊坊。冷不丁地，他会给你一个电话，然后突然出现在你面前。这种"单行道"式的联系方式造成的神秘感，属于孟子所谓的"大人之道"，说实话我并不喜欢。他在美国的归隐方式同样是"单行道"式的：他的电话可称为"冷线"，似乎永远无人接听；但通过与一二"消息灵通人士"保持接触，他却能做到对外面的"动向"了如指掌。他的住所靠近长岛，距纽约足有两个多小时的车程；假如事先没有约定，不会有谁愿意冒扑空的风险。他从不打工，可据说他CD的收藏量已超过了三千盘，而且绝无盗版。最初曾传出消息说，他正在写一部长篇；但十多年过去了，这消息还像昨天一样新鲜。就像我从不怀疑他能写出一部上乘的小说一样，我也从不认为传播类似的影像故事是我们记住他的唯一方式——至少我们还可以想到，一位本名叫"江河"的诗人因为他而不得不改名叫欧阳江河，并且至今仍然叫欧阳江河。

顾城1993年辞世后我曾写过一篇长文，试图分析集中发生在他身上的性格/文化悲剧。承蒙许多朋友看顾，都说文章写得有深度；其中的一位在电话中甚至说，假如你早一点写出这篇文章，假如顾城能够读到这篇文章，也许他就不会死了。当时我在心里叹了一口气，自言自语道：他若是不死，文章大约也就不会这样写，甚至不会有这篇文章了。当然我理解这位朋友的本意并非止于嘉许某一篇文章，他实际上是以另一种方式，再次表达了对顾城之死的痛惜。

这种普遍的痛惜之情和杀妻自杀造成的超强刺激混合在一起，使顾城原本甚为清纯的形象变得复杂，以至有点扑朔迷离。自然，这里发生变化的只是人们的看法，和顾城本人无关；九泉之下的他大概也不会想到，正是借助死亡和变化了的形象的压力，他的诗反而更加深入人心。作家出版社于他去世十天内抢印出来的《墓床》一书所创下的发行200000册的纪录，或许会保持五十年；上海三联书店似乎专为夭亡诗人设立的"全编"系列中数他的最为厚重（达近千页），但初印数最高，总发行数据说也居诸《全编》之首；人民文学出版社出版的《顾城的诗》一印再印，前两三年遇到该书责任编辑，印象中他说总数已突破60000，令我一时咋舌。写到这里，突然想到书架上还有一本天津百花版的《顾城新诗自选集——海蓝》，据称是顾城在世时亲手编定的唯一一部自选集，找来翻到版权页一看：1993年12月第一版第一次印刷，印数1—56000！

诗人和世事似乎总是互为讽刺。想当年顾城常为某刊物又莫名其妙地退了他的稿而恨恨不已，哪里料得到死后他的诗集会被印得铺天盖地！（一个可资印证的更为极端的例子：凡高在世时作品的行价通常是20法郎；画出《向日葵》后他曾不无得意地向朋友保证，他死后这幅画能卖到40法郎。假如他知道他"百年祭"时这幅画在索斯比拍卖行被卖到了75000000英镑的天价，他会怎么想？是哭还是笑？）话又说回来，不管这里有多少"新闻效应"或商业炒作的成分，让更多的人去读诗，或尽可能地去了解一个诗人，总比让他们百无聊赖地坐在电视机前看"泡沫剧"，被种种虚假的激情所控制要好。在很大程度上，顾城的天才及其诗歌的价值，确实是在他死后才为更多的人们所认识的。这对于他令人痛惜的早逝，倒也不失为一种平衡。

去年10—11月间，由中国人民大学青年读书社发起和组织的该校第三届诗歌节内含了一系列纪念顾城的活动，包括讲座、朗诵、征文和评奖等。据我所知，十年来在国内举办类似的活动，这还是第一次。怀着某种不言而喻的复杂心情，我应邀参加了讲座和评奖，并为时至今日还有那么多学子牵挂着顾城和他的诗而深为感动。程度不一的"小资"情调大概是难以避免的；重要的是，无论动机是祭奠，是怀念，还是别的什么，大多作品都具有对话和潜对话的性质，从而显示了诗歌穿透"代沟"和时间之墙的方式。编号为JL-1的作者写道：

> 你仿佛香格里拉
> 你仿佛楼兰古都

在迷雾里
小心翼翼地构筑着你城中的建筑

我睁大眼睛
却只能看到正受雨击的青瓦朱壁
我找不到入处
只能在迷雾的边缘踟蹰

应该说有一定的代表性。另一位编号为JO–1的作者在诗中巧妙地运用
了一系列顾城诗中的意象表达自己的心境，或许同样具有代表性：

时间永远也没有停止

你离我越来越远
只剩下
蓝色的影子

我伸出去的手
徒然地停在空中
紫色的风
悄悄地蹑脚走过

今夜
再没有人想起你
或者
想起一个缘由

今夜与你再没有关系
枯萎的葡萄藤蔓
长成
固定的弧形

提篮子的小孩
只能弯腰去捡蘑菇
一颗也没有
需要伸手去够的珍珠

而我只是
为你点燃一支
来自西藏的香
一片
秋日未枯的金色叶子

很干净
圣洁得没有声音

我想哭
但怎么也不会够
因为时间
永远也不会停止

你离我越来越远
只剩下
孤独的一个字

但也有比较出格过火的。一位相貌中庸，但情绪激烈的女生发言时坚定地认为，根本就不存在顾城杀妻这回事："那是他们的说法，我对此不感兴趣。像他这样善良、这样纯真的诗人，怎么会杀自己的妻子呢？"她的右手弯曲着伸向空中，仿佛要一把抓住被恶意悬置了的正义。后来再想到这一场景时我突然产生了一种幻觉：顾城和谢烨其实就并肩站在她右手上方的三尺处。他们合用同一个声音，正喃喃着江河的两行诗句：

那儿的秘密谁也不知道
花朵和野兽都已沉睡

2004年5月6日，天通西苑

陈超：乌托邦最后的守护者

很久很久以前，曾有论者将一批（其时）青年诗论家的诗歌写作视为当代诗歌的重要现象和成果之一而单独论列，以为值得特别推荐关注。这其中包括陈超，笔者也有幸忝列其间。单就满足虚荣心而言，没有人会反对这一说法；但本心里却也明白这点虚荣实在无聊得很，而这种说法本身更接近新闻媒体制造"亮点"的招数，用来蒙蒙外行可以，自家却不可当真。看一看中外诗歌史，"两栖"的诗人—批评家比比皆是，甚至可以说，没有一个在诗学理论和批评上真正有所建树的人不同时也兼及创作的，只不过其诗名往往被其理论（批评）之名遮蔽了而已。中国素称诗歌大国，一部中国古代文学史某种程度上就是一部诗歌史；其间影响广被的论家自曹丕而下，刘勰、钟嵘、司空图、严羽、袁枚、叶燮、王国维，有谁不是一时诗人？西方传统的诗学和批评概念本较中国为宽，且学术化的根基远为深厚，然主导其发展的，亦多为一身二任者，而鲜有跛足的所谓"职业批评家"；文艺复兴之后，又尤其是浪漫主义以来，更是如此。显赫如但丁、彼特拉克、歌德、席勒、华兹华斯、柯勒律治、雨果、波德莱尔、瓦雷里、里尔克、叶芝、T.S.艾略特、奥克塔维奥·帕斯、西默斯·希尼等自不必说，即便是注重"文学特异性"、倡导"本体批评"、学术化色彩最为浓厚的欧美"新批评"一派，其代表人物如瑞恰兹、兰色姆、燕卜逊、R.P.沃伦等，又何尝不各有一节"写诗"的身世？至于当代如哈罗德·布鲁姆的诗学批评，就像福柯提倡的打破文体界限的"心灵写作"一样，其本身就是十足诗性的——不过那已经是另一个问题了。

话又说回来，"两栖"云云所暗含的"身份"之辨，也无非只是一种缘于现代社会分工理论的语言游戏，权宜时不妨拿来说说事儿，可要警惕把诗说小了，说歪了。严沧浪云，"诗有别才，非关书也；诗有别趣，非关理也"，既然如此，就更非关由社会分工所决定的各种"身份"了。这看起来似也有将诗说"小"之嫌，其实恰恰相反，是通过必要的限定而揭示了诗的"大"。因为与诗相匹配的才具和经验所关系的是生存和语言的整体（故严沧浪紧接着又说："然不读书，不穷理，则无以至其极"），其价值正在于对被书啊，理啊，身份啊之类所圈定了的一个个"小世界"的突破和超越。这里"别才"、"别趣"的限定正是佛家所谓的"铁门槛"；从这里出发，诗把我们导向一个非书、非理、非身份，或者说，一切书、一切理、一切身份的生命／话语世界及其源头。

最早读到陈超的诗是在1990年下半年。此前他只淡淡地说过他也写诗，却从未出示过。陈超是一个不事张扬，甚至有点羞涩的人，这么做完全符合他的性格逻辑；不过，即便他不说，我也能猜到：下过乡，插过队，遭遇过"文革"受过罪，参加过毛泽东思想宣传队，又是经过"思想解放运动"洗礼的新一辈，这些"硬指标"加在一起，再加上其诗论行文风格的"软暗示"，他要是不写诗，那才怪呢。

尽管如此，真读到陈超的诗时我还是感到了惊讶——不是惊讶于它们出自何人之手，而是惊讶于它们出色的程度。这里说的是《我看见转世的桃花五种》。时至今日，我仍然认为这是当代诗歌中不可多得的力作之一：一首真正履行了诗之"见证"功能的诗；一首同时见证了失败、死亡，以及失败内部的歌唱、死亡背后的新生的诗；一首源于历史语境和个人心境的重大灾变，但仍显示了沉雄定力的诗；一首达成了凄艳、激愤和高傲、平淡之间的微妙平衡，既势能汹涌，又节制有度的诗；一首有机地融合了沛然正气和自省自律，具有精神运程和诗歌自身双重指向的诗。

这首诗从一开始就以其内蕴的声音和形象抓住了我。我想象这是一个略显沙哑的男低音。他的目光迷茫而镇定，像刚刚参加完一场祭奠仪式；他的嗓音中有一种难言的沉痛和疲倦，但又发自丹田，富于生机和弹性。语速均匀而偏于缓慢，语气稍枯而韵力充盈，尽可能不动声色，以使我们更好地体察其中丰富的变化和精确的分寸感：

> 桃花刚刚整理好衣冠，就面临了死亡。
> 四月的歌手，血液如此浅淡。
> 但桃花的骨骸比泥沙高一些，
> 它死过之后，就不会再死。

任何一个稍有现代诗素养的人都能从中同时听到《荒原》首句的声音（"四月是最残忍的一个月"）。这当然和艾略特命名"四月"的专属权有关，但更重要的是因为它们在"残忍"这一音频上发生了共振——尽管这个词并没有在陈超笔下出现，而两首诗所言及的，也是不同意味的残忍。我们还可以通过类似的"葬仪"上下文和内蕴的生命循环理念，辨认出二者之间的精神血缘关系。

另一方面，"桃花"和"歌手"的意象，又使诗的调性和读者的感受，从一开始就受到了特定语义场的牵制。"桃花"在这里既是一个即目即景的意象，又来自中国传统诗歌和文化的深处；既携带着其自《诗经》"桃之夭夭，灼灼其华"以下，作为美人或明艳春日的象征所包孕的全部生命和文化信息，又由于被嵌入了当下给定的死亡语境，变成了一个前所未有的指代：它不再隐喻春天和美，相反隐喻着春天和美的夭亡（在传统诗歌中，"桃花"意象无论用法怎样花样翻新，也不离其明艳丽质的左右。即如在崔护《题都城南庄》这样有可能令人联想到死亡的诗篇中亦是如此。它甚至作为自然之常的象征与人世之无常相对）。这样的夭亡如果用血色作比，只能是凝固后阴郁而不祥的蓝紫甚或紫黑，这一未经道明的隐象恰与"歌手"的"血液如此浅淡"形成了对照，并构成反讽。

"歌手"作为"诗人"的别称，本带有强烈的浪漫意绪，但由于在当代语境中被一再滥用（"世纪歌手"、"时代歌手"、"人民歌手"，如此等等），早已变得十分可疑。一个置身四月，面对死亡，而"血液如此浅淡"的歌手就更可疑了。因此，这个陈述句更应该读作一个质询句，它同时质询诗人的身份、资质和品格。这一质询当然也指向质询者自身，而全诗在某种意义上正可视为对这种质询的回答。无辜、唯美的青春通过血液一再与桃花／美人对质映证：死亡中的风暴；最后时刻爆炸的榴霰弹；虚构给予的快乐；古老的、羞愧的、凛冽的泪水；在砺石中奔跑的心……无人称或不断变换的人称，亲历和见证混而不分。但我们的注意力不会仅仅被这些急速转换的、旋风式的、热力四射的心象吸引，因为在诗的一、三节中我们还听到了另一种声音。它们冷静、沧桑、无动于衷、高高在上，短促的一现便足以带来"铺天盖地的死亡"：

古老的东方隐喻。这是预料之中的事。（第一节）

泥土又被落英的血浸红。千年重叠的风景。（第三节）

这来自宿命和必然，或本身就意味着宿命和必然的声音犹如两道铁箍，标定了所有热情和悲伤的边界。然而我们必须感谢这两道铁籬：没有它们，青春的夭折就纯粹是一种偶然，"风中的少女"就无从转世，而我们也就无法辨认这样的形象：

> 乌托邦最后的守护者——
> 在离心中写作的老式人物
> 你们来不及悔恨，来不及原谅自己
> 虚构的爱情使你们又一次去捐躯

　　这是陈超为自己勾勒的形象吗？我更愿意说这是他为我们，为这个时代发明的形象。这是一个业已淡出，以至失效的形象吗？也许是这样；但也正因为如此，我写下这些无用的文字，以悼念它的不朽。

2004年5月，天通西苑

麦城：先行到失败中去

　　无论是出于自况、自省还是自嘲，"麦城"这个笔名都别有一种
深长的意味。我从未就此询问过王强，因为我知道，尽管共用着一个
身体，一条舌头，一根声带，一双手，却不应把他们混为一谈。一个
最简单、最直接的区别在于：王强必须尽可能地避免可能的失败，而
麦城则相反，他似乎从一开始就主动选择了失败。写于1985年的《原
来》一诗在我看来具有胚胎学的意义：

　　　　什么时候
　　　　挎上原来的那只原来的小筐
　　　　到最原来的地方
　　　　捡回最原来的事情

　　　　按原来的动作
　　　　原来的想法
　　　　还原出原来的意思
　　　　让一切一切
　　　　触及原来

到原来那里去

　　我们都还记得1985年对诗来说是一个什么样的年头。当诗歌被普遍地视为一条反抗或成功之道，"伸出你的舌苔或空空荡荡"成为某种流行风尚时，一个人却尽想着"到原来那里去"，这不是在主动寻求失败又是什么？自然时局只是一种参照，更深的质疑来自诗歌本身；我们会问，"原来的那只原来的小筐"是只什么样的筐？"最原来的地方"在哪里？"还原出原来的意思"又是什么意思？谁都明白"人不能两次进入同一条河流"，那么，怎么能指望在更湍急、更闪烁、更难以捉摸的时间之流、事物之流、意念之流、语言之流中存在着一个"原来"，又怎样触及、把握这其实并不存在的"原来"呢？

　　麦城就是这样，以"先行到失败中去"的方式，展开了他的诗歌之旅。这里的"失败"并不相对于成功，因为面对诗歌一个人永无成功可言；它也没有表明什么"知其不可为而为之"的勇气，因为一吨勇气也未必能换来半行好诗。作为写作的初衷，它也许更多地出于天性或本能；但从更长远的眼光看，我宁愿将其称为某种堪可配得上诗歌的智慧。依据这种智慧，麦城试图使写作成为勾联心灵和诗的想象通道，以便把被先行领悟到的宿命（失败的宿命）转化成一个自由自足的空间，以容纳语言灵禽那神鬼莫测的双翅及其携带的内在风暴或涡流。

　　　口袋里的钱币
　　　买下了天才用过的一种比喻
　　　比喻教我在一个字里飞

　　　　　　　　　　　　　　　　　（《识字以来》）

我们不知道这里说到的"天才"是谁，但西默斯·希尼确实使用过一个与此相通的比喻。他说的是"空中漫步"（walk on air）。这是一个双关的比喻：既喻指诗性写作的特质，也喻指由此带来的愉悦享受。在麦城的诗中同样可以领略到这种双关性：

> 不要回过头去
> 世界的道路
> 不会被我们的脚印踩偏
>
> （《视觉心理》）

我相信，正是如此的透彻颖悟帮助他完成了1985—1987年间的一次小小的飞跃。一个意识到自己在诗歌面前一无所有，"穷得像一株不弯曲的树"，"穷得非常正确"、"非常干净"的"穷孩子"，不再对世界撒娇或发怒，不再在想象中与道路讨价还价；他同意无条件地"交出自己／连同两只藏在衣袖里／能把快乐放回到生活原处的手臂"。他的目光仍然足够清澈，但已不再有浪漫和感伤的云翳缭绕，而代之以三分冷峭，三分嘲讽（包括自嘲），两分幽默，一分玩世不恭。他的诗带着这样一种混合的表情随意敲打着生活之门：

> 刀锋陈述你的伤口
> 我用眼泪生活
> 谁把英雄从伤口里救出来
> 谁就会被墓碑传说
> ……
> 泪水使我确信
> 痛苦是大人发给我的
> 痛苦像种子一样
> 在泪水中更容易生长
>
> （《旧情绪》）

你们各自的生活表情

好像在夜晚里被人动过

（《今夜，上演悲伤》）

由于缺少五厘米夜色

有一种悲哀始终没有上场

（《叙事》）

你可以从那本没有合上的书里

去一行行地数一遍

还有多少现成的真理值得我们不去说遍所有的诺言

（《视觉广场》）

读这些诗可以感受到一种被努力深藏的笑意。这种笑意半是来自对生活和人性秘密的洞察，半是来自语言在寻求表达时所暗中遵循的快乐原则。很可能，这一点既构成了麦城诗的某种特质，又构成了他的诗轻易逸出人们关注视野的理由。正像当代小说迄今未能塑造出一个帅克式的形象一样，当代诗歌也很难真正接受麦城式的语言风格。对被过于沉重而复杂的语境压弯了腰，视快乐为一种原罪，因而不同程度上患有抑郁症的写作和阅读来说，这种风格很像是一种道德上的冒犯；而对那些把快乐误解为"精神开塞露"，使阅读和写作沦落为"欣快症"的宣泄和表演场所，以此来逃避语境的巨大压力的人来说，它又显得过分重视诗歌纪律。然而这就是麦城，至少是我所理解的麦城：一方面，快乐之于他是以"先行到失败中去"为代价抵赎回来的某种特权；另一方面，他从一开始就致力于学习管理，而不是滥用这种特权。他的写作一直保持着轻快的基本调性，但也始终是一场激烈的内心争辩。他似乎无视所谓"诗意"的边界，但很少陷入不可救药的混乱。他把诗艺的铁砧安放于饶舌和失语、生活研究和美学治疗之间，以锻打自己独特的修辞方式。叮叮当当，火花四溅，孤独的麦城快乐地从事着他举重若轻的语言冒险：

> 他决定把信一直写到
>
> 所有的坟墓里住满值得大笑的孤独
>
> 和褪色的野心
>
> 给每一间坟墓
>
> 重新换上不锈钢棺材
>
> 避免悼词生锈
>
> 对坟墓里的部分同志
>
> 公开进行违法乱纪考试
>
> 允许他们委托他人在人间悔恨
>
> 然后，对活下来的这些人
>
> 进行逃离死亡教育
>
> 使他们服从粮食生长的需要
>
> （《麦城：一九八八年孤独成果》）

就既给自己逗乐儿，也跟世界逗乐儿这一点而言，麦城确实有点像好兵帅克（他在一首诗中也确曾做过这样的比附，尽管是"被迫"的）；但从根本上说，麦城式的玩笑不同于帅克式的玩笑。当帅克说"是，长官"时，麦城会说"世界，稍息"，然后趁机溜掉，去做他心爱的诗歌作业。这倒不是因为他一心想成为一个诗人（事实上他讳言自己是一个诗人），而是因为即便愚蠢的世界真的会在玩笑中自我解体，也还有比世界是否解体更重要的事值得去关注。他的诗中反复出现"门"和"敲门"的意象不是偶然的，这和他不断打破既定语言系统间的阻隔，于游戏腾挪中追求更大自由的实验恰成呼应。多年后，特别是在十年无迹可寻的背景下重读这样的诗句，对其中的意蕴会有更深切的体验：

> 现在，我只想用橡皮
> 把自己一行一行地从黑暗里擦去
> 之后，从一棵高大的树上
> 沉重地滑落
>
> （《今夜，上演悲剧》）

> 门在墙上活下来
> 墙死于墙体深处。
>
> （《在困惑中接待生活》）

很难想象十年不写作对一个诗人意味着什么，但对麦城来说这似乎并不是一个问题。真正令人惊讶的也许还不是他何以又重新开始写作，而是他何以会在驻笔十年之后，并且是在生存方式发生了极大变化的情况下，出手便写出了诸如《碎》或《一滴钻石的眼泪，降在了大连》那样的杰作。《碎》不着痕迹地叙述了一个介于现实和梦幻之间的小小场景片断，其从容不迫，其纯粹精警，其把握日常和神秘间张力的微妙程度，在麦城迄今为止的创作中均属仅见。一首摇曳着暴怒和恐怖意绪的小夜曲，暗含着一个悬念：最终我们也不知道，那"纸里的人"说的那句"比旧纸还要旧的话"到底是句什么话。这悬念和深深的夜色一起放大着诗末传来的空谷足音。它听起来几乎是震耳欲聋，细品之下却又有着无穷的玄机——

> 兄弟，你看见过碎吗

你能把旧撕成碎吗

你能把碎撕成碎吗

以此诗作为诗集开篇称得上是一个绝妙的措置。这冥冥中的智者之声诘问的不只是麦城，也是所有的读者。通过"纸"这一与写作有关的隐喻，他迫使，或启示我们把已逝、当下、未来重新看作一个整体。也正是这首诗令我电光石火般地想到了"先行到失败中去"这句话，我希望能据此飞越十年空白，揭示出麦城写作中某种一以贯之的东西。

尽管如此，麦城的近期作品还是提供了足够多的新视点。这其中当然包括技艺的进一步成熟：其语速仍然是那样快捷但更趋沉稳，其词锋仍然是那样锐利但更显内敛，其意象呈现方式仍然是那样突兀、有时近乎匪夷所思但更加转接无痕，如此等等。然而我要指出的并不是这些，而是某种听起来过于朴素，甚至有点软弱，但很可能更本质、更有活力的因素。我说的是温暖、淳厚和亲情，是它们使麦城诗中那飞驰的智性不致在时而俯冲，时而腾跃中变得过于炫目和干燥，而显得湿润、熨帖、富于质感和弹性。我无法忘怀这样的诗句：

由于用力太大

一个笔划穿透了我的听力

她差一点从这个笔划

滑下来

成为我家的孩子

（《作文里的小女孩——为小吴丹而作》）

或者：

如果我握住了你的手
并摸到了你的力量
那力量我可以用吗

(《力量——献给乖乖》)

或者:

我真的担心
雪这样没完没了地落下去
　　(《纸无法叠出来的一场寒冷——为万鹏妹妹而作》)

非常奇怪地，这一组写给孩子的诗让我想起了早先在麦城笔下出现过的那个"穷孩子"，那个"穷得像一棵不会弯曲的树"，"穷得非常干净"、"非常正确"的孩子。那么，麦城还会认同于那个孩子吗？那个孩子还会向他指明"失败"这一必要的诗学向度并引导他回到诗的"原来"吗？十年前麦城曾在《视觉广场》中写道："你离开哪里/哪里就会成为你的远方"；而现在他想说的是："能进入远方的想象/一定是近邻/能成为近邻的幻想/永远不会在另一个没有地平线的地方"(《一滴钻石的眼泪，降在了大连——为许莉娅而作》)。它们出于同一个麦城之手，但它们真的是出于同一个麦城之手吗？

写到这里，突然想到1998年秋天在"大连现代诗研讨会"上初识麦城时的一幕。那次他代表主办单位所致的欢迎词是我听过的最简短、最有趣、最符合诗歌要求的欢迎词。他的致词只有两句。第一句不说大家也都知道；紧接着的一句就是"散会!"谨借用这后一句结束本文。

2000年10月25日，西三旗

臧棣：另一种印象

　　有朋友建议我读一篇文章。"……《霍拉旭的神话》……是针对你们'幸存者'的。"他的声音怪怪的，有点幸灾乐祸，也有点语重心长。

　　霍拉旭我知道，"幸存者"我也知道；可针对"幸存者"的霍拉旭或被霍拉旭针对的"幸存者"我就不知道了。1991年年初某日，我感到一头雾水。

　　这位朋友所说的"幸存者"指"幸存者诗人俱乐部"，由芒克、杨炼和我于1988年4月间发起，初衷当然是为了创造某种现代诗的"小气候"。俱乐部主要的活动方式是诗歌沙龙，无非朗诵、讨论，间或喝一次酒；也办了一份交流性的刊物，刊名就叫《幸存者》，包括"首届幸存者诗歌艺术节"特刊，前后共出了三期。"首届幸存者诗歌艺术节"也许是俱乐部最辉煌的一次作为，但正如在中国常见的那样，"首届"就是末届，辉煌就是结束——艺术节举办两个多月后，俱乐部就被迫停止了一切活动。

　　"幸存者"的宗旨是"致力于维护和发展诗人的独立探索，并通过诗人间的交流，促进这一探索"，而不是要建立一个风格流派；它从来没有具体倡言过、事实上也不存在什么共同的诗歌主张。唯一一篇阐释性的文字，大概就是我为《幸存者》创刊号所写的发刊词

《什么是"幸存者"》了。在那篇文字中,"幸存者"意味着隐身沉默与死亡对弈,这和霍拉旭有什么关系吗?而且还"神话"!雾水变成了好奇。

好在文章不难找到,《发现》,也是创刊号。奇怪的是,读完这篇署名"戈臣"的文章,我丝毫也没有那位朋友所说的感觉,相反倒有一种息息相通的快意。当然,它确实"针对"了"幸存者",然此"幸存者"非彼"幸存者"。如果说,前一种"幸存者"(或"幸存"意识)因偏执于诗的"见证"功能而具有自我神话化的倾向,因而必须解构的话,那么,对后一种"幸存者"(或"幸存"意识)来说,这同样是题中应有之义。

真正令我感到吃惊的是文章所显示的耀眼的理论才华,以致有所保留的歧见变得无关紧要。"后生可畏哪。这位戈臣,必定长着两片薄薄的嘴唇;可是,他是谁呢?"

又过了一年多,我才从另一篇文章中得知,"戈臣"就是臧棣。

我和臧棣相识肯定远远早于这一小小的文本事件,然而,当我答应写一篇"印象记",试图搜罗、整理有关他的印象时,此前的记忆库房中却顽强地呈现出一片空白;换句话说,《霍拉旭的神话》暗中做了"消磁"的工作。这种情况似乎还从未有过,我不免反躬自省:究竟是他的才华掩没了他的魅力,还是我太注重他的才华,却轻慢乃至忽视了他的魅力?如果是前者也就罢了;但如果是后者,我将和许多女同胞一样,对我的审美能力感到不可原谅。当然,认定戈臣"长着两片薄薄的嘴唇"已与事实核对无误,可对臧棣来说,两片薄薄的嘴唇又算得了什么呢?"前几天你们北京的臧棣来过这里,哎呀,一米九的大个子,白白的脸蛋宽额头,围一条五四青年的大围巾,啧啧,那叫'要型有型,要款有款'!"说这话的可不是什么女同胞,而是一位东北糙老爷们儿。他又看了看我,一副于心不忍的样子,但终于还是忍不住，续道："恕我直言，晓渡兄相比之下，可就……惨了点儿。"

戈臣之所以"必定长着两片薄薄的嘴唇"，是基于命相学所谓"唇薄善辩"的推断；然而薄唇的臧棣还是成功地狙击了这一推断，使之充其量只实现了一半。90年代与臧棣的交往慢慢多起来，才发现他于命相学多少有所辜负。他的敏感、他内在的激情、他思维的活跃程度，与他的口头表达能力似乎有点不对称。前者往往过于快而猛烈，以至后者像是在故意设置障碍。这不是说他口拙，不喜欢表达，而是说他的话经常显得突而秃，有点辞不达意，没头没脑。最先指出这一点的不是别人，而是我的女儿，其时尚不到十岁的闹闹。当时她狂热地痴迷于"脑筋急拐弯"，几乎所有来客进门后的第一件事，就是要像回答拦路的司芬克斯那样，回答她从书上贩来的那些令人对自己的智商深感担忧的问题：世界上什么帽子不能戴？一个人从十楼的窗子往下跳却没有受伤，为什么？等等。由于怀揣事先备好的得意，通常情况下她总是不待客人猜到第三遍便宣布答案，于是大人目瞪口呆，满屋响彻她咯咯的笑声。可那次她发出的却是恼羞成怒的大叫："臧棣叔叔你怎么啦，没头没脑的！"过去一看，她小脸憋得通红，正对一旁也红着脸，同时讪笑着的臧棣叔叔要横。相问之下，原来是臧棣叔叔故意回避她的问题不答，却就问题本身和她纠缠个没完。当然，臧棣叔叔始终是最受她欢迎的客人之一，但她却从此确立了对臧棣叔叔的心理优势。

那次臧棣也红了脸大概是因为我作为家长突然到场，然而他遇事爱红脸对我早已是见惯不惊。据说这样的人一般都心地诚实，不过我更感兴趣的是，现在的女孩子们是否还像从前一样，特别喜欢这样的男子？假如仍然如此，那臧棣的优势是否太多了点？好在上帝公正，赐一利者必予一弊。臧棣既爱红脸，也就不易守住秘密。比如一段时间电话寻他不着，再见面时调侃一句，若面不改色则无事，若红了脸，则必有蹊跷矣。当然我等也是点到即止，不会再作深究。前些时偶翻《诗歌北大》，发现他的学生也注意到了他的这一特点。一篇纪言师尊的文章，有关他那节的标题就叫《30多岁还脸红》，其结论是："一个到了30多岁还爱脸红的人必定是善良的。"也是在这篇文章中，我于我所蠡测过的他的授课风格亦有所验证。在说到1999年"盘峰论战"留给老师的余绪时作者写道："一些人的超出了正常的学术论争的无理指责显然激怒了臧力（臧棣的本名——唐注）。在给我们上的'当代诗歌'课上，他的情绪依然难以平静，谈到某些问题时，嗓音会颤抖，写粉笔字的手也会颤抖……"其未及之处，大概与前面说到的那种"不对称"不无关系。

　　薄唇的臧棣显然深谙"损不足以补有余"的资源配置之道，他把"善辩"的天赋更多地留给了他的诗歌和批评写作。作为批评家，臧棣的"善辩"应该和一个谐音词——"善辨"，即洞察力——结合起来考虑。在这方面，《霍拉旭的神话》只不过是端倪初现，其"耀眼的理论才华"背后，是对当代诗歌写作在经历了80年代的剧烈动荡和分化之后正迅速步向成熟，并形成崭新的自我意识这一趋势的敏锐识读和反省。随后的《犀利的汉语之光》等文章进一步呈现了这种识读和反省的细部：新的欲望、新的语境、新的压力、由此导致的"加速写作"现象、加速之于传统的意味、普遍的实验风格、对形式的迷恋……"向心式"的专业态度和"对汉语的全新理解和感悟"相匹配，从中臧棣发展出一种既雄辩滔滔，又极为节制缜密的批评风格。这种风格在《后朦胧诗：作为一种写作的诗歌》（1994）一文中找到了真正的用武之地。在这篇文章中，臧棣以一批成熟的诗歌文本为倚托，以解构"朦胧诗的语言、语言风格和它所借助的语言规约的真实性"为切口，以"对语言的行为主义态度"和"不及物性"的诞生为标志，以不断拓展汉语诗歌的可能性为前景，令人信服地阐释了当代诗歌在80—90年代的持续裂变中所发生的深刻变化。如果说，实现了"从传统意义上的写诗活动裂变成以诗歌为对象的写作本身"是后朦胧诗对当代汉语诗歌的重大贡献，那么，系统地总结这一裂变并予以上述经典性的定义，就是臧棣对当代诗歌批评的重大贡献。

为"后朦胧诗"正名，昭雪其"靠造反起家"的不名誉出身只是这篇文章的副产品，其高屋建瓴的气势和深挚的内省目光表明，一部装备精良、动力强大、雄心勃勃的批评机车刚刚开始提速。这部机车后来好像一头扎进了某条叫作"新诗传统"的时光隧道中，我们不知道它最终会选择谁的天灵盖作为出口，但还是能透过《现代性和新诗的评价》等，听到它沉稳的运行声。

很抱歉一篇印象记写着写着竟滑入了"小评论"的窠臼；同样需要抱歉的是，被事先限定了的篇幅已使我无法对作为诗人的臧棣说得更多。问题还在于，至少是就目前而言，关于臧棣的诗，还能有谁比诗人胡续冬在《金蝉脱壳》一文中说得更好？该文不难找，就刊载于《作家》杂志2002年第3期上，从中读者可以发现，另一个同样与"善辨"谐音的词似乎一直在等着臧棣，那就是"善变"。在诗歌的"本质"被打进现象学意义上的括号，"只指涉自身的写作"（福柯语）为诗的自主提供了进一步的合法性依据，诗的可能性的天空因之向我们无穷敞开之后，"变"差不多已经和臧棣所倡言的"享受写作的欢乐"成了一回事。那么，它也会成为他不惮于突出的"局限"吗？

2005年元月26日，天通西苑

流浪汉戴迈河

戴迈河，Michael Day，对我来说这已不只是某个"老外"朋友的名字，而且是一个情结，一个有关中国和中国当代诗歌的情结。

我和迈河相识于十年前的夏天。先是收到他一封寄自外文局的信，抬头称某某先生，然后自我介绍某某，是某某的朋友（也就是说是我朋友的朋友），拟于某日造访，希见信回音云云。这种循规蹈矩的结识方式完全符合文明人的礼节，但其"托马斯全旋"式的笔迹却宛如一股在墙角骤然扬起漫天尘土的微型风暴，透露出笔者不拘形迹的、野性的内心。迈河给笔迹学留下的"字据"是如此鲜明，以致不久我三岁的小女儿也深谙此道：其时她尚未识字，但总能从一大堆信件中准确地挑出迈河的，然后举过头项高呼："大忙河叔叔又来信啦"，且无论日后汉语有了怎样长足的进步，都未能丝毫改变迈河的这种书写风格。很快我们发现他不唯汉语如此，英语也是如此；可见他又是一个极度坚执自性的人。这样的人若生在中国肯定没有好果子吃。

所幸迈河不是中国人，只不过爱吃中国饭而已。这里的"中国饭"是本义，和其引申义"饭碗"无关。若说"饭碗"，当时他是外文局特邀的编辑，算是一个"专家"吧，月薪800外汇券，足够甚为风光地大吃中国饭；如果他愿意，也可以一直这么稳稳地吃下去。但那样一来他就不再是戴迈河。

戴迈河专家一点儿都不像个专家。尽管我事先对他可能的形象所作的揣摩大致不差,可真见着了还是吃了一小惊。我从没见过像他那样夏天留长发、蓄大胡子,却又不肯费心稍加侍候的人,其结果是它们胡乱地纠结在一起,使那颗硕大的头看起来根本就不像是一颗头,而更像是一大蓬疯长的茅草,随时准备为路过的倦鸟提供免费食宿。他上身的白T恤早已和下身的过膝灰短裤浑然一色,且同样污迹斑斑;更奇的是他光脚丫跶一双松紧口"北京鞋",从后跟沦陷的程度看,大概自上脚起就从未拔起过。在约定的日子里我打开屋门见到的戴迈河就是这么一副蹀里蹀遢的模样:整个儿一个"洋济公"。

把迈河比作济公多少有点不伦不类;但我仍有理由对此表示满意。迈河恰好属于这样一种人:他们因过于"打眼"而往往使人一见之下,便不由得生出要令其成为"典型"的冲动。问题是我无法按照流行的西方现代青年形象为他归类。他既不"嬉皮"也不"雅皮"。如果一定要从西方传统中为他找什么原型根据的话,我首先会想到的只能是西班牙文学中著名的流浪汉"小癞子"(托美思河的小拉撒路);但"小癞子"其号不雅,他又生得那么生猛高大,无需掂量便觉得不合适。再就是杰克·凯鲁亚克《在路上》中的几个流浪汉;不过那帮人活得太"火",和他们比起来,迈河简直算得上一个清教徒,也不合适。那么堂·吉诃德又如何?可惜又缺了个桑丘;没有桑丘的吉诃德还是吉诃德吗?于是只好将他纳入中国语境,委曲他当"洋济公"了。用佛家语说这叫"随缘"。

说迈河像个济公不唯取其形似,行状精神上也自有一脉相通。他来中国与其说是为了研究当代先锋诗歌,不如说是为了寻求一种生活和情感方式,或者说二者在他那里经常被混为一谈。有相当一段时间,他干脆深入到"现代诗的延安"四川,和一帮"第三代"诗人实行"三同";这在新一代汉学家中大概是绝无仅有的,也是他在中国前后凡五年的流浪或"准流浪"生涯中的华彩乐段。所谓"现代诗的延安"是某些四川诗人私下自诩的说法，意即圣地或在野之地；不过我想迈河没管那些。他去，只是因为他想去。在那里他竟日和"莽汉"、"非非"、"整体"们厮混在一起，游宴滋事摆龙门阵，大有"酒肉穿肠过，佛祖心中留"之概，而弃"汉学家"通常保有的庄严法相或超然姿态如敝屣。他的急公好义、嫉恶如仇我也多有所见和耳闻。他后来之所以既不见容于有关当局，又被某些只盯着他"汉学家"身份的人误解，以至暗中作"精神毁容"，差不多正是为了这方面的原因。这里不说也罢。

　　既然迈河是这样一种人，所以后来我听说他也一直在写诗时一点都没感到意外。反过来，他的诗也表明，我认为他之关注中国当代先锋诗乃是基于其自性，而不是工作性质的看法没有错。这是他近期写下的一首题为《妈妈告诉我》的诗：

　　　　蹒跚学步时
　　　　我曾在油腻腻的铁路上转悠
　　　　我什么也没发现
　　　　无非丢过一只鞋
　　　　喂过一条身边的狗

　　　　过后这事儿
　　　　被人们称赞了个够
　　　　是别的人
　　　　而不是我
　　　　谁仍在沿着那条铁路踯躅
　　　　但如今我找到了
　　　　我想要的

在枕木间
在路轨两侧

我就是那流浪汉
总在探寻沙漠中
下一个渺无人迹的绿洲
当我的马喝足了水
它就带着我
向那天地间的一线
起步

而记忆呈现
如一条挽绳
一条无尽延伸的挽绳
把我和我选择的旅途
松松地系住

　　有点浪漫，有点感伤，但足够老到，最重要的是非常感人。我怕我的译笔太拙，不足以传达出诗中特有的某种节奏。那是一个习惯了流浪的人才会有的徐疾相间的内心节奏。

　　据我所知，迈河生于一个艺术家庭。父亲是个画家，母亲是个音乐工作者。这么说他的流浪天性或许首先得之于遗传；然而我从未问过他父母对他"选择的旅途"怎么看，他也从不曾提起：按照西方人的观点，这毕竟是孩子自己的事。由上面那首诗的标题分析，至少他母亲对他的选择是不无欣赏的，但是不是真的欣赏我不能肯定。可以肯定的只有一点，就是那些曾经把他"称赞了个够"的人们现在已不再称赞他。因为按照全世界都通行的世俗"成功"标准，迈河远远算不上一个成功者；而只要有机会，他也会不遗余力地攻击这种标准："无非是汽车、房子、一份收入足够高的工作、一个拿得出手的老婆，总之一切都要十分体面。哼哼，体面，什么玩意儿！"

不能据此就认为迈河是一个愤世嫉俗的人，就像不能因为他热爱中国就认为他是一个意识形态左派分子一样；那么是否他对中产阶级生活方式抱有某种特别的成见呢？也未必。要说"成见"的话，大概只能说是对一切矫饰的、过分制度化因而明里暗里具有强迫性的东西的成见；而这种"成见"几乎是所有艺术家—流浪汉的真理。前些年迈河磨磨蹭蹭拿到硕士学位后，本可轻易谋得本校东亚系主任助理一职。这可是一份许多人暗中称羡的差事！然而经过一番不无痛苦的权衡后他还是放弃了。"我很难忍受那种循规蹈矩的生活"，他在来信中皱紧了眉头："再说这里被称为'大学政治'的一套也令人深恶痛绝。不是不懂，是讨厌！我宁可接着读博士。可是，我真的需要'博士'这类虚名吗？"

事实上令迈河感到"讨厌"的远不止是"大学政治"；他甚至一再说到他和整个西方社会的"格格不入"。对此我无从表示什么。面对同一双鞋，一只脚不能向另一只说"不"。我倒是由此想到，这种"格格不入"是否同时也构成了他之于中国的热情渊薮？

看来答案是否定的。证据是他曾经的两个恋人都是中国人。这听起来有点不伦不类，但未必没有说服力。因为爱情是一个独立王国，自有其尺度和标准。

说到迈河的爱情，不能不说到一件有关的趣事。1989年冬某日突然接到他发自西安的电报，称拟于次日乘×××次车抵京，请接站云云。次日我按时去了，车也准点到了；然直到接站口重又变得空空荡荡，也未见到他的踪影。不免就纳闷：像他那样"打眼"的人，本是极易辨认的，难道真地遁了不成？随旅客出站的"老外"倒是不少，但除了一个曾引起我注意外，其余皆不搭界；而这个引起我注意的

"老外"除了身材相仿佛，又哪儿都不像：既非长发，下巴也光溜溜，更明显的是架一副挂链金丝镜，着一身呢质长大衣，提一只豪华号码箱，脚下锃亮的皮鞋虎虎生风，气宇轩昂，目光超然（我还真和他对了一下眼），一望可知或巨商，或教授，或外交官，却和"洋济公"有什么相干？

再候片刻，甬道里远远来了新一轮人潮，只好怏怏打道回府。在距出租车入口处不远又见到那位"老外"伫立的背影，这时才发现他极不协调地肩着一只绿色军用挎包。想到迈河不离身的也是这种挎包，只是脏得发黑，不免一乐，心道有此同好者，巨商和外交官或许"大大的不是"了。

回到家中未及喘息，就听有人打门；开门一看，却正是那位"老外"。愣怔之下只说了一句"我刚刚见到过您……"，就被一阵突然从心底涌上来的哈哈大笑打断了。笑声中迈河的脸一下子红到了脖根，他一边陪着一起笑，一边嗫嚅着："这都是……这都是……"

这都是爱情的魔术！我忘了他此番乃是来自恋人身边。爱情不仅能使一个人焕然一新，还能使一个人变得盲目并顺便殃及他人。

正是迈河的感情方式（爱情是其中的核心部分）使我意识到他本质上是一个东方人（我不得不选用"东方人"这一语义含混不清的词）。在远离恋人的那些日子里，他似乎整天只干一件事，就是没完没了地写信：在候机、候车的间隙中，在小酒馆杯盘狼藉的桌子上，以至在偶尔路过的一个邮筒旁。每天少则一两封，多则三五封，且决无"轮空"。有时明明在专心致志地讨论问题，却眼见得他的神情迷离恍惚起来，于是你知道，他要写信了。一次我开玩笑说："迈河，你就住在信里得了"，但我立刻意识到这不是玩笑，因为他恰恰是一个以感情为家的人。为了表达自己的爱慕之深，他不惜放弃了朋友给他起的中文名字"迈河"，从恋人名中抽取一字，谐其音而单名"戎"，颇有点不惜武装保卫的意思。即便婚后变故离异，很长一段时间内他也坚持用这个名字，可见其用情专一，已达于"痴"的程度了。

得知迈河和妻子分手的消息我很难过，其时距妻子随他归国刚刚一年。他们的婚姻历经坎坷，可谓百炼千锤，不料却仍然脆弱如此。我知道他们是被一个共同的敌人打败了，而这个敌人曾为他们所共同不屑。迈河迈河，迈不过世俗之河，却反为其所迈，这也是他流浪命运中注定的一部分吗？

但迈河终于是不能被打败的。我很早就由一件小事明白了这一点。那是1989年大年初一的晚上，朋友聚会；席间我向客人们推荐说，迈河的美声得其母亲真传，少时曾在教堂唱诗班侍候上帝多年，大学期间又曾在学校业余剧团主演莫扎特歌剧《魔笛》选场，建议他来一段助兴。这一段艺术履历出自迈河本人；半年前的某一月朗风清之夜，我曾于空旷无人的二环路上，亲聆过他如醉如痴的绝妙歌喉，知道他是有把握的。

大家一致鼓掌叫好，迈河却显得有些慌乱。我没觉得他起音太高，但他站起来刚唱了一句，就连说对不起对不起，音起高了，我过会儿再唱，说完转身离席。我以为他去如厕，也没在意，只对有点莫明其妙的客人们解释说，或许是因为二锅头太烈呛了的缘故。几分钟后我去厨房炒菜，隔着门玻璃却见他把自己关在里面，正对着窗外吊嗓子，一边吊一边还辅以各种手势。最初的刹那间我觉得有点可笑，继而感动，随之一股敬重之情油然而生。我推门进去拍拍他的肩膀，说迈河别和自己较劲儿了。幸好我们是朋友不是对手，否则我非输你不可。

这以前我心目中的戴迈河总的说来是一个放达、任性、粗豪的戴迈河。那个戴迈河不唯不修边幅，把字写得像"托马斯全旋"，骑一辆老掉牙的永久车满北京疯跑，而且吃西瓜从不吐籽，就像干掉一瓶洋河酒无需换气一样。但这以后我知道，在那个戴迈河的内部，还有一个戴迈河，一个极其认真、严谨、负责的戴迈河。而这个戴迈河是不可能被打败的。

随着时空的阻隔使情感像窖藏的老酒越发醇厚，这个戴迈河的形象也变得日益鲜明。别的且不说，仅这几年先后经我手转达的、他翻译的中国当代诗歌作品就有郑敏、西川、欧阳江河、翟永明、廖亦武、韩东、于坚、小君、李亚伟、周伦佑、万夏、王小妮、王家新、黑大春等十数人、数百首之多。他做翻译的工作方式既非"拣到篮子里就是菜"，率意为之，也非书信咨询本人自荐，偷懒走捷径，而是尽可能充分地掌握有关资料，通盘阅读，相互比较，再按照自己认可的诗歌尺度，选择精良或有代表性的作品。此外他还写了大量解读、介绍、述评的文章。据我所知，在研究中国当代诗歌的有关汉学人士中，像他这样肯踏踏实实下"笨"功夫的，当属凤毛麟角；而他所下的功夫，绝大多数情况下都毫无"经济效益"可言。非但如此，还要自己补贴工本，打印装订成册，再加上不菲的邮资。一个基本靠奖学金活人的穷博士，既没有受谁的派遣，也没有受谁的委托，但凭自己的兴趣和心性而能做到这种程度，大约是需要一点精神的。

那么是一点什么样的精神呢？尽管他生于著名的白求恩大夫的故乡，但"国际主义"、"共产主义"等显然是当不起的；那就因人制宜，姑名之"流浪汉戴迈河精神"吧。下面是他今年四月整束行装，准备去欧洲开始新的流浪生涯时写下的一首诗，标题为《又是春天》：

> 我写下的那些话属于我自己
> 有些地方感到又不是
> 所以我要扩大我的词汇表
> 容纳更丰盛的地形
> 改造它初生时的容姿
>
> 我不会是我所不是的那个人

但无论说出的是什么
我都会是意愿的自己
萌生于另一棵无根之树的
一片新叶

而这棵树无论在哪里都能存活
都将生出茂密的枝柯
如同真树般活着，躯干笔直
并像所有这样的树会是的那样
生机勃勃

1997年仲秋，北京

行者昌耀

　　称昌耀为"行者"不是我的发明，实乃他本人的自谓。1990年春夏之交我和他一起在杭州充任"西湖杯诗歌大奖赛"的评委，会议正开得热闹，他却不知怎么想起，从上衣口袋里掏出一张纸片，一边努力打开他那如同半僵棉桃般的微笑，一边讷讷地说："这个……给你……自己做的。"定睛一看，原来是一张薄薄的名片，在别人通常悬挂最得意的身份的地方淡淡地印着：百姓、行者、诗人。

　　说来惭愧，那时我虽知道"行者"一语出于佛门，与"居士"相对，却因小时多闻武松武行者，孙悟空孙行者，而私以为凡行者必是堂堂英雄，至少具有某种英雄色彩。王少堂的《武十回》中，武松于狮子楼斗杀蒋门神和西门庆后，又潜入张府杀了张都监全家，再割下一片衣襟，蘸着死者的鲜血在白壁上大书："杀人者，行者武松也"，那是何等的气概！而眼下这其貌不扬、在所有的场合都形如缺席的昌耀居然也自称"行者"，岂不可怪？

　　回来即翻查《辞海》，其"行者"条释曰：行者，住在佛教寺院里服杂役而未剃发出家者的通称。一般也用它称呼行苦行的僧侣。《释事要览》卷上："《善见律》云：'有善男子，欲求出家，未得衣钵，欲依寺中住者，名畔头波罗沙。'今详，若此方行者也。经中多呼修行人为行者"。

如此说来，倒是我的私见有误，而昌耀自谓"行者"更近乎本义。我不禁汗颜且肃然了。

不用说，我对昌耀最初的印象，恰恰就是一个修行人，一个修苦行的人。

我与昌耀相识于1982年夏天在新疆石河子举行的"绿风诗会"。当时我初涉诗坛，与会者又多得要命，以致除了那些打眼的"泰山"、"泰斗"和风云人物外，一时根本分不清谁是谁。但昌耀是个例外，我几乎是一瞥之下就记住了——事实上我不可能不一下子就记牢他，因为他刺痛了我。我说的是从他那张沟壑纵横的脸的深处艰难浮现的笑容刺痛了我。这笑容似乎完全不牵动两颊的"笑肌"，似乎在浮现的过程中一再横遭狙击，结果不得不倒退回来，聚集在嘴的四周，迫使嘴唇向前努出。若不是两眼中盈盈着笑意，你不会认为他在笑，充其量介于哭笑之间，或干脆就是在哭。

这是我所见过的最苦的笑——不是苦笑，而是由笑见苦；其两眼之于表情，恰如清泉之于戈壁。那天整整一个晚上我都在琢磨给这种笑找一个比喻，最后我想到了"半僵棉桃"。有过植棉经验的人都知道，这是指因遭了虫而发育不良，不能抽絮的一种棉桃。

又过了六年，又是夏天，我取道青藏线，去拉萨参加西藏文联举办的"太阳城诗会"；昌耀也在受邀之列，于是友人建议与他同行。其时他的诗我所读不多，但《雪．土伯特女人和她的男人及三个孩子之歌》和《慈航》已足以让我对他充满敬意，还有某种克制不住的好奇心。

如约去拜访他的那晚和朋友们一起喝了点酒，虽不致醺醺然，却也有点"飘"。西宁街灯的幽昧不明使天显得奇怪的黑。昌耀脸上依然挂着"半僵棉桃"式的笑容。他把我们让进屋，招呼我们分别在椅子和双层单人床（记忆中这是屋里最像样的家具）上坐下，自己却站在当中，不停地搓着手。显然他非常兴奋，却又因待客经验不足而有点不知所措。稍延片刻，大概是受我们带进来的酒气的启发，突然说："我们喝酒吧"，言罢并不等我们表态，转身就出了门。

不一会儿回来，右手攥着一瓶葡萄酒，左手拿着一包牛肉花生米什么的，语气中充满了真正外行的歉意："中国红……我不懂，也不知道好不好……"然后为客人们一一斟上，自己也留了一杯底。然后搬来一张小机凳贴墙坐下。

看得出他放松多了，似乎卸下了一桩心事。除了不断劝酒外，他很少主动提起话头；接客人的话茬也相当节制，也许是过分节制了。不知是灯泡的功率太小还是电压太低，屋里的光照明显不足，以致在间或冷场的时候，会有一种空旷的感觉。奇怪的是这种空旷感并不令人尴尬，反倒有一种默契的意味。我想这主要是受了他目光感染的缘故。是这样一种目光：诚恳、沉静、温和，略略有点拘谨，同时满含着期待。

经历了那么多的磨难而仍然葆有这样的目光，非注重内心修为，且修为深厚者不能！究竟有多深厚我说不好，可以肯定的是要远胜过他的苦。其后不久我读到了他的《斯人》一诗，极短，三行而已；然境界阔大，意绪旷远，足以见其襟怀：

静极——谁的叹嘘？

密西西比河此刻风雨，在那边攀援而走。
地球这壁，一人无语独坐。

那次我们同行的计划差点受挫，事实上已经受挫了。我们一行四人乘火车抵格尔木、住进招待所后不久，昌耀不知怎么就拉起了肚子，且狂泻不已，势不可当，不出几个小时，人就脱了形；第二天早晨再见到时，竟已是一副摇摇欲坠的模样。事已至此，硬撑是没有意义的——汽车可是要翻越海拔5000多米的唐古拉山呢。他只好一脸沮丧无奈地与同样一脸沮丧无奈的我们话别："真没想到会是这个样子……很遗憾……对不起……你们走吧"，说着拿出他事先准备好的小氧气袋："这个，我用不着了，你们带着。我在这儿休息两天，等缓过劲来，就……就回去……唉，我的运气真不好。"

可是你猜怎么着？等到会议正式开幕那天，即我们抵拉萨的次日，我刚进会场，就见屋角沙发上坐着一个人，满脸半僵棉桃式的笑容，却不是昌耀又是谁！细看时红光满面，神闲气定，半丝病容也没有；而我们一个个的高原反应尚未过去，还需时不时地偷一口气呢。我为这戏剧化的一幕惊讶不已，他却反而腼腆起来："那也没什么。你们走后我自觉好了些，想想一直要来西藏，走到了格尔木还要回去，心里不是滋味，一咬牙也就跟来了。"

这件事如电光石火，让我一下子窥见了在他瘦弱的身躯内部，生命深藏不露的坚韧和强悍。假如不是这样，他早已窒息于那长达二十年的苦难漂泊中且不说，他的诗也决不可能已如已故骆一禾所形容的，具有那种"阳光垂直打向地面"的力量！

不过，仅仅是坚韧和强悍，尚不足以成全这种"阳光垂直打向地面"的力量。对昌耀和他的诗来说，更重要的或许是对生死的彻悟，是从经验中提炼的"在善恶的角力中／爱的繁衍和生殖／比死亡的戕残更古老／更勇武百倍"的信念。对生死的彻悟同时提供了锻炼语言所必须的锤和砧，使之更加敏感、锐利和坚实；对爱的信念则不断开掘、催化和澄清那来自生命底蕴的巨大激情，并将其导入形式的河床。此外还必须考虑他对不同诗歌风格的非凡的汲取和融汇能力。如果有机会集中讨论他个人的诗歌谱系，我想可以举出杜甫式的沉郁顿挫、惠特曼式的长风浩荡、李贺式的云诡波谲和埃利蒂斯式的跳脱透明，包括青海民歌的质朴纯真对他的影响。这些性质不同，甚至彼此冲突的风格要素的奇异融合，拥护着他诗歌语言的高能量。

和语言的高能量相反，昌耀在诗歌中始终保持着一种宽厚而尊严的低姿态。他从不跋扈，从不自认真理在握而扮演"先知"或"代言人"的角色。他的视角总是自下而上或平展的，尽管总能看到常人所看不到的东西。当然他也有像屈原那样自美的时候。比如在长诗《慈航》中你就能读到这样或许是过于清丽的句子："我不时展示状如兰花的五指／朝向空阔弹去"；但假如你注意到紧接着的"触痛的是回声"，就会明白"我"并没有以救苦救难的观世音自居，相反突出的是他孤独的困厄；由于诗中真正引领慈航的，是世俗而神性的爱的伟力，你甚至还可以读出诗人自己也未必意识到的反讽意味。

另一方面，正是这首自传色彩很强的长诗（也可以认作一首小小的感情史诗，或他自己说的"行动的情书"）揭示出，"低姿态"同样是昌耀诗歌能量的源泉。在忆及"昨日的影子"时，诗人一无例外选择了动物以至非生物的意象：旱獭、大雁、古猿、红狐、黄鼬、鸥鹇、旷野猫、鹿麂、磷光等等；在谈到"前生"时，干脆设想自己"曾属于一只／卧在史前排卵的昆虫"，"一滴／熔在古鼎祭神的／浮脂"。要说"低姿态"，至此恐怕无法再低了；然而，那些喜欢在诗中俯临万物的人不会想到，姿态越低的，越接近大地，越接近事物之根；最大的空间和纵深，恰恰属于那些姿态最低的人。当昌耀一一认同那些似乎渺小不足道的事物时，他也使它们一一成为自己的一部分，成为支持他写作的隐秘而庞大的根系和气场。

关于昌耀的低姿态有许多话可讲。比如苦难的长期压抑，比如诗人擅长的原始思维；但我更想说的是，能始终在诗中保持低姿态的人，必是定力卓越的人，必是怀着感恩的心情活着，与万物同在的人，是如T.S.艾略特所说，成熟到可以对世界说"是"的人——只不过这里的"是"不是Yes，而是 It is，是 to be。

然而世界对诗和诗人却似乎更倾向于持not to be的态度。1994年下半年我曾接到昌耀的一封信，语气激愤，备陈他出版诗集《命运之书》的种种艰难曲折；另附致诗界朋友和读者的一封公开信，呼请他们的援手，条件是：凡资助10元者，诗集出版后寄赠一本为报。他希望我帮助在《诗刊》发布此信，以"玉成"他"自救"的愿望。

我当然立即照办，同时心里感到说不出的悲哀——为他，为诗，也为这个世界。我知道以昌耀之沉静自尊，不到万不得已，断不会出此下策；而依他信中所述，这"下策"已是"上策"、"上上策"了。我想到距我上班处不远的一家酒店，那里每晚光顾的豪强大款们的汽车首尾相接，有时竟能排出一二百米；而耳闻中他们一顿酒席的耗费，按当时的价格计算，用来印制一本诗集已绰绰有余。

但我同时也感到骄傲——为昌耀，为所有仍钟情于诗、信守诗的世界的诗人和读者，也为我尚能跻身他们的行列。我想到一位美国诗人的话，他说现时代的诗人，就是那些身在商品社会，而又仍然"苦苦坚持赠送礼品的人"。

我当然也想到了昌耀"行者"的自谓，想到他那半僵棉桃式的笑容。显然，他，以及一切像他那样的诗人的修行生涯还远远没有完。

我甚至想到，我自小对"行者"一语的误解是有道理的：被抛入商品社会，知其不可而又"苦苦坚持赠送礼品"，这样的人不是我们这个时代的英雄又是什么？

1998年岁末

世纪行过，卞先生走好

从报上读到卞之琳先生仙逝的消息正是傍晚时分，令我不由得想起他的名作《距离的组织》中的一行诗句："友人带来了雪意和五点钟"。我是不习惯使用"仙逝"一类语词的，但还是忍不住要用，似乎非如此不能表达内心的敬意。这种敬意与其说和他诗歌前辈的身份，以及他的享有高龄有关，不如说与他在我心目中的"高人"形象有关——是的，是这样。卞先生确实称得上是一个"诗歌高人"。

首先当然是指他的诗。朱自清先生早在半个多世纪前就认为，"卞先生是最努力创造并输入诗的形式的人"（《新诗杂话·诗与感觉》），这一断语至今都可以说没有过时。回头看去，新诗史上像他那样对形式报以高度重视，并厉行试验和锻炼的，大概只有在数的几人。强调音顿的大致整齐，只是其外在的方面；其内在的精神，却是要寻求一种"经济的组织方法"（朱自清语），即以尽可能少的言词，创造尽可能大的审美空间。卞先生于此取得的成就，相信越是精细、挑剔的读者，体会就越深。他在30年代创作的《距离的组织》、《尺八》、《断章》、《白螺壳》等，历经时间的汰洗，正越来越显示出其"咫尺天涯"的精品质地；他既"化古"，也"化欧"而首先倡行的、以致力营造"戏剧化情境"为特征的诗歌方法，经由众多后继者的呼应，正日益呈现出他对新诗进程的拓展之功。所有这些都一再反驳着那种把形式和内容二分的做法。事实上，只有充分意识到卞先生对新诗确立其美学资质的巨大贡献，才能充分评估他孜孜于形式探索的意义。就此而言，他的独领风骚，尚有待于进一步的发现。

作为一个诗学工作者，我对卞先生的认识主要来自我的阅读经验，更准确地说，来自受魅惑而再读、细读的经验：来自他节制、具体、精确、错综的聚合式表达，来自他对诸如矛盾语、戏拟、反讽等诗性语言的充分调动，来自他作品语境的饱满、结实、表层结构和深层结构的融合无间，来自其罕见的"非个人化"风格。我深知具有这种魅惑力、能够经得起反复细读的作品在任何情况下都为数不多（就卞先生而言，也仅限于他最有代表性的几首诗），因而格外珍爱。相对之下，他的有关诗学主张则未能引起我足够浓厚的兴趣；然而，这丝毫也没有影响我对他的敬重之情。相反，他在这方面的宽厚通达同样构成了其"高人"人格的一部分。我还清楚地记得80年代初在南大图书馆里读到他发在《文学评论》上的一篇就新诗形式问题答读者的短文，其基本观点是，现在讨论新诗的形式确有必要，但还不到时候，急不得，应先结合实际，在问题的钻研上多下点功夫。由于此前已读过一批包括他在内的争论文章，当时就想，这位老先生真可谓洞明事理，是个哲人。毕业后混迹诗坛近20年，也算有些阅历，印象中卞先生从未理会过诗坛的是是非非，更谈不上以诗坛前辈的身份，作真理在握状，居高临下地指点、讥讽乃至训斥探索中的后学（即便是顽劣的后学），以捍卫某一既定诗歌秩序这样的事。对卞先生来说，这种虚幻的秩序大约既不存在，也没有任何意义。他一以贯之的姿态是独与诗歌往还——修道至此，不亦高乎？

尽管一直仰慕，但许多年来只见过卞先生有限的几次，面聆教诲则一次而已。说来还是沾了台湾诗人向明先生的光，时在1991年11月2日。拜访前向先生就讲，见卞先生是他多年的愿望，不想此番得偿，兴奋之情，溢于言表。向先生真至诚之人，因为见面略事寒暄后，近两个小时的时间里差不多就主人一人在说，他只管静静地听。初冬的阳光隔着窗玻璃斜进来，洒在卞先生清癯的面孔和略显蓬乱的银发上。他难懂的吴方言语流也像阳光一样，在耳畔汩汩响着。突然间我产生了一种幻觉。我感到眼前这位八旬老人正从容地逆行于时光隧道中；他所言及的那些人和事也仿佛受了点化，变作他身后闪闪烁烁的一地碎金。"谁来收拾和继承这些财富？"我想，"谁？"

世纪行过，高人渐隐，可奈其何。卞先生，走好。

2000年12月15日

作为钟、铸钟人和钟声的牛汉

　　大约两年前，曾听牛汉先生说过他自己的一个"段子"：某一夏日的午后，天气燠热难当，正在伏案工作的诗人打开了所有的门窗犹感室闷，便起身走到阳台上。他大喘了一口气，目光突然像被磁石吸住了似的，死死盯住不远的天际。他看到那里有一口钟，一口浑身锈迹斑斑的铸钟，孤零零悬挂在周遭透明的虚空里，犹如一颗巨大的心在不停地颤动，但就是发不出丁点声响！深感震怖的诗人不忍这令人悲伤的情景，便闭上了眼睛；然而就在这一瞬间，他听到了嗡嗡的钟声，沉阔而辽远，一波波压迫着耳膜。奇怪的是，当他赶紧睁开眼睛时，那口钟虽仍历历在目，却不再颤动，以致看上去更像是一滴凝固的眼泪；与此同时，他感到心脏受到了重重一击，胸腔、腹腔立刻与刚才听到的钟声产生了强烈的、无可名状的共鸣，仿佛他自己就是那口嗡嗡作响的大钟。

　　"接下来的事就不太好玩了"，牛汉说到这里孩子气地笑了笑："想必是我这里有了大动静，家里人都跑出来聚在我身边；可他们什么也看不见，唯一能做的事就是让我进屋，劝慰我几句，设法让我安静下来。你知道我常犯梦游的毛病，有时大白天也犯，所谓做'白日梦'吧。他们习惯了。"

　　大概是发现我的神情有些愣怔，又转而强调说："但是我确实看到了那口钟，听到了嗡嗡的钟声。清清楚楚。"

我毫不怀疑，只是有点恍惚而已。那片刻间我想了很多。我想到了奥维德的《变形记》，想到了史蒂文斯的《坛子的轶事》，想到了达利和马格里特的超现实主义绘画，想到了宋人论诗所谓的"现量分明"……所有这些在脑子里走马灯似的打着旋，越旋越快；而在这思想旋涡的中心也蹲踞着一口钟，也有钟声在一波波嗡嗡作响，那是伟大的歌德在《浮士德》结尾处写下的不朽诗句：

> 一切无常者，
> 只是幻影，
> 不可名状者，
> 在此已成。

牛汉平白见钟，如孔子梦中获麟，不可考，只可信。因为这里所见、所获者，不是通常的物象，而是"万取一收"的心象。心象无伪，其来有自。正如你可以俯身一粒珠贝，听到大海的喧腾一样，你也可以透过一个心象，感知诗人深邃如星空，苍茫如大地的心事。

然而为什么是钟？

钟，响器，从"金"从"重"。金，是质地；重，是分量；二者共同决定了它能发和所发的声音，一种来自内部的、大质量的声音，否则不足以助典仪（所谓"晨钟暮鼓"）、警时事（所谓"警钟长鸣"），或用来形容某种非凡的气象和景象（所谓"黄钟大吕"、"钟鸣鼎食"）。钟声不仅覆被广袤，而且纵深辽阔。它是一个光辉璀璨而又浑厚内敛的听觉空间。

钟声盘绕回旋，不绝如缕。现在我说的是牛汉的诗文。

这种感觉可以追溯到"文革"后第一次读他的《悼念一棵枫

树》。足足有好几天的时间，我一直不能释怀于诗中那棵高大的枫树在被伐倒时所激起的巨大轰鸣；那笼罩着整个村庄和山野，"落到人的心灵上"却又"比秋雨还要阴冷"的"浓郁的清香"；那伐倒三天后"还挂着明亮的露水"在微风中簌簌摇动的枝叶；那被解成木板时从"一圈圈年轮中"涌出的"凝固的泪水"……我不能释怀于这些点点滴滴的细节，不能释怀于弥漫在这些细节中的悲伤的芬芳或芬芳的悲伤，尤其不能释怀于诗中那种寓沉痛于平静的叙述语气。我知道这语气必出自一种深挚的人格，但它的魅力却远远超出人格，就像震波远远超出震源本身。它使我掩卷后仍迷陷于一再倾听的幻觉。所谓"不能释怀"，就是无意识地反复倾听。

牛汉的大多数作品都具有这种能"创造出再听的需要"（瓦雷里语）的魔力：从与《悼念一棵枫树》写于同期的《华南虎》、《鹰的诞生》、《巨大的根块》等，到80年代的《汗血马》、《一只雄鹰的跋涉》、《空旷在远方》等，到三易其稿的长诗《梦游》，到90年代的系列散文，甚至包括他断断续续写下的诗歌散论。

这种能"创造出再听的需要"的魔力，我称之为"钟声效应"。

钟之所以为钟，钟之所以会发出非其莫属的响声，除了从"金"从"重"，当然还因为它的中空。就艺术或哲学而言，"空"同"无"，不是什么也没有，相反是涵育万有。但我不想据此抽象地读解牛汉诗文的"空"，而更愿意举荐他在《铸钟人的呐喊》一诗中提供的某种自我读解。在那首诗中，钟的"空"被隐喻为"一个神圣的子宫"；它的成形有待于铸钟人"向古老浑厚的大地"的深深挖掘，有待于他手掌的虔诚雕塑，有待于向里浇灌的"铜的铁的血的火的液汁"。这以后我们才能看到"从大地的腹腔内／钟像预言一般升起"，才能听到那震聋发聩、搜魂摄魄的钟声。

在得知《华南虎》等写于70年代初时我曾深感震惊。我震惊于在那样一个全民耽于意识形态狂热、大多艺术家知识分子骨软可卷的时代，一个曾无比虔诚地崇奉其革命信念并因此而获罪的人，竟能以劳改之身写下如此纯粹、如此本真、如此充满人性的诗！在我看来，牛汉，和其时正在白洋淀插队落户的芒克等人一样，是创造了那一时期诗歌奇迹的人。作为某种于不可能中实现的可能，这奇迹不只属于诗歌史，它同样属于当下，属于每一个诗意的瞬间。它是对诗歌写作行为以至诗歌自身的永不过时的质询！

不过，就牛汉本人而言，并不存在什么奇迹，只存在一以贯之的诗歌之道。在牛汉自己的词汇表中，与此有关的"关键词"有"生"、"生成"、"母性的虔诚"、"汗血"、"游牧"、"充分燃烧"、"倾盆而下"等等；而关键中的关键，或许是"生成"。对牛汉来说，"生成"首先意指创作中语言和诗人的互动关系。注意，是"互动"，而不是单方面的决定；换句话说，所谓"生成"，是语言和诗人之间的彼此生成。显然，借助这一来自生物学的动态概念，牛汉不仅表明了他有关诗歌写作的有机整体观点，而且强调了作品于此居有的真正主体地位：一方面，"一首诗从酝酿到诞生的过程，仿佛一个自在的生命"；另一方面，由于作品的自在性同时牵动着语言—诗人的整体，因此，一首诗的成功与否取决于它能否既构成对这一整体的否定，又构成对它的重新肯定。

然而，或许只有在经验的层面上，我们才能更深刻地体悟"生成"一语之于牛汉所具有的严重意味。在一篇创作札记中他写道："不论身处何时何地，我写一首诗，不论长短，总感到自己奔跑在一个混沌的暗黑的氛围之中，没有天，没有地。但是心里明白，诗的每个词语，每一行，都通向一个从未见过的黎明，天和地会逐渐地在诗的照明下显现出来，因此，诗的诞生有创世的艰辛和欢乐。"

把诗歌行为和创世神话联系在一起并不新鲜；但确实很少有谁能

像牛汉这样，真正触及其当下的内涵。和那些一心想在诗中扮演上帝或盘古的角色，或在诗的阳台上检阅芸芸众生的人不同，牛汉使之发生联系的方式是高度个人化的，"自下而上"、"由内及外"的。他不"赋予"，只"揭示"。当他把他的每一首诗，诗中的每一行，每一句，以致每一个语词，都置于囚禁／突围、沉沦／救赎、遮蔽／澄明、毁灭／新生的临界点上时，他也使自己置身于这样的临界点上，或者不如说，他就是这样的临界点。他与它们一起经历那些方生未死、方死未生、生生死死的瞬间并溶入所有这些瞬间；而无数这样的瞬间构成了另一重天地，一个经验和超验、现实和梦幻、发生学和本体论混而不分的生命—审美时空。

正是在这个意义上，每每分不清自己是在写诗还是在梦游的牛汉却坚定地认为"诗绝无虚构"。这和他向我强调"我确实看到了那口钟，听到了嗡嗡的钟声"其实是一回事。

我已说过我毫不怀疑，因为那口钟一直存在。在《另一个世界的秘密飞行》一文中我曾如此设问："国民党兵的枪托在牛汉的脑子里留下了一块淤血，谁又使牛汉成为留在历史脑子里的一块淤血？"我们完全可以想象，那块淤血从一开始就是钟形的；而经由"生成"之手的常年雕刻，它早已被从内部镂空，成了一口奇特的钟，一口悬挂在历史天空的生命—诗歌之钟。就此而言不妨说钟是牛汉的某种宿命，这种宿命甚至可以一直追溯到他的童年经验。把《童癖·六》中的那口井视为钟的转喻并不牵强：

> 井口仿佛是大地的嘴巴向我问候
>
> 每口井都有自己的深奥的语言
>
> 声音在大地的胸腔嗡嗡地回荡不已
>
> 井水里深藏着一千个大地的梦

也许正是经由乐此不疲地向井中扔小石子这一童年游戏，井，从而钟的意象如同种子一样，被深植进牛汉的诗歌无意识之中，使他的诗注定既成为大地深藏的梦，又成为这种梦的表达。

犹如在叶芝的笔下舞者和舞蹈浑然一体一样，我们也无从把钟和钟声截然分开，换句话说，无从把"大地的梦"和大地的痛苦分开。在《谈谈我这个人，以及我的诗》一文中，牛汉一往情深地说到他至今颅内依然淤积的血块、手心仍足够坚硬的茧和疤痕，以及全身上下数十年来一直在隐隐作痛的骨头；他所道出的，实际上是一部微型化的"大地诗学"。如果说"梦游"标出了其向高向远的灵魂维度，那么，伤疤和骨头就凸显了其不屈不挠的肉身：

> ……不要以为茧子是麻木的，伤疤无知无觉，骨头没有语言；其实，它们十分敏感而智慧，都有着异常坚定不泯的记忆，像刻在骨头上的象形文字。大家都说诗人的感觉灵敏，我的感觉的确也是很灵敏的；但是，我以为我比别人还多出了一种感觉器官，这器官就是我的骨头，以及皮肤上心灵上的伤疤。它们有的如小小的隆起的坟堆，里面埋伏着我的诗。我以为生命里有很多伤疤的人比完美光洁的人更为敏感。伤疤形成的皮肉虽有点畸形，却异常地细嫩，它生有百倍于正常皮肉的神经和记忆。我有许多诗，就是由疼痛的骨头和伤疤的灵敏感觉生发而成的，每个字都带着痛苦。它们有深的根，深入到了一段历史最隐秘处。

换一个角度，"大地诗学"就成了诗的金相学。但仅仅分析其语义和声音的构成尚不足真正理解牛汉的诗文；这里使钟和钟声密不可分的是铸钟人：所谓钟声，乃是他用自己的骨头从内部奏响自己的声音。这来自"历史的最隐秘处"、"有着异常坚定不泯的记忆"的声音——让我再说一遍——是对诗歌写作行为以至诗歌自身的永不过时的质询！

1998年4月，小西天

永远的希尼：归功于诗

听到西默斯·希尼辞世的消息就像当年听到他获诺奖的消息一样突然。那年10月初我正好在伦敦，5日晚和另外的两个朋友几乎一宿未睡，等着诺奖评审委员会的权威发布。我们所等的当然不是希尼，但最终等来的正是希尼。因期待落空而感到怅惘是免不了的，却没有谁不服气；事实上，作为当代最杰出的诗人之一，希尼也是诺奖史上最无可争议的获奖者之一。很快传来了那些早已备好长枪短炮的记者们由于找不到目标而急疯了的消息，所有的人都在问"希尼在哪里"，谜底是他正在某地度假；而更令记者们发疯的是，面对被打爆了的追踪电话，他的回答只有一句：获得诺奖很意外，也很高兴，但一切都容我度完了这个假再说——那份大气、从容和淡定，令希尼原先在我心目中极为抽象的形象开始趋于具体。

2000年秋天由我担纲责编的《希尼诗文集》即将出版，而我和几位朋友也为策划作者本人访问中国忙得不亦乐乎。此事说起来难度甚大，但挡不住众人的热情，尤其是译者之一、希尼多年的朋友、美国孟菲斯大学教授欧比尔先生的大力斡旋，于是慢慢有了眉目，正所谓"精诚所至，金石为开"。然而，就在我们准备发出正式邀请之际，一个突然的变故使所有的计划都泡了汤，由此中国读者失去了一个亲炙伟大诗人教诲的机缘，而希尼本人也失去了一个与中国同行进行面对面交流的机缘。当然，那时我们都没有意识到这是最后的机缘，更没有意识到，十三年后，这一被浪费了机缘会成为一个永远的遗憾。

正是这份遗憾把我带回到十三年前的一篇短文，原题为《像了却了一桩夙愿》，说的是《希尼诗文集》出版后的一点寸心甘苦。记忆中此文当年曾以不完全版本发表过，这里谨完整呈献给读者，以为一瓣小小心香：

作为责任编辑拿到沉甸甸的《希尼诗文集》我有大喘一口气的感觉，像了却了一桩夙愿。这本书的出版，如果从定选题算起，历时差不多三年有半。说来真是一种缘分：假如那天吴德安和欧比尔教授没有去《诗刊》找我谈诗，假如我们没有谈到希尼的诗并进行了愉快的交流，假如《希尼诗文集》中文版的版权不是恰好委托给他们而我也正在办理调入作家出版社的手续，最后，假如最初定夺此书的中国文学出版社没有发生财政上的困难，则我将与这本书错失交臂。当然，希尼的书仍会出版，我也仍会是他的忠实读者，但那将是另一本书，另一种心情。

我最早读到希尼的诗是在1987年，那时他还没有得诺贝尔文学奖。他的成名作《挖掘》给我留下了极为深刻的印象。在很大程度上，这是一首为诗人和诗本身写的诗，另一种意义上的"元诗"。后来又陆续读到一些，其中写他和母亲一起叠床单的那首（《出空·之五》）曾令我久久不能自已。"我们就这样拽直，折起，最后手触到手／只是一霎那就好像什么也没有发生"。在我的阅读视野中，弗罗斯特之后，似乎很少有谁能像他那样，不改变日常经验的质朴形态，而又处理得如此精妙、简洁和富有深意。还有那首著名的《惩罚》。在这首诗中，诗人以悖谬的多重身份确认其

"艺术的偷窥者"立场，以坦率地暴露内心矛盾揭示文明的内在冲突，让我明白什么叫"在一念之间抓住真实和正义"。所有这些构成了一种巨大的魅惑。我无法抗拒这种魅惑。

1995年诺贝尔文学奖授奖辞称希尼的诗"既有优美的抒情，又有伦理思考的深度，能从日常生活中提炼出神奇的想象，并使历史复活。"其中"伦理思考的深度"或许对中国当代诗歌有着特别的启示乃至警示意义。当然，我不认为这种深度可以孤立存在。它既与诗人对人性和历史的复杂性的把握有关，也与他的语言姿态及其表达，与构成其风格的其他因素有关。希尼的诗从不回避什么，他的想象甚至给残忍也留下了一席之地；另一方面，他的诗又始终保有一种足以体现文明高度的视角，一种维系人心的温暖调性。希尼从不高高在上，也从不试图把自己无论有多么正确的看法强加给诗歌。他的语气亲切平和。他抓住细节刻划和揭示。他捕捉日常诗意的笔触越是具体、精确，就越是透露出他对人类生存的深切关注和同情，就越能体现诗歌之于生活世界无可替代的伦理价值。对希尼来说，这是一种有关"善的驻留力和可传播性"的信念。在这种信念中，写作的伦理力量和写作自身的伦理密不可分。

《希尼诗文集》中文版的最初篇目是经希尼本人亲自过问的。考虑到这一点，同时也尊重了第一译者的愿望，我放弃了开始时拟将其他一些译者的译作也收入诗歌部分的想法，以保证其代表性和翻译风格的一致性。作为一种补偿，我增加了8篇评论，所评对象多为中国读者较为熟悉的诗人：曼捷斯塔姆、W.B.叶芝、奥登、伊丽莎白·毕肖普、罗伯特·洛威尔、塞尔维娅·普拉斯等。我没有在意这样的安排是否会导致全书诗、文比例的不合理，因为作为一个公认的天才批评家的希尼较之作为一个伟大诗人的希尼毫不逊色；因为二者同属那个像僧侣俯身祷告台一样俯身他的书桌，试图"以他的理解为支轴"，"承担世界赋予他的那一份重量"的、忠于职守的冥想者形象的有机组成；因为二者的互为阐发，可以帮助我们更好地领会其"既忠实于外部现实的冲击，又敏感于诗人存在的内在法则"的诗歌理念，拓展出文本和文脉双重意义上的纵深。

　　"他的诗在世界诗歌史上是一个多么巨大而美丽的事件！"——英国桂冠诗人泰特·休斯在读了希尼的作品后如是赞叹。而我想说的是，我不知道在未来的岁月里还会有哪本书值得我如此倾心。特别是在校阅诗歌部分的翻译时，你得对照原文逐行逐句逐词地推敲过去，如临如履，丝毫也不敢懈怠。不仅是作为一个责任编辑，同时也作为一个诗歌工作者，一个偶或涉足翻译领域的人，我知道译诗是一件多么困难、多么娇贵的事：一个松松垮垮的诗句，一个缺少质感的词，甚至一缕分寸欠佳的语气，嵌在上下文中是多么刺目，像对你摆脸色一样令人窝心；而要就一种有争议的译法达成共识又有多么伤脑筋……好在这一切现在都已化为愉快的回忆，我终于可以像一位普通读者那样，一面毫无负担地击节赞美伟大的希尼，一面深怀着对诸位译者由衷的感激之情。我所能感受到的幸福莫过于此。

　　希尼走了，但他的作品还在，他对包括中国在内的当代世界诗歌的巨大影响力和持恒的启示还在。现在我们甚至可以更深切地体会到，他当年的受奖致辞何以会以"归功于诗"为题；而据我所知，1948年T.S.艾略特获诺奖后回到其故乡圣路易斯小城，受到万人空巷的凯旋式欢迎时，也曾反复说过同样的话。这表现了伟大诗人面对荣誉的同一谦逊情怀吗？当然；但不如说是他们共同的遗嘱，据此他们代表人类对诗本身的伟大，对诗之于人类自身可能的改善，之于人类文明进展可能的贡献，表达了同一的感恩之心。在这个意义上，只有当"归功于诗"成为我们共同的心声之日，才是一代代诗人们真正的安息之时。

2013年9月3日

单恋：有关帕斯的若干瞬间

1

1991年下半年我开始试着翻译米兰·昆德拉的《小说的艺术》。那段时间我正疯狂地耽溺于译事：既是为了镇痛，也是为了（在对阿尔多诺所谓"奥斯维辛之后再写诗是野蛮的"有了更深切的体悟之后）重新锻炼自己，包括拣回自认为基础尚可的英语。

英译本系加拿大汉学家Michael Day所赠（可惜后来被一位朋友借去，迄未归还）；而我之所以要将它译出，半是因为此前已经读了昆德拉最著名的几部小说并深为其诗性特质着迷，半是因为在我看来，这本小册子根本就是一部不可多得的诗论，特别是两篇关于小说艺术的对话，又尤其是那篇通过对所谓"卡夫卡式"人类基本境遇的精辟分析而直击"诗意"核心的《某地背后》。

当然也包括《六十三个词》（1986）。昆德拉自承那是他和他的小说追逐的"个人词典"，在我则近于一部直通其写作秘密的袖珍诗学启示录。奇怪的是，在这部由作者反复推敲过的"关键的"、"令人费解的"，至少是他"爱用的"词构成的启示录式的"个人词典"中，居然出现了一个人名：Octavio！

我使劲挤了挤眼睛——不错，确实是Octavio！以下是我的译文：

奥克塔维欧（Octavio） 当我这本小词典写到一半时，那场可怕的地震震撼了墨西哥城。奥克塔维欧·帕斯和他的妻子玛丽·何塞就住在那里。整整九天没有他们的一点音讯。9月7日，一个电话称：有了奥克塔维欧的信息。我开了一瓶酒为他们干杯。我让他亲爱的、亲爱的名字成为这六十三个词中的第四十九个。

直到译完这一词条我的鼻子仍在无可遏止地发酸——为了一个伟大灵魂对另一个同样伟大的灵魂如此深情的牵挂，为了两个男人之间如此深挚的友爱，为了这前所未见的致敬方式，也为了这短短几行文字在我心底掀起的波澜。

其实，我对此前（及此后）昆德拉与帕斯的交谊至今一无所知；这里真正被触动的，应该还是其时我对帕斯尽管非常有限，却极为深刻的阅读感受。

2

对我们这代人来说，上世纪70年代末、80年代初的几年，或可称为文学和诗歌"地理／天文大发现"的年头。随着文化关禁的堤防在思想解放的洪流冲击下迅即崩毁，随着"烈日灼身"的意识形态垂直支配终于堕入其偶像的黄昏，一直封盖着西方现代主义文学的天幕也被译介之手层层撩开，如同暗转后突然绽放的夜空，逐渐呈现出其星光灿烂的瑰丽真相。今天的文学青年已经很难体会当年一本书，甚至一首诗在我们心中激起的那种混合着狂喜和困惑的超级感受了；这种只是在整体的启蒙或再启蒙状态下才会有的感受（连同它所关联的特定历史语境）当然算不得什么荣耀，却和曾经的巨大精神饥渴一起，构成了一代人不可忘却的集体记忆。

　　源源不断的译介作品既是催化剂，又是培养基，由此迅速壮大着当代诗歌的根系。类似袁可嘉先生主编的多卷本《外国现代派作品选》那样的选集当然是主要的获取渠道，但如此成规模，且正式出版的读本其时毕竟有限，正像《世界文学》那样可以集中发表译介作品的刊物屈指可数一样；在这种情况下，诸如油印（手抄）本、（境外）"过路书"这样源自民间"小传统"的交流方式，就继续发挥着其不可替代的作用。1983年春，我就是在一本标为《外国诗选》的小册子上，第一次读到了华莱士·史蒂文斯、狄兰·托马斯和塞尔维娅·普拉斯，或许还有泰特·休斯的作品。白卡纸封面。译者孟猛。字迹略有些模糊，其原因可由拆封时那扑鼻而来的油墨香气得到解释。

　　应该也是那个春天，一次杨炼来找我，刚坐下就从他那似乎永不离身的黄牛皮包里掏出他专用于抄诗的黑皮笔记本，一边打开，一边语无伦次地嚷嚷着：

　　"他妈的，太棒了！墨西哥诗人……街……叶维廉译的……你听着！"

　　叶维廉我是知道的，因其时他那本在台湾出版不久的比较诗学集《饮之太和》作为"过路书"恰好在我手头；但那位墨西哥诗人的名字我此前却从未听说过。当然这一点都不妨碍我静静地听杨炼抑扬有致地朗诵那首题为《街》的诗，并很快有了气血翻涌、头皮发麻，如同突然受了电击的感觉，以致当他以被刻意压进腹腔，且有所延宕的低音再次重复"空无一人"，结束他的表演并征询我的意见时，我竟用了好几秒钟才意识到自己的目瞪口呆。

　　"棒极了！"我干巴巴地应道。想想又加了几句："棒就棒在它回环互锁的结构，好比古人说的'常山之蛇'。真是妙不可言……此前还真没有见过"。

　　就这样，我以"听"的方式，完成了与帕斯诗的第一次接触；而这首我认为结构上"妙不可言"的诗，也成了此后一段时间内我在不同场合用来举证的现代主义诗歌案例。然而说来惭愧，但凡涉及作者的名字时我都不得不以"一位墨西哥诗人"含糊过去；译文自也免了，只能代之以诗中情境的描述。盖因那次一则作者名杨炼说得太快，我根本没有记住；二则我一听之下，自觉已"吃"进了这首诗，虽有踌躇，但终究没有好意思索来他那本黑皮的"武林秘籍"端详，更不必说抄录了。

直到1987年夏我和杨炼合作主编"二十世纪外国大诗人丛书"，才算厘清了这笔"糊涂账"。讨论选题时我见有一本英文版的《变之潮流》(The Current of Change)，便指着作者名Octavio Paz问是谁。杨炼奇怪地瞥了我一眼："奥克塔维奥·帕斯啊，写《街》的那位……怎么？"

我立刻肃然起敬，同时心中哑然失笑。起敬不必说了；失笑是因为不久前路过一位朋友处，见到他桌上有一本叶维廉译的欧洲和拉美现代诗选《众树歌唱》，抓起来快速翻阅，居然就看到了《街》。但那次更令我印象深刻的却是作者的译名，好怪，叫什么什么"百师"。正准备看后面的诗人简介，朋友却在一旁敦促走人了，只好嘟囔了一句放下书。没想到这阴错阳差的六月债，居然还得这么快！

次年秋，我终于在云南人民出版社新出的《拉丁美洲历代名家诗选》中喜不自胜地与一大组帕斯诗作相遇。据我所知，那也是帕斯的诗在国内首次被成规模地推介。这批诗大多出自赵振江先生的译笔，包括早已如雷贯耳的长诗《太阳石》（尽管只是节译），也包括那首结下因缘已长达五年之久的《街》（赵译作《大街》）：

> 这是一条长长的寂静的街道。
> 我在黑暗中行走、跌跤，
> 爬起来，踏着干枯的落叶和沉默的石头

用盲目的双脚，

我身后也有人将他们践踏：

我停，他也停，我跑，他也跑。

当我转过身，一片静悄悄。

当满目漆黑，没有出路，

我在街口转来转去

总是回到原地，

那里没人将我等候，也没人将我跟随，

我却在那里将一个人紧追，

他跌倒了又爬起来

一见我便说：没有谁。

又过了一年，我才在王家新、沈睿编选的《当代欧美诗选》中真正平心静气地读到一再错过的叶维廉先生的译本：

一条长长的寂静的街。

我在黑暗中走着，跌倒

又起来，我盲目地走，双足

踏着寂静的石头和干叶

我慢下来，他也慢下来

我跑，他也跑。我转身：空无一人。

一片黑暗，无门可通。

在这些转角处转了又转

总是转到那一条没有人等着，没有人跟着我的街

那里我追踪一个人，他跌倒

又起来而当他看见我时，说：空无一人。

我没有太在意两个译本的差异（包括后来的董继平译本），因为我始终倾心的，是它的结构。最初我曾谓之"回环互锁式"，后来则改称"自我相关式"并为之窃喜，以为算得上是一个小小的"发明"。"自我相关"来自《GEB——一条永恒的金带》，一本收入"走向未来丛书"（1984）的编译小册子，本是原作者、美国数学家道·霍夫斯塔德在书中致力阐明的"哥德尔定理"的两个核心思想之一；我对"哥德尔定理"自是一窍不通，却被他用来平行举证的M.C.埃舍尔的画和巴赫的"逆行卡农"曲式，尤其是前者笔下的那些"怪圈"彻底迷倒。《龙》（画面上的龙咬住自己的尾巴，正试图奋力挣脱其栖身的二维平面）和《举着反光球的手》（画面上一个反光球反射出举着它的画家和他的书房，最妙的是我们从反光中看到了球本身）更是让我陷入了长久的晕眩。《街》的结构似乎恰好综合了这两幅画并与之相映成趣。

诗人忆明珠曾就中国古诗七律的结构意味表达过一个观点，大意是说这种结构凝聚着古人的宇宙意识：其首、颔、颈、尾四部分，合起来正好是一个小小的宇宙动态模型。其中往往取"反对"的颔、颈二联，尤能反映古人对宇宙万物既矛盾对立，又内在统一的辩证认识和空间对称的观点；而通常所谓起-承-转-合的结构方式，只要不拘执，又恰能体现宇宙自身生生不息、流转不定的运动所具有的一般形态及其发展规律。

《街》的"自我相关"结构当然不必被提升到类似的高度；但由其组织起来的那种怪诞、荒凉，超现实到近乎魔幻的循环/悖谬情境，在我看来确实构成了足以揭示现代世界特性的某种原型图式：那在黑暗无门中寂静延伸的长街；那盲目地踏着沉默的石头和干枯的落叶行进，在街口转来转去，却总是回到原地的步履；那很可能扎根于意识到的自我分裂或惊悚中的身/影幻觉，而又被刻意分离并标举为反转镜像的"我"和"他"之间的关系；那令二者在彼此追踪中不齐于跌倒又爬起，但于面面相觑之际又先后堕入的同一种空无……

没有必要深究如此情境的所指到底是一条街道还是一座孤独的迷宫，就像没有必要深究这里发生的到底是一幕悲剧还是喜剧，抑或是混同悲／喜的荒诞剧一样。"自我相关"于此既是结构这一高度抽象而又高度形式化的情境的方式，又是这一情境本身。它以悖谬处理悖谬，并依据同构的原理，同时隐喻了被我们称为"现代"的历史、我们在其间的境遇、我们迷失于"现代性"的追求并被一波波淘空了的内心。"我们就是我们的始作俑者。无论迷宫还是地狱，它就在我们心中"——从第一次起，我就听到仿佛有人在诗末"空无一人"处回声般地低语。那是诗人的声音吗？应该是，因为他从一开始就没有自外于"我们"；但又不仅仅是，因为作为读者或听众的我同样是"我们"的一部分。这正是"自我相关"作为一种结构的微妙之处：其呈现的方式，正隐含着其必然伴随的批判锋芒所向。

这样说某种意义上似乎已经突破了埃舍尔的"怪圈"，由此不妨借他笔下的那只反光球再展开两句：那只举着反光球的手，包括反光球中映着的手，也就是制造这只球的手；而只需将这只球稍稍旋转一下，就会在反光中看到更多的球，更多的手。我热爱帕斯以巨制《太阳石》为首的的绝大多数诗作，而《大街》在其中始终占有特殊重要的位置。事实上，它很快就和《太阳石》等一起，吸收或汇入了我之前之后的阅读和思考，尤其是关于中国当代诗歌困境的思考，并和诸如T.S.艾略特的《荒原》、卡夫卡的《城堡》、米兰·昆德拉有关"极限悖谬"的探讨等彼此折射，结晶为我构成复杂的个体诗学——假如有的话——最核心的那一部分。

2012年的新年我是在台北度过的。那天逛书店时见到书架上有一排崭新的《众树歌唱》，取下细看，是刚出的修订版；往后翻，没错，叶维廉先生果然是将Octavio Paz译作了奥他维奥·百师。咳，这就三十年了呀！我不胜感慨，毫不犹豫地买下了这本书。

3

从暮色初笼到旭日重临，差不多整整十个小时，我坐在地毯上，倚着书橱，一直没挪窝。当然，水是要喝的，厕所是要上的，其余的就一概免了。

时间是1995年初秋某日，地点是小西天电影学院宿舍的某间筒子楼。以前也多有读书读迷了放不下熬夜的纪录，但一口气读完一本批评文论，在我似乎还是第一次。由于迄今再没有过第二次，我倾向于认为这也是此生的最后一次和唯一一次。

究竟是只有这样的激情才配得上《批评的激情》，还是只有《批评的激情》才会发动这样的激情？我爬起来伸了个懒腰，活动了一下发麻的双腿，奇怪的是居然毫无倦意。

想想也真是有点邪门：毕竟，此前我已经读了帕斯足够多的理论作品，而且不止一次地被其激动过。前面说到的那本《变之潮流》，除了译者郭惠民，我作为国际文化出版公司的特约编辑大概是第一读者。尽管因为要赶着交稿，我的注意力完全集中在案头工作上，来不及细细咀嚼、品味许多观点，但它的宏阔深厚还是给我留下了极为深刻的印象。第三部分尤其给我以高屋建瓴和醍醐灌顶之感。在这一部分中，作者从反叛、革命、造反这三个关键词的西班牙文原始语义及其演变入手，而又以"革命"为枢机，令人信服地揭示了对理性的崇拜是怎样赋予了它们以现代涵义，从而导致了一种对历史的全新理解及其支配下的社会文化实践，其核心是时间观的改变，它同时带来了"语言的世界图像"的改变。我至今都没有舍得扔掉那个拍纸簿，上面用潦草的笔迹匆匆摘录了当初读到时自认是具有总括性质的一节话：

"革命"一词含有循环的时间的意思，因而它也有"规律的、周期性的变化"的意思。但是，这个词的现代涵义并不是指一种永恒的复归、世界和星辰的环形运动，而是指公共事务方面的一种突然和明确的变化。循环的时间走向了一个终结，一种新的直线运动的时间开始了。新的涵义摧毁了旧的涵义：过去将不再复归，事件的原型不是已经发生的事件，而是将会发生的事件。在"革命"一词的最初涵义里，它肯定过去的首要性：任何一件新鲜事物都是一种复归；而它日后的涵义则强调未来的首要性；这个词的引力场从已知的昨天，转到了有待发现的明天。它包含了一组新涵义：未来的卓越性、不断进步和物种日趋完善的信念、理性主义、传统和权势的信誉的丧失、人道主义。所有这些观念都融化在直线运动的时间的涵义里：历史被认为是一种向前的发展。这一组新的涵义，标志着渎神时间的突然出现。基督教的时间曾是有限的：它开始于堕落，终结于永恒，那最后审判之后的日子。现代的时间，无论对于革命者或改良主义者，无论是直线的或螺旋形的，都是无限的。

毫不奇怪，对于自幼就受"革命"思想的辛勤哺育或持续戕害，而自70年代末以来又不断试图反思以"革命"和"继续革命"的名义发生的一切的我来说，如此直探其本的揭示同时也是某种昏冥中的启示，启示我基于同构的原理，在新的历史语境中，更准确地说，有待认知的问题情境中，对业已进行的反思进行再反思的可能性。数月后不期降临的灾难性历史变故可以延宕《变之潮流》的出版达17年之久，却不但未能延宕，反而因其造成的某种"深刻的中断"（欧阳江河语），促成了这种可能性的实现。固然，呈几何等级增加的痛苦、混乱和迷茫曾一再将我拖入某种休眠状态，必须更多依靠友情、酒精，包括对弈事的变态投入，才能平衡对崩溃的恐惧；但无聊之余的阅读、翻译和发呆，却也使得思维变得空前活跃。

　　如同普拉斯、昆德拉、哈维尔等一样，帕斯也是那三四年里我的主要精神慰藉。他于1990年获诺贝尔文学奖，由此引发了国内翻译、出版他作品的一股小小热潮：《奥克塔维奥·帕斯诗选》（董继平译，北方文艺出版社，1991）、《太阳石》（朱景冬等译，漓江出版社，1992）、《帕斯作品选》（赵振江选编，云南人民出版社，1993），等等。如此短的时间，如此大的密度，令我一时竟生出奢靡之感。现在终于可以更集中，也更从容地阅读帕斯了；而很快我就发现，我对他文论（包括随笔和访谈）的喜爱一点都不下于，有时甚至更热烈于他的诗作（当然，这样说只是表明了我的个人兴趣），同样也更热烈于我先前读过的绝大多数大师级人物的同类作品（仍然只是表明了个人兴趣）：不只因为他的恢宏博大、恣肆汪洋更令我心折，还因为他的论述更具体而精微，更能击中我的思考穴位，更会令我夜不成寐。仅就其时国内渐成显学的对"现代性"的探究而言，我从他的受奖演说《对现时的追寻》中获得的，某种意义上就比两卷本的《现代主义文学研究》加起来还要多。和那些从理论到理论的高头讲章不同，帕斯有关现代性的观点不仅扎根于他立足诗歌立场对始自童年，而又以相对于中心的"偏离"乃至"分离"为纽结的时空经验的深刻反省和精细辨析之中，而且高翔于世界主义和本土主义之间，或欧洲主义和美洲主义之间的二元对立之上。在他看来，尽管"现代性曾经是一股世界性的热情"，尽管追随现代性"几乎是本世纪所有诗人的经历"，但"现代性"本身却是"一个含糊的术语，现代性跟社会一样多。每个社会都有自己的现代性"；问题不在于"它是一个概念，一种幻景，还是一个历史时期"，而在于"它是一个寻找自己的含义的字眼"。对一个遇到"大词"习惯于先寻求定义，却又不满于任何既成定义的人来说，没有比这种开放的、不予定义的定义更令他一时茫然，但定神后却备受激励和鞭策的了：那些言之凿凿的定义充

其量只是遗他以"鱼",而帕斯如活火般的不确定性却贻他以"渔":

> 现代性不是一个诗歌流派,而是一个族系,一个家族。它分散在几个大陆,两个世纪以来,它从我们经受的变迁和不幸——公众的冷漠,宗教、政治、学术和性的正统思想的孤立和审判——中幸存下来。作为一种传统而不是作为学说,它才得以存在和发生变化,并且具有了多样性:每一次诗歌冒险都不同,每一个诗人都在这片奇妙的语言之林里种下了一棵不同的树。

更富启发性,因而也更有说服力的是其"夫子自道":

> 在寻求现代性的漫长旅程中,我曾多次迷失,又多次迷途知返。我回到原地,发现现代性不在外部,而在我们内部。它是今天,也是最古老的古代;它是明天,也是世界之初。它生活了千年,但又是刚刚诞生。

我特别注意到,帕斯的相关论述没有给历史、社会或政治决定论留下丝毫余地;然而,类似的观点其时在国内学界,尤其是文学批评界却不但仍然根深蒂固,且正在借所谓"后现代主义"(或"南巡之后")的话语酵母大行其道。正像五四时期曾经出现过一波以"新"为前缀的大规模重新命名现象一样,当时也开始风行一波以"后"为前缀的重新命名现象,以至几位狂热的鼓吹者很快就荣膺了"后主"的称号。对某些"后主"及其追随者来说,1993年犹如维吉尼亚·伍尔芙笔下的1910年一样具有历史分水岭的意义,因为以此为界,中国进入了一个具有"后现代性"的新时代,一个仿佛一夜间降临的"消费的时代"、"大众传媒居支配地位"的时代。真正奇怪的尚不是这种意在制造一道吓人裂缝的历史划界，而是他们的为之欢呼，是经由其欢呼声所传达的那种欣快症式的喜悦。这样的喜悦与不久前的肃杀叠映于舆论／心灵的屏幕不能不令人毛骨悚然；而当这样的喜悦和介于仲裁者与主持人之间的权力感结合在一起时，就闹出了诸如给"后现代主义"定出六条或八条标准，或以"倒计时"方式敦促人们跑步进入"后新时期"之"新状态"一类的趣事。于是毛骨悚然变成了哭笑不得。

所有这些都具有我们所熟悉的那种对"革命"的无意识戏拟色彩，但较之此前的所有戏拟都更构成了某种巨大的历史讽刺，且令人多出一重可能使整个文学界，尤其是先锋诗歌界此前十余年重建主体性的努力归于徒然的隐忧。如此的情势要求着应答，而这种应答理所当然地建立在对历史和自我的双重批判基础上。1994年10月我写了《时间神话的终结》一文；十个月后，即买到《批评的激情》一个多月前，又杀青了作为《新诗现代性的重建》之导言的《五四新诗的现代性问题》。这两篇长文其实致力于同一个目标，那就是通过清理以互为表里的直线时间观和进化论为依据，以占据"前方"即未来所意味的历史、价值和话语权力制高点为特征，足足支配了三代中国诗人的"新纪元意识"及其在不同历史语境中由正剧而悲—喜剧的演变，完成对"革命"的再反思，并重建与诗歌自身的存在，包括其现代性进一步对话的内在机制。且不管这两篇文字在多大程度上达成了以上目标，至少我由此实现了某种告别，而新的寻求即蕴含其中。如果说与此同时我也在以这样的方式向帕斯致敬，那寄寓的可绝不止是一点心意：尽管我的动机和旨归都在中国当代诗歌，思想资源也相当驳杂，但无论是视角、观点还是方法都于他汲取多多，以致在某种意义上不妨说，没有帕斯，就没有这两篇文字。

然而，所有这些都不足以解释那晚我何以会突然爆燃出的近乎野蛮的阅读激情，即便加在一起也不能。我重新拿过那本仿佛一夜间就变旧了的《批评的激情》，试图从被我划了道道或加了着重号的某张页面上发现其中的秘密，但很快就放弃了——太多这样的页面表明，这里并不存在什么孤立的"秘密"，而只存在丰富的、太丰富的思想。它们既深致缜密又灵巧飞动，既延绵大块又洞幽烛微，既苍茫遒劲又汁液饱满，呈现出诗性的辩证逻辑和多维想象同时作用于历史和当下，在多个领域彼此碰撞、照亮，光芒和声响相互交织、混而为一所独有的那种沉雄的瑰丽。连续的阅读似乎重塑了一次帕斯的形象，让我前所未有地感受到他的立体和整体。在整体的帕斯及其魅力面前，我先前那些片断的、多少有点急功近利的阅读和汲纳，更像是初入宝窟的阿里巴巴所为；而现在我知道，即便是他那些因直接诉诸悖谬而最打眼、最摄人魂魄的观点，比如"一首诗可以因其题材、语言和形式而成为现代的诗，但是就其深刻本性而言，它应是一种反现代的声音。诗表现与现代格格不入的现实、世界和心理层次，它们不仅比历史变化更古老而且后者无法渗透"这样的观点，或者"当代艺术家如果真的想寻求独创、特异和新的东西，他们就应该漠视独创、个人化和革新的概念，它们都是我们这个时代的陈词滥调"这样的观点，也必须置于其思想的整体中，才能真正绽放出其内在的光辉，并令人回味无穷。

书不知怎么被翻回到了扉页，出自高莽先生手笔的作者像正与我面面相觑。应该是步入老年不久的帕斯吧，原本就相貌堂堂，又教高先生抓准了神气。画面上的他微侧着脸，紧闭着嘴唇，浓眉微蹙，双眼犀利地看向左前方，沧桑、多情、睿智、不怒自威。是的，这就是帕斯，但似乎又不止于此。凝视之下的画像逐渐变得生动，并因加入了想象成分而更接近某种原型。那么是哪一种原型呢？精神上的导师和父亲？当然；但似乎还不充分，还应该再加上……情人！

我被自己这荒唐的想法吓了一跳，同时又隐有所悟：或许，我内心深处其实一直渴望这样一个能兼具精神导师、父亲和情人角色的形象？或许，正是这样的渴望因总能获得呼应（包括此前的积累）而变成了某种迷恋，暗中操控了连续阅读十小时的疯狂行为？导师、父亲不必说了，我也不认为这里的"情人"仅仅是一个隐喻：若无此等的缘分和心力，断不能经得起如此高强度的投入；另一方面，帕斯的诗文照我看很大程度上堪称是从过去和未来写给现时的情书，而所谓"情人"，许多时候难道不正是情书发明出来的吗？

可惜帕斯对所有这些都一无所知，因此我的渴望和迷恋注定只是某种单恋。对，单恋，一种最纯粹、最不具伤害性的情感！我对自己微微一笑，决定接受这一自我判决。就让这点残存的幼稚，成为对私下一直自嘲为"精神孤儿"并强调"精神自治"的我的必要补充吧。

然而，单恋绝非单行道；恰恰相反，它很可能是某种更彻底的交流方式。单恋意味着无条件地融入对方以至更高的存在，反之亦然，何其畅达而干净！不管怎么说，自此以后我感觉帕斯真的是活进了我的灵魂和血液里，并和我一起置身我的，也是中国当代诗的问题情境。一个冥冥中的指导者，同时也是最重要的商榷对象。有段时间我甚至形成了一条习惯思路：无论是动笔前还是写作过程中，都会不时暗忖，若是帕斯，他会怎么看？当然，这仅仅是个供人一笑忘之的习惯。

4

"文章看了，确实写得不错，不过……""不过怎样？……您只管说，别顾忌我。""嗯……我觉得吧，有些问题还是应该交待清楚。""是吗……那是什么问题呢？"

电话那边是位早在80年代中期就在批评界被称"爷"的主，后来去了美国，再后来两头跑。蒙他看得起，前些日子打电话来，说有人向他推荐了我的《时间神话的终结》一文，读了觉得挺好；问最近是否还写了什么自己比较满意的，如有，可寄他看看。我自是满心高兴地应下，立刻找出一份《五四新诗的现代性问题》复写件，颠颠地下楼去邮局寄出——盖因其时我尚未用上电脑，自然亦无电邮也。此电话便是他的回复。

这位爷在那边又斟酌了几秒钟，终于发话："你好像是借鉴了人家的观点呢。借鉴了，就该交待清楚，这是咱们这一行的规矩嘛。"

我一时有些发蒙，继而惶惑，还有点气恼：作为同行，我当然首先应该感谢他的坦诚；可作为作者，我也非常清楚自己在这方面的自我要求。于是赶紧请他具体说。

"你真没有看过去年×期《今天》上×××谈现代性的那篇文章吗？"这位爷的口气明显变得不高兴："你们的好些观点真的很像呢！"

我一下放松下来：×××是我非常尊敬的学者，也读过一些他的诗话，但那篇谈现代性的文章是真没有读过；况且，慢说《今天》我只能间或收到，即便能正常收阅，他的文章发表于1996年，而我的文章写于1995年，如何谈得上我对他有所借鉴？总不能潜入他脑子里或他远在美国的抽屉里借鉴吧？

把这些给他说了，同时强调，拙文中凡涉及他人观点的都有明确交待，不是在正文中，就是在注释中。然而他仍有点意犹未尽："那么，怎么解释你们的观点那么像呢？"

"那就只能说是'英雄所见略同'啰"，我哈哈大笑。想想不放心，又补充道："其实我那篇东西的思路主要受帕斯启发，一开头就指明了。也包括那篇《时间神话的终结》。"

"帕斯？哪个帕斯？"

我愕然："奥克塔维奥·帕斯啊……怎么？"

"噢，他呀。"那边漫不经心地应了一声，"啪"地挂断了。

我慢慢放下话筒，心里很不是滋味。误会应该是澄清了，却好像是真受了伤害。

已经不是第一次了。1995年10月我带着这篇当时热气尚未散尽的文章去荷兰莱顿参加一个国际研讨会，宣讲完茶歇时一位汉学家朋友找到我，说了几句真诚的恭维话后问，你文中的观点是否受了谁的什么的影响？因人名和书名用的是英语，我一时反应不过来，忙请他用中文再重复一遍；这回听清了，是马泰·卡林内斯库（Matei Calinescu）的《现代性的五副面孔》。可我当时不但没读过，甚至根本不知道有其人其书（事实上直到2002年本书中译才由商务出版），当然只能称"NO"，然后也是自亮"金针"，说帕斯才是真正的影响者；不料他面带笑容听了并不接茬，只说了声"是——吗"便转身离去，让我一时颇为气闷。

问题是，"好像真受了伤害"也罢，"一时颇为气闷"也罢，都是些说不清、道不明的意绪；我既无法穿透，就只好让它们继续对等于作为肇因的言辞的暧昧。不过，影影绰绰地，我还是感觉到了其源头处闪烁着的某种成见。这种成见并不否认诗人存在的意义，也未必与世界的等级划分有关，但仍然顽固地持守着自柏拉图以来那种对诗相对于存在的真理性，或诗人思想价值的根本上的不信任——假如不是歧视的话。说得严重点，它其实也属于帕斯所谓（诗的）现代性曾经并仍在经历的"不幸"，即"公众的冷漠、宗教、政治、学术和性的正统思想的孤立和审判"的一部分——或许是其已沉积为集体无意识的那部分。如果我的感觉并非空穴来风，那么它也反证了帕斯的另一重要思想，在帕斯看来，"现代性，以批判为基础，自然分泌出对自身的批判。诗歌是这种批判最有力、最生动的表现之一。"

我不能说这类琐细的经验对我协助赵振江先生策划并出版上下卷的《帕斯选集》起了多大作用，相比之下，帕斯于1998年去世，而我也恰于同年从诗刊社调作家出版社无疑更具决定性；但可以肯定，若缺少了它们（以及与此相关的思考），我们在翻越那似乎是高不可逾的版权之山时就会失去一股助力，正是这股助力的参与把意欲变成了责任，使出版计划搁置得越久，就越是成为一件必为之事。感谢帕斯的在天之灵在绝望之余给我们以智慧，也感谢墨西哥其时的在任大使，是他的魄力将我们那看起来同样不可能的解决方案最终化为了现实。当沉甸甸的精装本两大卷《帕斯选集》终于在手，我真的是想大醉一场：整整六个年头哪，还有什么比夙愿得偿更大的喜乐！

作为本书的责任编辑，我其实是这一出版计划最大的受益者。经赵先生同意，将当初从出版社索回，在抽屉里已经躺了十七年的《变之潮流》（可怜译稿的页面业已发黄变脆）纳入其中，从而了却了另一个心愿尚属趁便之事；更重要的，是过于宽裕的出版时间保证了工作的慢节奏。只有那些资深读者才会明白，以这样的慢节奏细细品读一个他衷心热爱的诗人作家是一种多么巨大的享受。感谢赵振江先生和他的同仁，他们新译的帕斯作品，包括完整译出的散文诗《鹰还是太阳》、文论《弓与琴》和更多的访谈录，使得这个选集的分量远远超出了最初的期待，不仅令帕斯作为一位百科全书式人物的形象更趋饱满，也让我透过他于众多领域踏勘的足迹，更清晰地听到了他强有力的思想搏动。不错，就对存在的言说而言，诗即是思（海德格尔），但也只有如帕斯这样的诗人思想家才不仅当得起这一论断，而且可以使之成为一种活生生且可以辨识的标尺。或许，他发出的始终只是诗的声音，然而在我看来，如果不同时注意聆听他面对历史（尤其是艺术史和思想史）、社会、政治、宗教、哲学诸领域，甚至面对自己的身份之辨（到底属于"左派"还是"右派"）发出的更多的声音，就不能真正理解他为什么会说：

> 在革命和宗教之间，诗歌是"另一个声音"。它的声音是"另一个"，因为这是激情与幻觉的声音；是这个世界与另一个世界、是古老又是今天的声音，是没有日期的古代的声音。

同样不能真正理解他为什么会断言，随着诗的感知之门微启，

另一种时间，真正的时间，我们一直在不知不觉地寻找的时间出现了。这就是现时，现在。

沿着这样的理路，如果说今天帕斯已完全隐身于"另一种声音"、"另一种时间"，那就等于在说：他从来，并将永远和我们在一起。这也是一个单恋者的心里话。

和帕斯在一起并不能改变世界，却有助于我们不至于被这个正变得越来越不可忍受的世界所轻易改变。谨以此文纪念帕斯诞辰一百周年。

2014年7月30日，也茂奥临

人与事：我所亲历的 80 年代《诗刊》

　　1982年2月22日，我携着一堆行李到诗刊社报到。和那个年代所有怀有文学梦的青年一样，对那时的我来说，《诗刊》不仅是一本最具权威性的诗歌刊物，而且意味着一块灵魂的净土。正因为如此，当接我的面包车穿过灰蒙蒙的北京城，猛地拐进北郊小关一个比肩挂着"诗刊社／北京市朝阳区绿化大队"牌子的素朴庭院时，我基于虚荣心的些微失望（相对于期待中的"诗歌殿堂"）只稍稍露了露头，就被一阵由衷的欣喜所砍伐：绿化——诗歌，诗歌——绿化，多么富于象征意味的契合！我将要投身其间的，不正是一项绿化人们灵魂的事业吗？

　　时至今日我也不打算嘲笑当初的浪漫，相反却时常惊悚于这种绿色情怀在岁月风尘中点点滴滴的流失，或被蒸发。当然，即便在当初，绿色也不是我心境的全部。毕竟此前我已在社会上摔打多年，毕竟我有限的文学经验已经历过"思想解放运动"的初步锻炼。我知道《诗刊》在许多人心目中是所谓"皇家刊物"，近乎诗歌艺术的最高裁判所，但我决不会这么看；我还知道，大凡这样的机关刊物，都会是观念冲突的"风口浪尖"，而观念冲突不可避免地涉及权力斗争。那么我将扮演一个什么角色？我能否扮演好我的角色？在下班后空空荡荡的庭院里我转着圈一遍遍问自己，不由得心中疑虑重重，忐忑不安。

编辑部主任吴家瑾给我送来一封折成燕形的便函，是副主编邵燕祥先生留请她转交的。这封便函此后许多年一直夹在我的《英汉词典》里，有意无意地也不知看过多少遍，可惜前年搬家后不知怎么找不着了，为此着实懊丧了好几天。说来也就寥寥数语，大意是说当日要去作协开会，不能在社里面谈；但已请吴家瑾同志调阅过档案，又看了你的毕业论文，觉得你是具备当一个好编辑、好评论工作者的资质的。现在诗歌评论很薄弱，希望你认真学习，尽快熟悉情况，以速速担负起工作云云。

一个初来乍到者，一个游子，蒙头蒙脑之下，突然读到来自一位景慕已久的前辈和领导的如此亲切的文字，其心情可想而知。刹那间我甚至想到古来所谓"士为知己者死"。当然我不敢谬托知己，事实上在其后共事的数年内，我和燕祥先生的个人关系一直止于"君子之交"；但在私心里，我是颇以能在他的言传身教下工作为幸事的。他工作作风的严谨缜密，为我近二十年的编辑生涯中所仅见。他批阅稿件的细致程度常常令人汗颜：每一个值得推敲的句子，每个错别字，以至每一个标点符号。他在稿笺上很少只署诸如"同意"、"不用"这样更多示其权能的批语，而总是尽可能详细地说明用或不用的理由，包括必要的提醒以至警告。有一次我的审稿意见写得过于龙飞凤舞，结果招来了他的辛辣讽刺："送审报告不是书法比赛，以后请写得工整些"，让我一见之下，脸红至腰。

他的儒雅谦逊同样令我心折。记忆中但凡去他的办公室，他很少不是迅即起身离座，一起站着说话的；当然，将其理解成一种为了使谈话尽可能简短的策略也未尝不可。有一件他或许早已忘却的小事，最能说明他作为领导的胸襟和风格。那是1983年初春。在当天的评刊会上，他着重谈了部分青年作者中存在的"学生腔"问题，并以我送审的一首诗为例；会议结束时他建议评论组就此写一篇文章，尽速编发。回到兼作卧室和办公室的房间里我左思右量，心里总也不太平服：倒不是因为受了批评，而是因为我对这首诗有甚不相同的看法。下班前我终于鼓足了勇气去找燕祥先生，我想那也是我第一次当面向上司直陈自己的艺术见解。我一面为满头汗气蒸腾而大感狼狈，一面紧张地斟酌词句。我说那首诗或许有一点"学生腔"，但更突出的却是其饱满的现代感性，而这正是当前许多作品所缺少的。他隔着办公桌安详地听着，始终不置一词，但目光中充满了鼓励。最后他说："很好。让我考虑一下。"

第二天上午我刚在办公桌前坐定不久，他便敲门而入。时至今日他的语调仍能从遥远的岁月深处漾过来一阵和风。他说我仔细想过了，以为你昨天的分析很有道理。刚才已去找过××同志，这篇文章仍然要写，但不会再用那首诗作例子。给你打个招呼。

他完全没有必要以如此郑重的方式给我打这样的"招呼"。他可以坐在办公室里等我再去找他，也可以在一个顺便的场合带一句；假如是那样，我当时也会心怀感动，但决不会在记忆中珍藏至今。我不认为这仅仅是在表达个人的某种心情。回头看去，那一时期的《诗刊》之所以能在诗坛葆有巨大的声望和感召力，之所以能在复杂的矛盾冲突中做到不乱方寸，除了其特殊的地位及可归之于"大气候"的种种因素外，与领导者的工作作风、襟怀气度和人格魅力甚至有着更为密切的关系：既严格又谦和；既精警又诚恳；既有一定之规，又决不保守僵硬，如此等等。这么说时我心中想着的不仅是邵燕祥先生，也包括严辰先生和邹荻帆先生，尽管对我来说，严先生更多地是一个慈祥的长者，而邹先生更多地是一个善于审时度势，有效地协调各种关系的大师。我唯一不敢妄加评说的是柯岩女士。在我心目中，她与其说是一位难得一见的副主编，不如说是一位真理在握的诗歌监护人，一位高不可问、神秘莫测的"大人物"。面对这样的"大人物"我从不缺少自知之明。

80年代之于诗即便不是一个黄金时代，也是一个风云际会的复兴时代。这种复兴始于70年代末，在最初的两三年内即已迅速呈现为一种新的格局。以下是一些当时形成了重大影响、具有标识性的诗歌事件：

1978年。12月，由北岛、芒克主持的民间文学刊物《今天》在北京创刊，所谓"新诗潮"开始崭露头角。

1979年。1月号《人民文学》刊出艾青的长诗《光的赞歌》，此后一批复出的老诗人纷纷发表作品，形成所谓"归来者诗歌"现象；4月初，由《今天》编辑部组织的第一次民间诗歌朗诵会在北京玉渊潭公园举行；3月号《诗刊》转载了《今天》上北岛的诗《回答》等，4月号转载了舒婷的《致橡树》，8月号发表了叶文福的《将军，你不能这样做》引起争议；第9期《文艺报》发表公刘《诗与诚实》一文，提出"诗人和作家首先要忠实于人民，忠实于事实"；10月号《安徽文学》最早以专辑的方式发表30位青年诗人的作品。

1980年。《福建文学》自第二期起，开辟"新诗创作问题讨论"专栏，讨论主要围绕舒婷的创作展开；4月，在南宁召开了以"诗歌的现状和展望"为主题的"全国诗歌座谈会"，如何评价青年诗人的创作成为争论焦点之一；5月7日，《光明日报》发表谢冕文章《在新的崛起面前》，率先探讨了"新诗潮"的意义；7月，《诗刊》举办第一届"青春诗会"，随后，10月号推出特辑；8月号《诗刊》发表章明《令人气闷的朦胧》一文，由此展开了所谓"朦胧诗"的大讨论；9月，诗刊社在北京召开诗歌理论座谈会，会上围绕对"朦胧诗"的评价形成了两种完全不同的意见；《诗探

363

索》创刊号推出"请听听我们的声音——青年诗人笔谈"专辑;《上海文学》自一月号起开辟"百家诗会"专栏。

1981年。3月号《诗刊》发表孙绍振《新的美学原则在崛起》一文,从思想解放运动和艺术革新潮流必然对"权威和传统的神圣性"构成挑战的前提出发,论述了"新诗潮"的哲学基础和美学特征;4月号《诗刊》发表程代熙《评"新的美学原则在崛起"》一文,对孙文进行批驳;5月,诗刊社受中国作家协会委托主办的"全国中青年新诗评奖"结果揭晓;7月,江苏人民出版社出版40年代曾在《诗创造》、《中国新诗》等刊物上集中发表作品的9位诗人的合集《九叶集》;8月,人民文学出版社出版40年代曾在胡风主编的《七月》上集中发表作品的20位诗人的合集《白色花》;孙静轩发表《幽灵》一诗引起争议,并遭公开批判。

类似的"大事记"当然免不了疏漏,但已能大致说明问题;而所有的问题都带有鲜明的"中国特色",且与社会文化的历史进程呼应:一、新格局的主要构成是"文革"后复出的一批老诗人和正在"崛起"的一批青年诗人。二、在度过了最初的"蜜月"阶段后,某种内在的分野正变得越来越不可回避;这种分野远不止是艺术风格的歧异,也无法被归结为当时人们乐于挂在嘴边的"代沟";在更深的层面上,它是新诗在谋求自身现代化(一种与社会、文化的现代化既相平行,又相颉颃的现代化)过程中的一个综合"症候"。三、《诗刊》作为公开出版的诗歌报刊的"头羊",在新格局的形成和演变中发挥了举足轻重的作用,在理论和批评方面甚至扮演了弄潮的角色。

然而,随着复兴大潮的潮头初平,《诗刊》的角色也在发生相应的变化。这种变化并非出于任何个人意志,倒不如说它出于某种集体意志。这种集体意志一方面感受着新诗(思)潮的冲击所带来的兴奋、眩晕和不适，一方面念念不忘主流意识形态、体制和所谓"新诗传统"的规范，后者作为"看不见的手"事实上早就划好了一个不可逾越的圈子。有关"朦胧诗"的论争最初尚能保持学理上起码的平等、自发性和张力（这在1949年以后似乎还是第一次，仅此就应对这场论争予以高度评价，而无论其于诗学建设的意义有多么初级），但越是到后来，要求对诗坛年青的造反者进行"积极引导"的压力就越大。这一特定语境中的"关键词"透露出，对那些自认为和被认为负有指导诗歌进程责任的人们来说，阅读的焦虑从一开始就与某种身份危机紧紧纠缠在一起，而后者远比前者更令人不安。

我到《诗刊》后参加的第一次会议，是为纪念毛泽东《在延安文艺座谈会上的讲话》发表40周年举行的老诗人座谈会，主题为"漫忆四十年前的诗歌运动"，时间是1982年3月15日，地点在新侨饭店。这次座谈会分两拨进行，第一拨已于3月6日开过，与会者主要是当时在"解放区"的老诗人；我参加的是第二拨，与会者其时大多在"国统区"。采取这种"分而忆之"的方式想来是考虑到了话题的方便和角度的不同。比较一下会后发表的两篇"纪要"，确也可以发现某种微妙的差异：前者更多地是在表达"饮水思源"的感恩心情，并强调《讲话》精神对中国新诗的现实以至永远的指导意义；后者则更多地关注和诗歌现状有关的一些具体问题，包括如何评价新诗成就（对这一代诗人来说，"新诗迄无成就论"肯定称得上是一道阴影）、如何借鉴外国诗歌、如何看待新诗的形式、如何看待当前年青人的探索，等等。

不用说，面对这些诗坛的名家巨宿我内心充满了敬意，但必须承认，在与会的大部分时间内我都在不可控制地走神——或许是因为发言者大多过于斟词酌句，以致有点沉闷；或许是因为臧克家先生的倏忽来去过于戏剧化，以致留下太大的反差。他在会议开始约10分钟时出现在门口，在全体起立和一片问候声里泰然坐下，在众人凝神屏息的期待中开始发言。他思路清晰，一二三四，语调急促，词锋锐利。他以精光四射的眼神镇慑全场，以大幅度的手势和飞溅的唾液强化他的磅礴大气。他兴致勃勃，口若悬河，如鱼在水，如隼在天；但突然间又戛然收束，向主持人一揖致歉，称身体欠佳，遵医嘱不可久留，云云。话音未落，人已飘然出座，唯留下盈耳"保重"之声。

这种旋风式的风格令我一时头晕目眩。我想他可真像是一条神龙啊。直到一年多以后大批"精神污染"，当初的一幕重现于虎坊路《诗刊》会议室时，我才想到这很可能是一道"大人物"特有的风景。那次他也是姗姗来迟，也是坐下就说，说了就走。那次他的激情更加不可遏制。当说到国内外反华反共势力正沆瀣一气，在诗歌领域内刮起一股黑风，妄图否定"左联"，否定革命文艺，应及时识别，坚决粉碎时，他的手不再是在空中挥动，而是把茶几上的玻璃板拍得砰砰作响。也正是那次，他原先在我心目中尚有点模糊的形象忽然变得清晰起来，而这一形象顽强地和契诃夫笔下的普里希别耶夫中士叠映在一起。一个像他那样怀有钢铁般的信念和眼光的人，除了捍卫与这种信念和眼光有关的秩序外不会再关心什么。他不会困惑，也无意寻求任何意义上的对话，因为他的耳朵中早已充满同样坚硬的真理结石。

相比之下，倒是艾青先生的小小牢骚更富于人性，更亲切真实。由于他的"泰斗"身份，人们往往倾向于把他的牢骚认作一种幽默；但如下的一段话在我听来只能是牢骚。在那次会议发言的结尾部分他抱怨道："我只是说写文章得让人能看懂，竟遭到有的人非难，写匿名信痛斥我，说我是诗歌界的'霸王'；有人要把我送到火葬场。"不过，接下来的一句暗含讽刺的慨叹确实体现了他的幽默，并且是诗人才会有的幽默。他说，诗"真是临到了一个高速公路的时代了"。

诗歌当然不会以高速公路还是乡间小径作为其价值标识，就像不会以诗人身份的等级，或音量的大小、声调的高低作为其价值标识一样；不过，艾青的慨叹还是可以作为旧秩序解体、新秩序生长的某种隐喻。无论人们愿意与否，无论他们的观点有多么歧异，也无论还要经历怎样的反复，有一点在当时已显示得足够清楚，即诗坛已不可能再回到从前那种受控于大一统意识形态的局面，正进行着巨大吐纳的诗歌潮流也必定要漫过所有被预设的河床，而辜负规划者的一片苦心。

　　一个多月后，我又参加了《诗刊》组织的另一次座谈会。与会者除编辑部的邵燕祥、吴家瑾和我之外，记忆中有诗人流沙河、刘祖慈、沙白、周良沛，评论家何西来、吴泰昌、严迪昌等，地点在安徽黄山脚下的屯溪。由于事先宣布这是一次"不登报、不宣传、不扩散"的小型内部会议，最初我心中不免怀有某种神秘感，以致直到会议结束，还觉得尚未开始。应该说那是一次真正的"神仙会"，也是我在《诗刊》十六年间参加的不多的称得上"议论风生"的会之一——没有布置，没有仪式，没有主题；杯茶在手，海阔天空，但凭兴之所至。最早的半天会尚租用了招待所的一个会议室，当日下午便移至下榻处一个甚为宽敞的露台上。露台外顺山势生长着茂密的杂树林，可听到栖息其间的大群鹭鸟不时嘎嘎鸣和，鼓翼而起。会议的最后一日，则干脆是在由安徽歙县至浙江建德、沿新安江而下的一只渔舟里进行的，那可是令李白写下"人行明镜里，鸟飞画屏中"这等诗句的一片风景。或许正因为气氛如此自由，会上大家都说了些什么反倒记不清了，只留下若干瞬间片断。比如何西来说到古罗马奥古斯都、渥大维时代文艺何以繁盛时那炯炯的眼神，比如沙白说到"不要到老虎头上去拍苍蝇"时嘴角那意味深长的微笑，比如邵燕祥在谈到历史教训时那如数家珍（惨痛的"家珍"！）般的列举。那次他说了一句很可能是这次会议上最有分量的话。他说，我们所需要的，应该是真正的百花齐放，而不是一种花开出一百种不同的样子来。

　　考虑到与会者大多是卓有见识的才俊之士，这显然是一次旨在交流看法、集思广益的会议。照说这样的会应该多多益善；那么，又有什么必要采取"三不"的谨慎做法呢？这个令我一时颇感困惑的问题，需要我积累更多的经验之后才能回过味来。

邵燕祥关于"百花齐放"的阐释无疑表达了绝大多数人的愿望，但同时也揭示了愿望和现实之间一段坦塔洛斯式的距离①。无需多长时间我就已经意识到，我在《诗刊》所要修炼的一门主要功夫，就是如何尽可能心平气和地看待这段距离，并找到自己的方式——无论它是多么微不足道——尽其所能地去缩小这段距离。我必须学习控制自己的自由意志或对自由的渴意，学习如何把握主动和被动、个体和集体的平衡，学习心不在焉的倾听和有礼貌的漠视，学习在不失尊严的情况下，像卡夫卡笔下的K一样，接受来自遥远的城堡的指令。我相信，不仅是我，我的绝大多数同事也都在修炼这门功夫。因为谁都明白，《诗刊》不仅仅是一个我们为诗工作的场所，它还是一部超级文化机器的有机组成部分。

在这部机器的背后，则矗立着几代人由之所出，但在实践中早已褪尽理想光环的社会乌托邦。这种乌托邦坚持认为，可以像管理工程一样管理人的思想感情，可以像生产合格产品一样生产包括诗歌在内的艺术作品，由此就需要相应的管理机构、管理制度和管理者。从理论上说，这正是类似文联、作协及其下辖各文艺刊物的存在依据和工作职责，其职权范围包括：一、成为沟通"指导者"和"被指导者"的说教渠道，所谓"上传下达"；二、负责甄选并展示符合"指导者"的意图和口味，亦即"合格"的产品，以"类广告"的方式进行示范、引导和推广；三、及时发现、指明、纠正或整肃"离经叛道"的

---

① 坦塔洛斯，希腊神话中宙斯和自然女神普洛托之子，因得罪众神而被打入地狱，拘留在一个湖的中央。他口干舌燥，但要低头喝水时，水就向四周退去；他想采摘头顶的满树鲜果，但刚一伸手，树枝就马上抬向高处。今常借"坦塔洛斯"之名形容可望不可即所引起的痛苦。

异端倾向，以确保产品质量的纯洁。这架奇怪地集意识形态强权和计划经济、柏拉图主义和现代大生产于一身的超级文化机器曾经非常有效，它所实现的一统天下的勋业亘古未有，为此不惜吞噬过它最忠实的儿女；但也曾因无所制衡而走火入魔，从而在一场真正的文化浩劫中自我揭示出其内在的荒谬。

然而，"粉碎四人帮，文艺得解放"的欢呼并没有导致荒谬的自动中止。似乎出现过类似中止的迹象，但那只是电光石火的一瞬，随后就成了历史记忆中的蜃景。当著名演员赵丹临终直言"不要干涉过多，否则文艺没有希望"，却被斥之为"临死还要放一个臭屁"时，所有被"解放"后正在想象的草地上作阳光浴的昔日奴隶们的心头都掠过了一丝熟悉的寒意。这不只是一句粗话，还是一句训词。它提醒人们不要忘乎所以，以致搞错自己的身份；它也可以在它认为必要时成为一道指令，随着这道指令，那架按照指导／被指导的结构关系设计的超级机器将再次显示它卓越的工作性能。尽管众所周知的历史后果早已对这部机器原本貌似金瓯无缺的合法性提出了质疑，尽管它所标榜的艺术纲纪，更准确地说，是其被预设的强制性早已无法维系人心，但那些习惯了充当"奴隶总管"、或试图成为类似角色的"指导者"仍然会情不自禁地诉诸它曾经的威力和有效性。

当然形势还是发生了相当的变化。1981年的"反对资产阶级自由化"运动以不了了之表明，势比人强。这里的"势"，既指改革、开放的历史大势，更指人心向背之势。人可能被异化成不同程度的机器甚或机器上的齿轮和螺丝钉，但一旦自性觉醒，他就会起而反抗其被强加的机械性。这个人类学的一般原理或许同样适用于由人构成的单位，只不过后者作为大机器的一部分而被制度化的机械性具有更强大的、非人格的反制功能。由此形成的内在紧张决定了它的二重性，它"不得不如此"的命运和存在方式：它不得不在强权和良知之间、服从和抗争之间摇摆不定，在受动的就范和能动的设计之间往复循环，不得不作无奈的周旋，不得不忍受无谓的耗损。正是因为无法再忍受这种无谓的耗损，包括无法再忍受忍受本身，被所谓"清除精神污染"折腾得身心交瘁的邵燕祥决定主动请辞，并最终不顾挽留毅然去职。

根本的问题在于，诗歌或艺术究竟是一个自由创造的领域还是一个按图施工，或来料加工的车间？诗人、艺术家究竟是自主、自律的创造者，还是需要托管的不智之徒，或（哪怕是）"正确思想的经纪人"？当代诗歌是否需要在近乎废墟的过去和有待拓展的未来之间，摆脱昔日的附庸地位，重建并捍卫诗歌自身曾被无情摧毁的尊严和品格，以履行自己独特的、不可替代的使命？这是当时诗歌价值观念急剧变革的支点，是围绕所谓"朦胧诗"展开的论争焦点，也是使80年代诗坛迅速分化，使"民间诗歌"成为当代文学一大奇观的渊薮。当北岛说"不，渴望燃烧／就是渴望化为灰烬／而我们只想静静地航行"时，当江河说"艺术家按照自己的意志和渴望塑造。他所建立的东西，自成一个世界，与现实世界发生抗衡，又遥相呼应"时，当梁小斌说"意义重大不是由所谓重大政治事件来表现的。一块蓝手绢，从阳台上飘下去，同样也是意义重大的"时，他们只不过表达了一个诗人最起码的艺术良知或最基本的艺术理念；然而在某些人眼里，这却是在存心触犯"天条"，从而构成了忤逆和挑战。在1983年3月举办的"中国作家协会第一届（1979—1982）全国优秀新诗（诗集）奖"颁奖仪式上，获奖的舒婷只说了一句话，泪水就忍不住喷涌而出。她说的是："在中国，写诗为什么这样难？"她无法回答这一问题，只能报之以委屈的热泪；而当在座的不少老诗人也随之潸然泪下时，他们泪水中的成分肯定更加复杂。

舒婷为之哭泣的"难"同样与她所坚持的诗歌理念有关，但想来也包括某些难登大雅之堂的曲折隐痛。其时频繁出入《诗刊》的×××以自己的方式为此作了"笺注"。我曾两次听到他向刚接任主编的邹荻帆先生"进言"，评说舒婷的《往事二三》一诗。第一次说得还比较隐晦，邹先生也只是含糊其辞；第二次则排闼而入，称"这首诗分明写的是野合嘛"，并质问"《诗刊》为什么不管？"结果遭到邹先生严词拒斥。×××说来也算诗坛前辈，且曾被打成"右派"，饱受磨难；如果不是亲耳与闻，我决不会相信他的心理竟会如此阴暗，竟会如此卑劣地背地里对一位才华卓越的女诗人进行龌龊的流言中伤！我不知道一个人的内心要被毁损到什么程度才会做这样的事；但我知道，如果他从苦难中汲取的只是怨毒，他向苦难学到的只是怎样发难，他就只能再次充当昔日苦难的牺牲品。对这样的人你最初会感到震惊，但接下来就只有鄙夷和悲悯。

习惯了政治运动的当代诗人们大多有一种听风辨声的本能。1983年夏天甫过，风声又一次紧了起来。8月，中国作家协会发布通知，要求各分会及作协所属各刊物、各单位"认真组织作家、评论家和文学工作者深入学习和研究《邓小平文选》这部光辉论著，以《邓选》为强大思想武器，总结经验，统一认识，为更好地开创社会主义文学新局面作好思想准备。"当然，善于"透过现象看本质"的人们最关注的，还是《通知》中所说的必须"坚持文艺领域内两条路线的斗争，在继续克服'左'的错误的同时，要着重克服资产阶级自由化等不良倾向"这段话。"似乎又要来一场运动了"，一位外地朋友在来信中忧心忡忡地写道："不过，这与第四次'作代会'即将召开也大有关系。你等着瞧。"

我可没有这位朋友的火眼金睛。但在目睹了9月初在新疆石河子召开的"绿风诗会"上令人作呕的一幕后，倒也真"瞧"出了点儿端倪。在背后一再给舒婷"上烂药"的×××这次却似乎有意要当一回明星了。他不仅在大会发言中一人占了三人的时间，而且拿腔拿调地摹仿广播员，用记录速度宣读他事先准备好的讲稿。这种刻意表演的傲慢显然出于有恃无恐，就像他闪烁的眼神暴露了他内在的怯懦一样。在痛斥了所谓"三个崛起"（指谢冕的《在新的崛起面前》、孙绍振的《新的美学原则在崛起》和徐敬亚的《崛起的诗群》）的"自由化谰言"后，他摘下挂着金链的眼镜，突然变得亢奋的目光漫过台下众人的头顶，声音也变得阴沉。他说："我对×××、××同志说了，我们是不是太天真了啊？你给他们讲学术，人家可不跟你讲学术。不是说要用不同的方法解决不同性质的矛盾吗？那好，是学术就用学术的方法来解决，不是学术，就用不是学术的方法来解决嘛……"

本来没有几个人在认真听他发言，但这句话犹如往一缸浑水里投下了一把明矾，乱哄哄的会场转眼间变得安静下来。许多人都不太相信自己的耳朵，仿佛受到突然袭击似的彼此交换着愕然的目光：哪来的这股杀伐之气？他仗着谁的势？想干什么？整整一个中午，几个年轻诗人议论的中心话题就是如何惩治这位为老不尊的宵小，设想他比如挨了一颗突然从天而降的"西瓜炸弹"（在秋天的新疆，西瓜无疑是"诗歌特科"优先考虑的"武器"）后会是怎样的狼狈不堪，并为此而乐不可支。但最终使他狼狈不堪的却不是这几个年轻人，而是吉林老诗人丁耶。就在当晚，一心想诉诸非学术方法"解决"问题的前右派气急败坏地敲开了我和邹荻帆先生合住的寝室房门，怨愤交加地嚷嚷道："荻帆你到底管不管？丁耶个老疯子，居然骂我是'混蛋'，还说要揍我！"

丁耶先生1957年也曾被打成"右派"，时任作协吉林分会副主席。他在去军垦农场参观的大客车上当众指斥×××显然不太符合"组织原则"，却足以体现他当年的诗人本色。×××称他为"老疯子"，在我看来是对他的最大褒奖，只可惜像这样敢于仗义执言的"疯子"太少，而包括我在内的所谓"正常人"太多。否则，一个遇事就满世界找"组织"的猥琐之徒何致于敢在那样的场合如此飞扬跋扈？正像他的色厉内荏之下潜藏着某种深深的恐惧一样，当他说"不是学术，就用不是学术的方法来解决嘛"时，他试图唤起的，也是潜藏在人们心中的恐惧记忆。或许在他看来，这笔人人都有份的精神遗产同时也是一笔隐性资产，从中可以谋取属于他的那一份红利；或许他还想以此作为筹码，赌一赌他那尚未来得及灿烂的运气。他当然知道他的发言无论对东道主还是与会的大多数诗人都近乎某种公然羞辱；他甚至在有意识地利用这一点，以显示他的"来头"和幻觉中的压倒优势。

事实很快证明他的幻觉不是没有道理的。在一个月后召开的"重庆诗歌讨论会"上，"三个崛起"被上纲上线，成了诗歌界"清除精神污染"的主要矢的。这次会议的运作方式颇为可圈可点。见载于当年《诗刊》12月号的"综述"中说，这次会议是由重庆作协的一批负责人士轮流主持的；莅会的中国作协书记处领导也在发表的文章中使用了"祝贺"的宾位语气，并谦称"是来听取意见，向大家学习的"。然而谁都明白，由一个省辖市的作协来主办这样一次事关新诗发展的"方向"、"道路"的会议，分量显然不够；而上级领导的低调大都包含着策略的考虑。那么可能是什么考虑呢？大概是为了避免造成垂直支配、以势压人的印象，并留有某种余地吧。

尽管如此，这次会议的声威仍然足够吓人。由于使用了纵揽全局的视角，且通篇充斥着"指出"、"一致认为"、"一致强调"等庄严而铿锵有力、体现着集体意志的字眼，会议"综述"读起来更像是一份有关诗歌的决议公报，更配得上用记录速度广播。它理所当然地充满了"新华体"特有的战斗色彩、意识形态激情，以及简化问题、迳取要害的直捷性，其严厉程度又足以使之成为一篇讨伐檄文，或"文革"期间的"定性材料"。若干年后重读这篇"综述"，仍令人有余悸可贾，以致我忍不住要摘下其中最具杀伤力的一段：

　　　　与会同志在发言中指出，我们和"崛起"论在对诗与生
　　活、诗与人民、继承与创造、如何借鉴外国文学等一系列问

题上的分歧不但是文艺观的分歧，也是社会观、政治观、世界观的分歧，是方向、道路的根本分歧。与会同志说，《崛起的诗群》提出要有"与统一的社会主调不谐和的观点"，那么，什么是我们社会"统一的社会主调"呢？这个"主调"就是已经写在宪法、写在党章和人大决议上的"四项基本原则"和共产主义思想、共产主义道德。"不和谐"就是噪音，是对主调的干扰，难怪海外有人说《崛起的诗群》是"投向中共诗坛的一枚炸弹"！与会同志认为，"崛起"论否定理性，实际上就是否定正确的指导思想，就是对马克思主义、毛泽东思想的严重挑战。我们应该作出科学的严肃的回答。

对所谓"三个崛起"当然可以批评；然而恐吓从来就不是批评，就像从来不是战斗一样。把学术问题直接上升为政治乃至法律问题，并赋以生死抉择的严重性，如此"科学的严肃的回答"，除了表明其赤裸裸地依恃强权逻辑或依恃赤裸裸的强权逻辑外，还能表明什么呢？反过来，除了诉诸恐吓，除了诉诸"以阶级斗争为纲"年代留下的泛政治化遗产，那些信奉强权逻辑的人又能诉诸什么呢？这些人从根本上蔑视学术意义上的平等交流和对话；对他们来说，马丁·布伯所说的"你-我"关系是不存在的，只存在单行道式的发话—受话关系。在这种近乎神秘的先验关系中，发话人永远是真理的持有和颁布者，而受话人如果不想唯唯喏喏，就必须懂得"沉默是金"。任何企图挑战这种关系的尝试都会被视为亵渎，都将受到制裁。这里，"科学的严肃的回答"意味着也仅仅意味着：挑战者必须独自面对那像命运一样闪烁在字里行间的"最终解决方案"，那高悬在顶的达摩克利斯之剑。

不过，变化着的历史语境还是在发话人那里留下了痕迹。他们表面上气势如虹，但心底里多多少少还是有点不踏实，为此他们不仅要充分发挥其强权的政治优势，还要制造出某种弱者的道德优势。一位莅会的指导者在虚拟为对话的发言中说："现在的问题远不是我们不允许你们存在，而是你们不允许我们存在了。"在未经刊布、但并非不正式的场合，她甚至摹仿人们记忆犹新的、曾用来煽动"文革烈火"的做法，把北京描绘成了一个大搞"精神污染"的人所联合经营的、针插不进、水泼不进的独立王国，以致这样一个事关中国新诗前途和命运的重要会议，只能被迫挪到重庆来开。如此以守为攻的策略，兵书上称为"哀兵之计"。问题是她用得不是地方。被指为把诗歌界弄得"乌烟瘴气"的人，其社会身份大都是些平民百姓；除了一颗脑袋，一支笔，他们一无足恃，凭什么，又怎么能"不允许"别人，尤其是权柄在握的指导者们"存在"？再说，发言中既已大量征用"历史"和"人民"以壮辞色，又何必要多此一"哀"？纯粹从策略的角度看，此所谓"聪明反被聪明误"———副颐指气使的面孔，却非要嵌上一点悲愤的眉眼，岂不是太不"科学"太不"严肃"了？

诗歌界的"清除精神污染"从1983年9月一直持续到1984年春天，其间仅在《诗刊》上发表的有关批判（评）文章（包括转载的徐敬亚的检查）就达十数篇之多。除"三个崛起"外，在不同程度上被划入"污染"之列的还包括北岛的《慧星》、《一切》，舒婷的《流水线》，杨炼的《诺日朗》，顾城的《结束》等。他们都理所当然地既是"西方资产阶级文艺思潮"（特别是"现代派"）的传播者，又是受害者。对这类批判（评）不能一概而论；但考虑到格局上绝对的"一边倒"，将其称为一次小小的"运动"并不为过。奇怪的是，在相邻的领域，例如小说界，却并不存在一场同步的运动。这似乎从另一角度支持了指导者有关诗歌界是一个"重灾区"的判断。

此后一段时间内的诗坛也确实呈现出某种"灾区"景象。曾有类民谣将其概括为"革命诗人不吹号，朦胧诗人睡大觉，小花小草眯眯笑"，总之一派平庸。这完全符合运动的逻辑，但也未免失之浮泛。事实上，只要不是仅仅着眼于官方的诗歌出版物，只要把目光从幻觉中的"诗坛中心"或"诗坛中心"的幻觉稍稍移开一点，就会发现广阔得多的诗歌景观。所谓"道失寻诸野"，诗歌最深厚、最不可摧折的活力源头总是在民间，其新的可能性的萌发和拓展，也更多来自民间。当然，"民间"并没有提供一个现成的诗歌价值尺度，同时对它内部的复杂性，包括它和与之相对的"官方"的某种同构关系，也必须有所充分估计；甚至可以说，在经历了严格的大一统意识形态的长期控制和渗透后，已不存在传统意义上的"民间"。它在当代诗歌中毋宁说是一个借喻，喻指所有拒绝主流意识形态的控制、坚持独立自主的诗歌立场、致力于诗歌自身的创造、不断探索新的可能性的边缘写作。从"文革"初期到70年代末，从食指、黄翔到后来追认的所谓"白洋淀诗派"，到其时散布在北京、上海、贵州等地的秘密文学沙龙，这种写作在最初的十年内具有典型的"地下"性质，而"地下"状态又反过来促成了其由自发向自觉的转变。它在七八十年代之交的思想解放运动中通过《今天》等民刊的汇聚和辐射而崭露头角，在随后有关"朦胧诗"的论争中获得了内蕴含混的命名，进而更多地经由诋毁者的口舌，大大扩展、深化了自身的影响。在我看来，这种影响的意义既不止于与所谓"官方诗坛"分庭抗礼，也不止于对既定意识和秩序的卓有成效的颠覆；它更是一种启示，启示着诗歌的血脉所在和薪火相传的方式。

作为一个热爱诗歌的人，一个诗歌工作者，我的看法首先来自我的阅读和交往经验。从《今天》创刊号上北岛和芒克的诗造成的最初冲击和震撼（那时我刚读大学二年级），到来京后与各路朋友无以数计的彻夜聚谈，还有什么能比如此织成的纽带更能体现诗的自由本质，因而更可靠、更值得依赖？昏黄的灯光、劣质的烟草、廉价的高粱酒、低回的背景音乐、嘈嘈切切的语流……每一次聚谈都是一次相互砥砺，都是一次语言庆典，一次小小的灵魂节日。它们带来的是不断增进的理解、友爱、自信和对诗的敬畏、感激之情。怀着这样的心情，我读了杨炼的《礼魂》组诗，读了江河的《太阳和他的反光》中的若干章节，读了柏桦的《表达》、韩东的《有关大雁塔》、欧阳江河的《悬棺》、翟永明的《女人》、廖亦武的《情侣》、海子的《亚洲铜》、西川的《起风》……正是这种出入于锐利的词锋、在沉入黑暗的郁闷和被照亮的喜悦之间转换不定、充满质疑、困惑、盘诘、推敲的阅读和交流，一点点粉碎着我的诗歌成见和制式教育残留的美学桎梏，更新着我的视野，锻炼着我的眼光。我不认为我是在过一种双重的精神生活：正如一册友人寄来的、油墨斑斑的《外国诗选》（从中我最早读到了华莱士·史蒂文斯和塞尔维娅·普拉斯的诗）会让我陶然沉醉一样，一首从灰蒙蒙的来稿中突然跳出来的诗，例如于坚的《罗家生》，也会让我好几个钟头兴奋莫名。但换个角度，也可以说我安于某种双重的精神生活，因为正是在二者的强烈反差中，我一天比一天意识到，当代诗歌中的边缘性写作业已形成了自己的小小传统，并日渐清晰地呈现出自己的生长谱系。

1985年2月号《诗刊》头条刊载了由公木、严辰、屠岸、辛笛、鲁黎、艾青等18位老诗人联署的、题为《为诗一呼》的文章。这是他们在中国作家协会第四次会员代表大会上，为促进新诗走向繁荣而采取的联合行动。在这篇文章中，老诗人们同时向"各级文艺领导同志"、评论界、出版社和文学刊物发出了吁请，吁请他们注意"胡启立同志代表中共中央书记处向大会所致的贺词中"对"包括新诗在内"的"我国社会主义文学有了空前的发展"的肯定，吁请他们（"重要的是各级文艺领导同志"）"应该重视新诗，要给予真正的关怀和实际的支持，要通过各种途径和采取各种方法，推动新诗的发展。"吁请的背后是不满，不满的背后是担忧，担忧的背后是正在悄悄兴起的商业化大潮，是各种势必导致诗歌的社会文化地位急剧下降的无意识力量的合流。老诗人们关爱新诗事业的拳拳之心确实令人动容，问题在于，这种"为民请命"式的呼吁将如何落到实处？它所诉诸的良知或悲怀是否能反过来成为其有效性的保证？

饶有兴味的是，于此前后一批更年轻的诗人也在纷纷采取"联合行动"。这种"联合行动"在某种意义上也是一种吁请，吁请诗歌社会更多关注他们的存在；但在更大程度上却是一种回应，回应新诗进一步发展的内在要求。率先采取这一行动的是一批四川的校园诗人。他们以写所谓"莽汉"诗相号召，并自印诗集《怒汉》，形成了一个独特的诗歌群落，其主要成员有李亚伟、万夏、胡冬等。1985年1月，由柏桦、周忠陵主持的民间诗刊《日日新》在成都创刊，同时创刊的民间诗刊还有署名四川省东方研究学会、整体主义研究会主办的《现代诗内部参考资料》。3月，由《他们》文学社主办的民间诗刊《他们》在南京创刊，主要成员有韩东、于坚、丁当等。4月，民间诗刊《海上》、《大陆》在上海创刊，主要撰稿人有孟浪、默默、陈东东、郁郁、王寅、陆忆敏、刘漫流等。6月，由燕晓东，尚仲敏主编的《大学生诗报》开辟"大学生诗会"栏，并撰文倡导"大学生诗派"。7月，署名四川省中国当代实验诗歌研究室主办的民间诗刊《中国当代实验诗歌》创刊；同时北京的一批青年诗人成立"圆明园诗社"，并自办民间诗刊《圆明园》，主要成员有黑大春、雪迪、大仙、刑天等……

这种组社团、办民刊的热情在其后的两三年内有增无已，形成了一定影响的包括：1986年3月，由四川省大学生诗人联合会主办的《中国当代诗歌》推出所谓继"朦胧诗"之后的"第二次浪潮"；5月，署名四川省青年诗人协会现代文学信息室主办的民间诗刊《非非》创刊，主要成员有周伦佑、蓝马、杨黎等；稍后，《汉诗：二十世纪编年史》在四川创刊，主要成员为石光华、宋渠、宋炜等；又稍后，黄翔等在贵州发起"中国诗歌天体星团"，并印行同名诗报；1987年3月，由廖亦武执编的民间诗歌出版物《巴蜀现代诗群》印行；5月，由孙文波等主持的民间诗刊《红旗》在四川成都创刊，由严力主持的《一行》诗刊同时在美国创刊；1988年7月，由芒克、杨炼、唐晓渡发起，北京一批青年诗人成立"幸存者诗歌俱乐部"，并自印民间诗刊《幸存者》；9月，首倡"知识分子精神"的民间诗刊《倾向》创刊，主要成员有西川、欧阳江河、陈东东等；11月，民间诗刊《北回归线》在杭州创刊，主要成员有梁晓明、耿占春、刘翔等。

回首那一时期的民间诗坛，真可谓风起云涌，众声喧哗。这既是在压抑机制下长期积累的诗歌应力的一次大爆发，也是当代诗歌的自身活力和能量的一次大开放，一场不折不扣的巴赫金所说的"语言狂欢"。如果说其规模、声势、话语和行为方式都很像是对"文革"初期红卫兵运动的滑稽摹仿的话，那么不应忘记，其无可争议的自发和多样性也构成了与前者的根本区别。或许，说这是一场中国式的达达主义运动更加合适。它在历史的上下文中恰好与前不久那场"清污"运动形成了反讽，并使"指导者"们控制局面、收复"失地"的愿望完全落空。形势变得越来越像W.叶芝在《基督重临》一诗中曾写到的那样：

> 在向外扩张的旋体上旋转啊旋转，
> 猎鹰同再听不见主人的呼唤，
> 一切都四散了，再也保不住中心，
> 世界上到处弥漫着一片混乱……

运动的高潮是1986年10月由《诗歌报》和《深圳青年报》联合主办的"中国诗坛'1986现代诗群体大展"，据统计，共有84个民间诗歌群体（人数最少的只有一个——诗歌中真正的极大值）参加了先后分两期刊载的展出。当然数量不足以说明任何问题，就像尝试借用商业方式运作（包括运动中提出来的那些针对"朦胧诗"的策略性口号）以推广诗歌尽管称得上是一个了不起的创意，但并没有给这场运动额外增添什么光彩一样。这场运动的最大成果，在于使"朦胧诗"之后一直蕴酿着的二次变构表面化了。新一代诗人自我确认式的介入表明，多元化已不可逆转地成为当代诗歌的基本价值取向，寻求自律的诗正越来越成为它自己的意识形态，而这同时意味着其可能性在生命／语言界面上更广阔、更深入的探索和拓展。由于运动，"第三代诗人"或"第三代诗"成了风行一时、臧否激烈的谈资，进而成为批评家和教授们的研究课题。很少有人想到，这一集体命名或批评术语的最初版权，竟应归属于毛泽东和当年的美国国务卿杜勒斯。

我所目睹的有关这场运动最令人感动，也最戏剧化的一幕发生在《诗刊》办公室。当时我正在看稿。一劲男一靓女满面风尘，合拎着一个大旅行袋，像冒出来似的突然出现在身后。未等我开口询问，他们已从旅行袋中取出一面卷着的旗帜，"呼"地一下展开。旗帜大约有近两米长，半米宽，紫平绒作底，镶着金黄的流苏，上面赫然一行亦魏亦楷、遒劲沉雄的大字也是金黄的，写的是"中国诗歌天体星团"。我一时惊诧，口中讷讷，却又见他们收起旗帜，复从旅行袋中取出沉沉的一卷纸，在地上"啪"地打开。定睛一看，原来是一叠铅印的诗报，刊头处亦题着"中国诗歌天体星团"，与旗帜上的显是出于一人之手。此时但听那劲男开口道："我们是贵州的黑豹子，到北京咬人来啦！"这话听来像是在背事先准备好的台词，我不觉"哈"地一下笑出了声。我说写诗就写诗吧，怎么还要咬人啊。这两人却不笑，仍是一脸庄重，也许是紧张。交谈之下，劲男说他姓王，本来身患重病，在医院躺着，差不多已被医生判了死刑。但一听说要来北京，陡地浑身是劲，瞒着医生爬窗户，从医院直接上了火车。"我太热爱诗了"，他攥了攥拳头："只要是为诗做事，豁出命来我也干。"我无法不相信他的故事，无法不为之太息。最后他指着地下的诗报说："这是我们自己筹款印的，想送给诗刊社的老师每人一份。如果愿意，就给一块钱的工本费，不给也不要紧。"我还能说什么？赶紧掏钱买了五份。我记得那是1986年初冬。

隔着权力和意识形态的滤网，当然不能指望《诗刊》会对那些正在民间的广阔原野上驰骋嘶鸣的诗歌黑马作出直接回应；但既是生活在同一片时代的天空下，它自己也会有自己的机遇和峥嵘。在这里工作的，毕竟大多是第一流且经验丰富的编辑。他们的敏感，他们为诗歌服务的热情，他们忘我的工作精神，使《诗刊》即便在最困难的时候也没有失却过重心。

吴家瑾，头脑无比清醒、心思极为缜密、永不知疲倦为何物的编辑部主任。任何时候你去她的办公室，都会看到她在埋头伏案。教会学校出身，拉过小提琴，少时即投身革命。在一次话题广泛的交谈中她突然从唯物论的角度说到信仰。她说早年在教会学校时曾请教过一位牧师，怎样证明上帝的存在？牧师回答：想想电。电看不见，摸不着，但它能使灯泡发光。由此我知道勤勉地工作之于她意味着什么，而她的历练又为何毫不影响她心态的年轻。她总是谦称她不懂诗，但正是由于她的慧眼和坚持，金丝燕的《诗的禁欲与奴性的放荡》一文才得以在《诗刊》1986年12月号发表。在我看来，该文或许是整个80年代见载于《诗刊》的最精彩、最有冲击力的诗学文章。

王燕生，诗歌界公认的"大朋友"，一只地地道道的诗歌骆驼。他的古道热肠使他们的家门敞向四面八方，使他的桃李遍及江南塞北，也使他曾经英俊的容颜早衰，使他年不及五十便两鬓飞雪。他一年的发稿量，往往比三个人加起来还要多。但他对《诗刊》的最大贡献，恐怕还得算从1981年起，连续组织、主持了十余期原则上每年一届的"青春诗会"，后者在许多年轻人的心目中，无异当代的"诗歌黄埔"。把他和朋友们联系在一起的不但是诗，还有酒；而推杯换盏中和酒香一起弥漫的，不但是友情，是逸兴，还有难得一抒的忧思和不平之气。我不会忘记1987年冬某日，为了王若水、吴祖光、刘宾雁等被开除出党，他下班后将我这个群众拽至家中饮谈。那次我们差不多喝掉了整整三瓶白酒，其结果是第二天起床后不得不花十分钟找他的鞋。

雷霆，自称"快乐的大头兵"。我从未问过他这么说时心中是否想着帅克，但假如我真这么问，我想他会感到高兴。确实，在经受了太多的欺瞒和挫败之后，还有什么能比保有帅克式的自嘲、帅克式的机警、帅克式的幽默更值得成为一个当代知识分子的快乐之源？问题在于真要修炼到帅克式的境界绝非易事，因此我宁愿认为他的快乐更多地来自他的淡泊和自我安妥。他坚持按自己的时间表和节奏安排工作，毫不在意这样的我行我素对管理体制意味着什么。如果凑巧听到了批评，他会伴以无辜的表情一笑了之。"你不能照着某种固定的程序写诗，因此也没有必要当一个小公务员式的诗歌编辑"，私下里他曾对我传授道："他们总是盯着我上班迟到，却看不到我差不多天天都最晚回家，更甭说业余投入的大量时间了。我不会和谁计较，关键在于"，他按了按胸口："咱对得起良心。"

热烈而自持，放达而勤恳，胸有丘壑而又克尽职守——如此的评价并非适用于其时《诗刊》的每一个编辑，我试图勾勒的是某种集体人格（当然是它的"正面"）。正是依靠这样的集体人格，《诗刊》同仁们群策群力，于1984年下半年，几乎是在一夜之间办起了"诗刊社全国青年诗歌刊授学院"及院刊《未名诗人》，以一方面吸引更多的青年读者，应对相继创建的众多兄弟诗歌报刊的竞争局面，一方面适应逐渐增强的商业大潮的冲击，改善日见窘迫的财政收支状况（与此同时还创办了一份内部发行的《〈诗刊〉通讯》，那是我到《诗刊》后独当一面负责的第一个项目）；也正是依靠这样的集体人格，在随后邹荻帆先生因病住院、邵燕祥先生坚决请辞，事实上无人主持视事的一段时间里，《诗刊》的日常工作照旧有条不紊地进行，基本未受影响。就我个人而言，我很乐意分享这种集体人格，犹如朋友们的诗所带来的震撼，总是被我视为不断摆脱诗歌蒙昧状态的自身努力的一部分。写到这里我能感到一股微温从心头直传到指尖，但我知道这和时间的魔术或中年的感伤无关。确实，80年代《诗刊》的工作和人际关系之于我远较90年代值得忆念；它还没有，或者说还来不及变得像后来那样冷漠，那样势利，那样雇佣化，那样在两眼向上的政客和文牍主义的官僚作风的窒息下麻木不仁，散发着某种令人感到屈辱的腐败和慢性中毒的气味。

随着"大气候"在经历了周期性的震荡后又一次摆向宽松，《诗刊》也开始再度舒展它的腰肢。"诗歌政协"式的"拼盘"风格仍然是免不了的，但变化也甚为明显，这就是以前瞻的目光进一步敞向青年。1984年第8期《诗刊》非同寻常地以头条发表了邵燕祥的长诗《中国，怎样面对挑战》。在这首以深重的忧患意识（"危险，/ 不在天外的乌云，/ 而在萧墙之内"）为背景的诗中，"50年代的青春"和"80年代的青春"形成了一种错综的对话，从而共同凸现出"新鲜的岁月快来吧"这一未来向度上的呼唤。应该说，邵燕祥的呼唤在很大程度上也是《诗刊》大多同仁的心声（就像他传达"重庆诗会精神"时阴云密布的表情汇聚着同一的"痛彻肝肠的战栗"一样）。随后《诗刊》的一系列举措显然都和更多地面向青年读者，致力于拓展自己的"新鲜岁月"有关，包括第10期的"无名诗人作品专号"、1985年第4、7两期的"80年代外国诗特辑"、第5期的"青年诗页"、第8期的"朗诵诗特辑"、第9期的"外国爱情诗特辑"等。尤其是新辟的"无名诗人专号"，作为每年第10期的特色栏目，在此后数年内备受欢迎和关注，事实上和年度的"青春诗会"及刊授学院改稿会一起，构成《诗刊》不同梯次作者的"战略后备"。

同样，密切与诗歌现实关系的举措也体现于批评方面。1985年6月号发表了谢冕评《诗刊》历届"青春诗会"的诗人新作，兼论现阶段青年诗的长文《中国的青春》，可以被视为一个明确的信号。紧接着，7月2—4日，编辑部邀请部分在京的诗歌学者、评论家举行座谈会，就当代新诗发展的现状和可能进行了广泛的探讨。会议尖锐触及了新诗批评和研究工作中存在的若干问题：以"叶公好龙"的态度对待"双百"方针，不能形成正常的批评风气；部分论者知识老化，方法陈旧，对新的创作现象缺乏基本的敏感和了解；对一批卓有成就的中青年诗人，尤其是青年诗人缺乏重视；青年一代从事诗歌批评和研究的不多，有后继乏人之虞等等。随之，11、12月号《诗刊》又连续推出"诗歌研究方法笔谈"特辑，以期从方法论的角度，把对上述问题的思考引向深入。1986年1月号更前所未有——此后迄今也再没有过——地推出了"青春诗论"特辑，使一段时间以来业已初具规模的不同诗歌观念的交响，突然奏出了一个E弦上的华彩乐段。

有足够的理由把这一时期称为《诗刊》的自我变革期。这种自我变革同时涉及其互为表里、不可分割、而又有极大弹性和张力的双重身份：一方面，作为作协机关刊物，它更坚定、更热烈地维护其与党内外坚持改革开放的进步力量相一致的原则立场；另一方面，作为为诗歌服务的刊物，它试图更多地立足诗歌自身的要求而成为文化和意识形态变革的一部分。和同一时期某些风格上较为激进的兄弟刊物，例如《中国》相比，它的美学趣味仍未能摆脱"庙堂"的局限（《中国》因相继刊发一系列"新生代"的先锋诗歌作品，尤其是1986年10月号推出"巴蜀现代诗群"而被勒令改刊。同年12月号《中国》印行"终刊号"以示抗议）；然而，和它历来的面貌和心志相比，它却从未显得如此年轻，如此放松，如此主动，如此焕发着内在的生机。这里，"更多地敞向青年"决不仅仅是一个姿态调整的问题，它同时意味着更多地敞向诗的活力源头，敞向诗的自由和多元本质，敞向其不是受制于某些人的褊狭意志，而是根源于人的精神和情感世界的无限广阔性的、不可预设的前景。

这种势头并未因为1986年春社领导班子的变更而稍有阻滞，而是为其接续并得到了进一步强化。关于这一点，在听了新任主编张志民先生至为简朴的"就任演说"后大家心里就有了谱。正如后来为实践所证明的那样，他的方略是"无为而治"，换作当时流行的管理术语就是：最大程度地发挥各个方面的积极性和主观能动性。他把自己的就职会定名为"谈心会"，是在以一种最没有个性的方式来表达个性，最见不出智慧的方式来呈现智慧。他说："《诗刊》是大家的刊物。大家的刊物大家来办。'大家'不是抽象的，具体讲，可叫作两个'大家'。一是全国诗歌界及广大读者的'大家'，一是《诗刊》编辑部的'大家'。"另一位新任主编杨子敏先生接茬儿发挥："两个'大家'的提法很亲切。两个'大家'融洽、和谐，息息相通，就会为双百方针的进一步贯彻实行创造更加适宜的环境，我们的刊物也就会更加生机勃勃，多彩多姿。"有关会议的侧记热情洋溢地写道："谈心会开得十分活跃！人人争相发言，争相插话，有回顾，有展望，有对刊物工作的具体设计，有对未来的畅想，会议进行了整整一天，充满了民主、开放、生动、活泼的气氛。"作为与会者之一我认为这并没有夸张。那时我们——包括两位主编在内——全然没有想到，数年后宽慈仁厚的张志民先生会一方面被指为"面对资产阶级自由化思潮软弱无力"，另一方面被指为与副主编刘湛秋一起，合力"架空"了杨子敏。

由刘湛秋接任副主编据说颇费了一番考量功夫，但事实证明这是一个相当不坏的选择。这位黝黑精瘦的小个子头脑灵活，精力充沛，尽管遇事喜欢一惊一乍，但确实干劲十足。接手主持《诗刊》日常工作后，他很快就显示出了他的策划才能：从版式到人事，从卷首语到新栏目。作为诗人，他倡行并耽溺于所谓"软诗歌"（从前苏联的"悄声细语派"化出）；然而作为刊物主管，他的工作作风并不软，充其量有点心不在焉。他最大的长处是使权力欲和工作热情混而不分。他上任后的"亮相"文字题为《诗歌界要进一步创造宽松气氛》，而他也确实真心诚意地喜欢宽松；只有在感到难以应对的情况下，他才把挑战视为一种威胁，这时他会表现得神经质，在感伤和激愤之间跳来跳去。不管怎么说，他主事后没有多长时间，《诗刊》就呈现出某种新的气象，其最大胆也最出色的举措包括在1986年7、9月号分别刊出了两组有关"文化大革命"的诗，在9月号选发了翟永明的组诗《女人》，以及通过当年"青春诗会"人选的遴定，在相当程度上引进了先锋诗界的活力。

　　也许不能说整个80年代是当代诗歌的"黄金时代"，但1986、87、88三年在某种意义上真的可以说是诗的"黄金年头"：一方面，是"上边儿"强调"要造成和谐、宽容、团结、民主的政治局面"，另一方面，是"下边儿"（包括整个人文艺术界）各种潮流的激荡汹涌。此时的《诗刊》颇有点"左右逢源"的味道，以致某些最保守、或者说最无艺术定见的人，也学会了把"多元化"像鲁迅笔下别在赵太爷胸前的银桃子一样，竟日挂在嘴边。事实又一次证明：势比人强。由《诗刊》、《当代文艺思潮》、《飞天》等单位联合主办，于1986年8月25日至9月7日在甘肃兰州举行的全国诗歌理论研讨会，以及随后由《诗刊》和《诗探索》联办，以"诗歌观念的变革和诗的反思"为主题的学术研讨会，包括此前由作协北京分会和北京市文联研究部主办的全国第一次"新诗潮研讨会"，比以往任何时候都更鲜明、更集中地凸现了当代诗歌发展的根本大"势"。
　　作为1980年4月"南宁会议"后第一次大规模的全国性诗歌理论研讨，"兰州会议"的特点既不在于其与会人数的众多，也不在于与会者所持观点的杂然纷陈，而在于探索了包括理论、批评在内的当代诗歌进一步深入发展可能采取的方式和前景。此前或许还没有哪一次会议能像这次这样，一方面，主办者自觉地将"引导"的意志削弱到最低限度，更多地扮演"服务者"的角色；另一方面，发言人在坦陈己见的同时也注意倾听不同观点的表达，以营造某种平等对话的气氛。不过，对习惯于在本质上是受控的"争鸣"和沉默之间进行选择的人们来说，真正的对话（包括在缺少必要前提的情况下文明地拒绝对话）还是一件有待学习的事，因而更能体现所谓"历史前进了一小步"的，或许反而是会后发表的"纪要"中有关与会者"一致赞同"（它曾连缀起多少陈词滥调！）的一段话：

> 与会者就诗歌现状提出了各自的看法，一致赞同"多元并存已成为当前这个时期诗歌发展的总体格局"的观点。生活的发展变化，人们的审美倾向，诗人的创作追求，正从单一性走向多样性、综合性、复杂性，由此带来诗的多元化的艺术结构。

紧接着转述的"有的同志"的观点恰好可以视为对这段话的展开：

> 一种集体无意识的逆反心理自动调节着多元之间的平衡。排斥一切者将受到大家的排斥；不宽容别人的人，自己也得不到宽容。凡是霸权思想，暴理主义，均将受到抵制。不论哪一派，都休想独步诗坛，一统天下。

举办"兰州会议"的主要动机是鉴于"诗歌理论和批评落后于创作实践"，而造成这种局面的最重要的原因，或最重要的原因之一，是对必要的、作为建设前提的思想生态环境发育的严重阻抑。这当然不是说诗歌理论和批评是这方面的一块"特区"或"飞地"，但由于1979年以后两次大的思想整肃都始自诗歌界，尤其是所谓"三个崛起"被指为"资产阶级自由化"的"思想纲领",其投下的阴影特别浓重是不难理解的;因而,就"多元并存"的"总体格局"达成共识尽管只是对早已成型的新秩序的追认,但仍有着异乎寻常的廓清意味。与此有关的一个反证是,一位在会上听了金丝燕题为"诗的禁欲和奴性的放荡"的发言后满脸堆笑地赞叹"讲得真好"的《诗刊》评论组负责人,没过多长时间,就又冷着面孔,一方面沉痛地检讨自己"对形形式式的资产阶级自由化思潮警惕不够",一方面自我开脱地质询:"为什么我们的刊物会发这样的文章?""社会主义诗歌倡导的是'多样化'而不是'多元化'",他的语气很像是一位"活学活用"的积极分子在谈心得,"虽然只是一字之差,但是有着本质的不同"。听到如此乖巧的话你马上就知道已经诞生了新一代的"指导者"。他们的最高理想——假如说他们有什么理想的话——就是如邵燕祥所说的,"让一种花开出一百种样子来"。

指望在"兰州会议"那样的场合达成更多的共识是不可能的。事实上也已不再有人怀着那样的幼稚之念。正是在这次会议上我第一次听到了"不说白不说,说了也白说,白说还要说"的妙论。在我看来,这种半是无奈半是调侃的心态更适合来谈论诗,远胜于激愤的意识形态之争,或在诸如"懂"和"不懂"这类ABC的问题上死缠烂打。不管怎么说,"发言的同志们对诗的批评现状一致表示了强烈的不满"是值得嘉许的。"纪要"对此作了三点概括:"一是极左思潮和庸俗社会学干扰了正常的科学批评";"二是理论批评脱离创作实际";"三是诗的批评文章模式化,缺少批评家的独特个性和鲜明见解"。会上较为集中的议题是理论和批评方法(这是1985、86两年之所以被整个文学批评界称为"方法年"的一个侧面),但诸如"批评方法应取决于批评对象"这样稍有新意的论点(尽管在另一意义上,也可以说这是一句外行话)并不多,倒是争相表示"诗歌批评要回到诗歌本身","不能离开诗歌本体"云云令人印象深刻。然而,这种表态式的"方法论"并不能说明自主的批评意识已经深入人心。当耿占春试图运用语言学派的观点阐释诗歌本质时,我看到周遭大多数人的表情一片茫然。它们最直观地揭示出,人们对那种微观的、向心式的诗歌批评有多么陌生,而当代诗歌批评要达成真正的多元化,还有多长的路要走。

"兰州会议"的一个附加成果是,众多循规蹈矩的诗论家们通过不请自到的四川青年诗人尚仲敏,第一次领教了所谓"第三代诗人"的"出格"风采。他为人们带来了好奇、神秘,最终据说还有愤慨。他有关"第三代诗人"的自定义令他们目瞪口呆。他说:"诗人像老道一样感悟人生,这就是所谓'第三代诗人'。"作为一种必要的补充,这位二十郎当岁的"老道"在联欢会上自告奋勇要表演一个节目,谁也没有想到,他的节目竟是声情并茂地朗诵毛泽东的《沁园春·雪》。

1987年2月号《诗刊》的卷首语犹如一只登枝的喜鹊,喳喳报道说:《诗刊》新一年的征订数由上一年的12万增加到14万。在纯文学刊物的订数普遍呈下降趋势的背景下,这确实是一个了不起的成绩;以此纪念《诗刊》创刊30周年,也算得上是一份厚礼。所有的同仁都有理由为此感到高兴:一段时间以来面向读者的取向终于有了回报,事实证明它与越来越举足轻重的市场走势完全有可能构成某种良性循环。在前一期题为《接受读者的选择》的短论中刘湛秋实际上已经把这一点方针化了。他写道:"刊物责无旁贷地要接受大多数读者的选择。不管编者自己有什么样的艺术趣味,他不得不面对大多数读者,而且他必须像商店把顾客当上帝那样,臣服于读者。这并不是迎合,更不是卑劣。它当然可以,也有某种可能去提高或改变读者的审美趣味,但它不能代替大多数读者在现实水准上所具有的要求,更不能强迫或剥夺他们的选择。"

从什么什么的"喉舌"到"接受读者的选择",这中间可以说横着一道"铁门槛"。这道门槛既是观念的,也是体制的。那么,可以指望借助市场这只"看不见的手",不显山不显水地"化铁为犁"吗?在某种意义上刘湛秋是过于理想化了,正如他在另一向度上现实得有点过分一样(什么叫做"必须……臣服于读者"?)。然而,理论上的不伦不类并不妨碍其实践中的有效性。当建立与读者的双向选择关系正越来越成为刊物生存和发展的前提时,说法上的不伦不类又有什么重要呢?甚而言之,在特定的历史条件下,至少是就观念的转变而言,这种"不伦不类"不但是可以理解的,而且是必须的——所谓"矫枉过正",斯之谓也。

　　无论如何,一条同时敞向读者和诗歌现实的双向通道似乎已经成形,而"大拼盘"的风格也日渐被置换为"市场细分"的理念。重读1987、88两年的《诗刊》,会比当初更深切地感受到这种有声有色的内部变化:一些多年来被谨慎回避的青年诗人的名字,一些仿佛从看不见的地平线下突然跃出的新人的名字,开始越来越多地从目录中向读者招呼,他们带来了不同的风格,也带来了不同的生机;由于王家新的加入,此前一直由陈敬容先生(这里谨向她的在天之灵致以特别的敬意)负责的"外国诗"栏目的当代性得到了进一步加强(加里·斯奈德、罗伯特·布莱、索因卡、布罗茨基、阿特伍德、80年代苏联诗,更亲切、更具平行感的诗歌时空),从而拓展了另一维度上的活力之源;意在抓住或制造"热点"的新的作品和评论栏目次第而出:关于叙事诗的讨论、女作者小辑、诗坛新人、关于"城市诗"的讨论、大学生诗座、我观今日诗坛、短诗百家百首、中学生诗页、华人诗页,如此等等。其中"我观今日诗坛"栏因倡导对诗歌现状直抒己见而受到广泛关注,并成为《诗刊》有史以来持续的时间最长(自1988年1月号开设,接连刊发十数期)、涵盖面最广、容纳的不同看法最多(有老、中、青三代近50位论者参与)的评论栏目。

除了版面上的变化之外，还渐次开展了一些着眼市场化的前景、旨在谋求经济和心理后援的"创收"活动：1987年春在山东潍坊举办了"首届中外诗人书画展"；1988年7月在山东长岛举办了诗歌夏令营，同时开始筹措"首届新诗'珍酒杯'大奖赛"；在自办发行《诗歌日记》获得成功的基础上，运筹图书策划出版，如此等等。

　　《诗刊》在那两年所呈现的生动局面，和一段时间以来整个"大环境"保持着相对宽松是分不开的。尽管87年末也曾出现过短暂的紧张动荡，但总的说来，那一时期的诗坛确实充满了变革与和解的气氛。1987年的"青春诗会"是一个象征；北岛进入成立于1988年的中国作家协会诗歌委员会，以及他的诗选在当年举行的"中国作家协会第三届（1985—1986）新诗（诗集）评奖"中获奖是又一个象征；而这次评奖活动的过程也是一个象征。我不认为当时的那种气氛是一种幻觉（当然不排除有相当程度的幻觉成分），就像我无从设想，假如那种宽松的局面一直延续下来，90年代的《诗刊》和诗坛会是什么样子一样。黑格尔所谓"历史的狡计"只是一种思辨的产物；或许真正值得悲哀的是，小到一个诗歌刊物的命运，大到诗歌自身的发展进程，竟必须以如此紧密的方式和历史的变数联系在一起——包括事后对它们的描述和反思。

　　80年代中期以来当代诗歌加速度式的内部裂变不只是为那些满怀"繁荣"期待的人们提供了欢呼的理由，它同时还造成了深刻的危机感。对此理论和批评感受得更为真切。多元化的格局吁请着复合的"鹰（蝇）眼"，然而，对绝大多数批评家来说，这样的眼睛还没有来得及被锻造出来。在这种情况下，他们的视网膜上布满了混乱的图像，心中充塞着失语的气闷和惆怅，经常搞不清自己是该点头赞许还是该摇头太息，是不难理解的。即使是在公开场合一再使用"美丽的"修辞手段（"美丽的混乱"、"美丽的失控"、"美丽的遁逸"，如此等等），以示胸襟的谢冕先生，私下里也毫不掩饰他的困惑和某种程度的恓惶。"兰州会议"以后，要求改变"诗歌理论和批评落后于创作"局面的呼声日高；另一方面也确有必要对"新时期"十年来的诗歌发展作进一步的梳理和总结。为此诗刊社采取了非常举措，联合作协江苏分会、江苏省淮阴市文联、扬州市文联，于1988年5月3—10日，再一次举办了更大规模的全国新诗研讨会（运河笔会）。

说是"非常举措"，除了指两次全国性会议之间只相隔20个月，时间短得非常之外，还指正式邀请了一批被认为是属于"第三代"的诗人和批评家与会。所有熟悉官方会议程序的人都会明白，这样做是需要承担相当风险的。"身份"的成见只是一个方面，关键是他们桀骜难驯的野性和具有强烈颠覆性的观点，很可能会导致意想不到的爆炸性后果。固然，我作为会议的组织者在其间做了一定的说服工作，但最后拍板敲定名单的毕竟是社领导，由此可以见出他们（一时）的非常气度。并未受到邀请的加拿大汉学家Michael Day突然出现在报到者的行列中，又给这次会议增添了一笔额外的"非常"色彩。面对这位孤身深入中国作探险式研究的诗歌侠客的非常之举，经过紧急磋商后的处置方式也同样"非常"：欢迎听会，但不必发言。

"运河笔会"很可能是迄今为止最富于建设性的一次当代诗歌研讨会。无论是就会上的发言还是会后收到的论文看，其质量较之"兰州会议"都有了明显的提高。一个主要迹象是，冷静的"问题意识"不但越来越取代社会学意义上的"宏大叙事"成为批评的出发点，而且越来越向具体的诗学目标集中。老诗人郑敏题为"足迹和镜子"的发言因而可以被视为真正意义上的发难之举。她在试图对当前诗歌创作和批评的种种"奇观"背后的焦虑不安作心理分析时认为："焦虑和不安的基本原因是胸中无数。这无数有两个方面：一是对五四以来中国新诗所走过的足迹无数，另一是不知应当将中国的诗歌现阶段放在当前世界诗歌的什么地位，这是镜子的无数……这两种茫然使我们的诗歌创作和评论都呈现着难以捉摸的随意发展的突变的情况。"这种分析表面看来是在大泼冷水,实际上隐含着对被制度化了的当代诗歌秩序及其后果的深刻反省和批判。它所牵动的远不止是创作和批评的层面,还包括了诸如诗歌出版、诗歌教育这样更广阔、更具根本性的层面。

这种"问题意识"同样渗透在流派和思潮、批评的可能性等热门话题中。其中以严迪昌对批评家、韩东对诗人的"角色"反思最为尖锐和令人警醒。严迪昌在谈及"评论家的素质"时特别突出了独立不依的品格,他"不是,也不应是谁的'西席'……那是评论家的自我解体,自我取消,也是自我蔑视……评论家应有自重的态度……既不做思想警察,也不做交通户籍警,更不做诗人作家的私宅门卫。"而在韩东看来,中国诗人通常乐于扮演三种角色,即"卓越的政治动物"、"稀有的文化动物"和"深刻的历史动物",其中一以贯之的是颠倒了肉体逻辑和精神逻辑的"典型的生存功利主义"。他认为,真正的诗人乃是"另一个世俗角色之外的角色"。

尽管一批青年诗人和批评家作为不稳定因素的在场令主持者一直提心吊胆,尽管他们也确实为会议增加了许多预料之外的轶闻和谈资,但并没有出现人们所害怕,或暗暗期待的对峙和争吵场面。唯一的一次例外发生在会议第三晚应部分中年批评家要求举行的、加餐式的"对话恳谈会"上:为了闻一多是否称得上"诗歌英雄"的问题,因姐姐横遭车祸而心绪恶劣的廖亦武粗暴地出言顶撞了语重心长的郑敏先生,致使郑先生热泪长流,恳谈会也不欢而散。也许不能说欧阳江河和巴铁的出色论文是对这支令人不快的小插曲的补偿,但在我看来,前者的《对抗与对称:中国当代实验诗歌》和后者的《"第三代"诗学论纲》肯定是所有与会者提交的论文中诗学成色最重、行文也最漂亮的两篇。会议最富于戏剧性的一幕则责无旁贷地落在了同属这批人的周伦佑身上。这位在会下一直努力扮演谦谦君子角色的

"非非"领袖，在大组发言时却突然变得专横，不顾主持人的一再提示，坚持用铿锵的广播语调全文宣读了他的长篇论文《论"第三代诗"》，结果在他后面发言的人不得不成为被他占用了预定时间的牺牲品，三言两语匆匆了事；而听众中受感动最深的竟是一位以保守著称的老批评家，会后他几乎是含着眼泪自掏腰包买下了好几本《非非》，因为他被告知，为了能凑够印制费，包括眼前这位年轻人在内的好几位青年诗人不惜出卖了他们的鲜血！

　　一阵说不出的疲倦感突然攫住了我。我意识到，让这篇回忆80年代《诗刊》的文字提前结束于1988年或许是明智的。这当然不是说，其后一段时间并无值得忆念之处——所谓"明智"，在这里仅仅意味着遵从内心的意愿，而这种意愿很可能来自记忆本身。一种记忆的结束之处，往往是另一种记忆的开始之时。然而我已疲倦。我知道，当我被这种感觉攫住时，80年代的《诗刊》，那个与我的梦想、我的激情、我的意志、我的劳动血肉相关的《诗刊》，已经与我离得很远。

2001年4月16日，育新

湾园—万松浦：水与水的相遇

　　究竟是怎样一种缘分，使万松浦和湾园（Cove Park）这两处地理上远隔重洋，不仅此前毫无干系，而且很可能永远没有干系的地方相遇在了一起？这是2004年11月8日，我和来中国"打前站"的朱利安／波丽夫妇同抵万松浦，起草"2005万松浦—湾园中英诗歌双程交流"合作方案，写下中间那短短的一横时，突然蹦到脑子里的问题。几分钟前我曾为将Cove Park直译为"湾园"而大为得意，现在我更有理由得意了：君不见"浦"和"湾"都带三点水，而《道德经》云"上善若水"——以"上善"为缘，还有比这更漂亮的说法吗？

　　自然，这只是发生在汉语中的一次小小相遇，但谁都没有理由轻看那道短短的连接线。当年阿姆斯特朗乘阿波罗—11实现人类首次登月时曾说过一句名言：虽然我跨出的只是一小步，但人类却因此跨出了一大步；我们不妨也戏拟一句：虽然这只是小小的一横，但它勾连起的，却是一段大大的诗的缘分。

　　而且是一段双重的缘分：既存在于汉英两种语言之间，也存在于汉语内部。事实上，如果不是因为小说家张炜同时也是一位狂热的诗人，如果不是2001年我们同去法国里尔出席"第一届世界公民大会"，在巴黎巧遇侨居伦敦的诗人杨炼，则这段缘分完全可能落空，或被抛到另外一个什么场合；而我实在想象不出来，还有哪儿比万松浦—湾园更配得上这段缘分。

2005年9月24日，中英诗人移师Cove Park，开始下半程的交流活动。由杨炼充任临时司机，直接由伦敦希斯罗机场驱车北上，一夜狂奔五百余英里，次日凌晨抵达，稍事休息，中午聚首。营地坐落在一片面海的丘地上。岛国秋色被大风裹胁且晴雨莫测，瞬间转换的天气使周遭的一切犹如幻景，而最壮丽的幻景是那道凌空蹈虚、游移不定的双虹。那是我第一次、也是迄今唯一一次见到如此近在咫尺的虹，露出"根"的虹，令人禁不住生出可以对着走进去，以至攀援一番的念头。粗壮无比、瑰伟无双的色带同时击打着海面和目光，像是一种降临，又像是一种升天，但无论如何都不像一次自然随心所欲的游戏；它似乎从来就在那里，并且会永远在那里，是一种等待，也是一种召唤。在它巨大的笼罩下，那座真正有根的小岛反倒显得影影绰绰、吞吞吐吐、明明灭灭，如同我在录像中看过的蓬莱海市。我一直试图为我们的活动，或万松浦—湾园之间的缘分找一个波德莱尔所谓的"客观对应物"，那一刻我知道，我撞上了。

说张炜"同时也是一位诗人"肯定不会有人提出异议，然而，在"诗人"前再冠以"狂热的"，赞同者恐怕就要大打折扣了，因为这似乎与他那永远从容淡定、任何情况下都不会失去分寸的日常风格对不上。但我仍然要说张炜是狂热的，只不过这种狂热秘密地存在于他和诗之间，犹如暗恋，不特别显山露水而已。里尔四天，我们至少有两天竟夜聊诗；期间他居然还利用听会之余，成诗十数首——对一个早已声名远播、功成名就的小说家来说，这不是狂热又是什么？更深切的体会则来自《九月寓言》的阅读感受。数年后我已完全不能用哪怕是三言两语来概括它所讲述的故事，但对其语言的节奏和韵致，那种波涌式的、令人不由自主被卷入其中的律动，却依然记忆如新。由此我确认它远远超出了小说，从根本上是一首诗，一首大诗；而数十万字浸淫于这种诗的状态，需要付出何等的心力和体力——对一个早已谙熟各种叙述技巧且无需操心市场期待的小说家来说，这不该称为狂热又该称为什么？

相形之下，万松浦—湾园的一拍即合，倒更像是张炜爱屋及乌的一个副产品了。当然，他是院长，有权力之便；但如何运用手中的权力，才是问题的关键。从时下国人，尤其是握有权柄者大多遵奉的实用主义角度，我看不出这项活动对张炜有什么"实惠"可言，相反需要付出的却太多：除了耗费不老少的时间、精力，还要端着脸四处筹措银子。总而言之，此类活动听起来诗意盎然，但操办起来和所有的会议一样具体琐屑，非目光远大、深知"无用之用"而又对此深怀巨大热情者不能为。我不能越俎代庖，说张炜创办书院也是出于同样的初衷；但我知道，即便是诗人，也未必都能理解他的襟怀和抱负，更遑论他为此付出的巨大心血和操劳了。当他谦逊地带领客人们参观书院的种种设施时，我不仅听到了耳边不时响起的赞叹之声，也看到了眼前不时闪过的迷惑甚而是疑虑的目光。终于，一位英国诗人憋不住，悄声问我张怎么就能把书院做成这个样子？我则答非所问："张或许是一个不仅在纸上，同时也在大地上写诗的人。"话一出口就觉得矫情而乏味，然而，无论是当时还是现在，我都不会为这样的回答脸红。

按照通常的标准，书院的环境和设施无疑都是一流的。宝石蓝的星空下，独自伫立宽大的露台，俯首从身边沉沉延展开去的万亩松林，静听海风拂过时激起的阵阵松涛，所谓"至福"，不过如此吧。然而此刻我更想说的是书院的管理。在大队人马抵达当天的日记中我写道："安排好房间又去小餐厅宵夜，英国诗人们兴致甚高，以致收束略显生硬。期间东超、海东及一众服务员一直排队守候在外。张炜究竟如何使他的团队如此敬业且严谨，这是一个迷。"这是一种赞美吗？当然是，但又不全然是。过于井然的秩序会令人感到拘谨；放松狂欢之时，甚至会令人尴尬，如同被指证了某种道德缺陷。但我小小的不适或苛责也就仅此而已，何况在更多的情况下，训练有素会带来方便和高效率。问题是张炜真的会板起面孔，严格训练他的团队吗？很难想象。我更愿意那是他们双向选择的结果，更愿意以此为镜像，反观张炜的人格魅力和管理风格。写到这里不禁汗颜，因为时至今日，我都未能修订完当年剑平君访谈的录音整理，那篇访谈稿一万五千余字，几乎是打着我返程的脚踵跟进了家门——要知道，短短的三天内，他可是访谈了近十名中英诗人呢。面对这样的"万松浦效率"，你唯有叹服。

我已记不清书院是否有类似"院训"这样的规矩？如果有，一定包括"安静"和"敬业"两条。对张炜来说，这当是"狂热"的题中应有之义，三位一体，互为重心。我相信正是从这样的状态中长出了他那本既激情饱满，又沉稳朴厚的诗集《家住万松浦》，而同样的状态，会暗中指使他不时以开玩笑的方式宣泄一下那克制不住的雄心："六十岁时必成一大诗人。如果不成，就硬成。"没有人会认为这仅仅是一句戏言。

万松浦书院的软硬（件）双济、神完气足，显然给英国的合作者造成了压力。朱利安／波丽夫妇初来时可谓如乘春风，但未等到转完一圈，脸色就变得有点凝重了。在临海的原财政局接待中心，朱利安以英国佬特有的谨慎凑近紧锁的大门考量了一番，然后问我："这也是书院的吗？"在得到未置可否的回答后，这位从外表到说话风格都酷似好莱坞巨星霍浦金斯的绅士轻轻叹了口气，说："Cove Park可是和万松浦没法比。"我盯了他一眼，试图从他的表情中发现一点幽默，然而只见到一脸的诚恳，带着些许失落的怅惘和沮丧。接下来的事就不那么有趣了，这里不说也罢。

朱利安显然是低估了中国诗人的鉴赏力，致使他的精明，反过来成了他小小虚荣心的牺牲品。确实，就硬件而言，他的话并非谦词，问题是不会有谁把建立在这种比较上的优越感当回事；而对中国诗人来说，真山水在传统上就一直是真性情的同义语。在领略过万松浦的绿草如茵、薰风百度后，湾园的荒草萋萋、秋雨迷离，呈现的是另一种格调和情致。大风刮过山岗，体型巨大的乌鸦忽儿迎风展翅，演练它们像直升机一样进退悬停的功夫，忽儿疾速俯冲，一头扎进那在漫坡草丛中觅食的羊群，这北苏格兰特有的萧瑟景致，像万松浦的月色松涛一样令人心醉神迷。湾园的地盘足够大，建筑却不多，特色是一律以木料为材质，符合国际流行、也是文学本身固有的绿色标准。主要的公共空间是建在坡顶上的办公室，包括一个兼作餐厅且带露台的会议厅，数间工作室，一间厨房和 间活动室。令人意外的是活动室内居然放置了一张乒乓球桌，令我们这些来自"乒乓王国"的诗人们大感亲切，同时也多了一个表演的舞台。从坡顶下到坡底的客舍足有四五百米，除有碎石车道相连，亦可沿出没于荒草间的土径往还；客舍的主建筑则像是一个放大了的穹庐，这就不特绿色，而且很有点原始的意味了。写到这里我的电脑屏幕前竟氤氲开一股菖蒲和蒿草混合的清苦气息，它来自客舍栈桥所跨的一片湿地。在这样的环境中你的生命节律会不由得变慢，许多事变得无可无不可；俯身桥栏，把手里的烟蒂投入湿地，看着淡蓝的烟雾一点点消散，你甚至能品出一点先民所谓"日出而作，日落而息，帝力于我何有哉"的意思。

这当然不过是一时的幻觉，真正无可置疑的硬事实是"帝力"的无所不在。尽管早就听杨炼说Cove Park附近就是英国的核潜艇基地，但当透过住处面对海湾的落地大窗和时浓时淡的雨雾，真的看到一座黑黝黝的瞭望塔和小半个艇身如尼斯湖怪般从海面上倏然涌出时，我还是吃惊地瞪大了眼睛，甚至感到某种莫明的兴奋：这据说是隐蔽性最好，存活率最高，因而最危险、最具威胁性的大规模毁灭凶器，其航行的方向，正迎着那道横跨海湾，虽时隐时现却绚烂无加的双虹！

这样的场景可以说壮丽，也可以说荒诞，或者不如说壮丽的荒诞或荒诞的壮丽，但不管怎么说，都无法表达性质迥异，以至截然相反的事物同时打入眼帘所具有的那种令人惊骇的张力。核蘑菇云早已被二战后的众多诗人、作家认作重新思考世界和人类命运的新背景，在这样的背景下，我们这次小小的中英诗歌交流活动，是否也可以借用日本作家、1994年诺贝尔文学奖得主大江健三郎那篇著名小说的标题，被视为某种"死者的奢华"呢？事实上，Cove Park作为一个写作基地，是被挂在了一个巨大的军事基地的边角。我搞不清东南西北，印象中若以面对海湾为坐标，其左、后方隔着一道铁丝网，就是到处挂着"严禁入内"标牌的大片军事禁区。当然，这不会影响我们到邻近的小镇海伦斯伯格（Hylandsbeger，杨炼谓之"本地的大都市"）去痛啖苏格兰传统食物Fish & Chives（鱼和薯条），不会影响我们在据称出自麦金托什①之手的"风山住宅"里无所事事地徜徉，不会影响中英诗人们在工作之余切磋厨艺，不会影响波丽在恨不能将盘子也舔个干净之余，冲到我面前大叫"delicious"（美味），但我仍然会忍不住一次次想到那些高高的铁丝网，就像会忍不住一次次想到万松浦周边那些在大片突然消失的松林尸骸上疯长的堤坝、道路和建筑群一样。

　　核潜艇也好，疯长的堤坝、道路和建筑群也好，都是人类追求"现代性"的产物。问题是，这和万松浦—湾园的缘分有什么关系吗？如果断然肯定和断然否定皆不可取，那么，能指望它为一张充作诗人临时领地的白纸增加哪怕是些许的分量吗？

　　此刻我耳边突然响起那天凌晨车抵湾园，同行的西川在周遭一片凄风苦雨中的大声慨叹，他叹道：我们这是干什么来了！

---

① 麦金托什（Charles Rennie Macintosh）：苏格兰著名建筑设计师，20世纪初欧洲新艺术运动"格拉斯哥学派"（Glasgow School）的代表人物。"风山住宅"是他的代表作之一。

没有人认为他是明知故问，因为没有人会同意，从北京经阿姆斯特丹转道伦敦，一飞再飞，然后是纵贯英伦的汽车，全程二十八个小时的洲际旅行，就是为了赶到这个陌生得一塌糊涂的地方，过几天苦哈哈的日子，或是像通常的旅游者那样，浮皮潦草地领略一番异国情调。

剩下来的理由就是"诗歌交流"了——不错，这是一个足够堂皇，也足够正当的理由，其内设的前提具有充分的"现代性"，即假定存在某种斯蒂芬·欧文所谓的"世界诗歌"（这个概念可以一直追溯到两个多世纪前老歌德所倡导的"世界文学"）；可是，让我们不惮矫情地再追问一下：这真的是一个既能满足逻辑学意义上的"充分条件"，也能满足我们内心情感需要的理由吗？

根据我有限的经验，诗歌交流（这里主要说的是使用不同母语的国际交流）较之一般的文化交流，例如关于美味的交流，要困难和脆弱得不可以道里计，并且往往越是在面对面的情况下，就越是如此。波丽最初作客万松浦时，曾因面对海螃蟹不知如何下手而窘得满脸通红，不过没关系，五分钟之后，她就已经在中国同行略带嘲讽的目光注视下怡然自得地安享她的delicious了。然而，同一个波丽，在翻译我的一首无题诗时，却因为一个句子——更准确地说，一个词——痛苦了差不多两个小时，同时也把我折磨得死去活来。对我来说，这个句子（"这就是罪／是前世就已挖成陷阱的罪"）似乎没有多少难度，完全可以直译；不料波丽任由我说来说去，就是不表态，不下笔。大概半小时后她指着"罪"这个词小心翼翼地问我："你进过监狱吗？"在听到否定的回答后，她的表情变得更加困惑："那你为什么会认为自己有罪呢？"我以为是因为自己的英语太差，未能说清楚上下文，于是连忙拽来翻译徐雁助阵，再次详解了全诗，并特别指明这里的"罪"不是"crime"（具体的罪行）而是"sin"（更宽泛抽象意义上的罪），接近天主教的"origin sin"（原罪）。我不认为合我和徐雁二人之力还没有把问题说清楚，也不认为波丽没有听懂，无奈她仍然只是沉吟着摇头；而等到她郑重地建议应该把这个"罪"译成"destiny"（命运）时，又轮到我摇头了。就这样两人对面摇头不已，一直摇到她公然表示她已经"快疯了"，而我头晕目眩之际，还以为是自己一不小心说出了自己的心里话。其结果可想而知：我们不得不合谋放弃了这首诗的翻译。

这当然是一个极端的例子，但并不孤立。当安东尼将我的另一首《五月的蔷薇》译成了甜甜的爱情诗，而翻译还在一旁赞叹说那作为一首英语诗是多么优美时，我唯有一边微笑，一边在心中叹息。我没有理由责怪安东尼太年轻或中文大字不识一个，也深知按照现在最前沿的、标举"差异"的翻译理论，我除了表示感谢不应再有别的想法，但叹息不请自来，我也没辙。反过来，我也能不时从对方脸上或凝固或一闪即逝的表情和眼神中，听到他们心中同样的叹息。有什么办法呢？作为某种补偿，我只能更使劲地怀念那些一点就透、以至无需语言的、既"交"且"流"的时刻，尤其是共同举杯的时刻。那天在万松浦，我们一晚甚至举了三次杯。一次是晚餐时，一次是宵夜时，还有一次是晚餐后意犹未尽地提着啤酒瓶，踏着朦胧的月色散步时。我记得当时一帮人正坐在松林深处的一堆石凳上兴高采烈地谈论着什么，忽然贝尔的手机响了，他闪到一旁接听，又身形有点僵硬地回来，说这是一个令人难过的电话：他最好的朋友之一当天出车祸死了。然后他举起手中的啤酒瓶，对着月亮举了举，再面对西方由左而右，呈半圆形地将瓶中酒洒在身前的地上。我不知道这种中国自古称为"酹"的仪式是苏格兰也有，还是贝尔从有关的中国典籍上学来的，但一时想不了许多，只是和大家一起站起来，也把手中酒在身前酹了半圈，又一齐举到贝尔面前。大概半年后我读到了贝尔为此专门写下的一首诗，在我看来，这大概是交流所能结出的最符合其本义的果实了。

交流永远是必要的。没有交流，我们甚至无从知道差异和隔阂在哪里。我写下一些无奈的感受，无非是想为诗人们的结缘寻找一个更充分、更具说服力的理由。这个不但有点矫情，而且有点乌托邦的理由，后来我似乎还真找到，至少是自以为找到了——那是在听了帕斯卡尔·葩蒂的一段话之后。在谈到诗人的"身份"或自己的"根"时，这位生于法国，长于威尔士，有着印度血统，但主要用英语写作的诗人出人意外地表示，她所认同的"身份"或"根"并不在她所熟悉的欧洲，而是在遥远的、她只去过一次的南美亚马逊。对此她解释道：

> 我去看亚马逊的大瀑布——天使瀑布，和那里的人接触。他们是些非常安静的人，有着奇异的神话系统。我直觉地认为，我是他们中的一个。我其实是个一直在流亡的人，在这个意义上，我从来就没有什么固定的身份，而是在不断打开，随时向各种可能性敞开。当你抛弃那种表面的、固定化的东西，随时准备向不管多么遥远，但和你有共同点的因素敞开时，你反而能不断发现自己内心的一些特质。

"抛弃那种表面的、固定化的东西，随时准备向不管多么遥远，但和你有共同点的因素敞开"——我相信，正是这样的品质，使中英诗人们走到了一起，使万松浦和湾园走到了一起。而这种品质正是水的品质。

上善若水。

2008年岁末，天通西苑

疯狂的梦想和现实之间

——第一届世界公民大会乱弹

　　"这是一个疯狂的梦想，但我们终于让它变成了现实！"第一届世界公民大会执行主席皮埃尔·卡兰姆（Pierre Calame）如是结束他在开幕式上的致词。他的话，或者不如说他的雄心，他的气概，他无与伦比的坚定和自信，激起了全场一片暴风雨般的掌声。

　　仪表堂堂、风度翩翩的皮埃尔同时也是策划、主办这次大会的夏尔-雷波奥·马耶人类进步基金会（Fondation Charles Leopold Mayer）及其支持的"协力、尽责、多元的世界联盟"（Alliance for a Responsible, Plural and United World）的总经理。在整个大会进行期间，到处可以见到他活跃的身影。我没有和他说过话，但必须承认，在很大程度上，我是被他迷住了。说"迷"也许有点夸张，也许说"钦慕"更准确些；但还是让我说"迷"吧，否则不足以模糊我从中析出的诸多复杂成分，包括惭愧、惆怅乃至沉痛。个人魅力在这里只是某种终端显示，事实上真正让我倾心的是形象屏幕背后跃动着的伟大文化抱负及其行为风格，那就是：面对当前人类社会的普遍危机和21世纪的挑战，"我们拒绝对无可奈何感作出让步。我们相信，也看到地球上的人们有能力组织起来，建设一个更负责、更团结的社会，一个尊重人的尊严与文化差异的社会，一个生物圈的审慎而谦虚的管理者的社会，一个有着丰富的历史，关注未来，不断使其机制适应新形势的社会"，为此必须"永远不将思考与行动分离。"（《夏尔-雷波奥·马耶人类进步基金会概况与1996年／2000年规划》，第7页，第15页）

　　说实话，最初在与邀请信一起寄至的会议材料中读到这些话时我没有太当回事。当然决非是无动于衷，甚至可以说当时心中确曾热乎乎地滚过久违的激情浪头，但也仅仅是一个排浪而已。浪峰跌落后，继之而来的是更深更大的迷惘和更为熟悉的无力感，仿佛那道突兀的激情之浪只是为了显示这种落差。对于曾经听惯、用惯，而近年来一直致力于反抗"大词"的我来说，那些来自另一历史语境的、显然是过于理想化的说法，似乎成了某种"存在中不可承受之轻"（或"重"）；而为了消解这种"轻／重"，最有效的办法就是追问：这些法国人究竟要干什么？我知道法国自14世纪初腓烈四世起就有所谓"三级会议"的传统，而这次会议最初拟定的名称就叫"全球三级会议"；那么，他们是要借助某种古老的自下而上的权力模式，在谋求解决当前的人类问题的同时，推广自己的价值吗？如果是，其中又隐含着怎样的权力考虑？"联盟"或"大会"当然不可能成为一个权力机构，那么，它会是一个压力集团吗？抑或是一个思想库？但不管怎么说，这类名称听起来都有点老虎吃天，大而无当的感觉。为了平衡这种感觉，当联系人再次来信，要求结合自己的专业和地域文化特点，提供一份有关对人类现状的思考或建议文件时，我几乎是故意选择了一首今已不传的山东民谣作为解析对象，期冀以此"小而又小，想落天外"的方式，暗合，而不是迎合他们所探求的解决之道。

　　因此，直到12月2日午后两点，与会者集合在各自所属的地区引导牌下，在一派喧天的鼓乐声中等候进场时，我心中持有的，毋宁说还是某种文化观光客的态度。我猜想中国代表中持有类似态度的远非我一人而已，否则人们不会对大会组织工作的某些失当或混乱如此敏感而津津乐道。法国人在这方面确实也不够周密甚而有点笨。最明显的莫过于在巴黎换乘时的安排：本来20多人一辆大客车直接拉到里尔，既省时间又省事，或许还省钱；然而他们偏让乘高速列车，且疲疲沓沓毫无统筹观念，结果在机场接待处磨蹭两个半小时，到车站误车又白白等候近三个小时；虽说接待者都是些打义工的大学生，缺乏经验情有可原，但又倦又饿缩在le salon的硬塑料椅上干耗不能不让人沮丧万分。如此的待客之道，如此的效率，而又是如此庞大的会，天知道会开成什么样子！那天我和同行的张炜兄可算是把各自的讽刺才能发挥了个够，最后想到或可多多逃会以为回报，才算找到了心理平衡。

但尚未等到开幕式结束我就已经明白：讽刺固然表明了私见之偏，逃会也是不可能的。这倒不是因为主人的周到和排场令人不好意思（四个多小时的开幕式，有一半时间用来逐一介绍与会代表），而是因为会议本身所凝聚的巨大的人文情怀从一开始就显示了难以抗拒的吸引力。与会的约450名代表来自世界各地，从总统候选人、驻联合国大使到普通农民，涵括了不同的领域、阶层和职业，除我而外，可谓群贤毕至。令人印象深刻的是，出席会议的各国退役军事将领竟达9人之多，其中包括4名上将，分别来自法国、印度、俄罗斯和加拿大；此外还有一人颇令代表们，尤其是中国代表另眼相看，此人当年曾是格瓦拉的弟子，现为非洲某国的农民领袖，头发花白，皮肤黝黑，五官紧凑，两眼精光四射，一望可知受过特殊的革命意志锻炼。阵容之盛同时也表明了主办者、与会者的忧患意识之深。开幕式上几乎所有的发言都围绕着同一主题：和平，这种不约而同突出了全球和平发展的渴望与难度。法国前总理罗卡尔（Michel Rocard）致辞的题目就叫《无论何地，选择和平永远难于选择战争》（Choosing peace is aways and everywhere more difficult than choosing war）。在他看来，和平是讨论或谋求解决任何问题的先决条件，遗憾的是，它迄今还是一门人类必须勤学不辍的功课。罗卡尔素以擅长美文著称，好几位在会上担任翻译的同仁说到他这篇祝辞之文采斐然时，都情不自禁地击掌叹服，眼看就要绝倒的样子；不过我敢肯定这不是罗卡尔意欲追求的效果，他肯定更愿意看到为之绝倒的是本·拉登和小布什。当然很难设想这两位不在场的潜在读者会为一篇美文所动，但远不只是针对美国的"9·11"恐怖袭击和正在进行的、同样远不只是针对阿富汗塔利班的讨伐战争显然在场，以致扮演着重要角色。全球性冷战结束后急剧变化、某种程度上是急剧恶化着的国际环境不但没有冲淡，反而突出了这一筹措已达十数年之久的大会的必要性和紧迫性。

　　无论是马耶人类进步基金会，还是"协力、尽责、多元的世界联盟"及由其主持制定的《建设一个协力尽责多元的世界的纲领》，我都是因应邀出席此次会议而第一次知晓，但作为联盟前身的"威泽雷小组"（Vezelay），则早在80年代末就有所耳闻了。印象中只是欧洲的一个环保组织，曾发表过一份颇具影响的报告，题目好像叫《拯救地球》。那时环保问题还很少进入当代中国知识分子和艺术家的视野。记得是1993年前后，一次《德国诗歌年鉴》的主编访华，歌德学院北京分院安排一批中国年轻诗人与之交流。在连续两天各自介绍作品后，这位主编忽然问道："环境保护早已成为欧美当代诗歌的一个重要主题；但我听到现在，似乎还没有哪一位中国诗人在作品中有所涉。请问你们有这方面的诗吗？"中国诗人们一时无话。后来大概还是我勉强支应了一句："中国诗人们目前主要关心的是如何改善人文环境，环保主题恐怕一时顾不上。"不用说这样的应对就普遍的人文精神关怀而言过于褊狭，且多少有点强词夺理；然而即便时至今日，假如有老外问同样的问题，我仍会勉强如此作答，否则不足以表明我们的特殊性，不足以遮蔽，或揭示另一种真实。

　　但当初的威泽雷小组至今日却早已几上层楼。参加完这次盛会回头再读《联盟简史及其纲领》，真令人感慨万千。小组成立之初的8位科学家无疑都是目光深远的智士。对他们来说，环保问题从一开始就不是单纯的技术问题，而是人类社会发展的一个临界点。1987年作为集体智慧产生的第一个小组文件就强调："面对重大不平衡的危险和新的大自然，全面变革势在必行。这一变革不仅仅是技术和经济方面的，它涉及价值、权利、政治、教育等各个方面。我们社会的传统管理、调整方式不能够完成对变革的实施。"这一基本判断后来为"联盟"所传承并予以进一步具体化，事实上成了它存在的理论依据。然而，如果没有以"坚定地追随人道主义理念"为决策宗旨的马耶人类进步基金会的支持，则所有这一切都有可能成为空中楼阁。基金会的创始者夏尔-雷波奥·马耶（1881—1971）和著名的诺贝尔颇有相似之处。这位有着爱尔兰血统的瑞士人既是作家，又是化学家、金融家、哲学家和慈善家。他虽生于19世纪，但对如何为21世纪进行准备极为关注，为此而终生积累财富，希望死后这些财富能服务于科学与人道事业。他的希望没有落空。正是由于基金会的全力资助，威泽雷小组迅速完成了向"联盟"的蜕变，成为一个全球性的充满活力的社会运动和集体工作空间。到1996年，其成员已由最初的8人发展到1000多人，分布于包括中国在内的100多个国家，用20余种语言工作；研究科目也由最初的4个主题扩展为12项任务（对应于古希腊传说中英雄赫拉克利特完成的12项业绩），并衍生出60多个工作小组，范围包括价值、能源、军工转型、工业生态、金融市场运作等；这12项任务后来又被归整为7大项目、5项策略，前者分别为：1. 地球的未来；2. 反对社会排斥；3. 科学、技术和社会；4. 国家与社会；5. 农民农业、社会与世界一体化；6. 文化间交流；7. 建设和平。后者分别为：1. 经验与交流；2. 经验交流网络；3. 圣-萨班聚会；4. 经验积累；5. 鼓励首创精神。很显然，第一届世界公民大会就是围绕上述项目，并充分运用有关策略组织的。

十余年间一株幼苗长成葳蕤的大树离不开肥沃的土壤。我不知道能把智慧、金钱、人类福祉和艰苦卓绝的工作凝聚在一起的，除了深厚的人文传统还能是什么。这和国内前些年盛行的"经济搭台,文化唱戏"完全是两码事,也无需诉诸如"新左派"和"自由主义"之争中常常佩戴的意识形态有色眼镜。当然,就思想倾向而言,并且是按照欧美的尺度,说"联盟"带有强烈的左派色彩乃题中应有之义。里尔历来就是法国左派的大本营,本届大会的会址被选定在这里自有其道理。当大会执行主席在开幕词中说到,《国际歌》当年就诞生在距会场几百米远的地方时,引起了远不止是中国代表团坐席上的一阵小小的骚动。在距里尔仅数十分钟车程的湖北市(Roubaix),纪念1848年起义的巨幅装饰油画高悬于著名的艺术和工业博物馆展览大厅,俯视着沧海渐成桑田,而那一年也正是极大地影响了其后世界历史进程的《共产党宣言》发表的年头。把两个在不同历史语境中产生的文件放在一起比较是危险的,正如把两个在不同历史语境中产生的命名勾联为同一所指是危险的一样;然而,就其危机意识、批判精神和内在的运思逻辑而言,联盟的《纲领》又确实令人每每想到《宣言》,甚至可以说,二者有很大程度的异曲同工之妙。《纲领》开宗明义,指出当前世界的主要矛盾"一方面是基本需要的未满足、资源的浪费和破坏;另一方面则是没有利用的工作能力和创造力",如果将其转述为生产资料和生产方式、生产力和生产关系的矛盾,显然并不勉强;在分析由此造成的三个主要的不平衡或三重危机,即"地球南北之间、社会内部贫富之间以及人与大自然之间的不平衡"或危机的共同肇因时,《纲领》把针砭的矛头直指"西方世界发明的'现代性'":

> 我们的世界在近两百年里迅速演进,西方世界发明的"现代性"在全世界范围内获得传播……在三个危机的中心,无法不看到科技发展的现状、劳动分工的突出、市场的膨胀以及不断增加的商品与金钱的流通等,简言之,"西方现代性"的构成因素引起的后果,或对于某些人而言,就是"现

代性"的后果……借着它所施展的魅力和它所拥有的效率，现代性被披上不同的政治外衣，变成各大陆精英们的参照系。强权关系和市场规则共同化解了商品关系以外的价值和交换关系，由此离析了传统社会。

当然不能将"现代性"简单地等同于《宣言》当年批判的资本主义生产方式及其价值系统，但后者很大程度上正是其社会和发展模式的原型，正如"全球一体化"是其极致一样。《纲领》对此施以的批判同样是从手段和目的的倒置入手，并且同样入木三分：

> 现代性的两个支柱——贸易自由和科学——本应当是为人类进步服务的工具；而今天，它们却更经常地被误认为是目的本身。于是，按照时髦的经济神话，所有贸易自由化，无论是商品的还是金钱的，都会在一切领域内，保证人与人之间的交换处于一个自动的和最理想的平衡状态。同样，按照科学主义的神话，虽然存在着问题和破坏，科学与技术和工业的结合，终会带来解决办法并导致人类进步。由之，重归市场和科学便万事大吉了。
>
> ……
>
> 然而，科学与市场的发展伴随着严重的价值危机，甚至其发展还加剧了这一危机。着眼于掌握和控制人与外界事物的科学和技术，鼓励了弱肉强食的态度，将大自然、生物界和其他人类降低为工具，并遗弃了那些更全面、更谨慎和更受尊重的方法，而正是这些方法执著寻求着人与其生存空间之间的相依和谐。对权力的狂热战胜了对智慧的求索。市场一方，正在将生命与事物的价值减兑为它的货币价值，它鼓吹致富是人与社会成功与否的最终标准，它将精神置于物质

的支配之下，为了保持其运转，它不断地制造新的购买需要，不惜因此而转移用于基本需求的精力和智慧，直到以短浅之利而毁长远之计。结果是：许多社会道德崩溃、腐败普遍化、借吸毒逃避社会、对他人和环境麻木不仁、青年人彷徨失望……我们的世界陷入前所未有的加速状态……人与人之间和社会与社会之间的不平等在加大。地球与生物的基本平衡，如同后代的利益一样受到威胁。

总之，无数人们为之神往和欢呼的"全球化"前景，被以一种同样是"全球化"的危机方式从反面表述出来，以支持如下一种总体判断："假如我们的世界继续以其现有的方式存在和发展，人类将自我毁灭。"

没有理由认为这是在耸人听闻，就像没有理由就此推论说，这是一个"反现代性"、"反全球化"的纲领一样。以大量科学研究为依据而作出的判断永远比诺查丹玛斯式的预言更值得我们重视。因为后者只是唤起了我们对毁灭和宿命的本能恐惧，而前者却意在激发我们的理性、道德和良知，激发我们介入未来的能动性和造福子孙的责任感：

我们断言不存在宿命。因此，严峻的威胁或复杂的挑战只应当坚定我们的意志，而不是令我们放弃。因为有能力思考未来，人类和他们的社会拥有着能够指导其选择和决定的丰富的原则。

其结论与其说是乐观的，不如说是建设性的。它同样充满某种"全球化"的眼光：

我们认为在未来的几年里，人类应当展开一场精神的、道德的、知性的和制度上的广泛革命。进行这一革命所需要的行动指南，将只能在那些最好的传统和文明中，在最充沛的激情中寻找。

那么，这是否意味着，"联盟"存在的意义就在于不断绘制，并最终提供进行这样一场"革命"的蓝图呢？看来回答只能是否定的。无论从其性质、宗旨，还是工作方式来说，"联盟"都不是一个司令部，甚至连参谋部也不是，而仅仅是一个通过持续的对话、交流，不断寻求差异和共识的空间。这种自我定位本身表明，"联盟"所呼吁的"革命"，其本身就经历了革命："它并不想只是揭露问题和进行抵制，而是疾呼创造多种选择的必要性"；它无意代表任何利益集团的片面意志，恰恰相反，是要打破并超越这方面种种固定的成见，凸显全人类共同的福祉，它当然可以说是一架历史进步的发动机，但更不如说是人类文明能量的交换、增强和发散器；它的难度显然更大，因为它无意使伸张正义的过程同时成为谋求强权的过程；它小心翼翼地避免跌入各种权力的陷阱，而试图始终面对并诉诸大写的"个人"；它不寻求任何意义上的"一次性解决方案"，而希望在坚韧而持恒的努力过程中，如春风化雨，"润物细无声"。

这将是一场真正的"绿色和平革命"。这样的革命有实现的可能吗？我相信所有唱过"英特纳雄耐尔"的人对此都怀有一种复杂的历史意绪。曾经紧紧抓住几代人身心的"革命"最终演变成了一场灾难，使我们学会了以谨慎和质疑的态度对待所有的革命，包括"革命"一词本身；但更需要深入探究的或许应该是：在什么情况下，革命会演变成一场灾难？什么样的方式，才有可能成就真正造福人类的革命？国际共运失败最重要的历史教训之一，就是必须永远放弃那种末世论和社会工程学混而不分、认为可以通过按图施工方式统一规划人类生活，尤其是精神生活的"革命"企图；这种企图和革命的要求同样古老，并至今仍显示为根深蒂固的集体无意识。当听到某位本国代表大言不惭地说：我们来到这里就是要为人类伦理制定一个准则，剩下的问题就是如何遵守时，我唯有在心中苦笑。

人类责任伦理成为里尔大会的中心议题是符合逻辑的，因为就此达成并不断保持基本共识，乃是实行上述"绿色和平革命"的前提和保证；另一方面，要使不同地域、不同领域、不同阶层，处于不同境遇和发展阶段，有着不同利益诉求、奉行不同价值理念的人群齐心协力，建立某种合作伙伴关系，以共同应对当前人类社会，包括社会和自然之间的重大危机，保障人类的繁衍和这颗星球的存在，除了从责任伦理入手外，恐怕也别无他途。

联盟选择了拟定《人类责任宪章》这种庄严的公约形式来突出问题的严重性。在联盟看来，目前的人类社会大致依赖两根支柱撑持，其一是《人权普遍宣言》，强调个体尊严及其权利维护；其二是《联合国宪章》，强调和平与发展。这两根支柱在其各自设立的适用范围内，促成了人类社会，尤其是国际关系方面无可置疑的进步；然而，在过去的50年中，世界发生了巨大的变化，面临众多新的挑战，这两根支柱已不足以承受未来的变革，为此就需要第三根支柱，即地球宪章。它本质上是一个伦理宪章，着眼于调整人类和生物圈的关系。而《人类责任宪章》将成为一个可供选择的文本。

这次提交大会讨论的《宪章》草案，据介绍最初是由一个来自21个国家，使用17种语言的有关专家、学者组成的起草委员会，在进行了历时三年、遍及全球的"人类价值交道口"实验考察的基础上，于1999年共同起草的；其后又在不同的社会领域和文化背景中进行了系统的验证，复经过日常生活方法的考察，再交由一个"智者委员会"评审修定，这才提交给大会。一个连同"导言"在内尚不足3000字、5分钟即可读完的草案文本，背后却凝聚着这么多的劳动和心血，其郑重和谨严，真令人肃然起敬；但更有说服力因而更应看重的，或许还是其目的和方法的一致性。这种一致性甚至比文本本身更好地阐释着，所谓"基于人类责任的全球社会的民主治理（gouvernance）"为什么是一种可能的前景，而不是一个新的乌托邦。

大会的程序同样体现了这种一致性。当然，和所有的会议一样，它也有一个中心主题，一份日程安排；然而根据我的体验，在具体运作中，其预设性却被降到最低，而显示出随机、互动和自下而上的特色。与会代表先是按其所司社会职业分为企业家、公民、渔民、社会福利和健康、工程师、哲学和跨宗教、记者编辑、地方官员、科学家、股东、妇女、青年、军人、公务员、国际公共机构、居民、艺术家、司法人员、民间非政府机构、政治家、金融家等20余个团体组，从各自专业的角度提出问题，进行讨论；两天后则从中提炼出17个专题供代表们自由选择，以寻求更深入更广泛的交流；最后又回归到各自所属的国家和地区，以更具体地探讨问题并提出建议。在此过程中，《宪章》草案始终既是起点又是落实处，既是原则的框架又是讨论的平台。它对更多共识的汲纳是与充分寻求差异互为条件的。联盟的工作人员一再用太阳花的花盘来譬喻二者的关系，我不知道这是谁的天才发明；而这个譬喻同样适用于大会的运作方式，只不过需要给予更复杂的动态理解罢了。

一帮素昧平生的人，谈不上受任何利益的驱动，为一些就其现实性而言与个人似乎八竿子打不着，而相形之下又只能顿觉自己渺小的问题，每天8小时规规整整地坐在一起，大约是需要一点理想主义精神的，其本身可以说就是人类责任伦理的体现。当然，仅仅从理想主义的角度来看待人类责任伦理是远远不够的。如果说人类确实需要一部《责任宪章》，如果说这部宪章确实具有普遍的指导意义，那首先是因为这方面存在着太多的问题，而不是因为有什么非实现不可的主义。问题永远比主义更为重要；而在所有的问题中，最成问题的是认为人类根本不可能，因而完全没有必要就此达成任何共识。这同样是一位本国代表的高论。"什么共识？"他带着我们所熟悉的那种轻蔑表情说："纯粹是扯淡！不同的社会，社会发展的不同阶段，肯定有不同的责任伦理。""幸好这是一次公民会议，"我闻之不免暗暗心惊，"否则跟着的或许就是一份白皮书什么的，那可就真的扯了淡了。"不过照我的猜度，所谓"扯淡"不过是一种意气用事的说法，其本义是"没有用。"

　　说"没有用"在某种意义上并没有错。当一位埃及作家在发言中再四提请关注在他的国家里严重存在的文学、文化方面的"禁绝"问题、作家艺术家饱受审查之苦的问题时，他能指望会后这一切就有所改观吗？当Sureshwar D. Sinha，一位前印度海军将车，指着一幅古老的印度版画（画面上一对青年男女在恋爱，神在一旁含笑相助），大声疾呼正是对宗教精神的遗忘导致了对权力和金钱的崇拜，自我中心成了当今最主要的流弊，为了在人类之间真正建立平等（"平等是神的旨意"），必须建立一种神圣的意识，由人自己来创造本应由神创造的和谐与爱时，他能指望有谁会站出来，让克什米尔前线的枪炮应声止息吗？一位秘鲁政府官员（据说是驻联合国代表）以另一种方式表达了他的"无用"观。这位在小组发言中一再强调《宪章》的合法性问题，强调一定要找到使人类共同伦理得以落实的途径和世界性机制的智士，在被推举到大组作交流时，却固执地将大会能否就当前的阿富汗局势发表一个宣言，作为他是否继续参与交流的条件。当不知所措的会务人员百般解释无效（"您的建议很好，但这是两个问题"），最后表示无能为力时，他一声不吭地收拾好材料，挟着皮包就大步流星离开了会场。

　　可以为"没有用"找到无数支持的例证；然而，把它们加在一起也构不成对一个根本性追问的反驳，那就是：我们是否应该心安理得地接受一种——包括人类社会和自然的关系在内——弱肉强食的暴力秩序（无论它看上去是赤裸裸的、"野蛮"的，还是曲尽其妙的、"文明"的）及其后果？这实际上也是对所谓"现代性"（政治的、经济的、文化的）的一个根本质疑。对以"效率"为神经中枢、按照"生产／消费"的结构关系组织起来的现代社会来说，"有用性"肯定是一个至高的、许多情况下甚至是唯一的标准和尺度；可是，还有比强权和强权逻辑更"有用"的吗？"没有用"的背后是无力感，而无力感恰恰对应着强权和强权逻辑；可是，最大的强权和强权逻辑是什么呢？不正是哈维尔曾经分析过的、人类社会在（过分）追求现代性的过程中制造出来的那种非人格化的、无名的、不负责任而又无可控制的主宰性力量（"大机器"的力量，它超越意识形态和社会制度）吗？正如有各式各样的"现代性"一样，也有各式各样的强权和强权逻辑，各式各样的无力感（即便在同一社会、同一文化内部也是这样，比如，我的无力感和说"扯淡"的那位就决不是一码事）；然而，在这样的"主宰性力量"面前，它们却有可能异口同声说"没有用"，换句话说，找到合谋逃避责任的共通口实。

不过，真正无可回避的肯定不是该不该建立共识、协力负责的问题，而是负什么样的责、怎样负责的问题。只是在这里，无力感才显示出它复杂的历史意蕴和致命之处。当有人在地区组讨论时说到："对我们来说，责任宪章同时也意味着权利宣言"时，我听到四周一片掌声。多么热烈而压抑的掌声啊，它不但表达了瞬时的激情，也凝聚了某种错位感，甚至构成了某种反讽。以中国传统文化和中国当今的国际战略地位为双重背景，这种错位感和反讽在我们的自我镜像中会变得更加触目：中国传统文化本质上是一种伦理文化，然而我们当下的普遍伦理状况如何？中国传统文化的基因（《纲领》所谓"最好的文化和文明"因素之一）理应对21世纪的人类责任伦理有所重大贡献，然而，作为它的传人，我们究竟是在实行创造性转化的同时令其发扬光大，还是在加速度地令其弱化衰减？世界或许比任何时候都希望听到来自中国的声音（应该说这一点在会上令人印象深刻），它在期待中应该是一种古老文明和新兴力量的混响，然而，为什么身为一个中国公民，在倾听自己的时候反而会感到意志虚弱，声带发紧……

人类责任伦理的核心是对生命本身的责任。从道德的角度说这应该是一个绝对律令，但在现实性上却不是无条件的，其中最重要的条件之一就是公民社会的发育和形成。一种德谟克利特原子式的存在是既谈不上履行自身的责任，也谈不上对生命的多样性负责的。如果说，里尔大会期间我所受到的最大刺激，是意识到我们距离现代意义上的公民社会还有多远的话，那么，我最大的收获就是开始重新审视并试图走出我所说的那种"熟悉的无力感"。这和充当了九天虚幻的"世界主人公"无关，却和一些总是在我眼前晃动的身影，或回旋的声音有关：一个非常成功的大企业家，说他五年来一直在思考，究竟什么是人类伦理（他当然可以很方便地去查词典）；一个拥有12个孙辈的老太太（我记得她叫贝卡，法国北部热耐人，从大学退休前是政治学教授，社会学家），却还在满腔热忱地表达她对未来责任伦理的关注并特别强调行动的重要性。说到妇女问题，她说她最佩服的就是俄罗斯的"战士母亲同盟"……由此我看到并相信这个世界确实在变化，而我们既没有，也不会外在于这种变化；更重要的是，只要我们着眼我们面临的问题有所行动，我们就在参与这种变化。这种变化既不会由经济增长的高斯曲线，也不会由遍地的高楼大厦，或我们钱包饱满的程度来指明，因为它来自并不断返回我们内部的精神大地；正是经由这样的大地，真正的个人（大写的"个人"）和公民社会得以形成，而人类和全部生命世界将重新显示为一个整体。

2002年4月10日，育新

诗歌和风水

在去年举办的"越界语言：诗／行为艺术的现场"对话交流活动中，日本当代著名诗人吉增刚造使用了一个令人印象深刻的意象来隐喻诗和诗人，以及诗与当今社会的关系。他说诗之于他犹如双手捧着的一滴水，一不小心就会倾覆或蒸发，因此必须倍加呵护和珍惜。

由此想到希腊当代诗人埃利蒂斯使用过的另一个有关诗的隐喻。在接受诺贝尔文学奖的致辞中他把诗比作诗人掌中的太阳。在他看来，"手捧着太阳而又不致被其灼伤"，是诗人的智慧。

又想到爱尔兰当代诗人希尼。他有一首诗同样可以视为诗和诗人的隐喻，并且同样与水有关。我说的是《卜水者》。那个手持V形树杈、在辽阔的大地上到处叩问水源的"卜水者"形象，显然也是希尼心目中的诗人形象。

又想到俄罗斯诗人曼捷斯塔姆，想到他那我们早已耳熟能详的著名诗句"黄金在天上舞蹈／命令我们歌唱"……

金。木。水。火。土。所有这些都是元素性的意象，或指向海子所谓"诗的元素"。吉增先生或许正是有基于此，而进一步提出了"诗和风水的关系"这一命题。这一命题看起来有点"玄"，远不如"诗歌在商业化社会中的生存和走向"这样的命题（这本是那天对话的主题）来得直切，但在我看来更有趣。不仅更有趣，也更能触及诗的真义。事实上，每一个在今天还坚持写作的诗人，都不可能不考虑诗的"风水"问题，都不可能没有自己的"诗歌勘舆学"。

当我们说上世纪80年代是"诗的黄金时代"时,我们同时也在指斥当下的诗歌风水不好。二者或许都是实情,但如此看待诗和风水的关系是太狭隘、太外在了。没有谁会事先为诗备下一块"风水宝地";反过来,只要坚持并善于发现,再贫瘠的土地也未必不能成为这样的"宝地"。无论诗与社会("商业化"只是其特殊形态)的关系有多么格格不入,无论其社会地位"边缘化"到什么程度,都不应妨碍我们领略发现本身的快乐,不应妨碍我们学习诗的发现所据以的智慧。这种智慧肯定不会教导我们愤世嫉俗,而会教导我们把所有的"不"理解为"是",教导我们始终敞向眼底心中涌流的好景致,教导我们平心静气,安之若素;不必忍耐,但要等待。

在某种意义上确实可以说诗人是人类生活,尤其是精神和情感生活的"风水先生"。他不断勘明并指出我们在这方面的阙失,并试图重建被种种或来自强制,或来自成见的力量所毁损、扭曲和遮蔽了的个人和世界间,包括其自我内部的"元素性"关联,以调节和维护生命本身的"自然生态"。然而,这只是我所谓"诗歌勘舆学"的一方面;另一方面则近乎一个悖论:我们都知道一个医生往往诊治不了自己的病,那么,一个诗人怎样才能当好自己的"风水先生"呢?

写《卜水者》的希尼同时也写过一首《挖掘》。在那首诗中,诗人被引喻为一个挖掘者。这一形象和卜水者的形象看上去有点冲突,其实正好相辅相成。它当然表征了写作的劳动内涵,但更重要的是其"深"的维度。如果说"卜水者"致力于在貌似没有水的地方发现水的话,那么"挖掘者"就致力于让我们在当下即刻品尝到源头活水。"铁锹锋利的切痕/穿透生命之根觉醒着我的意识"——正是在这电光石火的一瞬间,诗歌把自身呈现为生命中的一片好风水,并照亮我们被"商业化"的粗粝物质外壳和五颜六色的泡沫所禁锢,但永不会泯灭的内在渴意。

2004年春,天通西苑

一个故事，几点看法

　　1966年"8·18"之后，经过一番争取，我们这些县一级的中学生好不容易才获准参加当时正在兴起的"全国革命大串联"。第一站是南京，联络处分配的住址是光华门中学。兴冲冲地乘不要钱的公交车赶到那里，不想还没进大门，就被迎头一条横幅标语震得浑身一哆嗦。那横幅上写的是："'黑七类'的狗崽子们，滚回去！"硬着头皮在登记处登记了，到铺满稻草的教室里放下背包，还没顾得上喘一口气，一群身着旧军装，佩着红袖章的红卫兵就神气活现地进来了。这些人一律操北方普通话，领头的手里提着一根宽皮带，其势汹汹，挨个儿戳指着屋里人的鼻子问："什么成分？"我心下暗暗叫苦：祖父虽说是个弱不禁风的私塾先生，成分却定的是富农，父母又都在遭批斗，"黑七类"中占了两类，该怎么回答呢？瞥了一眼同行的哥哥，他的脸早已吓得惨白；想到他比我还不会说谎，只好存着"是福不是祸，是祸躲不过"的心思，强撑在那里。轮到我们了，我尽可能保持平静，直视着发话者的眼睛回答：职员。"职员？"他迷惑地打量着我，嘟囔了一句；见我肯定地点头，又问跟随他的一个胖子："有这个成分吗？"赶巧那家伙是个马大哈，答道："大概吧，谁知道？"就这么一含糊，居然就含糊过去了。待发话者锥子般的目光从我的脸上移开，转向下一个时，我才发现自己后背已经湿透，且腿肚子发软，连忙俯下身去整理铺盖，心中发誓：明天一定好好看大字报，以不辜负今天的幸运。

在讨论"体制外写作"的名下忆及这么一件往事，很容易造成误会，以为我是在以"查成分"相比附。当然不是这样。那个荒谬的时代已经过去了，而周氏兄弟和龚盖雄先生在对话中也已将讨论的初衷阐述得十分清楚；再说，真要"查成分"的话，大概任何情况下都只会是那个提着皮带的"发话者"的特权。我讲这个故事，要在提请注意其象征性的情境和我当时的那个回答——不仅是回答本身，也包括背后隐藏的心态。三十多年后重新考量这件小事，我一方面有点得意于其时我的急智，另一方面也禁不住自问：为什么当时你会编出个并不存在的"职员"来呢？事实上发话者并不知道我的底细，他所能诉诸的不过是他莫明其妙的权势与受话者可能的怯懦和恐惧，而这种怯懦和恐惧早已由其他的、形形色色的发话者替他培养好了。假如我胆子再大一些，完全可以浑不吝地回答"贫农"或"革命干部"；但是我没有，说白了是不敢，怕亵渎了它们仿佛与生俱来的神圣光环。那么这个"职员"又是怎么回事呢？时至今日我也说不大清楚（大概因为父母都在教育口，平时听多了"教职员工"所致吧），但稍加分析即可发现：这是一个极为中性的词（或意象），色彩为纯然的灰，调性温和；它足够谦抑却也足够自尊，不会刺激谁因此也很容易遭到忽视。那位"发话者"果然就忽视了——我小小的修辞才干，在我由特定环境训练出来的第二本能（既想投身"革命"又须自我保护，既不能兜底说出真相又不愿丧失良知底线，一种意识／潜意识的奇妙混合）的怂恿下，令我终于不哼不哈地蒙混过关。

那一年我还不到十三岁，但透过这一记忆切片可以看出，其心态已经具备了极权社会中一个"公民"的典型特征。如果你愿意，也可以说它体现了必要的生存智慧。不用说这是一种十分惨淡的"智慧"，然若没有它，生活就会变得更加无法忍受。

一块小小的记忆切片，某种惨淡的生存智慧，能指望它们说明有关"体制外写作"的多大问题呢？当然不能，但至少可以提供某种参照性的类比。一个基本的情境是发话／受话的结构和发话者／受话者的关系。这里的发话／受话结构是极权社会特有的权力结构，"特"就"特"在受话方必须或直接或间接、或被迫或有选择地回答Yes or No（拒绝回答也是一种回答。就此而言，它是一种不容、也无从回避的"问题情境"），由此决定了发话者／受话者的关系是垂直、任意支配（前极权社会）或弹性、终端支配（后极权社会）的控制／受控关系。我将能否破解这种由权势所规定的关系（实即能否战胜由其所训练出来的恐惧和怯懦心理）视为体制内或体制外写作的分水岭：凡是就范于这种控制／受控关系（无论其是自觉还是被迫，是"代言人"还是"应声虫"，是主动迎合还是曲意利用）的"他主写作"就是"体制内写作"；反之，凡是摆脱了或试图摆脱这种控制／受控关系的"自主写作"，即为"体制外写作"（或"非体制化写作"）。

　　当然这只是一种十分宽泛、粗疏、原则的区分，它的二元对立色彩也仅仅对应着权力结构本身的二元对立性质。说到底体制内外的写作不是个理论问题，而是个实践问题。这一层面上的情况则要复杂得多，因而需要更加谨慎地对待。这种复杂性可大略包括：一、体制在与社会互动中的自身变化及其相应的控制方式的变化；二、由写作本身的自发性带来的"溢出"现象；三、由于自主意识日益强化所凸显的文学和写作自身的"制度化"危机；四、"体制化"市场和读者的参与；五、广阔的灰色地带（这里我想再次提请注意一下"职员"的意象极其隐身其后的"必要的生存智慧"；在极端的情况下，这种惨淡的智慧就成了摆脱种种不必要的纠缠，使写作得以进行下去的必要条件。就此而言，简单地把写作分为"体制内"和"体制外"是不是有点粗暴了？或许用"体制化写作"和"非体制化写作"这一对概念更有弹性些？）；六、体制的内化或内化的体制所造成的长期影响，等等。最后一条在我看来尤为重要：与此有关的种种或可悲或可笑的悖谬，这些年来我们在一幕幕诗坛闹剧中看到的难道还少吗？当然，类似的质询首先适用于我自己，而许多年来我在写作中一直致力学习的事情之一就是：怎样将渗透在语法、修辞、逻辑、文体中的极权主义遗产一点点地清除出去。

对以传承和张扬独立、自由精神为己任的自主写作来说，与体制的关系是一个值得警惕和关注、但或许不必特别严重对待的问题。因为"它的声音挑起的疑窦远远不限于具体的政治制度。它究诘整个存在秩序，它遭遇的敌手也相应地更加强大。"（布罗斯基：《文明之子》）此外，无论我们对"体制外写作"自觉到什么程度，它都只是我们所面临的"问题情境"之一；它只能帮助我们更好地转向并深入这些问题，提供必要的张力，而不能保证它们自动获得解决。

五年前我曾写过《后极权主义语境下的写作》一文，可以视为对我自己所面对的"问题情境"的一个小小清理；其中所涉，与"体制外写作"亦大有干系。该文发表时署名"吴明"，与"无名"谐音，可见那个"职员"当时还盘踞在我心里。

2003年12月18日，天通西苑

快乐的恐龙

  日前一帮昔日诗友聚会，为一位来自南方的老友接风。老友也是昔日诗友。既说"昔日"，自是因为与"今日"有别。也许是宴会的气氛过于豪华——这要感谢盛情的主人——但更大程度上是意识到今非昔比，待到宾主坐定，相视环顾，突觉慨然。我想到十年前诗友们也常常聚会。那时我们都还年轻，一个个胸怀异志，自命不凡，恰如曹植所言，"人人自谓握灵蛇之珠，家家自谓抱荆山之玉"；但若说到倾心于诗，却又都称得上矢志不移，认命如宿。每有兴会，则或交流作品心得，或纵论诗坛天下；把盏盘道，如切如磋；拥被清谈，如痴如醉；总要等到曙色临窗，这才在硬板床上，数着麻雀间断的啁啾颓然睡去。

  曾几何时，这一切已成了遥远的回忆，像此刻浮动在空中的轻音乐。老友依旧是老友，但意之所属，已然不同。座中9人，恰好成比例地分为三个"阵营"："下海"者三，"困守"者三，游离两间者三。诗显然不再是共同感兴趣的话题了，好在别的话题尚多；而助兴的美酒佳肴，却又非当年可比。于是频频举杯，为各自的健康和好运干杯。一同举起的，还有某种心照不宣、内涵复杂的笑容和语调。这种笑容和语调很难定性；如果硬要定，那与其说是相互理解，不如说是彼此妥协。换句话说，我们都默认有一个不在场的、真正的主人，这就是岁月和生活。

忽然"下海"阵营中有一位告罪去打"业务电话",另两位也离席去一旁密谈所是。一时间余下的人都颇觉尴尬,似乎成了几只退潮后被暴露在滩涂上的蛤蜊。那三把错开的空椅子仿佛自动走到了一起,连成一线,清晰地呈现出方才被友情遮盖着的某种——怎么说呢——时间的裂隙。稍稍社会化一点,也可以说是时代的裂隙!三把突然空出的椅子暗示着时代的瞬间到场。宴会厅不是舞台,但比舞台更是舞台。尤奈斯库的《椅子》于此呈现出另一种可能的内涵。我想象在三把空椅子的两侧还会出现第四把、第五把、第六把……直到把视野所及的空间统统充满!

不仅是空间,还有一个制高点的问题。我说的是价值的制高点。十分钟后那位去打电话的朋友归席。他显然立即感到了前面所说的那种尴尬。大家闷闷地喝酒,有几分钟谁也不说话。最后还是这位朋友打破了沉默,他探身问对面属于"困守"阵营的另一位朋友:"××,你现在还写诗吗?"

也许这不过是一句最普通的问询,就像人们平时照面打招呼"吃过了吗"或"去哪儿"一样;也许他只是没话找话,想活跃一下眼前的气氛;再说这也确实是一个可能的话题,因为从开始到现在,我们一直没有,或者说故意回避着谈诗。但我还是马上听出了他的弦外之音。不仅听出了,而且看出了:他的整个语调、表情和身姿都透露出一种由衷的同情。他与其说在问"你现在还写诗吗",不如说在问"你现在还在做那件蠢事吗",或者,"你真的就准备那么蠢下去吗?"

我说出了我的感觉。众人大笑。我也掺和着一起笑,同时注意到,笑得最轻松、最纯粹而又最沉着的,正是那位发问的朋友。因为他笑得最含蓄,几乎就不怎么出声。这是那种意识到自己脚踏实地、胸有成竹的人才会有的笑,虽然其中同样不乏自嘲和无可奈何的成分,但仍然显示出道德和体力上的明显优势。相比之下,"困守者"

和"游离两间者"的笑声就显得过于刺耳，多少有点神经质，以至变得虚幻和空洞。这表明他们心中有太多的压抑或困扰需要排遣。他们放不平自己，活得太累、不踏实。笑声的失衡透露出精神的失衡。

在眼下全民经商的热潮中，这样一支小插曲原本算不了什么，但由于它发生在一群诗人中间，就使问题具有了某种严重性。我说"严重性"，并非是要从中生发出什么"盛世危言"或"警世恒言"；同样，我也无意抒发一番愤世嫉俗式的杞人之忧，更不想指责那些昔日的同行。诗人也是人。在这个意义上，谁也无权要求他们像骆宾王笔下的那只蝉一样，餐风饮露，永振清响；反过来，既然连萧伯纳都曾经说过"经济是能最好地促进人们生活的技术"，我们又有什么理由不为那些满腔热忱经商的人们，包括"下海"的诗人们祝福呢？

我所谓的"严重性"，仅仅相对于诗自身的命运，或以诗为代表的纯文学的命运。

从这个角度看过去，那支小插曲就不再是一支小插曲，而成了一幅时代的缩影。它以日常的和内部的方式提示我们，诗和时代的龃龉已经达到了什么程度！觥筹交错、朋友情谊不但不能掩盖这种龃龉，反而使其较之那种赤裸裸的对抗显得更加触目惊心！

诗历来和科学、哲学一起，被誉为人类精神王冠上的三颗明珠。可是，假如它不再是社会价值的制高点，而是价值的洼地；假如它不再被视为智慧的结晶，而是被视为愚蠢的标志；假如侍奉诗不再意味着献身一项光荣的事业，而是意味着蒙羞受辱，那么，这个豪华的比喻又有什么意义？在这种情况下，我们又该怎样设想它可能的前景？

这些年来，我一直使用"困境"一词来描述诗的境遇；但是现在，我认真地考虑它可能的死亡。这种死亡将不是它在历史上所曾经历过的那种猝死或横死，而是如米兰·昆德拉所说的那样（他谈的是小说，但在我看来更适用于诗）："它并没有消失，而是被它的历史抛弃。它的死亡静静地发生，不为人注意，并且没有谁被施以暴行。"

我并不认为这是在危言耸听。而如果有谁这样认为的话，那就请再听听昆德拉的另一段话：

> 当某种现象事先宣告它即将消失的时候，我们中的许多人会感到新鲜，或许还为之懊恼。但等到这种极度的痛苦拖到头时，我们的注意力却早已转移了。死亡竟变成了视而不见的事。这正是当前的情形，因为河流、夜莺、穿过田野的小径已经从人的脑海中消失了。如今没有谁还需要它们。到自然从这个行星上消失的明天，谁会注意呢？谁来继承奥克塔维欧·帕斯①和热内·夏尔②呢？当代的大诗人又在哪里？是他们消失了呢，还是他们的声音已为我们充耳不闻？……如果人类已经丧失了对诗的需要，他会注意到诗的消失吗？这种终结又不是那种石破天惊式的启示，没有什么比它更无声无息的了。

昆德拉并不是谈论诗之可能消亡的第一人。早在近两个世纪以前，黑格尔就曾作过类似的预言。所不同的是，后者基于其逻辑推演的立场，而前者却是在进行现实的揭示。从逻辑到现实，诗是否注定要经历它的最后一幕？当然，比黑格尔或昆德拉或我们更清楚这一点的是历史。因为只有历史才是最终的审判者或掘墓人。而它在履行这一职责时，大概不会比那位发问的朋友表现出更多的同情心。

就"当前的情形"而言，历史无疑扮演着戕害诗的同谋的角色。这里"全民经商"的热潮只是一个虽然醒目，但仍属表面的标志。对一个能在一夜之间被动员起来投身"文化大革命"，或者能以比风更快的速度普及"呼啦圈"的民族来说，出现这种现象本不足大惊小

---

① 帕斯（1941— ）墨西哥当代诗人。1990年获诺贝尔文学奖。
② 夏尔（1907— ）法国诗人。

怪。它不是原因，而是结果。真正致命的是隐身于这一切的背后，并与此交互作用的更原始和更本质的力量：是追逐权力和金钱的欲望；是拜物教式的商品迷恋；是流行观念的狂热；是人文主义传统的匮乏；是经世致用的实用理性；是曾短暂经历过的禁欲主义压抑和十倍疯狂的反弹和报复热情……当这些力量还只是以单独或局部的方式发挥作用时，尚不致对诗的生存空间和价值高度构成根本的威胁；然而，当它们经由历史从中牵线、达成一种整体联合时，诗的"无声无息"的死亡就不再是难以想象的事了。

诗之可能的境遇如此；那么，诗人以及有志侍奉诗的人将如何应对？

我无法使用全称判断来回答这一彼此相关的问题。因为它首先、也仅仅意味着作出个人的选择。前面我使用了"困守者"，"游离两间者"这样的字眼来概括部分诗人的姿态；就我个人而言，则曾短暂地经历过在这二者之间的摇摆不定。而现在，当我为一种无可阻遏的内在冲动所迫，重新"归队"加入"困守者"阵营之后，我考虑选择一个新字眼进行自我表达。这个新字眼既不应牺牲掉上述诗之可能境遇的真实性（它不容回避），看上去又不致像"困守者"那样惨淡和消极。哪个字眼才能准确地一语中的呢？

"守门人"？不行；"敲钟人"？也不行；它们都过于悲壮。"新时代的堂·吉诃德"？同样不行，它有过多的喜剧色彩。这个时代的语言接受场有一种奇怪的魔力，能把发话者的本意倒个个儿——如果其用意的感情色彩不幸过于强烈的话。

最终我选择了"快乐的恐龙"。它的原型见于小说《牛虻》中亚瑟一再引用，而我也十分喜欢的两句诗：

　　　　无论活着或者死去，
　　　　我都是一只快乐的大苍蝇。

428

把"大苍蝇"换成"恐龙",或许隐含着一层借用后者庞大的体积,以维护某种最后尊严的潜意识动机?不过,既然与此同时付出了从飞行类降低到爬行类的代价,这点小小的虚荣也就可以忽略不计。我之所以选择这一形象,主要是基于恐龙和诗人在如下方面彼此相通的灵犀一点,即都与骤变的环境格格不入,并且都不能适应变化了的环境而最终消亡——虽然前者的消亡作为自然史的一页已归于必然,而后者的消亡作为人类历史的阶段结局只是一种可能;前者受制于"物竞天存"的自然律,纯属被动,后者则沉浮于潮涨潮落的精神水域,尚有主动的余地。

此外,在史前动物中,确实没有什么比恐龙的形象更令我心醉神迷的了:那与笨重的身躯不成比例的轻盈的脑袋,那直探天际、优美得无以复加的细长脖颈,那食草类特有的善良无争的眼睛……所有这一切都具有强烈的超现实色彩,使之更像是一个梦幻,而不是一种曾经存在过的生物。

那么,假如诗人真的和诗一起归于消亡,未来的人们会不会也以类似的眼光看待"诗人"这种"史前动物"呢?他们也有着轻盈的脑袋、直探天际的脖颈和食草类的眼睛。他们明明无法脱离现实,却又决不向现实,包括自身的现实妥协。他们写下反抗和超越的诗句,义无反顾地追求存在;但他们的存在也更像是一场梦,而不是存在本身。

仅仅想到这一点也就令人快乐不禁了。而真正的快乐意味着:矢志不移,认命如宿!阿门!

1992年10月,劲松

镜内镜外

　　1987年，我着手写一个组诗。这组诗处理一个统一的主题，即我若干年来一再说到的"困境"，包括生命的困境，文化的困境，自由的困境，语言的困境。这么说似乎有点"主题先行"的味道，其实不然。只要不把"主题"和"命题"混为一谈，"先行"或者"后行"是无关紧要的。我所理解的"主题"不是一个抽象的意念；它就像那幅著名的油画《维纳斯的诞生》中所描绘的那样，从经验的海洋深处血肉丰满地诞生，披着浪花和光。将主题从作品中抽象出来只是由于阐释的需要，以提示一首诗可能的"意义关联域"；而实际上，无论是一个新主题的产生，还是同一主题的传递，都是经由个别作品来实现，并与之密不可分的。

　　这组诗的总标题为《本楼第十三层》，拟议中由十三首相对独立的诗构成。《镜》是其中之一；它发表时"落单"则出于始料未及的缘故。事实上，除了三首刚好来得及以组诗的名义见于1988年7月号《诗刊》外，其余皆被判处了同一命运。这些严格说来都是题外话，我顺便说到是为了提供对《镜》进行自我解读的某种背景材料。在西文中"十三"是个不祥的数字；而在中国民间，至少在我的老家，则往往与愚蠢联系在一起。如果某人被别人当面或背后指斥为"十三点"（这句骂人术语据说与乌龟的背甲构成有关），那么他能否进行正常判断的信誉就变得十分可疑了。

言归正传。《镜》显然算不上什么好诗。我之所以还有兴趣来谈它，是因为它产生的过程以及成诗后的形式确实还有那么一点意思（仅仅是自我感觉而已）。和大多数短诗一样，这首诗也有一个现实的瞬间契机。正如诗的副题所表明的，这一瞬间契机和我的孩子有关。可以说是她制造了这一契机，也可以说她本身就是这一契机，因此我把这首诗回赠给她是理所当然的事。这是一种报答，尽管她还要过若干年才能懂得这报答的意义。

那一年她刚刚两岁多一点。按照皮亚杰的说法，正处于"自我意识"初步觉醒和形成的阶段。和处于这阶段的所有孩子一样，她无比热爱照镜子（不过，早在一岁零六个月，她就在不同语境下说过"我是你，你是我"、"我是我，你是你"这样充满自我意识的话，令我和她的母亲大骇不已——可见那时她心里就有一面镜子，并且已经开始照这面镜子）。某日我下班回家，她照例又缠着我抱她到洗手间去照镜子。我们打开灯，镜子里映出两张脸，一张白嫩，一张焦黄，像一朵百合傍着一块刚出炉的烧饼。我注意到她只顾盯着自己的脸，因欣喜而漾开层层笑容，如同花瓣打开又合上，合上又打开。也许是出于妒意，我突然问她："爸爸呢？"她愣了一下，仿佛这才意识到我的存在，于是指着镜子里的那张烧饼脸说："在这儿呢"。

说时迟，那时快，一种突如其来的恐惧感闪电般地击中了我！那一指如此令我震惊，以致我一时说不出话来。我想到，明明她就在爸爸的怀抱里，和他肌肤相亲，可以感受到他的体温乃至脉搏；她的脸和爸爸的脸紧挨在一起，相隔不到十公分；然而此刻她却浑然不觉，而宁愿指着镜子里作为幻影的脸说"在这儿呢"，可见镜子的魔力之大！我进而想到，设若眼前的镜子不是一个固定在墙上的玻璃平面，而是拥有可以打开、远到无限的纵深；设若我孩子的手臂不是造物所规定的几十厘米（当时只有二三十厘米），而是可以根据需要无限延伸，那将会出现一种什么情景呢？那样我的脸将会随着纵深的打开或打开的纵深而急速后退，逝向遥远，以至于无；而我孩子的手臂将跟踪其后，一直指下去，同样逝向遥远，以至于无。那样无论是我的脸还是孩子的手指都会变得与在场的我，"亲在"的我，散发着体温、潜流着血液、跃动着脉搏的我，更重要的，与正和孩子肌肤相亲的我毫无关系！我——作为"我本身"的"我"——将被彻底失落，而这同时也意味着我孩子的失落，意味着我俩的共同失落！

这是一幅多么可怕的情景！然而又正是人类经常犯的一种错误，经常到了反常的程度！孩子被我抱在怀里，犹如人类被自然抱在怀里，或我们被我们所爱的人抱在怀里（我随便打这两个比喻，归根结底，人类被他的存在抱在怀里），然而我们对此却往往浑然不觉，或习焉不察。我们只顾盯着我们自己，更准确地说，是盯着我们的幻象（就像我的孩子只顾盯着她在镜子里的幻象一样）——形形色色的幻象：现实利益的幻象、主宰万物的幻象、承担苦难的幻象、进化的幻象、轮回的幻象、科学和理性的幻象、反科学和反理性的幻象，如此等等，不一而足。我们陶醉在这形形色色的自我幻象中（不仅是欣喜的陶醉，也包括痛苦的陶醉），情不自禁地为能这般陶醉而感动，却不知不觉忘记了存在，忘记了与我们肌肤相亲、密不可分，彼此交换着体温、血液和脉搏的存在自身和自身存在（用海德格尔的话说，"在世之在"），就像我们会不知不觉忘记自然或爱人的怀抱一样。

造成上述情景的肇源有二。一是我们天性中软弱的、易受诱惑的部分；一是镜子本身的魔力；二者构成一种相互作用的循环：我们越是感到软弱，就越是忍不住去照镜子；反之，我们越是照镜子，就越是变得软弱。真正具有魔力或具有真正魔力的还不是那些嵌挂在墙上的有形的镜子，而是那些无形而又无所不在的镜子。我们的心和脑就其部分功能而言就是这样的镜子；他人和我互为这样的镜子；广义地说，语言和文化（作为语言的文化和作为文化的语言）也都是这样的镜子。那令我们陶醉的自我幻象就呈现在这样的镜子中。

照这样的镜子是很危险的。在有形的镜子面前我们通常只会产生自我怀疑（一张陌生的脸！）或自怜自艾（镜像如梦恰似人生！）的感觉；而照无形的镜子却有可能动摇以至摧毁我们存在的基础。例如一部诗学巨著——不，不是巨著本身，而只是它所附的参考书目录——就足以动摇以至摧毁我们的理论自信（那些年我就经常体验到这种感觉，像患了语言上的强迫幽闭症），正如一段刻骨铭心的爱情记忆足以毁掉一个人余生的爱情生活一样。有形的镜子说到底只是一个终止于墙壁的平面，无形的镜子却真的拥有前面所说的那种"可以打开，远到无限的纵深"；而它一旦打开，我们就有可能像我想象中的那只手臂一样"跟踪其后，一直指下去，同样逝向遥远，以至于无"。

（由此我理解了许多表面看来不可思议的现象。例如为什么有的诗人以疯狂的热情拒绝阅读经典，以至全面"反文化"；例如中国古代知识分子为什么会形成"注经"的传统。二者都在本能地回避那"无形之镜"可能带来的毁灭感，只不过前者是以倨傲的方式，后者是以谦卑的方式）。

致命的在于，我们不可能不面临，不可能不照这样的镜子。这不仅是说，在我们的内部就有一面这样的镜子，我们从小就开始照这面镜子（就像前面说到的我孩子的情形一样）；更重要的是，语言和文化相对于我们个人是一种先在的（就历史形态而言）和亲在的（就现实形态而言）的镜子，除非没有进入视野，或故意视而不见，我们就无从回避；而尤为重要的是，如果没有这样的镜子，如果不经常照这样的镜子，我们就不能获得和不断获得起码的自我意识（我不说"真正的自我意识"，在我看来这是不可能的），就不能对自己的坐标方位或可能的发展向度有一种大致的估计，就会失去所谓"创造性"的必要前提（这里，前人的创造作为镜像中的真实向我们呈现）！

一个携镜者被投入一个巨大的镜阵之中（无形的镜子无处不

在），并且不得不在那里待下去，请想想看，这又是怎样一种可怕的情景！他之所见只能是镜像，并且可能是经过了数度折射的镜像；与此同时，他也作为一种镜像加入其间——既成为他人的镜像，也成为自己的镜像，而在彼此折射中，你根本分不清谁是谁！在这种情况下，那个"我"，那个"作为'我'本身的'我'"在哪里？所谓"存在"、"存在自身和自身存在"又在哪里？我们怎么才能保证它们没有在不知不觉中被失落，或者被忘记？

这就是镜子，或思考镜子所带来的困境。它综合体现了开头说到的那四种困境，并且是一种更具有形而上意味的困境。正因为如此，我从感到震惊的那一刹那起就决定为此写一首诗。当然我一时没有也不可能想那么多，而只是感到某种冲动，以上所说大多是事后想到，而在既写不出、又放不下的那段时间内反复品味的。这段时间差不多延续了半年，其间我几度动笔，又不得不搁笔长叹。我知道我可以很轻易地据此写出一篇哲学意味很强的小品（就像前面写下的），但我要的是诗！我感觉得到其间蕴涵着诗的可能，而诗和哲学小品完全是两码事。

几度失败，我对自己感到失望。每一次失败都伴随着一番折腾，我已筋疲力尽。那就放弃吧。随后的一些日子里我似乎确实放弃了。我不再试图去写，甚至想都不想。我对这首可能的诗作了精神分析学所谓"故意遗忘"的处理。

诗人和诗之间有时很像是在玩一场捉迷藏的游戏：一方发狠地找，另一方则拼命地藏，无论怎样易换角色，双方都不容易。当然最好诗是找方，因为无论如何，找到一个诗人总是要比找到一首诗更容易些。遗憾的是被诗找的好事并不经常发生。不过也存在使双方关系转换的可能，这就需要某种小小的策略，或曰狡计。"故意遗忘"是最常见的一种。譬如两个关系尚未确定的有情人，一方追得狠了，另一方就不免或因虚荣、或因疑虑而藏头掖尾；如果追方此时突告神秘失踪，并且很长时间内音讯全无，仿佛压根儿就没有那么回事儿，原先被追的一方就有可能或耐不住思念的寂寞，或由于好奇出来打探消息；如果种种迹象表明对方确属一往情深，她（他）就会不顾一切地找到对方，投入那其实暗中期冀已久的怀抱。于是原先的关系就掉了个儿。当然这只是打个比喻。事实上诗既无虚荣可言，也不那么多情；我真正要说的是，如果你"上穷碧落下黄泉"，仍然找不到诗，就不妨打道回府，该干什么干什么，只需保持那么一点警觉，静候诗反身叩门来访便是。

这种可能性确实是存在的，而一旦成为现实，它给你带来的快乐绝不亚于三元及第。人们常以"蓦然回首，那人却在灯火阑珊处"来比喻那种苦寻不得，不经意间却满目生辉的瞬间欢欣；比之这种境界，于若有若无的静候中忽闻那其实思念已久的脚步声、喘息声、叩门声，以至你未及趿履笼发，整顿衣衫，"那人"已飘然而入，伫立当庭，其快意恐怕要更胜一筹。

《镜》成诗时的情形与此大略相似。说来很落套，那是在我如厕之时。我已记不清当时的确切心境，只记得突然之间，一种我似乎熟悉而又来自冥冥的节奏感（不是类似节拍器的那种节奏感，但也不是旋律感，而是介于二者之间——这通常是我要得诗的先声）由远而近，由模糊而清晰，未及转念，已如破空的石子落至当头，在脑海中迸开最初的两行诗句。我说不好当时我完成净手、疾奔入书房、伏案、成诗等一系列动作花了多少时间，反正很短，或许只有五分钟，甚至更短；可以肯定的是当时的样子非常可笑；因为直到诗成之后，我才发现腰带尚未及系上。这是我为了握住"那人"倏忽伸来的手所付出的小小代价，而我确信我握牢了这只手。

《镜》的成诗速度之快在我迄今为止的创作中是绝无仅有的，可以说是一挥而就，并且事后只作了一两处技术性的改动。由于这一原因，我只是在它充分定形后才开始以批评的眼光阅读它（而在大多数情况下，从草拟到定形，是一个创作和批评同时展开的过程）。我

435

惊讶地发现，诗的前后两节在结构上是全对称的：第5行和第6行、第4行与第7行、第3行和第8行……恰如一个人面对着他的镜像，或两组相互投射的镜像，其中每一组都容涵着对方的映像，又可以在相应的位置上发现自己的映像。当然，在这两个比喻中我更喜欢后一个，因为它与此前我对镜子魔力的思考和想象有更多的关联——两组相互投射的镜像，我们无法确定哪一个更加本真，这种感觉真是令人心醉神迷……

但真正令我惊讶的却是这首诗何以会采取了这种结构？我尝试写过几稿，但从未想到过要采用这种结构；而由于成诗的过程过于快疾，我根本来不及考虑采用哪种结构。它们仿佛是自己映现到了稿纸上，仿佛在被我写下之前，就已经以这种结构形式在不可知的某处存在着，只不过此刻借助我的手和笔，在稿纸上又自我演示了一遍而已。

说实话，直到现在我对这个问题仍然是思而不解。已有的某些知识，例如本世纪发轫于德国的"格式塔"心理学，或可部分地解释这种现象。所谓"格式塔"（Gestalt），即"形式"或"感性完形"；"格式塔"心理学强调人具有把片断的经验处理成一个整体的先验或潜在的心理能力。我有过几次梦中写诗的经验，在梦中诗是一次性整体呈现的，可见此言不虚。但《镜》的结构形式所涉及的不只是一般的整体问题，或者说是一个远为复杂的整体问题：这里诗的经验和原始经验之间有一种奇妙的、高度形式化的、既形而上又形而下的呼应关系。从其产生的性质来看，似乎只能说是潜意识工作的结果；而这种赋形的潜意识工作所依靠的，是怎样一种精妙的机制！我不能不向那冥冥中的神灵致敬。

不过，尽管结构形式前后两节高度对称，其语义、质感、色调和语境却大相径庭，甚至相悖。依其对称性把前后两节折叠起来，舍去完全重合的第4、7句及5、6句的前半句，使彼此对应的句子一一比照，就看得更加清楚：

镜子挂在墙上——镜子飞向空中
我们悬在镜中——我们隐入墙内
毛茸茸的笑声——水银的笑声
把镜面擦了又擦——在心底镀了又镀
探进明亮的虚空——来自明亮的虚空

前一节从"镜子挂在墙上"这一日常事实的陈述开始，是在一步步把我们导向那"明亮的虚空"深处；而后一节则相反，是从那"明亮的虚空"中摆脱、遁逸的经验过程。这里的关键是第5句的"探进"和第6句的"来自"这两个向度截然相反的动作，诗中力的运动方向缘此而突然逆折；但由于"临镜"这一特定场景的规限，那两个动作其实是同一个动作，因此运动方向的逆折不但不意味着前后两节语境的脱落或对抗，反而突出了其相反相成、共处一体的效果。或者说它创造了一个同时性的复合空间——如果说"探进'通过提供一种维度，使前一节中原本是平面、静态的虚空感（它无待节末点明，而早已通过"挂"和"悬"这两个语词得到了充分暗示：这两个词都提示了某种孤立、飘浮、不着实，因而令人不安的"虚'、"空"状态）有了速度和纵深，即令其空间化，而这一空间又因其"远到无限"的特性，足以迅速吞噬那根"百合的手指"，从而重新关闭自身的话，那么，"来自"则使这即将关闭的空间重新开启，使那根"手指"不仅得以全身而返，而且带来经验布局上的新的可能性。在对称的一点上配置相反的经验肯定是其中最好的一种。

我所说的"相反相成、共处一体"还有另一层含义，即在这同时性的复合空间中诸感觉的彼此渗透。它造成了语词、语象的歧义，或含混，从而使诗的内涵变得更加丰富。例如第3句"毛茸茸的笑声"就综合了一种复杂的、多少有点怪异的感觉。它可能来自一个孩子（副题中已有所交代），但也可能不是；它可以让我们联想到一片新芽，稚嫩、鲜活、生气蓬勃，但也可以使我们联想到某些暗含讥刺、令人尴尬的事物，诸如一件待试的绒衣，或一条松毛虫之类；它的质感很轻，但随后的"擦了又擦"却使之具有了某种严重性，仿佛在为某件即将发生的事进行准备。"擦"这一连续、反复的动作本身也很含混。擦，可以是擦去，也可以是擦亮。与此相应的第8句具有同样的性质，有兴趣的读者不妨自己分析；而如果把这两句对照着分析，还能发现新的含混。

"相反相成"中当然包含着否定。那根"手指"尽管美如百合，并且伴随着笑声，但当它从"明亮的虚空"中折返时，便构成了否定——不仅是对"虚空"，也是对自身的否定（它还隐隐含有警告的意味——对写下它的人，也对读者）。同理，"镀了又镀"是对"擦了又擦"的否定，"水银的笑声"是对"毛茸茸的笑声"的否定，而最彻底的是"我们隐入墙内"对"我们悬在镜中"的否定，以及"镜子飞向空中"对"镜子挂在墙上"的否定。但正是在这里，否定变成了"否定之否定"：这两个绝对超现实的语象隐含着这样一种企图，即以取消镜子和镜像来结束从"明亮的虚空"中摆脱或遁逸的经验过程，来完成对临镜者的存在（"在世之在"）的揭示和警告；孰不知镜子可能的纵深正在"墙内"，而"空中"则意味着一面更加巨大、大到无限的镜子。这种企图本身，不就因此而又成为一种幻觉、一种镜像了吗？而这种"否定之否定"对我们，对我们这些不得不临镜，并在镜阵中左冲右突的携镜者，又意味着什么呢？

我把这首诗写给我的孩子，也就把这个问题留给了我的孩子。太残酷了！但"残酷"正是不可回避的同义语。

关于这首诗我已经说得太多了。我知道，此刻另一个"我"——那个真正写出这首诗的"我"——正在一旁沉默不语。那本是一个诗人应该恪守的姿态。我感到羞愧，并祈求他的原谅，尽管已经不可原谅。

1993年10月

"一瞬光中我暂住"
—— 忆明珠评传缩略

　　黄仲则诗云:"事有难言天似海,魂应化尽月如烟",此乃历经沧桑者蓦然回首之心声。忆明珠诗云:"一瞬光中我暂住,一朵花前我长埋",角度虽异,气息相通却一般无二。以此观之,则"评传"云云,是欲以一掬而穷沧海,缘一篆而摄月魂,不必动作,其虚妄已自明于心;虽然,于理有不可言者,于情却有必言者,实因此中有不得不言者也。故小子不揣浅陋,以万言敌一瞬,不求望其项背,但求存其尘埃,此亦所谓"知其不可为而为之"也。

　　忆明珠本名赵镇瑞,又名赵俊瑞,1927年生于山东莱阳西南岩的一个地主家庭。在当地,赵家的声名颇为响亮。清代开科取士第一批进士中即有赵门的成员,其后累有出仕为官者。至父辈,虽屡遭劫难之下,昔日盛景早已不再,但仍有相当产业,且尊崇文化道德的深厚门风依旧。不用说,其中艺术占有很大的比重,而又以书画为甚。忆明珠的童年经验充满了墨色和线条的流韵。据他回忆,其高祖擅工笔花卉,祖父亦然,四尺宣一裁二,画罂粟可占满画面;且写一手漂亮的黄体,不仅秀气,而且很有锋芒。祖母虽不识字,却也知道唐代有个吴道子,明代有个唐伯虎。父亲或无收藏之癖,然所藏中多有珍品，如石涛的大幅山水、郑板桥的兰竹条屏、邹一桂的工笔牡丹等；对这些他爱惜直如身家性命，同时他又是个趣味纯正的鉴赏家。母亲原为当地另一望族姜门之后。姜家明清之际曾出姜垓、姜埰兄弟，世称名士；姜埰之子姜实节，以及后来的姜古汀，都是当时名重一方的画家，故自有一脉文采风流传承。至今忆明珠还对外婆的水墨牡丹心仪不已。不过他印象中更亲切的却是母亲关于色彩格调的"雅""俗"之论，以为自己的艺术启蒙即以此为发端。我曾见过他珍藏的母亲遗绣两件。一是绣着"蛱蝶杂花"的云肩，一是绣着"麒麟送子"的围兜，无论设色做工，皆堪称上品，于大雅大俗、精细入微中透出一股清纯如兰的淑女风韵。这，又是一切"雅""俗"之论无以替代的了。

这样的家庭某种意义上本身就是一所文化艺术学校。忆明珠自幼耳濡目染，声气往还，不免慧根早发，注定要与诗、书、画结下一段难解之缘。不仅是他，他的众多兄弟姐妹不同程度上也都如此。

但崇诗书、喜瀚墨并非是这个家族的唯一传统。前面说到的那位清代最初一批进士中的赵门成员，其子嗣中就有好几个做了武官。具有讽刺意义的是，"赵门"后来却被卷进了清代轰动一时的"于七造反案"。赵氏祖上更出过一个大名鼎鼎的"造反"人物赵均用，是元末红巾军起义的主谋之一，全盛时称"永义王"，纵横江淮一带，十分了得。"文革"结束后忆明珠曾请朋友代刻两枚闲章，一曰"红巾之后"，一曰"永义王裔"，别无深意，无非是想与"文革"中衮衮造反诸公事后开一个小小的历史玩笑而已。不料那位朋友刻了第一枚，第二枚就杳若黄鹤了。原因很简单：他惧怕这枚闲章会被指为某人脑后生着"反骨"的"物证"（那样他就成了"人证"以至"同党"）；而那厢里忆明珠却正因反思大多当代文人何以会风骨全失，以至骨软可卷而痛心疾首呢！

十一岁那年忆明珠和哥哥一起到远离家乡的张家灌小学读书。暑假回家，心思缜密的父亲早已把家中的南书房"待月山房"收拾得窗明几净。父亲说："你们读高小了，在前清时代，差不多顶个'秀才'吧。假期里要读点古文，有古文打底子，白话文才能做得好。"自此但逢假期，父亲每天均为两个儿子讲授一个时辰的古典文学，数年不辍。

这一节家学渊源对类似忆明珠这样门第出身的人原很平常；父亲的教学方法亦乏善可陈：既不提问，也不发挥，大略讲解词义后，便要求孩子朗读，直至背熟。有意思的是他对文章的选择。据忆明珠回忆，他用的教本是《古文观止》，可能还有《古文释义》；然论基本不选，记事文也选得很少，其重点显在抒情一路，尤重浸透了人生大悲苦的沉郁顿挫之作：开讲第一篇就是李密的《陈情表》，其情也哀，其词也切，读后令人久久不能自拔。在周秦散文中他宁简于《左传》、《国策》而决不忽略屈原、宋玉；对文思浩荡、议论风生的唐代散文大家韩愈，只选其《祭十二郎文》、《送孟东野序》等，却排斥了著名的《原道》、《原毁》诸作；柳宗元文也只取其《捕蛇者说》及几篇游记。宋人中他推崇欧阳修或更甚于苏轼，盖因欧阳修是一个深于情者，其《陇岗阡表》、《祭石曼卿文》都是血泪浸过的文字。至于《醉翁亭记》等，抒情、写景、说理融合无间，情之所在即景之所在、理之所在，景与理皆化入情绪境界，在有宋一代文章中高标特出，就更不必说了。

在《待月山房幼读琐忆》一文中忆明珠曾比照郑板桥在训导儿辈习文问题上的"公""私"之论，认真体察过父亲于这种取舍中隐涵的心意。郑氏在家书中云："论文，公道也；训子弟，私情也。岂有子弟而不愿其富贵寿考者乎？故韩非、商鞅、晁错之文，非不刻削，吾不愿子弟学之也。褚河南、欧阳率更之书，非不孤峭，吾不愿子弟学之也。郊寒岛瘦，长吉鬼语，诗非不妙，吾不愿子弟学之也。

私也，非公也"。忆明珠写道：

> 我们家中藏有《郑板桥集》，父亲又好读名人家书，他不会不注意到郑板桥的这段话，也会深表赞同。但他仍将一些衰飒凄厉，惨怛伤感的文章推荐给我们，特别祭吊一类全选给我们读了，这当然不仅是为了让我们熟悉文体。可以设想，父亲必被这些文章所抒发的人生之大悲苦深深地感染了，故而宁愿后来者也能够领略这悲苦，这可能学会仁慈和谅解。他不惜让我们在小小年纪便坠入古人所抒发的那种生离死别的沉痛里去！

在忆明珠看来，父亲较之郑板桥要高明得多。经他精心取舍的古文课事实上成了孩子们的人生预科："'少年不识愁滋味'，我们便是因习读了这类古文而习读了人生之'愁'，从而在我们幼小的心灵中，不知不觉地充实了、发展了对人、对人的命运的恻隐和同情"。然而仅止于此吗？透过引文中诸如"……但他仍……"、"特别祭吊一类"，以及"宁愿"、"不惜"等用语，我们分明可以感到忆明珠还有更深一层的体察没有说出，也许是不忍说出。无需费以特别的猜测揣摩便能理解，叠遭乱世的父亲对即将投身同一乱世的孩子的命运必有所担忧，甚至有某种隐隐的预感；因而指望那些他精心选择的文章能像种牛痘一样，帮助孩子们事先形成对往往无可选择的人生的某种免疫力。假如真是这样，那么忆明珠日后的命运在很大程度上恰恰印证了他的担忧和预感，这究竟应该被视为一种不幸，还是一种冥冥中的劫数呢？

待月山房中的古文课渐渐成了自学课；哥俩的兴趣也慢慢有所分别：哥哥开始专攻国画和英语，忆明珠则转向了古典诗词。首先背熟的当然是《唐诗三百首》，但最让他醉心的还是《楚辞》。与此同时，他也陆续读了一些当代诗人，诸如郭沫若、闻一多、朱湘、徐志摩、戴望舒、何其芳等的新诗。尽管新诗在艺术上远不及古典诗词富有魅力，但由于作者、读者共处同时代的大生态环境，容易产生心灵的相通和共鸣，故反而更多地为忆明珠所喜爱。终于，在山东第十一联中读高一时，他写下了他的第一首新诗习作。那是在地理课上，灵感倏忽来去，正如诗题《流星》：

流星打哪儿来，
打哪儿去？
我们何时相识，
何时相离？

反正我心中已得着了慰藉，
不知那流星却是怎的！

诗的前两句很容易令人想到高更那幅著名的画。仅此一端，便可约略窥得这位当时年方十七的少年心中所思。此后两三年内忆明珠的新诗习作大都充满了这种难言的青春愁怅和哀时的忧伤。如《夜的一半》：

我醒来是正夜的一半，
怅惘得如朵白云难言。
我披起那大的黑衣裳，
夜的雨在冬青树上响。

辛苦的旅人殷勤彷徨，
雨湿遍了美丽的街巷。

再如《答问》（残篇）：

> 你问我：什么时候才不愁？
> 等着吧！等到星星生了锈！

发表在墙报上的《大风》曾令一位青年教师读后大恸而返。可惜也仅存根据记忆整理的残篇了：

> 黄昏以后的大风呀！
> 你号啕自辽遥的深谷，
> 你听否哀时的诗人歌声正苦！
> ……
> 千山的鬼火色明如蓝灯。
> 黄昏以后的大风呀！
> 请回留于深茂的林中，
> 那里有年青的寡妇陪你并哭，
> 有赤的犀、白的熊不休地颠扑！……

这些诗明显地受戴望舒的影响。事实上戴也是忆明珠最喜爱的新诗人。《大风》中的"蓝灯"意象便是来自戴诗。《失题》残篇四句"我爱我恋人的住家，/华美如一座银塔。/中夜的月光落在窗前，/照见她哀怨的不眠"，更是于戴诗华美凄艳的音韵色调形神兼得。由此既可看到戴所服膺的法国象征主义诗风的渗透（其时忆明珠已读过例如《少年维特之烦恼》等外国文学作品），亦可见出古典诗歌如李商隐一路的传承。

　　幼时即耳熟能详的民谣同样在忆明珠这一时期的诗歌中留下了踪

迹，为此还留下了一段小小的佳话。他曾听妹妹念过一首民谣，当时只觉得优美绝伦，以致数十年后还能几乎一字不拉地背出：

> 刮大风，搂豆叶，
> 一搂搂个小二姐。
> 二姐二姐你十几？
> 管俺十几不十几，
> 麦子开花过生日。

一次作文课他大胆交了一组小诗充数，照规矩这是不能允许的，不知为什么老师却对他网开一面；但初读评语时他吓了一跳，因这组诗最后一首的末句直接挪用了上引民谣中的"麦子开花过生日"，而老师紧接其后批曰"想入非非"。他想这下栽了。再定睛看时，后面还续有三字"有诗才"，却又连同前面的"想入非非"，成了一句莫大的褒奖了。大受鼓舞的忆明珠旋去老师（建国后执教于山东师范大学的阎仲容先生）府上请教，他又当面称道了一番，甚至说："在胶东，如今还没有第二个人能写出你这样的诗来。"如此的嘉许几乎使忆明珠感到眩晕，当然也免不了内心窃喜。有了这次经验，他在日后的创作中一直非常注意从民歌民谣中汲取养分。也可以说，他早就自发地以自己的方式践行后来被尊为经典的"在民歌与古典诗歌基础上发展新诗"的道路了。

在十一联中读书期间及其后的一段时间是忆明珠诗歌创作的第一个喷涌期。遗憾的是，那些他一直珍藏在身边的诗稿却毁于抗美援朝时的一次敌机轰炸。过多地着眼这些诗在艺术上的成败得失并无太大的意义；我更宁愿说它们半是对待月山房家学的无意识反响，半是一个热血青年置身历史和人生的重大关口，必须于混乱与迷茫中作不间断选择的心声。此中消息，甚至从他当时所取笔名"绿芜"中亦可见出——绿而芜，芜而绿，这不正是青春期生命的骚动不宁而又充满生机的写意吗？然而，将1985年他根据记忆整理出的《绿芜少作残稿》与他1985年前后创作的《述怀》、《秋怀》、《晚花》、《书空》等诗两相比照，并证之他其间半生的经历，却会令人惊讶地发现，前者中相当一部分具有"诗谶"的性质。生命的悲剧性一至于此，夫复何言！关于这一点，我在《血鸽、墨花、银蝶和佛头》、《忆明珠：无往而不自得》等拙作中已有较详细的分析，此处不再赘述。

忆明珠于1945年清明前后至1946年6月初两度参加国民党军队并不能被简单地归于"误入歧途"。事实上，面对外寇入侵、山河破碎的现实，他早就存有从军治国的念头。在莱阳中学读初中时的校长叫宋景周（后来才知道是个中共地下党员），有一次纪念周训话，恰逢"双十节"，他念了一副对联曰"国虽不国，庆还要庆"，当即在台上痛哭失声；而台下忆明珠也双泪长流，恨不能将一腔热血直泼出去。此后相当长一段时间内他一直没断了研读《孙子兵法》，曾暗暗立志要当个将军。我想这也是他从未后悔有过那么一段经历的原因。

他是随一位堂哥参加国民党军的，初充上尉附员；后又参加另一支国民党军，充少尉附员；至1946年6月初被解放军俘虏，前后时间加起来不足十个月。

忆明珠生来心高气傲，自视"千金之子"；现在突然成了"至微至陋"的"亡国贱俘"，不免感到莫大的屈辱，一时只有一个念头，即"千金之子，不死于盗贼"，态度极其强硬。被俘登记时他坦言信奉三民主义，反对暴力土改；在胶东军区解放军官教导团集训期间，仍向管理他的一位班长公开表示：蒋介石坏，但三民主义并不坏；他还是要回到国统区，为实现三民主义奋斗去。那位班长笑他太天真，说国民党毫无希望，你无能为力。忆明珠答道："这叫知其不可为而为之。"

这种敌对情绪部分来自他的性格和境遇，部分来自他所受的"正统"教育。然而，正如亲眼目睹国民党军政的腐败透顶，他内心早已深感失望一样，在理性上，他也从来不愿意毫无道理地反对共产党的政治观点。中学期间他的思想其实相当左倾，不仅偏爱左倾文学作品，高中时更私下读过胶东解放区联合出版社出版的诸如艾思奇的《大众哲学》、吴黎平的《唯物史观》等进步书籍，尽管对许多概念不甚了了，但颇觉为其所吸引。一次考"公民"课，有题问"什么是推动历史前进的动力"，他竟无所顾忌地回答"阶级斗争"，也是一种"知其不可为而为之"吧。故被俘后他并非没有思想斗争，有时甚至还非常激烈。被押解途中他曾得诗两句：

　　给我一掬清凉之水吧，
　　我干渴！

两下不能互相说服之际，他唯有利用学习的机会，认真研究共产党和共产主义。他几乎是手不释卷地阅读所有能接触到的报刊，包括国统区的一些中立报刊。在学校时他都没有这么用功过。

他不相信共产党会允许不向它低头的敌人存在，因而每天夜间都准备被拉出去处决，但每天清晨又都安然无恙地醒来。这多少令他感到奇怪，甚而好奇。有一天，或许是出于疏忽，或许是故意为之，那位班长外出时将他的笔记本丢在了桌上。抑制不住好奇心的忆明珠偷偷翻开一看，恰好那一页写有对他的思想分析，大意是说赵某正统观念强烈，因系青年学生，单纯，有正义感，追求真理，可争取为革命所用云云。忆明珠读了又是佩服又是感叹：佩服的是这位班长的眼力和公正；感叹的是共军连这么一个小小的班长都懂得争取人心，都懂得即便对俘虏也应一分为二，不一棍子打死，遑论那些更高的领导者呢？他们的力量一天天壮大，不是没有道理的呵！他不禁忆起有一天躺在床铺上，听外面的战士在唱："敬爱的毛泽东同志……"，当时竟不知不觉泪流满面——他从中听出了这些人对自己领袖的由衷热爱之情，听出了从领袖到群众，人与人之间普遍存在的平等而亲切的关系，而这在国民党军队中是不可想象的。

他猛然感到又有诗意来袭。他写道："我的敌人是强壮而俊美……"

承认敌人强壮并不难；难的是承认他的"俊美"。在不为人知的情况下，从美的角度向自己的敌人献上由衷的赞辞，怕也只有一个真诗人才能做到；而美的判断任何时候总是比思维的判断来得更加有力和不可抵御。因此，尽管忆明珠仍不想低头，甚至告诫自己谨防被"软化"，但这告诫本身，却已表明他已经被"软化"着了。

那位班长似乎注定要当他的"渡者"。此后不久，有次忆明珠扭了左脚，适逢晚上有剧团演出，他来动员忆明珠去看。忆明珠心想，你们的戏无非是骂国民党，叫我把挨骂当娱乐，我才不干呢。便称自己的脚不能行动。谁知他听了二话没说，就地一蹲，硬是背上忆明珠就走，一口气走了好几里地，直把他背到戏台前。伏在班长的背上，忆明珠的心情既感动，又沉重，又悲哀：一个共产党的战士，为了扩大自己党的力量和政策影响，竟肯弯下腰来背他的"阶下囚"！这样的仁义之举，当不止出于个人的"好心"，其背后必有历史的大势。只此一端，国民党的必然垮台，共产党的必然战胜，大约就是难以更易的了。无论双方较量的时间会有多长，最后的结果只能如此。随着班长脚步的颠簸，他觉察到自己内心的防线也在一步步走向崩溃，自己正一步步真正成为共产党的"俘虏"——被其从思想和精神上所俘获。暮霭中他禁不住又一次双泪长流。这泪，大概也是他洒向原来所属阶级的惜别之泪吧。

（数十年来忆明珠叠经坎坷，内心却始终保持着对那位班长的深深敬意。他叫张俊东，据说以后曾在西安工作。）

所谓"世界观的转变是根本的转变",其枢机在于立场的转变。那晚演出的剧目是《白毛女》。尽管他自幼便同情穷苦人,以至见了乞丐往往吃不下饭,但似乎是从那晚起,他才开始正视客观存在的阶级关系,甚至觉得自己作为剥削阶级的一员,对杨白劳父女的悲剧命运也负有一份责任。他一边看戏一边热泪横溢,回来后还写了一首诗,结尾第一次透露了他向劳动者阶级皈依的消息:

> 白毛女,
> 我为你歌唱,为你忧愁,
> 为你流血,为你断头!

但给忆明珠的思想转变以最终一促的,还是毛泽东的《新民主主义论》,尤其是其中关于旧三民主义和新三民主义、共产主义和三民主义区别的论述。毛的雄辩不仅彻底摧毁了他先前的政治思想基础,更重要的是让他看到了社会发展的新方向。圣贤云"朝闻道,夕死可矣";在这种情况下,还有什么可犹豫的呢?

1947年国民党军攻陷延安,同时大举进攻胶东。教导团撤退时需疏散一批人,再征求忆明珠意见时,他表示愿意留下,由此加入了中国人民解放军。

这以后一段时间是他情感上最痛苦的时期之一。部队干部疏散到地方,最早他被分在青岛武工队,复转至五龙独立营,活动范围就在家乡附近。晚上向敌人喊话,不止一次路过家门。忆明珠自幼与父母家人感情深笃,七八岁时读《诗经》,一次读到"哀哀父母,生我劬劳",顿觉不能自已,只想扑到他们怀里大哭一场;现在意识到分属不同的阶级营垒,至少在思想上必须划清界限,却又如何一下子划得清?如此和原阶级恩怨不断,个中滋味,不说可知。他想到革命是很残酷的,几千年的血仇要报,家里人可能被杀被斗,自己恐怕终究爱莫能助……就这么钻着牛角尖想下去，最好的结局只能是：战死沙场，杀身成仁。他又一次渴望牺牲。

但无论感情上怎样痛苦，他对自己的选择却未曾有过哪怕片刻的动摇。他是一个服膺真理的人，而现在所有的真理都归于革命。相对于革命带给他的新生感而言，那种与昔日间"剪不断，理还乱"的余绪毕竟只是些余绪。战斗的间隙他在一位同学的纪念册上题诗写道："友啊，／虽说我们出身自肮脏的茧壳，／然而我们现在的芳名叫蝴蝶"。那时他怎么也不会想到，四十年后他会颠倒重写这些诗句："友啊，／虽说我们一度芳名叫蝴蝶，／然而终究又回到了那肮脏的茧壳"。

部队反攻后忆明珠归队，在华东军区教导总队历任班长、排长、干事等职。1950年冬随部队赴朝鲜作战，任九兵团通联处干事。

这一时期他尽管也在断断续续地写诗，但数量很少。如果说情感的转变较之理性总要滞后一步的话，那么艺术上的转变就更慢，并且同样、以至更加痛苦。说来那时并没有谁对他写诗这档子事说三道四，但他总能感到有一种无形的压力，使他自觉不自觉地把自己喜欢的抒情笔致认作"不合时宜"。一位他所钦敬的上级也曾写过诗，并且在《中学生》杂志上发表过；有次偶然谈起，方知他也极喜戴望舒，两人一拍即合，交流了许多心得；不想最后他说："不要背这个包袱。我把我的诗都烧了"。忆明珠当下愕然，但牢牢记住了这句话。他这一阶段、包括前此的许多诗后来都记不得了，看来与此不无关系。心理学上叫"故意遗忘"。

忆明珠在朝鲜战场上写的诗最初充满了悲天悯人的意绪。直到1951年夏读到《解放军文艺》上张立云关于"革命英雄主义"的文章后，才觉得不太对头。当时他刚刚写出《信》和《苏可海斯蜜打》不久；比照张文，他发现自己未免过分缠绵了。现在这种"过分缠绵"的东西已经有了一个明确的命名，叫作"小资产阶级情调"。

"这不好"，他想，"确实应该多一些英雄主义的东西，也才对得起那些流血牺牲的战友"。二十多岁的年轻人风华正茂，正在发奋攀登人生的高峰，并不难找到和这"时代精神"的契合点。然而没过多久，国内的镇反运动波及到朝鲜前线，猝然降临的意外打击一下子使他从山腰摔到了谷底。

在写于1987年的《重温〈门槛〉》一文中，忆明珠详细记述了事情的经过和他当时的心情：

在一棵被炮火劈裂了半边躯干的大松树底下，支部书记拉我依着树身坐下掏出一窄溜旧报纸，卷成喇叭状，装上烟末，递给我，又替我划火点着，等我吐出一口轻柔的白色烟团时，他才兴奋地告诉我："支部大会开过了，一致同意吸收你火线入党！"其时我还没顾上打入党申请呢。意外的喜讯震惊得我浑身颤栗，喇叭状的土造纸烟，从挟着它的两个指缝间，跌落了。

这是上午的事情。

只隔了几个钟头，到了下午，支部书记又拉我坐在这棵大树下，又递给我一支土造纸烟，声调却显得格外平和，说："刚接到司令部通知，决定你立即回国——相信你经得起考验，会愉快地接受组织的审查。"意外的打击又震惊得我浑身颤栗，喇叭状的土造纸烟也像前番那样，从我的两个指缝间，跌落了。

支部书记苦口婆心地说了许多大道理，对我全然无用，我心中突然爆响了一个字："死！"

怎么个死法呢？能自杀吗？

让敌人的黑色死神般的轰炸机，朝着我对直地俯冲而来吧！

让敌人的密集的火力，朝着我对直地猛扑而来吧！

此时此刻，我畅开着胸口等候！

"只隔了几个钟头"，一个人的命运却可以发生如此戏剧性的逆折，那么这个人本身的价值何在呢？只能说这里不存在什么"人本身"，只存在命运本身；在这样的命运面前，一个人就如同此刻我面前屏幕上的字符或标点一样，可以被搬来搬去，随意增删！

然而这不会是忆明珠当时的思路。他当时的思路肯定要简单和具体得多。在"死"这个字爆响之前，或许已另有八个字如电光石火般闪过，这就是李密在《陈情表》中所说的"亡国贱俘，至微至陋"。七年前这八个字也曾重重地打击过他那颗骄傲的心；七年来他一直自以为早已将其与"旧我"，连同那"肮脏的茧壳"一起埋进了身后的废墟；但是此刻，它们却鬼使神差般地从无意识的深处浮现。他这才知道，正像别人其实并没有忘记他的过去一样，他自己其实也没有忘记自己的过去，或者说想忘记而终未能忘记，现在则是被提醒不可能忘记。

那么，这会成为他终其一生洗磨不掉的耻辱碑上的铭文吗？他如堕寒冰，只觉彻骨的恐惧，不敢再想下去。他的心中只能爆响那个字："死！"

是司令部一位叫曹铨的政工科长说服了他。曹铨没有"苦口婆心"，他甚至没有说任何安抚的话，劈头只问："你读过屠格涅夫的《门槛》吗？"

《门槛》是屠格涅夫的一首散文诗。诗中说到一位向往革命的俄罗斯姑娘想跨进革命的门槛，这时从门里传出一个声音把她拦住了。这声音缓慢而喑哑地说道："你想跨进这道门槛，你知道等待着你的是什么？知道寒冷、饥饿、憎恨、嘲笑、蔑视、侮辱、监狱、疾病、甚至死亡吗？……知道你会跟人世隔绝，完全孤零零一个吗？知道你不仅要躲开敌人，而且要抛弃亲人，离开朋友吗？……你情愿去牺牲吗？你将会死去，而且任何人……任何人都不会知道你的名字，不会把你纪念……"

　　曹铨娓娓地背诵着屠格涅夫的诗篇。一股暖流重新回忆明珠的心中，再顺着血管流向他似乎已冻僵了的四肢百骸。他感到惭愧。尽管他从来没有像列宁所嘲笑的那样，把革命理解成"沿着涅瓦河大街散步"，但和屠格涅夫比起来，还是太简单，太浮浅了。革命有着远比流血牺牲更加丰富和复杂的内涵。革命不仅意味着打倒、消灭剥削阶级和那些明火执仗的敌人，而且意味着摧毁、廓清整个旧世界，包括每个人内部可能隐藏着的旧世界。它将以人类可以想象的所有苦难为洗礼，并且就从这些苦难的深处，焕然锻造出它所需要的"新人"；而要想成为这样的"新人"，首先就必须准备接受革命可能施予的一切，经得起革命的考验。否则就只能永远停留在革命的"门槛"之外！

　　曹铨是一位了不起的政工科长。他知道怎样开启并赢得一个年轻知识分子的心，从而帮助忆明珠渡过了一次重大的人生危机。听他背完了《门槛》，忆明珠心中又突然爆响了一个字："活"！他要跟着那位俄罗斯姑娘，跨过那道高高的门槛！

　　然而，无论是屠格涅夫还是曹铨都不曾说到，假如那道门槛不仅其高无比，而且还在无限后退，那将是一种怎样的情景？他们同样没有估计到，假如门槛里发生了始料不及的变化，那跨门槛的人将何以堪？也亏了是这样，忆明珠才能"拖泥带水，跌跌爬爬"走过后来的漫长岁月。重温这段往事时他已臻于老境，早就无意关心自己最终跨过了那道"门槛"与否；倒是现实生活中的另一种"门槛"，即据以"革命"名义的权力的"门槛"，令他始终不能释怀，以致会"如遭受到雷轰般"，被《门槛》中向那俄罗斯姑娘的最后一问所击中：

　　你知道吗？……你可能不再相信你现在信仰的东西，你可能会领悟到你是受了骗，白白地牺牲了自己年轻的生命吗？

他奇怪以前怎么没有注意到这句话。"屠格涅夫毕竟是伟大的！"

返国后忆明珠出乎意料之外地顺利通过了对他的审查。据说是他当初的坦诚帮了他的忙。坦诚如清水，水至清则无鱼；无鱼，就容易让人放心——当然这里所谓的"放心"和"信任"是两码事，就像"清水"和"洁净的水"是两码事一样。华东军区最初的审查结论是："该员经战争考验，作一般政治问题，可以回原部队工作"；但紧接着又来了新的命令：类似情况者一律转公安系统。于是他被分配至江苏省公安厅劳改局，先是在苏北黄海边搞水利勘测，后又奉调至一建筑公司任宣教科员。

心灵上的创伤在慢慢平复，却留下了驱之不去的阴影。不能说他受到了特别的歧视，但他心里很清楚，自己已被有形无形地归入了"另册"。一切似乎都必须从头开始，却比从头开始还难。中国历来有"非我族类，其心必异"的传统，有谁能真正体察他的虔诚呢？

他感到难言的郁闷。在这种情况下，读书通常是最好的排遣方式。在单位里他的工作是编写时事政治教材，所需时间甚少，连抄带剪，两三天便已足够；余下的都可供自己支配。他向南京图书馆弄了个"专科阅览证"，竟日在其古籍部埋头大读木版线装书；别人只以为他在为编写教材收集资料，却也是一番难得的自在。

1956年冬某日，长夜无事，他偶翻自己的书箱，发现一本书中夹着几首昔日的习作，包括前面说到的《信》和《苏可海斯蜜打》。重读之下，他对那段一去不返的生活充满了眷恋。人生或如浮云，珍贵莫过心迹。他突然动了向报刊投稿的念头。

1957年《星星》诗刊的1月、5月、8月号分别发表了这些作品。单位领导和周围的同志闻讯纷纷向他表示祝贺。盖因其时崇尚诗和诗人的古风犹存，而诗和诗人也还没有像后来那样，由于被作践和自我作践而尽失其本然的崇高和神秘感，至少远没有严重到那种程度。一下子发现自己身边出了个诗人，这可不是一件可有可无的事。

而对忆明珠本人来说，这同样不是一件可有可无的事。《星星》的厚待当然不致使他感到受宠若惊，却强烈地引发了他那自幼就一直酝酿着，然多年来又一直滞宕着的"文学梦"。另一方面，这对他自1953年被遣返国后时时陷入的孤苦压抑的心境，也未尝不是一种慰藉。以前他写诗只是出于性情，纯粹视为个人的事；而现在，它将成为一项新的事业，一种不仅寄托自我，而且服务革命的方式。

这同时也决定了他今后写诗必须更多地与"事业"商量，并更多地倾听"革命"的声音。那些作品在《星星》发表后颇有反响，有赞许亦有批评。就批评而言，比较委婉的说法是"艺术性较强，思想性较弱"；但也有直斥"《信》中充满了小资产阶级情调"的。对后一种说法他唯有苦笑。事实上，在读到张立云那篇文章后，他早已多次修改了《信》和《苏可海斯蜜打》，而每一次修改过程他都视为一次思想改造过程，怎么终于还是落下了这条"小资产阶级情调"的尾巴了呢？但他又不能不承认批评者说得有道理。他之所以把诗稿投向了《星星》，本是由于印象中在报纸上见过一篇稿约，大意是：《星星》欢迎各种星星：大星、小星、彗星、流星，等等，等等，甚至也欢迎天边的寂寞的孤星；而他恰恰为最后一句所动。换句话说，他有意无意地认可自己的诗是"天边的寂寞的孤星"——寂寞而孤独，这不就是小资产阶级情调吗？

把"情调"和"小资产阶级"联系在一起很可能是阶级分析方法的一个副产品。有位同行曾对忆明珠说过，大资产阶级和无产阶级都只有思想、意志和行动，没有情调；情调，是小资产阶级所独有的一条无可奈何的尾巴。他是在开玩笑。不过，我们确实不曾听说过有大资产阶级或无产阶级情调的提法。它们似乎都不犯、或不屑于犯、或无暇犯"玩情调"这样的低级错误。忆明珠其时是真心诚意地赞同阶级分析的方法并决心站在无产阶级一边的；问题是他的诗一出手，丝丝缕缕都沾"情"，字字句句都有"调"，这是怎么回事？又如何是好？

许多不乏诗歌天赋、又无法降格以求的人当时都过不了这一关，只好放弃写作。忆明珠既没有放弃，也不想降格以求，由此开始了他真正的诗歌苦旅。

或问：什么叫"真正的诗歌苦旅"？难道竟有以诗为旅而不苦的吗？

问得有理。然此"苦"非彼"苦"。若要知道个中滋味，不可不知道"思想改造"四个字的分量，亦不可事先参透这四个字的份量；而若想略知这四个字的分量，不可不设身处地，细品忆明珠在反思时写下的如下诗句的滋味：

> 金的心扉，
> 乍敞开，又紧闭
> 如一座金的墓。
>
> 瞬息的光华里，
> 一个自由的灵魂，
> 自觉地就缚于神符。
>
> （《晚花·其四》）

这大概是20世纪中国知识分子作家的一段独特的悲剧性心路历程。

需要指出的是，上述诗句中的"紧闭"只能是就潜意识层面而言；至于意识层面上的"心扉"，既经"敞开"，那是想"紧闭"也"紧闭"不上的！这可与"自觉地就缚于神符"，即自觉地在思想堂奥中供奉一个神圣不可侵犯的偶像互为注解。

并不存在什么孤立的"自由"。"自由"只能由"必然"中求得。但"必然"到这个程度，就只能是对"自由"的辛辣嘲讽了。

忆明珠从来就不是那种本能地顺应大潮，随遇而安的人。他是在经过了极其痛苦的思考和选择后才抛弃了他原先从属的阶级及其理想的，并且他从来也没有摆脱过进行这种思考和选择时所产生的悲壮心情。正因为如此，一旦作出抉择，必属义无返顾。由历史理性深处爆发出来的激情是一种超级激情；它同时得到了他自小从传统文化中汲纳的正统入世态度（仁），以及他那不可遏止的爱心的支持。

如果说这种义无返顾的激情最初并无多少杂质的话，那么，经验了被从朝鲜战场上遣返回国及其以后一段时间的内心磨难，它已经变得不那么单纯了。他已经意识到他的出身、他所曾受过的教育以及他的那一段特殊经历，之于他乃是某种"原罪"。这种"原罪"感同样得到了很大程度上已被神圣化的"革命"对知识分子、尤其是"旧知识分子"的总体估计，以及中国传统知识分子难以克服、难以超越的隐忍、屈从和追求道德自我完善的品格的支持。在这种情况下，他私心里怀有某种深深的自责和恐惧是可以想象的；而为了平衡这种自责和恐惧，他只有将一个似乎是而又远非是理想的现实、它对自己的要求、连同自己的"原罪"一齐加以认同。

一方面是义无返顾的激情，一方面是不得不时时返顾的"原罪"，二者彼此冲摩震荡，忆明珠除了自觉更自觉地厉行"思想改造"，还能有什么其他的选择呢？以天生一叶清灵俊逸的诗魂之舟，承载如此坚厉浊实的思想重负，这般的"苦旅"，这般"苦旅"的苦，又岂是一个"苦"字所能涵括！

所幸这"苦旅"初时倒也浪漫有致。1957年底忆明珠所在单位奉命撤裁，其时"反右"战鼓乍息，而"大跃进"之风正日见炽烈，报纸上天天大字标题号召干部下放，"建设社会主义新农村，当一辈子新农民"。单位撤裁后，平素倚重他订计划、写总结的老首长调省水利厅，希望他能同去。忆明珠谢绝了他的好意。他决心已定，要响应号召，到农村第一线去，在那里他将成为一个"社会主义的陶渊明"！临别前老首长置酒壮行，席间语重心长地说："农村是个大海，会游的，游了上来；不会游的，也可能淹在里头。"这话说得暧昧，忆明珠听了很不入耳。他想首长这是"酒后吐真言"；从这"真言"看，其思想境界还不如他呢。

　　按有关规定，干部若不去国营场圃而愿到农村落户者，在本省范围内可自选地点。忆明珠早就从一本《全国县志缩略》上选定了一个自认甚佳的去处，这就是地处南京往东偏北百余里，南滨长江的仪征，亦即笔者的生长之地。仪征古称真州，据那本《缩略》上说，历史上向以"淮南重镇"著名，其园林尤为一绝，且列举了一系列园林的名字；欧阳修、王安石、柳永、黄庭坚等大诗人都曾于此驻足咏叹，近代则出过大学问家阮元、刘师培等，想来必是个诗酒啸傲之地。那《缩略》上又说仪征盛产"鱼花"；花，他并不陌生，"待月山房"院内满是，自幼父亲便多有教嘱，却从未听说有唤作"鱼花"的。这花名好怪，那会是一种什么花呢？他不禁有点心往神驰了。由此可见他"小资"积习甚深，但有机会，便要"顽强地表现出来"。好在与初衷并不根本牴牾；他不说，别人也便不知。报到后一看二问，才心中连呼"上当"——原来《缩略》的撰者只管照着旧志作"文抄公"，却毫不知会那些名园早已毁于历次战火，而所谓"鱼花"，不过是当地及左右一带对幼鱼的别称罢了。

　　他自我导演的这出"择地喜剧"还没有结束。征询落户地点时问他是愿意去山区还是圩区，他想山区总是更有诗意吧，那就去山区；山区有地名"月塘"，"月塘"者，明月出没之乡也，品来诗意最甚，那就去月塘。结果下车一看，满目荒山秃岭，黄胜于青，想象中的诗意，瞬间返归想象——他所选中的，恰恰是仪征全境最荒凉、最穷困的地区！

好在这些败兴事，所败者都是该败之兴。忆明珠放下行李，立马就和贫下中农"三同"到一处了。他活儿干得那叫没话说——不是会干得没话说，而是卖力得没话说。挑塘泥一天下来，肩膀磨破了愣是不知道，害得房东大娘见了泪水盈眶，又惊动得乡党委书记特来看望。那时尚无"好人不下放，下放无好人"之类的灰色论调；淳朴的农民见这从大城市下来的干部既没有架子，又舍得出自己，都把他当作"世道变了"的明证，对他自是尊敬亲热有加；他也觉得和农民生活在一起绝无思想负担，农活虽累人，却自有一种轻快。所苦恼者，一是他很快觉察农民对"大跃进"并不像报纸上说得那么热心，且发明了种种机敏的对策作弄之。比如，随便干部要他们挑多少土方，他们都能完成任务。其办法是只把塘底表面的淤泥浅浅挖去一层，再花上几支香烟买通收方员，收方簿上就会出现让干部们满意的数字。如此相互眼睁眼闭，直令他瞠目结舌，手足无措。二是不分昼夜地"大跃进"，"黑天当作白天干"，搞得他根本没有时间写诗。空怀着一腔要当"社会主义的陶渊明"的奇志，却无从落到实处，岂不冤哉？

正作没道理时，机会来了。乡里发展教育，办起了农中，请他出任校长。这下有了施展抱负的天地。所用教材上有"大跃进民歌"，他便教授、发动学生们大写民歌，其中还真不乏能手。如有诗云："扁担上肩如灯草，落地便是一千斤"，设喻既巧，夸张亦不失当，生生写出了那个时代独有的冲天豪气。没过多久，省里开农中校长会议，县教育局让他准备发言材料，他便写了这一节。临上台忙中出错拿岔了讲稿，他略一定神，便凭记忆开讲，声情并茂，酣畅淋漓，可容千多人的大会堂，但闻一片"刷刷"的记录之声。很快，《新华日报》、《文汇报》、《解放日报》等都发表了他的讲稿。这下他可尝到了"一举成名"的滋味。

这"一举"便把他"举"到了县委宣传部。任务是牵头搞一个电影文学剧本，属放"文化卫星"一类。闭门造车了好几个月，数易其稿，这"卫星"终于还是落了地。他是非党人士，不能留宣传部工作；然因"人才难得"，居然享受了只上不下的待遇：他被分配到县文化馆当了排名最末的一位副馆长。

在县委宣传部待的时间虽然不长，却使他对"社会主义文学"在整个社会生活中的地位和作用，有了更加清楚的认识。把阶级分析的方法稍作延伸，就不难得出"必须为无产阶级政治服务，为工农兵服务"的逻辑结论；以此为"纲"，则"纲举而目张"：正如他归文化馆领导，文化馆归宣传部领导，宣传部归上级党委领导一样，每一个文学工作者，他所写的每一部作品，都是一个庞大的有机结构中的一分子，是"无产阶级革命事业"这部机器上的"齿轮和螺丝钉"。既是"齿轮和螺丝钉"，就要听招呼，令行禁止。有谁见过孤立存在、自行其是的"齿轮和螺丝钉"吗？没有！硬要说有的话，那只有一种情况，即废品、次品、有待被扫入"历史的垃圾堆"之品。这个隐喻真是精妙绝伦，无懈可击；然而它可不仅仅是一个隐喻！

从思想上说，忆明珠几乎是毫无保留地接受了这一整套前无古人的理论，为此他还专门在《雨花》上发表了一篇题为《宣传家和宣传品》的文章。以非党之身，而自觉纳入党的思路，可见这理论在当时确也有巨大的感召力。难的是一旦实践起来，却仍觉困阻重重：固然"正确的观念"是一首诗的灵魂和统领，但既然是诗，就总要讲点诗的情致和格调吧——他仍然摆脱不掉那恼人的"情调"，像摆脱不掉自己的影子。说"恼人"，是因为明明知道必须割舍，下起笔来却总也情不自禁，以致事后心中总是惴惴，像做了一件什么坏事，或怀有什么见不得人的阴私。如此循环不已，其势正如他后来在两行刻骨铭心的诗句中所写的那样：

　　　　该丢掉的，终不能丢掉；

　　　　该敛藏的，终不能敛藏。

　　　　　　　　　　　　（《泪水啊，慢慢地淌》）

　　不过他只说了真相的一半；另一半则隐藏于字面背后，那就是：不该丢掉的，却必须丢掉；不该敛藏的，却必须敛藏！

　　那时忆明珠当然还没有意识到，这种创作上的悲剧性悖谬不过是他命运的悲剧性悖谬的投影而已；他同样没有意识到，这种既自觉服膺于"革命"理论的重重围困，又情不自禁地寻求一切可能的诗意缝隙；既不肯放弃必需的美学品质，又对此感到不安，唯恐遭到诛伐的悲剧性悖谬及其恶性循环，在文化艺术领域长期处于极左思潮垂直控制的情况下，只会愈演愈烈，以致使受困者逐渐形成一种奇特的由"自缚"而"自诛"、"自戕"的"第二本能"，慢慢窒息创作的生机。按照精神分析的说法，这是一场从一开始就已经失衡的本我—自我—超我之间的矛盾冲突；这里"超我"不但与"本我"无法直接沟通，与业已形成的"自我"也处于尖锐对立的不相容状态；由于"超我"占有绝对的优势，"自我"将越来越丧失居中协调生成的功能，越来越深地被压抑到"本我"的黑暗中去，以致被"超我"置换。一个典型的例子是：1962年他写了一首题为《唱给蕃瓜花的歌》的诗；这首诗因其优美的抒情性而受到普遍好评，他本人则因在形式上采用了每一长句后落一复沓的三音节短语，以对应瓜藤和花的形态，而私下多出一重自得。然而，当一位部队作者来信，激赏其形式上的创意时，他倒忐忑起来。他怀疑这是否表明该诗有形式主义之弊？甚至顺着形式主义即颓废主义的思路想到，这首诗会不会"客观上"影响了那位战士的斗志？于是连忙回信，告以此类诗偶一为之尚可，但不要学；要学，就学"时代的最强音"，如郭小川、贺敬之的诗云云。

他自己也一直在努力地学"时代的最强音"，并且真正是用"心"在学。这里的"用'心'学"相对于"用'脑子'学"，区别在于前者始终伴随着求"真"执"爱"的强烈感情，是"大"而"化"之，"身体"而"力行"的。这也是诗在无论什么情况下的"神圣性"所系，用忆明珠自己的话来说就是："诗人写诗，多也罢，少也罢，写来写去也不过写了一个字，即'心'字"（《春风啊，带去我的问候吧·后记》）。当然，既然是"学"，中间终是隔了一层；所谓"油然生云，沛然行雨"，多多少少都是打了折扣的。1962年重提"阶级斗争"后，这"折扣"就打得更大，并且越来越大了：想当"社会主义的陶渊明"的梦想自然早就成了泡影；即如像《春雨》那样语境一派明丽，然或"调子太软"、"感情太细"、"分量太轻"的诗，写成后是否应该付邮，那也是要压在枕头下费许多天周折的。但即便是在最身不由己的时候，忆明珠仍然坚持用他的"心"来理解和接受他所面对的世界，包括他当时并不能理解和难以接受的世界；并且往往不是被动地理解和接受，而是主动地体察和琢磨，甚至高目标是达成彻头彻尾的"无产阶级化"。这一份难得的虔诚竟使他的个别作品具有了某种"超前性"。例如《狠张营歌》，寄至《人民文学》一年后才"隆重推出"，可见对其"反修"主题，他比编辑部敏感得更早；然而，这首诗中那种慷慨悲歌、壮怀激烈的情怀，却又是其时大多同一主题的诗所难以企及的了。

　　最能代表忆明珠在这方面的追求的，是他写于1964年的《跪石人辞》。他生来爱吃花生米。那日又买了一包回家，摊在桌上，边吃边看包装的报纸，一瞥之下见到一条消息，说的是山西省稷山县城关公社城关大队老贫农加金贵，在社会主义教育运动中，拿出他保存多年的一个跪着的石雕人像，背有一款文字，标明此乃加父加元瑞，由于无力偿还清末由（地主分子）徐某作保向当地府君庙所借的一笔高利贷，在无偿为府君庙当了二十多年庙夫后，仍被迫勒成自己的这座石像，以志耻辱，以替赎身。石像呈五花大绑状，勒成后一直置于庙院当中，面北而跪；直到日伪统治时期，才由加金贵于深夜偷偷搬回家中，收藏至今。

这是何等残酷的阶级迫害！是可忍，孰不可忍！虽是一人独处斗室，忆明珠也怒不可遏，拍案而起；旋即凝神结虑，奋笔疾书，一夜功夫，耗烟两包，写成长达170行的《跪石人辞》。其用情深致，较《狠张营歌》犹有过之；特别是劈头四句，真有石破天惊之概：

> 我是块石头，
> 我是块有生命的石头，
> 我是块有名有姓的石头，
> 我是块有血有泪的石头！

这首诗当时由《诗刊》发表后之所以会引起巨大轰动，并不全系于特定的历史氛围；其反证是今天读来，仍能体验到某种虽属不可复返，亦无可争议的美感魅力。此一反证同样程度不等地适用于后来收入《春风呵，带去我的问候吧》一集中的大多篇什；而其魅力之所在，亦即其用"心"之所在。

但代价是极其沉重的。这里所说的代价不止是、甚至主要不是关涉诗，而是关涉生命；并且不止是、甚至主要不是关涉时间矢量上的生命历程，而是关涉内在于个人的生命本身。将《春风呵，带去我的问候吧》与《绿芜少作残稿》稍作比较，令人痛心的还不是题材的渐趋狭窄，而是抒情视角的渐趋凝固；不是外部风格的渐趋单一，而是内在活力的渐趋僵硬。自由地抒发性灵原是他早期创作最显著的特征；然而，随着他越来越被人们当作一个"诗人"，随着他越来越自觉地从政治角度考虑诗歌，那种根源于生命本体自我呈现的自由感也越来越见减退，他的诗中也越来越少有内心冲突（而对忆明珠这样的诗人来说，没有内心冲突是不可思议的）。与此同时，某种与其"真"与"爱"的追求格格不入的因素却于不觉中渗透和侵蚀进来（问题不在于回避了什么，而在于汲纳了什么）。这种变化在50年代尚不很明显；60年代则显著加速；及至经历了"文革"的持续冲击而重新执笔后，他事实上已经深陷一种失却根本的困厄境地：你或可辨认出《油菜花赞》、《跪石人辞》与《石佛、山花和英雄的故事》、《青山铭》等出于同一作者之手；但要想在后两首诗中辨认出真正的诗人自己，就几乎只能无功而返了。《白头吟》（1978）把这一倾向推向了极致（同时也就宣告了它的终结）。这首完全有可能写成精神自传的诗，却不得不托付于对一位虚构的老将军的礼赞。从中不难看出，"为政治服务"所导致的"非个人化"（一种与艾略特所谓的"非个人化"毫不相干的"非个人化"）已经怎样深入了一个原本个性极强的诗人的骨髓。

这是一个不断的自我异化过程。是怎样一双无形而有力的手，不动声色地改变了生命和诗的走向？它逼迫你暗中屈服，却又自以为是在向真理靠拢；以"超我"置换了"自我"，却又自以为那才是真正的"自我"。可怕的不在于它一再向你施以强暴和屈辱，而在于你明明遭受了强暴和屈辱，却一再自认得到了拯救和新生；明明变得卑微更卑微，却一再自认正经历着崇高圣洁的升华。双重的沦落！双重的虚幻！有史以来诗人命运的悲惨，莫过于此！

在1988年诗刊社举办的"运河笔会"上，忆明珠与诗人牛汉初次相见。牛汉乍经介绍，便抚掌跌足大叫："啊哟忆明珠！你若是57年没有被打成右派的话，那必定是个埋得很深很深的'克格勃'！"

忆明珠只管"呵呵"地笑。他一转念之下，已然明了牛汉何以一见便出语惊人，却无意、也无从做任何解释。所谓"心有灵犀一点通"，但也并非时时、事事都"通"；今日固"通"，但设若让时光倒转三十年，则未必"通"。1957年"反右"时他所在的单位已决定撤裁，陷入"三不管"状态，加之省公安系统很快便完成了"右派"指标，故没与他沾边；然而这并不表明他"侥幸得脱"——以他当时的思想心态，除非有人在"指标"上恶作剧，大约也是划不进"右派"的。谁知道呢？这以后小一点的运动诸如"反右倾，拔白旗"啦，"文艺整风"啦等等，似乎都被他"逃"过去了；但那是不是应该叫"逃"，他也说不清楚。往事不堪回首，而往事各各不同。对忆明珠来说，那段往事除促他不断反思外，更多留下的是落空的痴情所独具的苦涩回味，是上下无告、只能"自我消化"的羞辱感，急切间又从何说起？

这并不意味着他从未有过怀疑，但他总是及时地将其掐灭在萌芽状态；一直到"文革"中期，很大程度上仍是如此。"文革"当然不存在什么"侥幸得脱"与否或"逃"不"逃"的问题：既然是"横扫一切牛鬼蛇神"，那就注定差不多人人有份。然而，尽管由1964年参加"社教"所受的待遇中他已明白自己永远成不了"自己人"，并深觉"螺丝钉正越拧越紧"；尽管自紧锣密鼓地批判《海瑞罢官》起他便预感此番大势不妙，就着手为正怀着第二个孩子的妻子作出"安排"，但作为最早的被"横扫"者，他还是有过一段"想不通"的时期。最让他痛苦的尚不是让造反派押着自己贴自己的大字报或游街之类，而是被勒令反复读《敦促杜聿明等投降书》和《南京政府向何处去》。向何处去呢？难道当年向革命投降不算数，还要反过来再投降一次吗？难道二十年竟敌不过十个月吗？旧中国早已决绝，新中国又加横扫，跟共产党混了半辈子，还是个没娘的孤儿！难道他不应该有一个不但死可葬身，而且生可立命的祖国吗？

在1980年为北京语言学院《中国文学家辞典》撰写的小传《尘土生涯述略》中忆明珠写道："做人难，难莫难于做'贰臣贼子'！"这"难"甚至比做"至微至陋"的"亡国贱俘"更难！

"难"到极处时，他曾认真考虑过自杀。这是他平生第一次、也是唯一的一次。然而最终他还是认定不能。生固不足恋，但死就能解决问题吗？当不了"社会主义的陶渊明"，难道竟要当"社会主义的屈原吗"？想当，大约也是当不成的。如此"自绝于党和人民"只能是出于"畏罪"，那样身前身后势必成为一笔"糊涂账"；孩子尚幼小，妻子还年轻，他们将何以堪！不是说"水落而石出"吗？那就且忍着，等待那一天吧。

缓过这口气来，他又转而为"革命"着想。"文化大革命"这样搞既是为了防修、反修，他自然不能不拥护，这就如同为了保护健全肌体必须要割除痈疽一样。他虽自认不属痈疽一类，但既然命运安排他与痈疽比邻，割坏肉殃及好肉，总是免不了的。他又想这或许是为实现共产主义而进行的最后一次扫荡了，这把火只怕早晚得烧；既已烧起来，玉石俱焚大概也就顾不上了——历史上的哪一次革命不是这样，又何曾少过蒙冤含屈的牺牲者呢？最初转向革命时的悲壮感，此时又一次涌上心头。任管场景已发生根本变化（"昔为座上宾，今为阶下囚"），然再作一次牺牲又有何妨——但愿这真的是"最后一次"了！想到这里，心中忽又充满了说不出的恐惧。

真不敢想象，假如没有这场"文化大革命"，假如它没有从逻辑和经验上以极端的方式充分揭示出这种"革命"自身的极端本质（文王狩猎尚知网开一面，何曾见过如此铁壁合围！），忆明珠以及无数像他一样的中国知识分子还要在这罪恶且自罪的道德地狱里辗转反侧多久，而最终的结局又会是什么样子！在这个意义上，倒是应该感谢这场"革命"；还要感谢它持续的时间那么长，可以让人充分地看，充分地想，即便是"马后炮"式的想。

黎民百姓，所见不远；但说到"想"，身边发生的事已经足够。譬如有的人长期以来一直号称是忆明珠的"朋友"，然运动开始后不久就合伙躲在一个地方研究他的诗，一两个月后便射出了一排"重磅炮弹"。这倒也罢了；更令人心寒的是再见面时的那副嘴脸：那种胜利感，那种冷酷！世态炎凉、人性险恶居然可以一至于此！然而，世态必定如此炎凉，人性天生如此险恶吗？作为个人对他们当不必苛责；可是，假如一场革命所倚重、所调动的是这样一种世态的"凉"，这样一种人性的"恶"，那么，这"革命"本身又是怎么回事呢？

再譬如，都说"群众是真正的英雄"，"群众的眼睛是雪亮的"；然而，正是那些"群众"中的"群众"，即那些更是"英雄"、眼睛更加"雪亮"的"革命群众"，硬把例如《春雨》一诗中的"雨呵，你怎会不来呢"批判成是在呼唤"蒋介石啊，你怎么不来呢"。他们怎么就想不到，要是他真怀有这样的鬼胎，哪敢写，又何需写呢？革命肯定要发动群众，他也不会去怨这样的"群众"；可是，假如一场革命需要这样发动"群众"，或需要发动这样的"群众"，或需要把"群众"发动成这个样子，那么，这"革命"本身岂不十分可疑？

又譬如，先说是"揪党内一小撮走资本主义道路的当权派"，后来扩大成揪所有的"当权派"，再后来是揪人的"造反派"内部又分裂成"两派"，再再后来"两派"在"清理阶级队伍"中又互相揪……及至闹完了"揪'五·一六'"，数数身边，"干净"的仅余十之二三，差不多是"洪洞县中无好人"了。革命自然不能没有对象，他也不妨充作对象；可是，假如一场革命专擅于"走马灯"式地制造"对象"，以致人们可以一夜间如"坐庄"般轮作"动力"和"对象"，那么，这"革命"本身是不是也快要成为"对象"了呢？

……

想。想。想。犯罪般地想。偷吃禁果般地想。最初"想"是他的唯一权利；及至后来，却成了他的某种"特权"——盖因他已是一只"死老虎"，除了备"上挂下联"的一时之需，已引不起"造反派"的任何兴趣，很少有人来管他想什么、怎样想。这也好，"眼不见为净"，彼此省心。想。想。想。电光石火般地想。老僧入定般地想，直想到不敢再想，直想到心中升腾起一种难言的厌恶和疲倦。

然而他从不消沉。如果说"想"是必要的精神体操的话，那么，艺术就是"想"的解毒剂。在这方面他已修炼出段位足够的"禅静"功夫：抄大字报吗？好，那就权当练书法；监督劳动吗？好，那就边扫大街边默诵唐诗宋词；闲来无事吗？好，那就去街上买一本连环画《刘胡兰》，一张张照着临摹，贴满四壁——莫道苦中作乐，自有乐在其中。人要活下去，事业也不能抛荒。天晓得，这算是什么"事业"呵！

　　但生活却不管你有多深的"禅静"功夫：一家四口挤在一间破旧的瓦屋里，又扣发了工资，其清贫窘迫可想而知。两个幼子尚不懂事，多亏有贤淑的妻子在旁陪伴且料理一应门户之事，那一段不是放逐、胜似放逐的日子才不致过于孤寂难挨，以致别有一番"初民"滋味。妻子叫蓝桂华，当时在一所小学中任代课教师；她生性平和恬淡，寡言少语，虽从不主动打探、也未必能应和他那激烈的心事，却于无微不至的诸般照料中，表现出对他所有心事的默默理解和认同。婚后二十年，忆明珠曾以五行朴素之极，而又明艳之极的诗句，勾勒出他们之间这别样的心心相映，以及他对此深怀的感激之情：

　　　二十年，
　　　粗茶淡饭生涯。
　　　你淡泊如水，
　　　我便是水边那枝
　　　不肯红的花。

　　　　　　　　　　　　　　　（《书空·其五》）

　　70年代初"落实政策"后忆明珠重回文化馆，仍当他排名最末的副馆长。随后的几年中他把相当一部分时间精力用于发现和培养地方的诗歌人才。从《县志》中他早已得知，他当初之所以选中仪征落户并非全然出于误打误撞，其中自有一份天生因缘：却原来他母系姜氏一族中的先祖姜埰，明末时便在这里做过知县；那么，他于此安家立业，娶妻生子，许以差不多整个中年韶华倒也算其来有自，称为"第二故乡"更是不虚。既如此，就总要为故乡父老行些善举；他乃一介书生，只能照以书生的方式。也亏了他有这番心意，我方能强附骥末，到他门下学诗——虽然我始终自认不是块好的"诗歌材料"。

同时他开始集中考虑、探讨一些艺术的本体问题。1975年他将关于诗的涓滴所得辑为一集，油印成册，题名《鸣缶小札》。"鸣缶"取自《楚辞·卜居》之"黄钟毁弃，瓦缶雷鸣"，当然是自谦之辞；事实上，在其时确乎到处一片"瓦缶雷鸣"的背景下，对如我这样于诗几乎一无所知，只是凭着一本《怎样写新诗》或《新诗韵类》，再加上一点主要得之于宣传品的干巴巴的"思想感情"胡涂乱抹的后学来说，读到他那些鲜活的经验和精粹的心得，正不啻耳闻黄钟大吕。我直到读大二时还珍藏着这本小册子，可惜后来终于轶失不知所去了。印象最深的是其中论及七律的结构意味一节（之所以"印象最深"，是因为曾"借鉴"此篇糊弄过一次古典文论课的作业），大意是说七律的结构凝聚着古人的宇宙意识：其首、颔、颈、尾四部分，合起来正好是一个小小的动态宇宙模型；其中往往取"反对"的颔、颈二联，尤能反映古人对宇宙万物既矛盾对立，又内在统一的辩证认识和空间对称的观点；而通常所谓的起、承、转、合的结构方式，只要不拘执，又恰好体现着宇宙自身生生不息、流转不定的运动所具有的一般形态及其发展规律，它同样是辩证而又统一的。明眼人一望可知，尽管这里处处闪动着毛泽东《矛盾论》的影子，但整个思路绝非"活学活用"式的"以诗为证"；尤其是"动态宇宙模型"一说，恕笔者寡陋，迄未见到从哲学或文化学的角度对古典诗歌作宏观把握时有比这更贴切、更具想象力和说服力的论述。我曾在不同的场合多次发挥过忆明珠的这一观点；考虑到《鸣缶小札》一直被他排除在已出版的诗文集之外，特借此再次申明出处，完璧归"赵"。

另一本至今仍"藏于深山"的札记是《学书漫笔》，由两篇论文构成，分别写于1976年6、7月。如果说《鸣缶小札》中尚不无当时时尚的影响，或受制于人们喜欢说的"不可避免的历史局限性"，那么《学书漫笔》就远为纯粹精当。特别是《"一"字书说》一文，以追问"汉字的'一'为什么不像阿拉伯字的'1'写作一竖，而是写作一横"这一听来简单得不可思议，凝神却顿觉精深博大的问题为切口，直探中国书法的美学肌理和核心，其思致真可谓"横空出世"。忆明珠的具体阐述这里不拟披露，也算是留下一个悬念；真说出来，行家里手们或会以为"无甚高论"；但再恕笔者寡陋，我只怕这些"行家里手"们大多永远不会像忆明珠那样思考和提出问题，因为前人的种种"高论"和陈陈相因的"行规"、"作法"等等，对他们已经完全够用了。所谓"传统"，往往就败坏、僵死在这些"行家里手"手里——无论是什么意义上的"传统"。

这篇文章相当典型地显示了忆明珠独特的运思方式，那就是从人们司空见惯、以为无所思、无从思的"盲点"或"空白"处着眼，以（因此）出人意料之外的追问或设问为内在动力和逻辑结构，经由最简单、最普通的日常（艺术）经验的分析，逆向粉碎成见的茧壳，暴露问题的根本以使问题重新成为问题。这种运思乃是一种不注重结论，而注重创造或重构的启示性运思。它包括运思对象、运思主体和接受主体三个层次，但更注重运思主体的启示，即自我启示，以始终保持运思自身的活力。在他后来的一系列有关诗歌、散文、书法、绘画的随笔中，这种运思方式得到了进一步的展开和充实。随手可举的例子如论诗的《诗是鬼画符》、《白云是怎么白的》、《青山是怎么青的》、《关于几首译诗》；论散文的《说"漫"》、《说"横"》、《关于散文的聊天》；诗、书、画皆论的《晰枝小语》；似乎什么也没论，但又似乎论及了一切的《关于零》等等。这自然是在强作区分；事实上它们在忆明珠那里是互通声气，融溶一体，并最终以宇宙人生为"焦点"或"灭点"的。说得极端点，即如以上提到的论散文三篇，包括一反前人所见，被散文界某些同仁称为"语惊四座"的、有关散文要在"神散形不散"的妙论，在充分考虑到不同艺术门类的具体要求和特定上下文限制的情况下——你总不能"漫"、"横"到楷书中去——便作诗论、书论、画论、人论来读，又有何不可？

《鸣缶小札》和《学书漫笔》的写作并不是两个孤立的事件。它们出现在"文革"即将结束的前夕，相当微妙地透露了忆明珠内心变化的消息。发展出新的思想维度多多少少都是有条件的，超越环境必以对环境的疏离为前提；据此分析，可以说那一直虔诚地伈孜于"思想改造"的"超我"正处于内部瓦解之中，而那一直遭到至深压抑的"自我"，正审慎而又不可遏止地进行反弹。说"不可遏止"，是因为这种变化如同他后来在一首诗中所写道的，"不是来自什么指令，/什么路标"，而是"诞生于/混沌初开，清浊难晓"（《春，毕竟来了》）。然而我无意用这种粗陋的分析取代变化本身的复杂性；事实上，从诗歌创作的情况来看，正如前面所指出的，直到粉碎"四人帮"，宣布正式结束"文革"后的一两年内，那根深蒂固的"超我"在很大程度上仍居有支配地位。

1979年，江苏人民出版社出版了忆明珠的第一本诗集《春风呵，带去我的问候吧》。这是新时代对他多年痴情于诗，并因此饱受磨难的一个小小回报。他17岁开始写诗，30岁第一次发表作品，52岁才出版第一本诗集，听来似乎是"大器晚成"，但只有他自己知道其中的滋味。"大器"与否姑且存而不论（尽管他幼时在周遭曾享有"神童"的美名，而成人后也从来没有小觑过自己），这"晚成"二字若真说起来，却只能是一种讽刺。"成"者，事业功德或精神境界臻于圆满之谓也；那么，他据何而论"圆满"，又向哪里"圆满"呢？眼前的现实分明更多的是：事业功德百孔千疮，精神情感支离破碎！前者于诗人固可视若浮尘，然而，面对多年奉以身、心、血、泪的精神大厦的转眼倾圮，他也能无动于衷、波澜不兴吗？当然你可以说崩毁的只是一座神殿，但又岂有真是筑基于沙滩上的神殿！

他的前半生在某种程度上是一个持续的自我否定过程，这种自我否定是以"历史"的名义进行的；现在，当历史本身终于选择了自我否定时，什么又是他相应的选择呢？显然，那种"'十年一觉扬州梦'，噩梦醒来是早晨"或"顿觉今是而昨非"的逻辑，对忆明珠来说是过于简单了。因为和"醒来"一起降临的不仅是"早晨"，还有幻灭；而面对满目疮痍，硬说那只是一场"噩梦"的结果，必欲忘之而后快，又怎能说得上已经真正"醒来"？固然"从春天走的，又复苏在春天"；可是，假如这一对自然时序的借喻不幸真的是历史循环的一个转喻的话，那么，又安知"今是"不会隔日又被"顿觉"为"昨非"？其"是"、"非"的界限究竟在哪里？又怎么能保证人们对"春天"的欢呼不致再沦为其新的命运轮回的序曲？

忆明珠步入晚境后经常慨叹人生经验的非积累性和不可承继性。他或许道出了人类这一物种的某种普遍界限，而我们对此只能徒唤奈何——正如米兰·昆德拉以半是谐谑、半是沉痛的语气所说的那样，"缺乏经验是人类境况的特性。我们只能诞生一次，我们永远不能带着前生获致的经验开始新的生活。我们带着对青春的无知告别童年，我们带着对婚后的无知结婚（同理，带着对理想的无知追求理想，带着对幻灭的无知面临幻灭——引者），甚至当我们进入老年，我们也不知道朝什么地方去：老人是他们老年的天真儿童。在这个意义上，人类世界是一个缺乏经验的行星"。

但这毕竟只勾勒出了人类世界或人类境况的一面；毕竟，人之为人或人与物的最大区别在于，他具有某种与命运的循环对称，并足以反刺后者的"超越"或"涅槃"的本能。就此而言，尽管他的肉体只能是一次性的存在，他的精神却可以不断再生；据此他还能将那业已现实地丧失了的，进行某种精神上的"挽回"。在这一过程中甚至"缺乏经验"本身也被转化成某种经验，某种经由对既有经验的反省（包括记忆对遗忘的斗争）和综合体悟而形成的应对"缺乏经验"的经验，即更高的智慧经验。

正如珍珠只能获之于病蚌一样，智慧也只能得之于痛苦，更准确地说，得之于痛苦之思——所谓"痛定思痛"。人生和艺术的双重悖谬是忆明珠痛苦的渊薮，因而毫不奇怪，他的"痛苦之思"是从意识到"心中之心"开始的。对"心中之心"的意识本质上是一种"分裂意识"。有"裂"才会有"变"。

分别出版于1986和1988年的诗集《沉吟集》和《天落水》完整地记录了这一"心"的裂变过程（顺便说一句，《沉吟集》的"集"系出版者所改，原作"草"，其间语言姿态和境界的区别不可不辨）。如果可以从忆明珠的诗中抽象出一张心电图，而《绿芜少作残稿》和《春风呵，带去我的问候吧》清晰地显示了一条自由—自缚—自诛—自戕的曲线的话，那么，在这两本诗集中，经由对"心中之心"的意识，这条曲线就更多折向了自辨—自审—自救—自赎。

毋庸讳言，忆明珠的"自辨"包含有某种自我辩护的成分；同样不难理解，其自我辩护最初包含有无法接受自己的半生追求遭到根本否定这一事实的成分。但换个角度，亦可谓此乃平行于自我否定的必要的自我肯定，且二者实际上是同时发生的；其间或有某种程度的自美自圣（这也是自屈原以降中国"文人诗"，或曰知识分子诗歌的传统之一），但绝无丝毫的自怜自艾。当他在《凝视着雨花石·其一》（1977）中把那颗"心中之心"比喻成"晶莹圆润，五彩缤纷。宁可破损，不容纤尘"的雨花石时；当他在《古井水》（1979）中忆及诗人（此自谓也）也曾像传说中那位"缟衣素服的女子"，"一手抚心，一手指古井而誓"，忽又悟到"心，属于他，却由不得他"，因而所谓"波澜誓不起，妾心古井水"的誓词全然作不得数，诗人的心终将"永远波澜迭生，颤栗不已"时；当他在《峨嵋山泉歌》（1979）中借泉自白"我是六根不净的。我乃造化贮于灵山之府的带咸的泪，带甜的乳"时；当他在《古老的红豆》（1981）中面对"千年坚持如一日，永葆着青春的俊秀"的南国红豆，倾诉自己"十年苦度若千年"，因而"凋谢了我的朱颜，滞涩了我的歌喉"的相思时，他是在试图逾越数十年的时空，返归当初"绿芜"式的痴顽纯真、一往情深的自由天性吗？似乎是这样，但又不尽如此。忆明珠正像他在后来的一首题画诗中所说的，"平生不吃后悔药"，且素憎怨天尤人，故既不会把"心"的横遭扭曲仅仅归结为外力强加的结果，也不会把"违心"云云表白成"无辜受害"的顺风托辞；他的"自辨"与其说是要从面目全非的当下"自我"中重新发现那个"向自己隐瞒了多年"的真正的"自我"，不如说是要据此重铸一个新的"自我"。这个新的"自我"当然不是、也不可能是那个不谙世事、未染俗尘的"绿芜少年"，而是这个历经沧桑、饱受磨难，在内心冲突中沉浮了半生，却仍怀有一个"小小的花园"的忆明珠。这个忆明珠无意"藉摇红的烛影，／暂回自己已失落的朱颜"（《述怀·其一》）；如果说他也追念以至伤悼那未果的黄金般的青春岁月的话（《题芦苇》，1984），那是因为这同时也意味着"失之东隅，收之桑榆"，其"依然"的纯真痴顽、一往情深，正可经由对丰沛润泽的青春活力的重新汲取，转化成枝遒干劲的成熟智慧：

> 枝丫，释去了重负，
> 疏朗如高张的网孔，
> 兜满了透明的阳光。

（《述怀·其八》）

但这并不能替代对"心"的自我审视。"自审"是"自辨"更深的内涵。在《述怀·其四》中忆明珠写道:"何必去抚慰我的灵魂呢?/它从不走到人跟前。/它的脸上/是打了金印的"。然而不必讳言,那只给灵魂打上"金印"的手同时也经过了他自己(和我们大家)的手;换句话说,这里存在着施害—受害的某种"合谋"关系。当忆明珠自省"一个自由的灵魂",竟"自觉地就缚于神符"时,他不仅揭示了灵魂的脆弱及其悲剧性的历史悖谬,同时也道出了在这沉沦于岁月地层下无以告人的痛楚中隐藏的深深的参与罪恶感。除了当事人自己,没有谁会追究他在其中应负的一份罪责,而不敢正视以至无视则与在逃无异。遗憾的是这恰好是大多数人们所取的立场。他们更愿意以受害者的身份说话,从而再次反证了灵魂的脆弱性。中国历来的"诛心"之术(其现代版叫"在灵魂深处爆发革命")就建立在利用灵魂的这种脆弱性的基础上,其妙处在于经由"诛心"而达到"心诛";而中国之所以历来缺少忏悔的传统,似也基于同一根源。所谓"往事不可谏,来者犹可追",以其豁达的日常哲理和熨慰人心的情感力量,为多少悲剧的灵魂提供了解脱的口实,而悲剧本身却被一再轻轻放过。另一种可能的归宿则是所谓勘破红尘,游心太虚;我们唯独听不到卢梭式的忏悔,更听不到陀斯妥耶夫斯基拷打灵魂时那沉重而尖锐的鞭啸。这种"儒道互补"的传统文化—心理结构的负面投影,以其宿命般的循环构成了一代又一代诗人的命运陷阱;在它的面前,曾经的死亡再一次死去,而个体的一时解脱则转变成新的历史重负。这样的解脱和苟且究竟有多大区别?

或许忆明珠的自审并没有从根本上打破"儒道互补"的传统模式;但同样,传统所投下的巨大阴影也不能遮掩某种新的生命—文化因素发出的光芒,并且这种新的因素正由走出传统阴影的强烈企求所催生、萌发。在《晨歌》(1982)中他面对磅礴的日出呼吁:

扑过来吧，

光明的兽，

将我吞噬！

我渴望我的淋漓血肉，

泼入半天红云。

你无法分清这究竟是晨歌还是夕唱，是希望的绝望还是绝望的希望。
由于这呼吁有着复杂的经验背景，所以它不可能仅仅出自单纯渴望委
身光明的激情；而如果说其中分明还潜涵着某种不可遏止的自我毁灭
冲动的话，那么，渴望被毁灭的也决不止他的一己之身。在随后写成
的《述怀》中，忆明珠又一次呼吁"肃杀的秋风""横扫其胸臆"，
"如横扫林莽"，从而强化、放大了《晨歌》中那种深潜而骚动着的
朦胧意绪；而当类似的呼吁再一次响起时，这一直若明若暗的意绪终
于水落石出般清晰凸现：

砍倒那棵高擎着鸦巢的白杨树，

让我的心无枝可依，

重返天涯！

（《秋怀·其七》）

这颗心曾被指陈为"红得像火"，雨花石般"投诸水而益逞其光焰"
（《凝视着雨花石·其二》，1977）；被表白为"如陀螺般／向爱神抽
来的鞭梢，／痴情地旋转不歇／一忽儿也不曾，从她的／势力范围
逃脱"（《述怀·其一》，1982）；而现在却欲"无枝可栖，重返天涯"！
在这越来越趋激荡的态势中，某种一直被遮蔽着的背景倏忽转变成前
景。"那棵高擎着鸦巢的白杨树"究竟象征着什么远非一两句话可以

说清道明，可以肯定的是它曾凝聚、撑持着他先前的全部生活和信念；要将其"砍倒"，意味着从根基上清理、清算过去。《暮春吟草·其八》（1984）提供了一幅对称的总体象征画面：

> 当黄昏来临的时刻，
> 辛苦的旅人却背转万家灯火，
> 向无垠的苍茫，
> 寻觅那但属于他的
> 一颗微光

这里场景、姿势和目标构成了一个整一的情境：在"黄昏时刻"和"万家灯火"之上，是"无垠的苍茫"，它暗喻着一个巨大而混沌的心理时空，藏纳着昔日的全部执着和迷误、光荣和羞辱、希望和绝望、欢乐和痛苦；"背转"的姿势和上述的"砍倒"一样意味深长，其果决显然透露出某种内心过程的逆折以至中断；最后，"寻觅"这一贯穿着忆明珠创作始终的主题再次出现，然而其向度和指归都发生了微妙的变化。"那但属于自己的一颗微光"既呼应着"万家灯火"，又比照着"无垠的苍茫"，其微弱飘忽，隐秘闪烁，在喧繁的氛围、漫长的距离和浩瀚的空间烘托压迫下，造成了某种一发如悬的致命感——它确实是致命的：因为正是在这里，在对光明普照的期盼让位给对"但属于自己的一颗微光"的"寻觅"之处，那天生丽质的诗意灵魂才由脆弱一变而为强大，超越尘世的种种束缚掣肘而启示诗人和诗存在的意义。这就是所谓"重返本真"，亦即所谓"自我拯救"：

> 从哪里飘来
> 几声秋蚕的清吟？
> 蓦地回首，

晚祷提前来临。

我相信忆明珠于此绝非是偶然使用了"晚祷"一词。它所具有的浓重仪式意味，凝聚了某种弥漫性的心态。事实上，这场混合了中国传统的祭奠和基督教的忏悔的内心仪式一直在他1983年后的诗歌创作中隐秘进行（忆明珠自言他的心态自写《雪思》后就进入了"冬天"），兼具人生和诗的双重指向。这里忆明珠不再执着于那颗心的纯真，而是看出它"早如一片坠枝枯叶，遁入空门"（《晚花·其五》，1985）；它所蕴含的能量仍可"爆发强光"，此后便化作"一群银蝶飞扬"；他甚至一直把这颗心逼进了历史深处，从那里，从"心头掠过"的一阵阵"古战场般的阴冷"里（《晚花·其九》），"望月华如水处，/可有千年银狐，/听见我心的独语"（《别琳弟丁香小院》，1986），且"揽过汉时的青铜镜"，而"笑得须眉生动"（《揽镜》，1984）。

谁能说得清这来自幽冥中的笑声有着几多酸楚，几多快意，几多无奈和几多欢畅？它充满着死亡气息，又高蹈于死亡之上；混合着铁与冰的刺痛，又摇曳着水与风的清朗；这是一种大解脱，又折返人心激响回荡。已逝的岁月、将逝的肉体，包括那颗业已"无枝可栖"的心，都在这笑声中蓦然委地，而唯有那双窥破了自我和生存真相的眼，那张言说着晚祷之词的口，在苍茫的暮色中闪光。这样一种祭奠，这样一种忏悔，或者说这样一种祭奠式的忏悔和忏悔式的祭奠不仅着眼于灵魂的自救，而且致力于灵魂的自赎。它不是靠简单地抛弃，而是靠诚挚地省悟过去而获致当下的存在，靠持续的死亡而赢得瞬间的新生。它当然没有提供未来，因为这里没有时间意义上的未来，而唯有诗的超越；而如果说在它的深处确实弥漫着一片无边的黑暗和虚空的话，那么正如叶芝所说，"当我明白我一无所有时，当我明白塔楼鸣钟人以一瞬即逝的钟声作为灵魂的婚礼时，我将看到黑暗变为光明，虚空变为丰富"。

《沉吟集》和《天落水》所收作品跨度凡十年，此后忆明珠基本上没有再写新诗。这十年对应"文革"十年或是一种偶然的巧合，却也使得如下诗句具有了某种双重的"味外之旨"：

> 给我一枝花儿吧，
> 我欲微笑，
> 面壁十年，
> 梦破时，
> 我欲拈花微笑。

（《给我一枝花儿吧》）

而《书空》中的几行诗甚至更能体现这种"拈花微笑"式的智慧：

> 风景入目最佳处
> 不在此岸
> 不在彼岸
> 向前走
> 走过桥去
> 再回头
> 回到桥中间

小说家林斤澜曾以"石破天惊"形容他读到这几行诗的感受，可谓知音之论。因为他不仅读出了"回头"这一突然的逆折中所暗含的幻灭感，读出了"回到桥中间"所具有的新生意味，而且读出了二者在化沧桑为"风景"的智慧境界中融溶为一时所释放出来的沛然活力和巨大能量。

"石破"之日即石头开花之日。从这一角度看忆明珠近二十年来的创作,其本身就成了"桥中间"的一处奇佳风景。"石头开花"一喻固然适用于他此一时期的诗(在这一时期的诗中他确也屡屡以"石头"自喻,这富于讽刺性地令人一再想到他的成名作《跪石人辞》),但或许更适用于他的散文。1977年他起手写的第一组散文,总题即标为"破罐·泪泉·鲜花";后撰《关于散文的聊天》,其开篇《"破罐"——我的散文观》又言明"破罐"相对于"玉壶",分别象征着他所理解的散文和诗的不同文体特征:"玉壶"者,"某种对圣洁的升华"之贮器也;余者则期许以散文。"破罐"本撷自俗话"破罐子破摔";然而稍加细察便可发现,它同时还是一个反刺命运的隐喻。在这一点上它恰与"石头"相通;而期冀以泪水供养,从中生出"鲜花",较之"一片冰心在玉壶",不是一种同样圣洁且更加超迈的生命追求吗?

忆明珠1979年调江苏省社科院文学所,复调江苏省作协从事专业创作,旋举家搬迁南京。若从外部观之,迄今前后凡二十年间生活,除这两点变化尚可一提外,几乎称得上平淡无奇之至。说白了,竟日无非看、思、读、写四字,间以短暂出游,亦不能外。然而,若从内部观之,则这二十年的生活,真可谓风云际会、山重水复。往大处说,经历了"文革"后的幻灭,脱离了原来的轨道,就有一个如何重建生活和艺术的信念,如何摆正自己的问题。"诗失求诸野",但哪里是他的"野"?缘何而"求"?又怎么个"求"法?往小处说,"文革"后他已站在老境的门槛上,如《自勉》(1978)一诗中所言:"'一尺之棰',已取过其半"了。《容斋随笔》云:"二十为生计……五十为死计";死,并不难,难的是"为死计"——所"计"者与其说是"身后",不如说是"身前":既要从容应对老境,又要对毕生追求有所交代,不亦难乎?由此二端考虑,就不难理解忆明珠何以会一段时间内诗与散文并重，后来却越来越偏于散文：他其实是向往散文"作为一种文体，能够自己解放自己"。

这和他对诗的珍爱并不矛盾，无非是文体上各有所长而已。即便是在他的散文之名大炽以后，诗在他的心目中仍保有神圣的、至高无上的地位。一次讲课，有读者问"你的诗好还是散文好"；他毫不犹豫地回答"诗好！因为诗境即心境"。在他看来，诗境之相印于心境，"有时可以坦率到令人看不懂的程度"；但也正因为如此，就为散文提供了施展的天地：诗不必、也无法说清楚的，正可交给散文去说。在这个意义上，他的散文不妨视为其诗的延伸和拓展。当他说："无论废铜烂铁、荆棘蒺藜、假语村言、嬉笑怒骂以至种种胡说八道，在散文的'破罐'里，可谓'得其所哉'"时，他所道出的，正是某种诗性的智慧；"开花"则是其最高境界。"开花"意味着生命—语言当下的自由自足，自在无碍，意味着"目既往还，心亦吐纳，情往似赠，兴来如答"（刘勰《文心雕龙》语）。忆明珠的散文越是到后来，总体品质上就越是接近这一境界：无论世风民情、往事今景、人物品貌、草木鱼虫，一经点化，俱成佳品，当真到了"寓目成色，寓言成声"的程度。这和他的诗越是到后来就越是于他原先擅长的延绵的抒情风格有所节制，取而代之的是电光石火式的短促感悟；意象的营构方式也不再注重内在的逻辑性，而是更显孤立、突兀，不再服务于某一具体情态的抒发，而是以其自身呈现某一特定的瞬间，不再具有向外扩展的趋势，而是在向内的聚敛中与身俱足，恰好彼此呼应，相互补充。

忆明珠的散文观主要见之于《关于散文的聊天》十篇。反过来，这"聊天"二字，也甚能道出其散文的精神。本来"聊天"既是与他接谈者的一大快事，亦是使他至为平淡的日常生活凭空生辉的项目之一；我之所以未将其单独列出，是因为它在很大程度上是可以归入"读"类的。在《关于"读"》一文中忆明珠写道："什么都可读。

山可读。水可读。云可读。月可读",何况人乎？对"好读书不求甚解",且据云所读不多的忆明珠来说,"聊天"正是他读"人"、"世"这两本活书的大好机会,并因而成为他散文写作的"法门"之一。当然读法很重要：知人鉴己、循事悟理,是一种读法；得机类推、跳跃联想,又是一种读法；可正读,可反读；或进一步读,或退一步读；一时读不懂,独处时再默默复读——不要轻看了这读法种种,其中实有大道存焉。《民间论语》中的一段话,最能道出其中精义：

> 人与人相接,不光是握手、递烟,还得交谈。你一句,我一句地对答起来,便形成思想交流。而每人都有各自的生活经验,必有闪亮的思想之花爆出。这是活在口头上的《论语》。

忆明珠素喜《论语》——不过首先是作为文学作品——尤喜孔子在论及其思想核心"仁"时那种"令人如坐春风"的口吻和语气。"仁"者,二人也,人人也,人与人也；其主要着眼于指导、协调人际关系的用意不待一一阐述,由这种口吻和语气已足自现。那么,以"仁"而视"聊天",不亦可乎？此二三子间事通人人间事,通天下事也。忆明珠激赏《论语》开篇《学而》一波三折,"如一支优美的牧歌","好像在欣赏生活,礼赞生活,在提示着生活的一种至高至美的境界"；而从文学的角度说,"欣赏生活,礼赞生活","提示着生活的一种至高至美的境界",不就是"仁"的根本所在吗？当然,这里的"欣赏"、"礼赞"决非牧歌意义上的欣赏、礼赞,正如这里的"提示"丝毫不具说教色彩一样；其"仁",是生活本身所要求的"仁",它来自业已经过了充分的积淀和反省,超越了二元对立的悖谬,内外无别、主客不分的生命体验。事实上,这个意义上的"仁"可以说构成了忆明珠近二十年创作（不限于散文）的一个基本美学支点,且决定了其美学风格的发展向度。他每以张大千（面对西方）的"泼彩"和黄宾虹（面对古人）的"解散线条"为比，言明自己所追求的，乃是传统园林中所谓"平远山林"的境界，即不是刻意创新，而是止于发现；不求怪异奇险，但求朴素健康；未必出人料外，然必意味深长的境界。他迄今已出版的五本散文集中，多的是此类貌似"聊天"，而又把"聊天"提升为生活况味的作品。随手摘几个句子如下：

> 一壶春茗在手，目中有绿，心中有苦，这才能进入境界，成为角色，否则，终不能算是茶的知音。（《茶之梦》）

> 人生最美的风景，应是恰巧在最美的焦点上暴露出那点历史沧桑的丑来。（《丑的自赞》）

> 它黑得极重极浓，又黑得极透极亮，是灵魂的那种黑。敢于黑到深处，又敢于亮到深处。（《题八哥》）

> 心地光明，百病不生，百病不生，即罗汉也。（《不想戒烟》）

但仅仅从美学的角度来看待这种"仁"是远远不够的；或者换一种说法，只有首先把握住这"仁"中所包涵的独立的、批判的知识分子—艺术家立场，其美学内蕴才能真正生长为一种境界。这大概是忆明珠从前半生的惨痛经验中总结出来的最重要的历史教训。独立、批判的精神既是哲学的，也是文学的灵魂。在忆明珠看来，中国文化传统中原本并不缺少这种因素。孔子的"仁"，落实到现实层面上讲的是"君君、臣臣、父父、子子"；表面看来是一种铁定不移的上下垂直关系，其实这种关系的设置是以"君子"，即"士"为中心，以

"士"的眼光为标准的。一旦违反了"士"的评价标准，那就叫"君不君、臣不臣、父不父、子不子"了。孟子以"定于一"改造了孔子的"吾从周"，以"民为贵，君为轻"改造了孔子的"君君、臣臣、父父、子子"，所基于的也是"士"阶层的独立、批判精神；其结果是为"仁"注入了新的活力，从而使儒家学说成为一种更具涵括力，也更具弹性的学说。事实上，"士"阶层的形成及其在社会生活中发挥其不可替代的功能作用，本来依据的就是其自身独特的眼光和尺度，不必以帝王将相为转移；而这一阶层能否坚持独立、批判的立场，和其所信奉、所张扬的某一（或任何）学说是否具有可改造性，是否具有与时俱化、绵绵不绝的生命力从而是否足够伟大，是互为表里，彼此依存的。正如对某一（或任何）学说来说，最可怕的莫过于缺少接受改造的能力，或宣称自身已然真理在握，拒绝接受改造以至失去了可改造性一样，对"士"阶层（或知识分子）来说，最可怕的莫过于失去了独立、批判的精神——此二者诚所谓"朽木不可雕也"。

这就涉及了"聊天"更深一层的意思。忆明珠于此的一段妙论，真可谓警世之言：

> 中国人天生的都是些美学家，造个词儿，既表意义，又寓意境。依我臆测，聊天者，你尽管聊去，无拘无束，无边无际，可以聊他个十万八千里，可以一直聊到天上去，多广阔的精神空间啊！……不幸自宝玉出家而后，便不闻有什么高明的聊天，到了近数十年，自"反右"至"文革"，情形越来越糟。人人三缄其口，"无多言，多言必败；无多事，多事必患"。聊聊且不敢，又怎敢聊他个十万八千里，又怎敢聊到天上去！……要知道，聊天若不能聊到天上去，便很难说是安定团结的标志和太平盛世的保证。因为很多本来不

应当降落到中国老百姓头上的东西，比如"反右"、"文革"等等，等等，等等……恰恰是从天上掉下来的。那么，天的喜怒哀乐，阴晴圆缺，岂可不在聊天的题义之中吗？聊天者，聊聊天的喜怒哀乐，阴晴圆缺也！天其认可乎？

由一小小的拆词游戏生发开去，讽喻或不失温柔敦厚，而批判的锋芒，亦尽显其中矣。这里显然有传统"诗教"的影响，更渗透着自由民主的精神，其本身正启示着古老的文化传统被现代思想改造的可能性。

忆明珠的这一路散文，自成一种雄辩式的慷慨陈词风格；其抨击时弊、针砭人心、反思历史，本乎心而驭乎气，且暗行逻辑操控和情感变奏之能：或大题小做，或小题大做，或正题反做，或反题正做，所言可不妨近在咫尺，却每具恣肆汪洋，滔滔不绝之势。如《论"换血"》，面对"中国人没治了，要换血"这一反题，先极言震怒，复备述困惑，由此转入"脱胎换骨"的平行命题，而论对知识分子的"思想改造"，而刺被改造的知识分子的"骨软可卷"；末节翻盘回到开头，一腔沉痛的正气，沛然涌出：

> 我们这个民族，早已被换过血了，早已被"脱胎换骨"了。我觉得现在倒确实应该再换一次血，再来一次"脱胎换骨"！换回早已被换掉的"荆轲、聂政的血"，换回早已被换掉的"尧舜的心"，而作为知识分子，在威武面前，在富贵面前，在商品大潮面前，在道德伦理面前，首先要改造好被改造成的"软骨病"，你情愿做一个"软体动物"吗？换回知识分子所应有的那身铮铮铁骨吧！请不要忘记《祈祷》一诗的作者闻一多，虽然他诗思斑斓如绣，却也曾拍案而起。更不要忘记鲁迅，毛泽东主席曾赞美他道："鲁迅的骨

头是最硬的，他没有丝毫的奴颜和媚骨！"

自然，以"聊天"论忆明珠的散文只是一个借喻；在聊天的随心所欲和散文的五彩纷呈之间，还有一个他所谓"语言的笔墨化"过程。说来"语言的笔墨化"亦暗含着一个来自传统书画的借喻，却直接沟通了散文与诗，从而揭示了散文的旨要所在。盖因传统书画所言"笔墨"非一般的用笔使墨；"笔墨"者，兼容才、胆、学、识、情、智、感、趣而凝于一之谓也。故如何运笔用墨，可以见精神，见境界，言格调，言功力。有"笔"则有风骨，有法度，有节奏；有"墨"则有肌质，有神采，有韵致；合而言之，则风神气韵，生动于结构布局内外，苦心孤旨，端现于黑白有无之间也。以此而"化"语言，就是要求一种"有弹性的、有质感的、有力度的"语言，一种"不是平涂在纸上而像立体的、流动的、活生生的"语言，亦即"超越了一般表述功能而产生韵致、格调"的诗化的语言。究其实，"笔墨化"也就是"诗化"；不说"诗化"而说"笔墨化"是"远取譬"；而归根结蒂，诗、书、画、文，是四枝而一本，四用而一体的。其彼此秘响旁通，并不取决于各各业有所专；倒是反过来，只有体会到"一"心运用之妙者，方可与论业有所专。当然，既云"化"，必是因为有所"化"。此障碍所在，亦克服所在；技巧所在，亦"技进乎道"所在——"百炼钢化为绕指柔"，斯之谓也欤！至为重要的是，这里并没有什么现成的"笔墨"可用而"化"之。现成的笔墨当归于学养；而学养，只有在和敏锐的感受力和创造力结合在一起时，才能成为个人笔墨风格的一部分。在这个意义上，"化"的过程也就是"炼"的过程，或一而二、二而一的双向互动互生过程。所谓臻于"化"境者，必是"炼"到极致者。

然"化"也好，"炼"也好，尽管主要在语言层面上展开并需落实为语言，若离开了"人"、"心"二字，终将沦为空泛无根之论。这就是为什么忆明珠虽然强调"语言的笔墨化",却又指认他"所想望的笔墨化,并非要求书面语言跟口头语言拉开距离",相反,"倒是要求经过一定程度的笔墨化的语言应向口头语言皈依"的原因。他于此引证古人论乐之"丝不如竹,竹不如肉,渐近自然耳"的观点表面看来是一种悖谬,其实只是一种佯谬;因为所谓"向口头语言皈依"并不是简单的返回,正如"并非要求书面语言跟口头语言拉开距离"决不意味着毋需这种距离一样。其要乃在往返之间;而驱策做这种往返并使之循环不已的,非其人其心为谁?这里口头语言与书面语言之间的去离和皈依,恰对应于心的开阖吐纳。故"炼"语即是"炼"心,"化"语即是"化"心。有笔墨之心方有笔墨化的语言。这"笔墨之心"因始终敞向口头语言而不断汲纳其原生的经验和自发的活力,又因具体到书面时需在方寸间经营大千而砥砺得日益深邃精微。此心无所滞碍,则大至宇宙人生,小至身旁琐屑,无不可备于且"通"于笔墨,于是"寓目成色,寓耳成声",笔随意转,心随笔现,喜怒哀乐,皆成文章。忆明珠的散文中之所以多有精品,端赖于此一境界勤修不辍;其相对于慷慨陈词的娓娓而谈一路,言近旨远,尤见深湛。如《秋窗小柬》八札,取书信体,诚恳似灯下促膝交心;札札不离诗,又可读作精妙艺术小品。整体布局疏朗散淡,以骋灵秀之马;遣词行句笔笔相押,彼此映带成风。谈佛论道,时见横生妙趣;忽及己身,不离人间悲喜。语势自然饱满,仿佛石榴吐实;格调不温不火,恍惚秋菊晒阳。如果说他的慷慨陈词常令人想到《孟子》的话,那么,他的娓娓而谈就常令人想到陶诗。忆明珠中道迷诗,曾想当"社会主义的陶渊明"而不能;晚来嘱意散文,却每每直追五柳先生遗风;此中真义,其可辨乎?

　　散文成为忆明珠晚年最得心应手的文体不是偶然的。从艺术信念的角度说,最能体现他"以生活为师"之圭臬的是散文;从艺术经验的角度说，最有利于他发挥其"兼收并蓄"所长的是散文；从艺术风格的角度说，最能表达他"雅俗共赏"追求的也是散文；从人生艺术综合的角度说，最能完整地实行其"出入之道"的，同样是散文。有论家认为他在文学史上的地位最终将由其散文标定，但这对他来说并不重要；重要的是，他和散文两不辜负：一方面，散文赋予了他失而复得的"自由的灵魂"以相匹配的自由空间；另一方面，他向散文呈现了灵魂在这自由空间里可能的自由生长。回首来路，忆明珠尝谓"牺牲有多大，收获就有多大"；应之于散文，其执着"自己解放自己"的初衷，正成全了他命定的情智生涯。

忆明珠首先是一个深于情者。在他看来，这个世界最终给人留下的，只有感情。深于情者必深于人生。所谓"一往情深"，所往者，首先是人生。然真能领悟人生至深者必同时精于智。如果说忆明珠曾经像他笔下那只"打窗的秋蝇"，为横于眼睫前的光明所惑，全然不顾其间"有一道就像光明的自身那样透亮的玻璃"阻隔，因笃生痴，由痴而迷，执迷致耽，很大程度上正出于一往情深的话，那么，窥破那层"透亮的玻璃"，意识到有"大悲哀"在焉的真相，去耽化迷，去痴化笃，而又终不改情之所往，则体现了他的"智"。其题画诗有云：

放却青山不独往，偏向红尘惹梦长。

此深会"情"之三昧者所言，亦智者所言也。忆明珠是很为自己的"智"感到欣慰的，他也确实有理由感到欣慰：像他那样内心经历至为不凡，而又至为平凡地生活着的人，情不足恃；所可恃者，唯"智"而已。这里的"智"兼有生存和文化二义。在极端的意义上他曾说，"我是靠智慧活下来的"；同样，他的大部分美学和文化观点也不是得之于书本，而是得之于智慧的参悟。照忆明珠的理解，所谓"文化"，就是智慧；一个人是否"有文化"，并不取决于识字与否，学富五车与否，而是取决于有智慧与否。有智慧，则大字不识者亦不妨当"文化人"之名而无愧，如他的母亲。此亦深会文化三昧之论。

"情"和"智"的区别在于情主入而智主出；但只出不入的智乃残废之智，一如只入不出的情乃残废之情。若以情往而援之以智，以智复而济之以情，则无往而不复；无往而不复，谓之能入能出；能入能出，可言哲学。哲学，是忆明珠情智生涯的最高境界和终结所系。在谈及什么叫"找到自己的位置"这一问题时他认为，感到哲学上有归宿才叫找到位置。有人说他是"半仙之体"，又有人说他"远距离看是仙人，中距离看是奇人，近距离看是凡人"；然合而言之，谓之"哲人"，或更为贴切。1948年大军渡江前夕忆明珠曾填过一张表，问以"哲学主张"，他想都没想就填了"人道主义"；历经大半生后偶然忆及于此，他笑谓："其实那时对什么是'人道主义'根本不甚了了，更谈不上什么'哲学主张'了"。现在不会再有人让他填这样的表，他也早已厌倦了各种"主义"，然却正可以言"人道"，言"哲学"："人道"者，人生出入之道也；此亦为文为艺之"哲学"也。

忆明珠对哲学有自己的看法。大致说来，是由生活哲学而人生（文化）哲学而宇宙哲学，渐次升华。这里不作展开，单说几句他的"老年哲学"。所谓"老年哲学"乃忆明珠的"临界哲学"，盖因这些年他之文事大盛，亦伴随着对老境的步步深入——"老境从来未必佳"，他却偏偏不信这个邪！人或多见生命向老的一路颓势，他却紧紧抓住老而可能拥有的种种优势；人或偏执于臻于老境的莫可奈何，他却致力于化夕照为辉煌的"为老之道"。在《居家闲话：老之种种》一文中他据以自己的经验，由身及心地讨论了某种可能的、较为理想的老境。设若一言以蔽之，可曰"无畏有明"。人生如弈，千头万绪，千变万化，大致不出"生死"、"得失"。前者为"大限"，后者为"大欲"。此为思通人道者必须勘破的两大关口，亦为擅权者实行操控的两大枢机。少壮时未必不晓其理，然多惧"大限"而恋"大欲"，由此生出种种牵挂掣肘，忧患迷惑，是为"有畏"；"有畏"则"无明"。及致老境，于"大限"、"大欲"俱已觑得亲切：于是"过了腊八不怕它"；畏意既渐去，肝胆遂渐清，目光也随之变得澄澈——"无畏有明"，斯之谓也。无畏，则权势者不得专擅：过去"夹着尾巴"做人的，此际适可"翘起尾巴"为文；"有明"，则生死反求诸己，得失存乎一心，又何待神力奇迹、药道幻术？故"无畏有明"者作形而上之思，行与人为善之举，尽一己绵薄之力，不言直抵事物本真，但言"无往而不自得"，如此而已，岂有他哉？

"无往而不自得"堪称忆明珠"老年哲学"的核心，循此可让有限的生命，生长到无限的死亡中去。在忆明珠看来，所谓"老来发挥余热"是一种过于消极的观点，他更愿意言"生长"。梅尧臣诗云："野凫眠岸有闲意，老树着花无丑枝"，说的正是老而生长不已的妙处。"老"在这里意味着一辈子的生命、文化和智慧的经验积累；以一辈子的生命、文化和智慧的经验积累而求生长，总能长出些新东西。正如人只能年轻一次一样，他也只能老一次；因此，何妨"潇洒老一回"。

念兹在兹者，谓之归于平常心固可，谓之常存挑战人生的勃勃雄心亦可。从这一角度看，可知忆明珠的研习绘事很大程度上恰是他"老年哲学"的实践。说来多少有些偶然：80年代末他住南京上乘庵25号，某日忽见窗台上憩有一只彩蝶，当时信手捉了，用大头针钉在一只橘子上，仍置原地，转身也就忘了。七日后无意间一瞥，见那彩蝶双翅犹在翕动，不禁大为震撼：想不到这小小生灵竟有如此的生命力！由蝶而人，一时心中感慨，直如泉涌。

凝视着彩蝶那斑斓的纹理，他忽又忆及少时在故乡张家灌小学读书时的情景。该校曾有位校长擅长工笔蝴蝶，故美工课女生多画蝴蝶。学校中女生颇多，聚在一起画蝴蝶，真有一种说不出的五彩缤纷而又细腻温馨的氛围，以致他数十年后，仍对她们用硬笔蘸着油灯烟灰一丝不苟地为蝶翅拉毛的那种茸茸的感觉记忆犹新。其时他刚刚十一岁，常立在一旁呆呆地看，心中不住地想，什么时候我也抓一只蝴蝶来画，该有多好。

就这样，一只彩蝶鬼使神差地充当了生命和艺术的双重使者，童年未竟的心愿直接融入了向老年挑战的勇气。开始他作画只作一时排遣，怡情悦性而已；然反复撩拨，兴趣日深，竟油然生出研习之志；到六十五岁那年，终于横下一条心，要全身心投入了。

一旦投入，就投入到废寝忘食，如痴如醉的程度。接连两个夏天，"火炉"南京暑气蒸腾，省作协安排他到有空调设备的宾馆里避暑，他都婉言谢绝，而只管一令纸，一张席，在客厅里对自己展开车轱辘大战；至于平日通宵达旦，就更是寻常之事。朋友乃至家人在担心他的身体之余都不免疑惑：如此"玩命"，到底所为者何？

忆明珠的画走的是注重性灵抒发的传统"文人画"一路。其旨趣在于通过结构布局的虚实动静，墨色线条的浓淡疏密，物象的空间造型和并列处置，以及画面、题跋、书法的彼此呼应生发，将自然魂魄和人文精神融溶一体，于义理气韵中自现风骨心声。探其根本，实是中国传统哲学和艺术精神所追求的"天人合一"境界的缩微式、立体化的文本体现。显然，要在这方面有所造诣，非有澄澈的体道悟道襟怀、深湛的生命文化修养和综合的艺术才华而不能。

据此来看，忆明珠的研习绘事就不是什么平面的"转向"，而是纵深的精进；不是为现实的考虑驱动，而是性灵的需要使然。正如他的散文是其诗的延伸和拓展一样，他的画是其散文的升华和凝聚。忆明珠喜画花木，尤喜梅花和牡丹；但最令人兴味盎然、心慕神追的，恐怕还是那一系列"罗汉图"。这些画的色调大都凝重清泠，有不辨日月之感。画中的罗汉多着缁袍，或半隐于巨石之后，或半卧、趺坐于老松老梅之下。如果说他们总是侧着脸是因为作者的技法未臻火候，不得不"护短"的话，那么，其低垂的眼睑、清肃的表情、舒缓的身姿，却足以在与色调浑然一体的氛围中，透露出其内心神思的邈远了。有趣的是，他们几乎一律高额秃顶、浓眉虬须、阔口大鼻子带钩，令观者一瞥之下，便不自觉地联想到作者本人。也许他无意识中确实是在画自己吧？不过，他画幅中的点睛之笔每每还是来自题诗——这是他太强的强项。随着浸淫绘事日深，他的题画诗也积之渐多，以至自成一体，名之谓"忆明珠二十八字诗"。其风格漫游于庄、谐内外：庄者可字字法相，谐者可一路打油；然无论庄谐，皆直现心境。此暂略过不论；试举二首题罗汉图的如下：

> 一瞬光中我暂住，一朵花前我长埋。面壁人去还留壁，此心非镜焉生埃。

> 泉已枯涸石已烂，汝何所待痴且顽。心头灵芝犹血色，直欲坐穿烂柯山。

前一首的微妙禅机恰与画面呼应，后一首的炽烈情愫又与之构成张力。当然，"点睛"端赖笔墨，这就又离不开他的书法。忆明珠的书法主要出于王（羲之）、郑（板桥），于灵秀润泽中见峥嵘健朗，其对诗、画的拥护延展，却又是诗画本身所无法替代的了。

忆明珠投身"文人画"迄今凡五年，可谓一年一番风貌，年年有所精进；借用某人调侃语，最终或许"一不小心"画成了一个大家，亦未尝可知。然他之所以勉力于绘事，其首要者还是见精神，明心迹。试以《双清图》（原画无题，姑按题诗诗意名之）为例：画面右上方一石如悬，且挤过画面重心，形成俯冲压顶之势。石下一片天竹，红实绿叶，生机四迸；然拼抢之行状，分明又由自巨石的遮蔽和无形压力，平添一层惨烈。近处兀然一丛水仙，无所依傍，可谓心植；其根部硕壮敦实，造型承巨石之势向左倾斜；几枝茎叶横过画面，又向下垂落，仿佛不胜重负；但花簇却迎着巨石，昂然秀出。这一簇花恰是全画重心所在，虽只寥寥几朵，却令水仙的姿势一变而为仰面与巨石对峙，恍若花中之堂·吉诃德，颇有一股"知其不可为而为之"的英雄气概。左侧题诗并款四行，垂直而下，如柱如砥，于画面整体的极度不稳定中，意外地带来一种稳定感。题诗云："水仙花似玉盏台/天竹实如樱颗红/幽梦回时春雨细/灯下信笔写双清"。其中"幽梦回时"一语最耐寻味：梦乃现实的幻化变形；这一"回"中的复杂内涵，又岂是一幅画、一首诗所能言清道明的呢？

化"幽梦回时"为"无往而不自得"之时，其中必有大自在！忆明珠之所以迄今在精神上丝毫不见衰老的迹象，反而越来越呈现出一种江河入海处的阔大景象，其源盖出于此。他自己笑谈："我五十岁学散文，六十五岁学画，待活过八十岁，就开始研究哲学。再研究个二十年吧！"

壮哉斯言！今年端午恰逢忆明珠七十华诞，谨借斯言并此文为寿！

1997年仲春，北京劲松

图书在版编目（CIP）数据

镜内镜外／唐晓渡著. -- 北京：作家出版社，2015.9
ISBN 978 - 7 - 5063 - 7809 - 3

Ⅰ. ①镜…　Ⅱ. ①唐…　Ⅲ. ①随笔 - 作品集 - 中国 - 当代
Ⅳ. ①I267. 1

中国版本图书馆 CIP 数据核字（2015）第 025783 号

镜内镜外

作　　者：唐晓渡
责任编辑：李宏伟
装帧设计：合利工作室
出版发行：作家出版社
社　　址：北京农展馆南里 10 号　　邮　　编：100125
电话传真：86 - 10 - 65930756（出版发行部）
　　　　　86 - 10 - 65004079（总编室）
　　　　　86 - 10 - 65015116（邮购部）
E - mail：zuojia@ zuojia. net. cn
http：//www. haozuojia. com（作家在线）
印　　刷：北京中科印刷有限公司
成品尺寸：145 × 210
字　　数：405 千
印　　张：15. 625
版　　次：2015 年 9 月第 1 版
印　　次：2015 年 9 月第 1 次印刷
ISBN 978 - 7 - 5063 - 7809 - 3
定　　价：48. 00 元